Pension Vanilos

Les pendules

Agatha Christie

Pension Vanilos

Nouvelle traduction de Jean-Marc Mendel

Les pendules

Traduit de l'anglais par Jean-Marc Mendel

ÉDITIONS FRANCE LOISIRS

Titre de l'édition originale : *Hickory, dickory, dock*

Titre de l'édition originale : *The Clocks*

Édition du Club France Loisirs,
avec l'autorisation des Éditions du Masque.

Éditions France Loisirs,
123, boulevard de Grenelle, Paris
www.franceloisirs.com

ISBN : 978-2-298-04065-4

Pension Vanilos

1

Hercule Poirot fronça les sourcils :

— Miss Lemon !

— Oui, monsieur Poirot ?

— Il y a trois fautes dans cette lettre.

Le ton du détective exprimait son incrédulité. Car Miss Lemon ne faisait jamais de fautes. Créature aussi hideuse que compétente, elle ignorait superbement la maladie, la fatigue, la nervosité, l'imprécision et, à plus forte raison, l'erreur. En fait, elle n'était en rien une femme – sur le plan professionnel, s'entend. Elle fonctionnait comme une machine, ce qui en faisait la secrétaire parfaite. Elle savait tout, elle réglait tout. Régie par ses soins, l'existence de Poirot tournait, elle aussi, comme une mécanique bien huilée. Depuis des années, Hercule Poirot s'était donné deux maîtres mots : ordre et méthode. Grâce à George, le valet de chambre parfait, et à miss Lemon, la parfaite secrétaire, l'ordre et la méthode dominaient sa vie. Et puisque, désormais, les Britanniques confectionnaient des *crumpets* carrés aussi bien que des ronds, il n'avait plus à se plaindre de rien dans l'existence.

Et pourtant, ce matin-là, miss Lemon avait fait trois fautes en tapant une lettre d'une simplicité enfantine. Et, manquement plus grave, elle ne les avait pas remarquées. L'univers vacillait sur ses bases !

Hercule Poirot brandissait la missive litigieuse. Bien davantage que contrarié, il était abasourdi. Cela n'aurait jamais dû se produire – et, cependant, cela s'était produit !

Miss Lemon prit la lettre. L'examina. Et, pour la première fois, Poirot la vit rougir, d'un vilain écarlate qui atteignait jusqu'à la racine de ses cheveux grisonnants.

— Oh, Seigneur ! s'exclama-t-elle, je ne comprends pas comment… enfin, si, je *peux*. C'est à cause de ma sœur.

— De votre sœur ?

Second choc pour Hercule Poirot. Il ne lui était jamais venu à l'idée que miss Lemon pût avoir une sœur – ni même, en l'occurrence, un père ou une mère, et moins encore des grands-parents. Sa secrétaire, d'une certaine façon, se comportait si totalement comme une mécanique – comme un instrument de précision, pour ainsi dire – qu'il eût été inconcevable de lui imaginer des affections, des angoisses ou des soucis familiaux. Il était de notoriété publique qu'elle se consacrait corps et âme, en dehors de son activité professionnelle, au perfectionnement d'un nouveau système de classement qu'elle ferait breveter et qui porterait son nom.

— Votre sœur ? répéta donc Poirot d'une voix stupéfaite.

Miss Lemon hocha la tête avec vigueur :

— Oui. Je ne crois pas vous avoir jamais parlé d'elle. Elle a pratiquement toujours vécu à Singapour. Son mari y travaillait dans le caoutchouc.

Hercule Poirot eut une mimique d'approbation. Il lui semblait normal que la sœur de miss Lemon ait passé l'essentiel de sa vie à Singapour. Car telle était bien la justification de villes comme celle-là. Les sœurs des miss Lemon de la planète devaient épouser des hommes d'affaires de Singapour, afin que lesdites miss Lemon puissent se dévouer, avec une efficacité d'outil, à leurs employeurs – ainsi, bien entendu, qu'à l'invention de systèmes de classement durant leurs moments de loisir.

— Je comprends, affirma-t-il. Poursuivez.

Miss Lemon poursuivit :

— Elle est devenue veuve il y a quatre ans. Pas d'enfants. Je suis parvenue à lui dénicher un charmant petit appartement, pour un loyer très raisonnable…

(Miss Lemon, comme de bien entendu, avait pu mener avec succès cette mission qui relevait de l'impossible.)

— Elle est raisonnablement à l'aise – quoique l'argent se fasse plus rare aujourd'hui que naguère. Mais elle ne souffre pas de goûts dispendieux, et elle a assez de bien pour vivre confortablement si elle fait attention.

Miss Lemon marqua un temps d'arrêt.

— Mais, à la vérité, elle se trouvait solitaire, continua-t-elle. N'ayant jamais habité l'Angleterre, elle n'y avait pas de vieux amis, ni de relations, et elle ne savait pas trop à quoi employer son temps.

Quoi qu'il en soit, elle m'a dit, il y a six mois à peu près, qu'elle songeait à accepter ce poste.

— Ce poste ?

— Oui, gérante, comme l'on dit… ou gouvernante… d'une pension pour étudiants. La pension *Vanilos*. La propriétaire, une femme à moitié grecque, voulait quelqu'un pour en assurer la gestion. Pour s'occuper de la partie hôtelière et veiller à ce que tout se passe bien. C'est un vieux bâtiment très vaste, sur Hickory Road, si vous voyez où cela se trouve. (Poirot ne le voyait pas.) Autrefois, c'était un quartier très élégant, et les maisons ont été très bien construites. Ma sœur devait y disposer de son propre logement, très agréable, avec une chambre, un salon-bureau, et une petite salle de bains-cuisine…

Miss Lemon observa une nouvelle pause. Poirot grommela un encouragement : jusque-là, le récit n'évoquait en rien un désastre.

— Pour ce qui me concerne, reprit la secrétaire, je n'étais pas très enthousiaste, mais je comprenais bien la force des arguments de ma sœur. Elle n'a jamais été femme à se tourner les pouces toute la journée, elle a l'esprit éminemment pratique, et conduire une maison est pour elle comme une seconde nature – et puis, naturellement, ce n'était pas comme si elle avait envisagé d'y investir des fonds ou quoi que ce soit. Il s'agissait seulement d'un travail salarié… pas pour un très gros salaire, mais elle n'en avait pas besoin, et, physiquement, ce n'était pas fatigant. Elle a toujours aimé la jeunesse et, comme elle a longtemps vécu en Extrême-Orient, elle saisit très bien les différences raciales et les susceptibilités des uns et des autres. Parce que les étudiants de cette pension appartiennent à toutes les nationalités. La plupart sont anglais, mais je crois qu'il y a jusqu'à des *Noirs*.

— Cela va de soi, estima Poirot.

— De nos jours, il semble que la moitié des infirmières de nos hôpitaux soient noires, continua miss Lemon, la mine dubitative. Et, me dit-on, bien plus aimables et plus attentives que leurs collègues anglaises. Mais peu importe. Nous avons discuté de tout cela et, finalement, ma sœur s'est installée là-bas. Ni elle ni moi ne trouvions très sympathique la propriétaire, Mrs Vanilos, qui est une femme d'humeur changeante, parfois charmante et, parfois, je regrette de le dire, absolument le contraire – et, avec ça, un tantinet avare et irréaliste. Naturellement, si elle avait été vraiment compétente, elle aurait pu se passer de toute aide. Enfin, bref, ma sœur n'est pas du genre à s'embarrasser des humeurs ou des caprices d'autrui. Elle sait tenir tête à quiconque, et elle ne cède jamais à ce qui lui paraît une absurdité.

Poirot branlait du chef. Il sentait, au fil du propos, se dessiner une vague ressemblance avec miss Lemon – une autre miss Lemon, aux aspérités gommées par le mariage et par le climat de Singapour, mais possédant le même fond de sens commun.

— Ainsi, votre sœur a donc accepté cette fonction ? interrogea-t-il.

— Oui. Elle a emménagé au 26 Hickory Road il y a six mois. Dans l'ensemble, son travail lui a plu, et elle l'a jugé intéressant.

Poirot attendait. Pour le moment, les mésaventures de la sœur de miss Lemon s'avéraient d'une platitude décevante.

— Mais, depuis quelques semaines, ma sœur a éprouvé des soucis. De graves soucis.

— Pourquoi cela ?

— Eh bien, voyez-vous, elle n'apprécie pas ce qui se passe.

— Il y a des étudiants des deux sexes ? s'enquit le détective avec l'impression de marcher sur des œufs.

— Oh ! non, monsieur Poirot, ce n'était pas à *cela* que je faisais allusion. On est toujours préparé à des difficultés de cet ordre-*là*, on s'y *attend* ! Non, mais des objets ont disparu, comprenez-vous.

— Disparu ?

— Oui. Et des objets tellement bizarres… et tout cela d'une manière qui n'est pas du tout naturelle.

— Lorsque vous dites que des objets ont disparu, vous entendez qu'ils ont été volés ?

— Oui.

— A-t-on fait appel à la police ?

— Non. Pas encore. Ma sœur espère que ce ne sera pas nécessaire. Elle aime beaucoup ces jeunes gens… c'est-à-dire certains d'entre eux… et elle préférerait de beaucoup élucider tout ça par elle-même.

— Oui, acquiesça Poirot, songeur. Je le vois bien. Mais cela, si je puis m'exprimer ainsi, n'explique pas votre propre anxiété, que je tiens pour le contrecoup de celle de votre sœur.

— Cette situation ne me plaît pas, monsieur Poirot. Elle ne me plaît pas du tout. Je ne peux m'empêcher de penser qu'il se passe quelque chose que je ne comprends pas. Aucune explication courante ne me paraît applicable aux faits… et, réellement, je ne puis imaginer quelle autre explication il pourrait y avoir.

Hercule Poirot hocha encore une fois la tête, méditatif.

L'imagination avait toujours constitué le talon d'Achille de miss Lemon. Elle n'en avait aucune. Imbattable sur les faits, elle était perdue lorsqu'il fallait recourir aux conjectures. Jamais elle n'aurait pu partager l'état d'esprit des hommes de Cortez contemplant le panorama du haut du pic de Darien.

— Ce ne sont pas des chapardages ordinaires ? demanda-t-il. Ou de la kleptomanie, peut-être ?

La réponse de miss Lemon reflétait son côté consciencieux :

— Je ne crois pas. Je me suis informée du sujet dans l'*Encyclopedia Britannica* et dans un ouvrage de médecine. Mais cela ne m'a pas convaincue.

Poirot conserva le silence pendant une minute et demie.

Souhaitait-il s'impliquer vraiment dans les problèmes de la sœur de miss Lemon et dans les passions et conflits d'une pension à la clientèle polyglotte ? Mais il était fâcheux – pour ne pas dire agaçant – que miss Lemon fasse des fautes en tapant son courrier. Il se disait que, *si* d'aventure il se mêlait de cette histoire, c'en serait le motif. Il ne s'avouait pas qu'il s'était beaucoup ennuyé depuis plusieurs semaines, ni que la banalité même de l'énigme l'attirait.

— « Le persil s'enfonçant dans le beurre par une chaude journée », se murmura-t-il.

Miss Lemon en fut frappée de stupeur :

— Le persil ? Le beurre ?

— Une citation de l'un de vos auteurs classiques : Vous avez pris connaissance, sans aucun doute, des aventures – mieux, des exploits – de Sherlock Holmes.

— Vous voulez dire les associations de Baker Street et tout cela ? Les hommes sont si bêtes ! Ça, c'est eux tout crachés. Comme les petits trains avec lesquels ils n'arrêtent pas de jouer. Je peux vous dire une bonne chose : je n'ai jamais eu le temps de *lire* un seul de ces romans. Lorsque j'ai le temps de m'adonner à la lecture, ce qui n'arrive pas souvent, je préfère un livre instructif.

Hercule Poirot s'inclina courtoisement :

— Miss Lemon, que diriez-vous d'inviter ici madame votre sœur pour un rafraîchissement… pour le thé, peut-être ? Je pourrais lui être de quelque secours.

— C'est très gentil à vous, monsieur Poirot. Vraiment très gentil. Ma sœur est libre tous les après-midi.

— Alors, disons demain, si vous pouvez arranger cela.

En temps utile, le fidèle George reçut pour instructions de prévoir une ample provision de *crumpets* carrés abondamment beurrés, de sandwiches symétriques et des autres composantes réglementaires d'un thé britannique copieux.

2

Mrs Hubbard ressemblait sans conteste à miss Lemon, sa sœur. Le teint franchement plus jaune, moins sèche, les cheveux coiffés avec davantage de fantaisie, elle faisait preuve d'un comportement moins vif, mais son regard, derrière de sages lunettes rondes, possédait la même acuité que celui que miss Lemon dardait à travers son pince-nez.

— C'est très gentil à vous, vraiment, monsieur Poirot, dit-elle. *Très* gentil. Et ce thé est délicieux. Je suis sûre que j'ai mangé bien plus que je ne devrais… oui, encore *un* sandwich, peut-être. Du thé ? Eh bien, disons une *demi*-tasse.

— Notre collation d'abord… et nous en viendrons ensuite à nos affaires, décida Hercule Poirot, dans son anglais aussi recherché que chaotique.

— Vous savez, déclara Mrs Hubbard, vous êtes exactement comme l'image que je m'étais faite de vous d'après les descriptions de Felicity.

Ayant compris, non sans stupéfaction, que Felicity était le prénom de la sévère miss Lemon, Poirot répliqua qu'il n'en attendait pas moins de la compétence de sa secrétaire.

— Naturellement, reprit Mrs Hubbard, l'air absent, tout en prenant un autre sandwich, Felicity ne s'est jamais souciée des *gens*. Moi, si. C'est pourquoi je suis tellement inquiète.

— Pouvez-vous m'expliquer avec précision ce qui vous procure autant d'inquiétude ?

— Oui, bien sûr. Il serait assez naturel que l'on vole de l'argent… de petites sommes, à droite ou à gauche. Et s'il s'agissait de bijoux, ce serait tout aussi normal… enfin, je ne veux pas dire normal, au contraire… mais, au moins, cela correspondrait… à de la kleptomanie ou de la malhonnêteté. Mais je m'en vais vous lire la liste que j'ai dressée des objets qui ont été dérobés.

De son sac, Mrs Hubbard tira un petit calepin :

Un escarpin du soir (provenant d'une paire neuve)
Un bracelet (de pacotille)
Une bague avec diamants (retrouvée dans une asiette de potage)
Un poudrier
Un bâton de rouge à lèvres
Un stéthoscope
Une paire de boucles d'oreilles
Un briquet
Un pantalon de flanelle usagé
Des ampoules électriques
Une boîte de chocolats
Une écharpe de soie (retrouvée déchiquetée)
Un sac à dos (dito)
De la poudre de borate
Des sels de bain
Un livre de cuisine.

Hercule Poirot respira à fond.

— Extraordinaire, commenta-t-il. Et tout à fait… tout à fait fascinant.

Il était enthousiasmé. Ses yeux allaient du visage austère et désapprobateur de miss Lemon à celui, plus doux et angoissé, de Mrs Hubbard.

Je vous félicite, déclara-t-il avec chaleur à cette dernière.

Elle parut stupéfaite.

— Mais pourquoi, monsieur Poirot ?

— Je vous félicite d'avoir là une énigme aussi unique que totalement remarquable.

— Eh bien, peut-être cela a-t-il un sens pour vous, monsieur Poirot, mais…

— Cela n'a aucun sens pour moi. Cela me rappelle surtout un jeu de société auquel de jeunes amis m'ont récemment persuadé de prendre part, durant les vacances de Noël. Il s'appelait, si j'ai bien compris, « La dame aux trois cornes ». Tour à tour, chacun des joueurs devait prononcer la phrase suivante : « Je suis allé à Paris, et j'ai acheté… » – en ajoutant un objet. Le joueur suivant ajoutait un autre objet. Le jeu consistait à mémoriser dans l'ordre les achats ainsi énumérés, dont certains, je puis le dire, étaient monstrueux ou grotesques. Je me souviens notamment d'un morceau de savon, d'un éléphant blanc, d'une table à abattants et d'un canard de Barbarie. Toute la difficulté réside, cela va de soi, dans le caractère totalement disparate des objets – dans l'absence de séquence logique, pour ainsi dire. De même que dans la liste que vous venez de me montrer. Lorsque, mettons, douze objets eurent été ainsi annoncés, il devint presque impossible d'en restituer l'ordre précis. Faute d'y parvenir, le joueur, ou la joueuse, se voyait remettre une corne de papier et, son tour revenu, il lui fallait déclarer cette fois : « Moi, la dame à une corne, je suis allée à Paris, etc. » Après réception de trois cornes, il fallait se retirer, le dernier joueur à rester en lice étant le vainqueur.

— Je suis sûre que vous avez gagné, monsieur Poirot, affirma miss Lemon avec la foi aveugle de l'employée fidèle.

Poirot souriait de toutes ses dents :

— Il en fut bien ainsi, en effet. Même dans une collection d'éléments les plus divers, on peut introduire de l'ordre et créer des séquences. En l'occurrence, on se récite mentalement : « Avec un morceau de savon, j'ôte de la saleté d'un grand éléphant de marbre blanc posé sur une table à abattants »... et ainsi de suite.

— Vous pourriez peut-être faire de même avec la liste que je vous ai fournie, glissa Mrs Hubbard, pleine de respect.

— Je *pourrais,* incontestablement. Une dame, chaussée de son seul soulier droit, se passe un bracelet au bras gauche. Elle se met ensuite de la poudre et du rouge à lèvres, sort pour dîner et laisse tomber sa bague dans le potage – le tout à l'avenant... J'aurais ainsi la possibilité d'imprimer votre liste dans ma mémoire... Mais ce n'est pas là le but que nous poursuivons. Pourquoi une collection d'objets aussi dissemblables a-t-elle été volée ? Y avait-il là-dessous quelque chose de systématique ?

Une idée fixe quelconque ? Nous devons, avant tout, nous appliquer à mener à bien un processus d'analyse. Et la première chose à faire, c'est d'étudier cette liste avec soin.

Il y eut un silence, pendant lequel Poirot se consacra à ses méditations. Mrs Hubbard l'observait avec l'intérêt passionné d'un garçonnet pour un prestidigitateur qui, espère-t-il, va faire sortir de son chapeau un lapin ou, à tout le moins, un flot de rubans multicolores. Impavide, miss Lemon s'était mentalement isolée dans un colloque avec elle-même sur les points les plus délicats de son système de classement.

Lorsque le détective reprit enfin la parole, Mrs Hubbard sursauta.

— Ce qui me frappe tout d'abord, dit-il, c'est ceci : tous les objets qui ont disparu étaient de peu de valeur – certains, même, d'une valeur quasi nulle –, sauf deux : un stéthoscope et une bague de diamants. Je voudrais, pour l'instant, écarter le stéthoscope et me concentrer sur cette bague. Vous l'avez dite précieuse… jusqu'à quel point ?

— Cela, je ne pourrais pas le préciser au juste, monsieur Poirot. Le diamant est monté en solitaire sur un double cercle de brillants. J'ai cru comprendre que c'était la bague de fiançailles de la mère de miss Lane. Elle était bouleversée lorsqu'elle a disparu, et nous avons tous été très soulagés quand elle a réapparu le soir même dans l'assiette de potage de miss Hobhouse. Nous avons pensé que ce n'était qu'une très mauvaise plaisanterie.

— Il peut en avoir été ainsi. Mais, pour ce qui me concerne, je considère ce vol, suivi de cette restitution, comme significatifs. Si un rouge à lèvres, un poudrier ou un livre disparaissent… cela ne constitue pas une raison suffisante pour vous conduire à prévenir la police. Mais quand il s'agit d'une bague de diamants, c'est différent. Il y a toutes les chances pour qu'il soit fait appel à la police. Donc la bague est restituée.

Miss Lemon fronçait les sourcils :

— Mais pourquoi l'avoir prise si on avait l'intention de la rendre ?

— Pourquoi, certes ? concéda Poirot. Cependant, nous laisserons provisoirement cette question-là de côté. Je m'attache maintenant à classer ces vols, et je commence par la bague. Qui est cette miss Lane à qui elle avait été volée ?

— Patricia Lane ? C'est une jeune fille très charmante, répondit Mrs Hubbard. Elle prépare un… comment dit-on ?… un diplôme d'histoire, ou d'archéologie, ou de je ne sais trop quoi.

— Riche ?

— Oh ! non. Elle possède un peu de fortune, mais elle fait toujours très attention à ses dépenses. Cette bague, je vous l'ai dit, lui venait de sa mère. Elle possède un ou deux autres beaux bijoux, mais très peu de vêtements neufs, et elle a récemment cessé de fumer.

— A quoi ressemble-t-elle ? Décrivez-la-moi à votre façon.

— Eh bien, un teint et des cheveux ni chair ni poisson. L'air languide. Calme et distinguée, mais sans beaucoup de ressort. Ce que l'on appelle… oui, une jeune fille sérieuse.

— Et la bague a donc fait sa réapparition dans l'assiette de potage de miss Hobhouse. Qui est miss Hobhouse ?

— Valérie Hobhouse ? Une brune, intelligente, très sarcastique. Elle travaille dans un institut de beauté. Sabrina Fair… je suppose que vous en avez entendu parler.

— Et ces deux jeunes filles s'entendent bien ?

Mrs Hubbard s'accorda un temps de réflexion :

— C'est ce que je dirais… oui. Elles n'ont pas grand-chose en commun. Patricia, comprenez-vous, sans être pour autant populaire ni quoi que ce soit, s'entend bien avec tout le monde. Avec sa langue pointue, Valérie Hobhouse s'est fait des ennemis… mais elle a aussi toute une cour, si vous voyez ce que je veux dire.

— Je pense que je vois, affirma Hercule Poirot.

Ainsi donc, Patricia Lane était charmante mais fade, tandis que Valérie Hobhouse avait de la personnalité. Le détective en revint à la liste des vols :

— Ce qui m'intrigue, ce sont les catégories complètement différentes représentées ici. Nous avons les petits riens qui pourraient tenter une jeune personne à la fois coquette et sans le sou : le rouge à lèvres, le bracelet de pacotille, le poudrier… les sels de bain… la boîte de chocolats, peut-être. Et puis nous avons le stéthoscope, qui constituerait un butin beaucoup plus plausible pour un homme qui saurait où le vendre ou bien le mettre en gage. A qui appartenait-il ?

— A Mr Bateson – un grand jeune homme sympathique.

— Etudiant en médecine ?

— Oui.

— Etait-il très en colère ?

— Il en a été absolument vert de rage, monsieur Poirot. Il est extrêmement soupe au lait… sur le moment, il explose, mais il se calme tout aussi vite. Il n'est pas du genre à accepter d'un cœur léger qu'on lui chipe ses affaires.

— Qui le serait ?

— Eh bien, Mr Gopal Ram, l'un de nos étudiants indiens. Il sourit de tout. Il agite un peu la main, en disant que les possessions matérielles ne comptent pas…

— Lui a-t-on volé quelque chose ?

— Non.

— Ah ! A qui appartenait le pantalon de flanelle ?

— A Mr McNabb. Il était très vieux, et n'importe qui d'autre aurait décrété qu'il n'était plus bon qu'à jeter. Mais Mr McNabb est très attaché à ses vieux vêtements, et il ne jette jamais rien.

— Nous en sommes donc arrivés aux objets qui, à ce qu'il semble, ne mériteraient pas qu'on les vole… un vieux pantalon de flanelle, des ampoules électriques, de la poudre de borate, des sels de bain… un livre de cuisine. Ils sont peut-être importants, mais, plus probablement, non. Le borate a, sans doute, été emporté par erreur. Quelqu'un peut avoir enlevé une ampoule hors d'usage avec l'intention de la remplacer, puis avoir oublié… On peut avoir emprunté le livre de cuisine, en oubliant de le rendre. Et le pantalon peut avoir été mis à la poubelle par une femme de ménage.

— Nous employons deux femmes de ménage de toute confiance. J'ai la certitude qu'aucune des deux n'aurait fait une chose pareille sans en demander d'abord l'autorisation.

— Vous pourriez avoir raison. Et puis nous avons cet escarpin du soir. D'une paire neuve, si je comprends bien ? Qui en était la propriétaire ?

— Sally Finch. C'est une étudiante américaine, qui est venue étudier dans notre pays grâce à une bourse Fulbrite.

— Vous êtes sûre qu'il n'a pas été simplement égaré ? Je ne puis concevoir de quelle utilité une chaussure unique serait pour qui que ce soit.

— Il n'a pas été égaré, monsieur Poirot. Nous avons tous mené une fouille de fond en comble. Vous comprenez, miss Finch partait pour une soirée « habillée », et elle avait un besoin vital de ces escarpins.

— Cette disparition lui a nui... et l'a embarrassée... oui... oui... Je m'interroge. Peut-être y a-t-il là quelque chose...

Poirot resta silencieux quelques secondes avant de reprendre :

— Nous avons encore deux objets... un sac à dos en petits morceaux, et une écharpe de soie dans le même état. Ici, nous n'avons plus affaire à de la coquetterie ou à l'appât du gain... il s'agit d'actes de vengeance délibérés. A qui appartenait le sac à dos ?

— Presque tous nos étudiants en possèdent un… ils font beaucoup de randonnées, voyez-vous. Et quasiment tous leurs sacs à dos sont du même modèle – achetés dans le même magasin. Si bien qu'il est difficile de les identifier. Mais il paraît à peu près certain que celui-là appartenait à Leonard Bateson, ou à Colin McNabb.

— Et puis l'écharpe de soie qui a été, elle aussi, lacérée ? A qui était-elle ?

— A Valérie Hobhouse. Elle l'avait reçue en cadeau pour Noël… vert émeraude et, réellement, de bonne qualité.

— Miss Hobhouse… je vois.

Poirot fermait les yeux. Ce qu'il percevait, c'était un kaléidoscope, ni plus ni moins. Les lambeaux d'un sac à dos et d'une écharpe de soie déchiquetés, un livre de cuisine, un rouge à lèvres, des sels de bain. Les noms et les esquisses à gros traits de divers étudiants. Des incidents et des gens sans lien entre eux… Mais Poirot avait la conviction que, d'une manière ou d'une autre, tout cela devait obéir à un schéma. A plusieurs schémas, éventuellement. Peut-être obtenait-on un nouveau schéma chaque fois que l'on secouait le kaléidoscope… mais l'un des schémas serait le bon… la question était de savoir par où commencer…

Il rouvrit les paupières :

— Voici un sujet qui exige quelques réflexions. Enormément de réflexions.

— Oh ! j'en suis bien convaincue, monsieur Poirot, approuva Mrs Hubbard avec ardeur. Mais je ne voudrais pas vous causer un dérangement qui…

— Vous ne me causez aucun dérangement. Je suis intrigué. Mais, pendant que je poursuis mes méditations, nous pourrions commencer par les aspects pratiques. Commencer... L'escarpin, l'escarpin du soir... Oui, nous pourrions commencer par là. Miss Lemon ?

— Oui, monsieur Poirot ?

Chassant le classement de son esprit, Miss Lemon se redressa plus encore sur sa chaise et, par automatisme, s'empara de son bloc et de son crayon.

— Mrs Hubbard pourra peut-être vous confier l'escarpin restant. Vous irez alors à la station de métro de Baker Street, au service des objets trouvés. La disparition est intervenue... quand cela ?

Mrs Hubbard réfléchit :

— Eh bien, je ne m'en souviens plus avec exactitude, monsieur Poirot. Il y a deux mois environ. Je ne saurais me montrer plus précise. Mais je pourrais demander à Sally Finch la date de cette soirée.

Poirot en revint à miss Lemon :

— Oui. Vous pourrez demeurer assez vague. Vous direz que vous avez perdu un escarpin dans une rame de la ligne circulaire... C'est ce qu'il y a de plus vraisemblable... ou, peut-être, ailleurs. Voire même dans un bus. Combien de bus desservent le voisinage de Hickory Road ?

— Deux seulement, monsieur Poirot.

— Bien. Si vous faites chou blanc à Baker Street, essayez à Scotland Yard, et dites que vous l'avez perdu dans un taxi.

— A Lambeth, corrigea miss Lemon avec son efficacité coutumière.

Poirot leva la main :

— Vous savez toujours ces choses-là.

Mrs Hubbard voulut intervenir :

— Mais pourquoi pensez-vous que…

— Voyons d'abord quels résultats nous obtenons, coupa le détective. Ensuite, qu'ils soient positifs ou négatifs, nous aurons vous et moi, Mrs Hubbard, un nouvel entretien. Vous me direz alors tout ce qu'il est nécessaire que je sache.

— Je crois franchement que je vous ai dit tout ce qui était possible.

— Non, non. Je ne suis pas d'accord. Nous avons là toute une jeunesse rassemblée, de tempéraments divers, de sexes différents. A aime B, mais B aime C, et D et E sont à couteaux tirés, à cause de A peut-être. C'est *tout cela* que j'ai besoin de connaître. Les interactions des émotions humaines. Les conflits, les jalousies, les amitiés, la malveillance et le manque de charité.

Mrs Hubbard éprouvait une certaine gêne

— Je ne connais certainement pas ces choses-*là*. Je ne me mêle de rien. Je dirige seulement l'établissement, et je veille aux repas et tout ça.

— Mais vous vous intéressez aux gens. Vous me l'avez dit. Vous aimez les jeunes. Vous avez accepté ce poste, non pour ce qu'il offrait sur le plan financier, mais parce qu'il vous mettrait en contact avec des problèmes humains. Il y a des étudiants que vous aimez beaucoup, d'autres moins, et d'autres, évidemment, pas du tout. Vous m'en parlerez… oui, vous m'en parlerez ! Parce que vous êtes inquiète… non point à cause de ce qui s'est passé : vous pourriez en informer la police…

— Mrs Vanilos n'aimerait pas que la police intervienne, j'en suis persuadée.

Hercule Poirot passa outre à l'objection :

— Oui, vous vous inquiétez à cause de *quelqu'un*… quelqu'un que vous croyez responsable, ou, à tout le moins, impliqué là-dedans. Quelqu'un, par conséquent, pour qui vous éprouvez de l'affection.

— Vraiment, monsieur Poirot ?

— Oui, vraiment. Et je pense que vous avez raison d'être inquiète. Car cette écharpe de soie taillée en pièces, ce n'est pas joli-joli. Et le sac à dos lacéré, ce n'est pas joli non plus. Pour le reste, cela semble relever de l'enfantillage… et cependant… je n'en suis pas convaincu. Non, je n'en suis pas convaincu du tout.

3

Mrs Hubbard se hâta de grimper le perron du 26 Hickory Road et d'introduire sa clef dans la serrure. A l'instant même où la porte s'ouvrit, un grand jeune homme aux cheveux d'un roux agressif surgit derrière elle.

— Salut, Ma ! lui lança-t-il selon son habitude. On courait la prétentaine ?

C'était un garçon à l'accent cockney, cordial, sympathique et miséricordieusement dépourvu de tout complexe d'infériorité.

— J'étais invitée à prendre le thé, Mr Bateson, répliqua-t-elle. Et ne me faites pas perdre mon temps, je suis déjà en retard.

— J'ai disséqué un macchabée tout ce qu'il y a de croquignolet, aujourd'hui. Ç'a été du tonnerre de Dieu !

— Ne soyez pas aussi horrible, vilain garçon. Un macchabée tout ce qu'il y a de croquignolet, vraiment ! Comment pouvez-vous dire des choses pareilles ? Vous me donnez la nausée.

Len Bateson éclata d'un gros rire dont l'écho résonna dans le vaste vestibule.

— Ça n'est rien à côté de la réaction de Célia, reprit-il. Je suis allé à la pharmacie centrale de l'hôpital. « Je suis venu vous parler d'un refroidi mignon tout plein », que je lui ai dit, histoire de voir sa tête. Eh bien, elle est devenue blanche comme un linge, et j'ai cru qu'elle allait tomber dans les pommes. Qu'est-ce que vous pensez de ça, maman Hubbard ?

— Je n'en pense rien. Quelle idée ! Célia a probablement cru que vous parliez d'un *vrai* cadavre.

— Un vrai... qu'est-ce que vous me chantez là ? Vous croyez qu'ils sont comment, nos cadavres ? Synthétiques ?

Un jeune homme mince aux longs cheveux mal soignés émergea d'une porte à main droite.

— Oh ! ce n'est que *vous,* déclara-t-il d'un ton assez maniéré. Je pensais qu'il y avait là, au bas mot, toute une équipe de déménageurs. Vous n'avez peut-être pas trente-six voix, mais elle fait du bruit comme dix.

— J'ose espérer que cela n'a pas dangereusement affecté votre système nerveux ?

— Pas plus que d'ordinaire, rétorqua Nigel Chapman avant de battre en retraite.

— Notre fleur délicate..., commenta Len.

— Allons, ne vous chamaillez pas, vous deux, les gourmanda Mrs Hubbard. De la bonne humeur, c'est ce que je veux, et un peu de tolérance.

— Je me fiche bien de notre Nigel, Ma, répliqua-t-il en lui souriant affectueusement.

Une jeune fille descendait l'escalier :

— Oh ! Mrs Hubbard, Mrs Vanilos est chez elle. Elle a dit qu'elle souhaitait vous voir aussitôt que vous seriez de retour.

Mrs Hubbard soupira et se mit en devoir de gravir les marches. La jeune fille, grande et brune, qui avait transmis le message s'effaça contre le mur pour la laisser passer.

Len Bateson enlevait son imperméable :

— Qu'est-ce qui nous tombe dessus, Valérie ? On va communiquer en temps utile à maman Hubbard des plaintes sur notre comportement ?

La jeune femme haussa des épaules élégantes. Elle descendit, traversa le vestibule et jeta :

— Cet endroit ressemble chaque jour davantage à une maison de fous.

Tout en parlant, elle avait pénétré dans la pièce de droite. Elle marchait avec l'aisance gracieuse et insolente propre à celles qui ont exercé le métier de mannequin.

Le 26 Hickory Road se composait en réalité de deux bâtiments, le 24 et le 26. Ils avaient été réunis au niveau du rez-de-chaussée, de sorte qu'il s'y trouvait une salle commune et une grande salle à manger, ainsi que deux vestiaires et un petit bureau sur l'arrière de la maison. Deux escaliers séparés menaient dans les étages restés distincts. Les jeunes filles logeaient dans les chambres de la partie droite de l'édifice, tandis que les jeunes gens se partageaient celles de la partie gauche, autrefois le 24.

En arrivant sur le palier, Mrs Hubbard défit le col de son manteau. Elle soupira et se dirigea vers le salon de Mrs Vanilos.

Elle frappa avant d'entrer.

— Encore une fois dans un de ses mauvais moments, je suppose, marmonna-t-elle.

Il faisait très chaud dans le salon de Mrs Vanilos. Tous les éléments du grand radiateur électrique rougeoyaient, et la fenêtre était hermétiquement close. Entourée de coussins de soie et de velours d'une propreté douteuse, la propriétaire de la pension, assise sur un canapé, fumait une cigarette. C'était une grande femme brune, encore belle, à la bouche mauvaise et aux gigantesques yeux marron.

— Ah ! Vous voilà, lança-t-elle comme si elle proférait une accusation.

Mrs Hubbard, en Lemon authentique, demeura impavide.

— Oui, répondit-elle avec sang-froid, je suis là. On m'a dit que vous vouliez me voir d'urgence.

— Et comment ! C'est monstrueux, rien de moins : monstrueux !

— Qu'est-ce qui est monstrueux ?

— Ces factures ! Vos comptes ! s'écria Mrs Vanilos en tirant de sous les coussins, à la manière d'un prestidigitateur habile, une liasse de papiers. Que donnons-nous à manger à ces misérables étudiants ? Du foie gras et des ortolans ? Sommes-nous au *Ritz* ? Vous les prenez pour qui, ces étudiants ?

— Pour une jeunesse à l'appétit robuste. Nous leur servons un petit déjeuner copieux et un dîner convenable – une nourriture simple, mais nourrissante. Tout cela est parfaitement économique.

— Economique ? Economique ? C'est ce que vous avez le culot de prétendre ? Alors que je suis en train de me ruiner ?

— Vous réalisez ici des bénéfices très substantiels, Mrs Vanilos. Pour les étudiants, nos tarifs sont plutôt élevés.

— Mais est-ce que nous ne sommes pas toujours pleins ? N'ai-je pas toujours trois candidatures pour chaque place libre ? Des étudiants, est-ce qu'on ne m'en envoie pas du *British Council*, de l'université de Londres, des ambassades, du lycée français, hein ? Et toujours trois fois plus de postulants que de chambres disponibles, non ?

— C'est largement dû au fait que notre cuisine est bonne et satisfaisante. Les jeunes doivent être bien nourris.

— Peuh ! Ces chiffres sont scandaleux. C'est cette cuisinière italienne et son mari. Ils vous carottent sur les approvisionnements.

— Oh ! non, certainement pas, Mrs Vanilos. Je vous assure bien qu'aucun étranger ne pourrait me « carotter ».

— Alors, c'est vous… c'est vous qui me volez.

Mrs Hubbard ne perdit pas son calme.

— Je ne peux pas vous permettre ce genre de déclaration, riposta-t-elle du ton qu'une nurse d'autrefois aurait adopté pour adresser des remontrances à une marmaille particulièrement turbulente. C'est très désagréable et, un de ces quatre matins, cela vous attirera des ennuis.

— Ah !

D'un geste théâtral, Mrs Vanilos lança à la volée ses papiers, qui se dispersèrent dans toutes les directions.

Mrs Hubbard, lèvres pincées, se mit en devoir de les ramasser.

— Vous me rendez folle, vitupéra Mrs Vanilos.

— Peut-être bien, répliqua Mrs Hubbard, mais ce n'est pas bon pour vous, vous savez, de vous énerver comme ça. C'est très mauvais pour votre tension.

— Vous reconnaissez que ces chiffres sont plus élevés que ceux de la semaine dernière ?

— Naturellement qu'ils le sont. Il y avait, chez Lampson, de l'excellente marchandise à prix réduit. J'en ai profité. Les chiffres de la semaine prochaine se situeront bien au-dessous de la moyenne.

Mrs Vanilos arbora une mine boudeuse :

— Vous avez réponse à tout.

— Voilà, répondit Mrs Hubbard en reposant une pile bien nette de factures sur la table. Autre chose ?

— L'Américaine, cette Sally Finch… elle parle de s'en aller. Je ne veux pas qu'elle nous quitte. Elle a une bourse Fulbrite. Elle nous amènera d'autres boursiers Fulbrite. Il ne faut pas qu'elle parte.

— Quelles raisons donne-t-elle pour s'en aller ?

Mrs Vanilos haussa des épaules monumentales :

— Comment m'en souviendrais-je ? Mais ce qu'elle m'a dit n'était pas vrai. *Ça*, je peux vous le garantir.

Songeuse, Mrs Hubbard hocha la tête. Sur ce point, elle était encline à croire Mrs Vanilos.

— A moi, elle ne m'a encore parlé de rien, fit-elle valoir.

— Mais vous évoquerez le problème avec elle ?

— Bien entendu.

— Et si c'est à cause de ces étudiants de couleur, ces Indiens, ces négresses… alors, eux, ils peuvent tous prendre leurs cliques et leurs claques, vous me comprenez ? La couleur de la peau, c'est ce qui compte le plus pour les Américains… et, pour moi, ce sont les Américains qui sont importants… mais, pour ces mal blanchis… au diable !

Mrs Vanilos appuyait son propos d'un geste large.

— Pas tant que je serai ici, répliqua Mrs Hubbard, très froide. Et, de toute manière, vous vous trompez. Il n'y a aucun sentiment de ce genre parmi les étudiants, et Sally n'est certainement pas comme cela. Mr Akibombo et elle déjeunent très souvent ensemble, et personne n'est plus noir que lui.

— Alors, c'est à cause des communistes… vous savez comment sont les Américains vis-à-vis du communisme. Et ce Nigel Chapman… *lui,* il est communiste.

— J'en doute.

— Si, si. Vous auriez dû entendre ce qu'il disait l'autre soir.

— Nigel débiterait n'importe quelle insanité pour mettre ses camarades hors d'eux. Cela le rend parfois assommant.

— Vous les connaissez tous si bien. Chère Mrs Hubbard, vous êtes merveilleuse ! Je ne cesse de me le répéter… Que deviendrais-je sans

Mrs Hubbard ? Je vous accorde une confiance *absolue*. Vous êtes une femme merveilleuse, oui, merveilleuse.

— Après le séné, la rhubarbe.

— C'est quoi, ça ?

— Ne vous inquiétez pas. Je ferai ce que je pourrai.

Coupant court à un déluge de remerciements, Mrs Hubbard quitta la pièce.

Elle se hâta de rejoindre son propre salon tout en marmonnant : « Quelle perte de temps... cette femme est exaspérante ! »

Mais il était écrit que Mrs Hubbard ne connaîtrait pas encore la paix. Une haute silhouette se dressa à son entrée :

— J'aimerais, s'il vous plaît, m'entretenir avec vous quelques minutes.

— Bien sûr, Elizabeth.

Mrs Hubbard éprouvait une vive surprise. Elizabeth Johnston, originaire des Caraïbes, étudiait le droit. Ambitieuse, elle travaillait dur, et faisait preuve d'une grande réserve. Elle avait toujours paru extrêmement équilibrée et compétente. Mrs Hubbard la tenait pour l'une des meilleures de ses pensionnaires.

Ses traits foncés demeuraient impassibles et elle se maîtrisait parfaitement, mais Mrs Hubbard percevait une légère fêlure dans sa voix.

— Vous avez un problème, Elizabeth ?

— Oui. Pourriez-vous venir dans ma chambre, s'il vous plaît ?

— Un instant.

Mrs Hubbard ôta son manteau et ses gants. La jeune fille l'entraîna dans l'escalier. Sa chambre était située au dernier étage. Elle alla jusqu'à une table proche de la fenêtre :

— Voici mes notes de cours. Cela représente plusieurs mois d'efforts. Vous voyez ce qu'on en a fait ?

Mrs Hubbard retint sa respiration avec un léger haut-le-corps.

De l'encre avait été renversée sur la table. Elle s'était répandue sur les feuilles de papier, les trempant complètement. Mrs Hubbard les toucha du bout du doigt. Elles étaient encore humides.

Sans ignorer qu'elle posait une question stupide, elle n'en demanda pas moins :

— Vous n'avez pas renversé cela vous-même ?

— Non. On a fait ça pendant que j'étais sortie.

— Et Mrs Biggs, vous ne croyez pas que…

Mrs Biggs était la femme de ménage qui s'occupait des étages supérieurs.

— Ce n'était pas Mrs Biggs. L'encre n'est même pas à moi. La mienne est sur l'étagère, au-dessus de mon lit. On n'y a pas touché. Quelqu'un a apporté de l'encre ici, pour faire ça exprès.

Mrs Hubbard ne songeait pas à cacher son indignation :

— Comment peut-on se montrer aussi méchant… aussi cruel ?

— Oui, c'est très malveillant.

La jeune fille s'était exprimée avec calme, mais Mrs Hubbard ne commettrait pas l'erreur de sous-estimer son ressentiment :

— Eh bien, Elizabeth, je ne sais vraiment que vous dire. Je suis scandalisée, outrée, et je ferai tout mon possible pour découvrir l'auteur d'une méchanceté aussi flagrante. Vous-même, vous n'avez aucune idée ?

— C'est de l'encre verte, vous l'avez remarqué, rétorqua instantanément Elizabeth.

— Oui, je l'ai remarqué.

— Ça n'est pas très courant, cette encre verte. Je ne connais qu'une seule personne qui s'en serve ici. Nigel Chapman.

— Nigel ? Vous pensez que Nigel ferait une chose comme ça ?

— Je ne l'aurais pas cru de lui... non. Mais il écrit son courrier et ses notes à l'encre verte.

— Je vais être obligée de poser un tas de questions. Je suis navrée, Elizabeth, qu'un incident semblable se soit produit chez nous, et je peux seulement vous affirmer que je ferai de mon mieux pour tirer cela au clair.

— Merci, Mrs Hubbard. Il y a eu... il y a eu d'autres incidents, n'est-ce pas ?

— Oui... euh... oui.

Mrs Hubbard s'en fut. Elle s'apprêtait à s'engager dans l'escalier pour descendre, lorsqu'elle s'arrêta net, puis reprit le couloir pour aller frapper à une porte située à son extrémité. La voix de miss Sally Finch la pria d'entrer.

La chambre était sympathique et Sally Finch, une rousse souriante, sympathique elle aussi.

Elle était en train d'écrire sur un bloc et releva un visage à la joue gonflée. Elle tendit à sa visiteuse une boîte de bonbons ouverte.

— Des spécialités de chez nous, expliqua-t-elle laborieusement en promenant le bonbon qu'elle suçait de sa joue droite à sa joue gauche. Prenez-en un.

— Non, merci, Sally. Pas maintenant. Je suis très ennuyée… Vous savez ce qui est arrivé à Elizabeth Johnston ?

— Qu'est-ce qui est arrivé à notre Black Bess ?

Le surnom n'était qu'affectueux, et il avait été accepté comme tel par la jeune Noire.

Mrs Hubbard raconta ce qui s'était produit. Sally manifesta tous les symptômes d'une compassion pleine de colère :

— Ça, c'est vraiment méchant. Je ne peux pas croire que quelqu'un ait pu faire ça à Bess. Tout le monde l'aime. Elle est réservée, elle ne sort pas beaucoup et elle ne se mêle guère à nous. Mais je suis sûre que personne ne la déteste.

— J'aurais dit la même chose.

— Eh bien… tout ça va avec le reste, non ? C'est d'ailleurs pour ça que…

La jeune fille se tut brusquement.

— Pour ça que *quoi* ? insista Mrs Hubbard.

— C'est pour ça que je vais m'en aller d'ici, répondit Sally avec lenteur. Mrs Vanilos vous en a parlé ?

— Oui. Elle en était bouleversée. Elle paraissait croire que vous ne lui aviez pas fourni le vrai motif de votre départ.

— Non, je ne le lui ai pas fourni. Inutile de la faire sauter au plafond. Vous savez comment elle est. Mais c'est ça, ma vraie raison : ce qui se passe ici ne me plaît pas. Oh ! ce n'est pas tant les histoires de chapardage… parce que, même si ce n'est pas agréable, c'est là un phénomène relativement normal et qui peut se produire n'importe où et n'importe quand. En revanche, la disparition de ma chaussure et le fait que l'écharpe de Valérie et le sac à dos de Len aient été coupés en petits morceaux, voilà qui est nettement moins normal… qui ne l'est même *pas du tout*.

Elle se tut un instant, puis ajouta avec un large sourire :

— Un qui n'en mène pas large, c'est Akibombo. Il a beau constamment jouer les esprits forts et les êtres archicivilisés, il cache un bon vieux fond africain qui croit dur comme fer à la magie noire.

— Pouah ! s'offusqua Mrs Hubbard. Je ne supporte pas ces sornettes de superstitions. Il y a seulement des êtres humains parfaitement ordinaires qui se rendent insupportables. Un point, c'est tout.

Un sourire félin illumina la bouche de Sally :

— Vous mettez l'accent sur *ordinaire*. Mais j'ai le sentiment qu'il y a dans cette maison quelqu'un qui n'est pas *ordinaire* pour deux sous !

Mrs Hubbard descendit l'escalier, puis pénétra dans la salle commune des étudiants. Il s'y trouvait quatre personnes. Valérie Hobhouse avait posé ses élégants pieds fuselés sur l'accoudoir du sofa où elle était allongée. Nigel Chapman était assis à une table, un gros livre ouvert devant lui. Patricia Lane s'appuyait au manteau de la cheminée, tandis qu'une autre jeune fille en imperméable, qui venait d'entrer, enlevait son bonnet de laine. Trapue, blonde, elle possédait des yeux marron très écartés, ainsi que des lèvres d'ordinaire entrouvertes qui lui conféraient un air d'étonnement perpétuel.

Otant paresseusement sa cigarette de sa bouche, Valérie interrogea d'une voix traînante :

— Salut, Ma ! Vous avez administré un sirop calmant à la vieille chouette qui nous tient lieu de vénérée logeuse ?

— Elle était sur le sentier de la guerre ? demanda Patricia Lane.

— Et comment ! ricana Valérie.

— Il s'est passé quelque chose de très déplaisant, coupa Mrs Hubbard. Nigel, j'ai besoin que vous m'aidiez.

Nigel Chapman releva la tête en refermant son livre. Il sourit, d'un sourire malicieux mais d'une étonnante douceur :

— Moi, madame ? Qu'est-ce que j'ai encore fait ?

— Rien, je l'espère. Mais on a méchamment répandu de l'encre sur les notes d'Elizabeth Johnston, et il s'agit d'encre verte. Et vous, Nigel, vous écrivez à l'encre verte.

Le sourire du jeune homme disparut. Il la fixa :

— Oui, je me sers d'encre verte.

— Une couleur horrible, commenta Patricia. Je voudrais que vous y renonciez, Nigel. Je vous ai toujours dit que je pensais que c'était terriblement affecté de votre part.

— J'aime assez l'affectation, répliqua Nigel. De l'encre mauve me conviendrait mieux encore, je crois. Il faudra que j'essaie de m'en procurer. Mais vous parlez sérieusement, maman Hubbard ? A propos de ce sabotage, j'entends ?

— Oui, je *suis* sérieuse. Est-ce votre œuvre, Nigel ?

— Non, bien sûr que non. J'aime bien titiller les gens, comme vous le savez, mais je ne ferais jamais une saloperie comme celle-là… et certainement pas à Black Bess qui ne s'occupe, elle, que de ce qui la regarde, d'une manière qui pourrait servir d'exemple à certaines personnes que je ne nommerai pas. Où est donc mon encre ? J'ai rempli mon stylo hier soir, je m'en souviens. En général, je la laisse sur cette étagère, là-bas.

Il traversa la pièce, attrapa la bouteille et émit un sifflement :

— La voilà. Vous avez raison. Elle est presque vide. Elle devrait être quasiment pleine.

La jeune fille en imperméable ne put retenir une légère exclamation :

— Oh ! Seigneur. Oh ! Seigneur. Je n'aime pas ça…

Nigel pivota dans sa direction, accusateur.

— Vous avez un alibi, Célia ? lança-t-il, la mine menaçante.

Elle sursauta :

— Ça n'est pas moi. Vraiment, ça n'est pas moi. De toute façon, j'ai passé toute la journée à l'hôpital. Je n'aurais pas…

— Allons, Nigel, le réprimanda Mrs Hubbard. Ne taquinez pas Célia.

— Je ne vois pas pourquoi Nigel devrait être soupçonné, protesta Patricia Lane. Ce n'est pas parce qu'on lui a pris son encre que…

— C'est bien, chérie, défendez votre petit, riposta Valérie.

— Mais c'est si injuste…

— Mais, franchement, *moi*, je n'ai rien à voir là-dedans, protesta Célia, très ferme.

— Personne ne vous reproche quelque chose, bébé, rétorqua Valérie avec impatience.

Elle échangea un regard avec Mrs Hubbard et poursuivit :

— Quoi qu'il en soit, tout cela dépasse les limites de la plaisanterie. Il va falloir prendre des mesures.

— Ces mesures, elles vont être prises, l'informa Mrs Hubbard, le visage sombre.

4

— Voici l'objet, monsieur Poirot.

Miss Lemon déposait devant le détective un petit paquet enveloppé de papier fort. Hercule Poirot défit l'emballage avant de jeter un regard approbateur à un élégant escarpin du soir en lamé argent.

— C'était à Baker Street, exactement comme vous l'aviez prévu, précisa la secrétaire.

— Voilà qui nous évite bien des tracas, commenta Poirot. Et qui confirme aussi mes vues.

— Absolument, répliqua miss Lemon qui, par nature, était dépourvue de toute espèce de curiosité.

Mais elle ne demeurait pas sourde, cependant, aux appels de la voix du sang :

— Si cela ne devait pas trop vous déranger, monsieur Poirot, j'ai reçu une lettre de ma sœur. Il y a eu de nouveaux incidents.

— Vous permettez que je la lise ?

Elle lui remit la missive. L'ayant lue, Poirot lui demanda d'appeler sa sœur au téléphone. La communication établie, il s'empara du combiné :

— Mrs Hubbard ?

— Oh ! oui, monsieur Poirot. C'est si aimable à vous de me téléphoner aussi vite. J'étais réellement très…

Poirot coupa court :

— D'où me parlez-vous ?

— Mais… du 26 Hickory Road, bien entendu. Oh ! Je vois ce que vous voulez dire. Je suis dans mon propre salon.

— Il y a un poste secondaire ?

— C'est le poste secondaire. Le poste principal est au rez-de-chaussée, dans le vestibule.

— Qui, dans la maison, pourrait surprendre notre conversation ?

— A cette heure-ci, tous nos étudiants sont sortis. La cuisinière fait les courses. Geronimo, son mari, comprend très mal l'anglais. Il y a l'une des femmes de ménage, mais elle est sourde et je suis convaincue qu'elle ne se donnerait pas la peine de nous écouter.

— Parfait. Je puis donc parler librement. Vous arrive-t-il d'avoir, le soir, des conférences ou des films ? Des loisirs organisés quelconques ?

— Nous avons parfois des conférences. Miss Baltrout, l'exploratrice, est venue, il y a peu, nous montrer des diapositives. Et puis nous avons eu une soirée de propagande pour les Missions d'Extrême-Orient, mais je crains que bien des étudiants n'aient été absents ce soir-là.

— Ah !… eh bien, ce soir même, vous vous serez assurée de la présence de M. Hercule Poirot, le patron de votre sœur, qui viendra entretenir vos étudiants de ses enquêtes les plus palpitantes.

— Ce serait très bien, j'en suis persuadée, mais ne croyez-vous pas que…

— Il ne s'agit pas de croire. Je suis *sûr* !

Ce même soir, en entrant dans la salle commune, les étudiants découvrirent une notice punaisée au tableau d'affichage :

M. Hercule Poirot, le célèbre détective privé, a aimablement accepté de donner ce soir une causerie sur la théorie et la pratique de sa profession, ainsi que sur certains dossiers criminels fameux.

Ce qui suscita des commentaires variés :

— Qui c'est, ce poulet ?

— Jamais entendu parler de ce zèbre.

— Moi, si. Un type avait été condamné à mort pour l'assassinat d'une femme de ménage, et il l'a sauvé au dernier moment en découvrant le vrai coupable.

— Ça me paraît rasoir.

— Je crois que ça peut être très rigolo.

— Colin devrait apprécier. Il est cinglé de psychocriminologie.

— Je ne m'exprimerais pas de cette manière, mais je ne nie pas qu'un homme qui a été en relations étroites avec des criminels puisse être intéressant à interroger.

Le dîner fut servi à 7 heures et demie. La plupart des étudiants avaient déjà pris place à table lorsque Mrs Hubbard arriva de son salon – où un verre de xérès avait été offert au distingué conférencier –, suivie d'un homme âgé, de petite taille, aux cheveux trop noirs, possesseur d'une moustache de dimensions hors du commun qu'il retroussait avec fatuité.

Mrs Hubbard fit les présentations :

— Voici quelques-uns de nos étudiants, monsieur Poirot. Et voici M. Hercule Poirot, qui a eu la gentillesse de venir nous parler après le souper.

On échangea les salutations d'usage. Poirot, assis à côté de son hôtesse, se mit en devoir de protéger ses bacchantes de l'excellent minestrone qu'un petit Italien affairé puisait dans une grande soupière.

Au potage succédèrent des spaghettis aux boulettes de viande très relevés. C'est alors que la jeune fille assise à sa droite s'adressa à Hercule Poirot, non sans timidité :

— La sœur de Mrs Hubbard travaille réellement chez vous ?

Le détective se tourna vers elle :

— Mais oui, bien entendu. Miss Lemon est ma secrétaire depuis de longues années. C'est la femme la plus efficace que la Terre ait jamais portée. Au point qu'il lui arrive parfois de me faire peur.

— Oh ! Voyez-vous, je me posais des questions...

— Et que vous demandiez-vous, mademoiselle ?

Il lui souriait, paternel, tout en notant mentalement : « *Jolie, soucieuse, pas très vive d'esprit, paniquée...* »

— Puis-je savoir votre nom et ce que vous étudiez ? s'enquit-il encore.

— Célia Austin. Je ne fais pas d'études. Je suis préparatrice en pharmacie au St Catherine's Hospital.

— Ah !... et c'est un travail intéressant ?

— Oh ! je ne sais pas... oui, peut-être, répondit-elle, incertaine.

— Et les autres ? Pourriez-vous m'en dire quelques mots ? J'avais cru comprendre que cette pension était destinée aux étrangers, mais la plupart des pensionnaires me semblent anglais.

— Pas mal de nos étrangers sont absents. Mr Chandra Lal et Mr Gopal Ram... ils sont indiens... et miss Reinjeer... une Hollandaise... et puis Mr Ahmed Ali, qui est égyptien et terriblement politisé !

— Mais ceux qui sont ici ? Parlez-moi d'eux.

— Eh bien, à gauche de Mrs Hubbard, vous avez Nigel Chapman. Il étudie l'histoire médiévale et l'italien à l'université de Londres. A côté de lui, avec des lunettes, vous avez Patricia Lane, qui prépare un diplôme d'archéologie. Le grand rouquin, c'est Len Bateson, qui est étudiant en médecine. Valérie Hobhouse, la brune, travaille dans un institut de beauté. A côté d'elle, vous avez encore Colin McNabb... qui se spécialise en psychiatrie.

Un changement subtil s'était produit dans la voix de la jeune fille. Poirot la regarda avec un surcroît d'attention et nota que le rouge lui était venu aux joues.

« Tiens ! tiens ! se dit-il. Elle est amoureuse, et elle a des difficultés à le cacher. »

Il remarqua que le jeune McNabb, trop absorbé par sa conversation avec une rouquine rieuse, ne semblait jamais la regarder à travers la table.

— Elle, c'est Sally Finch… une boursière Fulbrite, reprit Célia. Et puis Geneviève Maricaud. Elle fait l'anglais, tout comme René Halle qui est assis près d'elle. La petite blonde, c'est Joan Tomlinson… elle travaille à St Catherine's, elle aussi, comme physiothérapeute. Et puis Akibombo, le Noir, qui vient d'Afrique de l'Ouest et qui est absolument adorable. Elizabeth Johnston est jamaïcaine. Elle fait du droit. Et, à ma droite, vous avez deux étudiants turcs qui sont arrivés il y a une semaine à peu près. Ils ne parlent presque pas anglais.

— Merci. Et vous vous entendez tous bien ensemble ? Ou bien vous vous disputez ?

La légèreté du ton du détective masquait la gravité du propos.

Elle répliqua :

— Oh ! nous sommes vraiment tous beaucoup trop occupés pour nous disputer, quoique…

— Quoique quoi, miss Austin ?

— C'est-à-dire… Nigel… à côté de Mrs Hubbard. Il adore tarabuster les gens et les mettre en colère. Et Len Bateson est capable de se mettre *franchement* en colère. Il en devient fou de rage quelquefois. Mais c'est un chou en réalité.

— Et Colin McNabb… il se fâche, lui aussi ?

— Oh ! non. Colin se contente de froncer les sourcils et de prendre l'air amusé.

— Je vois. Et, entre jeunes filles, vous ne vous chamaillez pas ?

— Non, non, nous nous entendons toutes très bien. Geneviève a parfois ses humeurs. Je crois que les Français sont enclins à la susceptibilité… oh ! je ne veux pas dire par là que… je vous demande pardon de…

Célia Austin personnifiait la confusion.

— Moi, je suis belge, répliqua solennellement Poirot. Mais qu'entendiez-vous à l'instant, miss Austin, lorsque vous avez dit que vous vous posiez des questions ? Que vous demandez-vous donc ? ajouta-t-il vivement avant qu'elle ne se soit remise de sa gaffe.

Elle émiettait nerveusement son pain :

— Ah ! que… enfin rien… vraiment rien… seulement que nous avons eu à subir ici de très mauvaises plaisanteries ces derniers temps… Je pensais que Mrs Hubbard… mais c'était réellement idiot de ma part. Je ne voulais rien dire de particulier.

Poirot se garda d'insister. Il se trouva bientôt plongé dans un débat triangulaire avec Mrs Hubbard et Nigel Chapman, qui soutenait une théorie hautement paradoxale selon laquelle le crime constituait l'une des formes les plus achevées de la création artistique – tandis que les policiers, qui, affirmait-il, ne choisissaient leur profession qu'à cause de leur sadisme refoulé, se recrutaient parmi les asociaux véritables. Le détective observa avec amusement que la voisine à lunettes de Nigel, la mine anxieuse, tentait désespérément de justifier ses propos aussi vite qu'il les proférait. Mais le jeune homme ne lui prêtait pas la moindre attention.

Mrs Hubbard se contentait d'une indulgence souriante :

– Aujourd'hui, vous ne pensez plus, vous les jeunes, qu'à la politique et à la psychologie. Quand j'avais encore votre âge, nous nous prenions moins au sérieux. Nous dansions. Si vous rouliez seulement le tapis de la salle commune, vous verriez que le plancher est très convenable et vous pourriez danser sur la musique de la radio. Mais vous ne le faites jamais.

Célia rit.

— Vous savez danser, Nigel, releva-t-elle avec un brin de malice. Une fois, j'ai même dansé avec vous. Mais je n'espère pas que vous vous en souveniez.

— Vous avez dansé avec *moi* ? s'étonna Nigel. Où donc ?

— A Cambridge… pendant la grande semaine de mai.

D'un geste, le jeune homme montra son dédain pour les frivolités de la jeunesse :

— Oh ! la semaine de mai. Tout le monde doit traverser la phase de l'adolescence. Grâce à Dieu, elle passe vite.

A l'évidence, Nigel Chapman n'avait pas plus de vingt-cinq ans. Les moustaches de Poirot dissimulèrent son sourire.

— Voyez-vous, Mrs Hubbard, nos études sont trop prenantes, fit valoir Patricia Lane avec sérieux. Entre les cours que nous devons suivre et nos notes à mettre au net, nous n'avons réellement de temps à consacrer qu'à ce qui en vaut la peine.

— Eh bien, ma chère, on n'est jeune qu'une fois, répliqua Mrs Hubbard.

Un pudding au chocolat clôtura le repas. Tout le monde s'en fut dans la salle commune. Chacun se servit du café à un grand thermos posé sur une table. Mrs Hubbard invita alors Poirot à entamer son exposé. Les deux Turcs s'excusèrent avec politesse. Les autres s'assirent, la mine attentive.

Poirot se dressa pour prendre la parole avec son assurance coutumière. Il aimait toujours à entendre le son de sa propre voix. Il parla trois quarts d'heure, d'un ton léger et gai, contant ceux de ses hauts faits qui lui permettaient agréablement d'exagérer son importance. S'il parvint à donner, de manière subtile, l'impression qu'il avait quelque chose d'un fabuleux illusionniste, ce ne fut pas trop ostensiblement voulu.

— Et ainsi, comprenez-vous, j'ai raconté à ce banquier que je me souvenais d'un fabricant de savon de Liège qui avait empoisonné son épouse afin de pouvoir épouser sa belle et blonde secrétaire, conclut-il. Je l'avais dit comme en passant, mais j'ai obtenu une réaction immédiate. Il m'a remis de force dans les mains l'argent volé que je venais de retrouver pour son compte. Il était livide, et la peur se lisait dans ses yeux. « J'en ferai don, lui ai-je déclaré, à une œuvre charitable qui en a bien besoin. — Mettez-vous-le où je pense si vous voulez », m'a-t-il répondu. Alors, je lui ai dit, en marquant bien chaque mot : « Est-il besoin de souligner, sir Joseph, que, dans votre situation, vous ne sauriez vous montrer *trop* prudent ? » Il a hoché la tête, sans voix. Et, en sortant, j'ai vu qu'il s'épongeait le front. Il avait éprouvé une peur terrible, et moi… moi, je lui avais sauvé la vie. Car, bien qu'il se soit entiché de sa secrétaire blonde, il ne tenterait plus d'empoisonner sa stupide et acariâtre épouse. Il vaut toujours mieux prévenir que guérir. Ce que nous voulons, c'est donc prévenir les meurtres… et ne point attendre qu'ils aient été commis.

Poirot s'inclina, mains tendues :

— Voilà, je vous ai assez ennuyés.

Les étudiants l'applaudirent vigoureusement. Poirot s'inclina de nouveau. Mais, à l'instant où il allait se rasseoir, Colin McNabb décrocha sa pipe de ses dents pour observer :

— Et, maintenant, peut-être consentirez-vous à nous parler du véritable motif de votre présence ici ?

Un silence tomba.

— Colin ! s'exclama enfin Patricia d'un ton de reproche.

Le jeune homme lança autour de lui un regard méprisant :

— Eh bien, nous pouvons tous deviner, n'est-ce pas ? *Monsieur* Poirot nous a gratifiés d'une petite causerie très distrayante, mais ce n'est pas pour cela qu'il est ici. Il a une mission. Croyez-vous vraiment, *monsieur* Poirot, que nous ne sommes pas conscients de *cela* ?

— Vous parlez pour vous, Colin, souligna Sally.

— Mais c'est pourtant vrai, non ? insista Colin.

Une fois encore, le détective étendit les mains, pour un aveu bienveillant :

— Je dois admettre que mon aimable hôtesse m'a confié que certains événements lui ont donné… du souci.

Len Bateson se leva, les traits lourds et agressifs.

— Dites donc, interrogea-t-il, c'est quoi, tout ça ? On nous a roulés dans la farine ?

— C'est seulement maintenant que vous pigez, Bateson ? s'enquit Nigel avec douceur.

Célia frissonnait de crainte :

— Alors, j'avais *raison*…

Mrs Hubbard intervint d'un ton sans réplique :

— J'ai effectivement demandé à M. Poirot de nous faire un exposé, mais je voulais aussi lui demander conseil au sujet de plusieurs incidents survenus récemment. Il fallait faire quelque chose et, à mon avis, le seul autre choix possible, c'est… la police.

L'affrontement éclata aussitôt. Geneviève, fiévreuse, affirma, en français, qu'il serait « honteux et scandaleux » d'en appeler aux policiers. D'autres voix s'élevèrent, pour ou contre. Leonard Bateson parvint à dominer le tumulte :

— Ecoutons un peu ce que M. Poirot a à dire sur nos ennuis.

— J'ai donné tous les faits à M. Poirot, expliqua Mrs Hubbard. S'il souhaite poser quelques questions, je suis convaincue qu'aucun de vous n'y verra d'objection.

— Merci, répondit Poirot en s'inclinant.

Puis, avec la mine d'un prestidigitateur, il exhiba une paire de chaussures de soirée qu'il présenta à Sally Finch :

— Vos chaussures, mademoiselle ?

— Mais... oui... *toutes les deux* ? D'où vient celle qui avait disparu ?

— Du service des objets trouvés de la station de Baker Street.

— Mais qu'est-ce qui vous a conduit à penser qu'elles étaient là-bas, monsieur Poirot ?

— Un processus déductif extrêmement simple. Quelqu'un vole une chaussure dans votre chambre. Pourquoi ? Ni pour la porter ni pour la vendre. Et comme la maison sera fouillée par tout le monde pour essayer de la retrouver, cette chaussure doit être sortie d'ici ou détruite. Mais ce n'est pas très facile de détruire une chaussure. Ce qu'il y a de plus commode, c'est de l'empaqueter et de la glisser sous un siège de métro ou de bus à une heure de pointe. Telle était ma première hypothèse, et elle s'est révélée juste... et j'ai donc su que j'étais en terrain solide... puisque cet escarpin avait été chipé, comme le dit votre poète, « afin de fâcher, parce qu'il sait que cela agace ».

Valérie éclata d'un rire bref :

— Ça, Nigel, mon chéri, ça vous désigne d'un index vengeur.

— Si vous avez trouvé escarpin à votre pied, chaussez-le, minauda Nigel.

— Sottises, rétorqua Sally. Ce n'est pas Nigel qui m'avait chapardé mon escarpin.

— Bien sûr que non ! lança Patricia avec aigreur. C'est une idée complètement absurde.

— Je ne sais pas si c'est absurde, dit Nigel. Je n'ai tout bonnement rien fait de ce genre... comme nous l'affirmerons tous, sans aucun doute.

On eût pu croire qu'Hercule Poirot, à l'instar d'un acteur qui guette l'instant de sa réplique, n'avait attendu que ces mots-là. Ses yeux se fixèrent d'abord sur le visage empourpré de Len Bateson, puis passèrent en revue, inquisiteurs, celui des autres.

Volontairement, il accentua sa tendance si peu britannique à gesticuler :

— Ma position est délicate. Je suis ici votre hôte. Je suis venu à l'invitation de Mrs Hubbard... pour passer une soirée agréable, c'est tout. Et aussi, bien entendu, afin de restituer une paire de chaussures de soirée tout à fait adorable à Mademoiselle. Pour le reste... pour le reste, Mr. Bateson ?... oui, Bateson... m'a demandé de dire ce que je pensais moi-même de ces... de ces incidents. Mais il serait inconvenant de ma part d'exprimer mon opinion sans y avoir été convié, non par une seule personne, mais par vous tous.

Mr Akibombo acquiesça avec force de sa tête noire et crépue :

— C'est là un procédé très correct, oui. La procédure démocratique est de soumettre la question au vote des présents.

— Oh ! la barbe, rétorqua Sally Finch avec impatience. C'est une soirée entre amis, pour ainsi dire. Ecoutons, sans faire davantage d'histoires, ce que M. Poirot nous conseille.

— On ne saurait être plus d'accord avec vous que je ne le suis, Sally, commenta Nigel.

Poirot approuva d'un geste :

— Très bien. Puisque vous me posez tous cette question-là, je vous répondrai que mon conseil est des plus simples. Il faut que Mrs Hubbard – ou, plutôt, Mrs Vanilos – prévienne *immédiatement* la police. Il n'y a pas une seconde à perdre.

5

Incontestablement, nul ne s'était attendu à une telle déclaration de la part d'Hercule Poirot. Elle provoqua, non une avalanche de protestations ou de commentaires, mais un malaise brutal et silencieux.

Mettant à profit cette paralysie momentanée, Mrs Hubbard entraîna Poirot dans son propre salon. Le détective, pour marquer son départ, se borna à un rapide : « Bonsoir à tous. »

Mrs Hubbard manœuvra l'interrupteur, referma la porte et pria Poirot de prendre place dans un fauteuil, au coin de la cheminée. Le doute et l'anxiété marquaient son visage à l'ordinaire souriant. Elle offrit à Poirot une cigarette, qu'il refusa courtoisement en expliquant qu'il préférait les siennes. A son tour, il lui en proposa une.

— Je ne fume pas, monsieur Poirot, répondit-elle d'une voix absente.

Puis elle s'assit face à lui et reprit, après un instant d'hésitation :

— J'admets que vous ayez raison, monsieur Poirot. Nous devrions peut-être prévenir la police… surtout après cette vilaine histoire d'encre. Mais j'aurais souhaité que vous ne vous soyez pas exprimé aussi… aussi crûment.

Poirot alluma l'une de ses petites cigarettes, dont il observa la fumée :

— Ah ! vous pensez que j'aurais dû déguiser mes sentiments ?

— Eh bien, j'admets qu'il vaut d'ordinaire mieux faire preuve de franchise et jouer cartes sur table… mais il me semble qu'il aurait été préférable, dans le cas particulier, que nous restions discrets en demandant seulement à un policier de venir ici pour lui exposer les faits en tête à tête. Ce que je veux dire, c'est que celui, quel qu'il soit, qui a commis ces actes stupides… enfin, que cette personne-là est maintenant avertie et donc sur ses gardes.

— Oui, peut-être bien.

— Il ne s'agit pas de *peut-être,* mais de *sûr et certain,* répliqua assez sèchement Mrs Hubbard. Même si le coupable est l'un de nos employés, ou bien un étudiant qui n'était pas là ce soir, le bruit va se répandre. C'est toujours le cas.

— Très vrai. Il en va toujours ainsi.

— Et puis il y a Mrs Vanilos, en plus. Je n'ai aucune idée de l'attitude qu'elle va pouvoir adopter. Avec elle, on ne sait jamais.

— Il sera intéressant de le découvrir.

— Il va de soi que nous ne pouvons faire appel à la police si elle n'est pas d'accord pour… Oh ! qu'est-ce que c'est encore ?

On avait frappé à la porte d'une manière autoritaire. Et, avant même que Mrs Hubbard ait pu jeter un « Entrez ! » irrité, Colin McNabb, la pipe fermement fichée entre ses dents, la mine renfrognée, pénétra dans la pièce.

Il referma le battant et lança :

— Vous m'excuserez. Mais j'étais très désireux d'échanger deux mots avec M. Poirot ici présent.

Hercule Poirot se tourna vers lui, l'innocence faite homme :

— Avec moi ?

— Oui, avec vous, confirma Colin, sombre.

Il attira à lui une chaise assez inconfortable et s'y installa, très droit, en face du détective.

— Vous nous avez donné ce soir une causerie amusante, poursuivit-il d'un ton indulgent. Et je ne nierai pas que vous soyez un homme d'une longue et riche expérience. Mais, pardonnez-moi de vous le dire, vos méthodes comme vos idées sont parfaitement dépassées.

— Allons, Colin, protesta Mrs Hubbard, le rouge aux joues, vous êtes extrêmement grossier.

— Il n'est pas dans mes intentions d'offenser qui que ce soit, mais je dois mettre les choses au clair. Le crime et le châtiment, monsieur Poirot... c'est à cela que votre horizon semble se limiter.

— La séquence me paraît naturelle, rétorqua le détective.

— Vous avez une vision étriquée de la loi... et, pire encore, de la loi dans ce qu'elle a de plus vieillot. De nos jours, la loi elle-même doit tenir compte des théories les plus modernes et les plus avancées sur les *causes* du crime. Car ce sont les *causes* qui ont de l'importance, monsieur Poirot.

— Sur ce point, s'écria le détective, je ne pourrais davantage être d'accord avec vous, ainsi que l'on dit aujourd'hui.

— Alors, il vous faut prendre en considération la *cause* de ce qui s'est passé ici. Il vous faut déterminer *pourquoi* ces actes ont été commis.

— Je persiste à être d'accord avec vous… oui, c'est d'une importance primordiale.

— Parce qu'il y a toujours un motif. Et qui peut être, pour la personne concernée, un très bon motif.

— Sornettes ! lança Mrs Hubbard, qui ne pouvait plus se contenir.

Colin détourna légèrement la tête.

— C'est là que vous vous trompez, lui répliqua-t-il. On doit toujours considérer le substrat psychologique.

— Charabia psychologique, oui, riposta-t-elle. Je ne supporte pas ce genre de galimatias !

— C'est parce que vous n'en connaissez précisément rien, riposta-t-il, pontifiant. Je me passionne pour ces sujets, reprit-il à l'adresse de Poirot. Je suis actuellement des cours de spécialité en psychiatrie et en psychologie. Nous avons passé en revue les cas les plus complexes et les plus ahurissants. Et ce sur quoi je veux insister, monsieur Poirot, c'est que l'on ne peut régler le sort d'un criminel par la doctrine du péché originel, ou en lui attribuant un mépris conscient des lois du pays. Si vous voulez jamais pouvoir guérir un délinquant juvénile, vous devez parvenir à la compréhension des racines de son mal. De votre temps, on ignorait, on n'imaginait pas ces idées-là, et je suis convaincu que vous jugez difficile de les accepter, mais…

— Voler, c'est voler, coupa Mrs Hubbard, têtue.

Colin McNabb fronça les sourcils, agacé.

— Mes idées sont vieux jeu, sans aucun doute, concéda Poirot, mi-figue mi-raisin. Mais je suis tout à fait disposé à écouter vos arguments, Mr McNabb.

— C'est très gentiment dit, monsieur Poirot, répondit le jeune homme, agréablement surpris. Je vais essayer de clarifier les choses, en usant de termes simples.

— Je vous en remercie, rétorqua le détective sans sourire.

— Par commodité, je commencerai par cette paire de chaussures que vous avez apportées ce soir pour les restituer à Sally Finch. Si vous vous souvenez, un *seul* escarpin avait été volé. Un *seulement*.

— Je me souviens que cela m'avait frappé, oui.

Colin McNabb se pencha vers son interlocuteur. L'enthousiasme illuminait ses traits rudes mais beaux :

— Ah ! Mais vous n'en avez pas discerné la *signification*. C'est là l'un des exemples les plus superbes et les plus convaincants que l'on puisse rêver rencontrer. Nous avons affaire ici, indubitablement, à un *complexe de Cendrillon*. Vous connaissez peut-être ce conte de fées.

— Un conte français… mais oui.

— Cendrillon, la souillon sans gages, est assise auprès du feu. Ses sœurs, en leurs atours de fête, partent pour le bal du Prince. La bonne fée, sa marraine, envoie Cendrillon à ce bal, elle aussi.

Mais au premier coup de minuit, ses habits de gala redeviennent des haillons.... elle s'enfuit en hâte, abandonnant derrière elle une pantoufle de vair. Ainsi, nous avons là un esprit qui s'identifie à Cendrillon... inconsciemment, cela va de soi. Nous y relevons la frustration, l'envie, un sentiment d'infériorité. La jeune fille vole une pantoufle de vair. Pourquoi ?

— Une jeune fille ?

— Mais oui, voyons, une jeune fille, naturellement. Cela devrait apparaître clairement aux intelligences les plus moyennes.

— Colin, vraiment ! s'exclama Mrs Hubbard.

— Poursuivez, je vous prie, dit Poirot avec courtoisie.

— Il est probable qu'*elle ne sait pas pourquoi elle agit ainsi* – mais son souhait *informulé* est évident. Elle veut être la Princesse, elle veut que le Prince la reconnaisse et qu'il la demande en mariage. Autre élément significatif, la pantoufle est volée à une jeune fille séduisante *qui est sur le point de partir pour le bal.*

La pipe de Colin s'était éteinte depuis longtemps. Il la brandissait avec de plus en plus d'entrain.

— Venons-en maintenant, enchaîna-t-il, à quelques-uns des autres incidents. Au chapardage de jolies bricoles... associées aux séductions de la féminité. Un poudrier, du rouge à lèvres, des boucles d'oreilles, une bague... là, le sens est double. La jeune fille veut qu'on la remarque. Elle veut même *qu'on la punisse*... comme c'est souvent le cas chez les très jeunes délinquants. Ces objets ne sont en rien ceux qui seraient dérobés lors de ce que nous pourrions appeler un vol ordinaire. Ce n'est pas *leur valeur* qui attire. De même, des femmes très à l'aise volent dans les grands magasins des babioles qu'elles seraient parfaitement en mesure de payer.

Mrs Hubbard s'énervait :

— Sottises. Certaines personnes sont tout bonnement malhonnêtes, et c'est tout.

Poirot passa outre à cette interruption :

— Et, cependant, une précieuse bague de diamants figurait au nombre des larcins.

— Elle a été rendue.

— Quant au stéthoscope, Mr McNabb, vous ne le qualifierez pas, à coup sûr, de colifichet.

— Celui-là possède une signification plus profonde. Les femmes qui ont le sentiment de manquer de séduction peuvent se sublimer dans l'exercice d'une carrière professionnelle.

— Et le livre de cuisine ?

— Une représentation symbolique d'un foyer, d'un mari et d'une famille.

— Et la poudre de borate ?

Colin McNabb s'énervait, lui aussi :

— Mon cher monsieur Poirot… personne n'irait voler de la poudre de borate ! Quel intérêt ?

— C'est ce que je me suis demandé moi-même. Je dois reconnaître, Mr McNabb, que vous me paraissez avoir réponse à tout. Expliquez-moi donc le sens de la disparition d'un vieux pantalon de flanelle… votre pantalon de flanelle, si j'ai bien compris.

Pour la première fois, le jeune homme sembla mal à l'aise. Il rougit et se racla la gorge :

— Je pourrais expliquer cela… mais ce serait quelque peu complexe, et peut-être… euh, eh bien… un peu embarrassant.

— Ah ! je vous sais gré de ménager ma pudeur.

Brusquement, Poirot se pencha pour toquer de l'index le genou de Colin, avant de reprendre :

— Et l'encre qui a été renversée sur les papiers d'une étudiante, et l'écharpe de soie qui a été lacérée, hein ? Cela ne vous cause aucune inquiétude ?

L'affectation de supériorité et de contentement de soi affichée par Colin McNabb subit un changement soudain, point désagréable au demeurant :

— Si. Si, croyez-moi. C'est sérieux. Elle aurait dû bénéficier d'un traitement… *immédiatement.* Mais un traitement *médical,* j'entends. Cela ne concerne pas la police. Cette pauvre petite malheureuse ne sait même pas ce qu'elle a. Elle est comme ligotée. Si je…

— Vous savez de qui il s'agit ? interrompit Poirot.

— Eh bien, j'ai de très forts soupçons.

Comme s'il récapitulait ses pensées, le détective murmura :

— Une jeune fille qui n'a guère de succès auprès du sexe fort. Une jeune fille timide. Une jeune fille affectueuse. Une jeune fille dont le cerveau tend à réagir lentement. Une jeune fille qui se sent frustrée et solitaire. Une jeune fille…

On toquait à la porte. Poirot se tut. On toqua encore.

— Entrez, dit Mrs Hubbard.

Célia Austin apparut.

Poirot branla du chef :

— Ah ! exactement. Miss Célia Austin.

Célia fixa sur Colin McNabb des yeux désespérés.

— Je ne savais pas que vous étiez là, souffla-t-elle. Je venais… je venais…

Elle respira à fond avant de se précipiter vers Mrs Hubbard :

— Je vous en prie, je vous en supplie, ne prévenez pas la police. C'est moi. C'est moi qui ai volé tout ça. Je ne sais pas pourquoi. Je n'arrive pas à l'imaginer. Je n'en avais même pas envie. Ça m'a… ça m'a prise comme ça.

Elle pivota sur elle-même pour affronter Colin :

— Voilà, vous savez maintenant comment je suis… et vous ne voudrez plus jamais m'adresser la parole, je suppose. Je sais que je suis épouvantable et…

— Fichtre ! Pas le moins du monde, affirma Colin d'une voix pleine de chaleur et de tendresse. Vous êtes un peu complexée, rien de plus. C'est une sorte de maladie dont vous souffrez parce que vous ne voyez pas clairement la réalité. Si vous m'accordez votre confiance, Célia, je pourrai très vite vous remettre d'aplomb.

Elle lui adressa un regard éperdu d'adoration :

— Oh ! Colin… c'est vrai ? J'ai été si affreusement inquiète.

Il lui prit la main, un tantinet paternel :

— Eh bien, il n'y a plus de quoi s'inquiéter, maintenant.

Il se mit debout, glissa le bras de la jeune fille sous le sien, puis fixa sévèrement Mrs Hubbard.

— J'espère bien, articula-t-il, qu'il ne sera plus bêtement question de faire appel à la police. Rien de ce qui avait été volé n'a de valeur réelle, et Célia rendra ce qu'elle avait pris.

— Je ne peux pas rendre le bracelet et le poudrier, répliqua-t-elle, soucieuse. Je les ai jetés à l'égout. Mais j'en rachèterai d'autres.

— Et le stéthoscope ? interrogea Poirot. Où l'avez-vous mis ?

Célia rougit :

— Je n'ai pris aucun stéthoscope. Qu'est-ce que je ferais d'une vieille camelote de stéthoscope ? Et ce n'est pas moi qui ai répandu de l'encre sur les notes d'Elizabeth. Je n'ai jamais rien fait… rien d'aussi méchant, ajouta-t-elle en rougissant plus encore.

— Et, cependant, vous avez déchiqueté en petits morceaux l'écharpe de miss Hobhouse, Mademoiselle.

La jeune fille eut l'air gênée.

— C'était différent, répliqua-t-elle vaguement. Ça n'avait pas d'importance. Je veux dire que… que Valérie s'en fichait.

— Et le sac à dos ?

— Je n'y ai pas touché. Il ne me serait jamais venu à l'idée de lacérer un sac à dos. De toute façon, ça n'a dû être que le résultat d'un coup de colère.

Poirot tendit à Célia la liste qu'il avait recopiée sur le calepin de Mrs Hubbard :

— Dites-moi – et cette fois, dites-moi la vérité – si vous êtes, oui ou non, responsable de ces larcins.

Elle jeta un rapide coup d'œil, avant de répliquer sur-le-champ :

— Je n'ai rien à voir avec le sac à dos, ni avec les ampoules électriques, ni avec la poudre de borate ou les sels de bain. Et la bague, ce n'était qu'une erreur. Quand j'ai compris à quel point elle avait de la valeur, je me suis arrangée pour la restituer.

— Je vois.

— Parce qu'en toute sincérité je n'avais pas l'intention d'être malhonnête. C'était seulement que…

— Seulement que quoi ?

Un lueur méfiante passa dans le regard de Célia :

— Je ne sais pas… vraiment pas. Je ne sais plus où j'en suis.

Colin intervint, péremptoire :

— Je vous serais reconnaissant de ne plus la tarabuster. Je peux vous promettre que tout cela ne se reproduira pas. A partir de maintenant, j'assume la pleine responsabilité de ses actes.

— Oh ! Colin, vous êtes *tellement* bon pour moi !

— J'aimerais que vous me parliez beaucoup de vous-même, Célia. De votre enfance, par exemple. Votre père et votre mère s'entendaient bien ?

— Oh ! non, c'était terrible à la maison…

— Précisément. Et…

Mrs Hubbard coupa court, de toute son autorité :

— Cela suffit comme ça, vous deux. Je suis heureuse, Célia, que vous soyez venue avouer. Vous nous avez quand même causé bien des soucis et bien des angoisses, et vous devriez avoir honte de vous. Mais écoutez-moi bien. J'accepte votre parole que vous n'avez pas renversé de l'encre sur les notes d'Elizabeth. Je ne crois pas que vous feriez une chose pareille. Maintenant, filez, Colin et vous. Je vous ai assez vus pour ce soir.

Lorsque les deux jeunes gens furent sortis, Mrs Hubbard reprit sa respiration.

— Eh bien, s'enquit-elle, que pensez-vous de tout ça ?

Un éclat amusé passa dans les yeux d'Hercule Poirot :

— Je pense… que nous avons assisté à une scène d'amour… dans le style moderne.

Mrs Hubbard émit une exclamation désapprobatrice.

— *Autres temps, autres mœurs,* cita en français le détective. Dans ma jeunesse, les jeunes gens prêtaient aux jeunes filles des ouvrages sur la théosophie, ou discutaient avec elles de *L'Oiseau bleu* de Maeterlinck. Tout n'était qu'idéalisme et grands sentiments. Aujourd'hui, ce sont les existences troublées et les complexes qui réunissent les jeunes gens.

— Toutes ces billevesées…

— Non, ce ne sont pas que des billevesées, riposta Poirot. Les principes de base sont solides… mais quand on est un jeune chercheur qui se prend au sérieux, comme Colin, on ne voit *rien d'autre* que des complexes et des victimes d'une enfance malheureuse.

— Le père de Célia est mort lorsqu'elle avait quatre ans, rétorqua Mrs Hubbard. Et elle a eu une enfance très agréable, aux côtés d'une mère sotte mais charmante.

— Ah ! mais elle est assez intelligente pour ne pas le révéler au jeune McNabb. Elle lui dira ce qu'il a envie d'entendre. Elle est très amoureuse.

— Vous croyez à toutes ces bêtises, monsieur Poirot ?

— Je ne crois pas que Célia souffre d'un complexe de Cendrillon, ni qu'elle ait volé ces objets sans savoir ce qu'elle faisait. Je pense qu'elle a pris le risque de chaparder des babioles dans le but d'attirer l'attention du grave Colin McNabb… objectif qu'elle a atteint. Si elle était restée la jeune fille jolie, timide et banale qu'elle est, il n'aurait peut-être jamais levé les yeux sur elle. A mon avis, une jeune personne a le droit de recourir aux moyens les plus désespérés pour s'assurer de l'homme qu'elle aime.

— Je n'aurais pas cru à Célia assez de cervelle pour manigancer tout ça, observa Mrs Hubbard.

Poirot ne répondit pas. Il plissait le front.

— Ainsi, je vous ai dérangé pour rien ! s'écria-t-elle. Je suis sincèrement confuse, monsieur Poirot, de vous avoir fait perdre votre temps pour une affaire d'aussi piètre intérêt. En tout cas, tout est bien qui finit bien.

Il secoua la tête :

— Non, non. Je ne crois pas que nous en ayons déjà terminé. Nous avons écarté de notre chemin un petit élément mineur qui encombrait l'avant-scène.

Mais il demeure des points inexpliqués. Et, moi, j'ai l'impression que nous avons sur les bras quelque chose de sérieux… de réellement sérieux.

Mrs Hubbard se rembrunit à nouveau :

— Oh ! monsieur Poirot, vous le croyez vraiment ?

— Oui, c'est bien mon impression… Je me demande, madame, s'il me serait possible de m'entretenir avec miss Patricia Lane. J'aimerais examiner cette bague qui avait été volée.

— Mais bien sûr, monsieur Poirot. Je vais descendre et vous l'envoyer. Il faut que je dise deux mots à Len Bateson.

Patricia Lane arriva peu après, la mine curieuse.

— Je suis désolé de vous déranger, miss Lane.

— Oh ! je vous en prie. Je n'étais pas occupée. Mrs Hubbard m'a dit que vous vouliez voir ma bague.

Elle la fit glisser de son doigt :

— Le diamant est réellement gros. Mais la monture est démodée. C'était la bague de fiançailles de ma mère.

Poirot, qui examinait le bijou, hocha la tête :

— Elle vit encore, votre mère ?

— Non. Mes parents sont morts tous les deux.

— C'est bien triste.

— Oui. Ils étaient très gentils l'un et l'autre, mais, d'une certaine façon, je n'ai jamais été aussi proche d'eux que je l'aurais dû. On le regrette après. Ma mère aurait voulu avoir une fille jolie et coquette, une fille passionnée de toilettes et de mondanités. Elle a été très déçue quand j'ai choisi l'archéologie.

— Vous avez toujours eu une tournure d'esprit aussi austère ?

— Je crois que oui, en réalité. Il me semble que la vie est si courte qu'il faut se consacrer à quelque chose qui en vaille vraiment la peine.

Hercule Poirot la scruta, pensif.

Patricia Lane, estimait-il, devait avoir atteint la trentaine. A part du rouge à lèvres tartiné gauchement, elle ne portait aucun maquillage. Ses cheveux gris souris, tirés en arrière, étaient coiffés sans le moindre apprêt. Derrière les lunettes, ses yeux bleus assez agréables fixaient le monde avec sérieux.

« Aucune allure, *bon Dieu* ! songea-t-il avec force. Et ses vêtements ! Comment dit-on déjà ? Nippée au décrochez-moi-ça ? *Ma foi*, cela correspond exactement. »

Il ne la trouvait pas à son goût. Son anglais sans accent tonique de jeune fille bien élevée lui fatiguait l'oreille. « Elle est intelligente et cultivée, cette petite. Mais, hélas, année après année, elle deviendra de plus en plus ennuyeuse ! Et, la vieillesse venue... » Un instant, sa mémoire évoqua le souvenir de la comtesse Vera Rossakov : quelle splendeur slave, jusque dans la décrépitude ! Les filles d'aujourd'hui...

« Mais c'est parce que je vieillis, pensa-t-il encore. Même cette excellente jeune personne pourrait, aux yeux de certains hommes, passer pour une Vénus. » Il en doutait néanmoins.

— Je suis franchement très choquée de ce qui est arrivé à Bess... enfin, à miss Johnston, disait cependant Patricia. Il me semble qu'en utilisant cette encre verte, on a sciemment tenté de faire croire que c'était là l'œuvre de Nigel. Mais je peux vous donner l'assurance, monsieur Poirot, que Nigel ne ferait jamais une chose pareille.

— Ah !

Poirot la dévisagea encore, soudain plus attentif. Tendue, elle avait rougi.

— Nigel n'est pas aisé à comprendre, expliqua-t-elle. Enfant, voyez-vous, il a eu une vie de famille difficile.

— *Mon Dieu*, encore un !

— Je vous demande pardon ?

— Rien. Vous disiez ?

— Oui, à propos de Nigel. Et de ses difficultés. Il a toujours été enclin à s'opposer à toute autorité, quelle qu'elle soit. Il est très intelligent... brillant, vraiment... mais je dois reconnaître qu'il a parfois un comportement désastreux. Sarcastique... vous savez. Et il est bien trop méprisant pour se justifier ou pour se défendre. Même si chacun ici croit qu'il est responsable de cette histoire d'encre, il ne déviera pas d'un pouce de sa ligne de conduite pour affirmer qu'il n'y est pour rien. Il dira seulement : « Qu'ils y croient si cela leur chante. » Et c'est là une attitude parfaitement stupide.

— On peut s'y méprendre, c'est certain.

— C'est une forme d'orgueil, je pense. Parce qu'il a toujours été très mal compris.

— Vous le connaissez depuis longtemps ?

— Non, depuis un an seulement, à peu près. Nous nous sommes rencontrés alors que nous faisions le circuit des châteaux de la Loire. Il était parti avec une grippe qui a fini en pneumonie, et je l'ai soigné tout du long. Il est très délicat, mais il ne prend pas le moindre soin de sa santé. En un certain sens, et si indépendant qu'il puisse être, il a besoin qu'on veille sur lui, comme un enfant. Il lui faut vraiment quelqu'un pour s'occuper de lui.

Poirot soupira. Il se sentait, tout à coup, très las de l'amour. Il y avait d'abord eu Célia, avec son regard d'épagneul énamouré. Et maintenant Patricia, en Madone rigoriste. Certes, il fallait bien que l'amour existe, que les jeunes gens se rencontrent et forment des couples. Mais, grâce au Ciel, le temps en était passé pour lui. Il se leva :

— Me permettriez-vous, mademoiselle, de conserver votre bague ? Elle vous sera retournée demain sans faute.

— Certainement, si vous le souhaitez, acquiesça-t-elle, non sans étonnement.

— Vous êtes très aimable. Et je vous en prie, mademoiselle, soyez prudente.

— Prudente ? A quel propos ?

— Je voudrais bien le savoir, répliqua Hercule Poirot.

Il s'inquiétait encore.

6

Le lendemain, Mrs Hubbard trouva partout matière à s'exaspérer. Elle s'était pourtant réveillée avec une sensation de soulagement considérable. Elle se croyait libérée des inquiétudes qui l'avaient taraudée à propos des récents incidents. La responsable n'en avait été qu'une jeune sotte, au comportement – sottement moderne – que Mrs Hubbard n'avait pas la patience de tolérer. Mais, désormais, l'ordre régnerait.

Munie de cette confortable assurance, elle était descendue pour le petit déjeuner et avait découvert qu'une menace pesait encore sur sa quiétude toute neuve. Les étudiants semblaient avoir spécialement choisi ce matin-là pour se montrer particulièrement agaçants, chacun à sa manière.

Mr Chandra Lal, qui avait entendu parler du sabotage des notes d'Elizabeth, était aussi excité que volubile.

— C'est de l'oppression, affirma-t-il, de l'oppression délibérée des populations indigènes. Du mépris et du préjugé. Du préjugé racial. Nous en avons là un exemple absolument flagrant.

— Allons, Mr Chandra Lal, répliqua sèchement Mrs Hubbard, vous n'avez aucun droit de dire cela. Personne ne sait qui a fait ça, ni pourquoi.

— Oh ! mais je croyais que Célia était venue soulager sa conscience auprès de vous, Mrs Hubbard, intervint Joan Tomlinson. Je pense que c'est formidable de sa part. Nous devons tous être très gentils avec elle.

— Faut-il vraiment que vous soyez d'une hypocrisie aussi révoltante ? lança Valérie Hobhouse d'un ton furieux.

— Ça, c'est un propos très désagréable.

Nigel frissonnait :

— Soulager sa conscience... quelle expression abominable !

— Je ne vois pas pourquoi. Les groupes d'Oxford l'utilisent, et...

— Ah ! pour l'amour de Dieu, faut-il *vraiment* que nous parlions des groupes d'Oxford pendant le *petit déjeuner* ?

— C'est quoi, tout ça, Ma ? Dites, c'est Célia qui avait piqué tous ces trucs ? C'est pour ça qu'elle n'est pas descendue ce matin ?

— Je n'y comprends rien, s'il vous plaît, fit valoir Mr Akibombo.

Nul ne vint à son secours. Ils étaient tous bien trop désireux d'apporter leur grain de sel.

— La pauvre gosse, reprit Len Bateson. Elle était fauchée, ou quoi ?

— Je ne suis pas vraiment surprise, vous savez, observa Sally avec lenteur. J'avais toujours plus ou moins pensé que...

— Vous voulez dire que c'est Célia qui avait renversé de l'encre sur mes notes ? s'étonna Elizabeth Johnston, incrédule. Ça me paraît aussi stupéfiant qu'incroyable.

— Célia n'a *pas* répandu de l'encre sur votre travail, martela Mrs Hubbard. Et je voudrais bien que vous arrêtiez tous de discuter de cela. J'avais l'intention de vous en informer calmement un peu plus tard, mais…

— Mais Joan a écouté aux portes hier soir, dit Valérie.

— Je n'écoutais pas. Je passais par hasard et…

— Allons, Bess, dit Nigel, vous savez très bien qui a renversé cette encre. C'est moi, Nigel la teigne, à l'aide de ma petite fiole verte, qui ai bel et bien maculé vos documents.

— Ce n'est pas lui. Il joue la comédie ! Oh, Nigel, comment pouvez-vous être aussi stupide ?

— C'est *vous* que je protégeais avec noblesse, Pat. Qui m'avait donc emprunté mon encre hier matin ? *Vous*.

— Je ne comprends pas, s'il vous plaît, répéta Mr Akibombo.

— Vous n'avez pas besoin de comprendre, lui rétorqua Sally. Si j'étais vous, je me tiendrais à l'écart de ça.

Mr Chandra Lal se dressa d'un bond :

— Et vous vous demandez pourquoi il y a les Mau-Mau ? Vous vous demandez pourquoi l'Egypte en a assez de la présence britannique dans la zone du canal de Suez ?

— Oh, *merde* ! s'exclama Nigel en abattant violemment sa tasse sur sa soucoupe. D'abord les groupes d'Oxford, et, maintenant, de la politique ! Et pendant le *petit déjeuner* ! Je m'en vais.

Il repoussa sa chaise d'un geste brusque et quitta la pièce.

Patricia s'élança derrière lui :

— Il fait du vent. Prenez votre manteau.

— Cot, cot, cot ! ricana Valérie. Bientôt, il va lui pousser des plumes, et elle se mettra à battre des ailes.

L'anglais de Geneviève Maricaud ne lui permettait pas encore de suivre des échanges trop rapides. Elle écoutait les explications que René Halle lui murmurait à l'oreille. Et elle se mit soudain à glapir en français :

— *Comment donc ? C'est cette petite qui a volé mon poudrier ? Ah, par exemple ! J'irai à la police ! Je ne supporterai pas une pareille...*

Colin McNabb avait tenté de se faire entendre, mais sa voix, grave et pontifiante, avait été couverte par d'autres, plus stridentes. Abandonnant son attitude de supériorité, il écrasa son poing sur la table, obtenant sur-le-champ un silence stupéfait. Le pot de marmelade glissa et se brisa sur le sol.

— Allez-vous un peu la fermer et m'écouter enfin, vous tous ! s'écria-t-il. Je n'ai jamais entendu plus d'ignorance crasse et de méchanceté ! Personne ici n'a donc la moindre notion de psychologie ? Il n'y a aucun reproche à adresser à Célia. Elle vient de subir une crise émotionnelle sévère, et il faut la traiter avec infiniment de sympathie et de gentillesse… sinon, elle risque de rester instable pour le restant de sa vie. Je vous en avertis. La plus grande gentillesse… c'est ce dont elle a besoin.

— Mais, après tout, fit valoir Joan Tomlinson d'une voix cristalline, même si je suis d'accord pour être gentille… nous ne devons pas passer l'éponge sur ce genre de choses, non ? Les vols, j'entends.

— Les vols, riposta Colin. Ce n'étaient pas des *vols*. Ah ! Vous me rendez malade… tous.

Valérie lui sourit :

— Elle présente un cas intéressant, hein, Colin ?

— Si on s'intéresse au fonctionnement de l'esprit, oui.

— Bien sûr, reprit Joan, elle ne m'a rien volé *à moi*, mais je suis convaincue que…

— Non, elle ne vous a rien pris, à vous, répliqua Colin, méprisant. Mais si vous saviez le moins du monde ce que cela signifie, vous n'en seriez peut-être pas enchantée.

— Vraiment, je ne vois pas ce que…

— Oh ! allez, Joan, coupa Len Bateson, arrêtons de jacasser. Je vais être en retard, et vous aussi.

Ils sortirent ensemble.

— Dites à Célia de reprendre le moral, lança Len par-dessus son épaule.

— Je tiens à élever une protestation énergique, annonça Mr Chandra Lal. La poudre de borate, c'est très nécessaire pour mes yeux enflammés par l'étude, et on l'a prise.

— Et vous serez en retard, vous aussi, Mr Chandra Lal, répliqua Mrs Hubbard avec fermeté.

— Mon professeur n'est jamais ponctuel, riposta l'Indien. Et il est aussi désagréable et irrité quand je lui pose des questions.

— *Mais il faut qu'elle me le rende, ce poudrier !*

— Vous devez parler anglais, Geneviève… Vous n'apprendrez jamais notre langue si vous revenez au français chaque fois que vous vous énervez. Et vous avez dîné ici dimanche, et vous ne m'avez pas encore payée.

— Oh ! je n'ai pas mon sac ici. Ce *soir… Viens, René, nous allons être en retard.*

— S'il vous plaît, je ne comprends pas, dit Mr Akibombo, la mine affolée.

— Venez, Akibombo, lui répondit Sally. Je vous expliquerai tout sur le chemin de l'institut.

Elle eut pour Mrs Hubbard un hochement de tête rassurant, puis entraîna le Noir, perplexe.

Mrs Hubbard soupira profondément :

— Seigneur ! Qu'est-ce qui m'a pris d'accepter ce travail ?

Valérie, demeurée seule avec elle, lui adressa un sourire amical :

— Ne vous faites pas de bile, Ma. Il vaut mieux que tout ça soit sorti. Tout le monde commençait à devenir nerveux.

— Je dois dire que j'ai été très étonnée.

— D'avoir appris que c'était Célia ?

— Oui. Pas vous ?

— Je crois que c'était assez évident, répondit la jeune fille, un peu absente.

— C'est ce que vous aviez pensé depuis le début ?

— Eh bien, une ou deux choses m'avaient fait réfléchir. En tout cas, elle a amené Colin là où elle voulait.

— Oui. Je ne peux pas m'empêcher de penser que c'est mal.

Valérie éclata de rire.

— Ce n'est pas avec un pistolet qu'on met la main sur un bonhomme, ricana-t-elle. Mais si un peu de kleptomanie fait l'affaire ? Ne vous inquiétez pas, maman. Et, pour l'amour du Ciel, obtenez que Célia rende son poudrier à Geneviève. Sinon, nous n'aurons plus *jamais* la paix pendant les repas.

Mrs Hubbard soupira de nouveau :

— Nigel a fêlé sa soucoupe, et le pot de marmelade est cassé.

— Une matinée infernale, n'est-ce pas ?

Valérie sortit. Mrs Hubbard l'entendit lancer gaiement dans le vestibule :

— Bonjour, Célia. La voie est libre. On sait tout, et tout sera pardonné… par ordre de Joan la pieuse. Quant à Colin, il a rugi comme un lion pour vous défendre.

— Célia entra dans la salle à manger, les yeux rouges d'avoir pleuré.

— Oh ! Mrs Hubbard…

— Vous arrivez très tard, Célia. Le café est froid, et il ne reste presque rien à manger.

— Je ne voulais pas voir les autres.

— C'est ce que j'avais deviné. Mais il faudra bien les affronter tôt ou tard.

— Ah ! oui, je sais. Mais je pensais que... que ce soir... ce serait plus facile. Et puis, naturellement, je ne resterai plus ici. Je partirai à la fin de la semaine.

Mrs Hubbard fronça les sourcils :

— Je ne crois pas que ce soit vraiment nécessaire. Vous devez vous attendre à des choses un peu pénibles... c'est normal, après tout... mais, dans l'ensemble, ce sont des jeunes gens généreux. Naturellement, il vous faudra réparer vos torts aussi vite que possible, et...

— Oh ! oui, coupa Célia avec vivacité. C'est l'une des choses que je voulais vous dire.

Elle tenait à la main un chéquier et une enveloppe.

— Je vous avais écrit, au cas où vous ne seriez pas là quand je descendrais, pour vous dire combien j'étais désolée, expliqua-t-elle. Et j'avais aussi l'intention d'y ajouter un chèque pour que vous puissiez dédommager les gens... mais il n'y avait plus d'encre dans mon stylo.

— Il faudra que nous établissions une liste.

— Je l'ai déjà fait... autant que j'ai pu. Mais je ne sais pas si je dois essayer de racheter des objets neufs, ou seulement donner l'argent.

— J'y réfléchirai. Il est difficile de se prononcer à brûle-pourpoint.

— Oh ! permettez-moi de vous confier un chèque tout de suite. Je me sentirai tellement mieux.

Sur le point de répliquer sévèrement : « Vraiment ? Et pourquoi faudrait-il vous permettre de vous sentir mieux ? », Mrs Hubbard songea que, puisque les étudiants étaient toujours à court d'espèces, l'affaire serait plus facilement réglée de cette manière. Cela calmerait aussi Geneviève qui, sinon, irait se plaindre auprès de Mrs Vanilos – alors qu'il y aurait déjà, en tout état de cause, bien assez de problèmes.

Elle parcourut des yeux la liste :

— Très bien. Il serait hasardeux d'établir de but en blanc un montant, mais…

— Je vais vous faire un chèque du montant approximatif que vous aurez estimé, répliqua vivement Célia. Et puis vous verrez avec les autres si vous devez me rembourser un peu ou si je dois vous donner davantage.

— Parfait.

Mrs Hubbard, à tout hasard, cita un chiffre qui, à son avis, lui offrait une bonne marge. Célia l'accepta immédiatement et ouvrit son chéquier.

— Oh ! quelle barbe, ce stylo, ronchonna-t-elle en allant jusqu'à l'étagère où s'entassaient diverses bricoles appartenant aux étudiants. Apparemment, il n'y a pas d'encre, sauf cette horrible encre verte de Nigel. Oh ! je vais m'en servir. Nigel ne m'en voudra pas. Je dois me rappeler d'acheter de la Quink tout à l'heure.

Elle remplit son stylo, puis revint rédiger le chèque.

L'ayant remis à Mrs Hubbard, elle regarda sa montre :

— Je serai en retard. Mieux vaut ne pas m'arrêter pour le petit déjeuner.

— Si, vous devez prendre quelque chose, Célia, même si ce n'est qu'un peu de pain et de beurre… c'est mauvais de s'en aller avec l'estomac vide. Oui, qu'y a-t-il ?

Geronimo, le domestique italien, était entré dans la salle à manger et gesticulait vigoureusement, ses traits de ouistiti parcheminé tordus par une grimace comique.

— La *padrona*, elle a juste arrivée. Elle veut voir vous. Beaucoup folle, elle est, précisa-t-il avec un geste définitif.

— Je viens.

Mrs Hubbard s'en fut pendant que Célia se coupait hâtivement une tranche de pain.

Mrs Vanilos arpentait son bureau de long en large, dans une imitation assez réussie d'un tigre en cage avant l'heure du repas.

— Qu'est-ce que j'apprends ? explosa-t-elle. Vous avez prévenu la police ? Vous vous prenez pour qui ? Mon Dieu, qu'est-ce que se croit cette femme ?

— Je n'ai pas prévenu la police.

— Vous êtes une menteuse.

— Alors là, Mrs Vanilos, je vous interdis de me parler sur ce ton.

— Mais comment donc ! Mais bien entendu ! C'est *moi* qui ai tort, et pas vous. Toujours *moi*. Tout ce que *vous* faites est parfait. La police, dans ma pension si respectable…

— Ce ne serait pas la première fois, riposta Mrs Hubbard, qui se souvenait de certains épisodes pénibles. Il y a eu cet étudiant jamaïcain qui était recherché pour proxénétisme, et ce fameux agitateur communiste qui était venu ici sous une fausse identité... et...

— Ah ! Vous me jetez ça à la tête ! Mais c'est ma faute si certains des gens qui viennent ici me mentent, possèdent de faux papiers et sont considérés comme suspects dans des affaires de meurtre ? Et vous qui venez me reprocher tout ce que j'ai souffert !

— Il ne s'agit absolument pas de cela. Je souligne seulement que la présence de la police ici ne constituerait pas exactement une nouveauté... Je dirais d'ailleurs que c'est inévitable, avec des pensionnaires venant de tous les horizons. Mais le fait est que personne n'a « prévenu la police ». Il se trouve que j'ai invité hier soir à dîner un détective de grande réputation. Il a fait pour les étudiants une causerie très intéressante sur la criminologie.

— Comme si nos étudiants avaient besoin qu'on leur parle de criminologie ! Ils en savent déjà bien assez long sur le sujet. Assez pour voler, pour détruire et pour saboter si ça leur plaît ! Et on ne fait rien contre ça... rien !

— J'ai fait quelque chose.

— Oui, vous avez informé votre ami de nos difficultés les plus privées. C'est un manquement grave à votre devoir de réserve.

— Pas du tout. Je suis responsable de la bonne marche de cette maison. Et je suis heureuse de vous dire que cette affaire est maintenant réglée. L'une des étudiantes a avoué qu'elle était coupable de la plupart de ces méfaits.

— La sale petite vermine, commenta Mrs Vanilos. Fichez-la dehors.

— Elle est prête à s'en aller de son propre gré, et elle est en train de tout rembourser.

— Et ça sert à quoi ? Ma chère pension va avoir mauvaise réputation, maintenant. Plus personne ne viendra.

La propriétaire s'effondra sur le canapé, en larmes.

— Personne ne s'inquiète jamais de ma sensibilité, poursuivit-elle, sanglotante. C'est abominable, la manière dont on me traite. On m'ignore ! On me rejette ! Si je mourais demain, qui s'en soucierait ?

Laissant avec sagesse cette question-là sans réponse, Mrs Hubbard quitta Mrs Vanilos.

— Que le Tout-Puissant me donne la patience, se murmura-t-elle.

Elle descendit à la cuisine pour s'entretenir avec Maria.

La cuisinière, grognon, se montra rétive. Sans qu'il soit prononcé, le mot « police » flottait dans l'air :

— C'est moi qui serai accusée. Moi et Geronimo… le *povero*. On peut attendre quelle justice, dans un pays étranger ? Non, jé ne ferai pas de risotto comme vous le proposez… on nous a livré riz qui ne va pas. Jé vous ferai spaghettis à la place.

— Nous avons déjà eu des spaghettis hier soir.

— Ça n'a pas d'importance. Dans mon pays, on mange des spaghettis tous les jours… tous les jours quc Dieu fait. Les pâtes, c'est bon tout le temps.

— Certes. Mais vous êtes en Angleterre, aujourd'hui.

— Bon, très bien alors. Jé préparerai du ragoût. Du ragoût anglais. Ça ne vous plaira pas, mais jé le ferai clair, très clair, en faisant blanchir les oignons à l'eau au lieu de les faire revenir dans l'huile… et vous aurez viande bouillie avec des os.

Maria s'exprimait d'un ton si menaçant que Mrs Hubbard eut l'impression qu'elle entendait le récit d'un assassinat.

— Bon, faites ce que vous voulez, Maria, maugréa-t-elle avant de quitter la cuisine.

A 6 heures du soir, Mrs Hubbard avait retrouvé toute son efficacité. Elle avait déposé dans toutes les chambres des étudiants des messages leur demandant de venir la voir avant le souper. A chacune et à chacun, elle expliqua que Célia avait demandé à compenser ses torts. Tous, à son avis, firent preuve de générosité. Geneviève elle-même, radoucie par une évaluation généreuse du prix de son poudrier, se déclara gaiement *sans rancune*.

— Tout le monde sait que ces crises de les nerfs, ça arrive, baragouina la jeune fille d'un air néanmoins sagace. Elle est riche, cette Célia, elle pas n'a besoin de voler. Tempête sous son crâne elle a eu. Là, Mr McNabb a raison.

Lorsque Mrs Hubbard descendit pour répondre à l'appel de la cloche du dîner, Len Bateson la prit à part :

— Je vais attendre Célia dans le vestibule, et j'entrerai avec elle. Comme ça, elle verra que tout va bien.

— C'est très gentil à vous, Len.

— De rien, Ma.

Peu après, pendant que l'on servait le potage, la voix de Len retentit à l'extérieur :

— Venez, Célia. Tous les amis sont là.

— Il a fait *sa* bonne action quotidienne, remarqua Nigel Chapman d'un ton snob, le nez dans son assiette.

Mais, à part ce sarcasme, Nigel sut maîtriser sa verve et leva la main pour un salut lorsque Célia entra, Len lui enlaçant les épaules d'un bras protecteur.

Les convives éclatèrent en conversations cordiales sur des sujets variés. Célia se mêla à l'une ou à l'autre.

Mais, ainsi qu'il était presque inévitable, cette manifestation de bonne volonté s'éteignit bientôt dans un silence dubitatif. Ce fut le moment que choisit Akibombo, souriant de toutes ses dents, pour se pencher à travers la table en direction de Célia :

— Ils m'ont enfin expliqué tout ce que je n'avais pas compris. Vous avez été très habile pour voler les choses. Personne n'a rien su pendant longtemps. Très malin.

— Akibombo, vous me ferez mourir ! pouffa Sally Finch.

Elle fut saisie d'un tel fou rire qu'elle dut sortir pour s'en remettre. Les autres éclatèrent d'un rire des plus naturels.

Colin McNabb fit une entrée tardive. Il paraissait lointain et plus réservé encore que d'ordinaire. A la fin du repas, avant que les autres n'aient achevé leur dessert, il se leva.

— Il faut que je sorte pour voir quelqu'un, marmonna-t-il, gêné. Mais je voudrais vous l'annoncer d'abord. Célia et moi… nous espérons nous marier l'an prochain, quand j'aurai enfin obtenu mon certificat de spécialité.

Rougissant et malheureux, il reçut les félicitations, accompagnées de joyeux cris d'oiseaux de ses amis. Il finit par s'éclipser, l'air terriblement penaud. De son côté, Célia, les traits empourprés, affichait un calme voulu.

— Encore un brave type de perdu, soupira Len Bateson.

— Je suis si contente, Célia, affirma Patricia Lane. J'espère que vous serez très heureux.

— Tout est bien qui finit bien, commenta Nigel, jamais en mal de citations. Demain, nous apporterons du chianti pour boire à votre santé. Pourquoi notre chère Joan arbore-t-elle une mine aussi grave ? Seriez-vous opposée au mariage, Joan ?

— Bien sûr que non, Nigel.

— J'ai toujours pensé que le mariage vaut *bien mieux* que l'amour libre, pas vous ? C'est excellent pour les enfants. Ça a meilleure allure sur leur passeport.

— Mais il ne pas falloir que la mère soit trop jeune, souligna Geneviève. C'est ce qu'on nous dire en classe de physiologie.

— Vraiment, ma chère, rétorqua Nigel, vous n'êtes pas en train de prétendre que Célia n'a pas l'âge nubile, non ? Célia est libre, blanche et majeure.

— Voilà un commentaire *tout à fait* agressif, lança Chandra Lal.

— Non, non, Mr Chandra Lal, lui répondit Patricia. C'est seulement... une sorte de proverbe. Une phrase qui ne signifie rien du tout.

— Je ne comprends pas, déplora Akibombo. Si quelque chose ne signifie rien, pourquoi le dire ?

Elizabeth Johnston prit soudain la parole, d'une voix assez forte :

— Parfois, on dit des choses qui paraissent n'avoir aucun sens, mais qui peuvent avoir une grande signification. Non, je ne fais pas allusion à votre formule américaine toute faite. Je parle de quelque chose d'autre. Je parle de ce qui s'est passé hier, ajouta-t-elle en faisant du regard le tour de la table.

— Qu'est-ce qu'il y a, Bess ? s'enquit sèchement Valérie.

— Oh ! je vous en prie, répliqua Célia. Je pense... je pense vraiment... que, demain, tout aura été éclairci. Je suis très sérieuse. L'encre sur vos papiers et cette vilaine histoire de sac à dos. Et si... si la personne avoue, comme je l'ai fait, tout deviendra clair.

Elle s'était exprimée avec gravité, le feu aux joues. Une ou deux personnes la dévisagèrent avec curiosité.

Valérie eut un rire bref :

— Et après, nous vivrons tous très heureux.

Tous se levèrent alors pour passer dans la salle commune. Servir son café à Célia provoqua une petite compétition. On alluma la radio. Certains étudiants prirent congé pour aller à des rendez-vous, d'autres s'éclipsèrent pour travailler. Finalement, les occupants du 26 Hickory Road s'en furent au lit.

La journée avait été longue et éprouvante, songeait Mrs Hubbard en se glissant avec plaisir sous ses couvertures.

— Mais, Dieu merci, tout est fini maintenant, se murmura-t-elle.

7

Miss Lemon n'était que très exceptionnellement en retard – si même elle l'était jamais. Pas plus le brouillard que les épidémies de grippe ou les grèves des transports ne paraissaient affecter la ponctualité de cette femme remarquable. Mais, ce matin-là, miss Lemon arriva, hors d'haleine, à 10 h 05, et non à 10 heures sonnantes. Fort échevelée – à l'aune, du moins, de son impassibilité coutumière –, elle se répandit en excuses :

— Je suis absolument désolée, monsieur Poirot... absolument désolée, vraiment. Je m'apprêtais à partir de chez moi lorsque m'a sœur m'a téléphoné.

— Ah ! sa santé est aussi bonne que son moral, j'en suis sûr !

— Eh bien, franchement, non.

Poirot lança un regard surpris à miss Lemon, qui poursuivit :

— En fait, elle était bouleversée. L'une des étudiantes s'est suicidée.

Le détective dévisagea sa secrétaire, les yeux écarquillés. Il marmonna un propos indistinct.

— Je vous demande pardon, monsieur Poirot ?

— Quel était le nom de cette étudiante ?

— Célia Austin.
— Comment s'est-elle suicidée ?
— On pense qu'elle a absorbé de la morphine.
— Pourrait-il s'être agi d'un accident ?
— Oh non ! Elle a laissé un message, semble-t-il.
— Ce n'était pas à cela que je m'attendais, murmura Poirot. Non, ce n'était pas à cela… et pourtant, il est vrai, je m'attendais à *quelque chose*.

Il releva la tête. Miss Lemon se tenait prête, crayon et bloc-notes à la main. Il soupira et branla du chef :

— Non, je vais vous abandonner le soin du courrier de ce matin que voici. Classez-le, s'il vous plaît, et répondez-y dans la mesure du possible. Moi, je vais m'en aller faire un tour à Hickory Road.

Geronimo lui ouvrit la porte. Reconnaissant l'hôte d'honneur de l'avant-veille, il chuchota, soudain volubile, d'un ton sifflant de conspirateur :

— Ah ! *signor*, c'est vous. Nous avons problèmes, ici… gros problèmes. La petite *signorina*, elle avait morte dans son lit ce matin. Tout dé souite le docteur il a venu. Il a secoué sa tête. Maintenant, c'est inspecteur de police qui vient. Il est là-haut, avec la *signora* et la *padrona*. Pourquoi qu'elle a voulu se tuer, la *poverina* ? Hier soir, c'était si gai, avec ses fiançailles !

— Ses fiançailles ?
— *Si, si*. Avec Mr Colin… vous connaissez… grand, brun, toujours fume la pipe.
— Je connais.

Faisant entrer Poirot dans la salle commune, Geronimo se fit plus mystérieux encore :

— Vous restez ici, oui ? Tout à l'heure, quand la police part, jé dis à la *signora* que vous êtes ici. Ça marche, *si* ?

Poirot répondit que ça marchait. L'Italien se retira. Demeuré seul, le détective se livra, sans scrupules excessifs, à un examen minutieux de la pièce, en portant une attention particulière aux biens des pensionnaires. Il n'en fut que médiocrement récompensé : les étudiants conservaient dans leur chambre l'essentiel de leurs objets et de leurs papiers personnels.

Au premier étage, Mrs Hubbard affrontait l'inspecteur Sharpe qui l'interrogeait d'une voix douce et discrète. Le policier était un homme massif, à l'abord rassurant et au comportement d'une amabilité trompeuse.

— Tout cela est très pénible pour vous, je le sais, affirmait-il, apaisant. Mais, voyez-vous, ainsi que le Dr Cole vous l'a déjà signalé, il y aura enquête judiciaire, et il nous faut établir la totalité du film des événements, comme on dit. Vous m'indiquiez donc que cette petite avait connu des problèmes ces derniers temps ?

— Oui.

— Des difficultés sentimentales ?

Mrs Hubbard hésitait :

— Pas exactement.

— Il vaut mieux que vous me racontiez tout, comprenez-vous ? insista l'inspecteur d'un ton persuasif. Il nous faut le film, je vous le disais. Elle avait un motif, ou elle croyait en avoir un, pour mettre fin à ses jours. Existe-t-il la moindre possibilité qu'elle ait été enceinte ?

— Il ne s'agissait de rien de ce genre. Je n'ai hésité, inspecteur Sharpe, que parce que cette fille avait commis des actes tout à fait stupides et que j'espérais qu'il ne serait pas nécessaire de les rendre publics.

Le policier toussota :

— Nous savons rester discrets, et le coroner est un homme de grande expérience. Mais nous devons *savoir*.

— Oui, naturellement. Je me conduisais comme une sotte. La vérité, c'est que depuis une certaine période, trois mois ou davantage, des objets avaient disparu… de petits objets. J'entends… rien de très important.

— Des babioles, vous voulez dire ? Des fanfreluches, des bas nylon, et tout ça ? De l'argent également ?

— Pas d'argent, pour autant que je le sache.

— Ah ! Et c'est cette petite qui était coupable ?

— Oui.

— Vous l'aviez prise sur le fait ?

— Pas précisément. Avant-hier soir, un… euh… un de mes amis est venu dîner ici. Un certain M. Hercule Poirot. Je ne sais pas si son nom vous dit quelque chose, mais…

L'inspecteur Sharpe releva de son calepin des yeux écarquillés. Il connaissait effectivement ce nom :

— M. Hercule Poirot ? Vraiment ? Ça, c'est tout à fait intéressant.

— Il nous a fait une petite causerie après le souper, et on en est venu à parler des vols. Il m'a conseillé, en présence de tous les pensionnaires, de prévenir la police.

— Il vous a recommandé cela ?

— Plus tard, au cours de la soirée, Célia est venue dans mon salon pour tout avouer. Elle était très perturbée.

— Vous envisagiez de porter plainte ?

— Non. Elle allait tout rendre ou rembourser, et chacun s'était montré très gentil avec elle.

— Etait-elle dans la gêne ?

— Non. Elle avait un travail bien rémunéré comme préparatrice à la pharmacie centrale du St Catherine's Hospital, et elle disposait d'un peu de fortune. Financièrement, elle était plus à l'aise que la plupart de nos pensionnaires.

— Elle n'avait donc pas besoin de voler – mais elle a néanmoins volé, constata l'inspecteur en prenant le fait en note.

— C'était de la kleptomanie, je suppose.

— C'est l'appellation consacrée. Mais je voulais seulement dire qu'elle était de ceux pour lesquels s'emparer de ce qui ne leur appartient pas n'est pas une *nécessité*… et qui *pourtant* s'en emparent.

— Je crois que vous êtes un peu injuste avec elle. Voyez-vous, un jeune homme était en cause.

— Il l'avait dénoncée ?

— Oh non ! *Tout au contraire*. Il avait pris vigoureusement sa défense. Et, en fait, hier soir, à la fin du dîner, il nous a annoncé qu'ils s'étaient fiancés.

Les sourcils de l'inspecteur Sharpe escaladèrent son front pour manifester sa surprise :

— Et, là-dessus, elle monte se coucher et elle avale de la morphine. C'est très étonnant, non ?

La perplexité et la tristesse marquaient les traits de Mrs Hubbard :

— Ça l'est. Je n'y comprends rien.

D'un geste du menton, Sharpe désigna le petit bout de papier déchiré posé entre eux sur une table :

— Et cependant, les faits sont assez clairs.

Le message était bref :

Chère Mrs Hubbard,

Je suis vraiment désolée, mais c'est le mieux qui me reste à faire.

— Ce n'est pas signé, reprit le policier. Mais vous ne doutez pas que ce soit de son écriture ?

— Non.

Mrs Hubbard s'était exprimée avec incertitude. Elle fronçait les sourcils : pourquoi sentait-elle aussi profondément que dans ce message *quelque chose ne collait pas* ?

— Il y a là-dessus une empreinte digitale qui est incontestablement la sienne, décréta l'inspecteur. La morphine était contenue dans un petit flacon portant l'étiquette du St Catherine's Hospital, et vous m'avez indiqué qu'elle y occupait un poste de préparatrice en pharmacie. Elle avait donc accès à l'armoire des toxiques, et c'est probablement là qu'elle l'a pris. On peut présumer qu'elle l'a rapporté hier soir, dans l'idée de se suicider.

— Réellement, je ne peux pas le croire. Il me semble que d'une certaine manière cela ne va pas. Elle était tellement heureuse, hier soir.

— Alors, nous devons imaginer qu'elle a subi une sorte de contrecoup quand elle est allée se coucher. Peut-être son passé était-il plus chargé que ce que nous savons et redoutait-elle qu'on ne l'apprenne. Vous pensez qu'elle était très amoureuse de ce jeune homme… Comment s'appelle-t-il, à propos ?

— Colin McNabb. Il suit des cours de spécialisation à St Catherine's.

— Il est médecin ? Et à St Catherine's ?

— Célia était très amoureuse de lui. Plus, à mon humble avis, que lui d'elle. C'est un garçon très égocentrique.

— Alors, c'est probablement là que se trouve notre explication. Elle ne se sentait pas digne de lui, ou bien elle ne lui avait pas avoué tout ce qu'elle aurait dû. Elle était très jeune, n'est-ce pas ?

— Vingt-trois ans.

— On est idéaliste, à cet âge-là, et on prend l'amour très au sérieux, pontifia Sharpe. Oui, c'est bien cela, j'en ai peur. Quelle pitié !

Il se leva :

— Les faits devront, hélas, faire l'objet d'une certaine publicité, mais nous éviterons autant que possible les remous. Merci, Mrs Hubbard. J'ai maintenant toutes les informations qu'il me fallait. Sa mère est morte il y a deux ans, et la seule parente que vous lui connaissiez est sa vieille tante du Yorkshire... Nous nous mettrons en contact avec elle.

Il ramassa le morceau de papier qui portait le griffonnage de Célia.

— Il y là-dedans quelque chose qui ne colle pas, déclara brusquement Mrs Hubbard.

— Qui ne colle pas ? Dans quel sens ?

— Je ne le sais pas... mais j'ai le sentiment que je devrais le savoir. Oh ! Seigneur...

— Vous êtes sûre que c'est bien de son écriture ?

— Ah ! oui. Il ne s'agit pas de ça.

Des deux mains, elle se pressa les globes oculaires.

— Je me sens complètement idiote, ce matin, dit-elle encore comme pour s'excuser.

— Tout ça a été très éprouvant pour vous, compatit le policier. Je ne crois pas que nous devrons, pour le moment, vous importuner davantage, Mrs Hubbard.

L'inspecteur ouvrit la porte, pour se heurter immédiatement à Geronimo qui avait gardé l'oreille collée au battant.

— Tiens, tiens ! dit Sharpe gaiement, on écoutait au trou de la serrure, hein ?

L'Italien afficha une vertueuse indignation :

— Jé écoute pas... jamais, jamais ! Jé arrivais jouste avec message.

— Ben'voyons ! Quel message ?

— Seulement qu'il y a un monsieur en bas pour voir la *signora* Hubbard, répondit Geronimo d'un ton boudeur.

— Très bien. Allez-y, fiston, et dites-le-lui.

Sharpe s'élança dans le couloir. Mais, soudain, machiavélique, il fit demi-tour et revint sur la pointe des pieds. Autant savoir, songeait-il, si cette face de singe avait dit la vérité.

Il arriva juste à temps pour entendre Geronimo annoncer :

— Le monsieur qu'il a venu dîner l'autre soir, le monsieur avec les moustaches, il est en bas à vous attendre vous.

« Un *monsieur* avec des moustaches, hein, se murmura l'inspecteur avec un sourire. Je parie que je sais de qui il s'agit. »

Il descendit à la salle commune.

— Hello ! très cher monsieur Poirot ! lança-t-il. Cela fait des siècles que nous ne nous étions pas rencontrés.

Agenouillé devant une étagère d'angle à côté de la cheminée, le détective se releva sans embarras visible :

— Tiens, tiens ! Voici, si je ne m'abuse… mais oui, c'est bien lui… l'inspecteur Sharpe, n'est-il pas vrai ? Dites-moi, auparavant, vous n'étiez pas affecté à cette brigade-ci, inspecteur ?

— J'ai été muté il y a deux ans. Vous vous souvenez de l'affaire de Crays Hill ?

— Oh ! oui. C'était il y a bien longtemps. Vous êtes encore un homme jeune, inspecteur, et…

— Je prends de la bouteille, je prends de la bouteille.

— Et moi, je suis, hélas, un vieillard ! soupira Poirot.

— Mais toujours actif, hein, monsieur Poirot ? Actif… à tout le moins dans certains domaines, dirons-nous ?

— Qu'entendez-vous par là ?

— J'entends que je voudrais savoir *pourquoi* vous êtes venu ici, l'autre soir, faire aux étudiants un exposé sur la criminologie.

Hercule Poirot sourit :

— Mais il y a à cela une justification toute simple. Mrs Hubbard est la sœur de miss Lemon, ma très estimée secrétaire. Donc, lorsqu'elle m'a demandé de…

— Lorsqu'elle vous a demandé de jeter un coup d'œil à ce qui se passait ici, vous êtes venu. En réalité, c'est ça, n'est-ce pas ?

— Vous voyez tout à fait juste.

— Mais pourquoi ? C'est ce que je veux savoir. Qu'est-ce qu'il y avait pour vous, là-dedans ?

— Pour m'intéresser, voulez-vous dire ?

— C'est bien ce que je veux dire. Ça n'était, à première vue, rien de plus qu'une sale gosse qui piquait un truc par-ci, un truc par-là. Pour vous, monsieur Poirot de la roupie de sansonnet, non ?

Hercule Poirot fit non de la tête :

— Ce n'est pas aussi simpliste que cela.

— Pourquoi non ? Qu'est-ce qu'il y a de pas simple ?

Le détective s'assit dans un fauteuil. Fronçant légèrement les sourcils, il épousseta les genoux de son pantalon.

— Je voudrais bien le savoir, se borna-t-il à déclarer.

Sharpe plissa le front :

— Je ne comprends pas.

— Non, et moi non plus. Les objets qui avaient été volés… ça ne fait pas un ensemble. Ça ne tient pas debout. C'est comme suivre une trace de pas et s'apercevoir qu'ils n'ont pas tous été faits par les mêmes pieds. Nous avons, très clairement, l'empreinte de ce que vous avez appelé « une sale gosse » – mais il y a davantage que cela. Il s'est passé d'autres choses qu'on voulait faire coïncider avec les agissements de Célia Austin… seulement elles ne coïncident pas. Elles étaient sans signification et, apparemment, sans but. Il y a eu, également, des preuves de malveillance. Et Célia n'était pas malveillante.

— Elle était kleptomane ?

— Je suis porté à en douter fortement.

— Alors, rien qu'une chapardeuse banale ?

— Pas dans le sens où vous l'entendez. Je vous dirais volontiers qu'à mon avis tous ces escamotages d'objets mineurs n'ont été commis que pour attirer l'attention d'un certain jeune homme.

— Colin McNabb ?

— Oui. Célia Austin était désespérément amoureuse de Colin McNabb. Mais Colin ne l'avait jamais remarquée. Alors, au lieu de se conduire en jeune personne jolie, charmante et bien élevée, elle a joué le rôle d'une intéressante jeune délinquante. Le résultat ne s'est pas fait attendre. Colin McNabb est immédiatement tombé amoureux d'elle… et dans les grandes largeurs, comme l'on dit.

— Il doit être complètement fou, alors.

— Pas du tout. C'est un psychologue enthousiaste.

— Ah ! *encore un*, grommela l'inspecteur. Je comprends, maintenant. Très futé de la part de la petite, ajouta-t-il avec un mince sourire.

— A un degré surprenant… oui, à un degré surprenant, répéta Poirot, songeur.

Sharpe était tout ouïe :

— Ça veut dire quoi, monsieur Poirot ?

— Que je me suis demandé… que je me demande encore… si cette idée n'avait pas été suggérée à la fille par quelqu'un d'autre.

— Pour quelle raison ?

— Comment le saurais-je ? Par altruisme ? Pour un motif lié au passé ? On est dans le bleu.

— Une intuition sur celui qui lui aurait soufflé la combine ?

— Non… sauf si… mais, non…

— Tout de même, martela le policier, je ne comprends pas. Si elle avait simplement joué les kleptomanes avec l'objectif que vous dites, et si elle avait réussi, pourquoi diable aller se suicider ?

— La réponse pourrait être qu'elle ne s'est *pas* suicidée.

Hercule Poirot et l'inspecteur Sharpe se regardèrent dans le blanc des yeux.

— Vous avez la certitude qu'elle s'est bien donné la mort ? murmura Poirot.

— C'est clair comme de l'eau de roche, monsieur Poirot. Il n'y a aucune raison pour penser le contraire, et…

La porte s'ouvrit. Mrs Hubbard entra, rouge et la mine triomphante, le menton agressif :

— J'ai trouvé, annonça-t-elle, radieuse. Bonjour, monsieur Poirot. J'ai trouvé, inspecteur Sharpe. Ça m'est venu tout à coup. Pourquoi le message de Célia me paraissait ne pas « coller », veux-je dire. Pourquoi elle ne peut pas l'avoir écrit hier soir.

— Pourquoi donc, Mrs Hubbard ?

— Parce qu'il a été tracé à l'encre bleue. Et que Célia avait rempli son stylo avec de l'encre verte… Cette encre verte-là…

Elle se dirigea vers l'étagère :

— … à l'heure du petit déjeuner, hier matin.

L'inspecteur Sharpe – un inspecteur Sharpe qui n'était plus tout à fait le même – revint dans la pièce qu'il avait quittée brusquement après la déclaration de Mrs Hubbard :

— C'est rigoureusement exact. J'ai vérifié. Le seul stylo qui se trouvait dans la chambre de la petite, le seul qui était près de son lit, contenait bien de l'encre verte. Maintenant, cette encre…

Mrs Hubbard lui tendit la bouteille presque vide.

Puis elle conta, avec autant d'exactitude que de concision, la scène qui s'était déroulée à la table du petit déjeuner.

— J'ai la certitude, conclut-elle, que ce morceau de papier a été déchiré de la lettre que Célia m'avait écrite hier… et que je n'ai jamais ouverte.

— Qu'en avait-elle fait ? Vous en souvenez-vous ?

Mrs Hubbard secoua la tête :

— J'ai laissé Célia seule ici pour aller vaquer à mes travaux. Elle a dû, je pense, l'abandonner ici, je ne sais où, et l'oublier.

— Mais quelqu'un l'a découverte… et l'a lue… quelqu'un qui…

L'inspecteur s'interrompit, avant de reprendre :

— Vous comprenez ce que cela signifie ? Depuis le début, je n'étais pas satisfait de ce bout de papier déchiré. Il y a, dans cette pièce, une sacrée pile de feuilles de brouillon… et c'est là-dessus qu'il aurait été naturel de rédiger une lettre d'adieu. Cela signifie donc que quelqu'un a saisi la possibilité de se servir de la première phrase de la lettre que Célia vous destinait… dans le but de faire croire à quelque chose de tout à fait différent. D'accréditer la thèse du suicide.

Sharpe s'interrompit une fois encore, puis continua avec lenteur :

— Cela signifie…

— Que c'est un meurtre, acheva Hercule Poirot.

8

Quoiqu'il méprisât personnellement le *five o'clock* – qui interdisait, à son avis, de déguster comme il convient le repas suprême, le dîner –, Hercule Poirot avait fini par s'habituer à le faire servir.

Pour la circonstance, George, toujours plein de ressources, avait disposé de grandes tasses, un pot de thé indien vraiment fort et, outre des *crumpets* carrés, chauds et beurrés, du pain, de la confiture et un gros morceau d'un *plum cake* richement garni.

Tout cela pour le plaisir de l'inspecteur Sharpe qui, vautré dans un fauteuil, buvait avec satisfaction sa troisième tasse de thé :

— Ça ne vous dérange pas que j'aie ainsi débarqué, monsieur Poirot ? J'avais une heure devant moi avant que les étudiants ne regagnent la pension. J'ai l'intention de les interroger tous… et, franchement, ce n'est pas une tâche dont je me réjouisse. Vous en avez rencontré plusieurs, l'autre soir. Et je me demandais si vous ne pourriez pas me donner quelques idées utiles – sur les étrangers, tout au moins.

— Vous croyez que je suis bon juge des étrangers ? Mais, mon très cher et excellent ami, il n'y a pas de Belge parmi eux.

— Pas de Belge… oh, je vois ce que vous voulez dire ! Vous signifiez ainsi qu'en tant que Belge, tous les ressortissants d'autres nationalités sont aussi étrangers pour vous que pour moi. Mais ça n'est pas tout à fait vrai, n'est-ce pas ? Parce que – même, si vous en savez aussi peu que moi en ce qui concerne les Jamaïcains, les Africains de l'Ouest et le reste – vous en savez probablement plus que moi sur les Continentaux.

— C'est sans doute Mrs Hubbard qui pourra le mieux vous aider. Elle vit depuis plusieurs mois dans l'intimité de toute cette jeunesse, et elle juge très bien de la nature humaine.

— Oui, c'est une femme éminemment capable. Je compte sur elle. Mais il faudra aussi que je voie la propriétaire de l'endroit. Elle n'était pas là, ce matin. A ce qu'on m'a dit, elle possède plusieurs autres pensions, ainsi que des clubs pour jeunes. Elle n'a pas l'air très aimée.

Poirot resta silencieux quelques secondes.

— Vous avez été à St Catherine's ? s'enquit-il enfin.

— Oui. Le pharmacien en chef s'est montré très coopératif. Il a été très choqué et attristé par la nouvelle.

— Qu'a-t-il dit de la petite ?

— Elle travaillait là-bas depuis à peine un peu plus d'un an, et elle était appréciée par tout le monde. Selon lui, elle était assez lente, mais très consciencieuse… La morphine venait bien de là-bas.

— Ah bon ? Cela, c'est intéressant – et plutôt étonnant.

— C'était du tartrate de morphine. Enfermé dans l'armoire aux toxiques de la pharmacie. Sur l'étagère supérieure – au milieu de produits rarement utilisés. Naturellement, on a recours, de manière générale, à des ampoules à injecter. Et il apparaît qu'on emploie plus souvent la morphine sous forme d'hydrochlorure que sous forme de tartrate. Il semble qu'il y ait une espèce de mode pour les médicaments, comme pour tout. Les médecins paraissent tous rédiger leurs ordonnances en copiant les uns sur les autres, comme des moutons. Ce n'est pas lui qui m'a dit ça. Je l'ai pensé tout seul. Sur cette étagère supérieure, il y a des produits qui étaient populaires autrefois, mais qu'on n'a plus prescrit depuis des années.

— Donc, l'absence d'un petit flacon couvert de poussière n'aurait pas été notée immédiatement ?

— C'est exact. On ne procède à l'inventaire qu'à intervalles réguliers. Personne ne se souvient qu'il y ait eu une ordonnance pour du tartrate de morphine depuis très longtemps. On n'aurait pas remarqué que le flacon était manquant avant d'en avoir besoin… ou d'inventorier les réserves. Les trois préparatrices avaient les clefs de l'armoire aux poisons et de l'armoire des substances dangereuses. On ouvre ces armoires quand c'est nécessaire et, les jours de presse – c'est-à-dire quasiment tous les jours –, quelqu'un y va toutes les cinq minutes. Donc les armoires sont déverrouillées, et restent ouvertes toute la journée.

— Qui d'autre que Célia elle-même y avait accès ?

— Les deux autres préparatrices, mais elles n'ont pas le moindre lien avec Hickory Road. L'une travaille là-bas depuis quatre ans, l'autre n'est arrivée que depuis quelques semaines, d'un hôpital du Devon. Elle a un bon dossier. Il y a aussi les trois pharmaciens diplômés, qui sont tous à St Catherine's depuis des lustres. Ce sont là les gens qui bénéficient d'un accès normal et légitime, comme on dit, aux toxiques. Et puis il y a la vieille bonne femme qui récure le plancher. Elle vient entre 9 heures et 10 heures du matin. Elle aurait très bien pu subtiliser le flacon dans l'armoire si les filles avaient été occupées au guichet des malades non hospitalisés, ou en train de préparer les corbeilles de fournitures pour les différentes salles. Mais ça fait des années qu'elle travaille à l'hôpital, et ça semble très improbable. Le responsable du laboratoire utilise également divers produits. Lui aussi aurait pu mettre la main sur le flacon s'il avait guetté une occasion – mais rien de tout ça ne paraît très plausible.

— Qui d'étranger au service pénètre dans la pharmacie ?

— Plein de gens en tous genres. Il y a ceux qui la traversent pour se rendre au bureau du pharmacien en chef, par exemple – ou les représentants des grandes firmes pharmaceutiques. Et puis, bien entendu, des amis viennent, de temps en temps, voir les préparatrices… ça n'est pas habituel, mais ça arrive.

— Voilà qui est mieux. Qui est-ce qui était récemment venu voir Célia Austin ?

Sharpe consulta son calepin :

— Une jeune fille du nom de Patricia Lane est venue le mardi de la semaine dernière. Elle voulait que Célia aille la retrouver au cinéma après la fermeture de la pharmacie.

— Patricia Lane, répéta Poirot, pensif.

— Elle n'est restée là-bas que cinq minutes environ. Elle ne s'est pas approchée de l'armoire, mais elle était devant le guichet, à discuter avec Célia et une autre fille. Ils se souviennent aussi qu'une fille de couleur est venue... il y a quinze jours, à peu près... une fille très remarquable, disent-ils. Elle s'intéressait à leur travail. Elle a posé des questions et elle a pris des notes. Elle parlait un anglais parfait.

— Ça devait être Elizabeth Johnston. Elle s'intéressait donc à eux, hein ?

— C'était pendant un après-midi de médecine sociale. Elle voulait savoir comment on organise ça, et puis aussi ce qu'on prescrit pour des maladies comme la diarrhée infantile ou les infections dermatologiques.

— Et les médecins viennent aussi à la pharmacie ?

Sharpe sourit :

— Tout le temps. A titre professionnel, ou bien non... Quelquefois c'est pour demander une formule particulière, ou pour voir ce qu'il y a en réserve.

— Pour voir ce qu'il y a en réserve ?

— Oui, j'ai pensé à ça. Parfois, ils ont besoin d'un conseil... à propos d'un substitut pour une préparation qui semble irriter la peau d'un patient, ou provoquer des troubles digestifs anormaux. D'autres fois, un médecin vient juste pour bavarder, pour un moment de détente. Pas mal de jeunes toubibs rappliquent pour réclamer de la véganine ou de l'aspirine quand ils ont la gueule de bois… et pour flirtailler, si vous voulez mon avis, avec l'une ou l'autre des filles si le terrain semble favorable. Les êtres humains seront toujours des êtres humains. Vous savez comment c'est. On n'empêche rien.

— Et si ma mémoire est bonne, releva Poirot, plusieurs des étudiants de Hickory Road sont attachés à St Catherine's… un grand rouquin… Bates… Bateman…

— Leonard Bateson. C'est exact. Et puis Colin McNabb y suit ses cours de spécialité. Sans compter une Joan Tomlinson, qui travaille dans le service de physiothérapie.

— Et tous ceux-là se sont sans doute rendus très souvent à la pharmacie.

— Oui, et, en plus, personne ne se souvient quand. Parce qu'on avait l'habitude de les voir et qu'on les connaissait de vue. Joan Tomlinson est assez copine avec la préparatrice en chef, et…

— Ce n'est pas commode, commenta Poirot.

— Ah, ça, non ! Vous comprenez, n'importe qui du personnel pouvait fourrer son nez dans l'armoire aux poisons et dire « Pourquoi diable gardez-vous autant d'arsenic liquide ? Je ne savais pas qu'il y avait encore des gens pour l'employer », ou quelque chose du même tonneau. Et personne ne s'en serait étonné, ni souvenu.

L'inspecteur Sharpe marqua un temps avant de reprendre :

— L'hypothèse que nous retenons, c'est que quelqu'un a fait absorber de la morphine à Célia, puis a disposé dans sa chambre le flacon et le morceau déchiré de la lettre pour que ça ait l'air d'un suicide. Cela dit, *pourquoi,* monsieur Poirot, *pourquoi* ?

Poirot secoua la tête.

— Ce matin, poursuivit le policier, vous avez laissé entendre que quelqu'un pourrait avoir suggéré à Célia Austin l'idée de simuler la kleptomanie.

Hercule Poirot s'agita, mal à l'aise :

— Ce n'était qu'une vague, théorie. Parce qu'il paraissait douteux qu'elle ait pu être assez intelligente pour penser à cela toute seule.

— Qui, alors ?

— Pour autant que je le sache, trois seulement des étudiants auraient été capables de concocter cette idée-là. Leonard Bateson possède les connaissances scientifiques indispensables. Il est au courant de l'enthousiasme de Colin pour les « personnalités inadaptées ». Plus ou moins pour plaisanter, il pourrait avoir suggéré cela à Célia, et lui avoir appris son rôle. Mais, en réalité, je ne le vois pas en train de manigancer une action de ce genre-là des mois durant… à moins, bien évidemment, qu'il n'ait eu un mobile remontant au passé, ou qu'il ne soit un individu très différent de ce qu'il nous semble être… c'est là un élément que l'on doit toujours prendre en considération. Nigel

Chapman a l'esprit mal tourné et légèrement malveillant. Il aura pu penser que c'était très drôle, et je ne lui imagine aucun scrupule. C'est une sorte d'*enfant terrible* monté en graine. Le troisième coupable éventuel que je retiendrais, c'est une jeune personne du nom de Valérie Hobhouse. Elle a de la cervelle, un comportement et une éducation modernes. Et, probablement, elle a lu assez de psychologie pour bien prévoir la réaction attendue de la part de Colin. Si elle aimait bien Célia, elle a pu se croire en droit de le faire marcher.

— Leonard Bateson, Nigel Chapman, Valérie Hobhouse, répéta Sharpe en inscrivant leurs noms. Merci du renseignement. Je m'en souviendrai quand je les interrogerai. Et les Indiens ? Il y en a un qui est étudiant en médecine.

— Il n'y a place dans son cerveau que pour la politique et la manie de la persécution, répliqua Poirot. Je ne crois pas qu'il aurait pu s'intéresser assez à Célia pour lui souffler l'idée de la kleptomanie, et je ne crois pas non plus qu'elle aurait accepté un tel conseil venant de lui.

L'inspecteur Sharpe se leva en refermant son calepin :

— Et c'est là toute l'aide que vous pouvez m'apporter, monsieur Poirot ?

— Je le crains, en effet. Mais je considère que j'ai un intérêt personnel dans cette affaire – si, bien entendu, vous n'y voyez pas d'objection, cher ami.

— Pas le moins du monde. Pourquoi en verrais-je ?

— Je ferai tout ce que je pourrai, à ma manière d'amateur. Pour moi, il n'y a, je crois, qu'une seule possibilité d'action.

— Qui est ?

Poirot soupira :

— *La conversation,* mon tout bon. La conversation, encore et toujours ! Tous les assassins que j'ai rencontrés adoraient parler. J'ai la conviction qu'un homme fort et silencieux commet rarement un crime – et, lorsqu'il tue, c'est simple, violent et parfaitement évident. Mais notre meurtrier intelligent et subtil… il est tellement content de lui que, tôt ou tard, il lâche un mot malheureux, et il se dénonce. Parlez avec ces gens, mon cher et bon ami, et ne vous bornez pas à un interrogatoire classique. Encouragez-les à vous confier leur point de vue, demandez-leur de vous aider, informez-vous de leurs hypothèses… mais je n'ai pas besoin de vous apprendre votre métier, saperlipopette ! Je me rappelle assez vos capacités.

Sharpe esquissa un sourire :

— Oui, j'ai toujours pensé que… eh bien… que le dialogue est d'une grande utilité.

Bien d'accord, les deux hommes éclatèrent de rire.

L'inspecteur s'apprêtait à partir.

— Je suppose que chacun d'eux est un meurtrier possible, dit-il avec lenteur.

— Je le crois volontiers, répliqua Poirot avec nonchalance. Leonard Bateson, par exemple, a mauvais caractère. Il est loisible de penser qu'il puisse être parfois incapable de se contrôler.

Valérie Hobhouse est intellectuellement douée, et elle est certainement à même d'échafauder un plan d'action compliqué. Nigel Chapman appartient à ces personnalités infantiles, qui n'ont pas le sens de la mesure. Il y a une jeune Française qui pourrait tuer, si cela devait lui rapporter suffisamment d'argent. Patricia Lane est du genre maternel, et les femmes de cet acabit sont, en général, sans scrupules. Sally Finch, l'Américaine, est gaie et cordiale, mais elle peut jouer un rôle de composition mieux que beaucoup d'autres. Joan Tomlinson est la douceur et la vertu incarnées, mais nous avons tous connu des assassins qui assuraient l'école du dimanche avec une dévotion sincère. La Jamaïcaine, Elizabeth Johnston, a probablement plus de cervelle que quiconque de la pension. Elle a asservi sa vie affective à son cerveau – et ça, c'est dangereux. Sans parler d'un charmant jeune Africain, qui pourrait avoir, pour assassiner, des mobiles que nous ne devinerions jamais. Et nous avons encore Colin McNabb, le psychologue. Et combien connaissons-nous de psychologues auxquels on serait tenté de dire : « Médecin, commence donc par te guérir toi-même » ?

— Miséricorde, monsieur Poirot, j'en ai la tête qui tourne ! Personne n'est donc incapable de tuer ?

— Voilà une question que je me suis souvent posée, répliqua Hercule Poirot.

9

L'inspecteur Sharpe soupira, puis se laissa aller contre le dossier de son fauteuil en s'épongeant le front. Il venait d'interroger une jeune Française indignée et en larmes, un jeune Français hautain et réticent, une Hollandaise têtue et méfiante, ainsi qu'un Egyptien volubile et agressif. Il avait aussi échangé quelques brefs propos avec deux étudiants turcs qui ne comprenaient pas vraiment ce qu'il leur disait, et il avait affronté la même incompréhension chez un jeune Irakien charmant. Aucun de ceux-là, il en avait la conviction, n'avait quoi que ce soit à voir avec la mort de Célia Austin ni ne pouvait lui apporter le moindre secours. Il les avait tous libérés avec quelques mots rassurants et s'apprêtait à procéder de même pour Mr Akibombo.

Le jeune Africain lui souriait de toutes ses dents blanches et dardait sur lui le regard de ses yeux d'enfant un peu plaintifs.

— J'aimerais vous aider… oui… s'il vous plaît, dit-il. Elle était très gentille avec moi, cette miss Célia. Une fois, elle m'a donné une boîte de rochers d'Edimbourg… une confiserie très bonne que je ne connaissais pas encore. Je trouve très triste qu'elle ait été tuée. C'est une vendetta, peut-être ? Ou, alors, peut-être que ses pères ou ses oncles sont venus la tuer parce qu'on leur avait raconté des mensonges en prétendant qu'elle avait mal agi.

Sharpe l'assura qu'aucune de ces hypothèses n'était le moins du monde envisageable. Le jeune homme secoua la tête avec tristesse :

— Alors, je ne sais pas pourquoi c'est arrivé. Je ne vois pas pourquoi quelqu'un d'ici aurait voulu lui faire du mal. Mais vous me donnerez une mèche de ses cheveux et des rognures d'ongles, et je verrai si je peux le découvrir par la méthode ancienne. Pas scientifique, pas moderne, mais très utilisée là d'où je viens, ajouta le Noir.

— Eh bien, merci, Mr Akibombo. Mais je ne pense pas que cela sera nécessaire. Nous… euh… nous ne procédons pas ainsi chez nous.

— Oui, monsieur, je le comprends bien. Ça n'est pas moderne. Ça n'est pas de l'âge de l'atome. Dans mon pays, les nouveaux policiers ne font pas ça… seulement les vieux de la brousse. Je suis sûr que toutes les méthodes nouvelles sont très supérieures et convaincu qu'elles obtiendront un succès complet.

Mr Akibombo s'inclina poliment et s'en fut.

— J'espère sincèrement que nous réussirons – ne serait-ce que pour maintenir notre prestige, se murmura l'inspecteur.

Sharpe reçut ensuite Nigel Chapman, qui manifesta immédiatement une tendance certaine à vouloir s'emparer de la conduite de l'entretien :

— C'est une affaire absolument extravagante, n'est-ce pas ? Notez bien que j'avais dans l'idée que vous faisiez fausse route quand vous défendiez la thèse du suicide. Je dois dire qu'il est assez satisfaisant pour moi de penser que tout repose, en réalité, sur le fait qu'elle avait rempli son stylo avec mon encre verte. C'est là, précisément, l'unique élément que l'assassin était dans l'impossibilité de prévoir. Je suppose que vous avez pris dûment en considération ce qui aurait pu constituer le mobile de ce crime ?

— C'est moi qui pose les questions, Mr Chapman, rétorqua l'inspecteur avec humour.

Nigel agita une main bénisseuse :

— Oh ! bien sûr, bien sûr. J'essayais seulement d'abréger un peu, c'est tout. Mais j'imagine qu'il nous en faut passer par toutes les formalités, comme d'habitude. Nom : Nigel Chapman. Age : vingt-cinq ans. Né, je crois, à Nagasaki… ce qui paraît un lieu de naissance tout à fait ridicule. Je ne puis concevoir ce que mon père et ma mère fabriquaient dans ce bled à ce moment-là. Un tour du monde, sans doute. Quoi qu'il en soit, à ce que je comprends, cela ne fait pas obligatoirement de moi un sujet japonais. Je prépare à l'université de Londres un diplôme d'histoire médiévale et de préhistoire. Vous voulez savoir autre chose ?

— Quelle est l'adresse de votre domicile, Mr Chapman ?

— Pas d'adresse de domicile, mon cher inspecteur. J'ai un papa. Mais nous nous sommes disputés, si bien que son adresse n'est désormais plus la mienne. Mais on peut toujours m'écrire au 26 Hickory Road, ou aux bons soins de la banque Coutts, succursale de Leadenhall Street, ainsi que l'on dit aux relations que l'on se fait en voyage et que l'on espère bien ne jamais revoir.

Le policier ne réagissait pas à l'insolence nonchalante de son interlocuteur. Il avait déjà rencontré Nigel Chapman, et il soupçonnait que sa désinvolture camouflait la nervosité naturelle que le jeune homme éprouvait à être interrogé dans le cadre d'une enquête pour meurtre.

— Connaissiez-vous bien Célia Austin ? demanda-t-il.

— Cela, c'est une question vraiment difficile. Je la connaissais très bien, au sens que je la voyais presque tous les jours et que j'étais en termes très cordiaux avec elle, mais, en réalité, je ne *savais* rien d'elle. Bien entendu, je ne m'intéressais pas le moins du monde à elle, et je crois que, de son côté, elle ne m'appréciait guère.

— Avait-elle une raison particulière pour ne pas vous apprécier ?

— Eh bien, elle n'aimait pas beaucoup mon sens de l'humour. En outre, je n'avais rien d'un type sombre et brutal tel que Colin McNabb. Ce genre de brutalité qui constitue réellement une technique parfaite pour séduire les femmes.

— Quand avez-vous vu Célia Austin pour la dernière fois ?

— Au dîner, hier soir. Nous lui avions organisé une grande séance de réconciliation, vous savez. Et puis Colin s'était levé, avait pas mal bafouillé et, dans ses petits souliers, avait fini par avouer qu'ils étaient fiancés. Nous l'avions un peu charrié, et c'est tout.

— Ça, c'était pendant le dîner proprement dit, ou bien dans la salle commune ?

— Ah ! pendant le dîner. Après cela, quand nous sommes passés dans la salle commune, Colin est parti pour je ne sais où.

— Mais vous, les autres, vous y avez pris le café ?

— Si vous tenez à donner à ce liquide le nom de café… oui, commenta Nigel.

— Et Célia Austin en a bu ?

— Oui… je suppose. Je veux dire par là que je n'ai pas effectivement remarqué si elle en buvait, mais elle doit en avoir bu.

— Vous ne le lui auriez pas servi vous-même, par exemple ?

— Quels sous-entendus abominables ! Lorsque vous me dites cela en me regardant d'un œil aussi inquisiteur, j'ai la certitude que j'ai tendu son café à Célia après y avoir versé de la strychnine ou tout ce que vous voudrez, vous savez. Vous m'hypnotisez, je suppose. Non, en réalité, inspecteur, je ne me suis pas approché d'elle… et, bien franchement, je n'ai même pas vu si elle prenait du café. Croyez-moi ou non, je peux vous donner l'assurance que je n'avais jamais ressenti la moindre passion à l'égard de Célia et que l'annonce de ses fiançailles avec Colin McNabb n'a enflammé en moi aucune pulsion de vengeance meurtrière.

— Je ne sous-entendais rien de ce genre, Mr Chapman, répliqua Sharpe mi-figue mi-raisin. A moins que je ne me trompe beaucoup, l'amour n'avait rien à voir là-dedans. Mais quelqu'un a voulu écarter Célia Austin de son chemin. Pourquoi ?

— Je suis bien incapable de l'imaginer, inspecteur. Tout cela a de quoi rendre perplexe, parce que Célia était une fille absolument inoffensive, si vous voyez ce que je veux dire. Un peu nunuche, passablement ennuyeuse, gentille comme tout, et rigoureusement pas, à mon avis, du genre à se faire assassiner.

— Avez-vous été surpris quand vous avez su que c'était Célia Austin la responsable des disparitions, vols et autres ?

— Mon cher monsieur, j'ai manqué de fort peu en tomber à la renverse ! Cela ne lui ressemblait absolument pas.

— Vous ne l'aviez pas, par hasard, encouragée dans cette entreprise ?

L'étonnement du regard de Nigel semblait authentique :

— Moi ? L'encourager à ça ? Mais pourquoi diable ?

— Eh bien, c'est justement la question, non ? Certaines personnes ont un sens de l'humour assez particulier.

— Je suis peut-être obtus, mais je ne vois rien d'amusant à tous ces chapardages stupides.

— Ça n'est pas votre conception de la plaisanterie ?

— Il ne m'était jamais venu à l'idée que ça visait à la drôlerie. A coup sûr, inspecteur, ces vols étaient d'origine psychologique.

— Vous considéreriez définitivement que Célia Austin était kleptomane ?

— Quelle autre explication pourrait-il y avoir, inspecteur ?

— Peut-être n'en savez-vous pas aussi long que moi sur les kleptomanes, Mr Chapman.

— Eh bien, *moi*, je ne peux pas trouver d'autre explication.

— Vous ne croyez pas que quelqu'un aurait pu souffler à miss Austin que tout ça serait un bon moyen de… – comment dire ? – … d'éveiller l'intérêt de Mr McNabb ?

Une lueur d'amusement malicieux s'alluma dans les prunelles du jeune homme :

— Cela, inspecteur, c'est réellement une explication des plus divertissantes. Mais vous savez, en y réfléchissant, c'est parfaitement plausible et, comme de bien entendu, Colin aurait mordu à l'hameçon et gobé du même coup la ligne et le bouchon.

Nigel Chapman, rayonnant, savoura cette idée une seconde ou deux. Puis il branla du chef avec tristesse :

— Mais Célia n'aurait pas joué le jeu, reprit-il. C'était une fille sérieuse. Jamais elle n'aurait voulu se moquer de Colin. Elle était folle de lui.

— Vous n'avez pas d'hypothèse personnelle, Mr Chapman, sur les divers incidents qui se sont produits ici ? Au sujet, entre autres, de l'encre qui a été renversée sur les papiers de miss Johnston ?

— Si vous pensez que c'est moi qui ai fait cela, inspecteur Sharpe, c'est absolument faux. Evidemment, on pourrait croire que c'est moi, à cause de l'encre verte. Mais, à *mon* avis, c'était pure méchanceté.

— Qu'est-ce qui était de la méchanceté ?

— De se servir de mon encre. Quelqu'un s'est exprès servi de mon encre pour faire croire que c'était moi. Il règne ici beaucoup de méchanceté, inspecteur.

L'inspecteur lança au jeune homme un regard aigu :

— Qu'entendez-vous précisément par « Il règne ici beaucoup de méchanceté » ?

Mais Nigel s'était déjà renfermé dans sa coquille et ne voulait plus s'engager :

— Sincèrement, je ne voulais rien dire par là de précis… seulement que quand trop de gens sont enfermés ensemble, ils deviennent hargneux.

Len Bateson occupait la place suivante sur la liste de l'inspecteur. Il était moins à l'aise encore que Nigel Chapman, mais il le montrait d'une manière différente. Soupçonneux, il réagissait avec agressivité.

— Très bien, explosa-t-il après les premières questions de routine. C'est *moi* qui ai rempli la tasse de café de Célia et qui la lui ai donnée. Et alors ?

— Vous lui avez donné son café d'après-dîner… c'est bien cela que vous me dites, Mr Bateson ?

— Oui. En tout cas, j'ai rempli cette tasse au thermos et je l'ai posée à côté d'elle. Et, que vous me croyiez ou pas, il n'y avait pas de morphine dedans.

— Vous avez vu miss Austin la boire ?

— Non. Je ne l'ai pas effectivement vue la boire. Nous bougions tous dans tous les coins, et j'ai commencé à discuter avec quelqu'un juste après. Je n'ai même pas remarqué le moment où elle l'avait bue. Il y avait d'autres gens autour d'elle.

— Je vois. En fait, ce que vous m'indiquez, c'est que *n'importe qui* aurait pu glisser de la morphine dans son café ?

— Essayez donc de glisser quoi que ce soit dans la tasse de quelqu'un ! Tout le monde vous verrait.

— Pas obligatoirement, répliqua Sharpe.

Len éclata, coléreux :

— Pourquoi diable est-ce que j'aurais bien pu vouloir l'empoisonner, cette gosse ? Je n'avais rien contre elle.

— Je n'ai pas prétendu que vous vouliez l'empoisonner.

— Elle a pris cette saloperie d'elle-même. C'est comme ça que ça a dû se passer. Il n'y a pas d'autre explication.

— Nous pourrions le croire s'il n'y avait pas ce faux dernier message.

— Faux mon œil ! Elle l'a bien écrit, non ?

— Elle avait écrit cela dans une lettre, tôt le matin.

— Eh bien… elle en a déchiré un bout, et ça lui a servi de message.

— Allons, Mr Bateson… si vous vouliez écrire un dernier message, vous en écririez un. Vous n'iriez pas prendre une lettre que vous auriez rédigée pour quelqu'un d'autre, pour en déchirer soigneusement une phrase en particulier.

— Je pourrais le faire. Les gens font toutes sortes de drôles de choses.

— Dans ce cas, où est le reste de la lettre ?

— Comment le saurais-je ? C'est votre boulot, pas le mien.

— Mon boulot, je le fais. Et vous seriez bien avisé, Mr Bateson, de répondre poliment à mes questions.

— Bon, qu'est-ce que vous voulez savoir ? Je n'ai pas tué cette fille, et je n'avais aucun mobile pour la tuer.

— Vous l'aimiez bien ?

— Je l'aimais beaucoup, répondit Len, moins combatif. C'était une chouette gosse. Un peu nunuche, mais chouette.

— Vous l'aviez crue, quand elle avait avoué ces vols qui inquiétaient tout le monde depuis quelque temps ?

— Eh bien, je l'avais crue, bien sûr, puisqu'elle le disait. Mais je dois reconnaître que j'avais trouvé ça bizarre.

— Vous aviez estimé que ça ne lui ressemblait pas ?

— Eh bien, oui. Pas vraiment.

Maintenant que Len n'était plus sur la défensive et consacrait sa réflexion à un problème qui, d'évidence, l'intriguait, son agressivité avait disparu.

— Elle ne me paraissait pas du genre kleptomane, si vous voyez ce que je veux dire, reprit-il. Et pas du genre voleuse non plus.

— Et vous ne voyez aucune autre raison pour qu'elle ait agi ainsi qu'elle l'a fait ?

— Une autre raison ? Quelle autre raison pourrait-il bien y avoir ?

— Mettons qu'elle aurait pu vouloir attirer l'attention de Mr Colin McNabb.

— C'est un peu tiré par les cheveux, non ?

— Mais ça a bel et bien attiré son attention, n'est-ce pas ?

— Ça, il n'y a pas de doute. Ce pauvre Colin est toqué de tout ce qui, de près ou de loin, touche à la psychopathologie.

— Bon, alors, si Célia Austin savait cela…

Len secoua la tête :

— Là, vous vous trompez. Elle n'en avait pas assez dans le crâne pour monter un machin comme ça. Pour échafauder un plan, je veux dire. Elle n'avait pas non plus les connaissances pour.

— Mais vous, *vous les avez* ces connaissances, non ?

— Vous voulez dire quoi, au juste ?

— Je veux dire au juste que, dans une intention purement amicale, vous auriez pu lui suggérer quelque chose de cet ordre-là.

— Vous me croyez aussi débile que ça ? riposta Len avec un rire bref. Vous êtes cinglé.

L'inspecteur changea d'objectif :

— Pensez-vous que c'est Célia Austin qui avait renversé de l'encre sur les papiers d'Elizabeth Johnston, ou que c'est quelqu'un d'autre ?

— Quelqu'un d'autre. Célia avait dit que ça n'était pas elle, et je l'ai crue. Elle n'avait jamais été exaspérée par Bess – ce qui n'est pas le cas de tout le monde, tant s'en faut.

— Qui Bess exaspérait-elle… et pourquoi ?

Len réfléchit un instant :

— Elle a la manie de contredire les gens. Tous ceux qui se montrent par trop catégoriques et péremptoires. Elle vous regarde à travers la table, et puis elle décrète, à sa façon nette et tranchante : « Je crains que cela ne soit pas démontré par les faits. Les statistiques établissent précisément que… » Vous voyez le genre. Or, c'est exaspérant, à la longue… surtout pour les gens qui aiment bien affirmer n'importe quoi, comme Nigel Chapman, par exemple.

— Ah ! oui. Nigel Chapman.

— Et puis c'était de l'encre verte.

— Donc, vous pensez que c'est Nigel qui a fait ça ?

— C'est à tout le moins possible. Nigel est une véritable teigne, vous savez, et je le soupçonne de quelques préjugés raciaux. C'est à peu près le seul d'entre nous à en avoir.

— Verriez-vous quelqu'un d'autre que miss Johnston aurait exaspéré avec son souci d'exactitude et son habitude de vous reprendre à tout bout de champ ?

— Eh bien, de temps en temps, Colin McNabb prenait ça de travers. Et elle a fait grimper une fois ou deux Joan Tomlinson au plafond.

Sharpe posa encore quelques questions décousues, mais Len Bateson n'avait plus rien d'utile à ajouter. L'inspecteur passa donc à Valérie Hobhouse.

Froide, élégante, circonspecte, la jeune femme faisait preuve de bien moins de nervosité que ses deux compagnons. Elle avait eu beaucoup d'affection pour Célia, déclara-t-elle. Laquelle Célia, ajouta-t-elle, n'était pas particulièrement intelligente, et la manière dont elle s'était amourachée de Colin McNabb frisait le pathétique.

— Estimez-vous qu'elle était kleptomane, miss Hobhouse ?

— Eh bien, oui, en effet, même si je ne suis pas très ferrée sur le sujet.

— Vous pensez que quelqu'un aurait pu l'encourager à agir ainsi qu'elle l'a fait ?

Elle haussa les épaules :

— Vous voulez dire pour attirer l'attention de ce solennel imbécile de Colin ?

— Vous allez vite en besogne, miss Hobhouse. Oui, c'est bien ce que je voulais dire. Vous ne le lui aviez pas suggéré vous-même, j'imagine ?

Elle parut amusée :

— Hypothèse bien improbable, mon cher inspecteur, si l'on considère que l'on a fait de la charpie d'une de mes écharpes favorites.

— Pensez-vous que quelqu'un d'autre le lui avait suggéré ?

— Je n'y crois guère. Je dirais plutôt qu'il s'agissait chez elle d'un penchant naturel.

— Naturel, dites-vous ?

— Eh bien, j'avais commencé à soupçonner que c'était Célia quand il y a eu tout ce tintouin autour de l'escarpin de Sally. Célia était jalouse de Sally. Je parle de Sally Finch. Ici, c'est elle, et de loin, la plus jolie fille, et Colin s'intéressait énormément à elle. Donc, le soir de cette réception, l'escarpin de Sally a disparu, et elle a été obligée de sortir avec une vieille robe noire et des chaussures noires. Et Célia avait l'air aussi satisfaite qu'une chatte qui vient de laper un bol de crème. Notez bien que je ne la suspectais pas de tous les chapardages de bracelets ou de poudriers.

— Qui, selon vous, en était responsable ?

Nouveau haussement d'épaules :

— Oh ! je n'en sais rien. Sans doute une des femmes de ménage.

— Et le sac à dos lacéré ?

— Il y a eu un sac à dos lacéré ? C'est vrai, j'avais oublié. Cette histoire de sac me paraît dépourvue du moindre intérêt.

— Vous êtes ici depuis un bon bout de temps, n'est-ce pas, miss Hobhouse ?

— Ça, oui. Je serais même tentée de dire que je suis probablement la plus ancienne pensionnaire. Il y a maintenant deux ans et demi que je suis là.

— Donc, vous en savez sans doute davantage sur cette pension que n'importe qui ?

— On peut formuler cela ainsi, oui.

— Avez-vous une hypothèse personnelle sur la mort de Célia Austin ? Une idée sur le mobile ?

La jeune femme secoua la tête. Ses traits étaient devenus graves :

— Non. C'est une chose épouvantable. Je ne vois vraiment pas qui aurait pu vouloir que Célia meure. C'était une gamine gentille et innocente, qui venait juste de se fiancer, et…

— Oui. Et ? insista l'inspecteur.

— Je me demandais si c'était à cause de cela, répondit Valérie avec lenteur. Parce qu'elle était fiancée. Parce qu'elle allait être heureuse. Mais cela signifierait, n'est-ce pas, que quelqu'un… eh bien… que quelqu'un est fou.

Elle avait prononcé ce dernier mot en frissonnant. Sharpe la dévisagea, pensif :

— Oui, nous ne pouvons pas écarter la folie. Et avez-vous une idée à propos des dégâts causés aux papiers et aux notes d'Elizabeth Johnston ?

— Non. Ça, c'était très méchant. Je ne crois pas une seconde que Célia en aurait été capable.

— Une idée quelconque de qui aurait pu ?

— Eh bien… pas une idée raisonnable.

— Mais une idée déraisonnable ?

— Inspecteur, vous n'avez pas envie d'entendre ce qui n'est qu'une intuition, non ?

— J'ai très envie d'entendre votre intuition. Je la prendrai comme telle, et elle restera entre nous.

— Je me trompe sans doute du tout au tout… mais je croirais volontiers que c'était l'œuvre de Patricia Lane.

— Allons bon ! Là, vous me surprenez, miss Hobhouse. Je n'aurais pas songé à Patricia Lane. Elle me fait l'effet d'une jeune personne agréable et équilibrée.

— Je ne dis pas qu'elle l'a fait. Je serais seulement portée à croire qu'elle pourrait l'avoir fait.

— Pour quel motif particulier ?

— Eh bien, Patricia déteste Black Bess. Black Bess n'arrête pas de contredire le Nigel chéri de Patricia, de le remettre à sa place, voyez-vous, quand il fait des déclarations stupides comme cela lui arrive quelquefois.

— Vous jugez plus probable que ç'ait été Patricia Lane plutôt que Nigel lui-même ?

— Oh ! oui. Je ne crois pas que Nigel s'en serait donné la peine, et certainement pas en utilisant son encre favorite. Lui, il est très intelligent. Mais c'est tout à fait le genre de chose idiote que Patricia ferait sans penser que ça risquerait de faire apparaître son précieux Nigel comme suspect.

— Ou bien, encore une fois, ce pourrait avoir été l'œuvre de quelqu'un qui avait une dent contre Nigel Chapman, et qui voulait donner à croire que c'était lui.

— Oui, c'est une autre éventualité.

— Qui est-ce qui déteste Nigel Chapman ?

— Oh ! eh bien, Joan Tomlinson, pour commencer. Et puis Len Bateson et lui sont toujours en train de se chamailler.

— Sauriez-vous le moins du monde, miss Hobhouse, comment la morphine a pu être administrée à Célia Austin ?

— J'y ai pensé et repensé. Je suppose, bien entendu, que le plus évident, c'est le café. Nous étions tous rassemblés dans la salle commune. Le café de Célia était posé sur une petite table, à côté d'elle. Elle attendait toujours qu'il soit presque froid avant de le boire. J'imagine que n'importe qui, doté de nerfs suffisamment solides, aurait pu laisser tomber un comprimé, ou je ne sais quoi, dans sa tasse sans être vu, mais ç'aurait été un gros risque à courir. Parce qu'entre nous, il ne doit pas être commode d'accomplir ce genre de manœuvre sans se faire remarquer.

— La morphine, fit valoir l'inspecteur, ne se présentait pas sous forme de cachets.

— C'était quoi ? De la poudre ?

— Oui.

Elle fronça les sourcils :

— Ç'aurait été encore plus difficile, non ?

— Verriez-vous autre chose que le café ?

— Célia prenait quelquefois un verre de lait chaud avant d'aller au lit. Mais je ne crois pas qu'elle en ait bu un ce soir-là.

— Vous pourriez me décrire avec précision ce qui s'est passé dans la salle commune pendant cette soirée ?

— Eh bien, comme je vous le disais, nous nous sommes tous installés pour discuter. Quelqu'un a branché la radio. La plupart des garçons, je pense, sont sortis. Célia est montée se coucher relativement tôt, et Joan Tomlinson aussi. Sally et moi, nous sommes restées là assez tard. J'écrivais des lettres et Sally fourgonnait dans ses notes. Je crois que je suis montée à ma chambre la dernière.

— Ce n'était qu'une soirée ordinaire, non ?

— Absolument, inspecteur.

— Merci, miss Hobhouse. Voudriez-vous m'envoyer, miss Lane ?

Patricia Lane semblait soucieuse, mais sans appréhension. Ni questions ni réponses n'apportèrent quoi que ce soit de neuf. Interrogée sur la détérioration des papiers d'Elizabeth Johnston, Patricia indiqua qu'elle ne doutait pas que Célia en ait été la responsable.

— Mais elle avait affirmé le contraire, miss Lane, et avec la dernière énergie.

— Naturellement. Elle ne pouvait pas ne pas nier. Je pense qu'elle était honteuse d'avoir fait ça. Mais ça colle avec le reste, n'est-ce pas ?

— Savez-vous ce qu'il ressort pour moi de cette affaire, miss Lane ? C'est que, contrairement à ce que vous venez de suggérer, rien ne colle très bien.

La jeune fille rougit :

— Je suppose que vous croyez que c'est Nigel qui a esquinté les papiers de Bess. A cause de l'encre. Mais ça n'a *absolument pas* de sens. Je vous fiche mon billet que Nigel n'aurait pas utilisé son encre à lui s'il avait fait une chose pareille. Il n'aurait pas été bête à ce point-là. Mais, de toute façon, il n'y est pour rien.

— Il ne s'est jamais très bien entendu avec miss Johnston, non ?

— Oh ! elle a un comportement agaçant parfois. Mais, en réalité, il s'en fiche.

Avec gravité, elle se pencha vers Sharpe :

— Je voudrais essayer de vous faire comprendre un détail ou deux, inspecteur. A propos de Nigel Chapman. Voyez-vous, dans une large mesure, Nigel est lui-même son pire ennemi. Je suis la première à reconnaître qu'il observe une attitude difficile à supporter, et qui monte les gens contre lui. Il se montre désagréable, sarcastique, il ridiculise les autres, ce qui n'est pas l'idéal pour s'attirer des sympathies. Mais, au fond, il est très différent de ce qu'il paraît être. Il fait partie de ces gens timides et assez mal dans leur peau qui voudraient bien qu'on les aime, et qui, par une espèce d'esprit de contradiction, se retrouvent en train de dire et de faire le contraire de ce dont ils avaient l'intention.

— Ah ! commenta l'inspecteur, c'est bien triste pour eux, ça.

— Oui, mais ils ne peuvent vraiment pas s'en empêcher, comprenez-vous ? Cela vient de leur enfance malheureuse. Nigel a eu une existence très pénible chez lui. Son père était très dur, très sévère, et il ne l'a jamais compris. En plus, son père se conduisait très mal avec sa mère. Quand elle est morte, ils se sont horriblement bagarrés. Nigel a fui la maison. Son père a alors décrété qu'il ne lui donnerait plus un sou, et il est obligé de se débrouiller sans appui aucun. Nigel prétend qu'il ne veut aucune aide de son père, et qu'il la refuserait si ce dernier lui en proposait. Par testament, sa mère lui a laissé un peu d'argent, et Nigel n'a plus jamais écrit à son père et ne l'a jamais revu. Naturellement, je pense que c'est très dommage, d'une certaine façon, mais il ne fait pas de doute que son père est un homme très déplaisant. Je ne m'étonne pas que cela ait rendu Nigel amer et difficile à vivre. Depuis le décès de sa mère, Nigel n'a jamais eu personne pour l'aimer et pour veiller sur lui. Si son intelligence est brillante, il ne jouit pas d'une santé excellente. Il est handicapé dans la vie, et il ne sait tout bonnement pas se montrer tel qu'il est.

Patricia Lane se tut, rouge, un peu essoufflée par sa longue homélie. L'inspecteur Sharpe la fixa, pensif. Il avait déjà rencontré bien des Patricia Lane. « Amoureuse du bonhomme, estima-t-il. Je suppose qu'il se soucie d'elle comme de sa première chemise, mais il accepte de se faire pouponner. Le père m'a tout l'air d'une vieille baderne acariâtre, mais, à mon avis, la mère était une écervelée qui gâtait son fils et qui, en le pourrissant, a élargi le fossé entre son père et lui. J'ai vu pas mal de cas de ce genre. » Il se demandait si Nigel Chapman avait été le moins du monde attiré par Célia Austin. Cela lui semblait improbable, mais cependant possible. « Et si c'est ça, Patricia Lane pourrait en avoir conçu de la rancœur. » Assez de rancœur pour avoir eu envie de blesser Célia ? Assez de rancœur pour avoir eu envie de la tuer ? Certainement pas, décida l'inspecteur – et, en tout état de cause, le fait que Célia se soit fiancée avec Colin McNabb balayait cela comme éventuel mobile du meurtre. Il libéra Patricia Lane et appela Joan Tomlinson.

10

A vingt-sept ans, miss Tomlinson était une jeune femme d'apparence sévère, à la chevelure blonde, aux traits réguliers et à la bouche pincée. Elle s'assit et s'enquit, très collet monté :

— Oui, inspecteur ? Que puis-je pour vous ?

— Je me demandais, miss Tomlinson, si vous pourriez nous apporter votre aide dans cette affaire tragique.

— C'est atroce. Plus qu'atroce, vraiment. C'était déjà épouvantable quand nous pensions que Célia s'était suicidée, mais maintenant qu'on suppose qu'il s'agit d'un meurtre…

Elle s'interrompit et secoua la tête avec tristesse.

— Nous avons acquis la certitude quasi absolue qu'elle ne s'est pas empoisonnée elle-même, répliqua Sharpe. Mais savez-vous d'où venait le poison ?

Elle opina du bonnet :

— J'ai cru comprendre qu'il provenait du St Catherine's Hospital, où Célia travaillait. Mais ça n'en a que plus l'air d'un suicide, non ?

— C'était l'effet recherché, sans aucun doute.

— Mais qui d'autre, à part Célia, aurait pu se procurer du poison ?

— Pas mal de gens, répondit l'inspecteur. Pour peu qu'ils y soient décidés. Même vous, miss Tomlinson, en auriez eu la possibilité si vous l'aviez souhaité.

Elle s'indigna :

— Vraiment, inspecteur Sharpe !...

— Eh bien, vous, vous allez souvent à la pharmacie centrale du St Catherine's, n'est-ce pas, miss Tomlinson ?

— J'y vais pour voir Mildred Carey, oui. Mais il va de soi que je n'aurais jamais pensé à farfouiller dans l'armoire aux poisons.

— Mais il vous aurait été loisible de le faire ?

— Je n'aurais jamais été capable d'agir de la sorte !

— Oh ! allons, miss Tomlinson. Imaginons que votre amie ait été occupée à préparer les corbeilles de fournitures pour les différentes salles, tandis que l'autre préparatrice tenait le guichet. Il n'y a souvent là-bas que deux préparatrices. Vous auriez pu, mine de rien, passer derrière les rayonnages installés au milieu de la pièce. Vous auriez pu chaparder un flacon dans l'armoire et le glisser dans votre poche, sans qu'aucune des deux filles n'ait la moindre idée de ce que vous veniez de faire.

— Je m'élève énergiquement contre ces propos, inspecteur Sharpe. C'est... c'est une accusation scandaleuse.

— Mais ça n'est pas une accusation, miss Tomlinson. En aucune manière. Vous devez bien me comprendre. Vous m'avez dit à l'instant qu'il vous aurait été impossible de commettre un acte pareil, et je suis seulement en train d'essayer de vous démontrer que c'était *possible*. Je ne prétends pas une seule seconde que vous l'ayez fait. Après tout, pourquoi auriez-vous agi ainsi ?

— Absolument. Vous ne me paraissez pas saisir, inspecteur Sharpe, que j'étais l'une des amies de Célia.

— Des tas de gens ont été empoisonnés par leurs amis. Il y a toujours une question que nous devons nous poser à nous-même : « Quand un ami cesse-t-il d'être un ami ? »

— Il n'y avait aucun conflit entre Célia et moi. Rien de ce genre. Je l'aimais beaucoup.

— Aviez-vous eu un motif pour soupçonner que c'était elle la responsable des vols ?

— Non, pas du tout. Je n'ai jamais été aussi étonnée de ma vie. Je m'étais toujours imaginé que Célia avait des principes solides. Jamais je n'aurais cru qu'elle puisse s'abaisser à cela.

Sharpe étudia attentivement le visage de la jeune femme :

— Bien entendu, les kleptomanes sont des malheureuses qui ne peuvent absolument pas s'empêcher de voler, non ?

Elle pinça plus encore les lèvres :

— Je ne saurais approuver cette notion-*là*, inspecteur Sharpe. Mes vues sont peut-être démodées, mais je maintiens que voler, c'est voler.

— Franchement, vous pensez que Célia volait des objets parce qu'elle voulait se les approprier ?

— Oui, bien entendu.

— Qu'elle était tout bonnement malhonnête, en fait ?

— Je le crains, oui.

L'inspecteur branla du chef :

— Ah ! C'est bien triste.

— Oui, on est toujours bouleversé quand on se sent déçu par quelqu'un.

— Je crois comprendre qu'il avait été question de faire appel à nous… à la police, j'entends.

— Oui. Et c'était ce que l'on aurait dû faire, à mon avis.

— Vous pensez peut-être qu'il aurait fallu nous prévenir en tout état de cause ?

— Je le crois, en effet. Voyez-vous, je ne suis pas d'avis qu'on doive permettre aux gens de s'en tirer après des méfaits de ce genre.

— En se présentant comme une kleptomane quand on n'est en réalité qu'une voleuse, vous voulez dire ?

— Eh bien, plus ou moins, oui… c'est ce que je veux dire.

— Au lieu de quoi tout s'est terminé dans la joie, et les cloches de l'église sonnaient déjà pour le mariage de miss Austin.

— Naturellement, dès qu'il est question de Colin McNabb, on peut s'attendre à tout ! grinça Joan Tomlinson. Je suis sûre que c'est un athée. C'est un être odieux, sans foi ni loi, désagréable avec tout le monde. Je serais même prête à parier qu'il est *communiste* !

— Ah ! C'est mauvais, ça, dit l'inspecteur en hochant la tête.

— Je pense qu'il a soutenu Célia parce qu'il n'a aucun respect de la propriété. Il croit probablement que chacun peut se servir comme il veut.

— Et, pourtant, quoi qu'il en soit, miss Austin avait avoué, releva le policier.

— Oui. Après avoir été démasquée, rétorqua-t-elle sèchement.

— Qui l'avait démasquée ?

— Ce monsieur… comment s'appelle-t-il ?… Ce M. Poirot, qui est venu ici.

— Mais pourquoi donc pensez-vous qu'il l'avait démasquée, miss Tomlinson ? Il n'avait rien dit de semblable. Il s'était borné à vous conseiller d'appeler la police.

— Il doit lui avoir montré qu'il savait. Elle a manifestement compris que son petit jeu était fini, et elle s'est précipitée pour reconnaître les faits.

— Et cette encre sur les papiers d'Elizabeth Johnston ? Avait-elle avoué ça aussi ?

— Je ne sais pas du tout. Je suppose que oui.

— Vous le supposez à tort, répliqua Sharpe. Elle a nié avec véhémence avoir quoi que ce soit à voir là-dedans.

— Eh bien, peut-être. Je dois admettre que ça ne m'a jamais paru très plausible.

— Vous jugez plus plausible que ç'ait été Nigel Chapman ?

— Non, je ne pense pas non plus que Nigel aurait fait ça. Je crois plus probable que ce soit Mr Akibombo.

— Vraiment ? Pourquoi se serait-il permis un tel geste ?

— Par jalousie, Tous ces gens de couleur sont follement jaloux les uns des autres, et hystériques, en plus.

— Voilà qui est intéressant, miss Tomlinson. Quand avez-vous vu miss Austin pour la dernière fois ?

— Vendredi soir, après le dîner.

— Qui est monté se coucher la première ? Elle ou vous ?

— Moi.

— Vous n'êtes pas allée dans sa chambre, et vous ne l'avez pas non plus revue après avoir quitté la salle commune ?

— Non.

— Et vous ne voyez pas qui aurait pu verser de la morphine dans son café… si c'était bien dans son café ?

— Pas le moins du monde.

— Vous n'avez jamais vu cette morphine quelque part dans la maison, ou dans l'une des chambres ?

— Non. Non, je ne crois pas.

— Vous ne croyez pas ? Qu'entendez-vous par là, miss Tomlinson ?

— Eh bien, je m'interrogeais. Il y a eu ce pari idiot, vous comprenez.

— Quel pari ?

— Un soir, un… enfin, deux ou trois des garçons discutaient, et…

— De quoi discutaient-ils ?

— De l'assassinat et des méthodes pour tuer... De l'empoisonnement, en particulier.

— Qui participait à cette discussion ?

— Je crois que c'est Nigel et Colin qui ont commencé, et puis Len Bateson s'en est mêlé, et Patricia aussi...

— Pourriez-vous vous rappeler, aussi précisément que possible, ce qui s'est dit... et comment s'est déroulée cette discussion ?

Joan Tomlinson s'accorda le temps de la réflexion.

— Eh bien, se décida-t-elle enfin, tout est parti d'un débat sur le meurtre par empoisonnement, et ils disaient que la difficulté était de se procurer le poison et que la police arrivait en général à remonter à l'assassin soit parce que c'était à lui que le produit avait été vendu, soit parce qu'il était le seul à avoir la possibilité de s'en procurer, mais Nigel a affirmé que ça n'avait rien d'inéluctable. Il a soutenu qu'il pouvait concevoir trois méthodes différentes pour mettre la main sur du poison sans que personne puisse jamais remonter jusqu'à lui. Len Bateson lui a répliqué qu'il racontait n'importe quoi. Nigel s'est récrié que pas du tout, qu'il était en mesure de le prouver. Pat, bien entendu, a ajouté que Nigel avait raison. Qu'aussi bien Len que Colin pouvaient sans doute prendre à tout moment du poison à l'hôpital, et Célia également. Nigel a répondu que ça n'était absolument pas à ça qu'il avait pensé. Que si Célia dérobait quelque chose à la pharmacie, on le remarquerait. Que, tôt ou tard, on chercherait le produit et qu'on découvrirait que la boîte ou le flacon n'était plus là. Mais Pat a prétendu que non, pas si elle se contentait de prélever une partie du contenu d'un flacon et qu'elle la remplace par une autre substance. Alors, Colin a ri, et il a dit que, dans ce cas, il y aurait un de ces quatre matins des patients qui se plaindraient très sérieusement. Mais Nigel a déclaré qu'il ne pensait pas à des facilités particulières. Que lui-même, qui n'avait aucun accès privilégié à des toxiques puisqu'il n'était ni médecin ni pharmacien, pouvait très facilement obtenir trois poisons différents, et par trois méthodes distinctes. « Très bien, mais c'est quoi, vos méthodes ? » a demandé Len Bateson. Alors, Nigel a dit : « Je ne vais pas vous le dire maintenant, mais je suis prêt à parier avec vous que, dans trois semaines, je pourrai vous apporter ici trois échantillons de poisons mortels. » Len a répondu qu'il pariait cinq livres qu'il n'y arriverait pas.

Elle se tut.

— Et alors ? lança l'inspecteur.

— Et alors, il ne s'est rien passé pendant un certain temps. Et puis un soir, dans la salle commune, Nigel a annoncé : « Et maintenant, mes amis, regardez un peu… j'ai tenu parole. » Et il a posé trois objets sur la table. Il y avait un tube de comprimés de hyoscine, une fiole de teinture de digitaline et un petit flacon de tartrate de morphine.

— Du tartrate de morphine, répéta l'inspecteur d'une voix rauque. Avec une étiquette ?

— Oui, une étiquette du St Catherine's Hospital. Je m'en souviens, parce que ça a, bien évidemment, attiré mon regard.

— Et les autres ?

— Je n'y ai pas fait attention. Mais je n'ai pas l'impression que le tube et la fiole venaient de l'hôpital.

— Qu'est-ce qui est arrivé ensuite ?

— Eh bien, naturellement, il y a eu plein de commentaires. Et Len Bateson a décrété : « Voyons, si vous commettiez un meurtre, ça conduirait bien vite à vous. » Nigel a répondu : « Pas du tout. Je suis le type même du parfait profane. Je n'ai aucun lien d'aucun genre avec quelque clinique ou hôpital que ce soit. Et personne, pas une seconde, ne pourra même envisager d'établir un lien entre ces substances et moi. Je ne les ai pas ostensiblement achetées à la pharmacie du coin. » Alors, Colin a ôté sa pipe d'entre ses dents et il a dit : « Non, ça, vous n'y seriez certainement pas arrivé. Aucun pharmacien ne vous aurait vendu ces trois produits sans l'ordonnance d'un médecin. » Ils ont encore discuté un peu, et Len a fini par dire qu'il payerait le pari. Il a précisé : « Je ne peux pas régler ma dette illico parce que je suis un peu à sec pour le moment, mais il n'y a pas de doute sur la question : Nigel a bel et bien réussi sa démonstration », et il a ajouté : « Seulement, maintenant, qu'est-ce qu'on va faire de ce butin délictueux ? » Sur quoi Nigel a souri en disant qu'il valait mieux s'en débarrasser avant qu'un accident ne se produise. Donc ils ont vidé le tube et jeté les cachets dans le feu, et puis ils y ont vidé le flacon de tartrate de morphine, et ils ont mis la poudre dans la cheminée, elle aussi. La teinture de digitaline, ils l'ont jetée dans les toilettes.

— Et les contenants ?

— Je ne sais pas… je pense qu'ils les ont probablement jetés dans la corbeille à papier.

— Mais le poison lui-même a été détruit ?

— Oui. J'en suis sûre. Je l'ai vu faire.

— Et, tout cela, ça se passait… quand ?

— Oh ! il y a à peine plus d'une quinzaine, si je me souviens bien.

— Je vois. Merci, miss Tomlinson.

Joan hésitait, visiblement désireuse d'en apprendre davantage :

— Pensez-vous que ça puisse être important ?

— Peut-être. C'est difficile à dire.

L'inspecteur Sharpe demeura quelques minutes perdu dans ses méditations. Puis il rappela Nigel Chapman.

— Je viens juste d'entendre une déclaration très intéressante de Joan Tomlinson, lui annonça-t-il.

— Ah ! dans quelle direction cette chère Joan a-t-elle craché son venin ? La mienne ?

— Il n'a pas été question de venin mais de poison, Mr Chapman, et vous étiez en effet nommément cité.

— Du poison ? Et que diable avais-je à y voir ?

— Niez-vous qu'il y a quelques semaines, vous auriez parié avec Mr Bateson à propos de méthodes vous permettant de vous procurer du poison sans qu'il soit par la suite possible de remonter jusqu'à vous ?

Les traits de Nigel s'illuminèrent :

— Oh, *ça* ! Oui, bien sûr ! Tordant que je n'y aie jamais songé. Je ne me souvenais même pas que

Joan était là. Mais vous ne croyez pas que cela puisse avoir la moindre signification, n'est-ce pas ?

— Eh bien, je ne sais pas. Vous admettez les faits, donc ?

— Oh ! oui, nous discutions de ce sujet. Colin et Len se montraient très dogmatiques et ils la ramenaient. Alors, je leur ai dit qu'avec un peu d'ingéniosité, n'importe qui pouvait obtenir une quantité adéquate de poison... En fait, j'ai affirmé que trois façons d'y parvenir me venaient à l'idée, et que je le démontrerais par la pratique.

— Ce que vous vous êtes mis en devoir de faire ?

— Ce que je me suis mis en devoir de faire, inspecteur.

— Et quelles étaient donc ces trois méthodes, Mr Chapman ?

Le jeune homme inclina légèrement la tête de côté :

— Me demanderiez-vous de me dénoncer moi-même ? Vous auriez certainement dû prononcer l'avertissement d'usage, non ?

— Nous n'en sommes pas encore à la nécessité d'un avertissement, Mr Chapman, mais, bien entendu, vous n'avez aucun besoin de vous dénoncer vous-même, pour reprendre vos paroles. En réalité, vous avez parfaitement le droit de refuser de répondre à mes questions si ça vous chante.

— Je ne suis pas sûr d'avoir envie de refuser.

Le jeune homme réfléchit quelques secondes. Un sourire jouait sur ses lèvres.

— Naturellement, finit-il par concéder, ce que j'ai fait était, sans nul doute, contraire à la loi. Vous pouvez m'inculper pour ça, si vous le souhaitez. D'un autre côté, il s'agit d'une affaire de meurtre et, si cela a le moindre rapport avec la mort de la pauvre petite Célia, je suppose que je dois tout vous dire.

— Ce serait certainement là adopter un point de vue raisonnable.

— Alors, très bien. Je vais parler.

— Quelles étaient ces trois méthodes ?

Nigel se laissa aller contre le dossier de son siège :

— Eh bien, on lit toujours, dans les journaux, des articles sur des médecins qui laissent traîner des substances dangereuses dans leur voiture, n'est-ce pas ? On met le public en garde contre ça.

— Oui.

— Alors, j'ai pensé qu'une méthode très simple consisterait à aller à la campagne, à suivre un généraliste dans ses tournées et, quand l'occasion se présenterait… à ouvrir sa voiture, à jeter un coup d'œil dans sa trousse et à en extraire ce qu'on veut. Vous comprenez, à la cambrousse, le toubib ne trimballe pas toujours sa trousse dans la maison du patient. Cela dépend de la maladie de la personne qu'il va visiter.

— Eh bien ?

— Eh bien, c'est tout. Pour la méthode numéro un, j'entends. Il m'a fallu pister trois médecins jusqu'à en trouver un suffisamment insouciant. Quand j'ai agi, ç'a été la simplicité même. La voiture était garée à l'extérieur d'une ferme, dans un coin assez isolé. J'ai ouvert la portière, j'ai regardé dans la trousse, j'y ai pris un tube d'hydrobromure de hyoscine, et voilà.

— Ah ! Et la méthode numéro deux ?

— Elle a seulement exigé que je fasse un peu marcher la pauvre Célia, en réalité. Je vous ai dit que c'était une fille plutôt stupide, et elle ne s'est pas un instant doutée de ce que j'étais en train de fabriquer. Je lui ai simplement parlé de ce latin de cuisine dans lequel les médecins écrivent leurs ordonnances, et je lui ai demandé de m'en rédiger une, dans le style des morticoles, pour de la teinture de digitaline. Elle s'est exécutée sans méfiance aucune. Après ça, tout ce qu'il me restait à faire, c'était de repérer dans l'annuaire un toubib exerçant dans un quartier éloigné de Londres, puis d'ajouter ses initiales ou une signature un peu illisible au bas du papier. J'ai confié ledit papier à une pharmacie très achalandée, où il y avait peu de chances que la signature de ce médecin-là soit connue, et on m'a préparé la teinture sans la moindre difficulté. On prescrit des doses considérables de digitaline pour les troubles cardiaques, et j'avais fait écrire cette ordonnance sur le papier à lettre d'un hôtel.

— Très ingénieux, commenta sèchement l'inspecteur.

— Je suis *bel et bien* en train de m'accuser ! Je l'entends à votre voix.

— Et la troisième méthode ?

Nigel ne répondit pas tout de suite.

— Dites-moi, interrogea-t-il enfin, dans quoi est-ce que je m'engage, au juste ?

— Dérober des médicaments dans une voiture non fermée à clef, c'est du vol simple, indiqua l'inspecteur. Falsifier une ordonnance…

Le jeune homme l'interrompit :

— Falsifier, pas exactement, non ? A tout prendre, je n'en ai retiré aucun bénéfice. Et ce n'était pas, en réalité, une imitation de la signature d'un médecin. J'entends par là que si je rédige une ordonnance et que je la signe H.R. James, vous ne pouvez pas prétendre que j'imite le paraphe d'un Dr James en particulier, n'est-ce pas ?

Le sourire de Nigel se fit plus malin.

— Vous voyez ce que je veux dire ? reprit-il. Je me livre pieds et poings liés. Si ça vous plaît de le prendre mal… eh bien… je suis bon comme la romaine, évidemment. Mais d'autre part, si…

— Oui, Mr Chapman. Si d'autre part… ?

— Je n'aime pas le meurtre, reprit le jeune homme, soudainement passionné. C'est affreux, horrible. Célia, la pauvre malheureuse, ne méritait pas d'être assassinée. Je veux vous aider. Mais est-ce que cela vous aide ? Je ne crois pas. De vous confesser mes péchés, j'entends.

— La police bénéficie d'une grande latitude, Mr Chapman. Elle est libre d'apprécier si certains agissements ne sont, au fond, que les peccadilles d'un être irresponsable. J'accepte l'assurance que vous m'avez donnée, selon laquelle vous voulez nous aider à résoudre cette affaire. Maintenant, poursuivez, et parlez-moi de votre troisième méthode.

— Eh bien, là, nous en arrivons quasiment au cœur du problème. Celle-là était nettement plus risquée que les deux autres, mais, en même temps, bien plus amusante. Vous voyez, j'avais été une ou deux fois rendre visite à Célia à la pharmacie de l'hôpital. Je connaissais le terrain, et…

— Donc, vous avez pu subtiliser le flacon dans l'armoire ?

— Non, non, rien d'aussi simple que ça. Dans ma conception, ça n'aurait pas été honnête. Et, en passant, si ç'avait été un *vrai* meurtre… si j'avais volé ce poison dans le but de tuer, j'entends… on se serait probablement souvenu de ma venue. Le fait est que je n'étais plus allé voir Célia dans sa pharmacie depuis six mois environ. Non, je savais que Célia, à 11 heures et quart du matin, passait toujours dans l'autre salle pour ce qu'il est convenu d'appeler une collation – en fait, une tasse de café et un biscuit. Les filles faisaient la pause tour à tour, deux à la fois. Il y avait une nouvelle préparatrice qui venait d'arriver et qui ne pouvait pas me connaître de vue. Alors, voilà comment j'ai procédé… J'ai fait un saut à la pharmacie, revêtu d'une blouse blanche, un stéthoscope autour du cou. Il n'y avait que la nouvelle, et elle était occupée au guichet. Je suis entré, j'ai été à l'armoire aux poisons, j'ai pris le flacon, j'ai fait le tour des rayonnages, et j'ai dit à la fille : « Qu'est-ce que vous avez, comme réserve d'adrénaline ? » Elle m'a donné le chiffre. J'ai hoché la tête. Et puis je lui ai demandé une véganine, sous prétexte d'une gueule de bois épouvantable. J'ai avalé le comprimé et je suis reparti. Elle n'a pas soupçonné une seconde que je n'étais ni membre du personnel de l'hôpital ni étudiant en médecine. Ç'a été un jeu d'enfant. Célia n'a même jamais su que j'étais venu.

— Un stéthoscope ? s'enquit l'inspecteur avec curiosité. Où aviez-vous trouvé un stéthoscope ?

Nigel sourit brusquement :

— C'était celui de Len Bateson. Je le lui avais fauché.

— Ici même ?

— Oui.

— Voilà donc l'explication du vol du stéthoscope. Célia n'y était pour rien.

— Grand Dieu, non ! Moi, je ne vois pas une kleptomane voler un stéthoscope, pas vous ?

— Qu'en avez-vous fait ensuite ?

— Eh bien, j'ai été dans l'obligation de le mettre en gage, expliqua le jeune homme, la mine confuse.

— Ça n'était pas un peu moche vis-à-vis de Bateson ?

— Plutôt, si. Mais je ne pouvais pas le lui dire sans lui dévoiler ma méthode, ce dont je n'avais pas l'intention. Quoi qu'il en soit, je suis sorti avec lui pas longtemps après, et je lui ai offert une bamboula du tonnerre, ajouta Nigel plus gaiement.

— Vous êtes un individu parfaitement irresponsable, le réprimanda l'inspecteur.

Le sourire du jeune homme s'élargit :

— Vous auriez dû voir leurs binettes quand j'ai posé sur la table ces trois substances mortelles, et quand je leur ai dit que je m'étais arrangé pour m'en emparer sans que personne ne puisse savoir qui les avait prises.

— Ce que vous êtes en train de me dire, c'est que vous disposiez de trois poisons différents pour tuer quelqu'un et que, dans aucun de ces cas, on ne pouvait établir un lien entre le poison et vous.

Nigel Chapman acquiesça :

— C'est bien vu. Et, étant donné les circonstances, ce n'est pas très agréable de l'admettre. Mais le fait est que je m'étais débarrassé de ces poisons il y a au moins quinze jours.

— C'est ce que vous croyez, Mr Chapman, mais, en réalité, il peut en avoir été différemment.

Le jeune homme ouvrit de grands yeux :

— Qu'est-ce que vous voulez dire ?

— Combien de temps avez-vous conservé ces produits en votre possession ?

— Eh bien, le tube de hyoscine environ dix jours, je suppose, répondit Nigel après réflexion. Le tartrate de morphine, à peu près quatre jours. Et la teinture de digitaline un après-midi seulement.

— Et où aviez-vous dissimulé ces substances – l'hydrobromure de hyoscine et le tartrate de morphine ?

— Dans l'un des tiroirs de ma commode, au fond, sous mes chaussettes.

— Quelqu'un savait que vous les aviez là ?

— Non. Je suis sûr que non.

Il y avait eu, toutefois, dans la voix du jeune homme, une nuance d'hésitation que l'inspecteur Sharpe nota. Mais, pour le moment, il n'insista pas.

— Aviez-vous parlé à quelqu'un de ce que vous faisiez ? De vos méthodes ? De la manière dont vous agissiez ?

— Non. Du moins… enfin, non.

— Vous venez de dire « du moins », Mr Chapman.

— Non, je n'en avais pas parlé. En fait, j'allais tout révéler à Pat, et puis j'ai pensé qu'elle me désapprouverait. Elle est très stricte, Pat, oui. Alors, je suis resté dans le vague.

— Vous ne lui avez rien dit sur le vol dans la voiture, ni sur l'ordonnance, ni sur la morphine dérobée à l'hôpital ?

— Eh bien, je lui ai tout dit pour la digitaline. Que j'avais écrit une ordonnance et obtenu un flacon chez un pharmacien. Et puis que je m'étais déguisé en médecin à l'hôpital. Je suis désolé d'avoir à vous dire que ça n'a pas amusé Pat. Je ne lui ai pas raconté le vol dans la voiture. Je pensais qu'elle exploserait de fureur.

— Lui aviez-vous dit que vous détruiriez ces produits après avoir gagné votre pari ?

— Oui. Elle s'en faisait un sang d'encre. Elle a commencé à me tanner pour que je restitue les trucs, ou quelque chose d'approchant.

— Ce genre de démarche ne vous est jamais venue à l'esprit ?

— Bon Dieu, non ! Ç'aurait été fatal. Ça m'aurait plongé dans des embrouilles sans fin. Non, à tous les trois, nous avons flanqué la hyoscine et la morphine dans le feu, et vidé la digitaline dans les toilettes, et point final. Il n'y a pas eu de mal.

– C'est ce que vous dites, Mr Chapman. Mais il est très possible que ça ait fait du mal.

— Comment cela, si les machins ont été balancés comme je viens de vous le dire ?

— Vous n'avez jamais imaginé, Mr Chapman, que quelqu'un pourrait vous avoir vu ranger ces substances, ou les avoir trouvées par hasard, peut-être. Et que ce quelqu'un pourrait avoir vidé la morphine du flacon pour la remplacer par une autre matière ?

Nigel écarquilla les yeux :

— Non, bon Dieu ! Je n'ai jamais envisagé rien de tel. Je n'y crois pas.

— Mais c'est une possibilité, Mr Chapman.

— Mais personne ne peut l'avoir su, en aucun cas.

— Nous sommes ici dans le genre d'endroit où l'on sait beaucoup plus de choses que vous le croiriez possible, riposta l'inspecteur d'un ton sec.

— On y espionne, vous voulez dire ?

— Oui.

— Là, vous avez peut-être raison.

— Quels étudiants peuvent, à n'importe quel moment, se trouver à titre légitime dans votre chambre ?

— Eh bien, je la partage avec Len Bateson. Presque tous les garçons y sont venus une fois ou l'autre. Pas les filles, naturellement. En théorie, elles n'ont pas le droit de monter dans les chambres de ce côté-ci de la maison. C'est notre domaine exclusif. Et nous y vivons dans la chasteté.

— Théoriquement, elles n'en ont pas le droit. Mais elles peuvent le faire quand même, je suppose ?

— Pendant la journée, n'importe qui *pourrait*, souligna Nigel. Dans l'après-midi, par exemple, il n'y a personne en haut.

— Est-il jamais arrivé à miss Lane de venir dans votre chambre ?

— J'espère que votre question ne signifie pas ce que son ton sous-entend, inspecteur. Pat vient quelquefois dans ma chambre pour y ranger des chaussettes qu'elles a reprisées. Rien de plus.

L'inspecteur se pencha vers son interlocuteur :

— Comprenez-vous bien, Mr Chapman, que la personne qui aurait pu le plus facilement vider le flacon de son contenu pour le remplacer par quelque chose d'autre, c'est vous-même ?

Nigel fixa le policier, le visage soudain durci et quasi hagard :

— Oui. Je l'ai saisi il y a une minute et demie à peine. J'aurais très précisément pu le faire. Mais je n'avais pas le commencement d'un mobile pour écarter cette fille de mon chemin, inspecteur. Et je ne l'ai pas fait. Pourtant, là où nous en sommes… je perçois parfaitement que vous n'avez que ma parole.

11

Len Bateson et Colin McNabb confirmèrent l'histoire du pari, ainsi que la manière dont ils s'étaient tous trois débarrassés des poisons. Sharpe retint Colin McNabb après le départ de ses deux compagnons :

— Je ne souhaite pas ajouter à vos tourments si je puis l'éviter, Mr McNabb. Je suis à même de comprendre ce que signifie pour vous le fait que votre fiancée ait été empoisonnée le soir même de vos fiançailles.

Le visage du jeune homme demeura de marbre :

— Il ne vous est nul besoin de prendre cet aspect-là en considération. Vous n'avez pas à vous soucier de mes états d'âme. Posez-moi seulement toutes les questions que vous estimerez vous être nécessaires.

— En tant qu'expert, vous considériez que le comportement de Célia Austin avait une origine psychologique ?

— Il n'y a aucun doute là-dessus. Si vous souhaitez que j'entre dans la théorie du problème…

— Non, non, se hâta de couper l'inspecteur. Je crois sur parole un psychologue de métier.

— Son enfance avait été particulièrement malheureuse. Cela avait induit chez elle un blocage émotionnel qui…

— Certes, certes.

Le policier était désespérément soucieux de couper court à un autre récit d'une jeunesse difficile. Celle de Nigel lui avait amplement suffi.

— Vous étiez attiré par elle depuis un certain temps ? s'enquit-il.

Colin médita sa réponse avec soin :

— Je ne dirais pas au juste cela. Les élans de ce type vous surprennent parfois par la façon dont ils vous illuminent tout à coup. Inconsciemment, sans aucun doute, elle m'attirait, mais je l'ignorais. Puisqu'il n'était pas dans mes intentions de me marier jeune, j'avais incontestablement bâti une vive résistance à cette idée au niveau du conscient.

— Oui. Cela va de soi. Célia Austin était-elle heureuse de ses fiançailles avec vous ? Elle n'avait pas exprimé de doutes, j'entends ? Pas d'incertitudes ? Il n'y avait rien qu'elle croyait devoir vous dire ?

— Elle avait confessé pleinement tous ses agissements. Elle n'avait plus rien à l'esprit qui puisse lui peser.

— Et vous projetiez de l'épouser… quand cela ?

— Pas avant un délai considérable. Pour le moment, je ne suis pas en position de faire vivre une épouse.

— Célia avait-elle des ennemis, ici ? Quelqu'un qui ne l'aimait pas ?

— J'ai de la peine à le croire. J'ai consacré beaucoup de réflexions à ce problème, inspecteur... Célia était très aimée. Je dirais, pour ce qui me concerne, que ce n'est en rien une affaire personnelle qui a provoqué sa mort.

— Qu'entendez-vous par « en rien une affaire personnelle » ?

— Pour l'instant, je ne souhaite pas préciser davantage ma pensée. Ce n'est, en cet instant, qu'une vague idée qui m'est venue, et je ne suis pas encore très au clair.

Sharpe ne parvint pas à l'en faire démordre.

Il ne lui restait que deux étudiants à interroger. Il convoqua d'abord Sally Finch.

Sally lui apparut comme une jeune femme séduisante, à l'abondante chevelure rousse et au regard vif et intelligent. Après les questions de routine, elle prit soudain l'initiative :

— Vous savez ce qui me plairait, inspecteur ? Ça me plairait de vous expliquer ce que je pense. Moi, personnellement. Il y a quelque chose qui ne colle pas dans cette maison. Quelque chose qui ne colle pas du tout. J'en suis sûre.

— Parce que Célia a été empoisonnée ?

— Non, je le pensais déjà avant. Je n'avais pas aimé ce qui se passait ici. Je n'avais pas aimé que ce sac à dos ait été lacéré, et je n'avais pas aimé qu'on ait mis en charpie l'écharpe de Valérie. Je n'avais pas aimé que les notes de Black Bess aient été couvertes d'encre. Je me préparais à filer d'ici, et vite.

C'est ce que j'ai encore l'intention de faire. Dès que vous nous laisserez partir, bien entendu.

— Vous voulez dire que vous avez peur, miss Finch ?

Elle hocha la tête :

— Oui. J'ai peur. Il y a ici quelqu'un ou quelque chose d'impitoyable. Cet endroit n'est pas… comment puis-je exprimer cela ?… n'est pas ce qu'il semble être à première vue. Non, non, inspecteur, je ne songe pas à un repaire de communistes. Je vois que vous aviez ce mot-là sur les lèvres. Ce ne sont pas des communistes. Ce ne sont peut-être pas même des criminels. Je ne sais pas. Mais je vous parie tout ce que vous voulez que cette affreuse vieillarde est au courant de tout.

— Quelle vieillarde ? Vous ne pensez pas à Mrs Hubbard ?

— Non. Pas à Ma Hubbard. Elle, elle est adorable. Je pensais à la vieille Vanilos. Cette abominable sorcière.

— Ça, c'est intéressant, miss Finch. Pouvez-vous vous montrer un peu plus précise ? A propos de Mrs Vanilos, veux-je dire.

De nouveau, elle secoua la tête :

— Non. Cela, je ne le peux justement pas. Tout ce que je puis vous dire, c'est qu'elle me fiche la frousse chaque fois que je la croise. Il se passe ici quelque chose de bizarre, inspecteur.

— Je souhaiterais un peu plus de précisions.

— Moi aussi. Vous allez imaginer que je me fais des idées. Eh bien, je m'en fais peut-être, mais d'autres gens se font les mêmes. Akibombo, par exemple. Il est terrorisé. Et je crois que Black Bess l'est aussi, mais elle ne le montre pas. Je pense également que Célia en savait long.

— En savait long sur quoi ?

— C'est bien ça. Quoi ? Mais il y a des phrases qu'elle avait prononcées. Qu'elle avait dites le dernier jour. Sur tout ce qui deviendrait clair. Elle avait avoué son rôle dans ce qui s'était passé ici, mais elle avait comme sous-entendu qu'il y avait d'autres bizarreries qu'elle connaissait, et qu'elle voulait voir éclaircies, elles aussi. Je crois, inspecteur, qu'elle possédait des renseignements sur *quelqu'un*. Je pense que c'est la raison pour laquelle elle a été tuée.

— Mais si c'était aussi sérieux que ça…

Elle l'interrompit :

— Si vous voulez le fond de ma pensée, elle ne mesurait pas à quel point ça pouvait être sérieux. Elle n'était pas très maligne, voyez-vous. Elle était même franchement obtuse. Elle avait flairé du louche, mais elle n'avait pas compris à quel point ce louche pouvait être dangereux. Enfin, c'est mon avis, et je vous le livre pour ce qu'il vaut.

— Je vois. Merci… Dites-moi, vous avez vu Célia Austin pour la dernière fois hier soir, dans la salle commune, c'est bien cela ?

— C'est cela. C'est-à-dire qu'en fait je l'ai revue après.

— Vous l'avez revue après ? Où ça ? Dans sa chambre ?

— Non. Au moment où j'ai quitté la salle commune pour monter me coucher, je l'ai vue qui sortait par la porte de devant.

— Qui sortait par la porte de devant ? Elle sortait de la pension, vous voulez dire ?

— Oui.

— C'est étonnant. Personne d'autre ne m'avait parlé de cela.

— Personne ne le savait, à mon avis. Evidemment, elle nous avait bien souhaité bonne nuit, et annoncé qu'elle allait au lit. Et, si je ne l'avais pas vue, j'aurais *supposé* que c'était ce qu'elle avait fait.

— Alors qu'en réalité elle est montée, elle a mis un manteau et elle est sortie. C'est cela ?

Sally acquiesça :

— Et je pense qu'elle est sortie pour rencontrer quelqu'un.

— Je vois. Quelqu'un de l'extérieur. Ou bien ça pourrait avoir été l'un des autres pensionnaires ?

— Eh bien, sans aller jusqu'à évoquer mon « intime conviction », ce devait être un pensionnaire. Vous comprenez, si elle avait voulu s'entretenir en tête-à-tête avec quelqu'un, elle ne pouvait le faire nulle part dans la maison. Quelqu'un doit lui avoir proposé de sortir et de le retrouver quelque part dehors.

— Auriez-vous une petite idée de l'heure à laquelle elle est revenue ?

— Pas la moindre.

— Et Geronimo, le domestique, il le saurait ?

— Il le saura, si elle est rentrée après 11 heures du soir, parce qu'à cette heure-là, on met les verrous et les chaînes. Avant, tout le monde peut ouvrir avec sa clef.

— Vous souviendriez-vous exactement de l'heure à laquelle vous l'avez vue sortir ?

— Je dirais qu'il était... environ 10 heures. Peut-être un peu après 10 heures, mais pas de beaucoup.

— Je vois. Merci, miss Finch, de ce que vous m'avez dit.

L'inspecteur reçut Elizabeth Johnston la dernière. Tout de suite, la calme compétence de la jeune fille l'impressionna. Elle répondit à ses questions d'un ton intelligent et décidé, puis attendit qu'il poursuive l'interrogatoire.

— Célia Austin, dit-il, avait nié avec véhémence avoir endommagé vos papiers, miss Johnston. Vous l'aviez crue ?

— Oui. Je ne pense pas que Célia m'aurait jamais joué un tour aussi pendable.

— Vous ne savez pas qui en est responsable ?

— La réponse évidente, c'est Nigel Chapman. Mais cela me paraît un petit peu trop évident. Il ne se serait pas servi de son encre à lui.

— Et si ce n'est pas Nigel... qui, alors ?

— Cela, c'est plus difficile. Mais je veux croire que Célia savait qui c'était... ou, au moins, qu'elle l'avait deviné.

— Elle vous l'avait dit ?

— Pas explicitement. Mais, le soir de sa mort, elle est venue dans ma chambre avant de descendre dîner. Elle voulait m'affirmer que, si elle était coupable des vols, ce n'était pas elle qui avait saboté mon travail. Je lui ai répondu que j'acceptais sa parole. Et je lui ai demandé si elle savait qui était le ou la coupable.

— Et que vous a-t-elle dit ?

— Elle m'a dit…

Elizabeth Johnston marqua un temps d'arrêt, comme pour s'assurer de l'exactitude de ce qu'elle allait répondre.

— Elle m'a dit : « *Je ne peux pas en être réellement sûre, parce que je ne vois pas pourquoi… Ça pourrait avoir été une erreur, ou un accident… Mais quel que soit celui qui l'a fait, je suis convaincue qu'il en est très malheureux, et qu'il aimerait vraiment avouer.* » Et puis elle a ajouté : « *Il y a des détails que je ne comprends pas, comme les ampoules électriques le jour où la police est venue.* »

— Qu'est-ce que c'est que cette histoire d'ampoules et de police ?

— Je ne sais pas. Tout ce que Célia a dit se résume à : « Ce n'est pas *moi* qui les ai enlevées. » Et puis elle a dit encore : « Je me suis demandé si ça n'avait pas à voir avec le passeport. » Moi, j'ai dit : « De quel passeport me parlez-vous ? » Elle m'a répondu : « Je pense que quelqu'un doit avoir un faux passeport. »

L'inspecteur garda le silence pendant quelques secondes.

Un vague schéma commençait enfin à prendre forme. Un passeport…

— Qu'a-t-elle dit de plus ? interrogea-t-il.

— Rien de plus. Seulement : « De toute manière, j'en saurai davantage là-dessus demain. »

— Elle a dit ça, hein ? *De toute manière, j'en saurai davantage là-dessus demain*. Voilà un propos très significatif, miss Johnston.

— Oui.

L'inspecteur retomba dans son silence. Il réfléchissait.

Du louche au sujet d'un passeport – et d'une visite de la police... Avant de venir à Hickory Road, il avait étudié soigneusement les dossiers. On tenait sous étroite surveillance les pensions qui accueillaient des étudiants étrangers. Le dossier du 26 Hickory Road était bon. Les détails qu'il contenait s'étaient révélés maigres et peu concluants. La police de Sheffield avait naguère recherché un étudiant africain qui vivait des charmes d'une femme. Cet étudiant avait passé quelques jours à Hickory Road avant de s'en aller ailleurs, et il avait été, depuis, appréhendé puis expulsé. Toutes les pensions et logements universitaires avaient fait l'objet d'une enquête de routine lorsqu'on avait souhaité qu'un Eurasien vienne « apporter son concours à la police » au sujet du meurtre de la femme d'un tenancier de *pub*, près de Cambridge. Tout avait été réglé le jour où le jeune homme s'était présenté au commissariat central de Hull pour se constituer prisonnier. Une autre enquête avait concerné des étudiants qui distribuaient des tracts subversifs. Mais tous ces incidents avaient eu lieu longtemps auparavant, et ne pouvaient avoir le moindre rapport avec la mort de Célia Austin.

Sharpe soupira et releva les yeux, pour s'apercevoir que le regard sombre et intelligent d'Elizabeth Johnston s'était fixé sur lui.

Impulsivement, il lança :

— Dites-moi, miss Johnston, avez-vous jamais eu le sentiment… ou l'impression… que quelque chose *ne collait pas* dans cette maison ?

Elle parut étonnée :

— Ne collait pas ? Dans quel sens ?

— Je ne saurais vraiment le dire. Je pense à la phrase de miss Sally Finch.

— Oh… Sally Finch !

Il y avait eu, dans la voix de la jeune femme, une nuance que l'inspecteur peinait à interpréter. Intéressé, il poursuivit :

— Miss Finch m'a semblé être bonne observatrice, à la fois perspicace et les pieds sur terre. Elle m'a soutenu avec insistance qu'il y avait ici quelque chose de… de bizarre, bien qu'elle n'ait pas su définir précisément de quoi il s'agissait.

— C'est sa manière américaine de penser, répliqua Elizabeth avec aigreur. Ils sont tous les mêmes, ces Américains : nerveux, inquiets, toujours à suspecter toutes sortes de bêtises ! Voyez un peu comme ils sont ridicules, avec leur chasse aux sorcières, leur phobie hystérique des espions, leur obsession du communisme ! Chez Sally Finch, c'est typique.

L'inspecteur se sentait de plus en plus intéressé. Ainsi, Elizabeth Johnston détestait Sally Finch. Pourquoi ? Parce que Sally était américaine ? Ou détestait-elle seulement les Américains parce que

Sally était américaine et qu'elle avait ses propres raisons de ne pas pouvoir la voir en peinture ? Ce n'était, peut-être, que simple affaire de jalousie féminine.

Sharpe décida d'essayer une approche qui lui avait parfois réussi.

— Comme vous pouvez le comprendre, miss Johnston, dans un établissement comme celui-ci, les niveaux d'intelligence varient énormément, remarqua-t-il avec douceur. Certains... presque tous... nous ne les questionnons que sur les faits. Mais quand nous tombons sur quelqu'un d'un niveau d'intelligence élevé...

Il laissa la phrase en suspens. L'implication était flatteuse. La jeune femme réagirait-elle ?

La réaction vint après une brève pause :

— Je crois que je comprends ce que vous voulez dire, inspecteur. Ici, le niveau d'intelligence, ainsi que vous l'avez constaté, n'est pas très haut. Nigel Chapman possède une certaine vivacité de l'intellect, mais il a l'esprit étroit. Leonard Bateson n'est qu'un tâcheron. Valérie Hobhouse bénéficie d'un cerveau de bonne qualité, mais elle est trop paresseuse pour l'employer à quelque chose de valable et son horizon se limite au mercantile. Ce qu'il vous faut, c'est le recul d'une tête bien faite.

— Telle que la vôtre, miss Johnston.

Elle reçut le compliment sans protester. Il comprit, non sans curiosité, qu'il avait face à lui une jeune femme qui, sous un comportement agréable et discret, dissimulait une évaluation franchement orgueilleuse de ses propres qualités :

— Je suis enclin à partager votre point de vue sur vos camarades, miss Johnston. Chapman est doué, mais infantile. Valérie Hobhouse a de la cervelle, mais elle porte sur la vie un œil blasé. Vous, comme vous le dites, vous avez la tête bien faite. C'est pourquoi j'attache du prix à vos vues... les vues d'une intelligence puissante et détachée.

Un instant, il redouta d'avoir exagéré, mais ses craintes n'étaient pas fondées :

— Il n'y a rien qui ne colle pas ici, inspecteur. Ne prêtez aucune attention à Sally Finch. Nous sommes dans une pension convenable et bien tenue. Je suis persuadée que vous ne trouverez pas ici la moindre trace d'activités subversives.

Le policier éprouva un léger étonnement :

— Ce n'était pas réellement à des activités subversives que je pensais.

Elizabeth Johnston fut prise au dépourvu :

— Oh !... je vois. Je faisais le lien avec ce que Célia avait dit à propos d'un passeport. Mais, avec un regard impartial et en pesant tous les éléments, il me semble tout à fait certain que la cause de la mort de Célia a été, dirai-je, de nature intime... je ne sais quelle complication affective ou sexuelle, peut-être. Je suis certaine que cela n'a rien à voir avec ce que j'appellerai la pension en tant que telle, ni avec n'importe quoi qui pourrait « se passer » ici. Il ne se passe rien, j'en suis sûre. Dans le cas contraire, j'en serais informée. J'ai énormément d'intuition.

— Je vois. Eh bien, merci, miss Johnston. Vous avez été très aimable et utile.

Elizabeth Johnston sortit. L'inspecteur Sharpe demeura assis à contempler fixement la porte. Il fallut que le sergent Cobb l'interpelle par deux fois avant qu'il n'échappe à sa méditation :

— Hein ?

— Je dis que c'est tout, monsieur.

— Oui. Et qu'est-ce qu'on en a tiré ? Pratiquement rien. Mais je m'en vais vous confier une bonne nouvelle, Cobb. Demain, je reviens ici avec un mandat de perquisition. Nous allons abandonner les parlottes, et ça leur donnera à réfléchir. *Parce qu'il se passe ici du louche*. Demain, je mettrai tout sens dessus dessous – ce qui n'est pas si facile quand on ne sait pas ce qu'on cherche, mais il y a une chance pour que je déniche le « petit rien » qui me fournira une piste. C'est une fille des plus intéressantes qui vient juste de sortir. Elle se tape l'ego d'un Napoléon, et je la soupçonne fortement d'en savoir plus long qu'elle ne veut bien l'admettre.

12

Hercule Poirot, occupé à dicter son courrier, s'arrêta net au beau milieu d'une phrase. Miss Lemon releva des yeux interrogateurs :

— Oui, monsieur Poirot ?

— J'ai l'esprit ailleurs ! répondit le détective en agitant une main impatiente. Après tout, cette lettre n'a aucune espèce d'importance. Ayez l'amabilité, miss Lemon, de m'appeler votre sœur au téléphone.

— Bien, monsieur Poirot.

Quelques instants plus tard, Poirot prenait le combiné des mains de sa secrétaire :

— Allô !

— Oui, monsieur Poirot ? répondit Mrs Hubbard d'une voix un peu haletante.

— J'espère, Mrs Hubbard, que je ne vous dérange pas ?

— Rien ne pourrait plus me déranger.

— Y aurait-il eu un peu… d'agitation ? s'enquit le détective, non sans quelques précautions.

— C'est là un délicat euphémisme, monsieur Poirot. Oui, un peu d'agitation, comme vous dites si joliment. L'inspecteur Sharpe a terminé hier d'interroger les étudiants, mais il est revenu ce matin avec un mandat de perquisition, et j'ai sur les bras une Mrs Vanilos en pleine crise d'hystérie.

Poirot fit claquer sa langue en signe de sympathie.

— Il y a simplement une petite question que je dois vous poser, ajouta-t-il. Vous m'aviez envoyé une liste des objets qui avaient disparu... ainsi que de divers incidents étranges... mais ce qu'il me faut vous demander aujourd'hui, c'est si vous l'avez établie par ordre chronologique ?

— Qu'entendez-vous par là ?

— Eh bien, les objets ont-ils été notés exactement selon la date de leur disparition ?

— Non, pas du tout. Je suis désolée... je les ai inscrits au fur et à mesure qu'ils me revenaient. Je suis confuse si je vous ai induit en erreur.

— J'aurais dû vous le demander auparavant. Mais l'importance de ce facteur ne m'avait pas frappé. J'ai là votre liste. Un escarpin du soir, un bracelet, une bague de diamants, un poudrier, du rouge à lèvres, un stéthoscope, et ainsi de suite. Mais vous me dites donc que ce n'est pas l'ordre dans lequel tout cela avait disparu ?

— Oui.

— Pouvez-vous vous souvenir maintenant, ou bien serait-ce trop difficile pour vous, quelle en fut l'exacte chronologie ?

— Oh ! je ne suis pas sûre de pouvoir vous répondre à brûle-pourpoint, monsieur Poirot. Cela s'est passé il y a un certain temps déjà, voyez-vous. Il faudrait que j'y réfléchisse. En fait, après avoir discuté avec ma sœur, quand j'ai su que je viendrais vous voir, j'ai établi cette liste en notant les larcins comme je m'en rappelais. D'abord l'escarpin, parce que c'était si bizarre. Et puis le bracelet, le poudrier, le briquet et la bague, parce que c'étaient des objets d'assez grande valeur et qu'on aurait dit qu'un authentique voleur était à l'œuvre. Ensuite, je me suis souvenue des bricoles moins importantes, et je les ai rajoutées. A savoir la poudre de borate, les ampoules électriques et le sac à dos. Elles ne comptaient pas vraiment, et je n'en ai eu le souvenir qu'après réflexion.

— Je vois, dit Poirot, oui, je vois… alors, ce que je souhaiterais de vous, madame, ce serait que vous vous asseyiez à votre table… lorsque vous en aurez le loisir, j'entends… et que…

— Disons que quand Mrs Vanilos aura été mise au lit avec un sédatif et que je serai parvenue à calmer Maria et Geronimo j'aurai un peu de temps. Qu'est-ce que vous voulez donc que je fasse ?

— Que vous vous installiez confortablement et que vous essayiez de rétablir, d'aussi près que vous le pourrez, l'ordre chronologique des divers incidents survenus chez vous.

— Certainement, monsieur Poirot. Le sac à dos, me semble-t-il, était le premier, puis les ampoules électriques – qui, je crois, n'ont réellement aucun rapport avec les autres événements – et puis le bracelet et le poudrier. Non… non, l'escarpin du soir d'abord. Mais vous n'avez pas envie d'écouter mes interrogations. Je vous coucherai cela sur le papier du mieux que je pourrai.

— Merci, madame. Je vous en serai très obligé.

Poirot raccrocha.

— Je suis mécontent de moi, poursuivit-il à l'attention de miss Lemon. J'ai manqué à mes principes d'ordre et de méthode. J'aurais dû m'assurer, dès le début, de l'ordre précis dans lequel ces vols ont été commis.

— Seigneur, Seigneur, répondit machinalement la secrétaire. Avez-vous l'intention d'en terminer maintenant avec cette correspondance, monsieur Poirot ?

Mais, une fois encore, le détective eut un geste d'impatience.

*

Dès son arrivée à Hickory Road, l'inspecteur Sharpe, muni d'un mandat de perquisition, avait demandé à s'entretenir avec Mrs Vanilos, qui venait toujours le samedi matin pour examiner les comptes avec Mrs Hubbard. Il lui avait expliqué ce qu'il allait faire.

Elle avait protesté avec vigueur :

— Mais c'est une insulte, ça ! Mes étudiants, ils vont me quitter… ils vont tous me quitter. Je serai ruinée, et…

— Non, non, madame. Je suis convaincu qu'ils se montreront tous raisonnables. Après tout, il s'agit d'une affaire de meurtre.

— Ça n'est pas un meurtre… c'est un suicide.

— Et je suis persuadé que, lorsque j'aurai donné des explications, personne ne verra d'objection à…

Mrs Hubbard était intervenue, apaisante :

— Je suis sûre que tout le monde fera preuve de sang-froid... à l'exception, peut-être, de Mr Achmed Ali et de Mr Chandra Lal, avait-elle ajouté, pensive.

— Peuh ! avait jeté Mrs Vanilos. Qui se soucie d'eux ?

— Merci, madame, avait enchaîné l'inspecteur. Alors, je vais commencer immédiatement ici, par votre salon.

Cette annonce avait provoqué sur-le-champ une violente protestation de la part de Mrs Vanilos :

— Vous fouillerez où vous voudrez. Mais ici, non. Je refuse.

— Je suis désolé, Mrs Vanilos, mais je dois perquisitionner dans cette maison de la cave au grenier.

— C'est exact, oui, mais pas dans mon salon. *Je* suis au-dessus de la loi.

— Nul n'est au-dessus de la loi. Je crains en outre d'avoir à vous demander de vous tenir à l'écart.

— C'est un scandale ! avait hurlé Mrs Vanilos, hors d'elle. Vous n'êtes qu'une bande d'empêcheurs de tourner en rond. J'écrirai à tout le monde. J'écrirai à mon député. J'écrirai aux journaux.

— Ecrivez à qui vous voulez, madame, avait répliqué Sharpe. Mais je vais fouiller cette pièce.

Sans plus attendre, il avait commencé par le bureau. Une grosse boîte de bonbons, une masse de papiers, ainsi qu'un vaste assortiment de babioles diverses avaient récompensé ses efforts. Il s'était dirigé ensuite vers un placard, dans un coin.

— C'est verrouillé, avait-il dit. Puis-je avoir la clef ?

— Jamais ! avait glapi Mrs Vanilos. Jamais, jamais, au grand jamais vous n'aurez cette clef ! Espèce de sale cochon de flic, je vous crache dessus. Je vous crache dessus ! Je vous crache dessus ! Je vous crache dessus !

— Vous feriez mieux de me donner cette clef, avait riposté Sharpe. Sinon, je forcerai tout simplement la serrure.

— Je ne vous donnerai pas la clef ! Il faudra que vous déchiriez mes vêtements si vous voulez l'avoir ! Et ça… ça provoquera un scandale.

— Passez-moi un ciseau à froid, Cobb, avait soupiré l'inspecteur, résigné.

Mrs Vanilos avait poussé un cri de fureur. L'inspecteur n'y avait prêté aucune attention. Cobb avait apporté le ciseau. En deux craquements, la porte du placard s'était ouverte. Il s'en était déversé une grande quantité de bouteilles de cognac vides.

— Chien ! Porc ! Démon ! avait beuglé Mrs Vanilos.

— Merci, madame, avait rétorqué l'inspecteur avec courtoisie. Nous en avons terminé ici.

Pleine de tact, Mrs Hubbard avait remis les bouteilles en place, tandis que la propriétaire piquait une crise de nerfs.

Une énigme, celle des humeurs fantasques de Mrs Vanilos, était maintenant résolue.

*

L'appel téléphonique de Poirot était survenu à l'instant même où Mrs Hubbard versait dans un verre une bonne dose d'un sédatif adéquat conservé dans l'armoire à pharmacie de son bureau. Ayant reposé l'écouteur, elle en revint à Mrs Vanilos qu'elle avait laissée hurlante et tapant du pied sur le sofa de son petit salon.

— Maintenant, buvez ça, lui ordonna Mrs Hubbard, et vous vous sentirez mieux.

— Gestapo ! s'exclama Mrs Vanilos, plus calme, mais renfrognée.

— Si j'étais vous, je n'y penserais plus.

— La Gestapo ! répéta Mrs Vanilos. La Gestapo ! C'est tout ce qu'ils sont !

— Il leur faut accomplir leur devoir, vous savez.

— C'est leur devoir de forcer mon placard privé ? Je leur dis : « Ça n'est pas pour vous. » Je le verrouille. Je cache la clef dans mon corsage. Si vous n'aviez pas été là comme témoin, ils m'auraient arraché mes vêtements sans vergogne.

— Oh non, je ne pense pas qu'ils auraient été jusque-*là* ! se récria Mrs Hubbard.

— C'est *vous* qui le dites ! Alors, ils prennent un ciseau et ils fracturent la serrure. Ils ont causé au bâtiment un dommage structurel, et c'est maintenant moi qui en serai tenue pour responsable.

— Eh bien, voyez-vous, puisque vous refusiez de leur donner la clef…

— Pourquoi je leur aurais donné la clef ? C'est ma clef. Ma clef à moi. Et c'est mon salon. Mon salon à moi. Et je dis à la police : « Dehors ! » Mais ils restent.

— Voyons, Mrs Vanilos, souvenez-vous qu'il y a eu un meurtre, tout de même. Et, après un meurtre, on doit s'accommoder de certaines tracasseries qui pourraient n'être pas très agréables en période normale.

— Je crache sur le meurtre ! Cette petite Célia s'est suicidée. Elle avait une amourette stupide et elle a pris du poison. C'est classique. L'amour les rend idiotes, ces filles… Comme si ça comptait, l'amour ! Une année, deux années, et elle est finie, la grande passion ! Les hommes, ils sont tous les mêmes. Mais ces écervelées ne le savent pas. Elles avalent des somnifères, elles boivent du désinfectant, elles ouvrent le robinet du gaz. Et, alors, il est trop tard.

Mrs Hubbard, après tous ces détours, ramena la conversation à son point de départ :

— Moi, je ne m'inquiéterais plus de tout cela.

— Vous en parlez à votre aise. Moi, je dois m'inquiéter. Ici, je ne suis plus en sûreté.

Surprise, Mrs Hubbard fixa la propriétaire :

— Plus en sûreté ?

— C'était mon placard personnel, insista Mrs Vanilos. Personne ne savait ce qu'il y avait dans mon placard. Et je ne voulais pas qu'on le sache. Mais, maintenant, ils le *savent*. Je suis très angoissée. Ils peuvent croire… qu'est-ce qu'ils vont croire ?

— Qu'entendez-vous par *ils* ?

Mrs Vanilos haussa ses larges et belles épaules.

— Vous ne comprenez pas, dit-elle, l'œil torve, mais ça m'angoisse. Ça m'angoisse beaucoup.

— Vous feriez mieux de m'en parler. Parce qu'il ne serait peut-être pas impossible que je puisse vous aider.

— Grâce à Dieu, je ne dors pas ici. Les serrures sur les portes, elles sont toutes pareilles. Il suffit de la même clef pour les ouvrir. Non, grâce au Ciel, je ne dors pas ici.

— Mrs Vanilos, si vous redoutez une menace quelconque, ne vaudrait-il pas mieux que vous me mettiez au courant ?

La propriétaire lança à Mrs Hubbard un regard vif et sombre, puis détourna les yeux.

— Vous l'avez dit vous-même, répondit-elle évasivement. Vous avez dit qu'il y a eu un meurtre dans cette maison, et c'est naturel que je sois angoissée. Qui pourrait être tué ensuite ? On ne sait même pas qui est l'assassin. Et ça, c'est parce que les policiers sont des imbéciles, ou parce qu'ils ont été achetés, peut-être.

— Ça, ce ne sont que des sornettes, et vous le savez, riposta Mrs Hubbard. Mais, de vous à moi, avez-vous un motif réel d'anxiété ?

Mrs Vanilos éclata d'une de ses colères coutumières :

— Ah ! *vous* ne croyez pas que j'ai une vraie raison de m'inquiéter ? Vous savez mieux que moi, comme d'habitude ! Vous savez tout ! Vous êtes si formidable. Vous arrangez tout, vous gérez, vous jetez l'argent par les fenêtres en nourriture pour que les étudiants vous aiment bien, et, maintenant, vous voulez diriger *mes* affaires ! Mais ça, non ! Je m'occupe de mes affaires moi-même, et personne n'y fourrera son nez, vous m'entendez ? Non, Mrs Je-me-mêle-de-tout.

— Faites comme bon vous semble, répliqua Mrs Hubbard, exaspérée.

— Vous êtes une espionne… je l'ai toujours su.

— Qu'est-ce que j'espionne ?

— Rien. Il n'y a rien à espionner. Si vous pensez qu'il y a du louche, c'est que vous l'avez fabriqué. Et si on raconte des mensonges sur moi, je saurai qui les raconte.

— Si vous souhaitez que je démissionne, vous n'avez qu'un mot à prononcer.

— Non, vous ne démissionnerez pas. Je vous l'interdis. Pas en ce moment. Pas quand j'ai tous ces soucis avec la police, avec le meurtre, et avec tout le reste qui me tombe dessus. Je ne vous permettrai pas de m'abandonner.

— Bon, très bien, concéda Mrs Hubbard, impuissante. Mais, franchement, c'est très difficile de savoir ce que vous voulez. Je pense parfois que vous ne le savez pas vous-même. Vous feriez mieux de vous allonger sur mon lit et de dormir…

13

Un taxi déposa Hercule Poirot devant le 26 Hickory Road.

La porte lui fut ouverte par Geronimo, qui l'accueillit comme un vieil ami. Un constable avait pris position dans le vestibule. Geronimo conduisit Poirot dans le salon et referma derrière lui.

— C'est terrible, murmura-t-il en aidant le détective à ôter son manteau. La police on a tout le temps ! Ils posent questions, ils vont ici, ils vont là, ils regardent dans placards, ils regardent dans tiroirs, ils vont même dans cuisine à Maria. Maria très furieuse. Elle dit elle veut frapper le policier avec son rouleau pâtisserie, mais jé loui dis il vaut mieux pas. Jé loui dis le policier, ça lui plaît pas être frappé avec rouleau pâtisserie, et après la police ils nous font plein d'ennuis si Maria fait ça.

— Vous avez du bon sens, l'approuva Poirot. Mrs Hubbard est-elle disponible ?

— Jé emmène vous la voir là-haut.

Poirot l'arrêta :

— Un instant. Vous souviendriez-vous du jour où certaines ampoules électriques ont disparu ?

— Oh ! oui, jé souviens. Mais il y a longtemps c'était. Un… deux… trois mois il y a.

— Quelles ampoules avaient été prises, au juste ?

Geronimo adopta la mine du penseur :

— Jé rappelle pas. Mais jé crois c'était le jour un policier a venu, pendant mois février…

— Un policier ? Pourquoi un policier est-il donc venu ici ?

— Il vient ici pour voir Mrs Vanilos au sujet un étudiant. Très mauvais étudiant, d'Afrique. Fait pas du travail, mais il va au bureau du chômage, il a allocations, et puis il trouve une femme qui monte avec hommes pour lui. Ça, très mauvais. La police, elle aime pas. Tout ça à Manchester, jé crois, ou à Sheffield. Alors, il s'enfuit de là-bas, et il s'installe ici, mais la police elle est après lui et ils viennent parler de lui à Mrs Hubbard. Mais elle leur dit il est pas resté ici parce qu'elle l'aime pas et que l'a renvoyé.

— Je vois. Ils essayaient de suivre sa trace.

— *Scusi* ?

— Ils essayaient de le retrouver.

— Oui, oui, ça être ça. Ils le trouvent, et ils le mettent en prison parce qu'il vit d'une femme, et que vivre d'une femme on doit pas. Ici, c'est maison convenable. Ici, il y a rien comme *ça*.

— Et cela, c'était le jour où les ampoules ont disparu ?

— Oui. Parce que jé appuie interrupteur et rien se passe. Alors jé vais dans salle commune et pas d'ampoule là y avait, et moi jé cherche dans tiroir ampoules de rechange mais jé vois on les a emportées. Jé vais à la cuisine et jé demande Maria si elle sait où il y a ampoule de rechange… mais elle en colère parce qu'elle aime pas que la police vient et elle dit ampoules de rechange c'est pas son affaire, alors seulement j'apporte bougies.

Poirot médita ce récit en suivant, dans l'escalier, Geronimo qui le conduisait chez Mrs Hubbard.

La sœur de miss Lemon lui réserva un accueil chaleureux. Elle paraissait fatiguée, harassée. Tout de suite, elle lui tendit une feuille de papier :

— J'ai fait de mon mieux, monsieur Poirot, pour noter toutes ces choses dans le bon ordre, mais je ne vous jurerais pas que c'est exact à cent pour cent. Voyez-vous, c'est très difficile, lorsqu'il faut remonter sur une certaine période pour se souvenir quand ceci ou quand cela est arrivé.

— Je vous suis profondément reconnaissant, madame. Et comment va Mrs Vanilos ?

— Je lui ai administré un sédatif, et j'espère qu'elle dort maintenant. Elle nous a fait un tintouin du diable au sujet du mandat de perquisition. Elle refusait d'ouvrir le placard de son salon, mais l'inspecteur l'a forcé, et il en est tombé toute une quantité de bouteilles de cognac vides.

— Ah ! commenta Poirot avec tact.

— Ce qui explique vraiment bien des choses. Je n'arrive pas à comprendre pourquoi je n'y avais pas songé auparavant, alors que j'ai vu tant de gens boire là-bas, à Singapour. Mais tout cela, j'en suis sûre, ce n'est pas ce qui vous intéresse.

— Je m'intéresse à tout, répliqua le détective.

Il s'assit pour examiner le papier que Mrs Hubbard lui avait remis.

— Ah ! s'écria-t-il après quelques secondes. Je vois que le sac à dos est maintenant en tête de liste.

— Oui. Ce n'était pas quelque chose d'important, mais je me suis très nettement souvenue que cela s'était passé avant que les bijoux et le reste ne commencent à disparaître. Tout ça s'était un peu mélangé avec quelques problèmes que nous avions eus à cause d'un étudiant de couleur. Il est parti un jour ou deux avant que cela n'arrive, et je me rappelle que j'avais pensé que ce pouvait avoir été un acte de vengeance de sa part avant qu'il ne nous quitte. Nous avons eu... eh bien, quelques petits ennuis.

— Oh ! Geronimo m'a raconté une histoire de ce genre. Vous avez eu, je crois, la police dans vos murs ? C'est bien cela ?

— Oui. Il semble que les policiers avaient mené une enquête à Sheffield, ou à Birmingham, ou Dieu sait où. Sur des faits assez scandaleux. Des revenus d'origine immorale et tout ce qui s'ensuit. Ce garçon a été ensuite traduit devant les tribunaux. En réalité, il n'était resté ici que trois ou quatre jours. Son comportement ne me plaisait pas, ni sa façon de plastronner, et je lui avais dit que sa chambre était déjà retenue et qu'il fallait qu'il s'en aille. Je n'ai absolument pas été étonnée lorsque la police s'est présentée. Naturellement, je n'ai pas été en mesure de leur dire où il s'en était allé, mais ils ont pu tout de même suivre sa piste.

— Et c'était après cela que vous avez découvert ce sac à dos ?

— Oui, je le crois… il n'est pas facile de s'en souvenir. Vous comprenez, Len Bateson voulait partir pour une randonnée, mais il ne trouvait plus nulle part son sac à dos. Il a fait un tapage épouvantable, et tout le monde s'est lancé dans des recherches. A la fin, c'est Geronimo qui l'a déniché derrière la chaudière, complètement déchiqueté. C'était quand même une affaire bizarre. Curieuse et absurde.

— Oui, acquiesça Poirot. Curieuse et absurde.

Il demeura songeur durant quelques secondes.

— Et c'est donc le même jour, reprit-il, le jour où la police est venue ici pour enquêter au sujet de cet étudiant africain, que plusieurs ampoules électriques ont disparu… à ce que m'a dit Geronimo, du moins. C'était bien ce jour-là ?

— Eh bien, je ne m'en souviens pas réellement. Si, si, je pense que vous avez raison, puisque je me revois en train de descendre avec l'inspecteur et d'entrer avec lui dans la salle commune où des bougies étaient allumées. Nous voulions demander à Akibombo si ce jeune homme lui avait le moins du monde parlé, ou lui avait à tout le moins dit où il se rendait.

— Qui d'autre était présent dans cette pièce ?

— Oh ! je pense que presque tous les étudiants étaient rentrés à cette heure-là. C'était le début de la soirée, comprenez-vous, vers 6 heures. J'ai interrogé Geronimo à propos des ampoules. Il m'a répondu que quelqu'un les avait chapardées. Quand je lui ai dit qu'il aurait dû les remplacer, il m'a rétorqué que notre stock s'était volatilisé. J'en ai été assez fâchée, parce que je trouvais la plaisanterie grotesque. Mais je n'ai quand même pas pris cela au sérieux, monsieur Poirot, pas à ce moment-là.

— Les ampoules et le sac à dos... murmura Poirot, songeur.

— Mais il continue de me paraître possible que ces deux faits n'aient aucun rapport avec les larcins de notre pauvre petite Célia. Vous n'oubliez pas qu'elle avait juré ses grands dieux qu'elle n'avait pas touché à ce sac.

— Oui, oui, c'est vrai. Combien de temps après cela les vols ont-ils commencé ?

— Oh, Seigneur ! monsieur Poirot, vous n'avez pas idée à quel point il est difficile de se souvenir de tout cela. Voyons voir... c'était en mars, non, en février... à la fin de février. Oui, oui, je pense que Geneviève m'a dit qu'elle avait perdu son bracelet à peu près une semaine après ça. Oui, entre le 20 et le 25 février.

— Et, ensuite, les vols se sont poursuivis à un rythme régulier ?

— Oui.

— Et ce sac à dos était celui de Len Bateson ?

— Oui.

— Et il en a été fou furieux ?

Mrs Hubbard esquissa un petit sourire :

— Si vous voulez bien m'en croire, monsieur Poirot, n'accordez pas trop d'importance à cet emportement. Len Bateson est coutumier de ce genre d'accès. C'est un garçon chaleureux, généreux, gentil au dernier degré, mais un caractère entier et volontiers soupe au lait.

— C'était quoi, ce sac à dos… un modèle hors de prix ?

— Oh ! non, il était d'une espèce très ordinaire.

— Pourriez-vous m'en montrer un qui y ressemble ?

— Oui, naturellement. Colin en possède un, je crois, rigoureusement similaire. Et Nigel aussi… et, en fait, Len également, parce qu'il a bien fallu qu'il s'en rachète un autre. En général, nos étudiants se fournissent dans la boutique du bout de la rue… C'est très bien pour toutes les sortes d'équipements de camping ou de marche. Les shorts, les sacs de couchage, et ainsi de suite. Et très bon marché – bien meilleur marché que dans tous les grands magasins.

— Si je pouvais voir seulement l'un de ces sacs à dos, madame…

Obligeante, Mrs Hubbard emmena Poirot dans la chambre de Colin McNabb.

Colin lui-même n'était pas là, mais Mrs Hubbard ouvrit la penderie, se pencha et s'empara d'un sac à dos qu'elle confia au détective :

— Voilà, monsieur Poirot. C'est exactement le même que celui qui avait disparu et que nous avons retrouvé lacéré.

— Il a fallu y aller de bon cœur, murmura Poirot en appréciant du bout des doigts la solidité de la toile. On ne peut pas tailler là-dedans avec une paire de petits ciseaux à broder.

— Ah ! oui, ce n'est pas ce qu'on s'attendrait à voir faire par… eh bien, par une jeune fille, par exemple. Ça a dû exiger une certaine force. De la force et… enfin… une bonne dose de méchanceté par-dessus le marché.

— Je veux bien vous croire, oui, je veux bien vous croire. Ça n'est pas agréable. Pas agréable du tout d'y penser.

— Alors quand, après ça, nous avons trouvé l'écharpe de Valérie elle aussi taillée en pièces, eh bien, il n'était pas extraordinaire de songer à… comment dirais-je ?… à un déséquilibré.

— Ah ! mais, là, je vous arrête tout net, madame. J'ai la quasi-certitude qu'il n'y a pas de déséquilibré dans cette affaire. Je pressens tout au contraire qu'il y a là un but, un objectif et, dirons-nous, une méthode.

— Vous avez bien davantage que moi l'expérience de ces choses, monsieur Poirot. Tout ce que je puis vous confier, c'est qu'elles me désolent. Pour autant que j'en puisse juger, nous avons ici un très bon groupe de pensionnaires, et je serais très affectée d'avoir à penser que parmi eux il s'en trouve un ou une qui… qui ne correspond pas à l'image que je m'en étais faite.

Hercule Poirot s'était dirigé vers la fenêtre. Il l'ouvrit pour passer sur le balcon à l'ancienne.

La chambre donnait sur l'arrière du bâtiment. Au-dessous s'étendait un jardinet à la végétation souillée de suie grasse.

— C'est plus calme que du côté de la façade, j'imagine, dit le détective.

— Dans un sens. Mais Hickory Road n'est pas une rue très bruyante, en réalité. Et la nuit, de ce côté-ci, on a tous les chats. Ils miaulent, comprenez-vous, et ils font du chahut avec les couvercles des boîtes à ordures.

Poirot repéra quatre poubelles cabossées de grand volume, ainsi que le fatras habituel d'une arrière-cour :

— Où est le local de la chaudière ?

— Voilà la porte qui y mène, près de la soute à charbon.

— Je vois.

Il regarda, songeur :

— Quelles sont les autres chambres situées de la même manière ?

— Nigel Chapman et Len Bateson occupent la suivante.

— Et au-delà ?

— Au-delà, c'est l'autre partie de la maison… et les chambres des jeunes filles. D'abord celle qu'avait Célia, puis celle d'Elizabeth Johnston et ensuite celle de Patricia Lane. Les chambres de Valérie et de Joan Tomlinson donnent sur la rue.

Hochant la tête, Poirot abandonna le balcon.

— Il a de l'ordre, ce jeune homme, murmura-t-il d'un ton approbateur.

— Oui, la chambre de Colin est toujours impeccable, renchérit Mrs Hubbard. Vous devriez plutôt voir celle de Len Bateson. Mais c'est un garçon adorable, monsieur Poirot, ajouta-t-elle avec indulgence.

— Vous m'avez bien dit que ces sacs à dos avaient été achetés dans la boutique du bout de la rue ?

— Oui.

— Comment cela s'appelle-t-il ?

— Maintenant que vous me le demandez, monsieur Poirot, je n'arrive plus à m'en souvenir. Mabberley, je crois. Ou bien Kelso. Je sais que ces deux noms ne se ressemblent pas du tout, mais, dans mon esprit, ce sont presque les mêmes. En fait, c'est parce que j'ai connu autrefois des gens du nom de Kelso et d'autres qui s'appelaient Mabberley, qui étaient d'une ressemblance frappante.

— Ah ! c'est là une donnée qui m'a toujours fasciné, voulut bien admettre Hercule Poirot. Le lien invisible…

Il donna par la fenêtre un dernier coup d'œil au jardin avant de prendre congé de Mrs Hubbard et de quitter la pension.

Il parcourut Hickory Road. Au carrefour, il n'eut aucune peine à reconnaître le magasin d'après la description que lui en avait faite Mrs Hubbard. La devanture proposait, à profusion, des paniers à pique-nique, des sacs à dos, des bouteilles thermos, des équipements de sport de toutes sortes, des shorts, des sahariennes, des casques tropicaux, des tentes, des maillots de bain, des éclairages de vélo et des lampes torches : de quoi répondre à toutes les exigences de la jeunesse et des sportifs. Le nom qu'indiquait l'enseigne, nota Poirot, n'était ni Mabberley ni Kelso, mais Hicks. Après un examen attentif du contenu de la vitrine, le détective pénétra dans la boutique, où il s'affirma désireux de faire l'emplette d'un sac à dos pour un neveu imaginaire.

— Il fait *le camping*, vous comprenez, expliqua-t-il dans un anglais plus exotique encore que d'habitude. Il part à pied avec d'autres étudiants, et il emporte sur le dos tout ce qu'il lui faut. Et les voitures et les camions qui passent, ils les embarquent.

Le commerçant, un petit homme serviable aux cheveux jaune paille, précisa avec vivacité :

— Ah ! de l'auto-stop. Ils font tous ça, aujourd'hui. Ça doit coûter cher aux chemins de fer et aux autocars. Certains de ces jeunes, ils parcourent toute l'Europe en stop. Bon, c'est un sac à dos que vous voulez, monsieur. Seulement un sac à dos ordinaire ?

— A ce que j'ai compris, oui. Vous en avez de plusieurs espèces ?

— Eh bien, nous avons deux ou trois modèles extra-légers pour les dames, mais voilà le modèle que nous vendons en général. Une bonne marchandise, costaud, un gros volume... et vraiment très bon marché, même si c'est moi qui le dis.

Le marchand produisit un sac de forte toile qui, pour autant que Poirot en puisse juger, constituait la réplique exacte de celui qu'il avait vu dans la chambre de Colin. Le détective l'examina, posa encore quelques questions aussi oiseuses qu'inutiles et paya sur-le-champ.

— Ah ! oui, nous en vendons beaucoup, de ceux-là, précisa le vendeur en confectionnant un emballage.

— Il y a un grand nombre d'étudiants qui logent dans le voisinage, n'est-ce pas ?

— Oui. C'est un quartier agréable, avec beaucoup d'étudiants.

— Ils ont une pension sur Hickory Road, je crois ?

— Ah ! ça, oui, j'ai vendu bien des choses aux jeunes gens qui y habitent. Et aux jeunes personnes aussi. En règle générale, ils viennent ici pour l'équipement dont ils ont besoin avant de partir. Je pratique des prix plus bas que les grands magasins, et je le leur dis. Voilà, monsieur. Je suis persuadé que votre neveu sera enchanté des services que ça lui rendra.

Poirot remercia et sortit, son paquet sous le bras.

A peine avait-il parcouru quelques mètres qu'une main se posa sur son épaule.

C'était l'inspecteur Sharpe.

— Précisément l'homme que je voulais voir, affirma le policier.

— Vous avez procédé à votre perquisition ?

— J'ai perquisitionné, oui, mais je ne sais pas si j'en ai tiré grand profit. Il y a, un peu plus loin, un bistrot où on peut avoir un sandwich très convenable et une tasse de café. Venez avec moi, si rien ne vous retient. Je voudrais vous parler.

L'endroit était quasi désert. Les deux hommes emportèrent leurs assiettes et leurs tasses jusqu'à une petite table, dans un coin.

Sharpe résuma le résultat de l'interrogatoire des pensionnaires.

— La seule personne contre laquelle nous ayons des éléments, conclut-il, c'est Nigel Chapman. Et là, nous n'en avons que trop. Trois poisons différents entre ses mains ! Mais il n'y a pas de motif pour croire qu'il nourrissait un ressentiment quelconque à l'encontre de Célia Austin. Et je doute qu'il se serait montré aussi franc sur ses agissements s'il était réellement coupable.

— Ce qui ouvre la porte à d'autres hypothèses, releva Hercule Poirot.

— Oui… tous ces toxiques fourrés dans un tiroir… Quel jeune crétin !

L'inspecteur enchaîna sur les propos d'Elizabeth Johnston :

— Si ce qu'elle dit est vrai, c'est significatif.

— Très significatif, approuva Poirot.

— « J'en saurai davantage là-dessus demain », cita Sharpe.

— Et puis… il n'y a pas eu de lendemain pour cette malheureuse. Votre perquisition… elle a donné des résultats ?

— Deux ou trois faits… comment dirais-je ?… inattendus.

— Par exemple ?

— Elizabeth Johnston est membre du parti communiste. Nous avons trouvé sa carte.

— Tiens donc ! marmonna Poirot, la mine pensive. C'est intéressant, ça.

— Qui s'y serait attendu ? Moi pas, en tout cas, avant de l'avoir interrogée hier. Elle a de la personnalité à revendre, cette petite.

— A mon avis, pour les communistes, c'est une recrue de valeur. Nous tenons là une jeune femme d'une intelligence assez exceptionnelle.

— Cela m'a intéressé parce qu'apparemment elle n'a jamais fait étalage de ses sympathies. A Hickory Road, elle n'en avait jamais soufflé mot. Je ne crois pas que cela puisse avoir le moindre rapport avec la mort de Célia Austin… mais il faut le garder à l'esprit.

— Quoi d'autre avez-vous déniché ?

L'inspecteur Sharpe haussa les épaules :

— Dans un des tiroirs de miss Patricia Lane, il y avait un mouchoir largement taché d'encre verte.

Les sourcils de Poirot escaladèrent son front :

— De l'encre verte ? Et chez Patricia Lane ! Donc, ce pourrait être elle qui aurait pris cette encre, qui en aurait répandu sur les papiers d'Elizabeth Johnston, et qui se serait essuyée les mains après. Mais elle n'aurait jamais…

— Elle n'aurait pas voulu que son Nigel chéri puisse être soupçonné, acheva le policier.

— Cela tombe sous le sens. Notez que quelqu'un d'autre a pu mettre ce mouchoir dans son tiroir, évidemment.

— C'est une probabilité à retenir.

— Quelque chose d'autre ?

Sharpe réfléchit un instant :

— Eh bien, il semble que le père de Len Bateson soit enfermé à l'asile psychiatrique de Longwith

Vale, fou à lier. Je suppose que ça n'a pas d'intérêt particulier, mais…

— Mais le père de Len Bateson est aliéné. Le fait n'a probablement aucune signification, comme vous le dites, mais il faut le garder en mémoire. Il serait même intéressant de connaître la forme que revêt sa maladie.

— Bateson est un jeune type sympathique, mais il a un caractère… disons… pas très bien contrôlé, fit valoir le policier.

Poirot hocha la tête. Soudain, il revoyait avec netteté Célia Austin en train de dire : « Il ne me serait jamais venu à l'idée de lacérer un sac à dos. De toute façon, ça n'a dû être que le résultat d'un coup de colère. » Comment avait-elle su que ce n'était que de la colère ? Avait-elle vu Len Bateson s'attaquer à l'objet ? Le détective en revint au présent. Sharpe souriait :

— Quant à Mr Achmed Ali, il possède quelques livres et cartes postales extrêmement pornographiques, ce qui explique pourquoi la perquisition a provoqué sa fureur.

— Il y a eu des tas de protestations, sans doute ?

— Je peux vous dire que oui. Une Française qui a quasiment piqué une crise d'hystérie, et un Indien, Mr Chandra Lal, qui a menacé de nous faire un incident international. Il avait dans ses affaires quelques tracts subversifs… rien que du blabla courant… et l'un des Africains détenait des souvenirs et des fétiches assez effrayants. Oui, un mandat de perquisition vous permet certainement de découvrir les aspects cachés de la nature humaine. On vous a parlé de Mrs Vanilos et de son placard personnel ?

— Oui, on m'a raconté.

Sharpe sourit :

— Je n'avais jamais vu autant de bouteilles vides de toute ma vie ! Et qu'est-ce qu'elle nous en a voulu !

Il éclata de rire, mais recouvra brusquement son sérieux :

— Cependant, nous n'avons pas trouvé ce que nous recherchions, reprit-il. Aucun passeport qui ne soit absolument régulier.

— Vous pouviez difficilement espérer qu'on vous laisserait tout bonnement découvrir un document tel qu'un faux passeport, mon cher et excellent ami. Vous n'avez jamais eu l'occasion de vous rendre au 26 Hickory Road à titre officiel au sujet d'un passeport, n'est-ce pas ? Au cours des six derniers mois, mettons ?

— Non. Je vais vous dire quand nous y sommes allés – au cours de la période en question.

L'inspecteur détailla les différentes enquêtes.

Poirot l'écouta sourcils froncés.

— Tout cela, ça n'a pas de sens, estima-t-il.

Il dodelina de la tête :

— Les choses ne prendront leur sens que si nous commençons par le commencement.

— Qu'entendez-vous par le commencement, monsieur Poirot ?

— Le sac à dos, cher ami. Le sac à dos, mon tout bon. Tout a commencé par un sac à dos, répondit doucement le détective.

14

Mrs Vanilos remontait de la cuisine en sous-sol où elle venait de réussir à plonger dans la fureur la plus complète Geronimo et la colérique Maria.

— Des menteurs et des voleurs ! clama-t-elle d'une voix triomphante. Tous ces Italiens sont des menteurs et des voleurs !

Mrs Hubbard, qui descendait à l'instant l'escalier, lui jeta un regard navré.

— Ça n'était vraiment pas le moment, déplora-t-elle, d'aller les mettre hors d'eux alors qu'ils sont en train de préparer le dîner.

La propriétaire eut un mouvement de mépris.

Mrs Hubbard retint la réplique qui lui venait aux lèvres.

— Je reviendrai lundi, comme d'habitude, annonça Mrs Vanilos.

— Bien, Mrs Vanilos.

— Et trouvez-moi donc quelqu'un pour réparer la porte de mon placard lundi dès la première heure. La facture des réparations ira à la police, vous comprenez ? A la police.

Mrs Hubbard afficha une mine dubitative.

— Et je veux aussi de nouvelles ampoules électriques dans les couloirs... plus fortes. Ces couloirs sont trop sombres.

— Vous aviez insisté vous-même sur le fait que vous vouliez des ampoules de faible puissance dans les corridors... par économie, fit valoir Mrs Hubbard.

— Ça, c'était la semaine dernière, aboya Mrs Vanilos. Mais *maintenant*... c'est différent. Maintenant, je surveille par-dessus mon épaule... et je me dis : « Qui est-ce qui me suit ? »

La propriétaire jouait-elle la comédie, ou bien avait-elle vraiment peur de quelque chose ? Mrs Hubbard s'interrogea. Mrs Vanilos était si souvent encline à l'exagération qu'il était toujours difficile d'évaluer le degré de véracité que l'on pouvait attribuer à pareilles déclarations.

— Etes-vous sûre qu'il vous faut rentrer toute seule ? s'enquit Mrs Hubbard d'un ton prudent. Voudriez-vous que je vous accompagne ?

— Je serai plus en sûreté là-bas qu'ici, je peux vous le certifier !

— Mais que redoutez-vous ? Si je le savais, peut-être pourrais-je...

— Ça n'est pas votre affaire. Je ne vous dirai rien. Je trouve insupportable votre manière de me poser sans cesse des questions.

— J'en suis désolée, vraiment, mais...

Mrs Vanilos arbora un sourire radieux :

— Voilà que je vous ai vexée. J'ai mauvais caractère et je suis brutale... oui. Mais j'ai tellement à m'inquiéter. Et rappelez-vous que j'ai confiance en vous et que je compte sur vous. Ce que je ferais sans vous, chère Mrs Hubbard, vraiment je ne le sais pas. Voyez, je vous envoie un baiser. Passez un bon week-end. Bonsoir.

Mrs Hubbard la regarda sortir par la grande porte et referma le battant derrière elle. Exprimant son soulagement d'un « Eh bien, vraiment ! » parfaitement hors de propos, elle s'en fut à la cuisine.

Après le perron et la grille, Mrs Vanilos s'engagea à main gauche dans Hickory Road. La rue était assez large, car les maisons y étaient bâties en retrait, dans les jardins. Au bout, à quelques minutes de marche du numéro 26, s'étendait l'une des grandes artères de Londres, parcourue par des bus rugissants. Des feux de circulation se dressaient au carrefour, ainsi qu'un *pub*, au coin, le *Queen's Necklace*[1]. Mrs Vanilos marchait au milieu de la chaussée en se retournant parfois pour regarder par-dessus son épaule, mais il n'y avait personne en vue. Elle accéléra en s'approchant du débit de boissons. Après un ultime regard circulaire, elle se glissa, la mine coupable, dans le bar.

Buvant à petites gorgées le double cognac qu'elle avait commandé, elle recouvra son sang-froid. Elle n'avait plus rien de la femme anxieuse, voire effrayée, qu'elle était encore peu auparavant. Mais sa rancune contre la police, cependant, ne s'était pas apaisée. « Gestapo ! siffla-t-elle entre ses dents. Je le leur ferai payer. Oui, ils me le paieront ! » Elle acheva son verre, avant d'en demander un autre.

1. Le Collier de la Reine *(N.d.T.)*.

Elle ruminait les récents incidents : quel malheur, oui, quel malheur, vraiment, que les policiers aient manqué de délicatesse au point de mettre au jour sa cachette secrète ! Et il ne fallait pas espérer que le bruit ne s'en répandrait pas parmi ses pensionnaires et dans le personnel. Mrs Hubbard resterait discrète, peut-être. Ou peut-être pas. A qui pouvait-on réellement se fier ? Mais ces choses-là finissent toujours par circuler. Geronimo était au courant. Sans doute l'avait-il déjà dit à sa femme, qui le raconterait aux femmes de ménage, et ainsi de suite jusqu'à ce que…

Elle sursauta violemment.

— Alors, Mrs Vanilos, venait de lui trompetter une voix à l'oreille, je ne savais pas qu'ici, c'était l'un de vos repaires.

Elle pivota d'une pièce, puis soupira, soulagée :

— Oh ! c'est vous. J'avais cru…

— Qui croyiez-vous donc que c'était ? Le grand méchant loup ? Qu'est-ce que vous buvez ? Prenez-en un autre.

— C'est à cause de mes soucis, se justifia Mrs Vanilos, non sans dignité. Tous ces policiers qui ont fouillé ma maison, à déranger tout le monde. Mon pauvre cœur… Il faut que je le ménage beaucoup, mon cœur. Je n'aime pas boire, mais j'ai réellement failli me sentir mal. J'ai pensé qu'un petit cognac…

— Il n'y a rien de tel que le cognac. Tenez.

Mrs Vanilos quitta peu après le *Queen's Necklace*, rassérénée et positivement euphorique. Elle ne prendrait pas le bus, décida-t-elle. La soirée était belle, et l'air lui ferait du bien. Oui, certainement, l'air lui ferait du bien. Elle ne se sentait pas vraiment titubante, un peu incertaine seulement. La sagesse aurait peut-être exigé un cognac de moins, mais le grand air aurait tôt fait de lui éclaircir les idées. Après tout, pourquoi une dame n'aurait-elle pas le droit de boire tranquillement dans son propre salon de temps à autre ? Qu'y avait-il de mal à ça ? Ça n'était pas comme si elle s'était offerte, ivre, en spectacle. Ivre ? Naturellement qu'elle n'était jamais ivre. Et si ça ne leur plaisait pas, si on lui adressait des critiques, elle leur dirait vite fait d'aller se faire voir ! Parce qu'*elle*, elle savait une chose ou deux, non ? Et si elle décidait de se mettre à causer !… Mrs Vanilos dressa une tête belliqueuse et fit un brusque détour pour éviter une boîte aux lettres qui s'était avancée à sa rencontre d'une manière menaçante. Pas de doute, la tête lui tournait *un peu*. Mais si elle pouvait s'appuyer quelques instants au mur ?… Si elle fermait les yeux pendant une ou deux minutes…

Un employé à la mine timide s'approcha du constable Bott qui effectuait sa ronde d'une démarche majestueuse :

— Il y a une femme là-bas. Je ne… Il me semble qu'elle a dû avoir un malaise, ou je ne sais quoi. Elle est affalée sur le trottoir.

Le constable Bott accéléra énergiquement le pas et se pencha sur la silhouette allongée. Une forte odeur de cognac confirma ses soupçons.

— Dans le cirage, diagnostiqua-t-il. Saoule. Eh bien, vous faites pas de bile, monsieur. On va s'en occuper.

Ayant achevé son petit déjeuner dominical, Hercule Poirot essuya méticuleusement ses moustaches pour en effacer toute trace du chocolat qu'il avait bu, puis passa dans son bureau.

Sur la table, quatre sacs à dos avaient été disposés bien en ordre, muni chacun de son étiquette. le résultat des instructions données à George. Poirot défit l'emballage de celui qu'il avait acheté lui-même la veille avant de l'ajouter aux autres. La comparaison se révélait intéressante. Le sac à dos dont il avait fait l'acquisition chez Mr Hicks ne paraissait en aucun cas, pour autant qu'il puisse le voir, d'une qualité inférieure aux articles achetés par son valet de chambre dans divers magasins. Mais il était vraiment moins cher.

— Intéressant, déclara Poirot.

Il scruta les sacs.

Puis il les examina en détail. D'abord l'intérieur, l'extérieur ensuite, les mettant à l'envers, tâtant les coutures, les poches, les bretelles. Il s'en fut à la salle de bains, d'où il rapporta un petit scalpel très affûté destiné aux cors aux pieds. Après avoir retourné le sac acquis chez Mr Hicks, il en attaqua le fond à l'aide de son instrument : entre le fond proprement dit et la doublure intérieure, le fabricant avait disposé une épaisse pièce de renfort, dont l'apparence évoquait du carton ondulé. Poirot contempla le sac ainsi autopsié avec un intérêt passionné.

Il se mit alors en devoir d'appliquer le même traitement aux autres sacs.

Il se rassit enfin, pour observer le carnage dont il était l'auteur.

Alors, il attira à lui le téléphone. Après un court délai, il put joindre l'inspecteur Sharpe.

— Ecoutez, mon cher, je voudrais tout au plus que vous m'appreniez deux choses, lui dit-il.

Le policier pouffa de rire.

— *J'ai appris deux choses, à propos d'un cheval, A ne pas raconter, même au confessionnal,* récita-t-il.

— Je vous demande bien pardon ? s'étonna Poirot.

— Rien. Rien. Seulement un petit poème que je connais. Quelles sont les deux choses que vous voudriez savoir ?

— Vous m'avez parlé hier de certaines enquêtes menées par la police à Hickory Road au cours des trois derniers mois. Pourriez-vous m'en donner les dates, ainsi que les heures ?

— Oui... eh bien... ça devrait être facile. Tout sera dans nos archives. Attendez que j'y jette un coup d'œil.

Il ne fallut pas longtemps pour que l'inspecteur ne revienne :

— La première enquête concernait un étudiant indien qui distribuait de la propagande subversive. 18 décembre dernier... 3 heures et demie de l'après-midi.

— Il y a trop longtemps.

— Enquête concernant Montagu Jones, Eurasien, recherché à la suite du meurtre de Mrs Alice

Combe, de Cambridge… 24 février… 5 heures et demie du soir. Enquête au sujet de William Robinson… originaire d'Afrique de l'Ouest, recherché par la police de Sheffield… 6 mars, 11 heures du matin.

— Ah ! Merci bien.

— Mais si vous croyez que ces affaires ont le moindre rapport avec…

— Non, il n'y a aucun rapport, coupa Poirot. Je ne m'intéresse qu'à l'heure où la police s'est présentée à la pension.

— Qu'est-ce que vous *manigancez*, monsieur Poirot ?

— Je dissèque des sacs à dos, mon très cher. C'est là un passe-temps du plus haut intérêt.

Le détective reposa le combiné avec douceur.

Après quoi, il sortit de son calepin la liste révisée que Mrs Hubbard lui avait remise la veille :

Un sac à dos (à Len Bateson)
Des ampoules électriques
Un bracelet (à Geneviève)
Une bague de diamants (à Patricia)
Un poudrier (à Geneviève)
Un escarpin du soir (à Sally)
Un bâton de rouge à lèvres (à Elizabeth Johnston)
Une paire de boucles d'oreilles (à Valérie)
Un stéthoscope (à Len Bateson)
Des sels de bain (?)
Une écharpe déchiquetée (à Valérie)
Un pantalon (à Colin)
Un livre de cuisine (?)

De la poudre de borate (à Chandra Lal)
Une broche fantaisie (à Sally)
De l'encre renversée sur les notes d'Elizabeth
(Ce n'est peut-être pas d'une exactitude absolue. Mais je ne peux pas faire mieux. L. Hubbard)

Poirot regarda longtemps cette énumération.

Il soupira, puis murmura pour lui-même :

— Oui… décidément… nous devons éliminer ce qui ne compte pas…

Il croyait savoir qui pourrait l'y aider. C'était un dimanche. La plupart des étudiants seraient sans doute à la pension.

Il composa le numéro du 26 Hickory Road et demanda à parler à miss Valérie Hobhouse. On lui répondit, d'un ton épais et assez guttural, qu'on n'était pas sûr que Valérie soit déjà levée, mais qu'on irait voir.

Poirot finit par entendre une voix basse et rauque :

— Valérie Hobhouse à l'appareil.

— Ici, Hercule Poirot. Vous vous souvenez de moi ?

— Naturellement, monsieur Poirot. Que puis-je faire pour vous ?

— J'aimerais, si cela m'est possible, avoir une petite conversation avec vous.

— Certainement.

— Je peux donc venir à Hickory Road ?

— Oui. Je vous attendrai. Je vais dire à Geronimo de vous conduire à ma chambre. Le dimanche, on n'a guère d'intimité à la pension.

— Merci, miss Hobhouse. Je vous suis infiniment reconnaissant.

Geronimo ouvrit la porte à Poirot avec un grand salut, puis se pencha pour lui confier de son air habituel de conspirateur :

— Jé emmène vous très silencieux à chambre miss Valérie. Chuuut !

Un doigt sur les lèvres, il conduisit le visiteur dans l'escalier, puis dans une chambre de belles dimensions donnant sur Hickory Road, meublée en studio avec goût et non sans un certain luxe. Un tapis persan, élimé mais beau, recouvrait le divan, et Poirot estima que le ravissant bureau de noyer Queen Anne ne pouvait guère appartenir au mobilier fourni par la pension.

Valérie Hobhouse l'attendait. Elle paraissait fatiguée, jugea Poirot. Des cernes sombres marquaient ses yeux.

— *Mais vous êtes très bien, ici,* lui dit le détective en français. C'est chic. Ça a de l'allure.

Elle sourit :

— Il y a un bon bout de temps que je suis là. Deux ans et demi. Trois ans, presque. Je me suis plus ou moins installée définitivement, et j'ai fait venir quelques-uns de mes propres meubles.

— Vous n'êtes pas étudiante, mademoiselle, n'est-ce pas ?

— Oh ! non. Je suis dans le commerce. J'ai un job.

— Dans une… dans une maison de parfumerie.

— Oui. Je suis l'une des acheteuses de Sabrina Fair… c'est un institut de beauté. En fait, j'y suis associée, très minoritaire. Outre les traitements esthétiques, nous avons un certain nombre d'activités annexes. Des accessoires, de petites nouveautés parisiennes. C'est mon domaine.

— Vous allez donc assez souvent à Paris et sur le Continent ?

— Oh ! oui, une fois par mois, à peu près. Plus fréquemment, parfois.

— Il vous faut me pardonner si je vous semble faire preuve d'une certaine curiosité, mais…

— Pourquoi pas ? l'interrompit-elle. Dans les circonstances où nous nous trouvons, nous devons tous nous accommoder de la curiosité. Hier, j'ai répondu à une série de questions de l'inspecteur Sharpe. Vous me paraissez homme, monsieur Poirot, à préférer une chaise bien droite à un fauteuil bas.

— Vous démontrez de la perspicacité, mademoiselle, répondit le détective en s'asseyant, très raide, sur un siège au haut dossier.

Valérie prit place sur le divan. Elle offrit à Poirot une cigarette avant d'en prendre une elle-même et de l'allumer. Il l'étudia avec attention. Une jeune femme intelligente et séduisante, estima-t-il. Il se demanda si sa nervosité avait été provoquée par l'enquête policière, ou si elle relevait de son comportement naturel. Il se souvint qu'il avait déjà pensé cela le soir où il était venu dîner.

— L'inspecteur Sharpe vous a interrogée ? s'enquit-il.

— Oui, absolument.

— Et vous lui avez dit tout ce que vous savez ?

— Cela va de soi.

— Je me demande si c'est vrai.

Elle le fixa, le visage ironique.

— Dans la mesure où vous n'avez pas entendu mes réponses à l'inspecteur Sharpe, vous ne pouvez pas en être juge, rétorqua-t-elle.

— Oh ! non. C'est seulement l'une de mes petites idées. J'en ai, vous savez… des petites idées. Je les ai là.

Il se tapotait la tempe.

On aurait pu remarquer qu'Hercule Poirot, suivant une méthode qu'il pratiquait quelquefois, jouait délibérément les charlatans. Mais Valérie ne souriait pas. Elle le regarda bien en face, avant de répliquer, non sans sécheresse :

— Et si nous en arrivions au fait, monsieur Poirot ? Je ne vois vraiment pas où vous voulez en venir.

— Mais certainement, miss Hobhouse.

Il sortit un petit paquet de sa poche.

— Vous pouvez deviner, peut-être, ce que je tiens là ? reprit-il.

— Je ne suis pas extra-lucide, monsieur Poirot. Je ne peux pas voir au travers du papier et des emballages.

— Je tiens là la bague qui avait été volée à miss Patricia Lane.

— La bague de fiançailles de Patricia ? La bague de fiançailles de sa mère, veux-je dire ? Mais comment se fait-il que *vous* l'ayez ?

— Je lui ai demandé de me la prêter pendant un jour ou deux.

Une fois encore, les sourcils de Valérie escaladèrent son front.

— Ça, par exemple ! lâcha-t-elle.

— Je m'intéressais à cette bague, enchaîna Poirot. A sa disparition, à son retour, et à quelque chose d'autre encore. J'ai donc demandé à miss Lane de me la confier. Elle en a volontiers été d'accord. Je l'ai portée sur-le-champ à un bijoutier de mes amis.

— Ah bon ?

— J'ai sollicité de sa part une expertise du diamant. Une pierre de belle taille, si vous vous en souvenez, ornée de chaque côté de baguettes de pierres plus petites. Vous vous en souvenez... mademoiselle ?

— Peut-être bien... Je n'en ai pas gardé un souvenir impérissable.

— Mais vous l'avez eue entre les mains, n'est-ce pas ? Elle était dans votre assiette de potage.

— C'est comme ça qu'elle est revenue ! s'exclama la jeune femme avec un rire bref. Oh ! oui, comment pourrais-je l'oublier ? J'ai failli l'avaler.

— Ainsi que je vous le disais, j'ai apporté cette bague à un bijoutier de mes amis et je lui ai demandé son opinion à propos du diamant. Et savez-vous ce qu'il m'a répondu ?

— Comment le saurais-je ?

— Il m'a répondu que la pierre n'était pas un diamant. Que ce n'était qu'un zircon. Un zircon blanc.

— Oh !

Elle écarquilla les yeux, puis continua d'une voix incertaine :

— Vous voulez dire que… que Patricia croyait que c'était un diamant alors que ce n'était qu'un zircon, ou que…

Poirot secouait la tête :

— Non, je ne voulais rien dire de tel. Il s'agissait là, si je suis bien informé, de la bague de fiançailles de la mère de Patricia Lane. Or, miss Patricia Lane est une jeune personne de bonne famille, dont les parents bénéficiaient d'une confortable aisance. Avant les derniers impôts, en tout cas. Dans ces milieux-là, mademoiselle, on dépense beaucoup d'argent pour une bague de fiançailles. Une bague de fiançailles doit être une belle bague… une bague *de diamants,* ou une bague ornée d'autres pierres précieuses. Je suis absolument certain que le papa de miss Lane n'aurait pu offrir à sa maman qu'une bague de fiançailles de très grande valeur.

— Sur ce point, je ne pourrais vous approuver davantage. Le père de Patricia appartenait à la petite noblesse de province, je crois.

— Il semblerait, par conséquent, que le diamant de la bague a été remplacé par un faux à un stade ultérieur.

— Je suppose, souffla Valérie avec lenteur, que Pat a dû perdre le diamant, qu'elle n'a pas eu les moyens de le faire remplacer par un vrai, et qu'on lui a monté un zircon à la place.

— Ce serait plausible, concéda Hercule Poirot. Mais je ne crois pas que ce soit cela qui s'est réellement passé.

— Eh bien, M. Poirot, si nous en sommes à deviner, que croyez-vous, *vous* ?

— Je crois que la bague avait été volée par Mlle Célia, et qu'avant qu'elle ne soit restituée, le diamant a été délibérément démonté et qu'on lui a substitué un zircon.

Valérie se redressa :

— Vous pensez que Célia a volontairement volé ce diamant ?

Poirot fit un geste de dénégation :

— Non, je pense que *vous* l'avez volé, mademoiselle.

Valérie en eut le souffle coupé :

— Eh bien, ça, alors ! Ça me paraît fort de café. Vous n'avez pas le début d'une preuve.

— Mais si, riposta Poirot, j'ai des preuves. Cette bague est revenue dans une assiette de potage. Et moi, j'ai dîné ici, un soir. J'ai remarqué comment on servait la soupe. On la puisait dans une soupière posée sur une desserte. Par voie de conséquence, si quelqu'un devait trouver une bague dans son assiette de potage, elle ne pouvait y avoir été glissée que par la personne qui servait le potage… Geronimo, en l'occurrence… *ou bien* par la personne dont c'était l'assiette. *Vous !* Je ne crois pas que ç'ait été Geronimo. Je pense que c'est vous qui avez mis ainsi en scène le retour de cette bague parce que cela vous amusait. Vous démontrez, si j'ose aventurer une critique, trop de drôlerie pour la tragédie. Brandir cette bague ! Pousser des exclamations ! J'estime que vous avez là donné libre cours à votre sens de l'humour, mademoiselle, et, ce faisant, vous vous êtes trahie.

— C'est tout ? interrogea Valérie, méprisante.

— Oh ! non, pas le moins du monde. Voyez-vous, lorsque Célia, ce soir-là, a avoué qu'elle était coupable des larcins commis ici, j'ai noté nombre de petits détails. Par exemple, à propos de la bague, elle a dit : « Et la bague, ce n'était qu'une erreur. Quand j'ai compris à quel point elle avait de la valeur, je me suis arrangée pour la restituer. » Mais comment le savait-elle, miss Valérie ? Qui lui avait dit qu'il s'agissait d'une bague précieuse ? Et puis encore, au sujet de l'écharpe réduite en charpie, elle a dit quelque chose comme : « Ça n'avait pas d'importance… Valérie s'en fichait. » Pourquoi donc vous en fichiez-vous, quand une belle écharpe de soie vous appartenant était mise en morceaux ? J'ai eu immédiatement l'impression que toute cette campagne de larcins, afin de se faire passer pour une kleptomane et attirer de cette manière l'attention de Colin McNabb, avait été conçue, au bénéfice de Célia, par quelqu'un d'autre. Par quelqu'un possédant à la fois bien plus d'intelligence que Célia Austin et une bonne connaissance de la psychologie appliquée. C'est vous qui lui avez dit que la bague avait de la valeur. C'est vous qui la lui avez prise pour manigancer sa réapparition. De la même façon que c'était sur votre suggestion qu'elle avait déchiqueté cette écharpe.

— Tout ça, ce ne sont que des théories, et tirées par les cheveux, en plus. L'inspecteur avait déjà sous-entendu que c'était moi qui avais poussé Célia à commettre ces bêtises.

— Et que lui avez-vous dit ?

— Je lui ai dit que c'était absurde.

— Et que me dites-vous, à moi ?

Quelques secondes, Valérie, perplexe, planta son regard dans celui de Poirot. Puis elle rit, elle écrasa sa cigarette et se laissa aller en se glissant un coussin sous le dos :

— Vous avez raison. Je l'y ai poussée.

— Puis-je vous demander pourquoi ?

— Oh ! stupide élan de gentillesse, répliqua la jeune femme, agacée. Bienveillance mal placée. Célia était là, gémissant comme une âme en peine, pleurant après son Colin qui ne la regardait jamais. Tout ça me semblait d'un ridicule achevé. Colin, c'est l'un de ces types coincés et pleins de leur sujet, tout pénétrés de psychologie, de complexes, de blocages émotionnels et de tout ce qui s'ensuit. Et moi, je me disais que ce serait franchement tordant de le faire marcher et de monter en épingle le ridicule du personnage. De toute manière, ça me révulsait de voir Célia aussi malheureuse. Alors, je l'ai prise en mains, je lui ai parlé entre quat'z'yeux, je lui ai expliqué le principe de la combine, et je l'ai pressée de passer à l'action. Ça la rendait un peu nerveuse, je crois, mais, en même temps, survoltée. Seulement, comme de bien entendu, voilà que la première chose qu'a faite cette gourde, ç'a été de tomber sur la bague que Pat avait laissée dans la salle de bains et de mettre le grappin dessus… un bijou précieux qui susciterait tout un raffut, pour lequel on préviendrait la police, et toute l'affaire risquait de tourner mal. Alors je la lui ai arrachée, je lui ai affirmé que je m'arrangerais pour la rendre d'une manière quelconque. Et je lui ai fermement conseillé, pour l'avenir, de s'en tenir à de la joaillerie fantaisie, à des produits de beauté, plus à quelques déprédations causées à quelque chose qui m'appartiendrait et qui ne risquerait pas de lui causer des ennuis.

Poirot respira profondément :

— C'est exactement ce que j'avais imaginé.

— Je voudrais ne l'avoir jamais fait, rétorqua Valérie, la mine assombrie. Mais j'avais vraiment de bonnes intentions. C'est une chose répugnante à dire, et tout à fait du genre de Joan Tomlinson, mais c'est comme ça.

— Et, maintenant, venons-en à cette histoire de bague. Célia vous l'a donnée. Vous étiez censée la retrouver quelque part et la rendre à Patricia. Mais, *avant* la restitution... que s'est-il passé ?

Hercule Poirot observait les doigts de la jeune femme qui nouaient et dénouaient nerveusement les franges de l'écharpe qu'elle portait autour du cou.

— Vous tiriez le diable par la queue, n'est-ce pas ? insista-t-il.

Sans lever les yeux, elle eut un sec hochement de la tête.

— J'ai dit que j'avouerais tout, grinça-t-elle non sans amertume. Mon problème, monsieur Poirot, c'est que je suis joueuse. C'est quelque chose d'inné, et on n'y peut à peu près rien. Je suis membre d'un petit cercle, à Mayfair... oh ! je ne vous dirai pas où... je ne veux pas être responsable d'une descente de police, ni de rien de ce genre. Bon, contentons-nous de l'affirmation que j'en fais partie. On y joue à la roulette, au baccara, et au reste. J'avais essuyé toute une série de mauvaises passes. Je détenais la bague de Pat. Par hasard, je suis passée devant une boutique où il y avait une bague avec un zircon. J'ai pensé : « Si ce diamant était remplacé par un zircon blanc, Pat ne verrait jamais la différence. » On ne regarde jamais de près une bague que l'on connaît bien. Si le diamant vous paraît d'un moins bel éclat que d'habitude, vous pensez seulement qu'il a besoin d'être nettoyé, ou un truc comme ça. Bon, ça m'a prise. J'ai cédé. J'ai fait estimer le diamant, et je l'ai vendu. On a monté un zircon à la place, et, le soir même, j'ai fait semblant de retrouver la bague dans mon potage. Ça aussi, c'était sacrément stupide, je suis d'accord. Seulement, que voulez-vous ! Et maintenant, vous savez tout. Mais, honnêtement, je n'ai jamais voulu qu'on mette ça sur le dos de Célia.

Poirot branlait du chef :

— Oui, oui, je comprends. L'occasion a fait le larron. Cela vous semblait facile, et vous avez agi. Mais vous avez commis là une grosse erreur, mademoiselle.

— J'en suis pleinement convaincue, concéda-t-elle, très sèche. Mais, nom d'une pipe ! Quelle importance, maintenant ? Oh ! dénoncez-moi, si vous voulez. Dites-le à Pat. Dites-le à l'inspecteur. Dites-le au monde entier ! Mais ça avancera à quoi ? En quoi est-ce que ça nous aidera à découvrir qui a tué Célia ?

Poirot se leva :

— On ne sait jamais ce qui pourrait aider ou non. J'ai à dégager mon chemin de tant de choses qui n'importent pas et qui rendent la situation confuse. Il était important pour moi de savoir qui avait soufflé à la petite Célia le rôle qu'elle a tenu. Désormais, je le sais. En ce qui concerne la bague, je vous suggère d'aller vous-même trouver miss Lane, de lui confesser votre méfait, et de lui exprimer les sentiments d'usage.

Elle fit la grimace :

— Quoi qu'il puisse m'en coûter, ça me paraît un bon conseil. Très bien, j'irai voir Pat et je mangerai mon chapeau. Pat est quelqu'un de très bien. Je lui dirai que, dès que j'en aurai les moyens, je remplacerai son diamant. C'est bien cela que vous voulez, monsieur Poirot ?

— Il ne s'agit pas en l'occurrence de ce que je veux, mais de ce qu'il *faut*.

La porte s'ouvrit soudain avec fracas. Mrs Hubbard entra.

Elle respirait lourdement, et son expression arracha un cri à Valérie :

— Qu'est-ce qu'il y a, Ma ? Qu'est-ce qui se passe ?

Mrs Hubbard s'effondra dans un fauteuil :

— C'est Mrs Vanilos.

— Mrs Vanilos ? Eh bien ?

— Oh ! ma pauvre petite… elle est *morte*.

— Morte ? lança Valérie d'une voix dure. Quand ? Comment ?

— Il semble qu'on l'ait ramassée dans la rue hier soir… qu'on l'ait emmenée au poste de police. Ils pensaient qu'elle était… qu'elle était…

— Ivre, je suppose ?

— Oui… elle avait bel et bien bu. Mais, quoi qu'il en soit… elle est morte…

— Pauvre Mrs Vanilos, dit Valérie.

Sa voix au timbre rauque tremblait un peu.

— Vous l'aimiez beaucoup, mademoiselle ? interrogea Poirot avec douceur.

— D'une manière bizarre… Elle pouvait vraiment se conduire comme une vieille harpie… mais, oui… je l'aimais bien… Quand je suis arrivée ici… il y a trois ans, elle n'était pas aussi… aussi fantasque qu'elle l'est devenue ensuite. Elle était de bonne compagnie… amusante… chaleureuse. Elle avait beaucoup changé depuis un an…

Valérie fixa Mrs Hubbard :

— Je suppose que c'est parce qu'on avait compris qu'elle buvait seule… On a trouvé plein de bouteilles dans son salon, n'est-ce pas ?

Mrs Hubbard hésita, puis elle se libéra :

— Oui. Je me blâme moi-même… de l'avoir laissée repartir chez elle toute seule hier soir… Elle avait peur de quelque chose, vous savez.

— Peur ? répétèrent Valérie et Poirot en chœur.

— Oui. Elle ne cessait pas de dire qu'elle n'était pas en sûreté ici. Je lui avais demandé de me dire de quoi elle avait peur… mais elle m'avait opposé une fin de non-recevoir. Et, naturellement, avec elle, on ne savait jamais dans quelle mesure elle exagérait. Mais, maintenant… je me demande…

Valérie bégaya :

— Vous ne pensez pas qu'elle… qu'elle aussi… qu'elle a été…

Elle se tut, la terreur dans les yeux.

Poirot intervint :

— Qu'ont-ils indiqué comme cause de la mort ?

— Ils... ils n'ont rien dit, répondit Mrs Hubbard, mal à l'aise. Il y aura une enquête judiciaire... après-demain mardi...

15

Dans un bureau tranquille de New Scotland Yard, quatre hommes avaient pris place autour d'une table.

Le superintendant Wilding, de la brigade des stupéfiants, présidait la conférence. A côté de lui siégeait le sergent Bell, jeune homme plein d'énergie et d'optimisme, qui ressemblait assez à un lévrier enthousiaste. L'inspecteur Sharpe, calme mais l'œil en éveil, s'appuyait à son dossier. Hercule Poirot occupait la quatrième chaise. Un sac à dos avait été posé sur la table.

Pensif, le superintendant se tapotait le menton :

— C'est une idée intéressante, monsieur Poirot. Oui, une idée intéressante.

— Ce n'est, je vous l'ai bien précisé, qu'une idée.

Wilding hocha la tête :

— Résumons la situation générale. Les trafics illicites, cela va de soi, se poursuivent en permanence, sous une forme ou sous une autre. Nous mettons de temps en temps au frais un lot de trafiquants, mais, après le délai de rigueur, le manège recommence quelque part ailleurs. En ce qui concerne mon propre domaine, une belle quantité de marchandise est entrée dans le pays au cours des dix-huit derniers mois. Surtout de l'héroïne... et une appréciable pincée de cocaïne. Il y en a divers dépôts, dispersés sur le Continent. Nos collègues français savent à peu près comment cette saleté entre dans leur pays... ils ont moins de certitudes sur la façon dont elle en sort.

— Me tromperais-je beaucoup, s'enquit Poirot, si je disais que votre problème peut, schématiquement, se diviser en trois rubriques : la question de la distribution, la question de l'entrée des chargements dans ce pays, et la question des vrais patrons et réels bénéficiaires ?

— Je dirais que, schématiquement, c'est tout à fait exact. Nous en savons long sur les petits distributeurs et sur leurs méthodes. Nous expédions certains d'entre eux à l'ombre, et nous en laissons d'autres en liberté, dans l'espoir qu'ils nous conduiront aux gros bonnets. La drogue est commercialisée grâce à des tas de circuits différents qui passent par des boîtes de nuit, des *pubs,* des pharmacies, un médecin ici ou là, des femmes du monde, des couturiers ou des coiffeurs. Et elle est livrée aussi sur les champs de courses, chez des antiquaires, parfois dans un grand magasin bondé. Mais vous n'avez pas besoin que je vous le dise. Ce n'est pas cet aspect-là qui est important. A ça, nous pouvons, dans l'ensemble, faire face. Nous nourrissons aussi quelques soupçons très fondés sur ceux que j'ai appelés les gros bonnets : deux ou trois messieurs au portefeuille bien rempli et à la respectabilité proverbiale contre lesquels on ne relève jamais rien de suspect. Ils sont très prudents, ceux-là. Ils ne touchent jamais eux-mêmes à la came, et le menu fretin ne sait pas qui ils sont. Mais de temps à autre, l'un d'eux commet une bévue… et alors… nous le tenons.

— C'est tout à fait ce que j'avais imaginé, approuva Poirot. Ce qui m'intéresse, c'est la troisième rubrique – comment les chargements illégaux entrent-ils dans ce pays ?

— Ah ! Nous vivons dans une île. Le chemin le plus fréquent, c'est la bonne vieille voie maritime. On affrète un cargo. Ou bien une vedette à moteur accoste discrètement sur la côte est, ou dans une crique paisible du sud, après s'être faufilée en catimini à travers la Manche. Ça marche pendant une période, mais, tôt ou tard, on nous refile un tuyau sur le particulier qui possède le bateau et, dès que nous le soupçonnons, il n'a plus de liberté de manœuvre. Une ou deux fois, ces derniers temps, la came est arrivée sur des avions de ligne. On offre beaucoup d'argent, et, à l'occasion, l'un des membres de l'équipage, ou du personnel de cabine, révèle un peu trop ses faiblesses humaines. Et puis il y a les entreprises spécialisées dans l'import-export. Des sociétés ayant pignon sur rue qui importent des pianos à queue ou tout ce que vous voudrez ! Un temps, ils font de bonnes affaires, mais, en général, nous finissons par avoir le dessus.

— Vous serez d'accord avec moi pour admettre que, quand on pratique un commerce clandestin, le transfert depuis l'étranger jusqu'ici représente l'une des principales difficultés ?

— Absolument. Et je dirai davantage. Depuis un certain temps, nous sommes inquiets. Nous sommes débordés par les arrivages de drogue.

— Et pour ce qui touche aux autres formes de contrebande, comme les pierres précieuses ? interrogea Poirot.

— Ça turbine à tout va, monsieur, intervint le sergent Bell. Il y a des diamants et d'autres pierres qui arrivent en douce d'Afrique du Sud et d'Australie, et des fois d'Extrême-Orient. Ils entrent dans ce pays en flot régulier, et nous, on ne sait pas comment. L'autre jour, une de ses vagues connaissances a demandé à une jeune femme, une touriste banale qui visitait la France, si elle pouvait rapporter une paire de chaussures en Angleterre. Pas des chaussures neuves, rien qui soit soumis à des droits de douane. Non, des chaussures que quelqu'un avait oubliées. Elle a accepté sans se méfier. Il se trouve que nous étions sur le coup. On s'est aperçu que les talons étaient creux... et bourrés de diamants bruts.

— Mais, dites-moi, monsieur Poirot, s'interposa Wilding, vous êtes sur la piste de quoi ? C'est de la came, ou des pierres de contrebande ?

— Les deux. En fait, de tout ce qui représente une grande valeur sous un petit volume. Il y a, me semble-t-il, de la place pour ce que j'appellerai un service de transport, pour assurer le convoyage de marchandises de ce type d'une rive du *Channel* à l'autre. Les joyaux démontés de bijoux volés peuvent être sortis d'Angleterre, tandis qu'on y fait entrer des pierres illicites et de la drogue. Ce pourrait être une petite organisation indépendante, sans lien avec la distribution, qui transporterait les choses à la commission. Et les profits pourraient monter très haut.

— Là, vous avez à mon avis bien raison ! On peut entasser vingt mille livres sterling d'héroïne dans un très petit espace, et c'est vrai aussi pour des pierres brutes de haute qualité.

— Voyez-vous, insista Poirot, la faiblesse des trafiquants, c'est toujours le facteur humain. Un jour ou l'autre, vous, les policiers, vous finissez par soupçonner *une personne* : un steward d'aviation, un fanatique de la navigation de plaisance propriétaire d'une petite vedette, une femme qui fait trop souvent des allers et retours en France, un importateur dont les bénéfices paraissent dépasser le raisonnable, un homme dont les moyens d'existence sont inconnus. Mais si la marchandise est apportée dans ce pays par une personne innocente et, qui plus est, *chaque fois par une personne différente,* il devient infiniment plus difficile de repérer les chargements.

De l'index, Wilding désigna le sac à dos :

— Et c'est ça que vous mettez en cause ?

— Oui. Qui, aujourd'hui, est l'individu qui prête le moins le flanc au soupçon ? Un étudiant. Un étudiant sérieux et travailleur. Impécunieux, il ne voyage qu'avec ce qu'il peut emporter sur son échine. Il parcourt l'Europe en auto-stop. Si un étudiant ou une étudiante en particulier assurait en permanence le transport de la contrebande, vous l'apprendriez, sans aucun doute. Mais le fondement même du système, c'est que les passeurs ignorent qu'ils transportent quelque chose, et qu'il y en a beaucoup.

Wilding se massait la mâchoire :

— Mais comment croyez-vous précisément que ce soit organisé, monsieur, Poirot ?

Hercule Poirot haussa les épaules :

— Là-dessus, je n'ai qu'une hypothèse. Je me trompe certainement sur beaucoup de détails, mais je prétends que le trafic a pu, dans ses grandes lignes, fonctionner comme suit. D'abord, on met sur le marché une série de sacs à dos. Ils sont du type ordinaire, conventionnel, comme tout autre sac à dos, bien fabriqués, solides, parfaitement adaptés à leur usage. Mais quand je dis : « comme tout autre sac à dos », je commets une inexactitude. La disposition de la doublure du fond est légèrement différente. Comme vous le constatez, on peut facilement l'enlever, et la pièce de renfort est d'une épaisseur et d'une structure telles qu'elles permettent de dissimuler des rouleaux de pierres précieuses ou de drogue dans les ondulations. Vous ne le soupçonneriez jamais si vous ne le cherchiez pas expressément.

— Ça n'est que trop vrai, reconnut Wilding en mesurant la base du sac d'une main preste. On pourrait y cacher chaque fois pour cinq ou six mille livres de marchandise sans que personne ne s'en doute.

— Exactement, renchérit Poirot. On fabrique les sacs à dos, on les met sur le marché, et ils sont vendus – probablement dans plus d'un magasin. Le propriétaire de la boutique peut appartenir ou non au réseau. Peut-être a-t-il seulement acheté un lot bon marché, qu'il juge profitable puisque ses prix se compareront positivement avec ceux pratiqués par les autres vendeurs d'équipements de camping. Naturellement, en coulisses, il y a une organisation solide. On tient soigneusement à jour la liste des étudiants de la faculté de médecine, de l'université de Londres, et d'autres établissements. A la tête de ce racket, il y a quelqu'un qui est lui-même étudiant, ou qui se prétend tel. Les étudiants partent pour l'étranger. A un moment donné, pendant leur voyage de retour, leur sac est échangé avec un autre. L'étudiant regagne l'Angleterre. Les formalités de douane sont expédiées à la va-vite. L'étudiant ou l'étudiante revient à sa pension, déballe ses affaires, et fourre son sac à dos dans un placard ou le jette dans un coin de sa chambre. A ce moment-là, on procède de nouveau à un échange de sacs, ou alors, plus probablement, on en extrait proprement le fond litigieux et on en remet un autre, innocent celui-là, à la place.

— Et vous pensez que c'est ça qui s'est passé à Hickory Road ?

Poirot branla du chef :

— C'est ce que je soupçonne, oui.

— Mais qu'est-ce qui vous a conduit à ça, monsieur Poirot… en supposant que vous voyiez juste, j'entends ?

— On avait taillé en pièces un sac à dos. Pourquoi ? Puisque la raison n'en était pas évidente, je devais en imaginer une. Il y a quelque chose de bizarre avec les sacs à dos acquis par les pensionnaires de Hickory Road. Ils sont trop peu chers. Une série de méfaits avaient été commis, mais la coupable avait juré qu'elle n'était *pour rien* dans la destruction de ce sac. Puisqu'elle avait avoué ses larcins, pourquoi aurait-elle nié cela ? Donc, elle disait la vérité. Par conséquent, il y avait un autre motif… et déchiqueter un sac à dos, ça n'est pas facile, je peux vous le dire. C'est un dur travail, et il faut être très désespéré pour l'entreprendre. J'ai été mis sur la piste lorsque j'ai découvert que ce sac a été déchiqueté à peu près… à peu près seulement, hélas ! car, après un intervalle de plusieurs mois, on ne peut plus trop se fier à la mémoire des gens… à peu près à la date où un officier de police est venu s'entretenir avec la gérante de la pension. Le motif de sa venue relevait d'une tout autre histoire, mais je vais ainsi vous présenter les faits : vous participez à un réseau de contrebande. Ce soir-là, vous rentrez à la pension, et on vous annonce qu'un policier a débarqué et qu'en ce moment même il s'entretient, à l'étage, avec Mrs Hubbard. Vous imaginez immédiatement que la police est à vos trousses, et qu'elle est là dans le cadre d'une enquête à votre sujet. Et supposons qu'à cet instant précis, il y ait, dans les locaux, un sac à dos qui renferme… ou qui a récemment renfermé… une marchandise illicite. Bon, si la police a été informée de ce qui se passe, elle est venue dans l'intention expresse de procéder à l'examen des sacs à dos des étudiants. Vous, vous n'osez pas quitter les lieux avec le sac en question, parce qu'un policier peut avoir été placé en faction à l'extérieur, justement pour guetter cet objet. Et un sac à dos, ce n'est pas une chose qu'on puisse aisément camoufler. La seule issue à laquelle vous puissiez penser, c'est de le démolir et d'en mélanger les morceaux au fatras de la chaufferie. Parce que s'il y a de la drogue ou des diamants dans la pension, vous pouvez, à titre provisoire, les dissimuler dans des sels de bain. Mais quand un sac à dos, même vide, a contenu de la drogue, on peut retrouver des traces d'héroïne ou de cocaïne après un examen serré ou des analyses. Vous conviendrez que c'est plausible, non ?

— C'est une idée, ainsi que je l'ai déjà dit, acquiesça le superintendant Wilding.

— Il me semble également possible qu'un petit incident, considéré jusqu'à maintenant comme négligeable, soit relié au sac à dos. Selon Geronimo, le domestique italien, le jour – ou l'un des jours – où la police est venue, il n'y avait plus de lumière dans le vestibule. Il est allé chercher une ampoule neuve, et il a découvert que les ampoules de rechange avaient disparu, elles aussi. Il était persuadé qu'un ou deux jours auparavant, il y avait eu des ampoules de rechange dans le tiroir. Il me semble qu'il existe une possibilité… c'est tiré par les cheveux, et je n'en jurerais pas, vous comprenez, ce n'est qu'une possibilité… une possibilité que quelqu'un qui avait mauvaise conscience, et qui avait déjà été mêlé à un trafic, n'ait redouté que son visage ne soit reconnu par les policiers si on le voyait en pleine lumière. Donc, il a subrepticement enlevé les ampoules électriques du vestibule, et il a dissimulé celles de rechange, pour qu'on ne puisse pas les remplacer. Et le résultat, c'est que le vestibule n'était plus éclairé que par une unique bougie. Ce n'est là, je vous le répète, qu'une supposition.

— L'idée est ingénieuse, concéda Wilding.

— C'est possible, monsieur ! lança le sergent Bell avec ardeur. Plus j'y réfléchis, plus je pense que c'est possible.

— Mais si c'est vrai, releva Wilding, il y a là-dedans bien davantage que Hickory Road.

Poirot acquiesça :

— Oh ! oui. L'organisation doit s'étendre à toute une série de clubs d'étudiants et ainsi de suite.

— Il vous faut trouver le lien qu'il y a entre eux, observa Wilding.

L'inspecteur Sharpe prit la parole pour la première fois :

— Il y a bien un lien, monsieur, ou il y en avait un. Une femme qui était à la tête d'un certain nombre de clubs et d'organisations. Une femme qui était précisément à Hickory Road. Mrs Vanilos.

Wilding interrogea Poirot du regard.

— Oui, confirma le détective, Mrs Vanilos correspond au personnage. Elle possédait des intérêts dans tout cela, même si elle ne le gérait pas elle-même. Son système, c'était d'engager des gérants d'une intégrité parfaite, au passé sans tache. Mon amie Mrs Hubbard répond à cette description. Le soutien financier était apporté par

Mrs Vanilos… mais, là encore, je soupçonne qu'elle n'agissait que comme prête-nom.

— Hum ! Je crois qu'il serait intéressant d'en savoir un peu plus sur Mrs Vanilos, releva Wilding.

Sharpe hocha la tête :

— Nous sommes en train de procéder à des vérifications. Sur son pedigree et sur ses origines. Mais il faut y aller prudemment. Nous n'avons pas envie de donner trop tôt l'alerte à notre gibier. On examine aussi le côté finances. Ma parole, cette bonne femme était une mégère de la plus belle eau.

Il conta les réactions qu'avait eues Mrs Vanilos face au mandat de perquisition.

— Des bouteilles de cognac, hein ? grinça Wilding. Alors, elle buvait ? Eh bien, ça devrait faciliter les choses. Qu'est-ce qui lui est arrivé ? Elle a filé, ou…

— Non, monsieur. Elle est morte.

Le superintendant fronça les sourcils

— Morte ? On lui a fait passer le goût du pain, vous voulez dire ?

— Nous le pensons, oui. Nous en aurons le cœur net après l'autopsie. Moi, je crois qu'elle avait commencé à craquer. Peut-être qu'elle n'acceptait pas le meurtre.

— Vous parlez de l'affaire Célia Austin. Cette petite savait quelque chose ?

— Elle savait quelque chose, affirma Poirot. Mais, si je puis m'exprimer ainsi, je crois qu'elle ne savait pas qu'elle savait !

— Vous entendez par là qu'elle savait quelque chose, mais qu'elle en ignorait la signification ?

— Oui. Tout à fait. Ce n'était pas une fille intelligente. Elle avait toutes les chances de ne pas saisir les implications. Mais, ayant vu, ou entendu, quelque chose, elle peut en avoir parlé très innocemment.

— Vous n'avez pas idée de ce qu'elle avait vu ou entendu, monsieur Poirot ?

— Je peux formuler des suppositions. Je ne peux pas faire plus. Il avait été question d'un passeport. Quelqu'un de la pension détenait-il un faux passeport qui permettait d'aller sur le Continent et d'en revenir sous un autre nom ? La révélation de ce fait aurait-elle constitué un grave danger pour ce quelqu'un ? Avait-elle observé les manigances avec le sac à dos, ou bien, peut-être, avait-elle vu un jour quelqu'un démonter le double fond sans comprendre ce qu'on faisait là ? Ou encore avait-elle vu une personne en train d'enlever les ampoules ? Et en avoir causé avec elle sans en saisir l'importance ? Ah, bon Dieu ! Des suppositions ! Des suppositions ! Des suppositions ! Il faut que je parvienne à en *savoir* plus. Il faut toujours en savoir plus ! conclut Hercule Poirot avec irritation.

— Eh bien, proposa Sharpe, nous pourrions commencer par les antécédents de Mrs Vanilos. Il pourrait en sortir quelque chose.

— Vous pensez qu'on lui a fait dégager le terrain, parce qu'on pensait qu'elle pourrait parler ? Aurait-elle parlé ?

— Elle buvait en cachette depuis un certain temps… et ça veut dire qu'elle avait les nerfs en capilotade, rappela l'inspecteur. Elle aurait pu perdre les pédales et casser le morceau. Et finir comme témoin de la Couronne.

— Elle ne dirigeait pas vraiment le réseau, je suppose ?

Poirot eut un geste de dénégation :

— Non, je ne pense pas. Elle vivait à découvert, voyez-vous. Elle savait ce qui se passait, bien entendu, mais je n'irais pas jusqu'à dire qu'elle était le cerveau de l'affaire. Non.

— Et, le cerveau, vous sauriez qui c'est ?

— Je peux émettre une hypothèse… mais je pourrais bien me tromper. Oui… je *pourrais bien* me tromper !

16

Hickory, dickory, dock, il y a du thé en stock, les policiers crient « Ouh ! », chantonna Nigel. Je me demande qui finira dans le box. Parler ou ne pas parler ? Telle est *la* question ! ajouta-t-il.

Il alla se servir une autre tasse de café et revint à la table du petit déjeuner.

— Parler de quoi ? interrogea Len Bateson.

— De tout ce qu'on sait, répondit Nigel avec un mouvement nonchalant de la main.

— Mais naturellement ! intervint Joan Tomlinson, la mine sévère. Si nous avons un renseignement utile, naturellement que nous devons en parler à la police. Ce n'est que notre devoir.

— Ainsi parla notre bonne Joan, ricana Nigel.

— *Moi, je n'aime pas les flics,* dit en français René pour apporter sa contribution au débat.

— Parler de quoi ? répéta Len.

— Parler des choses que nous savons, répliqua Nigel. Les uns sur les autres, tint-il à préciser.

Son regard, où brillait une lueur malicieuse, fit le tour des convives.

— Après tout, reprit-il, cordial, nous en savons tous long sur les autres, non ? A vivre sous le même toit, c'est inévitable.

— Mais qui décidera ce qui est important ou non ? Il y a bien des choses qui ne sont pas l'affaire de la police, déclara Mr Achmed Ali.

Il s'exprimait d'un ton définitif, dans le souvenir exaspéré des remarques acerbes de l'inspecteur Sharpe sur sa collection de cartes postales.

Nigel se tourna vers Mr Akibombo :

— J'apprends qu'ils ont trouvé des choses très intéressantes dans *votre* chambre.

La couleur de sa peau interdisait au Nigérian de rougir, mais il cligna les paupières, la mine déconfite :

— Il y a beaucoup de superstition dans mon pays. Mon grand-père m'a donné ces objets pour que je les apporte ici. Je les conserve par sentiment de piété et de respect. Moi-même, je suis moderne et scientifique. Je ne crois pas au vaudou, mais, parce que je ne maîtrise pas très bien l'anglais, j'ai eu des difficultés à l'expliquer au policier.

— Notre chère petite Joan elle-même a ses secrets, j'en suis persuadé, enchaîna Nigel à l'attention de miss Tomlinson.

Joan, furieuse, répliqua qu'elle n'acceptait pas d'être insultée.

— Je vais partir d'ici, et m'installer au YWCA, précisa-t-elle.

— Allons, Joan, sourit Nigel, donnez-nous une autre chance.

— Oh, la ferme, Nigel ! jeta Valérie d'un ton las. Vu les circonstances, j'imagine que la police est bien obligée de fouiner partout.

Colin McNabb, en prélude à un commentaire, s'éclaircit la voix.

— A mon avis, on doit nous indiquer clairement quelle est la situation, pontifia-t-il. Quelle a été la cause exacte du décès de Mrs Vanilos ?

— Nous l'apprendrons lors de l'enquête judiciaire, j'imagine, rétorqua Valérie, impatiente.

— J'en doute fort. Si vous voulez mon opinion, la date en sera repoussée.

— Je suppose que c'était son cœur, n'est-ce pas ? observa Patricia. Elle s'est effondrée dans la rue.

— Bourrée et dans le cirage, rétorqua Len Bateson. C'est dans cet état-là qu'on l'a emmenée au poste.

— Donc, elle *buvait*, remarqua Joan. Vous savez, je l'avais toujours pensé. Quand la police a fouillé la maison, on a trouvé dans son salon des placards pleins de bouteilles vides, je crois.

— Comptons sur notre Joan pour être au courant de toutes les petites saloperies, ricana Nigel, approbateur.

— Eh bien, ça explique tout à fait pourquoi elle avait parfois un comportement aussi bizarre, nota Patricia.

De nouveau, Colin se racla la gorge :

— Ahum ! Il se trouve qu'en revenant ici, samedi soir, je l'ai vue entrer au *Queen's Necklace*.

— C'est là qu'elle avait pris sa cuite, j'imagine, dit Nigel.

— Je suppose qu'elle est seulement morte d'avoir bu, diagnostiqua Joan.

Len Bateson secoua la tête

— Une hémorragie cérébrale ? Franchement, ça m'étonnerait.

— Pour l'amour du Ciel, vous ne pensez quand même pas qu'elle a été assassinée, *elle aussi*, non ? demanda Joan.

— Je parie que si, riposta Sally Finch. Rien ne me surprendrait moins.

— S'il vous plaît, on croit que quelqu'un l'a tuée ? C'est bien cela ? interrogea Akibombo.

Son regard allait de visage en visage.

— Pour l'instant, nous n'avons aucune raison de supposer quoi que ce soit de ce genre, rétorqua Colin.

— Mais qui avoir pu vouloir la tuer ? jeta Geneviève. Est-ce qu'elle avoir laissé beaucoup d'argent ? Si elle être riche, ce serait possible, peut-être.

— C'était une femme horripilante, ma chère, trancha Nigel. Je suis convaincu que tout le monde voulait la tuer. J'en ai souvent eu envie, affirma-t-il, en puisant abondamment dans la marmelade.

— S'il vous plaît, miss Sally, puis-je vous poser une question ? C'est à cause de ce qui a été dit au petit déjeuner. J'ai pensé beaucoup.

— Eh bien, je ne penserais pas trop si j'étais vous, Akibombo. C'est malsain.

Sally Finch et Akibombo partageaient un déjeuner en plein air, à Regent's Park. Officiellement, l'été avait commencé, et le restaurant était ouvert.

— Toute la matinée, j'ai été très perturbé, déplora Akibombo. Je n'ai pas du tout bien su répondre aux questions de mon professeur. Il n'était pas content de moi. Il m'a dit que j'avais copié de longs passages sur un livre et que je ne réfléchissais pas par moi-même. Mais je suis ici pour acquérir la sagesse qu'il y a dans beaucoup de livres, et il me semble que, dans les livres, on explique mieux que moi, parce que je ne maîtrise pas bien l'anglais. Et, en plus, ce matin, j'ai eu beaucoup de peine à réfléchir, sauf à ce qui se passe à Hickory Road et aux difficultés là-bas.

— Là, je ne vous donnerai pas tort. Ce matin, je n'arrivais tout bonnement pas à me concentrer.

— Donc, c'est pour ça, s'il vous plaît, que je vous demande de me dire certaines choses, parce que, comme je vous le disais, j'ai beaucoup réfléchi.

— Eh bien, écoutons un peu ce à quoi vous avez réfléchi, alors.

— Bon, c'est cette poudre de beau rat.

— De beau rat ? Oh, de borate ! Oui. Eh bien ?

— Je ne comprends pas très bien. C'est un acide, à ce qu'on dit ? Un acide comme l'acide sulfurique ?

— Non, pas comme l'acide sulfurique.

— Ça n'est pas quelque chose pour les expériences de laboratoire seulement ?

— Je ne peux même pas imaginer qu'on ait jamais fait des expériences avec ça. C'est quelque chose de très faible, et d'inoffensif.

— Vous voulez dire que, même vous, vous pourriez vous en mettre *dans les yeux* ?

— C'est cela. C'est justement à ça que cela sert.

— Ah ! alors ça explique tout. Mr Chandra Lal, il a une petite bouteille blanche, avec de la poudre blanche, et il met la poudre dans de l'eau chaude, et il se baigne les yeux avec. Il la garde à la salle de bains et, un jour, elle n'y était plus, et il était très en colère. C'était bien de la poudre de beau rat, oui ?

— Qu'y a-t-il à propos de cette poudre de borate ?

— Je vous le raconterai au fur et à mesure. Pas maintenant. Je réfléchis encore.

— Eh bien, ne vous mettez pas martel en tête. Je n'ai pas envie que le prochain cadavre, ce soit vous, Akibombo.

*

— Valérie, croyez-vous que vous pourriez me donner des conseils ?

— Je peux naturellement vous donner des conseils, Joan, même si je ne sais pas pourquoi les gens en demandent. Ils ne les suivent jamais.

— Il s'agit réellement d'un problème de conscience, insista Joan Tomlinson.

— Alors, je suis bien la dernière personne qu'il faut consulter. Moi, je n'ai comme qui dirait aucune conscience.

— Oh ! Valérie, ne dites pas des choses comme ça.

— Pourtant, c'est bien vrai, répliqua Valérie en écrasant son mégot. Je rapporte de Paris des vêtements en fraude, et je raconte les mensonges les plus éhontés aux bonnes femmes hideuses qui fréquentent mon institut de beauté. Quand je suis fauchée, il m'arrive même de prendre le bus sans payer mon ticket. Mais allez-y, dites-moi tout. De quoi s'agit-il ?

— Ça se rapporte à ce que Nigel a décrété pendant le petit déjeuner. Quand quelqu'un sait quelque chose à propos de quelqu'un d'autre, pensez-vous qu'il doive le révéler ?

— Quelle question idiote ! On ne peut pas raisonner en termes aussi généraux. Qu'est-ce que vous voudriez révéler – ou ne pas révéler ?

— C'est au sujet d'un passeport.

Valérie se redressa, surprise :

— Un passeport ? Le passeport de qui ?

— Celui de Nigel. Il a un faux passeport.

— Nigel ? répéta Valérie, incrédule. Je n'y crois pas. Ça me paraît des plus invraisemblables.

— Mais si, il en a un. Et vous savez, Valérie, je crois que c'est une question importante… il me semble avoir entendu l'inspecteur dire que Célia avait raconté quelque chose au sujet d'un passeport. Imaginez un peu que Célia ait tout découvert, et qu'il l'ait tuée ?

— Ça fait assez mélodramatique. Mais, bien franchement, je n'en crois pas un mot. Qu'est-ce que c'est que cette histoire de passeport ?

— Je l'ai vu.

— Comment l'avez-vous vu ?

— Eh bien, ç'a été absolument par hasard. Je voulais chercher quelque chose dans ma serviette, il y a une semaine ou deux, et, par erreur, j'ai regardé dans celle de Nigel. Elles étaient toutes les deux sur l'étagère de la salle commune.

Valérie émit un rire grinçant :

— A d'autres ! Qu'est-ce que vous faisiez, en réalité ? Vous fouiniez ?

— Non, bien sûr que non, riposta Joan avec l'indignation du juste. S'il y a une chose que je ne fais jamais, c'est bien de fouiller dans les affaires des autres. Ça n'a jamais été mon genre. Mais j'étais distraite, alors j'ai ouvert cette serviette, et j'étais en train de regarder dedans quand…

— Ecoutez Joan, vous ne pouvez pas vous en tirer comme ça. La serviette de Nigel est bien plus grande que la vôtre, et d'une teinte complètement différente. Puisque vous en êtes aux aveux, vous pourriez tout aussi bien reconnaître que vous êtes coutumière du fait. Très bien. Vous avez donc eu une occasion de fouiller dans les affaires de Nigel, et vous l'avez saisie.

Joan se leva :

— Il va de soi, Valérie, que si vous devez vous montrer aussi désagréable, aussi méchante et aussi injuste, je…

— Oh, je vous en prie, mon chou ! Continuez. Ça m'intéresse, maintenant. Je veux savoir.

— Eh bien, il y avait ce passeport. Il était tout au fond. Dessus, il y avait un nom, comme Stanley ou Stanford, ou quelque chose comme ça. Moi, j'ai pensé : « Comme c'est bizarre que Nigel ait le passeport de quelqu'un d'autre ! » Je l'ai ouvert, et la photo d'identité, c'était celle de Nigel ! Ça tendrait à prouver qu'il doit mener une double vie, non ? Ce que je vous demande, c'est si je dois en parler à la police. Croyez-vous que j'en aie le devoir ?

Valérie éclata de rire :

— Pas de chance. Parce que je pense qu'il y a à ça une explication très simple. Pat me l'a dit. Nigel a hérité d'un peu d'argent, ou de je ne sais trop quoi, à condition qu'il change de nom. Il a fait ça dans les règles, tout à fait légalement, et c'est tout. Il me semble que son nom d'origine, c'était Stanfield… ou Stanley – un nom de ce genre.

— Oh ! gémit Joan, la mine chagrine.

— Demandez à Pat, si vous ne me croyez pas.

— Oh !… non… eh bien, si c'est bien ce que vous dites, je dois avoir fait une erreur.

— Vous aurez la main plus heureuse la prochaine fois.

— Je ne vois pas ce que vous voulez dire, Valérie.

— Vous aimeriez bien jouer un sale tour à Nigel, hein ? Et lui attirer des ennuis avec la police ?

Joan se rebiffa :

— Vous avez le droit de ne pas me croire, Valérie. Mais tout ce que je voulais, c'était faire mon devoir.

Elle sortit.

— Oh ! et puis la barbe ! gronda Valérie.

On tapait à la porte. Sally Finch entra :

— Qu'est-ce qui ne va pas, Valérie ? Vous en faites une tête !

— Joan me répugne. Elle est *vraiment* épouvantable. Vous ne croyez pas qu'il y ait la moindre possibilité pour que ce soit Joan qui ait liquidé la pauvre Célia, non ? Je me réjouirais comme une folle si je voyais jamais Joan dans le box.

— Là-dessus, je suis bien d'accord avec vous. Mais je ne pense pas que ce soit très probable. Je crois que Joan ne prendrait jamais le risque d'assassiner quelqu'un.

— Et à propos de Mrs Vanilos, qu'est-ce que vous pensez ?

— Je ne sais pas du tout. Mais je suppose que nous l'apprendrons bientôt.

— Je parierais à dix contre un qu'elle s'est fait descendre, elle aussi.

— Mais pourquoi ? s'étonna Sally. Qu'est-ce qui peut bien se passer ici ?

— Je donnerais cher pour le savoir. Sally, vous arrive-t-il parfois de vous surprendre à étudier les gens ?

— Qu'est-ce que vous entendez par étudier les gens, Val ?

— Eh bien, les dévisager en se demandant : « Est-ce que c'est de *toi* qu'il s'agit ? » J'ai comme le sentiment, Sally, que quelqu'un, ici, est fou. *Réellement* fou. Du genre fou sanguinaire, j'entends… pas quelqu'un qui se prendrait seulement pour un concombre.

— C'est bien possible, concéda Sally. Elle frissonna.

— Brrr ! s'exclama-t-elle encore. Vous me donnez la chair de poule.

*

— Nigel, il y a quelque chose que je *dois* vous dire.

— Oui, qu'est-ce que c'est, Pat ? répondit Nigel qui fourrageait dans sa commode comme un possédé. Je n'arrive pas à comprendre ce que diable j'ai pu faire de ces notes. Je les avais entassées là, je crois.

— Oh ! Nigel, ne mettez pas tout sens dessus dessous comme ça ! Vous laissez un désordre abominable, et je viens juste de ranger.

— Mais, nom d'une pipe, il faut tout de même bien que je retrouve ces notes, non ?

— Nigel, il *faut* que vous m'écoutiez !

— OK, Pat, ne prenez pas un air aussi désespéré. Qu'y a-t-il ?

— C'est quelque chose qu'il faut que je vous avoue.

— Pas un meurtre, j'espère ? répliqua Nigel, sarcastique comme toujours.

— Non, bien sûr que non !

— Bon. Eh bien, quel péché véniel, alors ?

— Ça s'est passé un jour où j'avais reprisé vos chaussettes, et où j'étais venue les rapporter ici, dans votre chambre, pour les remettre dans le tiroir…

— Oui ?

— Et le flacon de morphine était dedans. Celui dont vous m'aviez parlé, que vous aviez pris à l'hôpital.

— Oui. Et vous en avez fait toute une histoire !

— Mais, enfin, Nigel, c'était là dans votre tiroir, au milieu de vos chaussettes, et *n'importe qui* aurait pu le trouver.

— Et pourquoi ? Personne d'autre que moi ne farfouille jamais dans mes chaussettes, sauf vous.

— Moi, j'ai pensé que c'était effrayant de le laisser ainsi, et je sais que vous aviez dit que vous vous en débarrasseriez après le pari, mais c'était quand même encore là.

— Naturellement. Je n'avais pas encore le troisième poison.

— Eh bien, moi, j'ai pensé que c'était très mal. Alors j'ai pris ce flacon, j'ai vidé la morphine, et j'ai mis du bicarbonate de soude ordinaire à la place. Ça avait l'air exactement pareil.

Nigel interrompit ses recherches fiévreuses :

— Bon Dieu ! Vous avez vraiment fait ça ? Vous voulez dire que pendant que je jurais mes grands dieux à Len et à ce vieux Colin que c'était du sulfate ou du tartrate de morphine, ou je ne sais quoi, ça n'était que du bicarbonate de soude ?

— Oui. Voyez-vous...

— Je ne suis pas sûr, vous savez, que cela ne fausse pas notre pari, coupa Nigel, sourcils froncés. Naturellement, *je* n'avais pas la moindre idée que...

— Mais, Nigel, c'était vraiment *dangereux* de garder ça là !

— Oh ! Seigneur, faudra-t-il donc toujours que vous fassiez des histoires, Pat ? Et qu'est-ce que vous avez fabriqué avec la vraie morphine ?

— Je l'ai mise dans la bouteille de bicarbonate, et je l'ai cachée dans le fond de mon tiroir à mouchoirs.

Il la fixa, un peu perplexe :

— Franchement, Pat, la logique de votre processus mental défie toute description ! Ça servait à quoi ?

— J'avais le sentiment que, là, c'était plus en sécurité.

— Ma chère petite, ou bien il fallait enfermer cette morphine à double tour, ou bien, sinon, il importait peu qu'elle fût au milieu de mes chaussettes ou de vos mouchoirs.

— Si, c'était important. Pour commencer, moi, j'ai une chambre individuelle, alors que vous partagez la vôtre.

— Enfin, vous n'imaginiez pas que ce vieux Len allait me piquer cette morphine, non ?

— Je ne voulais pas vous en parler, jamais, mais j'y suis obligée maintenant. Parce que, voyez-vous, elle a disparu.

— Vous voulez dire que la police l'a chapardée ?

— Non. Elle avait disparu avant ça.

Nigel, consterné, scruta Patricia :

— Vous voulez dire… soyons clairs. Il y a une bouteille, avec une étiquette « bicarbonate de soude », qui se balade dans cette maison ? Et, maintenant, quelqu'un peut en avaler une bonne cuillerée n'importe quand pour calmer un mal aux tripes ? Nom de Dieu, Pat ! Il a *fallu* que vous fassiez ça ! Pourquoi diable n'avez-vous pas balancé ce machin si ça vous inquiétait tellement ?

— Parce que je pensais que cela avait de la valeur, et qu'il fallait le restituer à l'hôpital au lieu de le jeter tout simplement. J'avais l'intention, dès que vous auriez gagné votre pari, de le donner à Célia et de lui demander de le remettre à la pharmacie.

— Et vous êtes sûre que vous ne le lui avez pas donné ?

— Non, évidemment non. Vous voulez dire que je le lui avais donné, qu'elle en a avalé, que c'était *bien* un suicide et que c'est de ma faute ?

— Du calme. Quand est-ce que ça a disparu ?

— Je ne sais pas exactement. J'ai cherché le flacon la veille de la mort de Célia. Je ne l'ai pas retrouvé, mais j'ai seulement pensé que je l'avais peut-être mis ailleurs.

— Il avait disparu avant la mort de Célia ?

— Je suppose, répondit Patricia, livide, que je me suis conduite d'une manière stupide.

— A tout le moins, oui. Où un esprit confus et une conscience exigeante ne peuvent-ils pas mener !

— Nigel… vous croyez que je dois en parler à la police ?

— Ah, zut ! J'imagine que oui. Et tout sera de ma faute.

— Oh ! non, Nigel chéri. C'est moi qui…

— C'est moi qui ai piqué ce sacré machin le premier. A ce moment-là, ça me semblait seulement un coup amusant. Mais maintenant… j'entends déjà les remarques au vitriol du juge.

— Je suis désolée. Quand je l'ai pris, j'avais réellement de…

— Vous n'aviez que de bonnes intentions. Je sais. Je *sais* ! Ecoutez, Pat, je ne peux tout bonnement pas croire que ce truc a disparu. Vous avez seulement oublié où vous l'avez mis. Quelquefois, vous égarez les choses, vous savez.

— Oui, mais…

Elle hésita, son visage crispé marqué par le doute.

Nigel se leva d'un mouvement vif :

— Allons dans votre chambre, et cherchons à fond.

— Nigel, ce sont mes *sous-vêtements*.

— Franchement, vous n'allez pas maintenant vous mettre à me jouer les prudes. Au milieu de vos culottes, c'est bien là que vous cacheriez un flacon, non ?

— Si, mais je suis sûre que…

— Nous ne pouvons être sûrs de rien avant d'avoir regardé partout. Et je vous fiche mon billet que c'est ce que je vais faire.

Sally Finch entra, après avoir frappé à la porte pour la forme. De surprise, elle écarquilla les yeux : Pat, assise sur le lit, brandissait une poignée de chaussettes de Nigel, tandis que le jeune homme, ayant ouvert tous les tiroirs du bureau, remuait un tas de pull-overs comme un fox-terrier excité, au milieu des petites culottes, des soutiens-gorge, des bas et autres accessoires féminins répandus autour de lui.

— Pour l'amour du Christ, s'écria Sally, qu'est-ce qui se passe ?

— On cherche du bicarbonate, répliqua sèchement Nigel.

— Du bicarbonate ? Pourquoi ?

— J'ai mal, sourit-il. Mal à mon bidon… et rien ne peut apaiser ma douleur, à part le bicarbonate.

— Je dois en avoir quelque part, je crois.

— Rien à faire, Sally, il faut que ce soit celui de Pat. C'est la seule marque qui puisse calmer ma souffrance particulière.

— Vous êtes cinglé, commenta Sally. Qu'est-ce qu'il fabrique, Pat ?

Patricia secoua la tête, les traits ravagés.

— Vous n'avez pas vu mon bicarbonate, Sally, n'est-ce pas ? Il en restait un peu au fond de la bouteille.

Sally la scruta avec curiosité.

— Non, dit-elle en fronçant les sourcils. Laissez-moi réfléchir. Quelqu'un d'ici… non, je n'arrive pas à m'en souvenir… Vous avez un timbre, Pat ? Je dois poster une lettre, et je n'en ai plus.

— Dans ce tiroir, là.

Sally ouvrit l'étroit tiroir de la table à écrire, en sortit un carnet de timbres, en prit un qu'elle colla sur l'enveloppe qu'elle tenait à la main, remit le carnet dans le tiroir, et posa deux pence et demi sur la table.

— Merci. Vous voulez que je poste vos lettres en même temps ?

— Oui… non… non. Je crois que je vais attendre.

Sally hocha la tête et quitta la chambre.

Pat laissa tomber les chaussettes qu'elle tenait.

— Il y a autre chose que je voulais vous dire, lâcha-t-elle en se tordant nerveusement les mains.

— Seigneur, Pat, qu'est-ce que vous avez encore fait ?

— J'ai peur que ça vous mette en colère.

— Je suis bien au-delà de la colère. Je suis simplement mort de trouille. Si Célia a été empoisonnée avec le machin que j'avais piqué, j'irai probablement en prison pour des années et des années, si même on ne me pend pas.

— Cela n'a rien à voir avec ça. C'est au sujet de votre père.

— *Quoi ?*

Nigel avait pivoté sur lui-même, avec une expression d'étonnement incrédule.

— Vous savez qu'il est très malade, n'est-ce pas ?

— Je me fiche de savoir à quel point il est malade.

— On l'a dit ce soir à la radio : « Sir Arthur Stanley, le célèbre biochimiste, a été hospitalisé dans un état critique. »

— C'est formidable d'être une personnalité. Le monde entier est au courant de vos petites misères.

— Nigel, s'il est mourant, vous devez vous réconcilier avec lui.

— Mes fesses, oui.

— Mais s'il est mourant !

— Mourant ou pas, il est toujours autant un porc que lorsque sa santé était florissante !

— Vous n'avez pas le droit d'être comme ça, Nigel. Si amer et si rancunier.

— Ecoutez, Pat... je vous l'ai déjà dit. Il a tué ma mère.

— Je sais que vous l'avez dit, et je sais que vous l'adoriez. Mais je pense vraiment, Nigel, que quelquefois vous *exagérez*. Des tas de maris sont désagréables et indifférents, et leurs femmes en souffrent, et ça les rend malheureuses. Mais dire que votre père a tué votre mère, c'est une insanité, et ça n'est pas réellement vrai.

— Vous, vous savez tout, hein ?

— Je sais qu'un jour vous regretterez de n'avoir pas fait la paix avec votre père avant son décès. C'est pour cela que...

Patricia s'interrompit. Mais elle rassembla ses forces et reprit :

— C'est pour cela que... que j'ai écrit à votre père... pour lui dire...

— Vous lui avez écrit ? C'est la lettre que Sally voulait poster ? *Je vois*.

Il se dirigea vers la table, attrapa l'enveloppe portant adresse et timbre, et la déchira de ses doigts vifs et nerveux avant de jeter les morceaux dans la corbeille à papier.

— Et voilà ! grinça-t-il. Et n'essayez plus jamais de me refaire ça !

— Franchement, Nigel, vous êtes absolument infantile. Vous pouvez déchirer cette lettre, mais pas m'interdire d'en écrire une autre, et je l'écrirai.

— Vous êtes d'une sentimentalité incurable. Il ne vous est jamais venu à l'idée que lorsque je disais que mon père avait tué ma mère, j'énonçais un fait pur et simple ? Ma mère est morte d'une dose trop forte de médinal. Absorbée par erreur, a-t-on affirmé à l'enquête du *coroner*. Mais *elle ne l'avait pas absorbée par erreur*. Elle lui avait été administrée délibérément par mon père. Il voulait épouser une autre femme, comprenez-vous, et ma mère ne voulait pas consentir à divorcer. C'est tout simplement une sordide histoire de meurtre. Qu'auriez-vous fait, à ma place ? Vous l'auriez dénoncé à la police ? Ma mère n'aurait pas voulu cela… alors, j'ai fait la seule chose possible… j'ai dit au porc que je savais… et j'ai fichu le camp… pour toujours. J'ai même changé de nom.

— Nigel… je suis désolée… je n'aurais jamais songé que…

— Eh bien, vous savez maintenant… Arthur Stanley, ses recherches et ses antibiotiques, célèbre et respecté. Croulant sous les lauriers ! Mais sa donzelle, finalement, n'a pas voulu du mariage. Elle s'est tirée des flûtes. Je pense qu'elle avait deviné ce qu'il avait fait…

— Comme c'est affreux, Nigel chéri… je suis désolée…

— Très bien. N'en parlons plus. Revenons à ce foutu bicarbonate. Maintenant, repensez soigneusement à ce que vous avez fait exactement de ce machin. Mettez-vous la tête dans les mains, et *creusez-vous la cervelle,* Pat.

Geneviève, au comble de l'excitation, pénétra dans la salle commune. D'une voix basse et tendue, elle s'adressa aux étudiants rassemblés :

— J'être sûre, maintenant, absolument sûre, que je savoir qui a tué la petite Célia.

— Qui est-ce, Geneviève ? interrogea René. Qu'est-il arrivé pour que vous vous montriez aussi définitive ?

Regardant prudemment derrière elle pour s'assurer que la porte était bien fermée, elle baissa encore plus la voix :

— C'être Nigel Chapman.

— Nigel Chapman ? Mais pourquoi ?

— Ecoutez-moi. Je venir de passer dans le couloir pour descendre l'escalier, et d'avoir entendu des voix dans la chambre de Patricia. C'était Nigel qui parlait.

— Nigel ? Dans la chambre de Patricia ? s'étonna Joan, d'un ton chargé de désapprobation.

Mais Geneviève enchaînait déjà :

— Et il dire que son père avoir tué sa mère, et que c'était pour ça qu'il avait changé de nom. Donc, tout être clair, non ? Son père être un assassin patenté, et Nigel souffre tare héréditaire.

— C'est possible, estima Mr Chandra Lal, qui soupesait avec délectation cette éventualité. C'est possible, certainement. Il est si violent, Nigel, si déséquilibré. Aucune maîtrise. Vous êtes d'accord ?

Il s'était tourné, condescendant, vers Akibombo, qui hocha d'enthousiasme sa tête crépue et sourit, ravi, de toutes ses dents blanches.

— J'ai toujours eu le sentiment très fort, déclara Joan, que Nigel n'avait aucun sens moral. C'est une personnalité complètement *dégénérée*.

— C'est un meurtre sexuel, oui, affirma Mr Achmed Ali. Il couche avec la fille, et puis il la tue. Parce que c'est une fille bien, respectable et qu'elle espère le mariage…

— Quelle connerie ! cracha Len Bateson.

— Qu'est-ce que vous dites ?

— J'ai dit quelle CONNERIE ! rugit Len.

17

Dans un bureau du poste de police, Nigel, nerveux, scrutait le regard dur de l'inspecteur Sharpe. Bégayant un peu, il venait d'achever son récit.

— Vous mesurez, Mr Chapman, la gravité de ce que vous venez de nous déclarer à l'instant ? lança le policier. Sa terrible gravité ?

— Naturellement que je la mesure. Je n'aurais pas pris la peine d'en faire état si je n'avais pas eu le sentiment que c'était impératif.

— Et vous nous affirmez bien que miss Lane ne parvient pas à se souvenir au juste de quand elle a vu ce flacon de bicarbonate de soude contenant de la morphine ?

— Elle est en pleine confusion mentale. Plus elle tente de réfléchir, moins elle a de certitudes. Elle prétend que je l'embrouille. Elle essaie encore de se le rappeler pendant que je suis ici.

— Nous ferions mieux de filer tout de suite à Hickory Road.

Le téléphone sonna sur ces entrefaites. Le constable qui prenait en sténo les propos de Nigel décrocha.

— C'est miss Lane, annonça-t-il. Elle veut parler à Mr Chapman.

Nigel se pencha pour s'emparer de l'écouteur :

— Pat ? Nigel à l'appareil.

Dans la bouche de la jeune femme, haletante et tendue, les mots se bousculaient :

— Nigel, *je crois que j'y suis* ! Je veux dire que je sais maintenant qui doit avoir pris… vous savez… pris dans mon tiroir à mouchoirs. Vous voyez, il n'y a qu'une seule personne qui…

La voix se tut.

— Allô ! Pat ? Allô ! Vous êtes encore là ? Qui est-ce ? De qui s'agit-il ?

— Je ne peux pas vous le dire maintenant. Vous revenez quand ?

Le téléphone se trouvait assez près de l'inspecteur et du constable pour qu'ils aient pu percevoir clairement l'échange. Sharpe hocha la tête en réponse à l'interrogation muette de Nigel :

— Dites-lui « immédiatement », ordonna-t-il.

— Nous arrivons immédiatement, enchaîna Nigel. Nous partons sur-le-champ.

— Ouf ! Bon. Je serai dans ma chambre.

— A tout de suite, Pat.

On n'échangea pas une parole durant le bref trajet. Par-devers lui, Sharpe se demandait s'il tenait enfin une piste. Patricia Lane était-elle en mesure d'apporter un témoignage précis, ou ne s'agissait-il que d'une déduction de sa part ? A l'évidence, elle s'était souvenue d'un détail qui lui avait paru important. L'inspecteur supposait qu'elle avait téléphoné depuis le vestibule, et qu'il lui avait fallu, par conséquent, prendre garde à ce qu'elle disait. A cette heure de la soirée, bien des gens le traversaient.

Nigel ouvrit la porte du 26 Hickory Road avec sa propre clef. Ils entrèrent. Sharpe aperçut, dans la salle commune, la tignasse rousse et ébouriffée de Len Bateson penché sur ses livres.

Ayant entraîné les policiers dans l'escalier, puis dans le couloir, Nigel frappa au battant de la chambre de Pat. Il s'avança :

— Salut, Pat. Nous…

Sa voix se brisa dans un long cri étouffé. Il s'était immobilisé brutalement. Par-dessus son épaule, Sharpe vit, lui aussi, ce qu'il y avait à voir.

Patricia Lane gisait sur le plancher.

Doucement, l'inspecteur écarta Nigel et s'agenouilla à côté du corps. Il souleva la tête, chercha le pouls, puis laissa la tête retomber. Il se leva, les traits sombres et figés.

— Non ? lança Nigel d'un timbre aigu et qui n'avait quasiment plus rien d'humain. Non. Non. *Non !*

— Si, Mr Chapman. Elle est morte.

— Non, *non.* Pas elle ! Pas cette idiote chérie de Pat… Comment…

— Avec ça.

C'était une arme simple, vite improvisée : un presse-papiers de marbre glissé dans une chaussette de laine.

— On l'a frappée à la nuque, reprit Sharpe. Une arme très efficace. Si cela peut vous consoler,

Mr Chapman, je crois qu'elle n'a même pas eu le temps de se rendre compte de ce qui lui arrivait.

Les jambes flageolantes, Nigel s'assit sur le lit :

— C'est une de *mes* chaussettes… elle allait la repriser… oh ! mon Dieu, elle allait la repriser…

Soudain, il se mit à pleurer. A sangloter comme un enfant – sans honte ni retenue.

Sharpe poursuivait sa reconstitution :

— C'était quelqu'un qu'elle connaissait très bien. Quelqu'un qui a ramassé la chaussette et qui s'est contenté de fourrer dedans ce presse-papiers. Vous reconnaissez ce presse-papiers, Mr Chapman ?

Il avait roulé la chaussette pour mettre l'objet en évidence.

Nigel, toujours en pleurs, releva les yeux :

— Pat l'avait sur son bureau. C'est un lion de Lucerne.

Il enfouit son visage dans ses mains.

— Pat… oh, Pat ! gémit-il encore. Qu'est-ce que je vais devenir sans elle ?

Il se redressa soudain, rejetant en arrière ses longs cheveux blonds.

— Celui qui a fait ça, je le tuerai ! hurla-t-il. Je le tuerai ! Saloperie d'assassin !

— Calmez-vous, Mr Chapman. Oui, oui, je sais ce que vous éprouvez. C'est un meurtre d'une effroyable brutalité.

— Pat n'avait jamais fait de mal à personne…

Tout en lui prodiguant des paroles de réconfort, l'inspecteur Sharpe poussa le jeune homme hors de la pièce. Il y revint ensuite. Et là, penché sur la morte, il détacha alors avec délicatesse quelque chose qui lui était resté pris entre les doigts.

Geronimo, le front ruisselant, tournait d'un visage à l'autre ses yeux noirs apeurés :

— Jé vois rien. Jé entends rien, jé vous dis. Jé sais rien du tout. Jé souis dans couisine avec Maria. Jé mets minestrone à chauffer, jé râpe fromage…

Sharpe interrompit la litanie :

— Personne ne vous accuse. Nous voulons seulement établir clairement la chronologie. Qui, au cours de ces dernières soixante minutes, se trouvait dans la pension, et qui ne s'y trouvait pas ?

— Jé sais pas. Comment jé saurais ?

— Mais, par la fenêtre de la cuisine, vous pouvez parfaitement voir qui entre et qui sort, n'est-ce pas ?

— Peut-être, oui.

— Alors, dites-le-nous.

— A ce moment dé la journée, ils viennent et ils partent tout le temps.

— Qui était présent dans la maison entre 6 heures et 6 h 35, quand nous sommes arrivés ?

— Tout le monde, sauf Mr Nigel, et Mrs Hubbard, et miss Hobhouse.

— Quand étaient-ils sortis ?

— Mrs Hubbard, elle a partie avant le thé, elle a pas encore revenoue.

— Continuez.

— Mr Nigel, il a sorti il y a demi-heure à peu près, juste avant 6 heures… il avait l'air dans tout son état. Il a jouste revenou maintenant avec vous…

— C'est exact, oui.

— Miss Valérie, elle a sorti jouste à 6 heures. Signal de la radio, bip, bip, bip. Habillée pour cocktail, très élégante. Elle a pas revenoue encore.

— Et tous les autres sont ici ?

— Oui, monsieur, tous ici.

Sharpe jeta un coup d'œil à son calepin. Il y avait noté l'heure de l'appel de Patricia Lane : 6 h 08, très exactement.

— Tous les autres étaient ici, dans la maison ? insista-t-il. Personne n'est rentré pendant cette période ?

— Seulement miss Sally. Elle a été à boîte aux lettres avec courrier, et elle revient…

— Savez-vous quand elle est revenue ?

Geronimo fronça les sourcils :

— Elle a revenoue pendant informations.

— *Après* 6 heures, donc ?

— Oui, monsieur.

— De quelle partie des informations s'agissait-il ?

— Jé rappelle pas, monsieur. Mais avant sport. Parce que quand c'est sport, on éteint radio.

Sharpe eut un sourire amer. Le champ d'investigation s'avérait large. Seuls Nigel Chapman, Mrs Hubbard et Valérie Hobhouse pouvaient en être exclus. Ce qui entraînerait une longue phase d'interrogatoires intenses. Qui était demeuré dans la salle commune, et qui l'avait quittée ? Qui pourrait se porter garant de qui ? Sans compter que bien des étudiants, en particulier les Asiatiques et les Africains, n'avaient, par nature, qu'une très vague notion du temps. La besogne s'annonçait peu commode.

Mais il faudrait l'accomplir.

Dans le bureau de Mrs Hubbard, l'ambiance n'était pas à la gaieté. Mrs Hubbard elle-même, portant encore son manteau et son chapeau, avait pris place sur le sofa, son agréable visage rond marqué par la tension et l'anxiété. Sharpe et le sergent Cobb s'étaient assis derrière une petite table.

Je pense en définitive qu'elle a téléphoné d'ici, dit l'inspecteur. Aux environs de 6 h 08, plusieurs personnes, selon leurs dires, sont entrées dans la salle commune ou en sont sorties – mais nul n'a vu, entendu, ou remarqué qu'on se servait du téléphone. Evidemment, on ne peut pas se fier à ça, parce que la moitié de ces gens paraissent ne jamais consulter une montre. Mais je crois que, quoi qu'il en soit, elle est venue ici pour téléphoner au commissariat. Vous, vous étiez à l'extérieur, Mrs Hubbard, mais j'imagine que vous ne fermez pas votre porte à clef ?

Mrs Hubbard secoua la tête :

— Mrs Vanilos fermait toujours, mais moi jamais…

— Bon. Donc, Patricia vient ici pour téléphoner, sens dessus dessous à cause de ce dont elle s'est souvenue. Alors, pendant qu'elle parlait, la porte s'est ouverte, et quelqu'un est entré, ou a pointé son nez. Patricia s'est interrompue, et elle a raccroché. Est-ce que c'était parce qu'elle allait justement citer le nom de cette personne ? Ou bien n'était-ce qu'une précaution à toutes fins utiles ? Ça peut être l'un ou l'autre. Je penche, personnellement, pour la première hypothèse.

Mrs Hubbard branla du chef avec vigueur :

— Cette personne doit avoir suivi Patricia jusqu'ici, et a peut-être écouté à la porte. Puis elle est entrée pour empêcher Patricia d'en dire davantage.

Les traits de Sharpe s'assombrirent :

— Et alors... cette personne est allée dans la chambre de Patricia en sa compagnie, en discutant très normalement. Peut-être s'est-elle vu reprocher par Patricia d'avoir volé le bicarbonate, ou bien a-t-elle avancé une explication plausible.

— Pourquoi dites-vous *elle* ? lança Mrs Hubbard avec vivacité.

— C'est drôle... un pronom ! Quand nous avons découvert le cadavre, Nigel Chapman a dit : « *Celui qui a fait ça, je le tuerai* ! Je *le* tuerai » « *Celui* » et « *le* », vous notez bien. Il est clair que Nigel croyait que ce meurtre était l'œuvre *d'un homme*. Il associe peut-être l'idée de violence avec un homme. A moins qu'il ne nourrisse des soupçons envers un homme en particulier. Si c'est ce second cas, nous devons connaître ses raisons de penser ainsi. Mais, pour ce qui me concerne, je me prononce pour une femme.

— Pourquoi ?

— Simplement pour ceci : quelqu'un a accompagné Patricia dans sa chambre... quelqu'un avec qui elle se sentait tout à fait à l'aise. Ça semble indiquer une autre femme. Les garçons ne montent pas à l'étage des chambres des filles, sauf pour un motif spécial. C'est bien ça, Mrs Hubbard, n'est-ce pas ?

— Oui. Ce n'est pas une règle absolue, mais, très généralement, ils la respectent.

— L'autre côté de la maison est totalement distinct de celui-ci, sauf au rez-de-chaussée. En posant, par principe, que la conversation téléphonique de Patricia avec Nigel a été surprise, ce ne peut avoir été, selon toute probabilité, que par une femme.

— Oui, je vois ce que vous voulez dire, approuva Mrs Hubbard. Et certaines de nos filles semblent passer la moitié de leur vie l'oreille collée au trou des serrures.

Elle rougit, puis poursuivit, comme pour s'excuser :

— J'exagère un peu. En fait, bien que ces bâtiments aient été jadis solidement construits, on les a divisés et réaménagés, et toute la maçonnerie nouvelle est mince comme du papier. On ne peut pas s'empêcher d'écouter au travers. Joan, je dois le reconnaître, est très portée à espionner. C'est son genre. Et puis, naturellement, lorsque Geneviève a entendu Nigel raconter à Pat que son père avait tué sa mère, elle s'est arrêtée pour profiter de la suite.

L'inspecteur acquiesça. Il avait recueilli les témoignages de Sally Finch, de Joan Tomlinson et de Geneviève.

— Qui occupe les chambres adjacentes à celle de Patricia ? demanda-t-il.

— A droite, Geneviève – mais séparée par un des bons murs d'origine. Et Elizabeth Johnston à gauche, près de l'escalier. Là, il s'agit d'une de ces cloisons nouvelles.

Ça restreint un peu le nombre des suspects, estima Sharpe. La Française a entendu *la fin* de la conversation. Sally Finch avait été là plus tôt, *avant* de sortir pour poster sa lettre. Mais la présence ultérieure de ces deux-là exclut automatiquement que quiconque ait pu s'arrêter pour écouter en douce, sauf pendant un très court instant. Toujours en exceptant Elizabeth Johnston, qui aurait pu tout entendre à travers la cloison si elle avait été dans sa chambre. Mais il paraît certain qu'elle était déjà descendue à la salle commune quand Sally Finch est partie pour la boîte aux lettres.

— Elle n'est pas restée tout le temps dans la salle commune ?

— Non, elle est remontée à un moment quelconque pour aller chercher un livre qu'elle avait oublié. Et, comme d'habitude, personne ne peut nous dire *quand*.

— Ce peut avoir été n'importe lequel des pensionnaires, constata Mrs Hubbard, au désespoir.

— A s'en tenir à leurs déclarations, oui… mais nous avons mis la main sur un petit indice supplémentaire.

Sharpe tira de sa poche un carré de papier replié.

— Qu'est-ce que c'est ? s'enquit Mrs Hubbard.

L'inspecteur sourit :

— Quelques cheveux… que j'ai ôtés des doigts de Patricia Lane.

— Vous voulez dire que…

On frappait à la porte.

— Entrez ! lança Sharpe.

Le battant pivota sur ses gonds, livrant passage à Mr Akibombo. Un large sourire illuminait son noir visage.

— S'il vous plaît, commença-t-il.

— Oui, Mr… euh… hum, qu'y a-t-il ? jeta le policier, agacé.

— Je crois, s'il vous plaît, que j'ai une déclaration à faire. D'une importance de première classe pour l'enquête sur ce triste et tragique incident.

18

— Eh bien, Mr Akibombo, écoutons, je vous prie, de quoi il s'agit, lâcha l'inspecteur Sharpe, résigné.

On avait avancé une chaise au Nigérian. Il s'était assis face aux autres qui le dévisageaient tous avec une attention soutenue :

— Merci. Je commence maintenant ?

— Oui, s'il vous plaît.

— Eh bien, c'est, voyez-vous, que j'ai quelquefois des sensations inquiétantes dans l'estomac.

— Oh !

— J'ai des troubles gastriques. C'est ainsi que miss Sally appelle ça. Mais je ne suis pas, comprenez-vous, vraiment *malade*. Je ne vomis pas, c'est-à-dire.

L'inspecteur Sharpe se maîtrisa avec peine devant la précision de ces détails d'ordre pathologique.

— Oui, oui, s'impatienta-t-il. J'en suis bien désolé pour vous, cela va de soi. Mais vous désiriez nous expliquer…

— C'est dû, peut-être, au fait que je ne m'habitue pas à la nourriture anglaise. Je me sens très ballonné, *là*, poursuivit Akibombo en montrant l'endroit exact. Je pense que c'est pas assez de viande et trop d'hydrates de cardone, comme vous dites.

— D'hydrates de carbone, corrigea machinalement l'inspecteur. Mais je ne vois pas…

— Des fois, je prends une petite pilule, de la menthe sodée. Et des fois, de la poudre pour le ventre. Mais ça n'importe pas beaucoup ce que c'est… il me vient comme un grand *glouf* et beaucoup d'air… comme *ça*.

Mr Akibombo produisit une gigantesque éructation, des plus réalistes.

— Après ça, conclut-il avec un sourire angélique, je me sens beaucoup mieux. Beaucoup mieux.

Congestionné, le visage de l'inspecteur Sharpe avait viré au cramoisi. Mrs Hubbard intervint avec autorité :

— Nous comprenons *tout cela* très bien. Venons-en maintenant au reste.

— Oui. Certainement. Eh bien, comme je le disais, ça m'est arrivé au début de la semaine dernière… je ne me souviens plus exactement quel jour. Il y a des macaronis très bons et j'en mange énormément, et, après, je me sens très mal. J'essaie de faire du travail pour mon professeur, mais c'est difficile de penser avec du ballonnement, là (encore une fois, il désignait l'endroit). C'est après dîner dans la salle commune, et il y a seulement Elizabeth, et je lui dis : « Est-ce que vous avez du bicarbonate ou de la poudre pour le ventre ? J'ai fini la mienne. » Et elle dit : « Non. Mais j'en ai vu dans le tiroir de Pat, en y remettant un mouchoir que je lui avais emprunté. Je vais vous le chercher. Patricia n'y verra pas d'objection. » Alors, elle monte en haut, et elle revient avec la bouteille de bicarbonate de soude. Il en reste très peu au fond de la bouteille, qui est presque vide. Je la remercie, et je vais avec ça à la salle de bains, et je mets presque tout, à peu près une cuillère, dans de l'eau, et je mélange, et je bois.

— Une *cuillère* ! Une cuillère ! Mon Dieu !

L'inspecteur, fasciné, fixait Akibombo. Le sergent Cobb, abasourdi, se pencha vers lui.

— Raspoutine ! s'écria Mrs Hubbard, quelque peu égarée.

— Vous avez avalé une pleine cuillère de *morphine* ?

— Naturellement, je crois que c'est du bicarbonate.

— Oui, oui. Ce que je ne comprends pas, c'est comment vous pouvez être encore parmi nous !

— Et alors, après, j'ai été malade, mais vraiment malade. Pas seulement un ballonnement. J'avais mal, très mal à l'estomac.

— Je ne parviens pas à saisir pourquoi vous n'êtes pas mort !

— Raspoutine, répéta Mrs Hubbard. On lui donnait tout le temps du poison, des tonnes de poison, et ça ne l'a pas tué !

Mais Mr Akibombo poursuivait :

— Alors, le lendemain, quand je vais mieux, j'apporte la bouteille, avec le peu de poudre qui reste, chez un pharmacien et je lui dis : « Dites-moi, s'il vous plaît, ce que c'est que j'ai pris qui m'a rendu si malade. »

— Eh bien ?

— Et il me dit de revenir plus tard, et quand je reviens, il dit : « Ça n'est pas étonnant ! Ceci n'est *pas* du bicarbonate. C'est du beau rat. De l'acide beauratique. Vous pouvez vous en mettre dans les yeux, d'accord, mais si vous en avalez une cuillerée, cela vous rend malade. »

— Du borate ? s'écria l'inspecteur, abasourdi. Mais comment le borate avait-il fini dans cette bouteille ? Qu'est-ce qui est arrivé à la morphine ? Ah ! pour une affaire incroyable…

— Et j'ai réfléchi, s'il vous plaît, continua Akibombo.

— Vous avez réfléchi ? Et à quoi avez-vous réfléchi ?

— J'ai réfléchi à miss Célia et à comment elle était morte, et que quelqu'un, après sa mort, doit être venu dans sa chambre et avoir laissé le flacon de morphine vide et le petit bout de papier qui disait qu'elle s'était tuée elle-même…

Le Noir observa une pause. L'inspecteur hocha la tête.

— Et alors je me dis… qui peut avoir fait ça ? reprit Akibombo. Et je pense que si c'est une des filles, c'est facile, mais si c'est un homme, plus difficile, parce qu'il devra descendre dans notre bâtiment, et remonter par l'autre escalier, et que quelqu'un peut se réveiller, et le voir ou l'entendre. Donc, je réfléchis encore et je me dis : « Supposons que ce soit quelqu'un de notre bâtiment, mais qui loge dans la chambre à côté de celle de miss Célia... » A ceci près qu'elle, elle est dans son bâtiment, vous comprenez ? Devant sa fenêtre à lui, il y a un balcon, et devant celle de miss Célia, il y a aussi un balcon, et elle dort avec la fenêtre ouverte parce que c'est, paraît-il, une habitude hygiénique. Alors, s'il est grand, et fort, et athlétique, il peut sauter d'un balcon à l'autre.

— La chambre voisine de celle de Célia se trouve dans l'autre bâtiment, confirma Mrs Hubbard. Voyons un peu, il y a Nigel et... et...

— Et Len Bateson, compléta l'inspecteur en tâtant du doigt le petit carré de papier plié qu'il avait dans la main. Oui, Len Bateson.

— Il est très gentil, oui, admit Akibombo avec tristesse. Et vraiment sympathique avec moi, mais, psychologiquement, on ne sait pas ce qu'il y a sous la surface du dessus. C'est bien cela, non ? C'est la théorie moderne. Mr Chandra Lal, il était très en colère quand le borate pour ses yeux il avait disparu, et après, quand j'ai demandé, il dit qu'on lui a dit que c'est Len Bateson qui l'a pris...

— On s'est donc emparé de la morphine dans le tiroir de Nigel, en la remplaçant par le borate. Après quoi, Patricia Lane est intervenue, et elle a mis du bicarbonate de soude à la place de ce qu'elle croyait être de la morphine, mais qui était en réalité de la poudre de borate... oui... je vois...

— Je vous ai aidé, oui ? s'enquit le Nigérian avec courtoisie.

— Oui, absolument. Nous vous en sommes très reconnaissants. Ne… euh… ne répétez rien de tout ceci.

— Non, monsieur, je ferai très attention.

Mr Akibombo salua poliment la compagnie et s'en fut.

— Len Bateson, souffla Mrs Hubbard d'une voix atterrée. Oh ! *Non*.

Sharpe la fixa :

— Vous ne voulez pas que ce soit Len Bateson ?

— Je me suis attachée à ce garçon. Il a mauvais caractère, je sais, mais il m'a toujours semblé tellement *gentil*…

— C'est ce qu'on disait aussi d'un tas de criminels, fit valoir l'inspecteur.

Délicatement, il ouvrit son petit carré de papier.

Mrs Hubbard, observant son geste, se pencha pour regarder.

Deux cheveux roux, courts et frisés, ressortaient sur le papier blanc…

— Oh ! Seigneur, murmura Mrs Hubbard.

— Oui, acquiesça l'inspecteur, pensif, mon expérience m'a enseigné qu'un assassin commet en général au moins *une* erreur.

19

— Mais c'est superbe, mon tout bon, déclara Hercule Poirot avec admiration. Si clair… si merveilleusement clair.

— On dirait que vous parlez d'un bouillon de volaille, grommela l'inspecteur Sharpe. Pour vous, c'est peut-être du consommé… mais pour moi, il y a encore beaucoup trop d'yeux sur le potage.

— Plus maintenant. Chaque élément se retrouve à sa place désignée.

— Même ceci ?

Comme à Mrs Hubbard, l'inspecteur montra au détective les deux cheveux roux.

Pour répondre, Poirot employa presque des termes identiques à ceux de Sharpe.

— Ah !… oui, lâcha-t-il. Comment appellent-ils donc cela, à la radio ? Oui, l'unique erreur de conception.

Les regards des deux hommes se rencontrèrent.

— Personne, pontifia Poirot, n'est aussi intelligent qu'il croit l'être.

L'inspecteur Sharpe éprouva la tentation fulgurante de rétorquer : « Pas même Hercule Poirot ? » mais se contint néanmoins.

— Pour l'autre, mon cher, tout est réglé ? interrogea le détective.

— Oui, la machine démarre demain.

— Vous y allez personnellement ?

— Non, il est prévu que je ferai une apparition au 26 Hickory Road. Cobb mènera l'opération.

— Nous lui souhaiterons donc bonne chance.

Non sans gravité, Hercule Poirot leva son verre. Il contenait de la crème de menthe.

L'inspecteur Sharpe brandit son gobelet de whisky.

— A l'espoir, dit-il.

*

— Ils en ont de l'imagination, dans ces endroits-là ! commenta le sergent Cobb.

Il contemplait, avec une admiration teintée de réticence, la vitrine de *Sabrina Fair*. Enchâssée au cœur d'un chef-d'œuvre de l'art des maîtres verriers – « ronde fraîche et translucide » –, Sabrina en personne était représentée allongée, vêtue d'une très délicate et fort exiguë petite culotte et entourée de toute une gamme de produits de beauté dans des emballages de rêve. Outre la petite culotte, elle arborait divers modèles de bijoux fantaisie de facture barbare.

Le constable McCrae renifla pour bien manifester sa désapprobation :

— Du blasphème, moi, que j'appelle ça. Sabrina Fair, c'est dans Milton.

— Eh bien, Milton n'est pas la Bible, mon garçon.

— Vous iriez pas me dire que le *Paradis perdu*, ça cause pas d'Adam et d'Eve, et du jardin d'Eden et de tous les démons de l'enfer… et si ça c'est pas de la religion, qu'est-ce que c'est ?

Le sergent Cobb se refusa à engager la polémique. Il pénétra froidement dans l'établissement, le constable bougonnant sur ses talons. Dans les locaux rose coquillage de *Sabrina Fair*, le sergent et son acolyte avaient l'air du traditionnel éléphant dans son magasin de porcelaine.

Une créature délicieuse, en rose saumon léger, dont les pieds semblaient à peine toucher le sol, flotta jusqu'à eux.

— Bonjour, madame, dit le sergent.

Il produisit ses accréditifs. La ravissante créature se retira en plein émoi. Une créature non moins ravissante, mais un peu plus âgée, apparut. A son tour, elle s'éclipsa pour laisser place à une duchesse grandiose et resplendissante dont la chevelure gris bleuté et les joues lisses proclamaient la victoire sur la vieillesse et les rides. Des yeux anthracite qui le jaugeaient affrontèrent le regard placide du sergent Cobb.

— C'est tout à fait extravagant, déclara la duchesse avec sévérité. Suivez-moi par ici, je vous prie.

Elle leur fit traverser un salon carré, au centre duquel une table accueillait des magazines et des revues négligemment entassés. Tout autour, un coup d'œil furtif, au travers des rideaux qui les fermaient, permettait d'apercevoir les box où des femmes étendues sur le dos se soumettaient aux mains de prêtresses en robe rose.

La duchesse conduisit les deux policiers dans une petite pièce d'aspect professionnel, meublée d'un grand bureau à cylindre et de chaises austères, où rien n'adoucissait la lumière crue de la fenêtre orientée au nord.

— Je suis Mrs Lucas, la propriétaire de cet établissement, se présenta-t-elle. Mon associée, miss Hobhouse, n'est pas ici aujourd'hui.

— Non, madame, acquiesça le sergent Cobb, pour qui cela ne constituait pas une information.

— Votre mandat de perquisition me paraît des plus arbitraires. Voici le bureau privé de miss Hobhouse. J'espère sincèrement qu'il ne vous sera pas nécessaire de… euh… de perturber nos clientes de quelque manière que ce soit.

— Je ne crois pas que vous ayez beaucoup à vous en faire de ce côté-là, la rassura Cobb. Ce qu'on cherche a peu de chances d'être dans les locaux publics.

Cobb attendit poliment qu'elle se soit enfin retirée à contrecœur. Puis il examina le local réservé à Valérie Hobhouse. L'étroite fenêtre donnait sur les arrières d'autres boutiques de Mayfair. Les murs étaient tendus de gris pâle, et deux bons tapis persans recouvraient le plancher. Les yeux du sergent allèrent du grand bureau au petit coffre-fort.

— Ça ne sera pas dans le coffre, estima-t-il. Ce serait trop facile.

Un quart d'heure plus tard, le coffre et les tiroirs du bureau avaient livré leurs secrets.

— On dirait que ça pourrait être un coup pour rien, grinça McCrae, poussé par son pessimisme et son manque d'enthousiasme naturels.

— On ne fait que commencer, riposta le sergent.

Ayant vidé les tiroirs de leur contenu, qu'il avait classé en piles nettes, il se mit en devoir de les extraire du meuble et de les retourner.

Il poussa une exclamation de plaisir.

— Nous y sommes, mon garçon ! triompha-t-il.

Retenus contre la face extérieure du fond du tiroir du bas par du ruban adhésif, il venait de découvrir de petits livrets bleus aux lettres dorées.

— Des passeports, reprit le sergent. Délivrés par le secrétaire d'Etat de sa Majesté pour les Affaires étrangères, que Dieu bénisse son âme confiante.

McCrae se pencha, intéressé, quand Cobb ouvrit les passeports et compara les photos qui y étaient agrafées.

— On penserait pas que c'est la même femme, hein ? remarqua-t-il.

Les documents étaient au nom de Mrs da Silva, de miss Irene French, de Mrs Olga Kohn, de miss Nina Le Mesurier, de Mrs Gladys Thomas et de miss Moira O'Neale. Les photos représentaient une femme brune, dont l'âge apparent variait de vingt-cinq à quarante ans.

C'est la coiffure différente chaque fois qui fait cet effet-là, diagnostiqua Cobb. Relevés en chignon, bouclés, coupés raides, au bol, etc. Pour Olga Kohn, elle a un peu arrangé son nez, et elle s'est rembourré les joues pour Mrs Thomas. Et en voilà deux de plus… des passeports étrangers… Mme Mahmoudi, une Algérienne. Et Sheila Donovan, de nationalité irlandaise. Je parierais qu'elle a des comptes en banque sous tous ces noms-là.

— C'est un peu compliqué, non ?

— Il faut bien que ça soit compliqué, mon garçon. Les gars des impôts sont toujours à fouiner et à poser des questions embarrassantes. Ce n'est pas trop difficile de se faire de l'argent en passant des marchandises en fraude… mais c'est le diable et son train pour le justifier quand on l'a empoché ! Je parie que c'est justement pour cette raison-là que la dame a monté son petit cercle de jeu de Mayfair. L'argent gagné sur les tapis verts, c'est à peu près la seule chose qu'un inspecteur du fisc ne peut pas vérifier. Une bonne partie du magot, j'en jurerais, est planquée dans des banques en France, en Algérie et en Irlande. Tout ça, c'est une combine bien imaginée, un vrai travail de professionnel. Seulement, un beau jour, elle a dû laisser traîner par mégarde un de ces faux passeports à Hickory Road… et cette pauvre petite Célia a eu la malchance de poser les yeux dessus.

20

— C'était une idée intelligente de la part de miss Hobhouse, commenta l'inspecteur Sharpe d'une voix indulgente, presque paternelle.

Il faisait passer les faux passeports d'une main dans l'autre, comme un joueur qui bat les cartes.

— C'est un truc compliqué, la finance, reprit-il. Nous avons été sur les dents pendant un moment, à courir les banques. Elle avait bien brouillé ses traces... ses traces financières, j'entends. A mon avis, dans quelques années, elle aurait soldé ses comptes et filé à l'étranger, où elle aurait désormais vécu heureuse, comme dans les contes de fées, de ses gains mal acquis. Ça n'était pas une trop grosse combine... des diamants, et des saphirs, etc., introduits dans ce pays... et des bijoux volés exportés... plus des petits à-côtés, comme on dit, avec la drogue. Sacrément bien organisée. Elle passait les frontières sous son vrai nom, ou sous d'autres, mais jamais trop fréquemment, et le transport de la marchandise proprement dit était toujours assuré par d'autres gens qui ne le savaient pas. A l'étranger, elle avait des complices qui veillaient à l'échange des sacs à dos au bon moment. Oui, c'était une idée intelligente. Et nous devons remercier M. Poirot, ici présent, de nous l'avoir indiquée. Et puis c'était malin de sa part, également, de souffler le coup des vols d'origine psychologique à la malheureuse petite miss Austin… Vous vous en êtes douté presque tout de suite, n'est-ce pas, monsieur Poirot ?

Hercule Poirot arbora un sourire satisfait. Mrs Hubbard le contempla avec admiration. L'entretien, absolument privé, se tenait dans le bureau de la gérante de la pension Vanilos.

— Son point faible, c'était l'avidité, expliqua Poirot. Elle a succombé à la tentation devant le beau diamant de la bague de Patricia Lane. C'était stupide, cette histoire de faire démonter ce diamant et de le remplacer par un zircon, parce que cela donnait immédiatement à penser qu'elle avait l'habitude de manier des pierres précieuses. Oui, c'est certainement cela qui m'a donné de petites idées sur Valérie Hobhouse. Elle était maligne, tout de même, car quand je l'ai accusée d'avoir manipulé Célia, elle l'a reconnu, et elle m'a tout raconté d'une manière très sympathique.

— Mais le meurtre, intervint Mrs Hubbard. Un meurtre de sang-froid. Même maintenant, je ne parviens toujours pas à y croire.

Les traits de l'inspecteur Sharpe s'assombrirent :

— Nous ne sommes pas encore en mesure de la faire inculper pour l'assassinat de Célia Austin. Naturellement, nous avons obtenu l'inculpation pour trafic. Il n'y a pas eu de difficultés là-dessus. Mais la mise en accusation pour meurtre, c'est plus complexe. Le parquet ne sait pas sur quoi s'appuyer. Il y a le mobile, ça va de soi, et la possibilité matérielle. Elle savait probablement tout en ce qui concerne le pari et le fait que Nigel détenait de la morphine, mais nous n'en avons pas de preuve définitive, et nous devons, en plus, prendre en considération les deux autres meurtres. Elle pourrait effectivement avoir empoisonné Mrs Vanilos… mais, à l'inverse, elle n'a certainement pas tué Patricia Lane. En fait, pour ça, c'est à peu près la seule personne que nous pouvons considérer comme totalement innocente. Geronimo affirme dur comme fer qu'elle était partie d'ici à 6 heures précises. Il n'en démord pas. Je ne sais pas si elle l'a acheté, mais…

Poirot secoua la tête :

— Non, elle ne l'a pas acheté.

— Et nous avons la déposition du pharmacien du coin de la rue. Il la connaît très bien, et il maintient qu'elle est entrée dans l'officine à 6 h 05, qu'elle a acheté de la poudre de riz et de l'aspirine, et qu'elle a utilisé le téléphone. Elle en est ressortie à 6 heures et quart, puis elle est montée dans un taxi de la file en attente.

Poirot se redressa dans son fauteuil :

— Mais c'est grandiose, ça ! C'est exactement ce qu'il nous fallait !

— Que diable voulez-vous dire ?

— Je veux dire qu'elle a bel et bien téléphoné depuis la cabine du pharmacien.

L'inspecteur Sharpe adressa au détective un regard exaspéré :

— Enfin, voyons, monsieur Poirot, écoutez-moi bien. Et reprenons les faits connus. A 6 h 08, Patricia Lane est vivante, et elle nous téléphone au commissariat depuis cette pièce. Vous êtes bien d'accord ?

— Je ne pense pas qu'elle téléphonait d'ici.

— Eh bien, depuis le vestibule, alors.

— Pas du vestibule non plus.

Sharpe soupira :

— Je veux croire que vous ne nierez tout de même pas qu'un appel téléphonique a bien été reçu au commissariat ? Que vous ne décréterez pas que moi-même, et mon sergent, et le constable Nye, et Nigel Chapman, avons été victimes d'une hallucination collective ?

— Non, assurément. Vous avez bien reçu un appel… Mais je dirai, à titre d'hypothèse, qu'il avait été passé depuis la cabine publique de la pharmacie du coin de la rue.

La mâchoire de l'inspecteur s'affaissa :

— Vous voulez dire que c'était *Valérie Hobhouse* qui téléphonait ? Qu'elle faisait semblant d'être Patricia Lane, mais que Patricia Lane était déjà *morte* ?

— C'est bien ce que je veux dire, oui.

Sharpe garda le silence pendant quelques secondes, avant d'écraser son poing sur la table :

— Je n'y crois pas. Cette voix… je l'ai entendue moi-même…

— Oui, vous l'avez entendue. La voix d'une jeune femme… haletante, très énervée. Mais vous ne connaissiez pas assez bien celle de Patricia Lane pour pouvoir affirmer définitivement que c'était bien *la sienne*.

— Moi, peut-être. Mais c'est Nigel Chapman qui a répondu. Vous ne me direz pas qu'elle aurait pu tromper Nigel. Ce n'est pas si facile de déguiser sa voix au téléphone, ni d'imiter celle de quelqu'un d'autre. Nigel Chapman se serait rendu compte que ce n'était pas Patricia Lane qui était au bout du fil.

— Oui, martela Poirot, Nigel Chapman aurait pu *s'en rendre compte*. Mais Nigel Chapman savait pertinemment *que ce n'était pas Patricia*. Qui l'aurait su mieux que lui, puisque, quelques minutes plus tôt, il l'avait tuée en lui défonçant le crâne ?

Il fallut quelques secondes pour que l'inspecteur retrouve la parole :

— Nigel Chapman ? Nigel Chapman ? Mais quand nous l'avons trouvée morte… il a fondu en larmes… il a pleuré comme un enfant.

— Certes, concéda Poirot. Je pense qu'il aimait autant cette fille qu'il pouvait aimer quelqu'un… mais cela ne suffisait pas pour la sauver… pas depuis qu'elle constituait une menace pour ses propres intérêts. Dès le début de cette affaire, Nigel Chapman a incarné le coupable le plus plausible. Qui avait de la morphine en sa possession ? Nigel Chapman. Qui possédait un intellect suffisamment brillant et suffisamment borné pour imaginer les tromperies et les meurtres, et assez d'audace pour les accomplir ? Nigel Chapman. Qui connaissons-nous qui soit, à la fois, dénué de scrupules et plein de fatuité ? Nigel Chapman. Il présente tous les signes distinctifs d'un tueur : la vanité débordante, le mépris, la témérité sans cesse grandissante qui l'a conduit à attirer l'attention sur lui de toutes les façons possibles… à se servir de son encre verte pour tenter un double bluff stupéfiant… et, finalement, à jouer trop gros en commettant la stupide erreur de conception qui consistait à glisser des cheveux de Len Bateson dans les doigts de Patricia, en perdant de vue le fait que, puisque Patricia avait été frappée par derrière, elle n'aurait pu en aucun cas agripper la chevelure de son meurtrier. Ils sont comme ça, ces assassins, mus par leur égoïsme, par l'admiration béate de leur propre intelligence. Ils comptent sur leur charme… car il en a, du charme, ce Nigel… il a tout le charme d'un enfant gâté qui n'a jamais grandi, et qui ne grandira jamais… qui ne voit rien, que lui-même et ce qu'il désire !

— Mais pourquoi, monsieur Poirot ? Pourquoi ces meurtres ? Celui de Célia Austin peut-être, mais pourquoi avoir tué Patricia Lane ?

Cela, convint Hercule Poirot, il nous reste à le découvrir.

21

— Je ne vous avais pas vu depuis bien longtemps, dit le vieux Mr Endicott à Hercule Poirot. C'est très aimable à vous d'être venu, ajouta-t-il en examinant son visiteur de ses petits yeux perçants.

— Pas vraiment, répliqua le détective. Car ma visite n'est pas désintéressée.

— Eh bien, ainsi que vous ne l'ignorez pas, j'ai contracté à votre égard une grosse dette lorsque vous avez éclairci, à ma demande, cette vilaine histoire Abernethy.

— Je suis réellement surpris de vous trouver ici. Je pensais que vous aviez pris votre retraite.

Le vieil avoué sourit tristement. Son cabinet jouissait d'une excellente et ancienne réputation :

— Je suis ici à titre particulier, aujourd'hui, pour voir un de mes très vieux clients. Je m'occupe encore des affaires de deux ou trois de mes vieux amis.

— Sir Arthur Stanley était un vieux client et un vieil ami, n'est-ce pas ?

— Oui. Nous avons été ses conseils depuis qu'il n'était encore qu'un tout jeune homme. Un personnage très brillant, Poirot… un cerveau tout à fait exceptionnel.

— Sa mort a été annoncée hier soir, aux nouvelles de 6 heures, je crois.

— Oui. Les obsèques auront lieu vendredi. Il était malade depuis un certain temps. Une tumeur maligne, m'a-t-on dit.

— Et Lady Stanley était morte, elle aussi, depuis quelques années ?

— Il y a deux ans et demi, à peu près.

— Comment est-elle décédée ?

— D'une dose excessive de somnifère, répondit vivement l'homme de loi. Du médinal, pour autant qu'il m'en souvienne.

— Y avait-il eu une enquête judiciaire ?

— Oui. Selon le verdict, elle l'avait avalée par accident.

— Et c'était vrai ?

Mr Endicott demeura silencieux durant quelques secondes.

— Je ne veux pas vous faire injure, déclara-t-il enfin. Vous avez, sans nul doute, une bonne raison pour me poser cette question. Le médinal, si j'ai bien compris, est une substance très dangereuse, car entre une dose efficace et une dose mortelle, il n'y a qu'une marge très étroite. Si la patiente, dans sa somnolence, oublie qu'elle en a déjà absorbé et en reprend… eh bien, cela peut avoir des conséquences fatales.

Hercule Poirot hocha la tête :

— Est-ce bien cela l'erreur qu'elle avait commise ?

— On peut le présumer. Nul n'a parlé de suicide, ni de tendances suicidaires.

— Et on n'a pas fait allusion… à quelque autre éventualité ?

Nouveau regard acéré de l'avoué :

— Son mari a déposé sous serment.

— Et qu'a-t-il dit ?

— Il a affirmé qu'il arrivait parfois à son épouse de sombrer dans la confusion après avoir pris sa dose du soir et d'en demander une nouvelle.

— Mentait-il ?

— Franchement, Poirot, voilà une question scandaleuse ! Comment pouvez-vous soupçonner un instant que je le saurais ?

Hercule Poirot sourit. Cette tentative d'esbroufe ne l'impressionnait pas outre mesure :

— J'avancerai, mon cher et bon ami, que vous le savez fort bien. Mais, pour le moment, je ne veux pas vous embarrasser en vous demandant ce que vous savez. Je m'en vais plutôt solliciter votre opinion. L'opinion d'un homme sur un autre homme. Sir Arthur Stanley appartenait-il au genre d'individus susceptibles de se débarrasser de leur épouse s'ils souhaitaient se marier avec une autre femme ?

Mr Endicott bondit comme s'il avait été piqué par une guêpe.

— Absurde, gronda-t-il. Parfaitement absurde. Il n'y avait pas d'autre femme. Stanley adorait son épouse.

— Oui, c'est bien ce que je pensais. Et maintenant… j'en viens à l'objet de ma visite. Vos associés et vous-même avez recueilli les dernières volontés de sir Arthur Stanley. Vous-même êtes, peut-être, son exécuteur testamentaire.

— Il en est bien ainsi.

— Sir Arthur Stanley avait un fils. Le fils s'est brouillé avec le père au moment de la mort de la mère. Il s'est brouillé avec lui, et il a quitté la maison paternelle. Il est même allé jusqu'à changer de nom.

— Cela, je l'ignorais. Comment s'appelle-t-il ?

— Nous y arriverons. Mais, auparavant, je vais vous faire part d'une hypothèse. Si je vois juste, vous reconnaîtrez peut-être les faits. Je pense que sir Arthur Stanley vous a confié une lettre scellée, une lettre à n'ouvrir que dans certaines circonstances, ou après sa mort.

— Vraiment, Poirot ! Au Moyen Age, on vous aurait, à coup sûr, brûlé sur le bûcher. Comment parvenez-vous à connaître tout ce que vous connaissez ?

— J'ai donc raison ? Je pense aussi que cette lettre vous prescrivait une alternative. Qu'il vous faudrait soit la détruire… soit agir dans un sens donné.

Poirot marqua une pause. L'avoué demeurait silencieux.

— *Bon Dieu !* s'écria le détective, inquiet. Vous n'avez pas encore détruit…

Il s'interrompit avec soulagement lorsqu'il vit Mr Endicott secouer la tête.

— Nous n'agissons jamais dans la précipitation, déclara l'homme de loi d'un ton de reproche. Il me fallait recueillir tous les renseignements… acquérir l'absolue conviction que…

Il observa un nouveau silence avant de reprendre :

— Ce sujet est hautement confidentiel. Même pour vous, Poirot…

Sévère, il branlait du chef.

— Et si je vous démontrais que vous devez parler pour un motif légitime ? insista Poirot.

— Libre à vous. Je ne puis imaginer comment vous sauriez quoi que ce soit qui ait rapport avec ce dont nous discutons.

— Je ne *sais* pas… je me borne par conséquent à émettre des hypothèses. Si elles sont fondées…

— C'est des plus improbables, rétorqua Mr Endicott en balayant du geste cette éventualité.

Poirot respira à fond :

— Alors, très bien. Je conjecture que vos instructions sont ainsi formulées : dans le cas du décès de sir Arthur, vous deviez retrouver la trace de son fils Nigel, découvrir où il vit, et comment il vit, et en particulier, déterminer s'il participe… ou a participe… à une quelconque activité délictueuse.

Là, le calme imperturbable de juriste de Mr Endicott venait de subir une grave atteinte. Il proféra un juron qui avait bien rarement franchi ses lèvres.

— Puisque vous semblez bénéficier d'une connaissance complète des faits, finit-il par marmonner, je vous dirai tout ce que vous voulez savoir. Je déduis que vous avez rencontré le jeune Nigel dans l'exercice de votre activité professionnelle. Qu'a donc fabriqué cette jeune canaille ?

— Je pense que l'histoire s'est déroulée comme suit. Après avoir abandonné le domicile paternel, il a changé de nom, en prétendant à tous qu'il y avait été contraint pour toucher un héritage. Il est ensuite entré en contact avec des gens qui se livraient à divers trafics… de la drogue et des pierres précieuses. A mon avis, c'est grâce à lui que cette organisation a pris sa forme définitive – celle d'un système remarquablement intelligent, reposant sur l'utilisation d'authentiques étudiants ignorant tout du pot aux roses.

Le réseau était dirigé par deux personnes, Nigel Chapman, comme il se nommait désormais, et une jeune femme du nom de Valérie Hobhouse qui, je crois, a été la première à le mêler à ce racket. Il s'agissait d'une petite entreprise indépendante, travaillant à la commission – mais qui dégageait d'immenses profits. Les marchandises devaient n'occuper qu'un faible volume, mais des pierres précieuses ou des stupéfiants valant des milliers de livres ne prennent que très peu de place. Tout s'est bien passé jusqu'à ce que surviennent des événements imprévisibles. Un jour, un policier se présenta dans une pension pour étudiants, dans le cadre d'une enquête concernant un meurtre commis près de Cambridge. Je pense que vous connaissez la raison pour laquelle ce simple fait provoquerait la panique de Nigel. Il a cru que les policiers le recherchaient, *lui*. Il a donc enlevé certaines ampoules électriques, afin de plonger les lieux dans la pénombre, puis, affolé, s'est emparé d'un certain sac à dos, l'a taillé en pièces dans l'arrière-cour, et l'a enfin caché derrière la chaudière, car il redoutait que des traces de drogue ne soient décelées dans le double fond.

« Sa panique n'était pas justifiée… la police voulait seulement poser des questions sur un étudiant eurasien… mais l'une des jeunes filles vivant dans la pension, qui regardait, par hasard, par la fenêtre, l'avait vu détruire le sac. Cela n'a pas, cependant, signé sur-le-champ son arrêt de mort. Au lieu de ça, un programme d'action très ingénieux a été mis au point, selon lequel cette jeune fille serait poussée à des actes stupides, qui la placeraient dans une position des moins enviables. Mais ses auteurs sont allés trop loin. On a fini par faire appel à moi. J'ai conseillé de prévenir la police. La petite a perdu la tête, et elle a avoué. Elle a avoué, j'entends, ce qu'elle avait fait, *elle*. Mais je crois qu'elle est allée trouver Nigel, pour le presser d'avouer, lui aussi, l'épisode du sac à dos, ainsi que celui de l'encre répandue sur le travail d'une autre étudiante. Ni Nigel ni sa complice ne pouvaient envisager que l'attention se porte sur le sac à dos… tout leur plan de campagne s'effondrerait. Qui plus est, Célia, la jeune fille en question, disposait d'une autre information dangereuse, qu'elle se trouve avoir révélée le soir même où je dînais là-bas. Elle savait qui Nigel était réellement.

Mr Endicott fronça les sourcils :

— Mais, à l'évidence…

— Nigel avait changé d'univers. Les anciens amis qu'il rencontrerait pourraient sans inconvénient savoir qu'il s'appelait dorénavant Chapman, mais ils devraient rester dans l'ignorance de ses activités actuelles. A la pension, tout le monde ignorait que son vrai nom était Stanley… mais, soudain, voilà que Célia révélait qu'elle connaissait ses deux identités. Et elle savait, en outre, qu'en une occasion au moins Valérie Hobhouse s'était rendue à l'étranger avec un faux passeport. Elle en savait trop long. Le lendemain soir, elle est sortie pour aller à un rendez-vous, qu'il lui avait fixé à l'extérieur. Il lui a offert un café qui contenait de la morphine. Elle est morte pendant son sommeil, tout ayant été mis en scène pour donner l'impression d'un suicide.

Mr Endicott frissonna. Une expression de détresse profonde crispait ses traits. Il murmura quelques mots d'une voix inaudible.

— Mais ce n'était pas fini, poursuivit Hercule Poirot. La femme qui possédait toute une chaîne de pensions et de boîtes de nuit pour étudiants mourut peu après, dans des circonstances suspectes. Vint enfin le crime le plus cruel, et le plus cynique. Patricia Lane, une jeune fille qui adorait Nigel, et que Nigel lui-même aimait réellement beaucoup, s'était mêlée étourdiment de ses affaires et, pire encore, voulait à toute force qu'il se réconcilie avec son père avant que ce dernier ne meure. Il lui a débité un chapelet de mensonges, mais il a compris que son obstination risquait de la conduire à écrire une seconde lettre après qu'il eut déchiré la première. Je pense, cher ami, que vous pouvez me dire pourquoi il fallait, du point de vue de Nigel, en arriver à une solution aussi radicale.

S'étant levé, Mr Endicott traversa son bureau pour se diriger vers un coffre-fort qu'il ouvrit. Il revint à Poirot avec une longue enveloppe. Au dos, elle portait un sceau de cire rouge brisé. Il en tira deux lettres qu'il déposa sous les yeux du détective.

Mon cher Endicott,

Vous avez ouvert ceci après ma mort. Je souhaite que vous retrouviez mon fils Nigel, et que vous découvriez s'il s'est rendu coupable de quelque action criminelle que ce soit.

Les faits que je vais vous confier ne sont connus que de moi seul. Nigel a toujours démontré des traits de caractère déplorables. A deux reprises, il a imité ma signature sur un chèque. Chaque fois, j'ai endossé cette signature comme la mienne, mais je l'ai averti que je ne recommencerais pas. Ensuite, c'est la signature de sa mère qu'il a falsifiée. Elle le lui a reproché. Il l'a suppliée de ne m'en rien dire. Elle a refusé. Nous avions, elle et moi, discuté de ses précédents méfaits, et elle ne lui a pas caché qu'elle me parlerait de celui-là. Ce fut alors qu'en lui apportant son somnifère, il lui en administra une dose mortelle. Mais, toutefois, avant que ce médicament ne produise ses effets, elle était venue dans ma chambre et m'avait tout raconté. Quand, le lendemain matin, on l'a retrouvée morte, j'ai su qui l'avait tuée.

J'ai accusé Nigel, et je lui ai dit que j'avais l'intention de ne rien cacher à la police. Il a désespérément plaidé sa cause. Qu'auriez-vous fait, Endicott ? Je ne nourris aucune illusion à propos de mon fils, et je le connais pour ce qu'il est : l'un de ces dangereux déséquilibrés qui ne possèdent ni conscience ni pitié. Je n'avais aucun motif de l'épargner. Mais c'est le souvenir de mon épouse bien-aimée qui m'a retenu. Aurait-elle voulu que je le jette en pâture à la justice ? J'ai pensé que je connaissais la réponse – elle aurait tenu à ce que son fils soit sauvé du gibet. Elle aurait reculé, comme j'ai reculé, devant l'opprobre qui couvrirait notre nom. Mais je me suis également arrêté à une autre considération. Je crois fermement qu'assassin un jour, assassin toujours. Il pourra y avoir, dans l'avenir, d'autres victimes. J'ai donc conclu un marché avec mon fils, mais je ne sais pas si j'ai eu tort ou raison. Il devrait confesser son crime dans un écrit que je conserverais. Il quitterait ma maison pour n'y plus jamais revenir, et devrait se créer une existence nouvelle. Je lui donnais une deuxième chance. Il héritait automatiquement de l'argent de sa mère. Il avait reçu une bonne éducation. Il avait tout pour réussir.

En revanche.... s'il était jamais convaincu de quelque acte criminel que ce soit, la confession qu'il m'a laissée devra être remise à la police. J'ai assuré ma survie en lui expliquant que ma mort ne résoudrait pas son problème.

Vous êtes mon plus vieil ami. Je dépose un lourd fardeau sur vos épaules, mais je vous demande cela au nom d'une morte qui était, elle aussi, votre amie. Trouvez Nigel. S'il a su mener une vie sans tache, détruisez cette lettre, et les aveux qui y sont joints. Sinon – que justice soit faite.

Votre fidèle ami,
Arthur Stanley

Hercule Poirot émit un long soupir.

Il déplia le second papier.

J'avoue, par la présente, que j'ai assassiné ma mère le 18 novembre 195- en lui administrant une dose mortelle de médinal.

Nigel Stanley

22

— Vous comprenez bien votre situation, miss Hobhouse ? Je vous ai déjà avertie que...

Valérie Hobhouse coupa court :

— Je sais ce que je fais. Vous m'avez avertie que tout ce que je dirai pourra être retenu contre moi. J'y suis préparée. Vous m'avez déjà inculpée de trafic de stupéfiants et de contrebande. Je n'ai plus d'espoir. Cela signifie une lourde peine de prison. Maintenant, je vais aussi écoper d'une inculpation pour complicité de meurtre.

— Accepter de nous donner une déposition sous serment pourrait vous aider, mais je ne peux rien vous promettre, ni prendre aucun engagement.

— Je crois que je m'en fiche. Il vaut aussi bien en finir illico avec tout ça que de pourrir en prison pendant des années. Je veux faire une déposition. Je suis peut-être ce que vous appelez une complice, mais je ne suis pas une meurtrière. Je n'ai jamais eu l'intention de tuer, je ne l'ai jamais voulu. Ce que je désire, c'est qu'il y ait un dossier d'accusation parfait contre Nigel...

« Célia en savait bien trop long, mais j'aurais parfaitement pu trouver le moyen de m'en débrouiller.

Nigel ne m'en a pas laissé le temps. Il s'est arrangé pour la rencontrer dehors, il lui a dit qu'il allait avouer l'histoire du sac à dos, et celle de l'encre, et puis il lui a refilé la morphine dans une tasse de café. Auparavant, il avait mis la main sur la lettre qu'elle avait écrite à Mrs Hubbard, et il en avait déchiré une phrase adéquate pour faire croire à un suicide. Ça, et le flacon de morphine vide – qu'il avait récupéré après avoir fait semblant de le jeter –, il les a mis sur sa table de chevet. Je vois maintenant qu'il avait prémédité de tuer Célia depuis un certain temps déjà. Et puis il est venu me raconter ce qu'il avait fait. Pour mon propre salut, il a fallu que je ne le lâche pas.

« C'est la même chose qui a dû arriver à Mrs Vanilos. Nigel s'était aperçu qu'elle buvait, qu'on pouvait de moins en moins lui faire confiance... il s'est arrangé pour se trouver – quelque part sur son chemin pendant qu'elle rentrait chez elle, et il a mis du poison dans son cognac. A moi, il l'a nié – mais je sais que c'est bien ça qu'il a manigancé. Et puis il y a eu Pat. Il est monté dans ma chambre pour me raconter ce qui s'était passé. Il m'a dit ce que je devais faire... pour que nous ayons, lui et moi, un alibi inattaquable. A ce moment-là, j'étais piégée, je n'avais plus d'issue... je suppose que, si vous ne m'aviez pas pincée, je serais partie pour je ne sais où à l'étranger, et que j'y aurais bâti une vie nouvelle. Mais vous m'avez coincée... et, maintenant, je ne me soucie plus que d'une chose... m'assurer que cette abominable fripouille avec son sourire de démon sera proprement pendu.

L'inspecteur Sharpe respira à fond. Tout cela s'avérait éminemment satisfaisant. Il bénéficiait d'une chance incroyable. Mais il n'en éprouvait pas moins une certaine perplexité.

Le constable suçait son crayon.

— Je ne suis pas sûr de bien comprendre..., commença l'inspecteur.

Elle l'interrompit :

— Vous n'avez pas besoin de comprendre. J'ai mes raisons.

Hercule Poirot releva doucement les yeux.

— Mrs Vanilos ? interrogea-t-il.

Il l'entendit reprendre sa respiration.

— C'était... c'était votre mère, n'est-ce pas ?

— Oui, répondit Valérie Hobhouse. C'était ma mère...

23

— Je ne comprends pas, déplora Mr Akibombo d'un ton plaintif.

Son regard anxieux passait d'une tête rousse à l'autre.

Sally Finch et Len Bateson poursuivaient une conversation qu'il éprouvait de la peine à suivre.

— Vous pensez que Nigel avait l'intention que les soupçons se portent sur vous ou bien sur moi ? interrogea Sally.

— Les deux, je dirais, répondit Len. Mais je crois qu'en fait, c'est sur ma brosse qu'il avait pris les cheveux.

— Je ne comprends pas, s'il vous plaît, répéta le Nigérian. C'est à ce moment-là que Mr Nigel a sauté depuis votre balcon ?

— Nigel possédait la souplesse et la détente d'un chat. Moi, je n'aurais jamais pu réussir un saut pareil. Je suis bien trop lourd.

— Je veux m'excuser de tout mon cœur et très humblement pour vous avoir soupçonné de manière si totalement injustifiée.

— C'est oublié, tout ça, le rassura Len.

— En fait, vous avez apporté une aide précieuse aux enquêteurs, renchérit Sally. Toutes vos réflexions… à partir du borate.

Le visage de Mr Akibombo s'illumina.

— On aurait tous dû comprendre depuis le début, reprit Len, que Nigel souffrait de troubles comportementaux et que…

— Ah non ! pour l'amour du ciel… ne vous mettez pas à parler comme Colin. Franchement, Nigel m'avait toujours fichu la frousse – et je saisis enfin pourquoi. Est-ce que vous vous rendez compte, Len, que si ce pauvre sir Arthur Stanley n'avait pas été aussi sentimental, et que s'il avait tout de suite remis Nigel entre les mains de la police, trois personnes seraient encore en vie aujourd'hui ? Ça donne à réfléchir, non ?

— N'empêche que son point de vue se défendait.

— S'il vous plaît, miss Sally…

— Oui, Akibombo ?

— Si vous rencontrez mon professeur à la réception de ce soir, à l'université, vous lui direz, s'il vous plaît, que j'ai fait un bon travail de réflexion ? Mon professeur, il dit souvent que j'ai un processus mental embrouillé.

— Je lui vanterai vos mérites, promit Sally.

Len Bateson incarnait le malheur personnifié :

— Dans une semaine, vous serez repartie pour l'Amérique.

Un silence tomba.

— Je reviendrai, dit Sally. A moins que vous ne veniez suivre des cours là-bas.

— Ça m'avancerait à quoi ?

— Akibombo, reprit la jeune fille, ça vous plairait d'être, un jour, garçon d'honneur à un mariage ?

— Qu'est-ce que c'est un garçon d'honneur, s'il vous plaît ?

Le marié, Len ici présent par exemple, vous demande de garder une alliance dans votre poche, et puis, tous les deux, vous allez à l'église sur votre trente et un, et, au bon moment, il vous demande l'alliance, et vous la lui donnez, et il me la passe au doigt, et l'orgue joue la marche nuptiale, et tout le monde écrase une larme. Et voilà.

— Vous voulez dire que Mr Len et vous, vous allez vous marier ?

— C'est en tout cas un projet que j'ai en tête.

— *Sally !*

— A moins, naturellement, que mon projet ne plaise pas à Len.

— *Sally !* Mais vous ne savez pas… au sujet de mon père…

— Et alors ? Bien sûr que si, je sais. Donc, votre père est cinglé. Très bien, c'est le cas des pères d'un tas de gens.

— Ce n'est pas un type de folie héréditaire, je peux vous l'assurer, Sally. Si seulement vous saviez à quel point j'ai été malheureux à cause de vous…

— Je le soupçonnais quelque peu.

— En Afrique, autrefois, intervint Mr Akibombo, avant l'ère atomique et l'avènement de la pensée scientifique, il y avait des coutumes de mariage très curieuses et intéressantes. Je vous dirai que…

— Il est préférable que non, coupa Sally. J'ai comme l'impression qu'elles nous feraient rougir, Len et moi, et quand on est rouquin et qu'on rougit, ça se voit comme le nez au milieu de la figure.

Hercule Poirot venait de signer la dernière des lettres que miss Lemon avait posées devant lui.

— *Très bien,* dit-il gravement en français. Pas une seule erreur.

La secrétaire arbora une mine un tantinet offensée :

— Je ne fais pas souvent d'erreurs, j'espère.

— Pas souvent. Mais c'est arrivé. Comment va votre sœur, à propos ?

— Elle songe à partir en croisière, monsieur Poirot. Pour les capitales scandinaves.

— Ah ! répliqua Poirot.

Il se demandait si… peut-être… au cours d'une croisière ?…

Non que lui-même envisageât d'entreprendre un voyage sur les océans… à aucun prix…

La pendule sonna 5 heures.

Poirot chantonna :

Il y a du thé en stock,
Voilà le five o'clock,
Hickory, dickory, dock.

— Je vous demande pardon, monsieur Poirot ?

— Rien, trancha Hercule Poirot.

Les pendules

A mon vieil ami Mario,
en souvenir de la cuisine exquise
dégustée au Caprice.

Prologue

L'après-midi du 9 septembre avait commencé comme n'importe quel après-midi. Aucune des personnes concernées par les événements de cette journée n'aurait pu se vanter « avoir eu la moindre prémonition du cataclysme. (A l'exception, bien entendu, de Mrs Packer, du 47, Wilbraham Crescent, spécialiste ès prémonitions en tout genre, qui décrivait toujours après coup dans le détail les étranges frissons et les sombres pressentiments qui l'avaient assaillie. Mais Mrs Packer, du n° 47, était tellement éloignée du n° 19 et ce qui s'y passait lui était à ce point indifférent qu'il ne lui sembla pas nécessaire d'avoir eu la moindre prémonition.)

Au siège de l'agence Cavendish – Travaux de frappe et de secrétariat, directrice : miss K. Martindale –, la matinée et le début de l'après-midi de ce 9 septembre s'étaient déroulés dans le morne ennui né de la routine quotidienne : téléphone qui sonne, machines à écrire qui crépitent, volume de travail ni plus ni moins conséquent qu'à l'accoutumée. Rien de notable ni de particulièrement emballant. Jusqu'à 14 h 35, ce 9 septembre aurait pu être semblable à tous les jours qui l'avaient précédé.

A 14 h 35, l'interphone de miss Martindale bourdonna au sein du pool des dactylos et Edna Brent décrocha.

— Oui, miss Martindale ? répondit-elle de sa voix naturellement essoufflée et quelque peu nasillarde tout en coinçant son caramel contre sa joue gauche.

— Voyons, Edna, ce n'est *pas* comme cela que je vous ai appris à parler quand vous répondez au téléphone ! récrimina la patronne. Gardez votre souffle *derrière* le timbre de votre voix et *ar-ti-cu-lez*.

— Excusez-moi, miss Martindale.

— Voilà, c'est mieux. Quand vous faites un effort, vous y arrivez très bien. Envoyez-moi Sheila Webb.

— Sheila n'est pas encore rentrée de déjeuner, miss Martindale.

— Tiens donc !

L'œil de miss Martindale s'en fut consulter la pendulette posée sur son bureau. 14 h 36. Six minutes de retard. Ces derniers temps, Sheila Webb en prenait décidément à son aise :

— Expédiez-la-moi dès qu'elle sera arrivée.

— Bien sûr, miss Martindale.

Edna ramena son caramel sur sa langue et, tout en le suçotant béatement, se remit à taper *L'Amour sans voiles*, d'Armand Levine. L'érotisme laborieux de l'ouvrage en question la laissait de glace – comme il en allait d'ailleurs pour la plupart des lecteurs de l'infortuné Mr Levine, qui pourtant s'échinait à la tâche. Il était un exemple flagrant de ce que rien n'est plus soporifique que la pornographie ordinaire. Malgré des couvertures torrides et des titres provocants, ses ventes ne cessaient de baisser – et cela faisait déjà trois fois que sa dernière facture de dactylographie lui avait été envoyée.

La porte s'ouvrit et Sheila Webb entra, passablement hors d'haleine.

— Sandy Cat te réclame, la prévint Edna.

Sheila Webb fit la grimace :

— C'est bien ma veine… juste le jour où je suis en retard !

Elle se lissa les cheveux, empoigna bloc et crayon et s'en fut frapper à la porte de la directrice.

Miss Martindale leva les yeux de son bureau. La quarantaine largement dépassée, elle respirait l'efficacité. Ses cheveux blond-roux relevés en chignon et son prénom de Katherine lui avaient valu le surnom de « Sandy Cat », « le chat roux » :

— Miss Webb, vous êtes en retard.

— Je suis désolée, miss Martindale. C'était affreux. Les bus étaient bondés.

— A cette heure-ci, c'est toujours affreux et les bus sont invariablement bondés. Tenez-en compte à l'avenir.

Elle jeta un coup d'œil à son bloc :

— Une miss Pebmarsh a appelé. Elle aimerait une sténo pour 15 heures. C'est vous qu'elle a demandée, vous avez déjà travaillé pour elle ?

— Pas que je me souvienne, miss Martindale, pas récemment en tout cas.

— L'adresse est le 19, Wilbraham Crescent.

Elle marqua un temps d'arrêt interrogateur. Sheila Webb secoua la tête :

— Ça ne me dit rien non plus.

Miss Martindale consulta la pendulette :

— Pour 15 heures... Il va falloir vous dépêcher. Vous avez autre chose de prévu cet après-midi ?

Elle jeta un coup d'œil oblique à son cahier de rendez-vous :

— Ah ! oui. Le professeur Purdy, à l'hôtel *Curlew*. A 17 heures. Vous devriez être de retour juste à temps. Si vous êtes retardée, j'enverrai Janet.

Elle la congédia d'un signe de tête, et Sheila repassa dans la pièce à côté.

— Du neuf et de l'intéressant, Sheila ? s'enquit mollement Edna Brent.

— Le sempiternel train-train à mourir de langueur, tu veux dire. Une vieille chouette à Wilbraham Crescent. Et à 5 heures le Pr Purdy – rien que de penser à son abominable jargon archéologique, j'en suis malade ! Qu'est-ce que je ne donnerais pas pour qu'il se passe un jour quelque chose de palpitant !

La porte de miss Martindale s'ouvrit :

— Sheila, j'ai oublié de vous préciser qu'au cas où miss Pebmarsh ne serait pas chez elle, vous pourrez entrer directement : la porte ne sera pas fermée. Elle vous demande de vous installer dans la première pièce à main droite. Vous vous en souviendrez ou vous voulez que je vous le note sur un papier ?

— Je m'en souviendrai, miss Martindale.

Miss Martindale réintégra son sanctuaire.

Edna Brent fourragea sous sa chaise et, d'un geste furtif, ramena à la lumière un escarpin assez tape-à-l'œil dont le talon aiguille faisait désormais bande à part.

— Ce n'est pas tout ça, mais comment est-ce que je vais rentrer chez moi ? gémit-elle.

— Oh ! arrête de braire… on te trouvera bien une solution, lança une des dactylos avant de recommencer à taper.

Edna soupira et coinça une nouvelle feuille dans le chariot de sa machine : « *Les griffes du désir tenaillaient désormais tout son être. Il déchira d'une main rageuse la mousseline légère qui faisait obstacle à sa passion et, rendu fou par la vision de ses seins nus, la renversa sur le sofa.* »

— Oh, zut et flûte ! bougonna Edna en tendant la main vers sa gomme.

Sheila prit son sac et sortit.

Wilbraham Crescent était un caprice architectural de style victorien datant des années 1880. Alignées côte à côte en une vaste demi-lune et dotées chacune d'un jardinet à l'avant et d'un jardin privatif à l'arrière, les villas, toutes identiques, se tournaient deux par deux le dos. Cette conception entraînait d'incroyables complications pour qui ne connaissait pas le quartier. Ceux qui abordaient Wilbraham Crescent par le côté convexe ne trouvaient pas les premiers numéros, et ceux qui l'attaquaient côté concave s'interrogeaient longuement sur le sens des derniers. Coquettes, bien entretenues et agrémentées de balcons artistement contournés, les maisons offraient l'apparence de la plus parfaite respectabilité. La modernisation les avait à peine touchées – du moins en apparence. Car à l'intérieur, cuisines et salles de bains avaient déjà senti le vent du changement.

Rien ne distinguait le n° 19. Les rideaux étaient amidonnés, la poignée de cuivre brillait, des rosiers avaient été plantés de chaque côté de l'allée qui menait à la porte d'entrée.

Sheila Webb poussa la grille, remonta l'allée et pressa le bouton de sonnette. Pas de réponse. Elle attendit un moment, puis, suivant en cela les instructions reçues, tourna la poignée. La porte s'ouvrit. Dans le vestibule, la porte à droite était entrebâillée. Elle frappa, s'immobilisa quelques secondes et pénétra dans la pièce. C'était un salon assez plaisant, encore qu'un peu trop encombré pour le goût actuel. Seul détail sortant de l'ordinaire, l'abondance de pendules : une horloge de parquet tictaquant dans un angle ; une pendule en porcelaine de Saxe sur la cheminée ; une pendulette en argent sur le bureau ; une autre, plus petite et dorée, sur une étagère près de la cheminée ; et, posée sur une table près de la fenêtre, un réveil de voyage dont l'étui de cuir fané arborait dans un coin un ROSEMARY en lettres d'or à moitié effacées.

Sheila Webb s'arrêta devant la pendulette sur le bureau et eut un haussement de sourcils. Elle marquait un peu plus de 4 h 10. Etonnée, elle passa à la pendule de la cheminée. Elle indiquait la même heure.

Un bourdonnement au-dessus de sa tête, suivi d'un déclic, fit sursauter Sheila : d'un cartel en bois sculpté accroché au mur venait de jaillir un coucou qui, sur le seuil de sa porte miniature, clama un *Coucou, Coucou, Coucou !* strident et sans réplique. Les six notes aigres semblaient renfermer on ne savait quelle menace. Puis le coucou redisparut en claquant sa petite porte.

Sheila sourit. Elle s'apprêtait à passer derrière le sofa quand elle s'arrêta net et eut un violent mouvement de recul.

Le corps d'un homme était affalé sur le plancher. Ses paupières à demi relevées découvraient des yeux qui n'y voyaient plus. Une tache sombre et humide maculait le veston de son complet gris. D'un geste quasi mécanique, Sheila se pencha, lui caressa la joue – froide –, les doigts, pareils… effleura furtivement la tache et, horrifiée, retira aussitôt la main.

A cet instant, elle entendit le loquet de la grille et tourna la tête vers la fenêtre. Elle vit la silhouette d'une femme qui s'avançait rapidement dans l'allée. La gorge sèche, Sheila avala sa salive. Et elle resta plantée là, paralysée, muette… les yeux exorbités.

La porte s'ouvrit et une grande femme d'un certain âge pénétra dans la maison, un panier à provisions à la main. Elle avait des cheveux gris ondulés tirés en arrière. Ses yeux étaient d'un bleu liquide. Ils glissèrent sur Sheila sans la voir.

Sheila émit un faible son, un petit cri rauque. Les yeux bleus se tournèrent vers elle et la femme demanda d'un ton brusque :

— Il y a quelqu'un ?

— Moi... Je...

La jeune fille s'interrompit en voyant la femme se diriger rapidement vers elle et s'apprêter à contourner le sofa.

C'est alors qu'elle poussa un cri :

— Arrêtez ! arrêtez !... vous allez marcher là-dessus – vous allez *lui* marcher dessus... *Et il est mort...*

1

Recit de Colin Lamb

Pour m'exprimer comme dans la police : le 9 septembre, à 14 h 59, je m'étais engagé dans Wilbraham Crescent en procédant d'est en ouest. C'était la première fois que j'abordais Wilbraham Crescent et, franchement, cet endroit me faisait perdre la boule.

Je m'étais fourré une idée dans la tête et, plus ses chances de se révéler exacte s'amenuisaient, plus je m'obstinais. Je suis comme ça.

Je cherchais le numéro 61. Est-ce que je serais fichu de le trouver ? Eh bien, pas du tout. J'avais sagement remonté les numéros en commençant par le 1 et en finissant par le 35, là où Wilbraham Crescent semblait s'arrêter. Une voie de grande communication, crânement baptisée Albany Road, m'interdisait en effet d'aller plus loin. Je me retournai. Côté nord, il n'y avait pas de maisons, seulement un mur. Derrière ce mur, une série d'immeubles modernes s'élançaient vers le ciel. On y accédait manifestement par une autre rue. Rien à attendre de ce côté-là.

Je remontai le « crescent » en sens inverse et regardai défiler les numéros : 24, 23, 22, 21, « Le

Logis de Diane » (sans doute le 20, avec un chat roux perché sur le pilier de la grille et qui faisait sa toilette), 19…

La porte du 19 s'ouvrit tout à trac et une fille en sortit, qui se précipita dans l'allée à la vitesse d'une bombe. La comparaison avec cet engin s'imposait d'autant plus qu'une sorte de couinement accompagnait sa progression. Un couinement suraigu et singulièrement inhumain. La fille passa la grille et me rentra dedans avec une telle force que je faillis être éjecté du trottoir. Et elle ne fit pas que me bousculer. Elle s'agrippa frénétiquement à moi – dans une étreinte désespérée.

— Eh là, dites donc ! protestai-je en rétablissant mon équilibre. (Je la secouai un peu.) Allons, du calme.

Elle se calma. Elle s'accrochait toujours, mais elle s'arrêta de crier. Maintenant, elle suffoquait – de gros sanglots secs.

Là je ne suis pas très fier de ma réaction : je lui demandai s'il était arrivé quelque chose. Reconnaissant que ma question était mal posée, je la rectifiai :

— Qu'est-ce qui vous arrive ?

La jeune fille prit une profonde inspiration.

— *Là-dedans !* exhala-t-elle dans un souffle en indiquant la maison derrière elle.

— Oui ?

— Il y a un homme sur le plancher… mort… Elle a failli marcher dessus.

— Qui ça ? Et pourquoi ?

— Je crois que… que c'est parce qu'elle est aveugle. Et lui, il est couvert de sang.

Elle baissa la tête et lâcha mon pardessus pour regarder sa main :

— Et moi aussi. *Moi* aussi, je suis couverte de sang.

— C'est ma foi vrai.

A mon tour, j'examinai les taches sur la manche de mon pardessus.

— Notez que je suis maintenant dans le même cas, lui fis-je remarquer. (Je soupirai et réfléchis à la situation.) Conduisez-moi dans cette maison et allons voir ensemble ce qui s'y passe, lui proposai-je en fin de compte.

Mais elle se mit à trembler de tous ses membres :

— Je ne peux pas. *Je ne peux pas*… il n'est pas question que j'y retourne.

— Mieux vaut peut-être en effet vous éviter ça.

Je regardai autour de moi. Rien *a priori* qui convienne à l'accueil d'une fille à deux doigts de tomber dans les pommes. Je me contentai de la faire glisser doucement sur le trottoir, l'assis et l'adossai au montant du portail :

— Je reviens tout de suite. Vous, vous restez ici. Je n'en ai pas pour longtemps. Tout se passera bien. Si vous avez la tête qui tourne, posez le front sur les genoux.

— Je… je crois que ça va mieux.

Elle n'en avait pas l'air persuadé, mais je préférai la prendre au mot. Je lui tapotai l'épaule et remontai vivement l'allée. Une fois passé le seuil, j'hésitai un instant dans le hall, entrebâillai la porte de gauche… une salle à manger. Je me dirigeai vers la pièce juste en face.

La première chose que je vis en entrant, ce fut une vieille femme aux cheveux gris assise sur une chaise. Elle m'entendit et tourna brusquement la tête vers moi :

— Qui êtes-vous ?

Je compris tout de suite que cette femme était aveugle. Elle avait tourné les yeux dans ma direction, mais ils fixaient un point au-dessus de mon oreille gauche.

J'adoptai un ton abrupt et ne m'embarrassai pas de périphrases :

— Une jeune femme a débouché dans la rue en courant et m'a dit qu'il y avait un cadavre dans la maison.

En même temps que je prononçais ces mots, l'absurdité de la situation me sauta aux yeux. Comment pouvait-il y avoir un cadavre dans cette pièce bien rangée, avec cette femme parfaitement calme, assise sur une chaise, les doigts croisés ?

Mais la réponse fusa.

— Derrière le canapé, dit-elle.

Je m'approchai du sofa. Là je le vis : les bras ouverts – les yeux vitreux – la tache de sang qui se figeait.

— C'est arrivé comment ? demandai-je de but en blanc.

— Je l'ignore.

— Mais enfin… Qui est-ce ?

— Je n'en ai aucune idée.

— Il faut appeler la police.

Je jetai un coup d'œil circulaire :

— Où est le téléphone ?

— Je n'ai pas le téléphone.

Je l'observai d'un peu plus près :

— Vous vivez ici ? C'est chez vous ?

— Oui.

— Vous pouvez me dire ce qui s'est passé ?

— Tout à fait. Je revenais de faire mes courses.

Je remarquai le panier à provisions posé sur une chaise près de la porte.

— Quand je suis entrée dans cette pièce, j'ai tout de suite perçu une présence. Cela n'a rien d'étonnant pour une aveugle. J'ai demandé qui était là. Pas de réponse – juste une respiration un peu rapide. Je me suis dirigée vers cette respiration, et une femme s'est écriée que quelqu'un était mort et que j'allais marcher dessus. Ensuite, cette personne est passée près de moi et elle est sortie de la pièce en hurlant.

Je hochai la tête. Les deux versions concordaient.

— Et alors, qu'avez-vous fait ?

— J'ai avancé tout doucement jusqu'à ce que mon pied rencontre un obstacle.

— Et alors ?

— Je me suis agenouillée. J'ai touché quelque chose – la main d'un homme. Elle était froide – le pouls ne battait plus… Je me suis levée et je suis venue m'asseoir ici. Des gens allaient venir, c'était inévitable. Cette fille, je ne la connais pas, mais elle allait sûrement appeler à l'aide. J'ai pensé qu'il valait mieux ne pas bouger.

Le calme de cette femme m'impressionnait. Elle n'avait pas crié, ne s'était pas précipitée dehors en se cognant aux meubles. Sa réaction était parfaitement sensée, mais elle supposait une certaine force de caractère.

Elle m'interrogea :

— Qui êtes-vous au juste ?

— Mon nom est Colin Lamb. Je passais par là.

— Où est cette jeune femme ?

— Je l'ai laissée appuyée au portail. Elle est encore sous le choc. Où se trouve le téléphone le plus proche ?

— Il y a une cabine à cent mètres environ en descendant la rue, juste avant de tourner le coin.

— Oui, bien sûr. Maintenant je me souviens d'être passé devant. Je vais appeler la police. Est-ce que…

J'hésitai. Fallait-il dire « Vous ne bougez pas d'ici ? » ou opter pour « Vous êtes sûre que ça va aller ? » Elle se chargea de régler le problème à ma place.

— Vous feriez bien de faire rentrer cette fille ici, déclara-t-elle d'un ton sans réplique.

— Je ne sais pas si elle acceptera de me suivre, répondis-je, dubitatif.

— Pas dans ce salon, évidemment. Installez-la dans la salle à manger, c'est la pièce juste en face.

Elle se leva et vint vers moi :

— Dites-lui que je vais faire du thé.

— Mais… balbutiai-je, vous pourrez vous débrouiller toute seule ?

L'ombre d'un sourire sarcastique passa sur son visage :

— Cher monsieur, je prépare mes repas dans ma cuisine depuis que j'ai emménagé dans cette maison. Cela va bientôt faire 14 ans. Une aveugle n'est pas nécessairement une empotée.

— Pardonnez-moi, je suis vraiment stupide. Il vaudrait peut-être mieux que je sache votre nom ?

— Millicent Pebmarsh… *miss* Millicent Pebmarsh.

Je sortis et descendis l'allée. La jeune fille leva les yeux vers moi et entreprit de se lever :

— Je… je pense que ça va aller.

Je lui tendis la main pour la remettre sur ses pieds et l'encourageai avec entrain :

— Bien !

— Dites-moi… Je n'ai pas rêvé, il y a bien un cadavre, là-bas, derrière le canapé ?

Je m'empressai d'acquiescer :

— Absolument. Je vais téléphoner à la police, il y a une cabine un peu plus loin. Si j'étais vous, j'attendrais à l'intérieur. (J'élevai la voix pour couvrir ses protestations.) Allez dans la salle à manger, à gauche en entrant. Miss Pebmarsh vous prépare une tasse de thé.

— Ah ! c'était miss Pebmarsh. Et elle est aveugle ?

— Oui. Elle aussi a été assez choquée, bien sûr, mais c'est une femme bourrée de bon sens. Allez, venez, je vais vous accompagner. En attendant l'arrivée de la police, une tasse de thé vous fera le plus grand bien.

Je lui passai un bras autour des épaules et l'entraînai dans l'allée. Puis je l'installai confortablement à la table de la salle à manger et repartis en hâte donner mon coup de téléphone.

— Poste de police de Crowdean, dit une voix dépourvue d'émotion.

— Pourrais-je parler à l'inspecteur Hardcastle, je vous prie ?

— Je ne sais pas s'il est là, répondit prudemment la voix. C'est de la part de qui ?

— Colin Lamb.

— Ne quittez pas.

La voix de Dick Hardcastle résonna à mon oreille :

— Colin ? Tu es en avance. Où es-tu ?

— Crowdean. Plus précisément Wilbraham Crescent. Un type tout ce qu'il y a de mort est étendu sur le plancher du numéro 19, sans doute poignardé. Le décès doit remonter à environ une demi-heure.

— Qui l'a trouvé ? Toi ?

— Non, je me promenais innocemment dans le coin. Et tout d'un coup, une fille a déboulé comme si elle avait le diable à ses trousses. Elle a d'ailleurs bien failli me flanquer par terre. Elle m'a dit qu'il y avait un cadavre sur le parquet et qu'une aveugle était en train de le piétiner.

— Tu ne serais pas en train de me faire marcher, par hasard ? demanda Dick, saisi d'un doute.

— Cette histoire peut surprendre, je suis d'accord avec toi. Mais ça semble s'être passé comme je te le dis. L'aveugle s'appelle miss Millicent Pebmarsh, il s'agit de sa maison.

— Et elle piétinait le cadavre ?

— Pas dans le sens où tu l'entends. Je pense qu'étant aveugle, elle ignorait qu'il se trouvait là.

— Je mets la machine en branle. Toi, tu m'attends sur place. Et la fille, à propos, qu'est-ce que tu en as fait ?

— Miss Pebmarsh lui prépare une tasse de thé.

« Tout va donc pour le mieux dans le meilleur des mondes », tel fut à peu près le commentaire de Dick.

2

Au 19, Wilbraham Crescent, l'artillerie judiciaire s'était mise en batterie. Il y avait là un médecin légiste, un photographe de la police et les hommes du labo qui relevaient les empreintes. Absorbés par leurs tâches respectives, ils arpentaient la pièce, efficaces et peu bavards.

L'inspecteur Hardcastle fit son entrée en dernier. Grand, visage impassible en dépit de sourcils expressifs, il donnait l'impression de régner sur son petit monde. Il s'assura que tout avait été exécuté selon les règles, jeta un dernier coup d'œil au cadavre, échangea deux ou trois mots avec le médecin légiste, puis passa dans la salle à manger où trois personnes étaient attablées devant des tasses vides : miss Pebmarsh, Colin Lamb et une grande fille brune aux cheveux bouclés et aux yeux écarquillés par la peur. « Pas vilaine du tout », nota l'inspecteur à part soi.

Il se présenta à miss Pebmarsh :

— Inspecteur de police Hardcastle.

La vieille demoiselle n'était pas une totale inconnue pour lui. Bien qu'il n'ait jamais eu affaire à elle dans l'exercice de ses fonctions, il l'avait souvent croisée dans le quartier et savait qu'elle avait été professeur de lycée avant de s'occuper maintenant d'enseigner le braille aux enfants handicapés à l'institut Aaronberg. Qu'un homme ait pu être assassiné chez une personne aussi austère et comme il faut semblait totalement invraisemblable – mais l'invraisemblable tend à se produire plus souvent qu'on ne l'imagine.

— Quelle horrible histoire, miss Pebmarsh, compatit Hardcastle. Ça a dû vous causer un choc. Il faut que chacun de vous me fasse une déposition précise de ce qui s'est passé. Si j'ai bien compris, c'est miss…

Il jeta un coup d'œil rapide au bloc-notes que l'agent de police lui avait remis :

— … miss Sheila Webb qui a découvert le corps. Si vous me permettez d'utiliser votre cuisine, miss Pebmarsh, miss Webb va m'y accompagner, nous y serons plus tranquilles.

Il ouvrit la porte qui communiquait avec la cuisine et s'effaça devant la jeune fille. Un jeune policier en civil s'était déjà installé dans la place et s'apprêtait à prendre discrètement des notes sur une table en Formica.

— Ce siège a l'air confortable, jaugea Hardcastle en avançant une chaise Windsor version moderne à Sheila Webb.

Elle s'assit maladroitement et le regarda de ses grands yeux effrayés.

« Ne vous bilez pas, mon petit, faillit-il lui conseiller, je ne vais pas vous bouffer », puis il se ravisa :

— Vous n'avez plus rien à craindre. Ce que nous souhaitons, c'est tout bonnement récapituler les événements de la façon la plus claire possible. Bon, vous vous appelez Sheila Webb. Maintenant, votre adresse ?

— 14, Palmerston Road – après l'usine à gaz.

— Oui, je vois très bien. Et vous travaillez, j'imagine ?

— Je suis sténodactylo chez miss Martindale.

— L'agence Cavendish ?

— Oui, c'est ça.

— Depuis longtemps ?

— Environ un an. Dix mois, pour être précise.

— Bien. Et maintenant racontez-moi le plus simplement possible comment vous êtes arrivée au 19, Wilbraham Crescent.

— Eh bien voilà…

Sheila Webb semblait plus en confiance :

— Cette miss Pebmarsh a appelé au bureau pour qu'on lui envoie une dactylo à 15 heures. Quand je suis rentrée de déjeuner, miss Martindale m'a demandé de me rendre chez elle.

— Comment s'opère le choix ? Vous êtes sur une liste et c'est chacune à tour de rôle ou quoi ?

— Non, pas exactement. Mais dans le cas particulier, miss Pebmarsh m'avait fait demander personnellement.

— Miss Pebmarsh vous avait fait demander personnellement, enregistra Hardcastle avec un froncement de sourcils. Je vois… Vous aviez déjà travaillé pour elle ?

— Pas du tout, répliqua Sheila.

— Jamais ? Vous êtes sûre ?

— Oh oui ! Catégorique. Après tout, ce n'est pas le genre de personne qu'on oublie. Toute cette histoire est très bizarre.

— Je vous l'accorde. Laissons de côté ce détail pour le moment. A quelle heure êtes-vous arrivée ?

— Il ne devait pas être loin de 3 heures, parce que le coucou…

Elle s'arrêta brusquement. Ses yeux s'agrandirent :

— Comme c'est bizarre ! Sur le moment, je l'avais noté mais je n'y avais pas vraiment fait attention.

— Quoi donc, miss Webb ?

— Eh bien… les pendules.

— Qu'est-ce qu'elles avaient, les pendules ?

— Quand le coucou a sonné 3 heures, tous les autres cadrans avançaient de plus d'une heure. Ce n'est pas normal !

— Pas normal du tout, convint l'inspecteur. Mais dites-moi, quand avez-vous remarqué le cadavre ?

— A un moment donné, je me suis avancée pour contourner le sofa. Et cette chose – enfin *lui*, je veux dire… lui, il était là. Quelle horreur ! Quelle horreur…

— Je suis bien d'accord avec vous. Et cet homme, est-ce que vous l'avez reconnu ? S'agit-il de quelqu'un que vous aviez déjà vu ?

— Oh *non* !

— Vous en êtes sûre ? Vous savez, il avait peut-être l'air très différent de ce à quoi il ressemblait habituellement. Réfléchissez bien. Vous êtes absolument certaine de ne jamais l'avoir vu avant ?

— Absolument.

— Bon. Tant pis. Et qu'est-ce que vous avez fait ?

— Fait ? Rien… rien du tout. Je n'aurais jamais pu faire quoi que ce soit.

— Vous ne l'avez pas touché ?

— Ah ! si. Pour voir si… enfin… juste pour voir. Mais il était… il était tout froid… et… et je me suis retrouvée avec du sang sur la main. Du sang épais… gluant… C'était abominable.

Elle se remit à trembler.

— Allons, allons, dit Hardcastle sur le ton du vieil oncle débonnaire. C'est fini, maintenant. Oubliez ce sang et continuez. Après ça, que s'est-il passé ?

— Je ne sais pas… Ah ! si, elle est rentrée chez elle.

— Miss Pebmarsh, vous voulez dire ?

— Oui. Mais pour moi, à ce moment-là, elle n'était pas miss Pebmarsh. Elle est rentrée comme ça avec un panier à provisions à la main.

Le ton de sa voix trahissait combien, vu la situation, le panier à *provisions* lui avait semblé incongru.

— Et qu'est-ce que vous avez dit ?

— Je ne crois pas avoir dit quelque chose. J'ai essayé, mais ça ne sortait pas. (Elle porta la main à son cou.) J'avais comme une sensation d'étouffement, *là*.

L'inspecteur hocha la tête.

— Et alors… et alors… elle, elle a dit « Qui est là ? », et elle a voulu faire le tour du canapé et j'ai pensé, j'ai pensé qu'elle allait… qu'elle allait marcher *là-dessus*. Alors j'ai crié… et quand j'ai commencé à crier, je n'ai plus pu m'arrêter… et je ne sais pas comment j'ai réussi à sortir de la pièce et à me précipiter dans la rue.

— Comme si vous aviez le diable à vos trousses, précisa l'inspecteur en se rappelant l'expression de Colin Lamb.

Sheila Webb leva vers lui des yeux remplis de tristesse et de frayeur.

— Je suis désolée, balbutia-t-elle de façon assez inattendue.

— Je me demande bien pourquoi. Vous avez très bien raconté votre histoire. Et maintenant n'y pensez plus. Oh ! une précision encore : qu'est-ce que vous faisiez au juste dans cette pièce ?

— Qu'est-ce que je faisais…

Elle ne voyait apparemment pas où il voulait en venir.

— Oui. Vous êtes arrivée au rendez-vous avec quelques minutes d'avance et je suppose que vous avez tiré la sonnette. Mais si personne n'a répondu, pourquoi êtes-vous entrée ?

— Ah, ça ! Mais parce qu'on m'avait dit d'entrer.

— Qui vous avait dit de le faire ?

— Miss Pebmarsh.

— Je croyais que vous ne lui aviez jamais parlé.

— Non, jamais, c'est vrai. C'est miss Martindale qui m'a dit que… que j'étais censée entrer et attendre dans le salon à droite dans le hall.

— Ben voyons ! marmonna Hardcastle, pensif.

Sheila Webb s'enquit timidement :

— Est-ce que… est-ce que c'est tout ?

— Je crois bien que oui. Attendez cependant une dizaine de minutes, pour le cas où j'aurais des précisions à vous demander. Après quoi je vous ferai raccompagner chez vous par une voiture de police. Pour ce qui est de votre famille… au fait, vous avez de la famille ?

— Mes parents sont morts. Je vis avec ma tante.

— Elle s'appelle comment ?

— Mrs Lawton.

L'inspecteur se leva et tendit la main :

— Merci beaucoup, miss Webb. Essayez de bien dormir cette nuit. Vous en aurez besoin après ce par quoi vous êtes passée.

Elle lui adressa un sourire timide avant de refranchir la porte qui donnait dans la salle à manger.

— Colin, occupe-toi de miss Webb, décréta l'inspecteur. Miss Pebmarsh, pouvez-vous venir jusqu'ici ? J'aurais besoin de vous.

Hardcastle ébaucha le geste de tendre la main à l'aveugle, qui passa résolument devant lui, effleura la chaise Windsor et la recula un peu avant de s'asseoir.

Hardcastle referma la porte. Avant qu'il ait pu placer un mot, Millicent Pebmarsh demanda d'un ton brusque :

— Qui est ce jeune homme ?

— Il s'appelle Colin Lamb.

— Il s'est déjà présenté, mais qui est-ce ? Pourquoi est-il venu ici ?

Un peu surpris, Hardcastle la dévisagea :

— Il passait dans la rue quand miss Webb lui est tombée dessus en criant au meurtre. Il est entré chez vous pour vérifier si ce qu'elle avait dit était exact, puis il nous a prévenus par téléphone et je lui ai demandé de retourner chez vous et de nous y attendre.

— Vous l'avez appelé Colin et vous l'avez tutoyé.

— Vous êtes très observatrice, miss Pebmarsh. (Observatrice n'était sans doute pas vraiment le mot… et c'était pourtant le seul qui convenait.) Colin Lamb est un ami à moi, que je n'avais pas vu depuis longtemps.

— C'est un biologiste, ajouta-t-il, qui étudie la flore marine.

— Ah bon.

— Et maintenant, miss Pebmarsh, si vous me disiez ce que vous savez de cette étrange affaire ?

— Volontiers. Mais je ne crois pas avoir grand-chose à vous raconter.

— Il me semble que vous avez emménagé ici il y a pas mal de temps, n'est-ce pas ?

— En 1950. Je suis – enfin, j'étais – professeur, et puis, quand ma vue s'est irrémédiablement détériorée, je me suis spécialisée dans l'enseignement du braille et autres méthodes adaptées aux non-voyants. Je travaille à l'institut Aaronberg pour les aveugles et les handicapés.

— Merci. Et maintenant passons aux événements de cet après-midi. Vous attendiez un visiteur ?

— Non.

— Je vais vous lire une description du mort pour voir s'il vous rappelle quelqu'un. Taille 1,80 m ; petite soixantaine ; cheveux bruns grisonnant sur les tempes ; yeux bruns ; visage mince, menton énergique, rasé de près. Bien nourri sans être corpulent. Complet anthracite. Mains manucurées. Pouvait être employé de banque, avocat, comptable, ou exercer une profession libérale quelconque. Est-ce que cela vous rappelle quelqu'un ?

Millicent Pebmarsh réfléchit longuement avant de répondre :

— Non, je n'en ai pas l'impression. Evidemment, cette description pourrait s'appliquer à des tas de gens. Il peut s'agir d'un individu que j'aurais croisé quelque part, mais certainement pas de quelqu'un que je connais bien.

— Vous n'avez pas, récemment, reçu une lettre vous annonçant une visite ?

— Absolument pas.

— Très bien. Abordons maintenant le point suivant : vous avez téléphoné à l'agence Cavendish pour demander une dactylo et…

Elle lui coupa la parole :

— Excusez-moi. Mais je n'ai jamais rien fait de tel !

Hardcastle écarquilla les yeux :

— Vous n'avez *pas* appelé l'agence Cavendish pour demander…

— Je n'ai pas le téléphone.

— Mais il y a une cabine au bout de la rue.

— Oui, bien sûr. Mais je peux vous garantir, inspecteur Hardcastle, que je n'avais nul besoin d'une dactylo et que je n'ai pas – j'insiste, je n'ai *pas* – téléphoné à cette agence Cavendish pour leur demander quoi que ce soit.

— Et vous n'avez pas spécifié qu'on vous envoie miss Sheila Webb ?

— J'ai entendu ce nom-là pour la première fois quand vous l'avez prononcé tout à l'heure.

Hardcastle n'en croyait pas ses oreilles.

— Vous aviez laissé la porte de la maison ouverte, fit-il néanmoins observer.

— Dans la journée, cela m'arrive souvent.

— N'importe qui peut entrer.

— En l'occurrence, n'importe qui ne s'en est pas privé, ironisa miss Pebmarsh.

— D'après les conclusions du médecin légiste, miss Pebmarsh, cet homme est mort entre 13 h 30 et 14 h 45. Où étiez-vous entre 13 h 30 et 14 h 45 ?

Miss Pebmarsh se concentra une minute, puis :

— Si je n'étais pas sortie à 1 heure et demie, je m'y préparais : j'avais des courses à faire.

— Où au juste êtes-vous allée ?

— Attendez… Je me suis rendue à la poste, celle d'Albany Road, j'y ai acheté des timbres avant d'expédier un colis, j'ai ensuite acheté quelques provisions, oui, et aussi des boutons-pression et des épingles de sûreté à la mercerie, chez Field & Wren. Et puis je suis revenue ici. Je peux même vous préciser l'heure qu'il était. Mon coucou a chanté trois fois quand je suis arrivée à la grille. Je l'entends de la rue.

— Et les autres pendules ?

— Je vous demande pardon ?

— Vos autres pendules avançaient toutes d'une heure.

— Avançaient ? Ah ! vous parlez sans doute de l'horloge de parquet dans l'angle de la pièce ?

— Pas seulement celle-là, mais toutes les autres pendules du salon.

— Je ne comprends pas ce que vous entendez par « les autres pendules ». Il n'y a pas d'autres pendules dans le salon.

3

Hardcastle n'en revenait pas :

— Allons, miss Pebmarsh, vous avez oublié cette superbe pendule en saxe sur la cheminée ? Et la pendulette en argent ? Et la dorée ? Et – ah ! mais oui – le réveil de voyage, avec « Rosemary » gravé en lettres d'or dans un coin ?

Ce fut au tour de miss Pebmarsh d'afficher sa stupéfaction :

— Inspecteur, je ne sais pas si c'est vous ou s'il s'agit de moi, mais l'un de nous deux est dérangé. Je vous assure bien que je ne possède pas de pendule en saxe, ni de… qu'avez-vous dit déjà ?… de réveil de voyage avec « Rosemary » gravé en tout ce que vous voudrez dans un coin. Sans compter la pendulette dorée et… et quoi d'autre encore ?

— La pendulette en argent, répondit l'inspecteur sur un ton machinal.

— Celle-là non plus. Si vous ne me croyez pas, demandez à ma femme de ménage. Elle s'appelle Mrs Curtin.

L'inspecteur Hardcastle était décontenancé. Miss Pebmarsh, qui s'exprimait avec une vivacité un peu sèche, dégageait une telle assurance qu'on ne pouvait s'empêcher de la croire. Un peu abasourdi, il réfléchit un instant avant de se lever :

— Miss Pebmarsh, voulez-vous avoir l'obligeance de m'accompagner dans la pièce à côté ?

— Mais certainement. En vérité, j'ai moi-même très envie de les voir, ces pendules.

La réaction de Hardcastle fut immédiate :

— Les voir ?

— Les examiner serait plus correct, convint miss Pebmarsh, mais les aveugles, inspecteur, utilisent eux aussi les images du langage courant, même si elles ne sont pas tout à fait adaptées à leur situation. Quand je dis que je voudrais voir ces pendules, j'entends par là les examiner, les *sentir* du bout de mes doigts.

Suivi de miss Pebmarsh, Hardcastle sortit de la cuisine, traversa le hall d'entrée et pénétra dans le salon. L'homme qui relevait les empreintes se redressa :

— J'ai pratiquement fini, monsieur. Vous pouvez toucher ce que vous voulez.

Hardcastle hocha la tête et prit le réveil de voyage qui portait l'inscription « Rosemary ». Il le mit dans les mains de miss Pebmarsh. Elle le tourna et le retourna :

— Cela m'a tout l'air d'un réveil de voyage ordinaire dans son étui en cuir, conclut-elle. Il ne m'appartient pas, inspecteur, et je pourrais quasiment vous jurer qu'il ne se trouvait pas dans cette pièce quand j'ai quitté la maison à 1 heure et demie.

— Merci.

L'inspecteur le lui reprit. Il souleva avec précaution la pendule en saxe.

— Attention, c'est fragile, dit-il en la lui mettant dans les mains.

Millicent Pebmarsh effleura de son toucher délicat la pendule en porcelaine. Puis elle secoua la tête :

— Elle doit être ravissante, mais elle n'est pas à moi. Où était-elle, dites-vous ?

— Sur la cheminée, un peu à droite.

— N'y a-t-il pas là un bougeoir en porcelaine, qui est le pendant de celui de gauche ?

— Oui, mais il a été repoussé.

— Vous avez encore une pendule ?

— Deux.

Hardcastle reprit la pendule en porcelaine et lui donna la pendulette dorée. Elle la parcourut rapidement :

— Non, je ne la connais pas non plus.

Puis ce fut le tour de celle en argent, qu'elle restitua aussitôt :

— Les seules pendules de cette pièce sont l'horloge de parquet qui se dresse dans l'angle, non loin de la fenêtre…

— Exact.

— … et un coucou, au mur, près de la porte.

Hardcastle se sentait bien en peine d'ajouter quoi que ce soit. Conscient de ce que l'aveugle ne pourrait lui rendre la pareille, il la dévisagea tout à loisir. Il constata qu'elle avait le front plissé par la perplexité.

— Je n'y comprends rien, gronda-t-elle soudain. Je n'y comprends rien du tout.

Elle tendit la main et, avec l'aisance de quelqu'un qui sait exactement où elle se trouve, s'assit au bord d'un canapé. Hardcastle se tourna vers le spécialiste des empreintes, qui se tenait près de la porte :

— Vous avez effectué les relevés sur ces pendules ?

— Oui, monsieur. Pas d'empreintes sur la pendulette dorée, mais cela va de soi. La surface ne les prend pas. Pareil pour la pendule en porcelaine. Mais rien non plus sur le cuir du réveil de voyage ni sur la pendulette en argent, alors qu'il devrait normalement y en avoir. Ah ! au fait : aucune n'était remontée mais elles marquaient toutes la même heure – 16 h 13.

— Des empreintes dans le reste de la pièce ?

— Trois ou quatre séries – toutes des empreintes de femmes, à mon avis. J'ai vidé le contenu des poches, tout est là sur la table.

D'un geste du menton, il désigna une petite pile d'objets. Hardcastle alla y jeter un coup d'œil. Il inventoria un portefeuille qui contenait 7 livres 10, un peu de monnaie, une pochette en soie sans initiales, une petite boîte de pilules pour la digestion et une carte de visite :

Mr R. H. Curry
Compagnie d'assurances Metropolis
7, Denvers Street
Londres, W2

Hardcastle revint vers le canapé où miss Pebmarsh s'était assise :

— Vous attendiez la visite d'un agent d'assurances ?

— D'un agent d'assurances ? Non, jamais de la vie.

— La compagnie d'assurances Metropolis, ça ne vous dit rien ?

Miss Pebmarsh secoua la tête :

— Jamais entendu parler.

— Envisagiez-vous de souscrire une assurance quelconque ?

— Non, pas du tout. Je suis assurée contre le vol et l'incendie chez Jove Assurances, qui a une filiale près d'ici. Mais je n'ai souscrit à aucune assurance sur la vie. N'ayant pas de famille directe ni de proches parents, je n'en vois pas l'utilité.

— Je comprends. Est-ce que le nom de Curry vous dit quelque chose ? Mr R. H. Curry ?

Il l'observait attentivement. Mais son visage ne trahit aucune émotion.

— Curry… répéta-t-elle. (Puis elle secoua la tête.) Ce n'est pas un nom très courant, si ? Non, je ne pense pas l'avoir jamais entendu, ni avoir connu quelqu'un qui le portait. Il s'appelait comme ça ?

— Cela paraît vraisemblable.

Miss Pebmarsh hésita un instant, puis :

— Voulez-vous que… que je le touche…

Il s'empressa de saisir la balle au bond :

— Vous feriez ça, miss Pebmarsh ? Ça ne vous ennuierait pas trop ? Je ne suis pas très ferré dans ces matières, mais j'imagine que vos doigts vous en apprendront davantage sur son signalement que toutes les descriptions que je pourrais vous faire.

— Exactement, répondit miss Pebmarsh. Je vous accorde que ce sera là une corvée qui n'aura rien d'agréable, mais si vous pensez que cela peut vous aider, je m'y livrerai volontiers.

— Merci. Si vous le voulez bien, je vais vous guider.

Il la conduisit derrière le sofa, lui indiqua où elle devait s'agenouiller et guida doucement ses mains vers le visage du cadavre. Elle était très calme, impassible. Ses doigts suivirent la ligne d'implantation des cheveux, s'attardèrent un instant derrière l'oreille gauche, dessinèrent le nez, la bouche et le menton. Puis elle secoua la tête et se releva :

— J'ai maintenant une idée très nette de ce à quoi il pouvait ressembler, et je suis convaincue de ne l'avoir pas connu et de ne l'avoir même jamais rencontré.

L'homme des empreintes rangea son matériel, sortit de la pièce, puis passa la tête par la porte entrebâillée.

— Les gars viennent d'arriver pour lui, fit-il en désignant le cadavre. Pas d'objection à ce qu'ils l'embarquent ?

— Aucune, lui répondit Hardcastle. Venez donc vous asseoir par là, miss Pebmarsh.

Il la conduisit à un fauteuil dans un coin de la pièce. Deux hommes entrèrent. L'évacuation de feu Mr Curry se déroula avec une célérité toute professionnelle. Hardcastle accompagna le cortège jusqu'à la grille puis revint s'asseoir auprès de l'aveugle :

— Nous voilà confrontés à une affaire peu banale, miss Pebmarsh. J'aimerais en revoir avec vous les points essentiels pour vérifier que rien ne m'a échappé. Corrigez-moi si je me trompe. Vous n'attendiez aucun visiteur, vous n'avez contacté aucune compagnie d'assurances ni reçu aucune lettre vous informant qu'un agent d'assurances se rendrait aujourd'hui chez vous. Vous êtes d'accord ?

— Oui.

— Vous n'avez pas demandé les services d'une sténodactylo, vous n'avez pas appelé l'agence Cavendish pour qu'elle vous en envoie une vers 15 heures.

— Tout à fait.

— Quand vous êtes partie de chez vous vers 13 h 30, il n'y avait dans cette pièce que deux pendules, le coucou et l'horloge de parquet. C'est tout.

Miss Pebmarsh allait répondre, puis elle marqua un temps.

— Pour être tout à fait honnête, je n'en jurerais pas, dit-elle enfin. N'y voyant pas, je ne peux pas savoir si des objets ont été enlevés ou ajoutés dans cette pièce. Mais enfin, la dernière fois que j'ai pu m'assurer des meubles et bibelots qu'elle contenait, c'était tôt ce matin, quand j'ai fait la poussière. A cette heure-là, tout était en place. C'est moi qui m'occupe généralement des bibelots, car les femmes de ménage sont souvent peu soigneuses avec les objets fragiles.

— Vous vous êtes absentée dans la matinée ?

— Oui. Comme d'habitude, j'ai quitté la maison vers 10 heures pour me rendre à l'institut Aaronberg.

J'y donne des cours jusqu'à midi et quart. Je suis revenue chez moi vers 1 heure moins le quart. Je me suis fait du thé et des œufs brouillés. A propos, j'ai pris mon repas dans la cuisine, ce qui revient à dire que je ne suis pas retournée dans cette pièce.

— Je vois. Si donc vous êtes absolument certaine qu'à 10 heures ce matin il n'y avait pas trace des pendules étrangères, on peut éventuellement imaginer qu'elles ont été apportées ici au cours de la matinée.

— Pour cela, il vous faudra interroger ma femme de ménage, Mrs Curtin. Elle arrive ici vers 10 heures, et s'en va d'habitude vers midi. Elle habite au 17, Dipper Street.

— Merci, miss Pebmarsh. Maintenant que nous avons récapitulé les faits, j'aimerais que vous me disiez ce qui vous vient à l'esprit : suggestions ou associations d'idées. A une heure indéterminée, quatre pendules ont été introduites ici. Les aiguilles de ces quatre pendules ont été réglées sur 16 heures et 13 minutes. Est-ce que par hasard cette heure vous suggère quelque chose ?

— 16 h 13 ? Autrement dit 4 h 13 de l'après-midi ?

Miss Pebmarsh secoua la tête :

— Absolument rien.

— Passons des pendules à cet homme qui a été assassiné. Il semble peu probable que votre femme de ménage l'ait laissé entrer et soit partie en lui abandonnant la maison, si vous ne lui avez pas dit que vous attendiez quelqu'un. Mais elle nous le confirmera elle-même. Lui, de son côté, avait certainement une raison pour venir vous voir. D'ordre privé ou professionnel. Il a été poignardé entre 13 h 30 et 14 h 45. Si jamais il est venu ici sur rendez-vous, vous affirmez en ce qui vous concerne n'en avoir pas été informée. Il appartenait probablement à une compagnie d'assurances – mais là encore vous ne pouvez pas nous aider. La porte étant ouverte, il a pu entrer tout seul et s'installer au salon pour vous attendre – oui mais dans quel but ?

— Tout cela ne tient pas debout ! s'écria miss Pebmarsh d'un ton agacé. Vous croyez donc que ce – comment s'appelle-t-il déjà ?... Curry ? – a apporté ces pendules avec lui ?

— Je ne vois pas trace d'emballage, fit remarquer Hardcastle. Il n'aura quand même pas sorti quatre pendules de ses poches. Maintenant, réfléchissez bien, miss Pebmarsh. Le mot pendule ne vous suggère rien ? Il ne vous vient à l'esprit aucune association d'idées reliée à des pendules ou, sinon à des pendules, du moins à la notion d'heure : 16 h 13 ?

Elle secoua la tête :

— J'ai beau me dire que c'est l'œuvre d'un fou, ou alors que quelqu'un s'est trompé de maison, je n'y comprends rien. D'ailleurs, même cela n'expliquerait pas tout. Non, je suis désolée, inspecteur, mais je ne peux pas vous aider.

Un jeune agent de police passa la tête par la porte entrebâillée. Hardcastle le rejoignit dans le hall puis alla jusqu'à la grille parlementer quelques instants avec ses hommes.

— Maintenant, vous pouvez raccompagner la fille, leur confirma-t-il. Elle vit au 14, Palmerston Road.

Il retourna à la salle à manger. La porte de communication avec la cuisine étant ouverte, il entendit miss Pebmarsh qui faisait la vaisselle et la rejoignit :

— Il faut que j'emporte ces pendules, miss Pebmarsh. Je vais vous signer un reçu.

— Comme elles ne m'appartiennent pas, vous pouvez en disposer comme il vous plaira, inspecteur.

Hardcastle se tourna vers Sheila :

— Une voiture de police va vous raccompagner, miss Webb.

Sheila et Colin se levèrent.

— Colin, tu veux bien l'escorter jusqu'à la voiture ? suggéra Hardcastle en avançant une chaise vers la table et en s'asseyant pour rédiger le reçu.

Colin et Sheila sortirent de la maison. Ils atteignaient le trottoir quand Sheila s'arrêta brusquement :

— Mes gants. Je les ai oubliés...

— J'y vais.

— Non... je sais exactement où je les avais posés. Ça m'est égal de retourner dans le salon maintenant que... maintenant qu'ils ont emporté cette *chose*.

Elle partit en courant et le rejoignit deux minutes plus tard :

— Excusez-moi pour tout à l'heure. Je me suis vraiment comportée comme une idiote...

— Compte tenu des circonstances, vous avez réagi très normalement, la réconforta Colin.

Hardcastle les rejoignit à l'instant où Sheila s'engouffrait dans la voiture. Quand le véhicule démarra, il se tourna vers le jeune agent :

— Je veux que vous emballiez très soigneusement toutes les pendules du salon – toutes, à l'exception du coucou et de la grande horloge de parquet.

Il donna encore une ou deux instructions, puis se retourna vers son ami :

— Je vais aller fureter un peu. Tu m'accompagnes ?

— Et comment ! acquiesça Colin.

4

Récit de Colin Lamb

— Où allons-nous au juste ? demandai-je à Dick Hardcastle.

Il se pencha vers le chauffeur :

— L'agence Cavendish, Palace Street. Vous prenez la direction de l'Esplanade et vous tournez à droite.

— Oui, monsieur.

La voiture démarra. Un attroupement s'était déjà formé et les gens regardaient la maison d'un air fasciné. Le chat roux était toujours perché sur le portail du Logis de Diane, la villa contiguë. Assis très droit, il avait fini de se passer la patte sur le museau et balançait doucement la queue, dominant l'assemblée de ce dédain pour la race humaine qui est la prérogative des chameaux et des chats.

— Primo l'agence Cavendish parce que les bureaux vont bientôt fermer, et ensuite la femme de ménage, m'expliqua Hardcastle.

Il jeta un coup d'œil à sa montre :

— Déjà plus de 4 heures…

Après un silence étudié, il reprit :

— Une sacrée jolie fille, non ?

— Pas mal, concédai-je.

Il me jeta un coup d'œil amusé :

— Mais sa version des faits est assez peu vraisemblable. Mieux vaut la vérifier le plus vite possible.

— Tu ne penses quand même pas que c'est elle qui…

Il me coupa la parole :

— J'ai toujours porté un intérêt tout particulier aux petits rigolos qui découvrent des cadavres.

— Mais cette fille était morte de peur ! Si tu l'avais entendue brailler…

Il me jeta de nouveau un de ces regards railleurs dont il semblait avoir le secret et me répéta que c'était une sacrée jolie fille :

— Et au fait, qu'est-ce que tu étais venu fabriquer à Wilbraham Crescent, Colin mon tout bon ? Admirer notre belle architecture victorienne ? Poursuivre un noir dessein ?

— Je poursuivais un noir dessein, comme tu dis si bien. Je cherchais le n° 61 – et je n'arrivais pas à le dénicher. Peut-être qu'il n'existe pas ?

— Bien sûr que si, il existe. Les numéros montent jusqu'à… 88, je crois.

— Mais quand je suis arrivé au n° 28, Wilbraham Crescent s'est volatilisé !

— Les gens comme toi qui ne connaissent pas le coin se laissent toujours avoir. Si tu avais tourné deux fois à droite en arrivant à Albany Road, tu te serais retrouvé dans la seconde portion de Wilbraham Crescent. Les deux rangées de maisons se tournent le dos, mon vieux. Et leurs jardins font la jonction.

— Ah ! bon, répondis-je quand il m'eut expliqué en long et en large les particularités de ce type d'architecture. C'est comme ces fichus « Squares » et « Gardens » à Londres. Type Onslow Square, hein ? Ou Cadogan. Tu arpentes benoîtement le trottoir d'un « Square » et puis tu découvres tout d'un coup que c'est devenu sans crier gare une « Place » ou même des « Gardens ». Jusqu'aux taxis qui y perdent leur latin… Enfin bref, d'après toi, le 61 existe. Tu as une idée de qui y crèche ?

— Au 61 ? Attends une minute… Oui, ça doit être Bland, l'entrepreneur.

— Oh, mince ! Tu parles d'une tuile !

— Ce n'est pas un entrepreneur que tu cherches ?

— Non. Je n'imaginais pas du tout un entrepreneur. Mais alors là, pas du tout. A moins que… Peut-être qu'il a emménagé récemment ? Qu'il vient de démarrer son entreprise ?

— Bland est né ici, je crois bien. C'est un type du cru – et il travaille dans le bâtiment depuis des années.

— Là, tu me sapes vraiment le moral.

— C'est un entrepreneur désastreux, dit Hardcastle pour essayer de me réconforter. Il utilise de très mauvais matériaux et construit le genre de bicoque qui a l'air à peu près normale jusqu'à ce que tu y emménages. Parce qu'à ce moment-là, tout se casse la figure et tombe en panne. Il frise souvent l'abus de confiance. Ce ne sont pas les scrupules qui l'étouffent… mais, bon, il s'en sort toujours.

— Inutile de me dorer la pilule, Dick. D'ailleurs, l'homme que je cherche devrait à coup sûr présenter toutes les apparences d'un parangon de vertu.

— Il y a environ un an, Bland a touché le pactole… ou plutôt c'est sa femme qui l'a fait. Elle est canadienne. Elle est venue ici pendant la guerre et a rencontré Bland. Sa famille à elle refusait le mariage. Et puis l'année dernière un grand-oncle est mort, son fils unique s'est tué dans un accident d'avion, et si tu ajoutes à ça un ou deux décès pendant la guerre et deux ou trois accidents imprévus, tu retrouves Mrs Bland comme seule héritière. Le grand-oncle lui a donc laissé sa fortune. Ce qui à mon avis a sauvé Bland de la faillite.

— Tu en sais des choses sur ce Mr Bland, dis-moi.

— Eh bien oui, les impôts, comprends-tu, s'intéressent toujours à un homme qui s'enrichit trop vite. Ils se demandent s'il n'a pas un peu triché et dissimulé des fonds à droite à gauche – alors ils vérifient. Mais tout était parfaitement légal.

— De toute façon, un type devenu riche du jour au lendemain ne m'intéresse pas non plus. Ce n'est pas après ce genre de profil que je cours en ce moment.

— Ah bon ? Tu as déjà donné, je suppose ?

Je hochai la tête.

— Et tu en as terminé ? Ou bien pas encore ?

— Ce serait trop long à te raconter, éludai-je. On dîne toujours ensemble comme convenu ? A moins que cette nouvelle histoire ne t'oblige à changer tes projets ?

— Non, non, ça ira. Pour le moment, il suffit de mettre la machine en branle. La première question qui se pose, c'est de savoir qui est ce Mr Curry. Une fois que nous connaîtrons son identité et sa profession, nous aurons une idée assez claire de qui voulait s'en débarrasser.

Il regarda par la vitre :

— Nous y voilà.

L'agence Cavendish était située dans la principale rue commerçante, pompeusement baptisée Palace Street. Comme nombre d'entreprises et de boutiques, elle avait établi ses pénates dans une ancienne demeure victorienne. Au pied d'un édifice similaire, à droite, on lisait dans une vitrine : « Edwin Glen, Artiste Photographe. Spécialiste de Photos d'Enfants, Baptêmes, Mariages, etc. » Afin d'étayer cette assertion, la vitrine était bourrée d'agrandissements de bambins de tous âges et de toutes tailles. Du nourrisson à six ans. Histoire, bien sûr, d'appâter les mères sensibles. Quelques couples étaient également représentés. Des jeunes gens gênés aux entournures accouplés à des jeunes filles souriantes. A gauche de la bâtisse dévolue à l'agence Cavendish s'était établi depuis des lustres un négociant en charbon, firme antique autant que vénérable. Les vieilles maisons suivantes avaient été rasées et en leur lieu et place s'élevait un bâtiment de trois étages flambant neuf qui se proclamait « Café et Restaurant Oriental ».

Hardcastle et moi montâmes quatre marches, entrâmes dans la maison et, obéissant à la plaque « Entrez sans frapper » sur la porte à droite, pénétrâmes dans une vaste pièce où trois secrétaires tapaient à la machine avec ardeur. Deux d'entre elles poursuivirent leur tâche sans même lever le nez. La troisième, assise à une table juste en face de la porte et dotée d'un téléphone à portée de la main, s'interrompit et nous interrogea du regard. Elle suçait un bonbon. Après se l'être coincé contre la joue dans la position la moins gênante possible, elle s'enquit d'une voix aux intonations légèrement nasales :

— Je peux vous aider ?

— Miss Martindale ? demanda Hardcastle.

— Elle est en ligne…

A cet instant, on entendit un « clic ». La fille décrocha, appuya sur un bouton et annonça :

— Deux messieurs qui veulent vous parler, miss Martindale.

Elle nous dévisagea tour à tour :

— Je peux avoir vos noms, s'il vous plaît ?

— Hardcastle, répondit Dick.

— Un Mr Hardcastle, miss Martindale.

Elle raccrocha et se leva :

— Si vous voulez me suivre.

Elle ouvrit une porte où le nom de MISS MARTINDALE brillait sur une plaque de cuivre, annonça « Mr Hardcastle » et referma le battant derrière nous.

Miss Martindale leva les yeux de son bureau directorial. Je lui accordai la cinquantaine bien portée. Cheveux blond-roux remontés en chignon sur la nuque, elle avait le regard vif et semblait la personnification de la compétence et de l'efficacité.

Elle nous interrogea du regard :

— Mr Hardcastle ?

Dick lui tendit une de ses cartes professionnelles. Moi-même, je m'assis discrètement sur une chaise près de la porte.

Les sourcils roux de miss Martindale se haussèrent sous l'effet de la surprise et d'une certaine contrariété :

— *Inspecteur* Hardcastle ? Que puis-je pour vous, inspecteur ?

— Je suis venu vous demander quelques menus renseignements, miss Martindale. Et je pense que vous devriez pouvoir nous aider.

Au ton de sa voix, je compris que Dick, qui préférait souvent la manière indirecte, allait user de son charme. Je n'étais pas vraiment persuadé que miss Martindale y serait sensible. Elle était l'image même de ce que les Français appellent fort justement une « maîtresse femme ».

J'étudiai son environnement. Au-dessus du bureau de miss Martindale était punaisée toute une collection de photos dédicacées. Je reconnus Mrs Ariadne Oliver, auteur de romans policiers dont j'avais déjà fréquenté la prose. Tracé d'une main hardie, *Remerciements amicaux, Ariadne Oliver* barrait la photo. *Avec toute ma reconnaissance, Gary Gregson* s'inscrivait au bas d'un cliché d'un auteur de romans noirs mort il y a une quinzaine d'années. *Amicalement vôtre, Myriam* paraphait la photo de Myriam Hogg, écrivain spécialisé dans le roman sentimental. Le sexe était représenté par un homme timide et au crâne quelque peu dégarni qui avait écrit d'une écriture resserrée *Sincères remerciements, Armand Levine*. D'une certaine manière, ces trophées se ressemblaient. Les hommes arboraient des pipes et portaient du tweed, les femmes avaient tendance à se perdre dans la fourrure et vous regardaient dans les yeux.

Tandis que j'observais les lieux, Hardcastle y allait de ses questions :

— Si mes renseignements sont bons, vous employez une jeune fille du nom de Sheila Webb ?

— C'est exact. Je crains cependant qu'elle ne soit pas là pour le moment – à moins que…

Elle appuya sur le bouton d'un interphone :

— Edna, est-ce que Sheila est rentrée ?

— Non, miss Martindale, pas encore.

Miss Martindale relâcha le bouton.

— Elle avait un rendez-vous de travail à l'extérieur en début d'après-midi, expliqua-t-elle. Je me disais qu'elle était peut-être de retour. Il est possible qu'elle se soit rendue directement à l'hôtel *Curlew*, au bout de l'Esplanade. Je lui avais pris un rendez-vous pour 17 heures.

— Je comprends, assura Hardcastle. Que pouvez-vous me dire à son sujet ?

— Assez peu de chose, répondit miss Martindale. Je l'ai engagée il y a, attendez… un peu moins d'un an et elle me donne toute satisfaction.

— Savez-vous où elle travaillait avant de venir chez vous ?

— Si vous tenez à avoir des informations exactes, je dois pouvoir vous les retrouver, inspecteur. Ses références sont quelque part dans un dossier. Autant que je m'en souvienne, elle travaillait à Londres et ses références étaient assez bonnes. Elle était employée dans une entreprise de… non, une agence immobilière.

— Vous êtes donc contente d'elle ?

— Elle est d'un bon niveau, reconnut miss Martindale qui n'était pas du genre à se répandre en compliments.

— Mais il y a mieux ?

— Je n'ai pas dit cela. Elle tape assez vite, elle est soigneuse et raisonnablement cultivée.

— Vous la connaissez personnellement ? Vous la voyez en dehors des heures de travail ?

— Non. Je crois qu'elle vit avec une de ses tantes.

Là, miss Martindale marqua une certaine impatience :

— Puis-je vous demander, inspecteur, la raison de toutes ces questions ? Cette jeune personne aurait-elle des ennuis avec la police ?

— Je ne formulerais pas les choses ainsi, miss Martindale. Connaissez-vous une miss Millicent Pebmarsh ?

— Pebmarsh… médita miss Martindale en fronçant ses sourcils roux. Eh bien, ça me… mais oui, bien sûr ! C'est par miss Pebmarsh que miss Webb commençait son après-midi. Le rendez-vous avait été pris pour 15 heures.

— Par téléphone ?

— Par téléphone. Miss Pebmarsh a appelé pour demander les services d'une sténodactylo, en l'occurrence miss Webb.

— Elle a précisé le nom de miss Webb ?

— Oui.

— Et elle vous a appelée vers quelle heure ?

— Je ne l'ai pas eue par le standard. C'est moi qui ai décroché. Cela se passait donc pendant la pause du déjeuner. En essayant d'être le plus exacte possible, je dirais 2 heures moins 10. En tout cas avant 2 heures. Ah ! je l'ai noté là sur mon bloc. Il était exactement 13 h 49.

— C'est miss Pebmarsh elle-même qui vous a appelée ?

Miss Martindale parut un peu surprise :

— Sans doute.

— Mais vous avez reconnu sa voix ? L'aviez-vous déjà rencontrée, elle, personnellement ?

— Non, pas du tout. Elle m'a dit s'appeler miss Millicent Pebmarsh, m'a donné son adresse, un numéro à Wilbraham Crescent. Et puis, comme je vous l'ai déjà expliqué, elle m'a précisé qu'elle désirait contracter les services de Sheila Webb et m'a demandé si elle était libre à 15 heures.

Le discours était clair et sans ambiguïté. Je songeai que miss Martindale ferait un excellent témoin.

— Voudriez-vous être assez aimable pour me dire ce dont il s'agit ? ajouta la maîtresse des lieux qui commençait à perdre patience.

— Voyez-vous, miss Martindale, l'ennui c'est que miss Pebmarsh nie avoir passé cet appel.

Miss Martindale ouvrit de grands yeux :

— Pas possible ? Mais c'est insensé.

— D'un autre côté, vous nous assurez que vous avez bien reçu cet appel, mais vous ne pouvez affirmer qu'il s'agissait de miss Pebmarsh à l'autre bout du fil.

— Je ne peux évidemment pas l'affirmer. Je ne connais pas cette personne. Mais enfin, je ne comprends pas ce qui a pu motiver une telle démarche. S'agirait-il d'une plaisanterie ?

— C'est plus grave que ça, répliqua Hardcastle. Est-ce que miss Pebmarsh – ou la personne, quelle qu'elle soit, qui a téléphoné – a justifié son choix de miss Sheila Webb ?

Miss Martindale réfléchit un instant :

— Je crois qu'elle a dit que miss Webb avait déjà travaillé pour elle.

— Et cela est-il exact ?

— Sheila m'a affirmé qu'elle ne se souvenait pas de miss Pebmarsh. Mais cela ne signifie rien, inspecteur. Après tout, les filles voient tellement de gens différents aux quatre coins de la ville qu'elles seraient bien en peine de se rappeler un emploi du temps qui remonterait éventuellement à plusieurs mois. D'ailleurs, Sheila n'a pas été catégorique sur ce point. Elle a simplement dit qu'elle ne se souvenait pas être allée chez cette dame. Mais, inspecteur, même s'il s'agissait d'une plaisanterie, je ne saisis toujours pas la nature de votre intervention.

— J'y viens. Quand miss Webb est arrivée au 19, Wilbraham Crescent, elle est entrée dans la maison et s'est installée au salon. Elle a prétendu qu'elle suivait en cela les instructions que vous lui aviez données. Vous confirmez cette déclaration ?

— Absolument. Miss Pebmarsh m'avait prévenue qu'elle serait peut-être en retard et avait suggéré que Sheila, le cas échéant, l'attende à l'intérieur.

— Quand miss Webb est entrée dans le salon, poursuivit Hardcastle, elle a trouvé le cadavre d'un homme étendu sur le sol.

Miss Martindale écarquilla les yeux et resta un instant sans voix. Puis :

— Vous avez bien dit *le cadavre d'un homme*, inspecteur ?

— D'un homme qui avait été assassiné, compléta Hardcastle. Et plus précisément poignardé.

— La pauvre petite ! Quel choc ! Elle a dû être très contrariée.

C'était le genre d'euphémisme dont miss Martindale devait être coutumière.

— Est-ce que le nom de Curry vous dit quelque chose, miss Martindale ? Mr R. H. Curry ?

— Je ne pense pas, non.

— Qui aurait travaillé pour le compte de la compagnie d'assurances Metropolis.

Miss Martindale continua de secouer la tête.

— Vous saisissez mon problème, n'est-ce pas ? poursuivit Hardcastle. Vous me dites que miss Pebmarsh vous a téléphoné et a demandé que Sheila Webb se rende chez elle à 15 heures. Miss Pebmarsh nie avoir effectué une telle démarche. Sheila Webb se rend à la convocation. Elle tombe sur un cadavre.

Il attendit, plein d'espoir.

Miss Martindale le regarda d'un air décontenancé.

— Tout cela me semble éminemment improbable, conclut-elle sur un ton désapprobateur.

Dick Hardcastle poussa un profond soupir et se leva.

— Vous avez de beaux bureaux, mondanisa-t-il. Cela fait longtemps que vous travaillez dans ce secteur d'activité ?

— Quinze ans. Nous avons connu une belle réussite. Partis de rien ou peu s'en faut, nous avons développé l'affaire au point que nous avons maintenant presque trop de travail. J'emploie huit jeunes filles à plein temps et elles ne chôment pas.

— Je vois que vous travaillez pas mal dans le domaine littéraire.

Hardcastle regardait les photos sur le mur.

— Oui, ce sont d'ailleurs les romanciers qui m'ont permis de fonder la firme. J'ai été de longues années la secrétaire particulière de Garry Gregson, le célèbre auteur de romans policiers. C'est grâce à l'argent qu'il m'a légué que l'agence Cavendish a vu le jour. Il m'avait présentée à pas mal d'auteurs, qui à leur tour m'ont recommandée à des amis à eux. Ma profonde connaissance des exigences que peuvent avoir les auteurs s'est révélée primordiale. Je suis en effet à même de régler leurs divers problèmes de recherches : dates, citations, points de droit, procédures policières, détails sur les effets de tel ou tel poison. Et mille et un renseignements du même ordre. Et puis des noms propres, des adresses, des noms de restaurants pour ceux qui situent leurs romans à l'étranger. Autrefois, les lecteurs se moquaient de la vraisemblance. Aujourd'hui, dès qu'ils repèrent une inexactitude, ils bombardent la maison d'édition de lettres incendiaires.

Miss Martindale marqua un temps.

— Je suis certain que vous avez toutes les raisons de vous féliciter de votre réussite, s'empressa de déclarer courtoisement Hardcastle.

Sur quoi il marcha vers la porte. Et je la lui ouvris.

Dans le bureau des dactylos, les trois filles s'apprêtaient à s'en aller. Elles avaient posé des housses sur les machines. La réceptionniste, Edna, semblait au comble de l'affliction. Debout derrière sa chaise, elle brandissait un talon aiguille dans une main et dans l'autre l'escarpin dont il avait été arraché.

— Ils m'auront fait à peine un mois, gémissait-elle. Et ils n'étaient pas donnés. C'est la faute de cette saleté de grille d'égout, près de la pâtisserie au coin de la rue. Mon talon s'est pris dedans et il s'est cassé net. Impossible de marcher, j'ai acheté deux petits pains aux raisins et je suis revenue ici mes chaussures à la main. Maintenant je me demande bien comment je vais pouvoir rentrer chez moi, ou même aller jusqu'au bus…

C'est à cet instant précis que notre présence fut remarquée. Edna cacha précipitamment l'escarpin offensant derrière son dos en glissant un regard coupable en direction de miss Martindale. A l'évidence, cette dernière n'était pas du genre à apprécier les escarpins et les talons aiguilles. Elle-même portait de fort sages richelieus impeccablement lacés.

— Merci, miss Martindale, la salua Hardcastle. Excusez-moi de vous avoir fait perdre un temps précieux. S'il vous revenait un détail auquel vous n'auriez pas songé…

— Cela va de soi, rétorqua miss Martindale en lui coupant assez sèchement la parole.

Dans la voiture, j'explosai enfin :

— En définitive – et en dépit de tes noirs soupçons –, l'histoire de Sheila Webb reflétait la stricte vérité.

— Bon, d'accord, d'accord, concéda Dick. Tu as gagné.

5

— M'man ! brailla Ernie Curtin, s'arrêtant un instant de promener de bas en haut et de haut en bas un bolide miniature sur un des carreaux de la fenêtre tout en l'accompagnant d'un tonitruant bruit de moteur – mi-couinement, mi-vrombissement – censé imiter le décolage d'une fusée pour la planète Mars.

— M'man, qu'est-ce qui peut bien se passer ?

Fort occupée à faire la vaisselle, Mrs Curtin, créature au visage sévère, s'abstint de répondre.

— M'man, y a une bagnole de flics qui vient de se garer devant la maison !

— Recommence pas avec tes menteries, Ernie, gronda Mrs Curtin en balançant avec humeur tasses et soucoupes sur l'égouttoir. Tu sais très bien ce que je t'ai déjà dit et répété.

— Ben, elle est pas piquée des vers, celle-là ! s'étrangla Ernie, au comble de l'indignation. C'est bien une bagnole de flics, même qu'il y a deux poulets en civil qui en descendent.

Mrs Curtin fit volte-face pour affronter son rejeton :

— Qu'est-ce que t'es encore allé manigancer ce coup-ci ? Nous mettre dans les ennuis, c'est ça que tu cherches !

— Parole que c'est pas vrai ! protesta Ernie. J'ai rien fait, moi !

— Toujours à fréquenter Alf, fulmina Mrs Curtin. Lui et sa bande. Une bande, je vous demande un peu ! Nous deux ton père, on se tue à te répéter que ces bandes, c'est voyous et compagnie. Et voilà où ça mène. D'abord ce sera le tribunal pour enfants, et puis y t'enverront en maison de correction vite fait bien fait. Et moi je veux pas de ça, t'entends ?

— Ils arrivent à la porte, annonça Ernie.

Mrs Curtin abandonna l'évier et rejoignit sa progéniture à la fenêtre.

— Manquait plus que ça, murmura-t-elle.

Au même instant, le heurtoir entra en action. S'essuyant rapidement les mains à un torchon, Mrs Curtin gagna le corridor et s'en fut ouvrir la porte. Elle jeta un regard méfiant autant que belliqueux aux deux hommes qui se tenaient sur le seuil.

— Mrs Curtin ? salua le plus grand des deux, affable.

— C'est bien ça, oui.

— Je peux vous voir un instant ? Inspecteur Hardcastle.

Mrs Curtin s'effaça à regret. Elle ouvrit à la volée une porte à main droite et fit entrer l'inspecteur dans un petit salon. Proprette et bien rangée, la pièce donnait l'impression d'être rarement visitée. Et ce ne devait pas être qu'une impression.

Poussé par la curiosité, Ernie s'échappa de la cuisine et se coula dans le salon par l'entrebâillement de la porte.

— Votre fils ? s'enquit l'inspecteur Hardcastle.

— Oui, acquiesça Mrs Curtin. Et vous pourrez bien me dire tout ce que vous voudrez sur son compte, enchaîna-t-elle sur un ton de défi, je sais que c'est un bon garçon qui ferait jamais le mal.

— Mais j'en suis persuadé, acquiesça courtoisement l'inspecteur.

Le visage de Mrs Curtin se détendit quelque peu.

— Je suis venu vous poser quelques questions au sujet du 19, Wilbraham Crescent. Vous faites bien des ménages à cette adresse ?

— J'ai jamais dit le contraire, répliqua sèchement Mrs Curtin.

Mal remise de ses inquiétudes, elle éprouvait des difficultés à changer de registre.

— Pour miss Millicent Pebmarsh ?

— Oui, je travaille pour miss Pebmarsh. Une personne tout ce qu'il y a de comme il faut.

— Une aveugle, ajouta l'inspecteur Hardcastle.

— Oui, la pauvre. Mais on le dirait jamais. C'est pas croyable la façon qu'elle a de trouver tout ce qu'elle cherche et de circuler dans la maison comme elle veut. Avec ça qu'elle sort dans la rue, et qu'elle traverse toute seule aux passages cloutés. Et jamais un mot plus haut que l'autre ou une récrimination. Pas comme bien des gens que je connais.

— Vous allez chez elle le matin ?

— Oui. J'arrive vers 9 heures et demie – 10 heures, et je repars vers midi, ou alors quand c'est que j'ai terminé mon ouvrage.

Puis d'un ton brusque :

— Z'allez pas me dire que quelque chose aurait été *volé*, pas vrai ?

— Bien au contraire, la rassura l'inspecteur qui pensait aux quatre pendules.

Mrs Curtin le fixa, un tantinet perplexe :

— Mais alors, quoi que c'est qui va pas ?

— Un cadavre a été découvert cet après-midi dans le salon du 19, Wilbraham Crescent.

Mrs Curtin en demeura comme deux ronds de flan. Quant au jeune Ernie Curtin, il faillit, au comble de l'excitation, laisser échapper un « ouaouh ! » d'extase, mais se ravisa en songeant qu'il valait mieux ne pas attirer l'attention sur lui.

— Un cadavre ? balbutia Mrs Curtin, incrédule.

Puis sur un ton scandalisé :

— Dans le salon ?

— Oui. Celui d'un homme. Qui avait été poignardé.

— Vous voulez dire qu'il s'agirait d'un *meurtre* ?

— Oui, d'un meurtre.

— Et qui c'est qui l'a assassiné ? voulut savoir Mrs Curtin.

— Nous n'en sommes hélas pas encore là. Nous pensions que vous pourriez peut-être nous aider.

— Moi, les meurtres, j'y connais rien de rien, décréta Mrs Curtin sur un ton sans réplique.

— Sans doute, mais quelques détails nous intriguent. Un homme se serait-il présenté ce matin chez miss Pebmarsh, par exemple ?

— Pas que je me souvienne, non. Pas aujourd'hui. Quel genre d'homme ?

— Entre deux âges, la soixantaine, vêtu d'un costume sombre plutôt bon chic bon genre. Il aurait pu se présenter en tant qu'agent d'assurances.

— Je l'aurais pas laissé entrer. Pas plus un agent d'assurances qu'un représentant en aspirateurs ou un vendeur d'encyclopédies. Jamais de la vie. Miss Pebmarsh est contre le porte-à-porte, et moi aussi.

— Le nom de cet homme, à en croire la carte de visite trouvée sur lui, était Curry. Mr Curry. Avez-vous déjà entendu ce nom-là ?

— Curry ? Curry ?

Mrs Curtin secoua la tête.

— A mon idée, ça fait hindou, conclut-elle, méfiante.

— Non, pas du tout, la détrompa Hardcastle, ce n'était pas un Hindou.

— Qui c'est qui l'a trouvé ? Miss Pebmarsh ?

— Une jeune femme, une sténodactylo, était arrivée sur les lieux parce que, suite à un malentendu, elle avait cru comprendre que miss Pebmarsh lui avait fixé rendez-vous pour un travail à effectuer sur place. C'est elle qui a découvert le corps. Miss Pebmarsh est rentrée chez elle pratiquement en même temps.

Mrs Curtin poussa un profond soupir :

— Quel micmac, non mais quel micmac !

— Il se pourrait bien qu'on vous demande à un moment quelconque de venir jeter un coup d'œil au corps, indiqua l'inspecteur Hardcastle, histoire de nous dire si vous n'aviez pas par hasard déjà croisé ce type sur Wilbraham Crescent ou s'il était jamais venu rendre visite à miss Pebmarsh. Elle-même nous affirme qu'il ne s'est jamais présenté chez elle. Maintenant il y a encore quelques points de détail que j'aimerais tirer au clair. Auriez-vous par exemple en tête le nombre de pendules qui se trouvent dans le salon ?

Mrs Curtin n'eut pas besoin de se creuser la cervelle :

— Il y a la grande horloge, dans l'angle – une horloge de parquet qu'on appelle ça –, et puis le coucou suisse accroché au mur. Avec une bestiole qui en sort et qui vous couine « coucou » aux oreilles. Même que des fois ça me fait faire des bonds que je vous dis pas.

» Je les ai pas touchées ni l'une ni l'autre, ajouta-t-elle très vite. Je les touche jamais. Miss Pebmarsh préfère les remonter elle-même.

— Il n'y a pas de bobo en ce qui les concerne, la rassura l'inspecteur. Mais vous êtes sûre qu'il n'y avait que ces deux pendules-là ce matin dans le salon ?

— C'te bonne blague ! Comme si ça suffisait pas !

— Il n'y avait pas, par exemple, une pendulette en argent sur le bureau, ou une autre, plus petite et dorée, sur une étagère, ou une pendule en porcelaine à fleurs sur la cheminée, ou encore un réveil de voyage dans un étui en cuir avec le nom de « Rosemary » gravé dans un coin ?

— Bien sûr que non. Quelle idée !

— Sinon vous les auriez remarquées ?

— Ben, ça va sans dire.

— Chacune de ces quatre pendules avançait d'une heure par rapport à l'horloge de parquet et au coucou.

— Elles devaient être étrangères, diagnostiqua Mrs Curtin. Nous deux mon mari, on a un jour fait un voyage organisé en Suisse et en Italie – eh bien, les pendules y avançaient toutes d'une heure. 60 minutes, montre en main. Ça doit tenir au Marché commun. Moi, je suis pas pour le Marché commun, et c'est pareil pour Mr Curtin. L'Angleterre sera toujours assez bien pour moi.

L'inspecteur Hardcastle refusa de la suivre sur le terrain glissant de la politique européenne :

— Pouvez-vous me dire à quelle heure au juste vous avez quitté la maison de miss Pebmarsh ce matin ?

— Midi et quart ou peu s'en faut.

— Miss Pebmarsh était chez elle ?

— Non, elle était pas encore rentrée. Elle revient généralement vers midi-midi et demi, ça dépend des fois.

— Et elle était sortie à quelle heure ?

— Avant que j'arrive. Moi, c'est 10 heures.

— Eh bien, je vous remercie, Mrs Curtin.

— C'est quand même bizarre, ces pendules, fit remarquer Mrs Curtin. Peut-être que miss

Pebmarsh était allée à une vente aux enchères. C'était rien que de l'ancien, non ? D'après ce que vous en disiez, ça m'en a tout l'air.

— Miss Pebmarsh va souvent à ce genre de ventes ?

— Elle en a rapporté un tapis de crin, il y a de ça un couple de mois. En parfait état. Et pour une bouchée de pain, à ce qu'elle m'a dit. Et puis aussi des rideaux en velours. Ils avaient besoin d'être raccourcis, mais ils étaient comme neufs.

— Mais ne lui arrive-t-il pas d'enchérir pour des lots de vieilleries ? Tableaux, porcelaines… vous voyez le genre.

Mrs Curtin secoua la tête :

— Pas à ma connaissance, mais vous savez ce que c'est. Il arrive qu'on se laisse emporter. Après ça, on rentre chez soi et on se demande : « Mais quoi que c'est-y que je comptais faire avec ce truc-là ? » Six pots de confiture que je me suis comme ça payés une fois. Quand j'y repense, je me dis que j'aurais eu meilleur temps de la faire moi-même, et que ça me serait revenu moins cher. Et puis des tasses avec leurs soucoupes, que j'en aurais trouvé des mieux au marché à la vaisselle.

Elle secoua la tête d'un air sombre. Estimant qu'il n'en tirerait rien de plus pour l'instant, l'inspecteur Hardcastle prit congé.

Ernie en profita pour clamer aussitôt son opinion intime sur la question qui venait d'être abordée devant lui :

— Un meurtre ! Ouaouh !

Dans sa tête, la conquête de l'espace avait été brusquement supplantée par un sujet d'actualité autrement fascinant.

— Qu'est-ce que tu paries que c'est ta miss Pebmarsh qui lui a fait la peau ? suggéra-t-il d'un air gourmand.

— T'as pas fini de débiter des horreurs ? le gronda sa mère.

Là une pensée traversa l'esprit de la digne personne :

— Je me demande si j'aurais pas dû lui dire…

— Lui dire quoi, m'man ?

— Mêle-toi pas de ça, trancha Mrs Curtin. Bah ! c'était pas important, au fond.

6

Recit de Colin Lamb

Après qu'on se fut envoyé deux bons steaks saignants arrosés de bière bien fraîche, Dick Hardcastle poussa un profond soupir de satisfaction et assura qu'il se sentait mieux :

— Au diable les cadavres d'agents d'assurances, les pendules en tout genre et les greluches vociférantes ! Parle-moi un peu de toi, Colin. Je croyais que tu en avais terminé avec ce patelin. Et je te retrouve en train d'errer dans les contre-allées de Crowdean. Il n'y a pas d'avenir pour un biologiste spécialiste des fonds marins à Crowdean, ça je peux te l'assurer.

— Il ne faut pas mépriser la biologie marine, Dick. C'est un sujet d'une portée insoupçonnée. La seule mention de son intitulé suffit pour plonger les gens dans un abîme d'ennui et pour qu'ils rentrent la tête dans les épaules de crainte que je leur fournisse des explications… ce qui fait que je n'ai jamais à leur en fournir.

— Ce qui t'évite le risque de te trahir, hein ?

— Tu oublies, répliquai-je d'un air digne, que je suis bel et bien diplômé en biologie marine. Et de l'université de Cambridge, s'il te plaît. D'accord, je n'ai pas été dans les premiers. Mais j'ai quand même décroché mon parchemin. C'est un sujet fascinant. Et je m'y remettrai un jour, tu verras.

— Il va de soi que je sais pertinemment sur quoi tu travaillais ces derniers temps, rigola Hardcastle. Toutes mes félicitations ! Le procès Larkin sort le mois prochain, si je ne m'abuse ?

— Tu ne t'abuses pas.

— Comment il a pu faire son compte pour passer sa camelote pendant si longtemps, voilà qui me laisse quand même pantois. C'est incroyable que personne n'ait jamais rien soupçonné.

— Eh oui… Quand tout le monde s'est bien fourré dans le crâne que quelqu'un est un brave type, il ne viendra jamais à l'esprit de personne qu'il pourrait en aller tout autrement.

— Il devait avoir oublié d'être bête, commenta Dick.

Je secouai la tête :

— Non, je ne pense pas. Je crois qu'il se contentait de faire ce qu'on lui avait dit de faire. Il avait accès à des documents de première importance. Il les fourrait dans sa poche au moment de sortir, on les photographiait avant de les lui rendre *illico*, et il les remettait bien gentiment à leur place l'après-midi même. Une organisation impeccable. Il avait pris l'habitude de déjeuner tous les jours dans un endroit différent. Nous pensons qu'il accrochait son pardessus à côté d'un pardessus exactement semblable… à ceci près que le propriétaire dudit pardessus identique n'était jamais le même. Il y avait échange de pardessus, mais l'homme qui les échangeait ne parlait jamais à Larkin, et Larkin ne lui adressait pas davantage la parole. On aurait bien aimé en savoir plus long sur leur façon d'opérer. Parce que c'était superbement orchestré, et surtout que le « timing » était remarquable. Il y a derrière tout ça quelqu'un qui ne manque pas de talent.

— Et voilà pourquoi tu traînes toujours tes basques du côté de l'arsenal de Portlebury.

— Oui. Nous connaissons les deux extrémités de la filière : d'un côté Londres, de l'autre l'arsenal et le port de guerre. Nous savons où, quand et comment Larkin touchait sa paye. Seulement ça laisse un blanc. Et dans ce blanc se cache la fine fleur de l'organisation. C'est là que nous concentrons actuellement nos efforts, parce que c'est là que niche le « cerveau ». Il y a *quelque part* un quartier général prodigieusement bien organisé, dont la piste d'accès est brouillée non pas une seule fois mais probablement à l'infini.

— Qu'est-ce qui motivait Larkin ? voulut savoir Hardcastle. Un idéal politique ? L'orgueil ? Ou tout bêtement l'argent ?

— Il n'avait rien d'un idéaliste. A mon avis, l'argent.

— Et ça ne vous a pas permis de le coincer plus tôt ? Il en dépensait pas mal, non ? Il ne le planquait pas au fond de sa lessiveuse.

— Oh ! non, il le claquait au grand jour. En fait, nous étions prêts à l'épingler beaucoup plus tôt que nous ne voulons bien l'admettre.

Compréhensif, Hardcastle opina du bonnet :

— Vous avez fait mine de décrocher, histoire de l'utiliser un petit moment, c'est ça ?

— En gros, oui. Le temps qu'on le perce à jour, il avait déjà passé des informations importantes. On lui a donc fourni à notre tour des documents qui offraient toutes les apparences de l'importance et du sérieux. Dans le domaine où nous travaillons, il ne faut jamais avoir peur d'être pris pour des imbéciles.

— Je ne suis pas sûr que j'aimerais être à ta place, mon vieux, murmura Hardcastle, pensif.

— Ce n'est pas aussi excitant qu'un vain peuple se l'imagine. C'est même souvent ennuyeux comme la pluie. Mais il y a pire. On a de nos jours l'impression qu'aucune information n'est vraiment protégée. On connaît *leurs* secrets, *ils* connaissent les nôtres, nos agents sont souvent *leurs* agents et vice versa. Au bout du compte, va donc savoir qui double qui. Ça devient une sorte de cauchemar ! J'ai parfois l'impression que tout le monde connaît les secrets de tout le monde et que l'humanité entière conspire à prétendre que c'est faux.

— Je vois ce que tu veux dire.

Dick me regarda d'un air intrigué :

— Que tu continues à traîner du côté de Portlebury, je comprendrais assez. Mais pourquoi à Crowdean, qui se trouve à 15 kilomètres de là ?

— Ce après quoi je cours en réalité, répondis-je, ce sont des « crescents ».

— Des « crescents » ?

Hardcastle avait l'air ahuri.

— Oui, des croissants, si tu préfères. Ou alors des lunes. Des nouvelles lunes, des croissants de lune qui croissent et qui décroissent. Ma quête a débuté à Portlebury même. Il y a là un pub qui s'appelle *Le Croissant de Lune*. J'y ai perdu un temps fou. Ça m'avait pourtant l'air idéal. Puis il y a eu *La Lune et Les Etoiles. La Nouvelle Lune, La Belle Faucille, La Croix et le Croissant* – ça, c'était dans un patelin du nom de Seamede. Chou blanc sur toute la ligne. Alors j'ai abandonné la lune et attaqué les « crescents ». Il y a plusieurs « crescents » à Portlebury. Landbury Crescent, Aldridge Crescent, Livermead Crescent, Victoria Crescent.

Je pouffai de rire en voyant la tête de Dick :

— N'aie pas cet air effaré, mon vieux. J'avais mes raisons, un point de départ tangible.

Je sortis mon portefeuille et en tirai un papier que je lui tendis. Il s'agissait d'une feuille de papier à lettre à l'en-tête d'un hôtel sur laquelle un dessin rudimentaire avait été tracé :

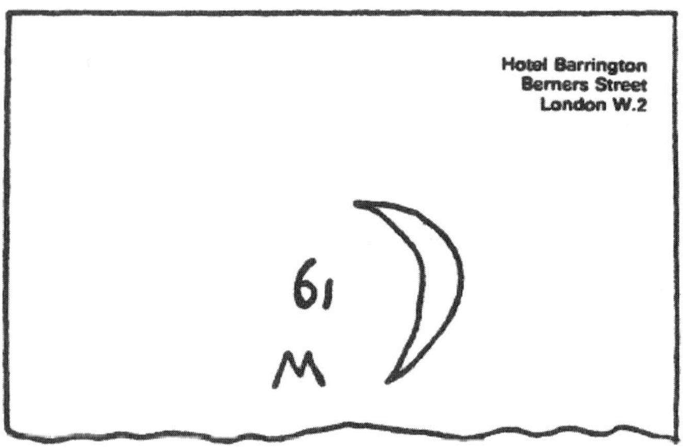

— Un dénommé Hanbury avait ça dans son portefeuille. Hanbury a beaucoup travaillé sur l'affaire Larkin. C'était un type formidable, un de nos meilleurs éléments. Il a été tué par un chauffard à Londres. Personne n'a relevé le numéro de la voiture. Je ne connais pas la signification de ce papelard, mais c'est un truc que Hanbury a noté, ou copié, parce qu'il pensait que c'était important. Une idée qui lui serait venue ? Quelque chose qu'il aurait vu ou entendu ? Quelque chose qui aurait eu un rapport avec un croissant de lune, un croissant tout court, ou encore un « crescent », et auquel il conviendrait d'ajouter le numéro 61 ainsi que l'initiale M ? C'est moi qui ai pris le relais après sa mort. Je ne sais pas encore ce que je cherche, mais je suis certain qu'il nous a mis là sur une piste. J'ai tracé un rayon de quinze kilomètres au départ de Portlebury et passé toute la zone au peigne fin. Je me suis échiné trois semaines sans obtenir le moindre résultat. Crowdean est sur mon chemin. Voilà, je t'ai tout dit. Honnêtement, Dick, je n'attendais pas grand-chose de Crowdean. On n'y compte qu'un seul « crescent ». Et c'est Wilbraham Crescent. J'avais l'intention d'y faire un petit tour pour renifler le n° 61 avant de passer te demander si tu n'aurais pas quelques tuyaux susceptibles de m'aider. Voilà à quoi j'étais occupé cet après-midi… mais ce fameux n° 61, je n'ai même pas été fichu de le dénicher.

— Comme je te l'ai déjà dit, le 61 est occupé par un entrepreneur local.

— Et ce n'est pas vraiment ce que je cherche. A moins qu'il n'ait une aide-ménagère en provenance de l'étranger, par hasard ?

— Possible. C'est aujourd'hui assez courant. Dans ce cas, elle aura été déclarée chez nous. Je te dirai ça demain.

— Merci, Dick.

— A propos, j'effectue demain une enquête de routine chez les voisins immédiats du 19. Est-ce qu'ils n'auraient pas vu quelqu'un entrer dans la maison, etc. Je rendrai également visite aux bicoques situées *derrière* le 19. Si tu veux, tu peux m'accompagner.

Je bondis d'enthousiasme :

— Je serai ton brave sergent Lamb, et je prendrai des notes en sténo.

Nous nous donnâmes rendez-vous pour le lendemain matin 9 heures et demie au poste de police.

Quand j'arrivai le lendemain matin à l'heure pile, je trouvai mon ami hors de lui.

Une fois qu'il eut congédié le malheureux subordonné sur le dos duquel il était occupé à casser du sucre, je lui demandai, avec les précautions d'usage, ce qui s'était passé.

Pendant un instant, il parut incapable d'articuler un mot. Puis il éclata :

— Ces foutues pendules !

— Toujours les pendules ? Qu'est-ce qu'elles t'ont encore fait ?

— Il en manque une.

— Pas possible ! Laquelle ?

— Le réveil de voyage, en cuir. Avec « Rosemary » gravé dans un coin.

J'émis un sifflement :

— Voilà qui n'est pas ordinaire. Explique-moi ça.

— Cette bande de crétins… et, ça m'embête, mais je suis bien obligé de me compter dans le lot… (Dick est l'honnêteté faite homme.) Si on oublie de leur mettre les points sur les *i*, tout part en eau de boudin ! Bon sang, hier, les pendules étaient toutes dans le salon. J'ai demandé à miss Pebmarsh de les tripoter pour voir si elles ne lui étaient pas familières. Elle ne les connaissait pas. Et puis les types sont venus pour embarquer le corps.

— Oui ?

— Je suis allé jusqu'à la grille pour superviser le transport, et quand je suis revenu dans la maison, j'ai échangé quelques mots avec miss Pebmarsh qui se trouvait dans la cuisine. Je lui ai dit qu'il me fallait emporter les pendules et que j'allais lui signer un reçu.

— Je m'en souviens, je t'ai entendu.

— Sur quoi j'ai annoncé à la fille qu'on allait la raccompagner et je t'ai demandé de l'escorter jusqu'à la voiture.

— Exact.

— J'ai donné le reçu à miss Pebmarsh, bien qu'elle m'ait affirmé que cela n'était pas nécessaire vu que les pendules ne lui appartenaient pas. Puis je t'ai rejoint. J'ai dit à Edwards que je voulais qu'on emballe soigneusement les pendules du salon et qu'on les transporte jusqu'ici. Toutes sauf le coucou et, bien évidemment, l'horloge de parquet.

Et c'est là que j'ai cafouillé. J'aurais dû préciser les *quatre* pendules. Edwards assure qu'il est aussitôt allé exécuter la consigne. Et il jure ses grands dieux qu'en dehors du coucou et de l'horloge il n'en a trouvé que trois à se mettre sous le bras.

— Le laps de temps disponible n'était pas considérable. Ce qui reviendrait à dire que…

— La Pebmarsh peut avoir fait le coup. Il lui suffisait de rafler le réveil dès que j'ai eu le dos tourné et de l'emporter en se rendant tout droit à la cuisine.

— Effectivement. Mais pourquoi ?

— Ça reste à éclaircir. Tu vois quelqu'un d'autre ? La fille aurait pu le faire ?

Je réfléchis :

— Je ne pense pas. Je…

Je m'arrêtai net car je venais de me rappeler un détail.

— C'est donc elle qui l'a fait, grinça Hardcastle. Vas-y. C'était quand ?

— On se dirigeait vers la voiture de police, concédai-je à regret. Elle avait oublié ses gants. Je lui ai dit : « Je vais vous les chercher. » Mais elle m'a répondu : « Non… je sais exactement où je les avais posés. Ça m'est égal de retourner dans le salon maintenant qu'ils l'ont emporté. » Et elle est partie en courant. Mais elle n'est restée qu'une minute dans la maison…

— Quand elle est revenue, elle les avait enfilés ou elle les tenait à la main ?

J'hésitai :

— Oui… oui, je crois qu'elle les avait enfilés.

— Donc elle ne l'avait pas fait, trancha Hardcastle, sans quoi tu n'aurais pas hésité.

— Elle les avait sans doute fourrés dans son sac.

— Le chiendent, reprit Hardcastle sur un ton accusateur, c'est que tu en pinces pour cette fille.

— Ne sois pas débile, protestai-je avec vigueur. Je l'ai vue hier après-midi pour la première fois, et ce n'était pas au cours de ce qu'il est convenu d'appeler un tête-à-tête romantique.

— Au contraire. On n'a pas tous les jours une fille qui vous tombe dans les bras en bêlant au secours dans le plus pur style victorien. Ça vous pousse un homme à enfourcher le blanc destrier du héros protecteur. Seulement, compte sur moi pour y mettre le holà. Pour ce qu'on en sait, cette fille est peut-être bien impliquée dans ce meurtre jusqu'au cou.

— Tu ne me feras pas gober que ce petit bout de femme de rien du tout a poignardé un homme, qu'elle a ensuite caché l'arme du crime avec tant d'ingéniosité qu'aucun de tes sbires ne l'a encore retrouvée et qu'elle s'est ensuite précipitée en hurlant dans la rue à seule fin de me jouer la grande scène du II ?

— Tu serais surpris par ce que j'ai pu voir au cours de ma chienne d'existence, bougonna Hardcastle.

— Et moi, pour qui tu me prends ? répliquai-je, outré. Ma vie est remplie d'espionnes sublimes débarquées des quatre coins de la planète. Les plus tartes d'entre elles dotées de courbes de niveau à faire oublier à un privé américain le litron de tord-boyaux qu'il planque dans le classeur des affaires en attente. Je suis immunisé contre les femelles et leurs sortilèges, mon petit vieux.

— Chacun connaît un jour son Waterloo, répliqua Hardcastle. Il suffit que la femme ait la bonne pointure. A mon avis, Sheila Webb est ton type.

— Quoi qu'il en soit, je ne pige pas pourquoi tu tiens à lui coller ça sur le dos.

Hardcastle soupira :

— Je ne lui colle rien sur le dos… mais il faut bien que je prenne cette affaire par un bout. On a trouvé le corps chez la Pebmarsh. Donc la Pebmarsh est impliquée. Et ce corps, qui l'a découvert ? C'est la môme Webb. Inutile de te rappeler que la personne qui découvre le corps est souvent celle qui l'a vu en vie pour la dernière fois. Jusqu'à plus ample informé, je garde ces deux-là à l'œil.

— Quand j'ai pénétré dans cette pièce juste après 15 heures, l'homme était mort depuis au moins une demi-heure, probablement davantage. Qu'est-ce que tu dis de ça ?

— Entre 13 h 30 et 14 h 30, Sheila Webb était de sortie… pour aller déjeuner ?

Je lui jetai un regard exaspéré :

— Tu en es où avec Curry ?

— Nulle part ! lança Hardcastle, redevenu brusquement maussade.

— Qu'est-ce que tu veux dire avec ton « nulle part » ?

— Eh bien, que son nom est inconnu… que ce type n'existe pas.

— Et la compagnie d'assurances Metropolis, qu'est-ce qu'elle en pense ?

— Rien. Pour l'excellente raison que la compagnie d'assurances Metropolis n'existe pas non plus. Quant à Mr Curry, de Denvers Street, eh bien il n'y a pas de Mr Curry, pas plus que de Denvers Street, n° 7 ou de tout autre numéro.

— Intéressant. Tu veux dire qu'il s'agissait de fausses cartes de visite avec un faux nom, une fausse adresse et une compagnie d'assurances fantôme ?

— Apparemment.

— Et tout ça dans quel but, à ton avis ?

Hardcastle haussa les épaules :

— Pour le moment, je joue aux devinettes. Escroquerie à l'assurance ? Moyen de s'introduire chez les gens pour pratiquer le vol à l'américaine ? Peut-être pratiquait-il encore le filoutage, le chapardage d'objets sans grande valeur. Ou alors c'était un détective privé. On n'en sait strictement rien.

— Mais tu ne tarderas pas à le savoir.

— Aucun doute là-dessus. On a envoyé ses empreintes au labo. Espérons qu'il a un casier, nous aurons alors fait un grand pas. Sinon, ce sera déjà plus coton.

— Un privé… rêvai-je. Ça me plairait assez. Ça nous ouvrirait de nouveaux horizons.

— Pour le moment, il est plutôt bouché, l'horizon.

— Et l'enquête par-devant jury, c'est pour quand ?

— Après-demain. Une simple formalité, l'affaire sera renvoyée.

— Que dit le rapport médical ?

— Bof ! Poignardé avec un instrument affilé. Quelque chose comme un couteau à légumes.

— Ça innocenterait plutôt miss Pebmarsh, non ? fis-je après réflexion. Je vois mal une aveugle poignarder un homme. Parce qu'elle est vraiment aveugle, je suppose ?

— Eh oui. Nous avons vérifié. Ce qu'elle nous a dit sur son propre compte est parfaitement exact. Elle a enseigné les mathématiques dans le Nord du pays, puis elle a perdu la vue il y a environ seize ans, a appris le braille et a fini par décrocher un poste à l'institut Aaronberg.

— Elle pourrait travailler du chapeau, tu crois pas ?

— Et faire une fixation sur les pendules et les agents d'assurances ?

— Devant un cas aussi extraordinaire, les mots vous manquent ! avouai-je en me laissant emporter par l'enthousiasme. On jurerait du Ariadne Oliver dans ses pires moments… ou du feu Garry Gregson au mieux de sa forme…

— Vas-y… rigole un bon coup ! Ce n'est pas toi le malheureux inspecteur chargé de l'enquête. Toi, tu n'as pas de comptes à rendre à un superintendant, au patron de la police du comté et à une kyrielle de gros bonnets du Yard !

— Bon, bon ! Peut-être les voisins nous en apprendront-ils davantage.

— J'en doute, s'assombrit Hardcastle décidément de plus en plus pessimiste. Même si ce type s'était fait poignarder sur le trottoir et si deux individus masqués l'avaient transporté dans la maison, le quartier tout entier n'y aurait sans doute vu que du feu et nous n'aurions probablement pas de témoins. Manque de chance, nous ne sommes pas dans un village. Wilbraham Crescent est une rue bourgeoisement habitée, au cœur d'un quartier résidentiel. A 1 heure de l'après-midi, les femmes de ménage qui auraient pu voir quelque chose sont déjà rentrées chez elles. Il n'y a pas la moindre nurse poussant un landau à l'horizon.

— Ni de vieillard paralytique posté à sa fenêtre ?

— C'est ce qu'il nous faudrait, mais c'est ce que nous n'avons pas.

— Quid du n° 18 et du n° 20 ?

— Le 18 est occupé par Mr Waterhouse, premier clerc chez Gainsford & Swettenham, avoués, et par sa sœur, dont le passe-temps favori consiste à le faire tourner en bourrique. Tout ce que je sais du 20, c'est que la femme qui y habite élève une vingtaine de chats. Et j'ai une sainte horreur des chats.

Je convins bien volontiers avec lui que la vie de flic n'était pas une existence. Et sur ces bonnes paroles nous nous mîmes en route.

7

Se dandinant nerveusement sur les marches du 18, Wilbraham Crescent, Mr Waterhouse se retourna pour jeter à sa sœur un regard inquiet :

— Tu es certaine que tout ira bien ?

Miss Waterhouse eut un reniflement indigné :

— Je ne vois vraiment pas ce que tu entends par là, James.

Mr Waterhouse prit un air contrit. Il lui fallait si souvent jouer la contrition que c'était devenu chez lui une seconde nature :

— Mais enfin, ma chère, si l'on songe à ce qui s'est passé hier dans la maison d'à côté…

Mr Waterhouse s'apprêtait à partir pour l'étude d'avoués où il travaillait. Bien mis, épaules un peu voûtées, cheveux gris, visage tirant lui aussi vers le gris plutôt que vers le rose, il n'offrait cependant pas l'image d'un individu en mauvaise santé.

Miss Waterhouse, quant à elle, était grande et anguleuse. Elle appartenait à ce type de femmes qui se montrent volontiers peu indulgentes envers elles-mêmes et résolument intolérantes envers autrui.

— Comment peux-tu imaginer, James, que sous prétexte que quelqu'un a été assassiné dans la maison d'à côté, je risque à mon tour de subir le même sort aujourd'hui ?

— Mais, Edith, tout dépend, tu n'en disconviendras pas, de la personnalité de l'assassin.

— Tu penses en fait que quelqu'un arpente Wilbraham Crescent pour sélectionner une victime sous chaque toit ? Réellement, James, voilà qui relève du blasphème.

— Du blasphème ? balbutia Mr Waterhouse, au comble de la stupeur.

Jamais il ne lui serait venu à l'idée que sa timide remarque allât si loin.

— Cela évoque la Pâque ! s'écria miss Waterhouse. Qui, permets-moi de te le rappeler en passant, figure aux Saintes Ecritures.

— C'est un peu tiré par les cheveux, Edith.

— Il ferait en tout cas beau voir que quelqu'un s'avise de venir ici pour essayer de me tuer, *moi* ! lança miss Waterhouse avec fougue.

Son frère réfléchit à part lui que la chose semblait, tout compte fait, hautement improbable. Eût-il dû lui-même choisir une victime qu'il n'aurait certainement pas jeté son dévolu sur sa sœur. Quiconque s'aviserait de mettre pareil projet à exécution courrait le risque de se faire assommer à coups de tisonnier ou de cale-porte en fonte avant que d'être remis à la police, humilié et baignant dans son sang.

— Je voulais simplement te rappeler, se défendit-il, la mine de plus en plus contrite, que des gens… euh… peu recommandables traînent dans les parages.

— Nous ne savons pas encore ce qui s'est passé au juste, répliqua miss Waterhouse. La rumeur va bon train. Mrs Head est arrivée ce matin avec un lot d'histoires insensées.

— Je m'en doute, je m'en doute, tenta d'éluder Mr Waterhouse en consultant sa montre.

Il n'avait guère envie d'entendre relater les commérages de leur intarissable femme de ménage. Sa sœur avait généralement tôt fait de tourner en dérision les élucubrations débridées de Mrs Head, ce qui ne l'empêchait pas d'y prendre un plaisir certain.

— Certains prétendent que cet homme était le trésorier ou un administrateur de l'institut Aaronberg, qu'un trou avait été relevé dans la comptabilité et qu'il était venu se livrer à des investigations chez miss Pebmarsh.

— Raison pour laquelle miss Pebmarsh l'aurait assassiné ? pronostiqua Mr Waterhouse que cette version des faits intéressait modérément.

— Elle l'aurait étranglé en lui passant un fil de fer autour du cou. Il n'était pas sur ses gardes, mets-toi à sa place, une aveugle… Remarque, je n'en crois pas un mot. Miss Pebmarsh est une excellente personne. Je ne suis certes pas toujours d'accord avec elle sur bien des sujets, mais ce n'est pas une raison pour lui prêter des intentions criminelles. Je me contente de trouver que ses opinions relèvent souvent d'un fanatisme extravagant. Après tout, il n'y a pas que les problèmes d'éducation dans la vie. Ces lycées modernes tout en verre ne m'inspirent rien qui vaille. On jurerait des serres conçues pour y faire pousser concombres et tomates. Je suis sûre qu'au cours des mois d'été, c'est très mauvais pour les enfants. Mrs Head est allée jusqu'à me confirmer que sa petite Susan n'aimait pas ses nouvelles salles de cours. Elle prétend qu'avec toutes ces vitres, il est très difficile de se concentrer et de ne pas passer son temps à regarder par la fenêtre.

— Evidemment, évidemment, soupira Mr Waterhouse en regardant à nouveau sa montre. Mon Dieu, mon Dieu, je suis très en retard. A plus tard, ma chère. Fais bien attention à toi. Ne vaudrait-il pas mieux mettre la chaîne à la porte d'entrée ?

Miss Waterhouse y alla d'un second reniflement méprisant. Après avoir refermé la porte derrière son frère, elle s'apprêtait à monter au premier quand elle s'arrêta, réfléchit une seconde, se dirigea vers son sac de golf et en retira un club qu'elle disposa à un endroit stratégique près de la porte.

— Voilà, conclut-elle avec satisfaction.

Bien sûr, James disait n'importe quoi. Mieux valait néanmoins se tenir sur ses gardes. A une époque où on encourageait les fous à sortir des asiles sous prétexte de les laisser mener une vie normale, la société faisait courir de grands dangers aux innocents.

Miss Waterhouse était dans sa chambre quand Mrs Head apparut en haut de l'escalier, tout excitée. Mrs Head était petite et rondouillette, une vraie balle de caoutchouc. Toujours radieuse quoi qu'il arrive.

— Y a en bas deux messieurs qui veulent vous voir, trémola Mrs Head au comble du bonheur. Enfin, des messieurs… si qu'on veut… y sont d'la police.

Et elle tendit une carte à miss Waterhouse.

— Inspecteur Hardcastle, lut cette dernière à voix haute. Vous les avez fait entrer au salon ?

— Que non ! Dans la salle à manger. J'avais débarrassé la table du p'tit déjeuner et j'me suis pensé qu'ce serait mieux d'les y mettre. C'est qu'des policiers, si on va par là.

Miss Waterhouse, qui ne suivait pas bien le raisonnement de la brave femme, se contenta de signaler qu'elle allait descendre.

— Sûr que c'est pour vous causer d'miss Pebmarsh, haleta Mrs Head. Y vont vous demander si des fois vous auriez rien remarqué d'bizarre dans sa façon de faire. A c'qui paraîtrait qu'ce genre de folie furieuse, ça peut vous tomber dessus d'un coup. Même qu'ça se voit pas faire. Mais à c'qui paraîtrait aussi qu'y a quand même des signes prémoniteurs, des trucs, quoi : dans leur façon de parler, et puis des lueurs, à c'qu'on dit, des lueurs au fond d'leurs yeux. Mais avec une aveugle, forcément…

Elle secoua la tête.

Miss Waterhouse descendit les marches d'un pas martial et pénétra dans la salle à manger, agréablement titillée par une curiosité qu'elle dissimula sous son agressivité coutumière :

— Inspecteur Hardcastle ?

— Bonjour, miss Waterhouse.

Hardcastle s'était levé. Il était accompagné d'un grand jeune homme brun que miss Waterhouse ne prit même pas la peine de saluer. Elle ne prêta non plus aucune attention au rapide et pratiquement inaudible « sergent Lamb » que bredouilla le ci-dénommé.

— J'espère que je ne vous dérange pas à cette heure matinale, s'excusa Hardcastle. Mais vous vous doutez certainement de ce qui m'amène. Vous avez dû entendre parler du drame qui s'est déroulé hier chez votre voisine.

— Un meurtre chez un voisin passe rarement inaperçu. J'ai même dû refermer ma porte au nez d'un ou deux reporters qui voulaient savoir si je n'avais rien remarqué.

— Vous les avez envoyés promener ?

— Evidemment.

— Vous avez bien fait. Ils cherchent toujours à se faufiler chez les gens, mais il est manifeste que vous possédez l'art de gérer ce type de situation.

Devant ce compliment, miss Waterhouse s'autorisa à laisser paraître une certaine satisfaction.

— J'espère que vous ne nous en voudrez pas de vous poser des questions de même ordre, poursuivit Hardcastle. Et si vous aviez effectivement vu quelque chose qui pourrait nous être utile, nous vous serions très reconnaissants de nous le signaler. Je suppose que vous étiez chez vous quand ça s'est passé ?

— Je ne sais même pas quand le crime a été commis, accusa miss Waterhouse.

— D'après nous, entre 13 h 30 et 14 h 30.

— Dans ce cas, j'étais ici, cela va de soi.

— Et votre frère ?

— Il ne rentre pas déjeuner. Mais qui a été assassiné ? Je n'ai rien lu à ce sujet dans le bref article du journal local.

— Nous ne le savons toujours pas.

— Un inconnu ?

— Il semble bien.

— Vous ne voulez tout de même pas dire que miss Pebmarsh ne le connaissait pas non plus ?

— Miss Pebmarsh nous a assuré qu'elle n'attendait pas cet encombrant visiteur et qu'elle n'avait par ailleurs pas la moindre idée de qui il pouvait bien s'agir.

— Comment peut-elle affirmer cela, elle qui n'y voit rien ?

— Nous lui en avons fait une description détaillée.

— Quel genre d'homme était-ce ?

Hardcastle sortit une photo d'une enveloppe et la lui tendit :

— Voilà l'individu en question. Avez-vous une idée de son identité ?

Miss Waterhouse se pencha sur le document :

— Non, non… je suis certaine de ne l'avoir jamais vu. Mon Dieu, mais il a tout l'air d'un homme très respectable.

— Il devait avoir en effet l'air éminemment respectable, reconnut l'inspecteur. On dirait un juriste ou un quelconque homme d'affaires.

— Absolument. Cette photo n'est pas du tout angoissante. On croirait qu'il dort.

Hardcastle ne lui confia pas que ce cliché-là avait été sélectionné parce qu'il était justement le moins dérangeant du lot :

— La mort est parfois plus douce qu'on ne le craint d'ordinaire. Je ne pense pas que cet homme avait la moindre idée qu'elle venait à lui quand elle s'est présentée.

— Et que dit miss Pebmarsh de tout ça ? voulut savoir miss Waterhouse.

— Elle est assez désorientée.

— C'est une histoire ahurissante, commenta Edith Waterhouse.

— Tout cela posé, pouvez-vous nous aider, miss Waterhouse ? Soyez assez bonne pour vous reporter à la journée d'hier. Vous est-il arrivé de regarder par la fenêtre ou vous seriez-vous par hasard trouvée dans votre jardin, mettons entre midi et demi et 1 heure ?

Miss Waterhouse se concentra :

— Oui, je suis effectivement descendue au jardin… Voyons voir, ça devait forcément être avant 1 heure. J'en suis remontée vers 1 heure moins 10, je me suis lavé les mains et me suis mise à table pour le déjeuner.

— Avez-vous vu miss Pebmarsh entrer ou sortir de chez elle ?

— Il me semble bien qu'elle est entrée – j'ai entendu la grille grincer – oui, un peu après midi et demi.

— Vous ne lui avez pas parlé ?

— Oh ! non. C'est juste le grincement de la grille qui m'a fait lever la tête. C'est généralement à cette heure-là qu'elle rentre. Après avoir fini de donner ses cours, j'imagine. Comme vous le savez certainement, elle est enseignante dans un institut pour enfants handicapés.

— Dans sa déposition, miss Pebmarsh a déclaré qu'elle était ressortie vers 1 heure et demie. Vous confirmez cette déclaration ?

— Eh bien, je ne pourrais pas vous donner l'heure exacte mais… oui, je me souviens de l'avoir vue passer devant le portail.

— Excusez-moi, miss Waterhouse, mais vous avez dit « passer devant le portail ».

— Absolument. J'étais au salon. Il donne sur la rue, alors que la salle à manger où nous sommes en ce moment donne, comme vous le voyez, sur le jardin qui se trouve derrière la maison. Mais après déjeuner j'ai pris mon café au salon et je m'étais assise près de la fenêtre. Je lisais le *Times* et, à un moment donné, en tournant une page, j'ai vu miss Pebmarsh passer devant chez moi. Qu'y a-t-il d'extraordinaire à cela, inspecteur ?

— Rigoureusement rien, sourit l'inspecteur. Mais j'avais cru comprendre que miss Pebmarsh devait faire quelques courses ainsi qu'un saut à la poste, et je me faisais la réflexion que mieux aurait valu pour elle, dans ce cas, remonter le « crescent ».

— Tout dépend des magasins que vous fréquentez, dit miss Waterhouse. Bien sûr, pour les boutiques les plus proches, il vaut mieux passer comme vous dites, et il y a une poste dans Albany Road.

— Mais peut-être que miss Pebmarsh a l'habitude de passer devant chez vous à cette heure-là ?

— En vérité, je ne sais pas au juste à quelle heure miss Pebmarsh a l'habitude de sortir, ni la direction qu'elle prend. Loin de moi l'idée de surveiller mes voisins, inspecteur. Je suis une femme occupée. J'en connais trop qui passent le plus clair de leur temps à regarder par la fenêtre, à surveiller les allées et venues et à noter qui va chez qui. C'est bon pour les invalides ou les oisifs, qui ne songent qu'à alimenter les commérages.

Elle avait dit cela avec une telle animosité que l'inspecteur en conclut qu'elle avait quelqu'un de bien précis en tête.

— Bien sûr, bien sûr, s'empressa-t-il de la calmer. Elle a très bien pu aller téléphoner, enchaîna-t-il. Il n'y a pas une cabine publique de ce côté-là ?

— Si. En face du 15.

— Maintenant, venons-en à la question essentielle, miss Waterhouse : avez-vous vu entrer cet homme ? « L'homme mystérieux », comme l'appellent les journaux du matin ?

Miss Waterhouse secoua la tête :

— Non, je ne l'ai pas vu, ni lui ni un autre.

— Que faisiez-vous entre 13 h 30 et 15 heures ?

— J'ai passé environ une demi-heure sur les mots croisés du *Times* – inutile de vous dire que je ne les ai pas terminés. Puis je suis allée à la cuisine pour faire la vaisselle. Voyons… J'ai ensuite écrit une ou deux lettres, réglé des factures, puis je suis montée à l'étage pour trier du linge que je voulais emporter chez le blanchisseur. Je crois que c'est de ma chambre que j'ai entendu tout ce remue-ménage à côté. Quelqu'un hurlait et je me suis approchée de la fenêtre. Un jeune homme et une jeune fille se tenaient devant la grille. Il m'a semblé qu'il l'étreignait.

Mal à l'aise, le sergent Lamb se dandina d'un pied sur l'autre, mais miss Waterhouse ne le regardait pas et était manifestement à mille lieues d'imaginer qu'il puisse être le jeune homme en question.

— Le garçon, je ne l'ai vu que de dos. Il semblait se disputer avec la fille. Finalement, il l'a assise par terre, le dos contre le montant du portail. Les jeunes ont de ces idées ! Et puis il s'est précipité dans la maison en courant.

— Vous n'aviez pas vu rentrer miss Pebmarsh très peu de temps avant ?

Miss Waterhouse secoua la tête :

— Non. Je ne crois d'ailleurs pas que j'aurais jamais regardé par la fenêtre si je n'avais pas entendu ces vociférations. Quoi qu'il en soit, je n'ai pas prêté grande attention à tout ça. Les jeunes gens ont de nos jours un comportement si étrange – ils s'égosillent, ils se bousculent, ils gloussent, ils font toutes sortes de bruits d'animaux – que je n'avais aucune idée de la gravité de la situation. C'est seulement quand les voitures de police sont arrivées que j'ai commencé à m'inquiéter.

— Qu'avez-vous alors fait ?

— Eh bien, je suis naturellement sortie de la maison. Je suis restée un instant sur le perron, puis j'ai fait demi-tour pour me rendre dans le jardin. Je me demandais ce qui se passait, mais il n'y avait pas grand-chose à voir de ce côté-là non plus. Quand je suis revenue sur le devant, j'ai constaté qu'un attroupement était en train de se former. Quelqu'un m'a crié qu'il y avait eu un meurtre. Cela m'a semblé tout à fait insensé. Tout à fait insensé, répéta miss Waterhouse sur un ton hautement réprobateur.

— Rien d'autre ne vous revient à l'esprit ? Rien qui vaille selon vous la peine de nous être signalé ?

— Hélas, vraiment rien.

— Quelqu'un vous aurait-il récemment écrit pour vous proposer une police d'assurance ? Ou donné un rendez-vous dans ce but ?

— Non. Absolument pas. James et moi sommes assurés à la Mutuelle d'Entraide. Bien sûr, qui d'entre nous ne reçoit pas de la publicité ou des circulaires en tout genre ? Mais récemment, non, je ne vois pas.

— Pas de lettres signées d'un certain Curry ?

— Curry ? Non, absolument pas.

— Et le nom de Curry ne vous dit rien ?

— Non. Il le devrait ?

Hardcastle sourit :

— Non. Je ne le crois pas un instant. Tout au plus s'agit-il là du nom que s'était donné l'homme qu'on a assassiné.

— Ce n'était pas son vrai nom ?

— Nous avons des raisons de penser que ce ne l'était pas.

— Un quelconque escroc, si je comprends bien ?

— Nous ne pouvons l'affirmer avant d'en avoir la preuve.

— Oui, évidemment. Evidemment. Vous devez faire attention, je sais bien, dit miss Waterhouse. Ce n'est pas comme certains, par ici. Ils raconteraient n'importe quoi. A se demander comment ils ne sont pas tout le temps cités pour diffamation.

— Verbale. Pour diffamation verbale, précisa le sergent Lamb dont c'était les premières paroles.

Miss Waterhouse le regarda, surprise, comme si elle venait de réaliser qu'il était doté d'une vie propre et n'était pas seulement le nécessaire appendice de l'inspecteur Hardcastle.

— Croyez bien que je suis désolée de ne pas pouvoir vous aider. Vraiment désolée, se reprit-elle.

— Moi aussi, soupira Hardcastle. Une personne de bon sens comme vous, intelligente et dotée d'un grand sens de l'observation aurait pu nous être très utile comme témoin.

— Je regrette *tellement* de n'avoir rien vu !

Sa voix avait maintenant des accents d'ingénue désenchantée.

— Et votre frère, Mr James Waterhouse ?

— Oh ! James n'a certainement rien remarqué, dit-elle d'un ton méprisant. Il ne voit jamais rien. Et puis, de toute façon, il était chez Gainsford & Swettenham, dans High Street. Oh ! non, James ne pourrait vous être d'aucune utilité : comme je vous l'ai dit, il ne rentre pas à midi.

— Où déjeune-t-il habituellement ?

— Il se contente d'un café et de sandwiches aux *Three Feathers*. Un établissement très bien. Ils se sont spécialisés dans les en-cas rapides pour les gens qui travaillent dans le quartier.

— Merci, miss Waterhouse. Bon, nous n'allons pas vous retenir plus longtemps.

Il se leva et miss Waterhouse les raccompagna. Dans le hall, Colin Lamb se saisit du club de golf posé près de la porte :

— Le beau club que voilà ! Et sa tête est impressionnante.

Il le soupesa :

— Je vois, miss Waterhouse, que vous êtes parée contre toute éventualité.

Miss Waterhouse perdit quelque peu contenance :

— Vraiment, je ne comprends pas comment ce club est arrivé ici.

Elle le lui arracha des mains et le remit dans le sac de golf.

— Vous avez quand même raison de prendre vos précautions, la consola Hardcastle.

Miss Waterhouse leur ouvrit la porte et la referma derrière eux.

— Eh bien, soupira Colin Lamb, nous n'en avons pas tiré grand-chose. Et tu n'as pourtant pas lésiné sur la pommade. C'est ta méthode habituelle ?

— Elle a souvent fait ses preuves. Ces viragos répondent généralement assez bien à la flatterie.

— Elle ronronnait comme une chatte face à une soucoupe de lait, grommela Colin. Malheureusement, ça n'a pas porté ses fruits.

— Non ? ironisa Hardcastle.

Colin lui jeta un rapide coup d'œil :

— Tu fais référence à quoi ?

— A un petit détail, peut-être sans importance : miss Pebmarsh est partie faire des courses et un saut à la poste, mais elle a tourné *à gauche* au lieu de tourner *à droite*. Or, d'après miss Martindale, le fameux coup de téléphone a été passé vers 2 heures moins 10.

Le regard de Colin se fit inquisiteur :

— Tu penses que, malgré ses dénégations, ce serait quand même elle qui aurait donné ce coup de fil ? Elle s'est pourtant montrée très catégorique.

— Oui, acquiesça Hardcastle. On ne peut plus catégorique.

Le ton employé avait été d'une parfaite neutralité.

— Mais si elle l'a réellement fait, pourquoi ?

— Oh ! les *pourquoi*, j'en ai plein le dos ! s'emporta Hardcastle. Pourquoi ci ? Pourquoi ça ? *Pourquoi* tout ce cirque ? Si c'est miss Pebmarsh qui a donné ce coup de fil, pourquoi voulait-elle attirer cette fille sur les lieux ? S'il s'agissait de quelqu'un d'autre, pourquoi voulait-on impliquer miss Pebmarsh dans cette histoire ? Nous nageons dans le brouillard. Si la mère Martindale avait connu miss Pebmarsh, elle aurait su s'il s'agissait de sa voix ou non, ou en tout cas si on pouvait raisonnablement estimer qu'elle ressemblait à la sienne. Bon, d'accord, nous n'avons pas tiré grand-chose du n° 18. Voyons si le n° 20 nous réussira davantage.

8

Outre un numéro, le 20, Wilbraham Crescent possédait un nom. Un nom passablement incongru : « Le Logis de Diane ». Histoire de contenir les intrus, un épais enchevêtrement de barbelés doublait la clôture. Et l'envahissante haie de lauriers hirsutes avait de toute évidence pour mission de décourager ceux qui n'auraient pas encore compris qu'il était malvenu de pousser la grille.

— Pourquoi diable « Le Logis de Diane » ? s'interrogea Colin Lamb. Si jamais baraque a mérité de s'appeler « Les Lauriers », c'est bien celle-ci.

Il regarda autour de lui. « Le Logis de Diane » ne faisait pas dans le style léché et les parterres de fleurs. Ses points forts étaient le buisson abandonné à lui-même et le relent ammoniacal – le pipi de chat dans toute sa splendeur. La bâtisse semblait au bord du délabrement et de sérieuses réparations n'auraient pas fait de mal aux gouttières. Seule preuve d'un entretien récent, la porte d'entrée, fraîchement laquée de bleu cru, soulignait encore la décrépitude de l'ensemble. Il n'y avait pas de sonnerie électrique mais une sorte de poignée que l'on était censé tirer. L'inspecteur s'exécuta et un faible tintement retentit à l'intérieur.

— On dirait un camp retranché, murmura Colin. Ou un château hanté.

Ils attendirent un bon moment, et puis des bruits se firent entendre. Des sons bizarres. Une sorte de roucoulement haut perché, de litanie mi-parlée mi-chantée.

— Que diable… commença Hardcastle.

La crooneuse-colorature approchait apparemment et on commençait à percevoir des mots :

— Non, chéri-chéri. Par là, mon amour. 'tention, 'tention à ta queue-minette, mon Shah-Shah-Mimi de Perse à moi. Cléo, voyons… oooh ! nooon, Cléopâtre… Aaah ! minou-minou-vroum-vroum. Ah ! minou-minou-lou-lou…

Des portes claquèrent. En fin de compte, la porte d'entrée s'ouvrit. Et ils se trouvèrent face à une créature en robe d'intérieur de velours vert mousse assez râpée. Ses mèches de cheveux filasse laborieusement érigées en échafaudage formaient une coiffure très à la mode une trentaine d'années plus tôt. Un tour de cou de fourrure rousse parachevait le tableau.

— Mrs Hemming ? s'enquit Hardcastle, dubitatif.

— Je suis Mrs Hemming. Doucement, Rayon de Soleil, doucement mon trésor à sa maman.

C'est à ce moment-là que l'inspecteur comprit que le tour de cou de fourrure rousse était un chat. Et qu'il ne s'agissait pas d'un chat isolé. Trois autres félins s'égrenaient dans le couloir, deux d'entre eux miaulant avec fureur. Ils foudroyaient maintenant les visiteurs en tournant doucement autour des jupes de leur maîtresse. Une pénétrante odeur de chat offensait les narines des deux hommes.

— Je suis l'inspecteur Hardcastle.

— J'espère que vous venez me voir au sujet de cet ignoble individu envoyé par la Prévention de la Cruauté envers les Animaux ! s'enflamma Mrs Hemming. Un scandale ! J'ai écrit pour le dénoncer. Prétendre que les conditions de vie de mes chats étaient préjudiciables à leur bonheur et à leur santé ! Ce qu'il ne faut pas entendre ! Je vis pour mes chats, inspecteur. Ils sont ma seule joie, mon seul plaisir dans l'existence. Je me mets en quatre pour eux. Shah-Shah-Mimi... Pas *là,* mon chéri.

Shah-Shah-Mimi ne prêta aucune attention à la main qui tentait de le refréner et sauta sur la console du couloir.

Il s'y assit et commença à faire sa toilette en gardant un œil sur les visiteurs.

— Entrez, dit Mrs Hemming. Oh ! mon Dieu, non, pas dans cette pièce. J'avais oublié...

Elle poussa une autre porte sur la gauche. L'atmosphère y était encore plus épicée :

— Entrez, mes jolis minous, entrez, entrez.

Divers brosses et peignes hérissés de poils de chat traînaient sur les chaises et les tables. Des coussins maculés jonchaient le sol. Et la pièce comptait au moins six chats supplémentaires.

— Je vis pour mes chéris, expliqua Mrs Hemming. Ils comprennent chaque mot de ce que je leur dis.

Non sans témérité, l'inspecteur Hardcastle s'avança. Malheureusement pour lui, il appartenait à cette catégorie d'êtres humains qui ne peuvent pas voir les chats en peinture. Comme toujours dans ces cas-là, les chats accoururent en troupe. L'un d'eux sauta sur ses genoux tandis qu'un autre se frottait affectueusement contre ses jambes de pantalon. L'inspecteur Hardcastle, qui était un homme courageux, serra les dents et prit son mal en patience.

— Je me demandais si vous accepteriez que je vous pose quelques questions, Mrs Hemming, c'est au sujet…

— Mais tout ce que vous voudrez, l'interrompit Mrs Hemmings. Je n'ai rien à cacher. Je peux vous montrer la nourriture que je leur donne, les lits où ils dorment, cinq dans ma chambre, et les sept autres en bas. Ils ne mangent que du poisson frais que je leur prépare moi-même.

— Ça n'a rien à voir avec les chats, rectifia Hardcastle en haussant la voix. Je suis venu vous parler de ce triste événement qui s'est produit dans la maison à côté et dont vous avez certainement entendu parler.

— A côté… Ah ! le chien de Mr Joshua ?

— Non, dit Hardcastle, pas du tout. Je parle du n° 19, où un homme a été trouvé mort hier.

— Vraiment ? dit Mrs Hemming avec un intérêt poli mais sans plus.

Elle couvait toujours ses chats du regard.

— Puis-je vous demander si vous étiez chez vous hier après-midi ? Et plus précisément entre 13 h 30 et 15 h 30 ?

— Oh ! oui, bien sûr. J'ai l'habitude de faire mes courses très tôt le matin, ce qui me permet de rentrer de bonne heure préparer le déjeuner de mes chéris avant de les peigner et de leur faire leur toilette.

— Avez-vous remarqué une quelconque agitation ? Des voitures de police, une ambulance…

— Je n'ai pas regardé par les fenêtres côté rue. Je suis allée à l'arrière, dans le jardin, parce qu'Arabella chérie avec disparu. C'est une jeune chatte, voyez-vous, elle avait grimpé à un arbre et j'avais peur qu'elle n'arrive pas à redescendre. J'ai essayé de l'amadouer avec un bol de lait mais elle était effrayée, la pauvre petite. Il m'a fallu abandonner la partie et je suis rentrée dans la maison. Eh bien, vous me croirez si vous voulez, à peine avais-je passé le seuil qu'elle est redescendue et m'a suivie à l'intérieur.

Elle regarda alternativement les deux hommes comme si elle les estimait peu à même d'envisager phénomène à ce point hors du commun.

— Eh bien, figurez-vous que moi, je vous crois, dit Colin, incapable de garder le silence plus longtemps.

— Je vous demande pardon ?

Mrs Hemming le dévisagea, un peu décontenancée.

— Je raffole des chats, la renseigna Colin. Au point de m'être livré à une étude sur leur comportement. Ce que vous nous dites illustre parfaitement les conclusions auxquelles je suis parvenu et qui mettent en lumière le fait que les félins obéissent à des règles très précisément édictées par eux. De la même façon que vos chats se rassemblent autour de mon ami qui les exècre, ils ne me prêtent aucune attention alors que je ne cesse de leur faire des avances.

Si Mrs Hemming se posa des questions sur le langage de Colin qui n'était pas très adapté à sa fonction de sergent de police, son visage n'en laissa rien paraître.

— Rien ne leur échappe, à ces petits chéris, n'est-ce pas ? se contenta-t-elle de répondre dans un vague murmure.

Le beau persan gris qui s'était installé sur les genoux de Hardcastle leva les yeux vers lui dans un regard extatique, commença à lui pétrir la cuisse et y enfonça brusquement ses griffes comme s'il s'agissait d'une pelote où il convenait de planter des épingles. Aiguillonné par la douleur, Hardcastle sauta sur ses pieds :

— Je me demandais, madame, si nous ne pourrions pas jeter un œil au jardin, derrière chez vous ?

Colin s'autorisa un sourire en coin.

— Oh ! mais bien sûr, bien sûr. Tout ce que vous voudrez, s'empressa Mrs Hemming en se levant à son tour.

Le chat roux se déroula de son cou. Elle le remplaça distraitement par le persan. Puis elle ouvrit la marche vers le jardin.

— On s'est déjà rencontrés, confia Colin au chat roux. Ce que tu es beau, toi, ajouta-t-il à l'adresse d'un autre persan gris, posté sur une table près d'une lampe chinoise et qui remuait doucement la queue.

Il le caressa, le gratta derrière les oreilles et le chat gris condescendit à ronronner.

— Quand vous sortirez, n'oubliez pas de fermer la porte, Mr. euh… piaula Mrs Hemming depuis le couloir. Avec ce vent, je n'aimerais pas que mes chéris prennent froid. Et puis il y a ces effroyables garnements… ce n'est pas très sûr de laisser mes pauvres minous-minets se promener dans le jardin sans surveillance.

Au fond du corridor, elle ouvrit une porte latérale.

— A quels effroyables garnements faites-vous allusion ? lui demanda Hardcastle.

— Aux deux fils de Mrs Ramsay. Ils habitent dans la partie sud du « crescent ». Nos jardins sont dos à dos. Ce sont d'affreux petits voyous. Ils avaient une fronde, s'ils ne l'ont pas toujours. J'ai insisté pour qu'elle leur soit confisquée, mais je me méfie. Ils se cachent et dressent des embuscades. L'été, ils leur lancent des pommes.

— C'est monstrueux, compatit Colin.

Herbes folles, enchevêtrement de buissons, quelques thuyas lugubres et un contingent supplémentaire de lauriers, le jardin derrière la maison ressemblait à celui de devant. De l'avis de Colin, Hardcastle et lui perdaient leur temps. Un impénétrable barrage de lauriers, d'arbres et de ronces interdisait de voir ce qui pouvait bien se passer dans le jardin de miss Pebmarsh. On aurait pu décrire le

« Logis de Diane » comme une maison entièrement détachée de son contexte. Du point de vue de ses occupants, elle n'aurait pas eu de voisins que cela n'aurait rien changé.

— Le n° 19, dites-vous ? murmura Mrs Hemming en s'arrêtant, perplexe, au milieu du jardin. Mais je croyais qu'il ne vivait qu'une seule personne dans cette maison, une aveugle.

— La victime n'habitait effectivement pas ici, déclara l'inspecteur.

— Ah ! bon, acquiesça Mrs Hemming d'un air distrait, il n'est donc venu là que pour se faire assassiner. Ce n'est quand même pas banal.

« Pour une fois, se dit pensivement Colin, voilà qui résume sacrément bien les données du problème. »

9

Ils descendirent Wilbraham Crescent, tournèrent à droite dans Albany Road, puis encore à droite pour remonter la « face cachée » de ce même Wilbraham Crescent.

— Simple comme bonjour, voulut faire constater Hardcastle.

— Une fois qu'on connaît le topo, admit Colin.

— Le 61 tourne en fait le dos à la maison de Mrs Hemmings… mais un des angles du terrain touche à celui du 19, c'est donc assez intéressant. Et puis voilà pour toi l'occasion d'approcher Mr Bland. Aucune aide-ménagère débarquée de l'étranger, à propos.

— Eh bien, voilà encore une belle théorie qui tombe à l'eau !

Hardcastle gara la voiture et les deux hommes en sortirent.

— Mince, alors ! s'écria Colin. Ça, c'est un jardin ou je ne m'y connais pas !

C'était effectivement, à son échelle, un modèle du style paysagiste de banlieue. On y trouvait des parterres de géraniums et des plates-bandes de lobélies. Et aussi de gros bégonias couleur de steak cru, ainsi qu'un prodigieux assortiment d'ornements de jardin : grenouilles, champignons, nains hilares et lutins.

— Je suis persuadé que Mr Bland est la crème des hommes, un de ces types qui ne feraient pas de mal à une mouche, frissonna Colin. Sinon, d'où pourrait bien lui venir ce goût calamiteux ?

» Tu crois qu'il est chez lui comme ça, le matin ? ajouta-t-il tandis que Hardcastle pressait le bouton de sonnette.

— Je lui ai passé un coup de fil, le rassura Hardcastle. Et je me suis fait préciser que ça ne le dérangeait pas.

Une pimpante fourgonnette Traveller arriva à cet instant précis et s'engouffra dans un garage visiblement construit après la maison. Mr Josaiah Bland en sortit, claqua la portière et vint à leur rencontre. C'était un homme de taille moyenne, à la calvitie avancée et aux yeux bleus en boutons de bottines. Ses manières débordaient de cordialité :

— Inspecteur Hardcastle ? Mais entrez donc !

Il les conduisit au salon. Nombre d'éléments y proclamaient la prospérité du maître de céans. Il y avait des lampes à la décoration surchargée qui avaient dû coûter leur poids de bel argent, un bureau Empire, une paire de flambeaux en vermeil étincelant de mille feux sur la cheminée, une commode en marqueterie et une jardinière de fleurs en cloisonné sur le rebord de la fenêtre. Les fauteuils étaient modernes et somptueusement capitonnés.

— Asseyez-vous, invita Mr Bland. Vous fumez, ou vous n'avez pas le droit pendant le service ?

— Non, merci, dit Hardcastle.

— Vous ne buvez pas non plus, je suppose ? Tout compte fait, ça ne sera peut-être pas plus mal pour nous deux. Et maintenant, de quoi s'agit-il ? De cette histoire qui s'est passée au n° 19, j'imagine. Nos jardins se touchent par un angle mais d'ici on ne voit pas grand-chose, il faut monter au premier. Pas piquée des hannetons, cette histoire… du moins d'après ce que j'en ai lu ce matin dans la gazette locale. J'ai été enchanté quand on m'a transmis votre message. L'occasion ou jamais d'avoir des tuyaux de derrière les fagots. Vous n'avez aucune idée des rumeurs qui circulent ! Et savoir qu'il y a un assassin en liberté, ça rend ma femme nerveuse. L'ennui, c'est qu'on laisse un tas de cinglés sortir des asiles d'aliénés. On les renvoie chez eux en liberté probatoire, ou Dieu sait comment on appelle ça. Ils n'ont aussitôt rien de plus pressé que de faire la peau à quelqu'un d'autre, et on leur recolle la camisole pour un tour. Et, comme je vous l'ai dit, les rumeurs vont bon train ! Entre la femme de ménage, le laitier et le garçon qui apporte le journal, c'est à ne plus savoir à quel saint se vouer. L'un prétend que l'homme a été étranglé avec un fil de fer, l'autre qu'il a été poignardé. Un troisième assure qu'il a été assommé. C'est bien d'un homme qu'il s'agit, au moins ? Ce ne serait pas la vieille qu'on aurait liquidée ? D'après les journaux, il s'agirait d'un inconnu.

Mr Bland interrompit enfin sa tirade.

Hardcastle sourit.

— L'« inconnu » avait quand même une carte de visite et une adresse dans sa poche, tint-il à rectifier.

— Alors autant pour ce bobard ! Mais vous savez comment sont les gens. Je ne sais pas où ils vont chercher tout ça.

— Puisque nous parlons de la victime, dit Hardcastle, vous pourriez peut-être jeter un coup d'œil à ceci.

Une fois encore, il tendit la photo sélectionnée par les services de l'identification.

— Alors c'est lui, hein ? dit Bland. Il a l'air d'un type tout ce qu'il y a d'ordinaire, vous ne trouvez pas ? Ni plus ni moins que vous ou moi. J'imagine que je ne suis pas censé vous demander s'il avait de bonnes raisons de se faire descendre ?

— Il est encore un peu tôt pour en parler. Ce que j'aimerais savoir, Mr Bland, c'est s'il ne vous serait pas arrivé de croiser cet individu.

Bland secoua la tête :

— Je vous garantis bien que non. Et j'ai une très bonne mémoire des visages.

— Il n'a jamais sonné chez vous pour vous placer une assurance, vous vendre un aspirateur ou une machine à laver… enfin quelque chose dans ce goût-là ?

— Non, non, absolument pas.

— Nous devrions peut-être poser la question à Mrs Bland, suggéra Hardcastle. Après tout, s'il est venu ici, c'est elle qu'il aura rencontrée.

— Oui, c'est on ne peut plus exact. Cependant, je m'interroge… Valérie n'est pas très solide, comprenez-vous. Je ne voudrais pas que ça l'impressionne. Parce que, bon… après tout, cette photo est une photo de cadavre, non ?

— Exact, confirma Hardcastle. Mais ce n'est en rien une photo pénible.

— Non, non, pas du tout. On jurerait presque que ce type est en train de dormir.

— Tu parlais de moi, Josaiah ?

Une porte s'était ouverte et une femme entre deux âges fit son entrée. Hardcastle était sûr qu'elle avait écouté la conversation, l'oreille collée au trou de serrure.

— Ah ! te voilà, ma chérie ! s'exclama Bland. Je croyais que tu t'étais recouchée après le petit déjeuner. Ma femme, Mr Hardcastle, inspecteur de police.

— Cet horrible assassinat… murmura Mrs Bland. J'en ai le frisson rien que d'y penser.

Elle s'assit sur le canapé avec une petite expiration douloureuse.

— Etends tes jambes, ma chérie, lui conseilla Bland.

Mrs Bland lui obéit. C'était une femme aux cheveux blond-roux et à la voix frêle, un peu nasale. Anémique, elle était de ces malades qui semblent tirer de leurs maux un certain plaisir. Pendant un instant, elle rappela quelqu'un à l'inspecteur Hardcastle. Il essaya de préciser cette impression sans y parvenir. Voix faible et plaintive, elle poursuivit :

— Je ne suis pas très bien portante, inspecteur, et mon mari essaie donc tout naturellement de m'éviter chocs et soucis. Je suis hyper-sensible. Vous parliez d'une photographie, je crois, du… de cet homme assassiné. Oh ! mon Dieu, c'est vraiment affreux. Je ne sais pas si je supporterai d'y jeter un œil.

« Elle en meurt d'envie », se dit Hardcastle. Puis d'une voix où perçait l'amusement :

— Dans ce cas, mieux vaut sans doute que vous ne la regardiez pas, Mrs Bland. Je me disais tout au plus qu'au cas où cet homme serait venu vous rendre visite, vous pourriez peut-être nous aider.

— Il faut bien faire son devoir, n'est-ce pas, fondit Mrs Bland avec un vaillant sourire empreint de douceur.

Elle tendit la main.

— Val, es-tu sûre que ce soit nécessaire ? Ça risque de te mettre dans tous tes états…

— Allons, Josaiah, ne sois pas stupide. Bien sûr qu'il faut que je voie cette photo.

Elle l'observa avec beaucoup d'intérêt et, de l'avis de l'inspecteur, une déception équivalente :

— Il a… vraiment, il n'a pas l'air mort du tout. Il ne donne absolument pas l'impression d'avoir été *assassiné*. A-t-il été… il n'a quand même pas été étranglé ?

— Non, poignardé, précisa l'inspecteur.

Mrs Bland ferma les yeux en frissonnant :

— Oh, quelle horreur !

— Pensez-vous l'avoir jamais rencontré, Mrs Bland ?

— Non, admit-elle à regret, non, je suis sûre que non. Etait-ce un représentant ? Un homme qui… qui faisait du porte-à-porte ?

— Il semblerait qu'il ait été agent d'assurances, avança prudemment l'inspecteur.

— Oh ! je vois. Non, personne de ce genre ne s'est présenté ici. Tu ne te souviens pas que je t'aie parlé d'une visite de ce type, Josaiah ?

— Pas le moins du monde, dit Mr Bland.

— Etait-ce un parent de miss Pebmarsh ? demanda Mrs Bland.

— Non, répondit l'inspecteur, elle ne l'avait jamais rencontré.

— C'est tout de même étrange, fit remarquer Mrs Bland.

— Vous connaissez miss Pebmarsh ?

— Oh ! oui. Je veux dire… nous la connaissons en tant que voisine, bien sûr. Elle demande parfois l'avis de mon mari pour son jardin.

— Vous avez la main verte, j'ai l'impression ? sourit l'inspecteur.

— C'est beaucoup dire, c'est beaucoup dire, minimisa Bland. Et puis je n'ai pas le temps. Mais j'ai dégoté un type très bien, qui vient deux fois par semaine. Il veille aux plantations et à l'entretien. A mon humble avis, notre jardin est un des plus réussis du quartier, mais je n'ai rien d'un authentique jardinier, comme mon voisin.

Mr Ramsay ? interrogea Hardcastle, surpris.

— Non, non, plus loin. Le 63. Mr McNaughton. Lui, son jardin, c'est sa vie. Il y passe ses journées. Un fou du compost. En réalité, il casse même les pieds de tout le monde avec son éternelle saga sur le compost… mais j'imagine que vous n'êtes pas venu ici pour entendre parler de lui.

— Non, pas vraiment. Je me demandais simplement si quelqu'un – votre femme ou vous – s'était trouvé hier dans votre jardin. Après tout, il touche, si peu que ce soit, à celui du 19 et il existe une chance que vous ayez vu – ou entendu – quelque chose d'intéressant.

— Il s'agit de midi, n'est-ce pas ? Je parle de l'heure à laquelle le crime a été commis.

— Le laps de temps qui nous intéresse se situe entre 13 et 15 heures.

Bland secoua la tête :

— Alors je n'ai pas pu voir grand-chose. J'étais ici avec Valérie, nous étions en train de déjeuner et notre salle à manger donne sur la rue. On ne pouvait rien voir de ce qui se passait dans le jardin.

— Vous déjeunez vers quelle heure ?

— 1 heure et quelque. Parfois 1 heure et demie.

— Et vous n'êtes pas allés dans le jardin après le repas ?

Bland secoua de nouveau la tête.

— En fait, expliqua-t-il, ma femme va toujours se reposer après le déjeuner, et si moi-même je ne suis pas trop débordé, je somnole un moment dans ce fauteuil. J'ai dû quitter la maison aux alentours de… oh ! de 3 heures moins le quart, j'imagine, mais malheureusement je n'ai pas mis le pied au jardin.

— Bah ! soupira Hardcastle, c'était la question qu'il nous faut poser à tout le monde.

— Je m'en doute, je m'en doute. Et je regrette de ne pas avoir pu vous aider.

— C'est gentil, chez vous, commenta l'inspecteur. Vous n'avez lésiné sur rien, si je peux me permettre.

Bland eut un rire jovial :

— C'est vrai que nous aimons les belles choses. Ma femme a beaucoup de goût. Et puis il nous est tombé dessus un héritage inattendu, l'année dernière. Un oncle de ma femme lui a laissé pas mal d'argent. Elle ne l'avait pas revu depuis vingt-cinq ans. Vous parlez d'une surprise ! Et ça nous a changé la vie, je ne vous dis que ça. Ça a mis pas mal de beurre dans les épinards et on va pouvoir s'offrir une croisière d'ici la fin de l'année. C'est très éducatif, à ce qu'il paraît. La Grèce et tout et tout. Avec des professeurs qui donnent des conférences. Bon, moi, je me suis fait tout seul, je n'ai jamais vraiment eu le temps de m'intéresser à ce genre de trucs, mais maintenant ça va changer. Ce type qui est parti déterrer les ruines de Troie, il me semble bien que c'était un épicier. Drôlement romanesque, non ? L'idée d'aller dans des pays étrangers, ça me plaît. Je n'ai jamais eu beaucoup l'occasion de voyager, un ou deux week-ends pour faire le « gai Paris » et puis voilà. J'ai caressé l'idée de tout vendre et d'aller m'installer en Espagne ou au Portugal… ou même dans les Caraïbes. Plein de gens font ça. On paie moins d'impôts, minute ! Mais ma femme n'est pas trop tentée.

— J'aime bien voyager, mais de là à vivre hors de l'Angleterre il y a de la marge, intervint

Mrs Bland. Nos amis sont ici, ma sœur aussi, tout le monde nous connaît. Si on allait s'installer ailleurs, on deviendrait des étrangers. Et puis nous avons ici un très bon médecin qui comprend vraiment mes problèmes de santé. Je ne consulterais jamais, au grand jamais, un médecin étranger, je n'aurais pas confiance.

— Nous verrons bien ! lança joyeusement Mr Bland. On va aller faire cette croisière, et peut-être que tu tomberas amoureuse d'une île grecque.

Tout dans l'attitude de Mrs Bland indiquait que les probabilités étaient minces.

— Tu crois qu'ils auront un bon médecin anglais à bord ? demanda-t-elle d'un air dubitatif.

— Oh ! mais certainement, lui garantit son mari.

Il raccompagna Hardcastle et Colin jusqu'à la porte d'entrée, et répéta une fois de plus qu'il était désolé de n'avoir pu les aider.

— Bon, conclut Hardcastle. Qu'est-ce que tu en penses ?

— Ce n'est pas à lui que je m'adresserais si je devais faire construire, répondit Colin. Et que veux-tu que je fasse par ailleurs d'un petit entrepreneur véreux ? Je cherche un homme d'envergure, moi. En ce qui concerne ton meurtre, ce n'est pas l'idéal non plus. Maintenant, imaginons que Bland donne un jour de l'arsenic à sa femme ou la pousse dans la mer Egée pour toucher l'héritage et épouser une blonde avec des seins gros comme ça…

— On en parlera en temps utile. En attendant, continuons notre enquête sur ce *meurtre-ci*.

10

— Plus que deux jours ! Deux jours…

Au n° 62, Wilbraham Crescent, Mrs Ramsay essayait de prendre son mal en patience.

Elle écarta une mèche de cheveux de son front en sueur. Un fracas épouvantable retentit dans la cuisine. Mais Mrs Ramsay éprouvait une indicible répugnance à aller constater l'étendue des dégâts. Si seulement elle pouvait prétendre n'avoir rien entendu… Bah ! *Plus que deux jours*. Elle traversa le couloir, ouvrit à la volée la porte de la cuisine et s'enquit d'une voix beaucoup moins menaçante qu'elle ne l'aurait fait trois semaines auparavant :

— Qu'est-ce que vous avez *encore* démoli ?

— On l'a pas fait exprès, m'man, s'excusa son fils Bill. On faisait juste quelques passes avec ces boîtes de Coca et puis, j'sais pas, elles sont allées cogner dans le bas du placard à vaisselle.

— On l'visait pas du tout, le bas du placard à vaisselle, précisa obligeamment son petit frère Ted.

— Vous allez me faire le plaisir de tout remettre à sa place. Et de balayer la porcelaine cassée et de la mettre à la poubelle.

— Oh ! m'man, pas *maintenant !*

— *Illico.*
— Ted peut le faire, décréta Bill.
— Ah ! elle est bonne, celle-là ! s'enflamma Ted. C'est toujours sur moi que ça retombe ! On le fait tous les deux ou pas du tout.
— Manquerait plus que ça !
— Tu verras ce que tu verras.
— Je t'obligerai.
— Aaargh !

Les deux garçons s'empoignèrent en un violent corps-à-corps. Ted fut acculé contre la table de la cuisine et un bol d'œufs se balança dangereusement.

— Oh ! sortez de la cuisine ! vociféra Mrs Ramsay en poussant les deux garçons dehors.

Elle referma la porte derrière eux, ramassa les boîtes de Coca-Cola et la vaisselle cassée.

« Deux jours, se répétait-elle. Deux jours et ils repartiront en pension. Quelle divine, quelle prodigieuse perspective pour une mère ! »

Elle se rappela vaguement le papier d'humeur d'une éditorialiste : « *Il n'y a que six journées d'absolue béatitude dans l'année d'une femme : le premier et le dernier jour des trois périodes de grandes vacances.* » Cette femme avait bien raison, se dit Mrs Ramsay en ramassant les débris de son plus joli service de table. Avec quel bonheur, avec quelle émotion n'avait-elle pas attendu le retour de ses rejetons ? C'était il y a cinq semaines à peine. Et maintenant ? « Après-demain, se répéta-t-elle, après-demain Bill et Ted seront repartis. J'ose à peine y croire ! Vivement qu'ils s'en aillent ! »

Quel délicieux émoi, il y a cinq semaines, quand elle était allée les attendre à la gare. Avec quelle fougue ils s'étaient jetés dans ses bras ! Et puis la façon dont ils avaient parcouru la maison de la cave au grenier à la vitesse d'une tornade avant de se ruer dans le jardin… Le bon gâteau qu'elle leur avait confectionné pour le thé… Et maintenant… à quoi rêvait-elle ? Une journée de repos complet. Pas de repas pantagruéliques à préparer. Pas de ménage et de rangement permanents. Elle adorait les garçons, bien sûr. Elle en était fière. Mais ils étaient épuisants. Leur appétit, leur vitalité, le *vacarme* qu'ils faisaient…

A cet instant, des cris rauques retentirent. Inquiète, elle tourna brusquement la tête. Rien de grave. Ils n'avaient fait que sortir dans le jardin. C'était beaucoup mieux pour eux. Ils avaient beaucoup plus d'espace dehors. Mais ils allaient probablement pousser les voisins hors de leurs gonds. Elle pria pour qu'ils laissent les chats de Mrs Hemming tranquilles. Non, il fallait bien l'admettre, qu'elle se souciât des chats. Mais parce que la clôture de barbelés qui entourait le jardin de Mrs Hemming risquait d'être fatale à leurs shorts. Elle jeta un coup d'œil distrait à la trousse de première urgence, à portée de main sur le buffet. En réalité, les inévitables accidents que pouvaient déclencher des gamins pleins de fougue ne l'inquiétaient pas trop, non. En cas de bobo, elle commençait inévitablement par s'écrier :

— Je vous ai déjà dit mille fois de ne pas venir saigner au salon mais d'aller directement à la cuisine où le linoléum est plus facile à nettoyer !

Un hurlement terrifiant qui venait de l'extérieur et s'était arrêté net fut suivi d'un silence si profond que Mrs Ramsay sentit le cœur lui manquer. Vraiment, ce silence était des plus étranges. Elle s'immobilisa, le ramasse-poussière plein de vaisselle brisée à la main. La porte s'ouvrit et Bill parut. Son visage rayonnait d'extase mêlée de crainte, expression des plus inhabituelles chez un garçon de onze ans :

— M'man, *il y a là un inspecteur de police avec un autre monsieur*.

— Ah ! bon, soupira Mrs Ramsay, soulagée. Qu'est-ce qu'il veut, mon chéri ?

— Te parler. Je pense que c'est au sujet du meurtre, tu sais, hier chez miss Pebmarsh.

— Je ne vois vraiment pas pourquoi il voudrait me parler de ça, déclara Mrs Ramsay, contrariée.

Décidément, ça n'arrêtait pas, songea-t-elle. Un inspecteur à une heure pareille. Juste au moment où elle allait se mettre à éplucher les pommes de terre pour le ragoût.

— Oh ! bon, gémit-elle, il vaut sans doute mieux que j'y aille.

Elle jeta la vaisselle brisée dans la poubelle sous l'évier, se rinça les mains au robinet, se lissa les cheveux et se prépara à suivre Bill qui commençait à s'impatienter :

— Viens, m'man, *viens* !

Mrs Ramsay se dirigea vers le salon et Bill s'empressa de lui emboîter le pas. Deux hommes l'attendaient, surveillés par son fils cadet Ted qui les couvait d'un regard admiratif.

— Mrs Ramsay ?

— Bonjour.

— Ces jeunes gens vous ont probablement déjà dit que je suis l'inspecteur Hardcastle.

— Vous tombez mal. Vous tombez très mal, ce matin, se plaignit Mrs Ramsay. Vous en aurez pour longtemps ? Je suis débordée.

— Quelques minutes de rien du tout, tenta de la rassurer Hardcastle. Pouvons-nous nous asseoir ?

— Oui, oui, faites donc.

Elle-même s'assit sur le coin d'une chaise, la mine crispée. Elle se doutait bien que cela allait prendre nettement plus que quelques minutes de rien du tout.

— Il n'est pas indispensable que vous restiez, dit Hardcastle aux garçons sans animosité aucune.

— On s'en va pas, affirma Bill.

— Non, on s'en va pas, répéta Ted en écho.

— On veut entendre ce qui s'est passé, décréta Bill.

— Il y a intérêt ! renchérit Ted.

— Il y avait beaucoup de sang ? demanda Bill.

— C'était un cambrioleur ? enchaîna Ted.

— Tenez-vous tranquilles, les interrompit Mrs Ramsay. Vous avez entendu l'ins… Mr Hardcastle dire qu'il ne voulait pas que vous restiez ici.

— N'empêche qu'on reste, s'obstina Bill. On veut écouter.

Hardcastle se leva, alla ouvrir la porte et foudroya les garçons du regard :

— Dehors.

Un mot, un seul, prononcé calmement, avec une autorité contenue. Les garçons s'inclinèrent et sortirent de la pièce en traînant les pieds.

« Fabuleux, songea Mrs Ramsay. Mais pourquoi est-ce que je n'arrive pas à en faire autant ? »

Puis elle réfléchit qu'elle était la mère des garçons. Elle savait par ouï-dire qu'en dehors de la maison, ils se comportaient de façon totalement différente. C'étaient toujours les mères qui avaient la plus mauvaise part. Mais après tout, peut-être cela valait-il mieux ainsi. Avoir à la maison de gentils petits garçons bien élevés qui se conduiraient comme des voyous dans le monde et y seraient mal jugés serait infiniment pire… oui, infiniment pire. Quand l'inspecteur revint s'asseoir, la raison de sa visite revint en mémoire de Mrs Ramsay.

— Si c'est au sujet de ce qui s'est passé au n° 19 hier, dit-elle, tendue, je ne vois pas en quoi je pourrais vous aider, inspecteur. Je ne sais rien de cette histoire. Je ne connais même pas les gens qui habitent là.

— La maison est occupée par une certaine miss Pebmarsh. Elle est aveugle et travaille à l'institut Aaronberg.

— Ah ! oui, ça me dit quelque chose. Mais je ne connais pratiquement personne dans les numéros inférieurs du « crescent ».

— Est-ce que vous étiez chez vous hier entre midi et demi et 3 heures de l'après-midi ?

— Oh ! oui, j'avais le dîner à préparer, tout ça. Mais je suis sortie avant 3 heures. J'ai emmené les enfants au cinéma.

L'inspecteur sortit la photographie de sa poche et la lui tendit :

— J'aimerais que vous me disiez si vous avez déjà vu cet homme.

L'intérêt de Mrs Ramsay sembla se réveiller :

— Non, non, je ne pense pas. Mais si je l'avais vu, je ne suis pas non plus sûre que je m'en souviendrais.

— Il n'est jamais venu ici sous un prétexte quelconque ? Pour essayer de vous placer une police d'assurance ou quelque chose dans ce goût-là ?

Mrs Ramsay secoua la tête.

— Non, fit-elle, plus catégorique cette fois. Non, ça j'en suis certaine.

— Nous avons des raisons de croire qu'il s'appelait Curry. Mr R. Curry.

Il la regardait d'un air interrogateur. Elle secoua de nouveau la tête.

— Je suis désolée, s'excusa-t-elle, mais j'ai l'impression de n'avoir tristement ni le temps ni l'occasion de voir ou de remarquer *quoi que ce soit* pendant les vacances.

— Ça doit représenter du plein emploi, compatit l'inspecteur. Vous avez des garçons sympathiques. Pleins de vitalité, très actifs. Un peu trop parfois, non ?

Un sourire s'épanouit sur les lèvres de Mrs Ramsay :

— Oui. Et c'est assez épuisant. Mais ils sont adorables, au fond.

— Je n'en doute pas. De braves gosses, tous les deux. Des garçons ouverts, à l'esprit vif. Avec votre permission, je leur dirai deux mots avant de partir. Les enfants remarquent souvent des détails qui échappent aux adultes.

— Je ne vois pas très bien comment ils auraient pu remarquer quoi que ce soit, objecta Mis Ramsay. Nous ne sommes même pas voisins.

— Vos jardins se touchent.

— Oui, bien sûr, mais ils sont isolés l'un de l'autre.

— Vous connaissez Mrs Hemming, au n° 20 ?

— Oui, enfin si on veut. A cause des chats et d'un ou deux motifs de bisbille.

— Vous n'aimez pas les chats ?

— Oh ! ce n'est pas la question. Mais nous sommes l'objet de plaintes répétées de la part de Mrs Hemming.

— Ah ! Des plaintes répétées. Et à quel sujet ?

Mrs Ramsay rougit :

— Voyez-vous, quand les gens hébergent autant de chats – elle en a 14 –, ça devient chez eux une obsession. Et ça crée pas mal de problèmes. J'aime les chats. Autrefois nous en avions un. Un tigré. Très bon chasseur de souris. Mais cette femme ne pense qu'à ses bêtes, elle leur cuisine des petits plats, les laisse à peine mettre le nez dehors, les empêche de vivre leur vie. Bien sûr, les chats essaient de s'échapper. Moi-même, à leur place, je n'hésiterais pas. Quant aux garçons, ils ont un bon fond, pour rien au monde ils ne voudraient tourmenter un chat… Ce que je veux dire, c'est que les chats savent très bien se débrouiller tout seuls. Ce sont des animaux raisonnables, les chats, enfin si on se conduit raisonnablement avec eux.

— Vous êtes certainement dans le vrai, acquiesça l'inspecteur. Vous ne devez pas chômer avec ces garçons à nourrir et à distraire pendant les vacances. Quand retournent-ils en pension ?

— Après-demain, dit Mrs Ramsay.

— J'espère qu'ensuite vous pourrez vous reposer.

— J'ai l'intention de m'accorder pas mal de temps libre.

L'autre jeune homme, qui avait silencieusement pris des notes, lui adressa brusquement la parole et elle fut un peu surprise par cette intervention :

— Vous devriez prendre une étrangère. Une de ces « filles au pair », comme on appelle ça, qui viennent chez vous prêtes à faire des ménages et à donner des coups de main, pourvu qu'elles apprennent l'anglais en échange.

— Oui, il faudrait que j'essaie une solution de ce genre, réfléchit Mrs Ramsay, encore qu'à mon avis les étrangers puissent se montrer sources de problèmes. Mon mari se moque de moi. Mais c'est vrai qu'il en sait plus que moi sur le sujet. Je n'ai jamais voyagé hors d'Angleterre autant qu'il l'a fait.

— Il est absent en ce moment, non ? demanda Hardcastle.

— Oui... il lui a brusquement fallu partir pour la Suède début août. Il est ingénieur des travaux publics. Ça tombait mal qu'il ait dû s'éloigner à ce moment-là – précisément au début des vacances. Il est sensationnel avec les enfants. D'ailleurs, les trains électriques le fascinent encore plus que ses fils. Il arrive que les rails, les gares de triage et tout le bazar traversent le couloir et continuent dans l'autre pièce. C'est un vrai problème de ne pas se prendre les pieds dedans.

Elle secoua la tête.

— Les hommes sont de grands enfants, conclut-elle avec indulgence.

— Quand sera-t-il de retour ?

— Ça, je ne le sais jamais, soupira-t-elle. Ce qui rend la vie assez… difficile.

Sa voix avait tremblé. Colin lui jeta un regard pénétrant :

— Nous n'allons pas vous retenir plus longtemps, Mrs Ramsay.

Hardcastle sauta sur ses pieds :

— Vos garçons pourraient peut-être nous faire visiter le jardin ?

Bill et Ted, qui attendaient dans le couloir, tombèrent immédiatement d'accord.

— Bien sûr, s'excusa Bill, ce n'est pas un très *grand* jardin.

On s'était livré à quelques efforts pour entretenir le jardin du 62. Il y avait un massif de dahlias et de marguerites d'automne. Et une petite pelouse inégalement tondue. Les allées avaient besoin d'être sarclées. Modèles réduits d'avions et pistolets de science-fiction étaient éparpillés un peu partout et avaient visiblement survécu à des intempéries. Au fond du jardin s'élevaient un poirier et un pommier porteur de belles pommes rouges.

— C'est là, dit Ted en montrant du doigt l'espace entre les deux arbres d'où l'on voyait très bien le jardin de miss Pebmarsh. C'est le n° 19, la Maison du Crime.

— Vous avez une assez belle vue sur la bâtisse, hein ? apprécia l'inspecteur. Et on doit y voir encore mieux des fenêtres du premier.

— C'est juste, acquiesça Bill. Si on avait été en haut hier, on aurait peut-être vu quelque chose. Seulement on n'y était pas.

— On était au cinéma, soupira Ted.

— Il y avait des empreintes ? s'enquit Bill.

— Qui ne nous serviront pas à grand-chose. Est-ce que vous avez joué un moment dans le jardin, hier ?

— Oui, on a passé notre temps à rentrer et sortir, dit Bill. Enfin, pendant la matinée. Mais on n'a rien entendu. Et on n'a rien vu non plus.

— Si on avait passé l'après-midi dans le jardin, on aurait peut-être entendu des cris, regretta Ted d'une voix désolée. Il a dû crier comme un putois.

— La dame qui habite la maison… miss Pebmarsh, vous la connaissez de vue ?

Les garçons se regardèrent et hochèrent la tête.

— Elle est aveugle, dit Ted, mais elle se déplace très bien dans son jardin. Elle a pas besoin de canne ni rien. Un jour, elle nous a même renvoyé une balle. Même qu'elle a été vachement gentille, cette fois-là.

— Et hier vous ne l'avez pas vue ?

Les garçons secouèrent la tête.

— Le matin, on pouvait pas la voir, elle est jamais chez elle, expliqua Bill. Quand elle sort dans le jardin, c'est après le thé.

Colin suivait la piste d'un tuyau d'arrosage relié à un robinet dans la maison : il courait le long d'une allée et aboutissait dans un coin près du poirier.

— J'ignorais que les poiriers avaient à ce point besoin d'être arrosés, s'étonna-t-il.

— Ah ! ça… fit Bill.

Il paraissait un peu embarrassé.

— D'un autre côté, poursuivit Colin, si on grimpe dans cet arbre…

Il se tourna vers les garçons et eut un brusque sourire :

— … On est particulièrement bien placé pour arroser un chat, qu'est-ce que vous en pensez ?

Les deux garçons traînèrent un peu des pieds sur le gravier en évitant le regard de Colin.

— C'est bien comme ça que vous procédez, hein ? insista Colin.

— Oh ! bon, dit Bill, ça leur fait pas de mal.

Puis il ajouta :

— C'est pas comme une fronde.

— Je suppose que vous avez déjà essayé la fronde ?

— On savait pas bien s'y prendre, intervint Ted. On n'a jamais rien touché.

— Enfin, bref, vous vous amusez de temps en temps avec ce tuyau, et Mrs Hemming sort de la maison et vient se plaindre, c'est ça ?

— Elle arrête pas de se plaindre, grogna Bill.

— Vous avez déjà pénétré dans son jardin en passant à travers la clôture ?

— Non, pas à travers la clôture, dit Ted dans un moment d'inattention.

— Mais il vous arrive de vous introduire dans son jardin, d'accord ? Comment vous faites ?

— Eh bien, il suffit de se faufiler chez miss Pebmarsh. Et un peu plus loin à droite, vous passez à travers la haie et vous y êtes, parce qu'il y a un trou dans le grillage.

— Tu peux pas te taire, crétin ! fulmina Bill.

— Je suppose que depuis le meurtre vous êtes partis à la chasse aux indices ? dit Hardcastle.

Les garçons s'entre-regardèrent.

— Quand vous êtes rentrés du cinéma et que vous avez appris ce qui s'était passé, je parie que vous êtes allés mettre votre nez là-bas.

— Eh bien… commença prudemment Bill.

— Il n'est pas impossible, dit Hardcastle le plus sérieusement du monde, que vous ayez trouvé des indices qui nous ont échappé. Si vous avez… ramassé quelque chose, je vous serais très reconnaissant de nous le montrer.

Bill n'hésita pas longtemps :

— Va les chercher, Ted.

Ted obtempéra et partit aussitôt ventre à terre.

— Ce qu'on a trouvé n'est peut-être pas du tonnerre, l'avertit Bill. On ne faisait que… on faisait seulement semblant, quoi !

Il regardait Hardcastle d'un air anxieux.

— Je comprends, dit l'inspecteur. C'est notre lot à tous, dans la police. Les déceptions font partie du métier.

Bill parut soulagé.

Ted revint en courant et tendit à Hardcastle un mouchoir sale noué aux quatre coins et qui tintait. Un des garçons à sa droite, l'autre à sa gauche, Hardcastle le dénoua et en étala le contenu par terre.

Il y avait une anse de tasse, un fragment de porcelaine à motifs bleus, un déplantoir cassé, une fourchette rouillée, une pièce de monnaie, une pince à linge, un morceau de verre irisé et la moitié d'une paire de ciseaux.

— Intéressante récolte, décréta l'inspecteur sur un ton solennel.

Il eut pitié des visages pleins d'espoir des garçons et se saisit du morceau de verre :

— Je prends ça. On ne sait jamais, ça pourrait éventuellement confirmer un soupçon.

Colin, qui avait pris la pièce de monnaie, l'examinait attentivement.

— Elle est pas anglaise, signala Ted.

— Non, confirma Colin, elle n'est pas anglaise.

Il se tourna vers Hardcastle :

— On la prend.

— Pas un mot de tout ceci à qui que ce soit, ordonna Hardcastle avec un air de conspirateur.

Fous de joie, les garçons donnèrent leur parole.

11

— Ramsay… murmura pensivement Colin.

— Eh bien quoi, Ramsay ?

— Celui-là me plairait assez. Il voyage à l'étranger, ses voyages se décident en un clin d'œil… D'après sa femme, il est ingénieur des travaux publics, mais elle n'a pas l'air d'en savoir plus.

— C'est une femme charmante, dit Hardcastle.

— Oui, et pas très heureuse.

— Un peu fatiguée, voilà tout. C'est épuisant, les mômes.

— A mon avis, il y a autre chose.

— Tu crois vraiment que le genre d'énergumène que tu cherches irait s'encombrer d'une femme et de deux gosses ? interrogea Hardcastle, sceptique.

— Va savoir. Tu serais surpris de ce que certains de nos gars s'inventent comme couverture. Et une veuve fauchée avec deux enfants à charge pourrait très bien marcher dans ce genre de combine.

— Je n'aurais jamais été lui imaginer ce genre de mœurs ! protesta Hardcastle d'un air guindé.

— Mais, très cher, je n'ai jamais été imaginer non plus qu'elle vivait dans le péché. Elle a très bien pu accepter d'être Mrs Ramsay, histoire de lui offrir une famille bourgeoise. Il lui aura naturellement raconté des bobards. Du genre « je fais de l'espionnage pour le compte du gouvernement ». Le tout assorti d'un couplet sur la patrie et le drapeau.

Hardcastle secoua la tête :

— Toi et tes semblables, vous vivez dans un monde étrange, Colin.

— C'est le moins qu'on puisse dire. Tu sais, je crois qu'un de ces quatre il faudra que je me sorte de là… On finit par ne plus savoir qui est qui ni où on en est. La moitié de ces gens sont des agents doubles et ils finissent par ne même plus savoir eux-mêmes de quel bord ils sont vraiment. Les repères tendent à s'effacer et… Mais, bon, si nous revenions à nos moutons ?

— Je suis d'avis de continuer avec les McNaughton, dit Hardcastle en s'arrêtant devant le n° 63. Un bout de leur jardin touche le n° 19, tout comme celui de Bland.

— Qu'est-ce que tu sais des McNaughton ?

— Pas grand-chose. Ils sont arrivés il y a environ un an. Un couple âgé… lui est professeur à la retraite, je crois bien. Il jardine.

Dans le jardin devant la maison poussaient des rosiers touffus, et un épais parterre de safran officinal s'étendait sous la fenêtre.

Une jeune femme avenante dans son tablier fleuri leur ouvrit la porte :

— Fous quoi fouloir ?

« L'aide étrangère de tes rêves », murmura Hardcastle à l'adresse de Colin entre ses dents serrées tout en tendant sa carte à la jeune femme.

— La Polizei ! s'étrangla cette dernière.

Elle recula d'un pas et regarda Hardcastle, comme s'il était le diable en personne.

— J'aimerais parler à Mrs McNaughton.

— Mrs McNaughton être là.

Elle les conduisit dans le salon qui donnait sur le jardin de derrière. Il était vide.

— Le haut de l'escalier elle est, dit la jeune femme qui semblait avoir définitivement perdu sa bonne humeur.

Elle sortit dans le hall et appela :

— Mrs McNaughton ! Mrs McNaughton !

Une voix lointaine répondit en écho :

— Oui ? De quoi s'agit-il, Gretel ?

— C'est la police. Deux polices. Dans le salon je les ai mis.

Un trottinement précipité se fit entendre à l'étage supérieur, et un « mon Dieu, mon Dieu, que se passe-t-il encore ? » voleta jusqu'à eux. Suivit un bruit de pas menus dévalant l'escalier. Et Mrs McNaughton s'engouffra dans le salon, l'air catastrophée. Air catastrophé, ne tarda pas à conclure Hardcastle, qui devait être l'expression coutumière de la digne personne.

— Mon Dieu, répéta-t-elle, mon Dieu, inspecteur… euh… comment est-ce, déjà ?…

Elle consulta la carte :

— … Hardcastle. C'est ça. Mais pourquoi donc voulez-vous nous voir *nous* ? Nous ne savons absolument rien sur la question. Parce qu'il s'agit bien du meurtre, n'est-ce pas ? Vous ne venez pas pour la taxe sur l'audiovisuel ?

Hardcastle la rassura sur ce point.

— C'est à peine croyable, lança Mrs McNaughton brusquement rassérénée. Et qui plus est en plein milieu de la journée. Quelle heure insensée pour venir cambrioler chez les gens ! Au moment précis où ils sont généralement chez eux. C'est affreux tout ce qu'on peut lire sur ce qui se passe aujourd'hui. Et le tout au grand jour. Figurez-vous que des amis à nous... ils étaient sortis pour le déjeuner, eh bien une camionnette de déménageurs est arrivée, les hommes sont entrés et ont embarqué leurs meubles jusqu'au dernier. Toute la rue a assisté à la scène, mais personne n'est intervenu, bien sûr, comment voulez-vous qu'ils aillent imaginer ce qui se passait ? Vous savez, il me semble bien avoir entendu des cris, hier, mais Angus m'affirme qu'il s'agissait des petits Ramsay, des gamins insupportables. Ils courent dans tous les sens en imitant le bruit du décollage de fusées spatiales, l'impact de torpilles ou l'explosion de bombes atomiques. C'en est parfois terrifiant, je vous jure !

Une fois de plus, Hardcastle sortit sa photographie :

— Avez-vous déjà vu cet homme, Mrs McNaughton ?

Mrs McNaughton fixa le cliché avec avidité :

— Je suis quasi certaine de l'avoir déjà rencontré. Oui. Oh ! oui, j'en suis pratiquement sûre. Mais où cela pouvait-il bien être ? Etait-ce cet individu qui voulait que je lui achète une nouvelle encyclopédie en quatorze volumes ? A moins que ce ne soit celui qui tenait à me vendre un aspirateur dernier modèle... Je n'ai rien voulu savoir, alors il est allé casser les pieds à mon mari dans le jardin, devant la maison. Angus plantait des oignons de tulipes, vous savez, et il a horreur qu'on le dérange quand il jardine, et cet homme n'arrêtait pas de lui expliquer tout ce dont son appareil était capable. Vous voyez ça d'ici : comment il pouvait monter et descendre le long des rideaux, nettoyer les paillassons, les tapis d'escalier, les coussins et même exécuter le grand nettoyage de printemps du haut en bas de la maison. Tout, il expliquait qu'il pouvait tout faire. Sur quoi, Angus a relevé le nez pour lui demander : « Est-ce qu'il sait planter les oignons de tulipes ? » Alors là, je dois avouer que je n'ai pas pu m'empêcher d'éclater de rire, parce que ce malheureux en est resté médusé et qu'il a aussitôt filé sans demander son reste.

— Et vous croyez réellement que c'était l'homme de la photo ?

— Eh bien… non. Non, pas vraiment. Parce que c'était quelqu'un de beaucoup plus jeune, maintenant que j'y repense. Ce qui n'empêche pas que j'ai bel et bien déjà vu cette tête-là. Plus je le regarde et plus je me dis qu'il est venu ici pour essayer de me vendre quelque chose.

— Il ne vous a pas proposé de contrat d'assurance ?

— Non, de ce côté-là nous sommes parés. Mais tout de même, plus je regarde cette photo…

Hardcastle resta de marbre. Il avait, dans sa vie, interrogé plus d'une Mrs McNaughton. C'était le genre de femme qui ne rêvait rien tant que d'avoir rencontré une personne mêlée à un meurtre. Plus elle fixerait la photo, plus elle serait convaincue que le cliché lui rappellerait quelqu'un qui lui ressemblait comme deux gouttes d'eau.

Il soupira.

— Il conduisait une camionnette, je crois bien, poursuivit Mrs McNaughton. Mais vous dire où et quand... une camionnette de boulanger ou quelque chose comme ça.

— Vous ne l'avez pas vu hier ?

L'excitation de Mrs McNaughton retomba. Elle rejeta en arrière une mèche de cheveux gris permanentée qui s'échappait de sa coiffure en désordre :

— Non. Non, pas hier. Enfin... je ne pense pas.

Puis elle reprit espoir :

— Peut-être mon mari s'en souviendra-t-il.

— Il est là ?

— Oui, dans le jardin.

Elle montra du doigt un vieil homme qui poussait une brouette dans une allée.

— Nous pourrions peut-être aller lui poser la question ?

— Mais bien sûr. Suivez-moi.

Elle les fit sortir par la porte de derrière et ils se retrouvèrent dans le jardin. Mr McNaughton était en sueur.

— Angus, ces messieurs sont de la police, dit sa femme hors d'haleine. Ils viennent au sujet du meurtre chez miss Pebmarsh. Ils ont une photo du cadavre de la victime. Tu sais, je suis certaine de l'avoir vu quelque part. Ce ne serait pas cet homme qui est venu la semaine dernière pour nous demander si par hasard nous n'avions pas des antiquités à lui vendre ?

— Voyons. Pouvez-vous tenir la photo pour moi ? demanda Mr McNaughton à Hardcastle, j'ai les mains pleines de terre.

Il y jeta un bref coup d'œil :

— Je n'ai jamais rencontré ce type de ma vie.

— On m'a raconté que vous adoriez jardiner, enchaîna Hardcastle.

— Qui vous a dit ça ? Mrs Ramsay ?

— Non, Mr Bland.

Angus McNaughton eut un reniflement de mépris :

— Bland ne sait pas ce que jardiner veut dire. Dépoter et repiquer, c'est tout ce qu'il sait faire. Il creuse un trou et hop ! il y fourre les géraniums, les bégonias et les lobélies pour les bordures de parterres. On dirait qu'il travaille pour un parc public. Vous intéressez-vous aux arbustes, inspecteur ? Bien sûr, ce n'est pas le meilleur moment de l'année pour les plantes, mais vous seriez surpris de ce que je suis arrivé à acclimater ici même. Des arbustes réputés ne pousser que dans le Devon et en Cornouailles.

— Mes connaissances dans ce domaine restent théoriques, je ne pratique guère, répondit Hardcastle.

McNaughton le considéra de l'air d'un artiste à qui son interlocuteur lui avoue ne rien connaître en art mais posséder néanmoins des goûts personnels.

— Malheureusement, ce qui m'amène est nettement moins fascinant que les plantes.

— Je m'en doute. Vous venez pour cette histoire d'hier. Figurez-vous que, quand ça s'est passé, j'étais dans le jardin.

— Vraiment ?

— Enfin, j'étais ici quand la fille s'est mise à hurler.

— Et qu'avez-vous fait ?

— Rien du tout, avoua Mr McNaughton d'un air penaud. J'ai cru que c'était encore un coup des gamins Ramsay. Ils n'arrêtent pas de crier, de brailler, d'émettre des sons bizarres.

— Vous n'avez pas repéré que ce cri avait changé de direction ?

— Si, mais ces fichus gosses ont la bougeotte, ils ne restent jamais dans leur jardin. Ils passent à travers haies et clôtures et persécutent les chats de cette pauvre Mrs Hemming. Le problème, c'est qu'il n'y a personne pour les tenir. Leur mère leur passe tout. Mais bon, quand il n'y a pas d'homme à la maison, il est normal que les enfants n'en fassent qu'à leur tête.

— J'ai cru comprendre que Mr Ramsay était souvent absent.

— Oui, je crois qu'il est ingénieur des travaux publics, dit Mr McNaughton d'un air vague. Il construit des barrages. Toujours au diable. Mais non, ma chérie, je ne jure pas, assura-t-il à sa femme. Je parlais de construction de barrages à l'étranger, à moins que ce ne soit des puits de pétrole ou des pipelines, je ne sais plus trop. Il y a un mois, il a dû prendre l'avion pour la Suède en coup de vent, juste le temps de faire ses valises. Avec tout ce qu'elle a à faire – cuisine, ménage et tout ce qui s'ensuit –, la mère est débordée et il est normal que les gosses aient la bride sur le cou. Ce ne sont pas de mauvais bougres, remarquez, mais il n'y a personne pour leur tenir la dragée haute.

— Vous n'avez rien remarqué de particulier – à part ce cri, je veux dire ? Vous l'avez entendu à quelle heure, au fait ?

— Aucune idée, répondit Mr McNaughton. J'enlève toujours ma montre avant de descendre au jardin. Je l'avais gardée un jour pour promener le tuyau d'arrosage et ça a été tout un cirque pour la faire réparer. Il était quelle heure, chérie ? Tu l'as entendu, toi aussi, ce cri ?

— Il devait être environ 2 heures et demie... on avait fini de déjeuner depuis une bonne demi-heure.

— Je vois. Vous déjeunez à quelle heure ?

— Avec un peu de chance, vers 1 heure et demie, déclara Mr McNaughton. Notre Danoise a une notion du temps assez élastique.

— Et après... vous faites la sieste ?

— Parfois. Mais aujourd'hui, par exemple, je n'ai pas dormi. Je voulais finir ce que j'avais commencé. J'ai arraché pas mal de mauvaises herbes que je suis allé jeter sur mon compost, bref.

— C'est formidable de faire son terreau soi-même, approuva Hardcastle avec le maximum de solennité.

Le visage de Mr McNaughton s'illumina :

— Je vous crois ! Rien de tel que le terreau domestique. Ah ! j'en ai converti, des gens ! Les engrais chimiques ! Du suicide ! Laissez-moi vous montrer…

Il entraîna Hardcastle par le bras et, tout en poussant tant bien que mal sa brouette, lui fit remonter l'allée jusqu'à la clôture qui séparait son jardin de celui du n° 19. Caché par un massif de lilas, le tas de compost s'étalait dans toute sa gloire. Mr McNaughton roula sa brouette jusqu'à une cabane où toutes sortes d'outils étaient soigneusement alignés.

— Voilà ce que j'appelle des outils bien rangés, remarqua Hardcastle.

— Le bon jardinier se reconnaît à l'état de ses outils, proféra McNaughton, sentencieux.

Hardcastle jeta un regard songeur vers le n° 19. De l'autre côté de la barrière, une pergola où courait un rosier grimpant menait à la maison.

— Pendant que vous vous trouviez devant votre compost, vous n'avez vu personne dans le jardin ou à la fenêtre du n° 19 ?

McNaughton secoua la tête :

— Rien ni personne. Désolé de ne pouvoir vous aider, inspecteur.

— Tu sais, Angus, intervint sa femme, je crois bien que j'ai aperçu une silhouette… quelqu'un qui s'introduisait furtivement dans le jardin du n° 19.

— Je pense au contraire que tu n'as rien vu, ma chérie, décréta le mari d'un ton ferme. Ni moi non plus.

— Cette femme aurait admis avoir vu *n'importe quoi*, grommela Hardcastle quand ils remontèrent en voiture.

— Tu ne crois pas qu'elle a reconnu le type de la photo ?

Il secoua la tête :

— J'en doute. Tout ce qu'elle cherche, c'est à se persuader qu'elle l'a déjà rencontré. Je ne connais que trop bien ce genre de témoin. Quand je l'ai mise au pied du mur, elle s'est aussitôt défilée.

— Exact.

— Il n'est bien évidemment pas impossible qu'elle se soit trouvée un beau jour en face de lui dans un bus, je te l'accorde. Mais si tu veux mon avis, elle prend ses désirs pour des réalités. Qu'est-ce que tu en penses ?

— Comme toi.

— Conclusion, la récolte est plutôt maigre, soupira Hardcastle. Bien sûr, il y a quand même des trucs qui paraissent bizarres. Par exemple que Mrs Hemming – si obnubilée soit-elle par ses chats – en sache aussi peu sur sa plus proche voisine, miss Pebmarsh. Qu'elle n'éprouve pas plus d'intérêt pour ce qui se passe à sa porte et que le meurtre ne lui inspire que des réflexions plus ou moins fumeuses.

— Elle-même est assez fumeuse et à côté de ses pompes.

— Elle est siphonnée, oui ! Et c'est vrai que quand une bonne femme a une araignée au plafond, peu lui importe qu'on cambriole, qu'on fiche le feu ou qu'on s'entre-tue chez le voisin.

— Les barbelés de sa clôture l'isolent du reste du monde et ses lauriers lui bouchent la vue.

Hardcastle arrêta sa voiture devant le poste de police et sourit à son ami :

— Sergent Lamb, vous avez quartier libre.

— Plus de visites ?

— Pas pour le moment. Je dois encore en faire une tout à l'heure, mais pour celle-là je ne te prends pas sous mon aile.

— En tout cas, merci pour cette charmante matinée. Est-ce que je peux te donner mes notes à taper ?

Il lui tendit quelques feuillets :

— L'enquête du coroner est pour après-demain, c'est ça ? A quelle heure ?

— 11 heures.

— Parfait. Je serai rentré.

— Tu t'en vas ?

— Oui, je dois filer à Londres. Je rends mon rapport demain.

— Je crois deviner à qui.

— Rien ne t'y autorise.

Hardcastle sourit de toutes ses dents :

— Mes amitiés à notre ami.

— Je profiterai aussi de l'occasion pour passer voir un spécialiste.

— Un spécialiste ? Tu es malade ? Qu'est-ce que tu as ?

— Rien, juste la comprenette un peu rouillée. Figure-toi que je ne parlais pas d'un ORL ni d'un cardiologue mais plutôt d'un spécialiste dans ton genre.

— Scotland Yard ?

— Non. Un détective privé, ami de mon auguste paternel, et aussi ami à moi par la même occasion. Ton histoire va le passionner. Ça lui remontera le moral, et j'ai dans l'idée qu'il a besoin de se le faire remonter.

— Comment s'appelle-t-il ?

— Hercule Poirot.

— J'ai entendu parler de lui. Mais je le croyais mort.

— Il n'est pas mort. Mais je crois qu'il s'ennuie. Ce qui est bien pis.

Hardcastle lui jeta un regard intrigué :

— Tu es un drôle de type, Colin. Tu fréquentes les gens les plus invraisemblables.

— Je te compte dans le lot, répliqua Colin en souriant.

12

Après avoir congédié Colin, l'inspecteur Hardcastle vérifia une adresse soigneusement notée dans son agenda qu'il remit dans sa poche en hochant la tête. Puis il s'attaqua aux affaires courantes, car les dossiers s'accumulaient sur son bureau.

C'était décidément une journée chargée. Il envoya chercher du café et des sandwiches, et jeta un coup d'œil aux rapports du sergent Cray. Aucune piste intéressante. Personne dans les gares ou dans les terminaux d'autobus n'avait reconnu Mr Curry. Quant aux analyses du laboratoire, elles n'avaient pratiquement rien donné. Le complet veston était de bonne coupe, mais le nom du tailleur avait été enlevé. Désir de Mr Curry de préserver son incognito ? Ou précautions du meurtrier ? L'état des dents et de la mâchoire avait été communiqué aux services concernés et c'était jusqu'à présent l'élément de piste le plus fiable : ce type d'enquête exigeait pas mal de temps mais donnait généralement d'excellents résultats. A moins, bien sûr, que Mr Curry n'ait été étranger. Hardcastle envisagea un instant cette éventualité. Et si le mort était français ? Oui, mais ses vêtements ne l'étaient en tout cas pas. Et on n'avait trouvé aucune trace de pressing.

Hardcastle ne manifestait nulle impatience. L'identification était une tâche qui prenait souvent du temps. Mais l'étau se resserrerait inexorablement. Un pressing, un dentiste, un médecin, une concierge… La photo du cadavre ferait le tour des commissariats et postes de police, serait reproduite dans les journaux. Tôt ou tard, on percerait à jour la véritable identité de Mr Curry.

En attendant, il y avait du pain sur la planche, et pas seulement en ce qui concernait le dossier Curry. Hardcastle travailla sans discontinuer jusqu'à 5 heures et demie de l'après-midi. Quand il consulta sa montre, il se dit que le moment était venu d'aller faire la visite qu'il avait prévue.

Le sergent Gray lui avait précisé que Sheila Webb avait déjà repris son travail à l'agence Cavendish, qu'elle avait rendez-vous à 5 heures avec le Pr Purdy à l'hôtel *Curlew* et que, selon toute vraisemblance, elle n'en ressortirait pas avant 6 heures et demie ou 7 heures dans le meilleur des cas.

Comment s'appelait sa tante, déjà ? Lawton… Mrs Lawton. 14, Palmerston Road. Il renonça à la voiture de police et préféra effectuer le bref trajet à pied.

Palmerston Road était une rue sinistre qui avait, comme on dit, connu des jours meilleurs. Hardcastle remarqua que les maisons avaient été pour la plupart converties en appartements ou en duplex. Quand il tourna le coin, une jeune fille qui venait à sa rencontre hésita un instant. L'esprit ailleurs, l'inspecteur crut un instant qu'elle allait lui demander un renseignement. Mais quelle qu'ait été son intention, la jeune fille changea d'avis et poursuivit son chemin. Il se demanda pourquoi une idée de chaussures lui passait brusquement par la tête. Des chaussures : non, une chaussure. Le visage de la jeune fille lui était vaguement familier. Qui cela pouvait-il bien être ? Quelqu'un qu'il avait croisé récemment... Peut-être l'avait-elle reconnu et avait-elle songé un instant à lui parler ?

Il s'arrêta une seconde, se retourna. Elle pressait le pas maintenant. Le problème, c'est qu'elle avait un de ces visages difficiles à reconnaître, à moins d'avoir une bonne raison de le faire. Un visage banal : yeux bleus, teint clair, la bouche perpétuellement entrouverte. Sa bouche. Ça aussi, cela lui rappelait quelque chose. Qu'avait-elle donc fait avec sa bouche ? Parlé ? Remis du rouge à lèvres ? Non. Hardcastle s'adressa d'amers reproches. Il se targuait d'avoir la mémoire des visages. Il disait souvent qu'il n'oubliait jamais un visage entrevu au banc des accusés ou à la barre des témoins, mais après tout, les lieux de rencontre ne se limitaient pas au tribunal. Il y avait de fortes chances pour qu'il ne se rappelle pas toutes les serveuses des restaurants où il avait dîné dans sa vie, toutes les receveuses des bus dans lesquels il avait pu monter. Il chassa cette préoccupation de son esprit.

Il était arrivé devant le n° 14. La porte était entrouverte et il y avait quatre boutons de sonnette à côté de quatre noms. Mrs Lawton, nota-t-il, avait un appartement au rez-de-chaussée. Il traversa le hall et sonna à la première porte à gauche. On tarda un peu à lui répondre. Finalement, il entendit des pas et un petit bout de femme lui ouvrit. Cheveux en bataille et enveloppée d'un tablier de cuisine, elle semblait un peu hors d'haleine. Une odeur d'oignons frits émanait du fond du corridor.

— Mrs Lawton ?

— Oui ? fit-elle en le regardant d'un air mi-agacé, mi-interrogateur.

Il lui donna quarante-cinq ans au bas mot. Elle était brune, et de type plutôt noiraud.

— Qu'est-ce que c'est ?

— Vous avez une minute ?

— C'est à quel sujet ? Je suis occupée.

Puis elle ajouta d'un ton sec :

— Vous n'êtes pas journaliste, au moins ?

— J'imagine qu'ils n'ont pas arrêté de venir vous embêter ? compatit Hardcastle.

— Comme vous dites. Et que je te sonne, et que je te frappe à la porte, et que je te pose toutes sortes de questions idiotes.

— Je sais combien c'est désagréable, Mrs Lawton, et croyez bien que j'aimerais vous épargner tout ça. Je suis l'inspecteur Hardcastle, au fait, chargé de mener l'enquête sur cette affaire qui vous vaut d'être ennuyée par les journalistes. Nous aimerions mettre un frein à ces pratiques, mais, comme vous le savez, nous n'en avons pas le pouvoir. La presse a ses droits.

— C'est une honte d'embêter ainsi les gens sous prétexte qu'on doit informer le public, protesta

Mrs Lawton. Tout ça pour imprimer un tissu de mensonges, comme d'habitude. Ils inventeraient n'importe quoi. Mais entrez, je vous en prie.

Elle s'effaça, l'inspecteur franchit le seuil et elle referma derrière lui. Une ou deux lettres avaient été glissées sous la porte. Mrs Lawton voulut les ramasser, mais l'inspecteur se baissa avant elle et les lui tendit après avoir jeté un coup d'œil rapide aux adresses.

— Merci.

Elle les posa sur la table de l'entrée.

— Installez-vous au salon... c'est cette porte. Je... Si vous le permettez, je reviens tout de suite, j'ai quelque chose qui bout sur le feu.

Elle battit précipitamment en retraite vers la cuisine. Hardcastle regarda les lettres de plus près. L'une était adressée à Mrs Lawton et les deux autres à miss R. S. Webb. Il entra dans la pièce qu'on lui avait indiquée. Petite, chichement meublée et assez mal tenue, il en ressortait, à l'examen, une ou deux taches de couleur et quelques objets inattendus. Une sorte de sculpture en verre aux formes abstraites, probablement du verre de Murano, deux coussins en velours de couleurs vives, un plat de terre cuite empli de coquillages exotiques. Une des deux femmes qui habitaient là était portée à l'originalité.

Mrs Lawton réapparut, encore un peu plus essoufflée que précédemment.

— Voilà, maintenant ça devrait aller, dit-elle sans grande conviction.

L'inspecteur se confondit de nouveau en excuses :

— Pardonnez-moi cette visite à une heure tardive, mais il se trouve que je passais par là, et je voulais vérifier un ou deux points concernant cette affaire dans laquelle votre nièce a été malencontreusement impliquée. A propos, comment va-t-elle ? Bien, j'espère ? Elle a dû être traumatisée par toute cette histoire.

— Oui, bien sûr. Quand elle est rentrée, elle était dans tous ses états. Mais, ce matin, elle se sentait beaucoup plus calme et elle a décidé d'aller travailler.

— C'est ce qu'on m'a rapporté. Je savais aussi qu'elle avait rendez-vous avec un client cet après-midi, et comme je ne voulais pas l'interrompre dans sa tâche, j'ai préféré passer ici pour pouvoir bavarder tranquillement avec elle sous son toit. Elle n'est pas là ?

— Non et elle risque de ne pas rentrer de bonne heure. Elle travaille pour un certain Pr Purdy et, d'après Sheila, il a une notion du temps toute relative. Ce ne serait pas la première fois qu'il lui dirait : « Autant en terminer tout de suite, ça ne nous prendra pas plus de dix minutes. » Et, trois quarts d'heure après, ils y sont encore. Mais comme il est très gentil, il se répand ensuite en excuses. Il l'a même invitée une ou deux fois à rester dîner, et il semblait confus d'avoir oublié l'heure. Il n'en demeure pas moins que c'est parfois ennuyeux. Est-il quelque renseignement que je puisse vous fournir, inspecteur ? Au cas où Sheila serait retenue.

— Oh ! pas vraiment, dit l'inspecteur en souriant. Encore que nous ayons à peine pris le temps de noter les détails, l'autre jour, et que je ne sois même pas sûr d'en avoir correctement enregistré la totalité.

Il affecta de consulter ses notes :

— Voyons voir. Miss Sheila Webb... c'est son nom complet ou bien est-ce qu'elle a un deuxième prénom ? Nous sommes contraints de nous montrer précis, voyez-vous, dans les documents fournis lors de l'enquête par-devant jury.

— Cette enquête a bien lieu demain, n'est-ce pas ? Elle a reçu une convocation.

— Oui, il ne faut surtout pas que ça la tourmente, elle devra simplement raconter comment elle a découvert le cadavre.

— Vous ne savez toujours pas qui est cet homme ? s'inquiéta Mrs Lawton.

— Non, il est hélas encore un peu tôt pour connaître son identité avec certitude. Il avait une carte de visite dans sa poche et nous en avons déduit un peu trop vite qu'il était agent d'assurances. Mais il semble plus probable que cette carte lui ait été remise par un tiers. Peut-être avait-il lui-même l'intention de souscrire à une assurance.

— Oui, je comprends.

Tout cela ne semblait guère l'intéresser.

— Bien, revenons au nom de Sheila. Faut-il que je l'inscrive sous le nom de miss Sheila Webb ou de miss Sheila R. Webb ? Je ne me souviens plus de son second prénom. C'était Rosalie, je crois bien ?

— Rosemary, rectifia Mrs Lawton. Elle a été baptisée Rosemary Sheila, mais elle a toujours trouvé que Rosemary faisait un peu trop sophistiqué. En pratique, on l'a toujours appelée Sheila.

— Je comprends.

Rien dans le ton de Hardcastle ne trahissait sa satisfaction de voir une de ses intuitions se révéler exacte. Il nota également que ce prénom de Rosemary n'éveillait rien de particulier chez Mrs Lawton. Pour elle, Rosemary était simplement un prénom que sa nièce refusait de porter.

— Eh bien, voilà une bonne chose de faite, dit l'inspecteur en souriant. Si j'ai bien compris, quand votre nièce a été engagée par l'agence Cavendish, il y a de cela dix mois environ, elle arrivait de Londres. Vous vous souvenez de la date exacte ?

— Je ne saurais dire. C'était en novembre… vers la fin novembre, je crois.

— Ça n'a pas vraiment d'importance. Avant d'entrer chez Cavendish, elle n'habitait pas avec vous ?

— Non, elle vivait à Londres.

— Avez-vous son adresse à Londres ?

— Je devrais pouvoir la retrouver.

Mrs Lawton jeta autour d'elle le regard désemparé des gens désordonnés :

— Je n'ai aucune mémoire. C'était quelque chose comme Allington Grove, du côté de Fulham Road. Elle partageait un appartement avec deux autres jeunes filles. Les appartements, à Londres, sont affreusement chers pour les jeunes.

— Vous souvenez-vous de l'établissement pour lequel elle travaillait là-bas ?

— Ça, oui. Hopgood & Trent. Ce sont des agents immobiliers, sur Fulham Road.

— Bien, voilà qui est parfaitement clair. Si j'ai bien compris, miss Webb est orpheline ?

— Oui, dit Mrs Lawton.

Elle parut mal à l'aise et détourna le regard vers la cuisine :

— Excusez-moi, j'en ai pour trente secondes.

— Je vous en prie.

Il lui ouvrit la porte et elle s'éclipsa. Il se demanda s'il avait raison d'estimer que sa dernière question l'avait gênée. Jusque-là, elle avait répondu sans réticence aucune. Il était plongé dans ses pensées quand Mrs Lawton reparut :

— Excusez-moi, mais vous savez ce que c'est quand on cuisine. Enfin, maintenant nous ne devrions plus être dérangés. Avez-vous d'autres questions à me poser ? Ah ! oui, je viens de me rappeler qu'il ne s'agissait pas d'Allington Grove. C'était Carrington Grove, au n° 17.

— Merci. Je crois que je vous demandais de me confirmer que miss Webb était orpheline.

— Oui, elle est orpheline. Ses parents sont morts.

— Il y a longtemps ?

— Quand elle était enfant.

Il décela une note de défiance dans sa voix.

— Elle était la fille de votre frère ou de votre sœur ?

— De ma sœur.

— Bien. Et quelle était la profession de Mr Webb ?

Mrs Lawton marqua une pause. Elle se mordait la lèvre. Elle finit par se décider :

— Je ne sais pas.

— Vous ne le savez pas ?

— Je veux dire que je ne m'en souviens pas, c'était il y a si longtemps.

Hardcastle attendit, certain qu'elle n'en resterait pas là. Elle reprit effectivement :

— Pourrais-je vous demander ce que tout cela a à voir avec l'affaire qui vous occupe ? Quelle importance pour vous de savoir qui étaient son père et sa mère, et ce que faisait son père, et d'où il venait, et j'en passe…

— Cela n'a effectivement pas grande importance, de votre point de vue du moins. Mais comprenez-moi, les circonstances sont assez particulières.

— Que voulez-vous dire par là ? En quoi les circonstances sont-elles assez particulières ?

— Eh bien, nous avons toutes les raisons de croire que si miss Webb s'est rendue dans cette maison, c'est parce qu'on avait spécifié son nom à l'agence Cavendish. Il semblerait donc que quelqu'un désirait sa présence à cet endroit-là et à cet instant précis. Peut-être quelqu'un… (Il hésita.) quelqu'un qui lui en voulait.

— J'ai du mal à imaginer qu'on puisse en vouloir à Sheila. C'est une gentille fille. Charmante et affectueuse.

— Oui, dit Hardcastle d'une voix douce. C'est exactement l'impression que j'en ai eu moi-même.

— Et j'ai horreur d'entendre qui que ce soit insinuer le contraire, lança Mrs Lawton d'un ton agressif.

— Je vous comprends. (Hardcastle prolongea son sourire pour essayer de détendre l'atmosphère.) Mais vous devez comprendre, Mrs Lawton, que tout tend à démontrer qu'on s'est servi de votre nièce. On l'a placée dans l'œil du cyclone, comme on dit dans les films. *Quelqu'un* a délibérément choisi de la faire pénétrer dans une maison où un homme venait de mourir de mort violente. Quand vous y réfléchissez, il s'agit d'un acte particulièrement malveillant.

— Vous voulez dire… vous voulez dire que quelqu'un a essayé de faire croire que c'était Sheila qui l'avait tué ? Oh ! j'ai du mal à le croire.

— C'est effectivement difficile à concevoir, acquiesça l'inspecteur, mais je suis là pour tirer les choses au clair et je dois en avoir le cœur net. Serait-il possible, par exemple, qu'un jeune homme soit tombé amoureux de votre nièce et que, de son côté, elle n'en ait pas voulu… Il arrive que des jeunes gens acceptent terriblement mal qu'on repousse leurs avances. Pour peu qu'ils souffrent de quelque déséquilibre affectif, ils sont parfois capables d'actes de vengeance inimaginables.

— Je ne crois pas qu'il puisse s'agir de quoi que ce soit de ce genre, murmura Mrs Lawton, les yeux plissés sous l'effet de la concentration. Sheila a bien eu un ou deux flirts, mais rien de sérieux. Personne avec qui elle soit sortie régulièrement.

— Oui, mais quand elle vivait à Londres ? insista l'inspecteur. Après tout, je ne pense pas que vous sachiez grand-chose de ses fréquentations là-bas.

— Non, non, vous avez sans doute raison… Bah ! il va falloir que vous lui posiez la question vous-même, inspecteur. Mais je ne lui ai jamais entendu mentionner des ennuis avec un garçon.

— Peut-être s'agit-il d'une jalousie féminine. Pourquoi pas une des filles avec lesquelles elle partageait l'appartement ?

— Je croirais effectivement plus volontiers qu'une fille ait pu avoir envie de lui jouer un mauvais tour, convint Mrs Lawton d'un air néanmoins dubitatif. Mais de là à l'impliquer dans un meurtre…

Cette évaluation de la situation sembla très sensée à Hardcastle, qui nota que Mrs Lawton était loin d'être bête. Il dit très vite :

— Je sais que tout cela peut paraître invraisemblable, mais cette affaire dans son ensemble est bel et bien invraisemblable.

— Ce ne peut être que l'œuvre d'un fou.

— Même la folie a sa logique. Le fou le plus fou a besoin d'un déclic pour passer à l'acte. Et voilà pourquoi, poursuivit Hardcastle, je vous posais des questions sur le père et la mère de Sheila Webb. Vous n'avez pas idée du nombre de fois où les motifs des actes délictueux remontent loin dans le passé. Le père et la mère de miss Webb sont morts quand elle était très jeune, elle ne peut naturellement rien m'en dire. Voilà pourquoi je fais appel à vous.

— Oui, je vois, mais…

Dans sa voix, il nota à nouveau le trouble et l'incertitude.

— Ont-ils été tués en même temps, dans un accident, ou bien alors… ?

— Non, il n'y a pas eu d'accident.

— Ils sont tous les deux morts de mort naturelle ?

— Je… euh… oui, je veux dire… en réalité, je l'ignore.

— Je suis certain que vous en savez plus que ce que vous voulez bien m'en dire, Mrs Lawton. (Il hasarda au petit bonheur.) Ils étaient peut-être… divorcés ? Séparés ?

— Non, ils n'étaient pas divorcés.

— Allons, Mrs Lawton ! Vous devez savoir… vous devez forcément savoir de quoi votre sœur est morte ?

— Je ne vois pas ce que… enfin, je ne peux pas… c'est tellement difficile. Remuer le passé… Ça n'apporte jamais rien de bon de remuer le passé.

Le désespoir, dans ses yeux, le disputait à la perplexité.

Hardcastle lui jeta un regard pénétrant.

— Sheila serait-elle… une enfant illégitime ? l'interrogea-t-il avec une infinie douceur.

Un mélange de consternation et de soulagement se peignit aussitôt sur le visage de Mrs Lawton.

— Elle n'est pas *ma* fille, tint-elle à préciser.

— L'enfant illégitime de votre sœur, alors ?

— Oui. Mais Sheila ne le sait pas elle-même. Je ne le lui ai jamais dit. Je lui ai raconté que ses parents étaient morts très jeunes. Et voilà pourquoi… Enfin, comprenez-vous…

— Oh ! oui, très bien. Et je vous assure, à moins que l'enquête ne débouche sur une piste dans cette direction, que je ne poserai aucune question à miss Webb sur ce sujet.

— Vous garderez le secret ?

— Je vous en donne ma parole. Sauf, encore une fois, si cela avait un lien avec l'affaire, ce qui me semble improbable. J'aimerais cependant que vous me disiez tout ce que vous savez, Mrs Lawton, et je vous promets de faire de mon mieux pour que cela reste entre nous.

— Ce n'est pas de ces événements que l'on souhaite, commença lentement Mrs Lawton, et je dois vous avouer qu'à l'époque la nouvelle m'a beaucoup perturbée. Ma sœur, voyez-vous, avait toujours été le phénix de la famille. Elle était professeur et sa carrière s'annonçait brillante. On l'estimait beaucoup et tout lui réussissait. Il ne me serait vraiment jamais venu à l'idée qu'elle…

— Eh oui, intervint l'inspecteur avec tact, c'est souvent comme ça. Mais elle a fait la connaissance de cet homme, ce Webb…

— Je n'ai même jamais su son prénom. Je ne l'ai jamais rencontré. Mais un beau jour, elle est venue tout me raconter. Qu'elle attendait un enfant et que cet individu ne pouvait pas, ou ne voulait pas – je n'ai jamais su au juste – l'épouser. Elle était ambitieuse, et si cela s'était su, elle aurait dû quitter son travail. C'est donc tout naturellement que je me suis proposée de… de l'aider.

— Et où est maintenant votre sœur, Mrs Lawton ?

— Je n'en ai aucune idée. Absolument aucune idée, dit-elle sur un ton emphatique.

— Mais elle est vivante ?

— Je le suppose.

— Vous n'êtes pas restée en contact avec elle ?

— C'est elle qui en a décidé ainsi. Elle a pensé que ce serait mieux pour elle et pour l'enfant, elle a préféré une rupture nette. Nous touchions toutes deux une petite rente qui nous venait de notre mère. Ann m'a fait transférer la sienne pour élever l'enfant. Elle a simplement précisé qu'elle continuerait à enseigner. Elle avait le projet de partir pour l'étranger dans le cadre d'un échange temporaire avec un professeur. Pour l'Australie, je crois bien. C'est tout ce que je sais, inspecteur Hardcastle, et je n'ai vraiment rien à ajouter.

Il la regarda d'un air songeur Etait-ce réellement tout ce qu'elle savait ? Difficile de répondre avec certitude à cette question. En tout cas, elle ne lui en dirait pas davantage. Et il n'était après tout pas sûr qu'elle lui cache quelque chose. Du peu que Mrs Lawton avait dit de sa sœur, Hardcastle la voyait comme une forte personnalité, une battante, prompte à prendre la mouche. Du genre qui était bien décidée à ne pas gâcher sa vie pour un moment de faiblesse. Elle avait froidement arrangé l'éducation de sa fille de la façon qui lui paraissait la meilleure pour elle et pour l'enfant. A partir de là, elle avait coupé les ponts pour refaire sa vie ailleurs.

Il comprenait son attitude vis-à-vis de l'enfant. Mais pas envers sa sœur.

Il suggéra d'une voix douce, pour ne pas la brusquer :

— Ne trouvez-vous pas bizarre qu'elle ne soit pas restée en contact avec vous pour savoir comment se portait l'enfant ?

Mrs Lawton secoua la tête :

— Si vous connaissiez Ann, vous ne me poseriez pas cette question. Elle a toujours pris des décisions tranchées. Et puis nous n'avions pas beaucoup d'affinités. J'étais beaucoup plus jeune qu'elle, nous avions douze ans de différence. Non, nous n'avons jamais été très proches.

— Et que pensait votre mari de cette adoption ?

— A ce moment-là, j'étais déjà veuve. Je me suis mariée très jeune et mon mari est mort à la guerre. Je tenais une petite confiserie.

— Où cela ? Pas ici, à Crowdean.

— Non. Nous vivions dans le Lincolnshire, à l'époque. Je suis venue une fois ici passer des vacances et je m'y suis tellement plu que j'ai déménagé après avoir vendu la boutique. Par la suite, quand Sheila a été un peu plus grande, j'ai commencé à travailler chez Roscoe & West, les marchands de tissus. D'ailleurs, je suis toujours employée chez eux. Ce sont des gens très sympathiques.

— Eh bien, Mrs Lawton, je vous remercie pour votre franchise, dit Hardcastle en se levant.

— Vous ne soufflerez mot de rien à Sheila ?

— Non, à moins que cela ne soit absolument nécessaire, c'est-à-dire s'il était prouvé que les causes du meurtre du 19, Wilbraham Crescent remontent à cette époque. Ce qui me paraît peu vraisemblable.

Il sortit de sa poche la photo qu'il avait fait voir à tellement de monde et la tendit à Mrs Lawton :

— Avez-vous une idée de l'identité de cet homme ?

— Ils me l'ont déjà montrée, dit Mrs Lawton. (Elle la réexamina néanmoins avec attention.) Non, conclut-elle. Non, je suis absolument certaine de n'avoir jamais rencontré cet homme. Il n'est sûrement pas d'ici ou alors je m'en souviendrais. Bien sûr…

Elle se concentra encore sur la photo, resta un instant silencieuse et ajouta de façon inattendue :

— Il m'a tout l'air d'avoir été un homme de bien, oui, un « monsieur », vous ne trouvez pas ?

Le terme employé était un peu démodé mais venait très naturellement aux lèvres de Mrs Lawton. « Elevée à la campagne », songea-t-il. « Dans les trous perdus, on parle encore comme ça. » A son tour, il regarda la photo et s'aperçut, un peu surpris, qu'il n'avait jamais envisagé la victime sous cet angle. Un homme de bien, Curry ? Jusqu'à présent, il s'était persuadé du contraire. Manœuvre inconsciente ou conviction établie à partir de la carte de visite avec un faux nom et une fausse adresse trouvée dans sa poche ? Mais finalement l'explication qu'il venait de fournir à Mrs Lawton était peut-être la bonne : un pseudo-agent d'assurances aurait fourré cette fausse carte dans la poche du cadavre. Si c'était vrai – il ressentit un pincement au cœur –, cela rendait l'affaire encore plus complexe. Il consulta à nouveau sa montre :

— Je ne vais pas vous empêcher plus longtemps de préparer votre souper. Puisque votre nièce n'est pas encore rentrée…

Mrs Lawton consulta la pendule sur la cheminée.

« Dieu merci, une pendule seulement dans cette pièce », se dit l'inspecteur

— Oui, elle est en retard, constata-t-elle. C'est même étonnant. Heureusement qu'Edna ne l'a pas attendue.

» C'est une de ses collègues de bureau, ajouta-t-elle devant le visage perplexe de Hardcastle. Elle était venue pour voir Sheila, elle l'a attendue un peu et puis elle est repartie parce qu'elle avait un rendez-vous. Elle a dit qu'elle la verrait demain.

La lumière se fit dans l'esprit de l'inspecteur. La fille qu'il avait croisée dans la rue ! Voilà pourquoi elle était associée dans son esprit à des chaussures. Mais oui, la fille qui l'avait reçu au siège de l'agence Cavendish. En sortant du bureau de miss Martindale, il l'avait surprise avec un talon aiguille à la main, en train de se demander avec désespoir comment elle allait rentrer chez elle sur un pied. Il se rappelait maintenant une fille assez indéfinissable, pas très attirante, et qui suçait sans arrêt des bonbons. En le croisant, elle l'avait reconnu. Lui pas. Il se demanda vaguement ce qu'elle lui voulait. Lui expliquer pourquoi elle se rendait chez

Sheila Webb ? A moins qu'elle ne se soit attendue à ce qu'il lui dise quelque chose ?

— C'est une amie intime de votre nièce ? demanda-t-il.

— Non, pas particulièrement. Elles travaillent dans le même bureau, rien de plus. C'est une fille assez terne, pas très intelligente. Sheila et elle ne se fréquentent pas beaucoup. En vérité, je me demande bien pourquoi elle tenait tellement à voir Sheila ce soir. Elle m'a dit qu'il y avait quelque chose qu'elle ne comprenait pas et qu'elle voulait en parler à Sheila.

— A-t-elle précisé de quoi il s'agissait ?

— Non, elle a ajouté que ça pouvait attendre et que ça n'avait pas d'importance.

— Je vois. Bien, je vous laisse.

— C'est bizarre, murmura Mrs Lawton, que Sheila n'ait pas téléphoné. Quand elle est retenue par le professeur et qu'elle dîne avec lui, elle ne manque pas de me passer un coup de fil. Elle va certainement rentrer d'un moment à l'autre. Il y a parfois la queue pour prendre l'autobus et l'hôtel *Curlew* est à l'autre bout de l'Esplanade. Désirez-vous laisser un message pour Sheila ?

— Non, ce n'est pas la peine, dit l'inspecteur. (Sur le seuil, il interrogea :) A propos, Rosemary et Sheila, les prénoms de votre nièce, qui les a choisis ? Votre sœur ou vous ?

— Sheila était le nom de notre mère. Rosemary a été choisi par ma sœur. Drôle de nom, en vérité.

Très fantaisiste et romantique. Or, ma sœur n'était ni fantaisiste ni sentimentale.

— Sur ce, bonsoir, Mrs Lawton.

— Rosemary… marmonna tout bas l'inspecteur en sortant dans la rue. Hum… Rosemary, romarin… « Du romarin, c'est pour le souvenir », ajouta-t-il, citant ses classiques.

Un souvenir romantique ? A moins, bien au contraire, qu'il ne s'agisse de tout autre chose…

13

RECIT DE COLIN LAMB

Je remontai Charing Cross Road et bifurquai dans cet entrelacs de rues qui serpentent entre New Oxford Street et Covent Garden. On trouve là toutes sortes de boutiques hétéroclites : magasins d'antiquités, clinique de poupées, magasin de chaussons de danse et épiceries fines approvisionnées en produits étrangers.

Je résistai aux sortilèges de la clinique de poupées avec son choix infini d'yeux bleus et bruns de rechange et atteignis enfin mon objectif. Il s'agissait d'une petite librairie poussiéreuse dans une ruelle étroite juste à côté du British Museum. Les habituels éventaires étaient disposés à l'extérieur. S'y entassaient pêle-mêle vieux romans, manuels anciens, ouvrages de bric et de broc étiquetés 3 pence, 6 pence, 1 shilling, et parfois même le dessus du panier : des livres auxquels ne manquait pas une page ou dont la reliure était intacte.

Je me glissai de biais par la porte. S'y glisser de biais était impératif car les livres, entassés de façon précaire, empiétaient chaque jour un peu davantage sur l'allée centrale. Une fois à l'intérieur, on comprenait tout de suite que c'était l'imprimé qui régnait sur la boutique et non l'inverse. Se multipliant un peu partout et sans aucun contrôle apparent, les ouvrages avaient pris possession de leur habitat et profité de l'absence d'une main ferme qui, seule, aurait pu mettre le holà à cette reproduction sauvage. La distance d'un rayonnage à l'autre était si étroite que la librairie en devenait difficilement praticable. Les livres s'empilaient en équilibre précaire sur les tables et les étagères. Acculé dans un recoin, un vieillard au visage de poisson-lune et au chapeau de rapin était recroquevillé sur un tabouret. S'il avait autrefois tenté de faire barrage à cet océan de papier, la marée avait manifestement gagné la partie. Et n'ayant su ordonner aux flots de se retirer, force avait été à cet infortuné roi Canut de la galaxie Gutenberg de faire contre mauvaise fortune bon cœur. Il s'agissait de Mr Solomon, propriétaire des lieux. Il me reconnut, ses yeux globuleux s'éclairèrent un instant et il hocha la tête.

— Vous avez quelque chose pour moi ? lui demandai-je.

— Montez voir vous-même, Mr Lamb. Vous vous intéressez toujours à la documentation sur les algues et la flore sous-marine ?

— C'est cela même.

— Eh bien, vous savez où ça se trouve. Biologie marine, fossiles, Antarctique – deuxième étage. J'ai reçu un colis avant-hier. J'ai commencé à le déballer mais je n'ai pas encore tout classé. Vous trouverez ça là-haut dans un coin.

Je hochai la tête et me faufilai vers un petit escalier crasseux autant que branlant, au fond de la boutique. Au premier étage – celui de l'orientalisme, des livres d'art, de médecine et des classiques français –, se trouvait un petit cabinet délimité par des rideaux. Inconnu des clients ordinaires mais accessible aux experts, on y arrachait au sommeil les ouvrages dits « curieux », voire même « singuliers ». Je le laissai sur ma gauche et montai au second.

Là, des livres d'archéologie, d'histoire naturelle et autres matières scientifiques et respectables étaient vaguement classés par sujet. Je me frayai un chemin au milieu des pasteurs, des étudiants et des colonels à la retraite, tournai à l'angle d'un rayonnage, enjambai des ouvrages encore à moitié empaquetés et tombai sur deux étudiants de sexe opposé perdus dans une étreinte qui les isolait du reste du monde. Mon irruption les laissa pantelants.

— Excusez-moi, leur dis-je en les écartant d'une main ferme.

Puis je soulevai un rideau qui masquait une porte, pris une clef dans ma poche, la glissai dans la serrure et entrai dans une sorte d'antichambre aux murs fraîchement repeints et ornés de lithographies à la gloire du bétail des Highlands. Face à moi, une seconde porte se dressait, avec un heurtoir en cuivre soigneusement astiqué. Je l'actionnai discrètement et une vieille dame vint m'ouvrir. Cheveux gris, nez chaussé de lunettes d'un genre particulièrement démodé, elle portait une jupe noire et un chemisier à rayures vert menthe assez inattendu.

— Ah ! vous voilà, me lança-t-elle d'entrée de jeu. Il parlait de vous pas plus tard qu'hier. Il n'est pas content du tout.

Elle secoua la tête avec des mines de bonne d'enfant déçue par le garnement dont elle a la garde :

— Il va falloir vous amender et obtenir des résultats.

— Oh ! lâchez-moi les basques, Nounou.

— Et cessez de m'appeler Nounou, grinça la digne personne. C'est de l'impertinence. Je vous l'ai déjà dit cent fois.

— C'est votre faute, protestai-je. Vous n'avez qu'à pas me parler comme à un gamin.

— Ça viendra quand vous vous comporterez en adulte. En attendant, vous feriez mieux d'aller vous expliquer.

Elle décrocha le téléphone placé sur son bureau et enclencha une touche :

— Mr Lamb. Oui, je vous l'envoie.

Elle raccrocha et me fit un signe du menton.

Je franchis la porte à l'autre bout de l'antichambre et pénétrai dans une pièce tellement enfumée qu'on n'y voyait goutte. Après que mes yeux irrités se furent accoutumés à la fumée de cigare, j'avisai mon chef, spécimen humain d'éléphantesques proportions vautré dans un vieux fauteuil à oreillettes déglingué dont l'accoudoir était équipé d'un pupitre de lecture monté sur pivot.

Le colonel Beck ôta ses bésicles, repoussa le pupitre sur lequel était posé un imposant volume relié et me toisa d'un air réprobateur :

— Ah ! Vous voilà enfin.

— Oui, monsieur, articulai-je.

— Du nouveau ?

— Non, monsieur.

— Ah ! Eh bien, ça ne peut pas continuer comme ça, Colin, mon garçon, vous m'entendez ? Ça ne peut pas continuer comme ça. Des « Croissants », je vous demande un peu !

— Je m'obstine à penser…

— D'accord. Vous vous obstinez à penser. Mais nous ne pouvons pas attendre jusqu'à ce que mort s'ensuive que vous ayez fini de penser.

— Bien sûr, balbutiai-je, je reconnais qu'il ne s'agissait que d'une intuition…

— Rien de tel que suivre ses intuitions, décréta le colonel Beck.

C'était la contradiction faite homme :

— Nos résultats les plus spectaculaires, c'est grâce à l'intuition que nous les avons obtenus. Seulement il se trouve que la vôtre ne mène à rien. Vous en avez terminé avec les pubs ?

— Oui, monsieur. Comme je vous l'ai dit, j'ai commencé à répertorier les « Croissants ». J'entends par là les maisons dans les « Crescents ».

— Je n'imaginais pas un instant que vous écumiez les boulangeries à la recherche de croissants français. Encore qu'à bien y songer, pourquoi pas. Certains gougnafiers se haussent du col jusqu'à produire des croissants français qui n'en sont pas. Ils les surgèlent de nos jours, comme tout le reste. C'est la raison pour laquelle plus rien aujourd'hui n'a de goût.

J'attendais de voir si le cher vieux débris allait continuer longtemps sur ce sujet qui lui soutirait d'ordinaire des trésors d'éloquence. Mais, devinant que je le guettais au tournant, le colonel Beck passa à autre chose :

— Vous avez fini d'écumer la région ?

— Presque.

— Vous avez encore besoin de temps, c'est ça ?

— J'ai besoin de temps, c'est exact. Mais pas pour pousser dans l'immédiat les investigations ailleurs. Il s'est produit un événement qui pourrait peut-être – j'ai bien dit *peut-être* – nous mettre sur la voie.

— Arrêtez de tourner autour du pot. Aux faits !

— Sujet d'investigation : Wilbraham Crescent.

— Et vous vous y êtes cassé le nez ! Ou bien je me trompe ?

— Je n'en suis pas sûr.

— Précisez, mon petit, précisez.

— Coïncidence ou pas, un homme a été assassiné à Wilbraham Crescent…

— Qui ça ?

— Il n'a pas encore été identifié. Il avait bien une carte avec un nom et une adresse dans sa poche, mais c'étaient des faux.

— Hmm… Oui… Joli début. Prometteur. Cela se raccorde-t-il ?

— Pas que je sois parvenu à le déterminer, monsieur. Pourtant…

— Je sais, je sais. Pourtant… Bon, vous êtes venu me voir pourquoi ? Pour que je vous accorde la permission de continuer à fouiner dans Wilbraham Crescent, quel que soit l'endroit où puisse se situer ce croissant au nom absurde ?

— Il se trouve au cœur d'une petite ville du nom de Crowdean. A 15 km de Portlebury.

— D'accord, d'accord. Un endroit épatant. Mais qu'est-ce que vous faites ici ? Venir me demander une autorisation ne vous ressemble pas. Vous n'en faites d'ordinaire qu'à votre tête… à votre fichue tête de cochon.

— C'est exact, monsieur, force m'est de le reconnaître.

— Bon, alors, de quoi s'agit-il ?

— Il y a quelques personnes dont j'aimerais connaître les antécédents.

Le colonel Beck poussa un soupir, tira à lui le pupitre pivotant, prit un stylo-bille dans sa poche, souffla dessus et leva les yeux :

— Oui ?

— La maison s'appelle « Le Logis de Diane ». Il s'agit en fait du 20, Wilbraham Crescent. Y vivent une Mrs Hemming et une bonne douzaine et demie de chats.

— Diane ? Hmm ! se pourlécha le colonel Beck. La déesse de la Lune ! Le Logis de Diane… Bien. Que fait-elle, cette Mrs Hemming ?

— Rien, précisai-je. Elle se consacre à ses chats.

— Une sacrée bonne couverture, dites-moi, commenta Beck d'un air gourmand. Ça pourrait bien être une piste. Autre chose ?

— Oui. Mr Ramsey. Il vit au 62, Wilbraham Crescent. Se prétend ingénieur des travaux publics. Et va beaucoup à l'étranger.

— Ah ! voilà qui me plaît beaucoup ! Vraiment beaucoup ! Vous voulez quelques renseignements sur son compte ? Accordé.

— Il a une femme, ajoutai-je. Une femme charmante. Et deux enfants intenables… des garçons.

— Bah ! ce n'est pas incompatible, estima le colonel. Il y a des précédents. Vous vous souvenez de Pendleton ? Il avait une femme et des enfants. Ravissante, sa femme. Et la créature la plus totalement stupide qu'il m'ait jamais été donné de rencontrer. Elle croyait dur comme fer que son mari était un respectable spécialiste en livres orientaux. Maintenant que j'y pense, Pendleton avait aussi une épouse allemande, qui lui avait donné quelques filles. Il avait également convolé en justes noces avec une Suissesse. Je ne sais pas au juste à quoi ses femmes lui servaient : camouflage ou incontinence sexuelle ? Il soutenait bien évidemment que c'était pour les besoins de la cause. Pour en revenir à vous, vous désirez des informations sur Mrs Ramsay. Quoi d'autre ?

— J'hésite. Il y a un couple au 63. Un professeur à la retraite. Mr McNaughton. Ecossais. Agé. Passe son temps à jardiner. Aucune raison de penser que sa femme et lui ne sont pas blanc-bleu, mais bon…

— Très bien. Nous vérifierons. Ils vont faire un petit tour par la machine juste pour le cas où. Mais qui sont tous ces gens, à propos ?

— Ce sont des voisins dont les jardins jouxtent ou à tout le moins touchent par un bout le jardin de la maison où le crime a été commis.

— On dirait une devinette de la méthode machin-chouette pour l'apprentissage des langues : « Où est le cadavre de mon oncle ? – Dans le jardin du cousin de ma tante. » Mais parlez-moi du n° 19 proprement dit.

— Il est occupé par une aveugle anciennement professeur de lycée qui travaille dans un institut pour non-voyants. La police locale m'a donné un rapport complet sur elle.

— Elle vit seule ?

— Oui.

— Et quelle est votre opinion sur tous ces gens du voisinage ?

— M'est avis, dis-je, que si un meurtre était commis par l'un des proches voisins dans l'une des maisons que je vous ai mentionnées, il serait très facile – encore qu'un peu risqué – de transporter le cadavre jusqu'au n° 19 à condition de bien choisir son moment. Notez qu'il s'agit là d'une simple éventualité. D'autre part, j'aimerais vous montrer… *ceci*.

Beck prit la pièce oxydée que je lui tendais.

— Un haller tchèque ? Où l'avez-vous trouvé ?

— Je n'y suis pour rien, mais il a été découvert dans le jardin du n° 19.

— Intéressant. Votre obsession des croissants et autres nouvelles lunes finira peut-être un jour par nous mener quelque part. Il y a un pub, le *Clair de Lune*, dans la rue parallèle à celle-ci, ajouta-t-il d'un air songeur. Pourquoi n'iriez-vous pas y jeter un coup d'œil ?

— C'est déjà fait.

— Vous avez décidément réponse à tout, fit remarquer le colonel Beck. Un cigare ?

Je secouai la tête :

— Pardonnez-moi, mais je n'ai pas le temps aujourd'hui.

— Vous retournez à Crowdean ?

— Oui, je dois assister à l'enquête du coroner.

— Elle sera ajournée. Vous êtes sûr que vous ne poursuivez pas une fille de Crowdean de vos assiduités ?

— Alors là, pas du tout, répondis-je sèchement.

Le colonel Beck émit un gloussement aussi joyeux qu'inattendu :

— Faites attention où vous mettez les pieds, mon garçon ! Voilà que le désir sexuel relève encore une fois son front hideux. Cela fait combien de temps que vous la connaissez ?

— Il n'y a rien de… enfin, bon… il y a effectivement la fille qui a découvert le corps.

— Et qu'a-t-elle fait quand elle l'a découvert ?

— Elle s'est mise à hurler.

— Pas mal. Pas mal du tout. Après quoi elle s'est précipitée sur vous comme la pauvreté sur le monde, a sangloté sur votre épaule et vous a tout raconté. C'est ça ?

— Je ne vois pas de quoi vous voulez parler, dis-je d'un ton glacial. Tenez, jetez un coup d'œil à ces photos.

Je lui tendis quelques-uns des clichés pris par la police.

— Qui est-ce ? s'enquit le colonel Beck.

— Le cadavre.

— Dix contre un que cette fille qui vous plaît tant est l'assassin. Cette histoire m'a tout l'air de sentir très mauvais.

— Vous ne l'avez pas entendue, protestai-je. Je ne vous l'ai pas encore racontée !

— Inutile, trancha le colonel Beck en agitant son cigare. Allez à votre enquête judiciaire, mon garçon, et tenez cette fille à l'œil. Est-ce que par hasard elle ne s'appellerait pas Diane ? Ou Artémise ? N'aurait-elle pas un je-ne-sais-quoi de croissantesque ou de lunaire ?

— Pas du tout.

— N'oubliez jamais que cela pourrait cependant bien être le cas.

14

Recit de Colin Lamb

Cela faisait pas mal de temps déjà que je ne m'étais rendu à Whitehaven Mansions. Il y a quelques années, cet immeuble flambant neuf était considéré comme l'un des plus imposants de la ville. Il était maintenant de part et d'autre flanqué de buildings encore plus modernes et impressionnants. En traversant le hall, je remarquai qu'on avait tenté de lui faire subir une cure de jouvence. Les murs étaient fraîchement repeints dans des tonalités pastel à dominante jaune et verte.

Je pris l'ascenseur et sonnai à la porte n° 203. Laquelle me fut ouverte par l'impeccable George, le plus stylé des valets de chambre. Dès qu'il me reconnut, son visage s'éclaira :

— Mr Colin ! Cela fait bien longtemps qu'on ne vous avait vu.

— Oui, je sais. Comment allez-vous, George ?

— Ma santé est fort bonne, monsieur, je me plais à le reconnaître.

Je baissai la voix :

— Et lui, comment va-t-il ?

George m'imita, encore que cela n'ait pas été nécessaire car son ton était toujours discrètement feutré :

— Je crains, monsieur, qu'il ne soit parfois un peu déprimé.

Je hochai la tête d'un air compatissant.

— Si vous voulez bien me suivre, monsieur.

Il prit mon chapeau.

— Annoncez-moi sous le nom de Colin Lamb, s'il vous plaît.

— Bien, monsieur.

Il ouvrit la porte du salon et annonça d'une voix claire :

— Mr Colin Lamb, qui est venu voir Monsieur.

Puis il s'effaça pour me laisser passer et je pénétrai dans la pièce.

Mon ami Hercule Poirot, selon son immuable habitude, était assis bien droit dans son grand fauteuil cubique devant la cheminée. Je remarquai qu'une des rampes du radiateur électrique rectangulaire rougeoyait déjà. Nous n'étions encore qu'en septembre, il faisait chaud, mais Poirot était le tout premier à pressentir les vents coulis annonciateurs de l'automne et à prendre ses précautions en conséquence. De part et d'autre de son fauteuil se dressait une pile de livres au carré. Sans compter ceux qui étaient posés sur la petite table à sa gauche. Il tenait une tasse fumante à la main : très certainement de la tisane. Il adorait les tisanes et insistait toujours pour que j'en prenne. Mais je les trouvais à vomir et d'une odeur insoutenable.

— Restez assis, lui dis-je, mais il s'était déjà levé.

Il s'avança vers moi, les pieds emprisonnés dans ses éternelles bottines vernies noires et me tendit les bras :

— Aaah ! ainsi c'est *vous*, c'est bien *vous*, mon très cher ami ! Mon jeune ami Colin ! Mais pourquoi vous faire appeler Lamb ? Qu'est-ce que cet Agneau vient faire entre nous ? Laissez-moi réfléchir... *Le Mouton qui voulait se faire passer pour un Agneau*. Non, ce n'est pas cela. Cette fable-là concerne les vieilles coquettes qui essaient de se rajeunir. Cela ne peut en rien vous concerner. Aaah ! j'y suis. *Le Loup déguisé en Agneau !* J'ai vu juste ?

— Pas du tout, affirmai-je. Simplement, vu la carrière que j'ai choisie, j'ai estimé qu'il valait mieux éviter d'utiliser mon nom qui ramènerait inévitablement à mon père. D'où ce Lamb. Court. Simple. Facile à mémoriser. Convenant, je m'en flatte, à mon heureuse personnalité.

— Sur ce dernier point, on ne saurait jurer de rien, répliqua Poirot. Mais comment se porte cet excellent ami qu'est pour moi votre cher père ?

— Le vieux est en pleine forme. Très occupé à planter des roses trémières – à moins qu'il ne s'agisse de chrysanthèmes. Les saisons se courent après si vite que je ne sais jamais dans laquelle on se trouve.

— Donc il s'occupe en jardinant.

— Il semblerait qu'à la fin on en passe tous par là.

— Pas moi, décréta Hercule Poirot. Il fut un temps fort bref où j'ai cultivé des courges... Eh bien, on ne m'y reprendra jamais plus. Quand on veut les plus belles des fleurs, pourquoi ne pas se rendre tout bonnement chez le fleuriste ? Mais je croyais que ce cher superintendant comptait écrire ses mémoires ?

— Il a commencé, dis-je, mais quand il s'est rendu compte qu'il était obligé d'en censurer la moitié, il a trouvé que cela ne présentait plus grand intérêt.

— La discrétion est souvent de rigueur, en effet, déplora Poirot. Et c'est bien dommage, parce qu'il aurait eu des choses intéressantes à raconter. Je l'ai toujours beaucoup admiré. Ses méthodes de travail me fascinaient. Il allait droit au but et avait poussé l'art de la simplicité à un degré rarement atteint. Quand il tendait un piège, c'était toujours cousu de fil blanc. Le gibier se disait : « c'est trop énorme, ça ne prend pas »… et se précipitait droit dedans !

— Je sais qu'il n'est pas à la mode aujourd'hui d'admirer ses père et mère, dis-je en riant. Tout fils qui se respecte se doit de tremper sa plume dans le vitriol, de recenser toutes les horreurs possibles et imaginables sur le compte de ses géniteurs et de coucher le tout sur le papier avec délectation. Mais j'ai personnellement une énorme admiration pour mon vieux paternel. Et j'espère bien arriver un jour à l'égaler. Encore que nos secteurs d'activité soient assez différenciés.

— Mais connexes ! se récria Poirot. Si lui a travaillé sur le devant de la scène, vous œuvrez en coulisses. Les liens sont donc étroits. (Il toussota.) J'imagine que je dois vous féliciter pour le succès spectaculaire que vous avez récemment remporté. Car l'affaire, c'est bien vous, n'est-ce pas ?

— Les premiers résultats ne sont pas trop mauvais. Mais il y a encore beaucoup à faire pour que le dossier soit proprement ficelé. Cela dit, ce n'est pas de ça que je suis venu vous parler aujourdhui.

— Bien sûr, bien sûr, susurra aussitôt Poirot.

Il me désigna un siège et me proposa de la tisane que je refusai sur-le-champ. George entra au moment opportun avec un carafon de whisky, un verre et un siphon qu'il posa sur la table à portée de ma main.

— A propos, que faites-vous de votre temps en ce moment ? demandai-je à Poirot. (Je jetai un coup d'œil aux piles d'ouvrages qui l'environnaient.) Vous vous livrez à des recherches ?

Poirot soupira :

— Si l'on veut, oui. D'une certaine façon, cela définit assez bien ce à quoi je m'occupe. J'ai récemment éprouvé le besoin impérieux de résoudre une énigme. Et peu m'importait sa nature. Un problème comme s'en posait ce bon Sherlock Holmes, par exemple, avec la vitesse à laquelle le persil s'enfonce dans le beurre maître d'hôtel. Ce qu'il me fallait, en bref, c'est que problème il y ait. Moi, ce ne sont pas mes muscles que j'ai besoin d'entretenir, mais bien mes petites cellules grises.

— Histoire de rester dans le bain, je comprends très bien.

— Seulement, les problèmes, mon tout bon, encore faut-il les rencontrer ! Il est vrai que, jeudi, j'ai eu la bonne fortune d'en voir surgir un.

L'apparition inattendue de trois pelures d'orange séchées dans mon porte-parapluies. Comment étaient-elles arrivées là ? Mystère. Moi-même, je ne mange jamais d'oranges. J'imagine mal George allant déposer des pelures dans le porte-parapluies. Ni un visiteur débarquant ici avec ses trois pelures d'orange. Oui, c'était une véritable énigme.

— Mais vous l'avez résolue.

— Je l'ai résolue, en effet, confirma Poirot.

Il avait prononcé ces mots avec plus de mélancolie que de fierté :

— Ce n'était, au bout du compte, pas très fascinant. Notre femme de ménage habituelle était partie en vacances, et sa remplaçante, contrevenant ainsi aux instructions, avait amené son fils avec elle. Cela n'a l'air de rien, mais il m'a fallu détecter de façon assez pointue toute une série de mensonges, dissimulations, et j'en passe… Disons que la solution était satisfaisante mais le problème un peu trivial.

— Et ça vous a laissé sur votre faim.

— Eh oui ! geignit Poirot. Sans vouloir paraître vaniteux, j'ai toujours regretté d'avoir à utiliser une épée pour couper une ficelle.

Je hochai la tête d'un air solennel.

— Ces derniers jours, poursuivit Poirot, j'ai réfléchi à des énigmes dont nul n'a encore trouvé la solution et j'y ai appliqué mes propres méthodes.

— Vous voulez parler d'affaires célèbres du type Charles Bravo, Adelaïde Bartlett, etc.

— Voilà. Mais d'une certaine façon, c'était trop facile. Pour moi, l'auteur du meurtre de Charles

Bravo ne fait aucun doute. Sa compagne était peut-être impliquée, mais elle n'était certainement pas la tête pensante du complot. Et puis il y a le cas de Constance Kent, cette malheureuse adolescente. Le motif qui l'a poussée à étrangler son petit frère, qu'elle aimait beaucoup par ailleurs, est toujours resté un mystère. Sauf pour moi. J'ai compris toute l'affaire au seul énoncé du problème. Quant à Lizzie Borden, on aimerait bien pouvoir poser quelques questions supplémentaires à certaines personnes impliquées dans ce meurtre. Je suis à peu près sûr de connaître leurs réponses. Hélas, tout le monde est mort à l'heure actuelle.

Je me fis une fois de plus la réflexion que la modestie n'était décidément pas le fort d'Hercule Poirot.

— Et qu'ai-je fait ensuite ? m'interrogea le cher homme.

Je subodorai que ses interlocuteurs n'avaient pas dû être légion ces derniers temps et qu'il avait pris l'habitude de faire les demandes et les réponses et de s'écouter parler :

— Lassé de la réalité, je suis passé à la fiction. Vous me voyez ici avec, à ma droite et à ma gauche, différents exemples de fiction policière. J'ai commencé mon étude en remontant dans le passé. Ceci… (Il prit le volume qu'il avait posé sur l'accoudoir de son fauteuil lorsque j'étais entré.) Ceci, mon cher Colin, fit-il en me tendant l'ouvrage, c'est *Le Crime de la 5e Avenue.*

— Là, pour ce qui est de remonter dans le passé, commentai-je, vous n'y êtes pas allé de main morte.

Il me semble bien avoir entendu mon père mentionner qu'il avait lu ça quand il était tout gosse. J'ai moi-même dû le lire je ne sais quand. Aujourd'hui, ça doit faire passablement daté.

— C'est admirable ! protesta Poirot. On savoure l'atmosphère de l'époque, on admire les ressorts du mélodrame exploités sans complexe. Ah ! ces somptueuses descriptions de la blondeur éblouissante d'Eleanor, la beauté crépusculaire de Mary !

— Il faudra que je le relise. J'ai oublié tous ces portraits de jolies filles.

— Et la servante Hannah, plus vraie que nature... Et le personnage du meurtrier, une excellente étude psychologique !

Je compris que j'étais bon pour une conférence et m'installai en conséquence.

— Passons maintenant aux *Aventures d'Arsène Lupin*. On entre là dans le domaine de la fantaisie pure, on n'y croit pas une seconde, non, mais quelle vitalité, quelle force, quel entrain ! L'absurdité des situations renforce le panache du personnage. Et quel humour, par-dessus le marché !

Il reposa *Les Aventures d'Arsène Lupin* et se saisit d'un autre livre :

— Ah ! *Le Mystère de la chambre jaune*. Voilà ce que j'appellerai un *classique* ! J'y adhère totalement, du début jusqu'à la fin. La logique en est irréprochable. L'intrigue a été critiquée à l'époque, je m'en souviens, on l'a taxée de malhonnêteté. Mais il n'y a pas tricherie, mon cher Colin, non, non, pas du tout. On la frise peut-être bien de fort peu, mais on l'évite. La vérité est là tout au long du livre, magistralement dissimulée derrière des mots choisis avec un art extrême. On devrait tout comprendre à l'instant suprême où les hommes se rencontrent au point d'intersection des trois corridors.

Il reposa le livre avec révérence :

— En conclusion, un chef-d'œuvre, quasiment oublié de nos jours, me semble-t-il.

Poirot sauta une vingtaine d'années pour se pencher sur des auteurs plus récents :

— J'ai également lu certains des premiers ouvrages de Mrs Ariadne Oliver. Il se trouve qu'elle est de mes amies, et la vôtre aussi, je crois bien. Je suis cependant loin d'approuver globalement son œuvre. Les événements y relèvent parfois de l'improbable. Elle joue en outre un peu trop des coïncidences. Et elle a commis une erreur de jeunesse en faisant de son détective un Finlandais, alors qu'il est clair qu'elle ne connaît strictement rien à la Finlande et aux Finlandais – sauf, à la rigueur, la musique de Sibelius. Mais bon, elle a un tour d'esprit original, il lui arrive parfois de faire des déductions astucieuses et elle a, ces dernières années, beaucoup appris sur des sujets qu'elle maîtrisait mal. La procédure policière, par exemple. Et les armes à feu, au sujet desquelles elle devient un peu plus crédible. D'autre part, elle s'est sans doute liée d'amitié avec un avocat ou un juge, car elle a fait des progrès en matière de droit, là où le bât blessait le plus.

Il repoussa Mrs Ariadne Oliver et prit un autre livre :

— Voici Mr Cyril Quain. Ah ! c'est un maître de l'alibi, ce Mr Quain.

— Si ma mémoire est bonne, il est ennuyeux à périr.

— Je vous accorde, me concéda Poirot, que ce qui se passe dans ses romans n'a rien de bien exaltant. Il y a un cadavre, cela va de soi. A l'occasion, plusieurs. Mais ce qui prime toujours, c'est l'alibi, l'horaire des trains, les trajets d'autocar, l'enchevêtrement des routes de campagne et autres chemins vicinaux. J'avoue m'amuser à cet emploi maniaque de l'alibi. Rien ne me divertit plus que de prendre Mr Cyril Quain en défaut.

— Et je suppose que vous y parvenez à tous les coups.

Poirot fit preuve d'honnêteté.

— Non, reconnut-il. Non, pas toujours. Bien sûr, au bout d'un certain temps, on se rend compte que chaque nouveau roman est plus ou moins calqué sur le précédent. Sans être tout à fait les mêmes, les alibis s'y ressemblent néanmoins étrangement. Vous savez, Colin, mon très cher, lorsque j'imagine ce Cyril Quain à son bureau, je me le représente fumant la pipe comme on le voit faire sur toutes ses photos, avec autour de lui l'indicateur des chemins de fer, les horaires d'avion, les brochures de location de voiture, bref tous les horaires possibles et imaginables. Même ceux des transatlantiques. Vous me rétorquerez ce que vous voudrez, Colin, mais voilà un homme qui travaille avec ordre et méthode.

Il reposa Mr Quain et se saisit d'un autre ouvrage :

— Nous en arrivons maintenant à Mr Garry Gregson, un prodigieux auteur de romans policiers. Il en a, semble-t-il, écrit soixante-quatre au bas mot. Il se situe à l'extrême opposé de Mr Quain. Si dans les livres de Mr Quain il ne se passe pas grand-chose, dans ceux de Garry Gregson, au contraire, les événements se bousculent. De façon aussi peu plausible que faire se peut et dans la plus absolue confusion. Tout cela très haut en couleur. Du mélodrame mené tambour battant. Sang au litre, cadavres, indices et frissons comme s'il en pleuvait. Le tout passablement glauque et n'ayant que peu à voir avec la réalité quotidienne. Pas vraiment ma tasse de thé, comme vous dites, vous autres Anglais. Il n'a d'ailleurs rien à voir avec une tasse de thé. Il évoquerait plutôt ces ignobles cocktails américains dont le moindre des composants est éminemment suspect.

Poirot marqua une pause, poussa un soupir et reprit son exposé :

— La liaison étant ainsi faite, tournons-nous vers les Etats-Unis.

Il s'empara d'un livre de la pile de gauche :

— Florence, tiens. Nous y trouvons de l'ordre, de la méthode et des événements pittoresques, mais tout à fait bien amenés. C'est à la fois vivant et enlevé. Elle a de l'esprit, cette dame, encore qu'elle soit, comme la plupart des écrivains américains, un peu trop obsédée par la boisson. Moi-même, comme vous ne l'ignorez d'ailleurs pas, mon tout bon, je suis connaisseur en vin. Et je trouve fort plaisant qu'on introduise dans une histoire un bordeaux ou un bourgogne pour peu qu'ils soient accompagnés de précisions sur leur cru et de leur millésime dûment authentifié. En revanche, la quantité de rye et de bourbon qu'ingurgite le détective à chaque page d'un roman policier américain me semble dénuée du moindre intérêt. Qu'il en avale une « pinte » ou une « demi-pinte » sortie du tiroir supérieur censé abriter ses faux cols ne me paraît pas de nature à affecter le cours de l'action. Ce leitmotiv de la boisson dans les romans américains ressemble beaucoup au rôle que jouait la tête du roi Charles pour le pauvre Mr Dick quand il a essayé d'écrire ses mémoires. Impossible de l'esquiver.

— Et l'école du roman noir ? lui demandai-je.

Poirot balaya l'école du roman noir d'un revers de main comme il l'aurait fait d'une mouche ou d'un moustique importun :

— La violence pour la violence ? Depuis quand cela présente-t-il de l'intérêt ? J'en ai eu tout mon soûl au début de ma carrière dans la police. Pouah ! Autant lire un manuel de médecine légale. Cela dit, je place assez haut la littérature criminelle américaine. Je la trouve plus ingénieuse, plus imaginative que l'anglaise. Moins tributaire de l'atmosphère et moins engluée par elle que ne l'est la grande majorité des romans d'auteurs français. Prenons Louisa O'Malley, par exemple. (Il plongea à nouveau sur la pile.) Voilà un excellent modèle d'écriture érudite, et pourtant quelle fièvre, quelle angoisse sans cesse croissante elle fait naître chez le lecteur ! Ces *brownstones* de New York… Encore que je n'aie jamais su ce qu'était un *brownstone* ! Ces appartements luxueux, cette vie mondaine, superficielle et sans âme, tandis que dans les entrailles de la ville l'hydre hideuse du crime étend insidieusement ses tentacules mortels. Cela pourrait se passer ainsi… et c'est en fait ainsi que cela se passe. Elle est très bien, cette Louisa O'Malley, elle est vraiment très bien.

Il soupira, se laissa aller contre le dossier de son fauteuil et finit sa tisane :

— Et il y a enfin… nos vieux auteurs favoris.

Une fois encore, il effectua une plongée dans ses livres.

— *Les Aventures de Sherlock Holmes,* murmura-t-il avec adoration avant de se laisser aller à articuler, au comble de l'extase : Le *Maître* !

— Qui ça ? Sherlock Holmes ? lui demandai-je.

— Mais non, voyons, mais non, pas Sherlock Holmes ! C'est devant l'auteur, sir Arthur Conan Doyle, que je me prosterne. Ces histoires de Sherlock Holmes sont en réalité tirées par les cheveux, bourrées d'erreurs et d'invraisemblances, et les artifices sautent aux yeux. Oui, mais quelle maîtrise de l'écriture… ah ! voilà qui fait toute la différence. Le bonheur d'expression… Et, pardessus tout, la création du merveilleux personnage de Watson. Ah ! si jamais triomphe fût mérité…

Il soupira, secoua la tête et murmura, guidé par une association d'idées bien naturelle :

— Ce cher Hastings. Mon ami Hastings dont vous m'avez si souvent entendu parler. Voilà bien longtemps que je n'ai eu de ses nouvelles.

Quelle ineptie que d'aller s'enterrer en Amérique du Sud, où les gens passent leur temps à faire des révolutions !

— Oh ! c'est un phénomène qui n'est pas l'apanage exclusif de l'Amérique du Sud, fis-je remarquer. De nos jours, faire la révolution est une mode qui tend à essaimer d'un bout à l'autre de la planète.

— N'abordons surtout pas le sujet de la bombe ! s'effaroucha Hercule Poirot. Si on la fabrique, on la fabrique, mais je refuse qu'on l'évoque en ma présence.

— En fait, le rassurai-je, ce n'est pas du tout ce sujet-là que je suis venu aborder avec vous.

— Ah ! Vous êtes sur le point de vous marier, c'est cela ? Vous m'en voyez ravi, mon tout bon, ravi.

— Mais où diable êtes-vous allé pêcher une idée aussi farfelue, Poirot ? Il n'en a jamais été question.

— Ce sont pourtant des choses qui arrivent, se justifia Poirot. Qui arrivent tous les jours.

— Peut-être, répondis-je d'une voix ferme, mais pas à moi. Ce qui m'amène en réalité, c'est un joli petit problème d'assassinat sur lequel je suis par hasard tombé.

— Vraiment ? Un joli petit problème d'assassinat, dites-vous ? Et vous me l'apportez à *moi* ? Pourquoi cela ?

— Eh bien…

J'étais un peu embarrassé :

— Je… je me disais que cela pourrait vous faire plaisir.

Poirot me regarda d'un air songeur. Il se lissa amoureusement la moustache et déclara enfin :

— Un maître est souvent gentil envers son chien. Il va dans le jardin et jette une balle à la brave bête. Un chien peut lui aussi faire preuve de gentillesse envers son maître. Il tue un lapin ou un rat et vient le déposer à ses pieds. Puis il remue la queue.

Je ne pus m'empêcher de rire :

— Je remue la queue ?

— J'en ai bien l'impression, mon bon ami. Oui, j'en ai bien l'impression.

— Soit, acquiesçai-je. Et que dit le maître ? Veut-il voir le rat que lui a apporté le gentil chienchien ? Veut-il que je lui explique l'affaire ?

— Mais bien sûr ! Mais naturellement ! Il s'agit d'un crime dont vous pensez qu'il peut m'intéresser ? Je ne me trompe pas ?

— C'est une histoire, tins-je à préciser, qui n'a pas le sens commun.

— Impossible, intervint Poirot. Tout a un sens. Absolument tout.

— Eh bien, arrangez-vous pour trouver ce que celle-ci veut dire. Personnellement, je déclare forfait. D'autant qu'elle ne me concerne en rien. Je m'y suis trouvé mêlé par le plus grand des hasards. Remarquez que toute l'affaire se révélera peut-être d'une banalité écœurante une fois qu'on aura identifié le cadavre.

— Votre discours pèche par un sérieux manque d'ordre et de méthode, me réprimanda Poirot. Puis-je vous prier de m'exposer les faits ? Vous m'avez bien dit qu'il s'agissait d'un meurtre, c'est cela ?

— Sans conteste possible, lui affirmai-je. Et pour ce qui est du reste, eh bien, allons-y.

Je lui décrivis dans le détail les événements qui s'étaient déroulés au 19, Wilbraham Crescent. Hercule Poirot s'était laissé aller contre le dossier de son fauteuil. Les yeux fermés, il m'écoutait tout en tapotant son accoudoir de l'index. Quand je m'arrêtai, il resta un instant silencieux. Puis, sans ouvrir les yeux, il s'enquit en français :

— *Sans blague* ?

— Puisque je vous le dis.

— *Epatant,* décréta-t-il dans la même langue.

Le mot lui plut et il s'en gargarisa, détachant les syllabes :

— *E-pa-tant*.

Puis il continua de tapoter l'accoudoir du fauteuil en dodelinant de la tête.

— Eh bien, m'énervai-je quand j'eus l'impression d'avoir suffisamment lanterné, qu'est-ce que vous en dites ?

— Mais que diable voulez-vous que je vous en dise ?

— Je veux que vous me donniez la solution. Vous avez toujours réussi à me persuader qu'il suffisait de se carrer dans son fauteuil et de s'y creuser un tantinet la cervelle pour trouver réponse à ses questions. Qu'aller interroger les gens et courir à la chasse aux indices ne présentait pas le plus petit intérêt.

— Je l'ai en effet maintenu contre vents et marées.

— Je vous prends donc au mot, insistai-je. Je vous ai donné les faits, j'attends maintenant l'explication.

— Rien que ça, hein ? Mais c'est qu'il nous faut encore en apprendre bien davantage, mon cher et excellent ami. Nous n'en sommes ici qu'à répertorier la toute première moisson de faits.

— Je n'en exige pas moins que vous me donniez une indication quelconque.

— Comme vous voudrez.

Il réfléchit un instant.

— Une chose est sûre, déclara-t-il enfin avec solennité. Ce crime doit être d'une extrême simplicité.

— D'une extrême… simplicité ? m'écriai-je non sans quelque étonnement.

— Cela va de soi.

— Et pourquoi donc ?

— Parce qu'il paraît compliqué. Et si l'on s'est efforcé de le compliquer à ce point, ce ne peut être que pour l'excellente raison qu'il est simple. Vous comprenez ?

— Je n'en jurerais pas.

— C'est une histoire curieuse que vous m'avez racontée là, poursuivit Poirot d'un ton rêveur. Je crois bien… oui, il y a là un élément qui m'est familier. Mais quand… et où… suis-je déjà tombé sur quelque chose de…

Il se tut.

— Votre mémoire, commentai-je, doit être un immense réservoir à crimes. Mais vous ne pouvez raisonnablement pas vous souvenir de tout ça, j'imagine.

— Hélas, non, déplora Poirot. Mais de temps en temps certaines réminiscences me sont fort utiles. Je me souviens d'un très prospère fabricant de savon, à Liège. Il avait empoisonné sa femme pour épouser sa blonde secrétaire. Le meurtre obéissait à un schéma bien précis. Plus tard, longtemps après, je me retrouvai un beau jour face à un canevas similaire. Je le reconnus aussitôt. Cette fois-là, il s'agissait du kidnapping d'un chien pékinois, mais le *schéma* était le même. Je n'avais plus qu'à chercher l'équivalent de la blonde secrétaire et du fabricant de savon, et le tour était joué. Or, dans ce que vous venez de me confier, j'éprouve là encore cette sensation de me retrouver en terrain familier.

— Des pendules ? suggérai-je plein d'espoir. De faux agents d'assurances ?

— Non, non, dit Poirot en secouant la tête.

— Des femmes aveugles ?

— Non, non, non. Ne m'embrouillez pas l'esprit.

— Vous me décevez, Poirot, me lamentai-je. Moi qui étais persuadé que vous alliez me résoudre ça en un clin d'œil.

— Mais, mon bon ami, vous ne m'avez jusqu'à plus ample informé présenté qu'un *schéma*. Or, il reste bien d'autres éléments à découvrir. Cet homme sera vraisemblablement identifié. La police excelle en ce domaine. Ils ont leurs archives criminelles, ils peuvent faire circuler et publier la photo de la victime, ils ont accès aux listes de personnes disparues, il y a l'examen scientifique des vêtements du cadavre, etc. Ils disposent en outre d'une kyrielle de procédés annexes pour y parvenir. Aucun doute là-dessus, cet homme finira par être identifié.

— Il n'y a donc rien à faire pour le moment. C'est là votre point de vue ?

— Il y a toujours à faire, répliqua sévèrement Hercule Poirot.

— Par exemple ?

Il brandit un index emphatique :

— Parler aux voisins, mon bon.

— J'ai déjà fait ça. J'accompagnais Hardcastle quand il est allé les interroger. Ils ne savent rien d'utile.

— Pfff, pfff, pfff ! C'est ce que *vous* imaginez. Mais je vous garantis bien que c'est invraisemblable. Si vous vous précipitez pour leur demander : « Est-ce que vous n'auriez pas vu quelque chose de suspect ? », il va de soi qu'ils vous répondront que non... et que vous conclurez en toute bonne foi qu'il n'y a rien à en tirer. Mais ce n'est pas à cela que je pense quand je vous dis d'aller leur parler. D'aller *bavarder* avec eux, si vous préférez. Et de les laisser s'épancher dans votre giron. De leurs confidences, je vous fiche mon billet qu'il ressortira toujours quelque chose. Qu'ils parlent de leur jardin, de leurs animaux de compagnie, de leur façon de se coiffer, de leur couturière, de leurs intimes ou de leurs plats préférés, un moment viendra forcément où ils prononceront le mot d'où jaillira la lumière. Vous prétendez qu'il n'y avait rien d'utile dans ces conversations. Et moi, je vous soutiens que c'est impossible. Si seulement vous pouviez me les répéter mot pour mot...

— Ça, c'est précisément du domaine du réalisable ou peu s'en faut. J'ai endossé le rôle d'assistant de l'officier de police et noté toutes ces conversations en sténo. Puis j'ai demandé qu'on me les transcrive et qu'on me les tape, et je vous les ai apportées. Les voilà.

— Ah, mais vous êtes après tout un bon petit, un très bon petit en vérité ! Vous vous êtes comporté à merveille ! C'est bien ainsi qu'il fallait faire. Comme nous le disons de l'autre côté de la Manche : *je vous remercie infiniment*.

En bon Anglais, je me sentis gêné.

— Vous n'avez pas d'autres suggestions ? lui demandai-je.

— Mais si, je n'en manque jamais. Cette fille… Vous pourriez lui parler à elle aussi. Allez la voir. Vous êtes déjà bons amis, non ? Ne l'avez-vous pas serrée dans vos bras puissants quand elle s'est enfuie de la maison du crime en hurlant de terreur ?

— La prose de Garry Gregson a déteint sur vous : votre style en devient mélodramatique.

— Vous avez sans doute raison, admit Poirot. Il arrive effectivement qu'on se laisse contaminer par les lectures auxquelles on s'adonne.

— Quant à la fille…

Je marquai une pause et Poirot me jeta un regard inquisiteur :

— Oui ?

— Je ne voudrais pas que… je n'ai aucune envie…

— Ah ! je vois. Au fond, au fond, vous pensez qu'elle est impliquée dans l'affaire.

— Alors, ça, pas du tout ! Elle se trouvait là par le plus grand des hasards.

— Non, non, mon bon ami, il ne s'agissait pas du plus grand des hasards. Vous le savez fort bien. Vous le savez d'autant mieux que c'est vous-même qui me l'avez dit. Elle avait été demandée par téléphone. Nommément et spécialement demandée.

— Mais elle ne sait pas pourquoi.

— Qui vous dit que c'est vrai ? Selon toute probabilité, elle le sait parfaitement mais a choisi de se taire.

— Ça m'étonnerait, m'obstinai-je.

— Et à supposer même qu'elle l'ignore vraiment, il n'est pas exclu pour autant que vous ne découvriez pas le pot aux roses en bavardant avec elle.

— Je ne vois pas très bien comment… je veux dire… je la connais à peine…

Hercule Poirot ferma à nouveau les yeux :

— Il est toujours un bref moment, au cours du processus d'attraction mutuelle entre deux personnes de sexe opposé, où une telle affirmation se doit d'être prise au pied de la lettre. Elle est jolie fille, j'imagine ?

— Euh… oui, acquiesçai-je. Très jolie fille.

— Etant donné que vous êtes déjà amis, vous irez lui parler, ordonna Poirot. Et puis vous retournerez voir cette aveugle sous un prétexte quelconque. Et vous lui parlerez *à elle aussi*. Et puis vous vous rendrez à cette agence de secrétariat en tout genre pour y faire, par exemple, taper un document. Vous vous arrangerez pour sympathiser avec une des autres filles qui y travaillent. Vous bavarderez avec tout ce petit monde, et puis vous reviendrez me raconter tout ce qu'on vous aura dit.

— Pitié ! implorai-je.

— Pas question, décréta Poirot. Cela va d'ailleurs beaucoup vous distraire.

— Vous n'avez pas l'air de vous rendre compte que j'ai mon propre boulot à abattre.

— Vous n'en travaillerez que mieux pour vous être bien détendu, affirma Poirot.

Je me levai en riant :

— Bon, c'est vous le docteur ! D'autres conseils avisés ? Que pensez-vous de cette étrange histoire de pendules ?

Poirot ferma les yeux et se renversa à nouveau dans son fauteuil. Les mots qu'il prononça étaient pour le moins inattendus :

« Le temps est venu, dit le Morse,
De parler de diverses choses :
De chaussures, de bateaux, de cire à cacheter,
De choux et de rois.
Et de se demander pourquoi la mer est bouillante
Et si les cochons, ma foi, ont des ailes. »

Il rouvrit les yeux et dodelina de la tête :

— Est-ce que vous me comprenez ?

— Vous me citez là un extrait du « Morse et le Charpentier », tiré de *De l'autre côté du miroir*.

— Exact. C'est pour le moment, mon très cher, le maximum que je puisse faire pour vous. Imprégnez-vous-en bien.

15

L'enquête du coroner avait attiré la foule des grands jours dans l'ancienne halle au grain. Survoltée par cette histoire de meurtre, Crowdean s'était réveillée avec une violente soif de révélations fracassantes. Mais la procédure se déroula avec un maximum de sobriété. Sheila Webb avait eu bien tort de redouter l'épreuve. Son cas fut expédié en quelques minutes.

L'agence Cavendish avait reçu un appel téléphonique demandant qu'elle se rende au 19, Wilbraham Crescent. Elle s'était exécutée et avait, selon la consigne, pénétré dans le salon. Elle y était tombée sur un cadavre, avait hurlé et s'était ruée hors de la maison pour appeler à la rescousse. Il n'y eut pas de questions et on n'alla pas plus loin. L'interrogatoire de miss Martindale, qui déposait elle aussi, fut encore plus bref. Elle avait reçu un coup de téléphone d'une personne s'annonçant sous le nom de miss Pebmarsh et lui demandant d'envoyer une sténodactylo, de préférence miss Sheila Webb, au 19, Wilbraham Crescent, le tout assorti de quelques directives. Elle avait noté l'heure exacte du coup de fil : 13 h 49. *Exit* miss Martindale.

Appelée dans la foulée, miss Pebmarsh démentit formellement avoir demandé à l'agence Cavendish qu'une secrétaire, quelle que puisse être son patronyme, lui soit envoyée ce jour-là. L'inspecteur Hardcastle fit une déposition sèche et succincte. Suite à un appel au poste de police, il s'était rendu au 19, Wilbraham Crescent, où il avait découvert le cadavre d'un homme.

— Avez-vous été en mesure d'identifier la victime ? lui demanda alors le coroner.

— Pas encore, monsieur. C'est la raison pour laquelle je vous demanderai d'ajourner l'enquête.

— Bien entendu.

Puis ce fut au tour du médecin légiste. Après déclinaison de son identité et de ses qualités, le Dr Rigg expliqua comment il s'était rendu au 19, Wilbraham Crescent et avait examiné le cadavre.

— Pouvez-vous nous donner une fourchette pour l'heure supposée de la mort, docteur ?

— J'ai examiné le corps à 15 h 30. Je la situerais entre 13 h 30 et 14 h 30.

— Vous ne pouvez pas être plus précis ?

— Je préférerais ne pas m'engager sur ce point. A vue de nez, le moment le plus probable se situerait aux alentours de 14 heures ou même un peu avant, mais de nombreux facteurs sont à prendre en compte. Age, état de santé, etc.

— Vous avez procédé à l'autopsie ?

— Oui.

— La cause de la mort ?

— L'homme a été poignardé avec un couteau tranchant à lame fine. Probablement du genre couteau de cuisine étroit et effilé. La pointe est entrée…

Là, il se fit plus technique pour indiquer à quel endroit exact du cœur la lame avait pénétré.

— La mort a-t-elle été instantanée ?

— Elle est survenue en quelques minutes.

— L'homme n'a pas crié et ne s'est pas débattu ?

— Compte tenu des circonstances dans lesquelles il a été poignardé, sûrement pas.

— Voudriez-vous nous expliquer, docteur, ce que vous entendez au juste par là ?

— J'ai examiné certains organes et me suis livré à divers tests. Je peux affirmer qu'au moment où il a été tué, il était plongé dans un état quasi comateux dû à l'administration d'un stupéfiant.

— Pouvez-vous nous dire le nom de ce stupéfiant, docteur ?

— Oui. De l'hydrate de chloral.

— Seriez-vous en mesure de nous expliquer comment ce produit lui a été administré ?

— Probablement dans une quelconque boisson alcoolisée. L'effet de l'hydrate de chloral est très rapide.

— Le mélange que vous indiquez est connu dans certains milieux sous le nom de casse-pattes, il me semble, murmura le coroner.

— Exact, confirma le Dr Rigg. Il aura bu le liquide sans se douter de rien, aura éprouvé quelques instants plus tard un vertige et se sera écroulé.

— Et il a été poignardé, à votre avis, quand il était inconscient ?

— Je le pense, en effet. Cela expliquerait qu'il n'y ait pas trace de lutte et que son aspect général soit somme toute serein.

— Combien de temps après avoir sombré dans l'inconscience a-t-il été tué ?

— Ça, je ne peux pas le préciser au juste. Là encore, cela dépend de la constitution de la victime et de ses réactions personnelles. Mettons pas moins d'une demi-heure après et peut-être bien davantage.

— Merci, Dr Rigg. Avez-vous pu déterminer à quel moment la victime avait pris son dernier repas ?

— Il n'avait pas déjeuné, si c'est cela que vous voulez savoir. Il n'avait absorbé aucun solide depuis au moins quatre heures.

— Merci, Dr Rigg. Je pense que ce sera tout.

Le coroner jeta un coup d'œil circulaire :

— L'enquête est repoussée à quinzaine, soit au 28 septembre.

L'audience étant levée, la foule commença à se presser vers la sortie. Edna Brent, qui y avait assisté en compagnie de la plupart de ses collègues de l'agence Cavendish, hésita lorsqu'elle eut franchi le seuil. L'agence Cavendish avait fermé pour la matinée. Maureen West, une des employées, l'interpella :

— Qu'est-ce que tu en penses, Edna ? On va déjeuner au *Bluebird* ? On a tout notre temps. Enfin, surtout toi.

— Je n'ai pas plus de temps que vous, rétorqua Edna d'une voix maussade. Sandy Cat m'a demandé d'avaler un en-cas en vitesse et de reprendre à la même heure que vous. C'est moche de sa part. Moi qui pensais avoir une bonne heure de libre pour faire des courses.

— C'est Sandy Cat tout craché, ça, soupira Maureen. Plus mesquine tu meurs. On rouvre à 2 heures et il faut que nous soyons toutes là. Tu cherches quelqu'un ?

— Oui, Sheila. Je ne l'ai pas vue sortir.

— Elle est partie depuis un moment, dit Maureen. Elle a filé juste après sa déposition. Elle était escortée par un garçon, mais je n'ai pas réussi à voir qui c'était. Tu viens ?

Edna hésita un instant :

— Oh ! et puis allez-y sans moi… J'ai une ou deux courses à faire.

Maureen et une autre fille partirent bras dessus bras dessous. Edna sembla continuer à peser le pour et le contre. Puis, rassemblant son courage à deux mains, elle s'approcha du jeune agent blond qui gardait l'entrée du tribunal.

— Est-ce que je peux retourner dans la salle ? demanda-t-elle timidement. Ce serait pour parler au… au policier qui est venu au bureau… L'inspecteur Quelque chose.

— L'inspecteur Hardcastle ?

— C'est ça. Celui qui a fait une déposition ce matin.

— Eh bien…

Le jeune policier jeta un coup d'œil dans la salle d'audience et vit que l'inspecteur était en grande discussion avec le coroner et le chef de la police du comté :

— Il a l'air occupé, miss. Passez au poste un peu plus tard, ou alors laissez-moi un message… Il s'agit de quelque chose d'important ?

— Oh ! ce n'est pas vraiment grave, balbutia Edna. C'est seulement que… que je ne vois pas comment ce qu'elle a dit pourrait être vrai parce que… je veux dire…

Elle pivota soudain sur ses talons, sourcils toujours froncés et la mine perplexe.

Elle s'éloigna de la halle au grain et remonta High Street. Sourcils plus froncés que jamais, elle essayait de réfléchir. Or, réfléchir n'était pas le fort d'Edna. Plus elle réfléchissait, plus ça s'embrouillait dans sa tête.

A un moment donné, elle s'exclama tout haut :

— Mais ça n'a pas pu se passer comme ça… Ça n'a pas pu se passer comme elle l'a dit…

Et brusquement, de l'air de quelqu'un qui vient de prendre une décision, elle quitta High Street pour s'engager dans Albany Road en direction de Wilbraham Crescent.

Depuis que la presse avait annoncé qu'un meurtre avait été commis au 19, Wilbraham Crescent, nombreux étaient les curieux qui s'agglutinaient devant la maison pour s'en emplir les yeux. La fascination qu'un simple conglomérat de briques et de mortier peut en certaines occasions exercer sur le grand public passe l'entendement. Au cours des premières vingt-quatre heures, un policier y était resté de faction pour obliger *manu militari* les gens à cir-culer. Depuis lors, l'intérêt avait faibli sans toutefois se tarir. Les voitures de livraison ralentissaient au passage, les femmes qui poussaient des landaus faisaient une pause de quatre ou cinq minutes sur le trottoir d'en face et s'écorchaient les yeux à détailler la petite résidence bien proprette de miss Pebmarsh. Les ménagères s'arrêtaient sur le chemin des courses, le regard avide, et échangeaient d'enivrants potins avec amies et connaissances :

— C'est la maison… celle-là, là.

— Le cadavre était dans le salon… Non, je crois bien que le salon est sur le devant, ça doit être la fenêtre à gauche.

— L'épicier m'a dit que c'était celle de droite.

— C'est pas impossible, remarquez. Je suis entrée au numéro 10, une fois, et je me souviens très bien que c'était la *salle à manger* qui était à droite, et le salon à gauche.

— Qui c'est-y qui irait croire qu'un meurtre a été commis là, hein… ?

— A ce qui paraîtrait que la fille est sortie en hurlant comme une folle…

— Même que, depuis, elle aurait plus bien sa tête… Vous parlez d'un choc !

— Il serait rentré par la fenêtre de derrière, enfin c'est ce que je me suis laissé dire. Il était en train de mettre l'argenterie dans un sac quand la fille lui est tombée sur le paletot…

— La malheureuse qu'habite cette maison est *aveugle,* la pauvre. Alors, bien sûr, comment qu'elle aurait su ce qui se passait ?

— Oh ! mais elle était pas là quand c'est que c'est arrivé !

— Ah ! j'aurais juré qu'elle y était… j'étais persuadée qu'elle était au premier et qu'elle avait entendu du bruit. Oh ! mon Dieu, il *faut* que j'aille faire mes courses.

Ces conversations et d'autres, de même acabit, n'arrêtaient pas du matin au soir. Comme attirés par un aimant, les gens les plus invraisemblables déboulaient à Wilbraham Crescent et s'immobilisaient le temps de se repaître les yeux avant de repartir, persuadés d'avoir ainsi accompli un rite essentiel.

Là, l'esprit toujours en ébullition, Edna Brent se retrouva, au coude à coude avec cinq ou six personnes en train de se livrer au plus voluptueux des passe-temps : dévorer des yeux la dernière en date des maisons du crime.

Plus que jamais influençable, Edna les ouvrit tout grands elle aussi.

Alors, comme ça, c'était là que ça s'était passé ! Des rideaux bien propres aux fenêtres. Un endroit joli comme tout. Et pourtant un homme avait été tué ici. Tué avec un couteau de cuisine. Un couteau de cuisine ordinaire. Tout le monde avait ça chez soi, un couteau de cuisine…

Hypnotisée par le comportement des badauds qui l'entouraient, Edna écarquillait les yeux et en oubliait ses problèmes.

Elle ne savait même plus au juste ce qui l'avait amenée là.

Elle sursauta quand elle entendit une voix lui parler à l'oreille.

Ahurie, elle tourna la tête.

Cette voix-là, elle l'aurait reconnue entre mille.

16

RECIT DE COLIN LAMB

J'avais noté le moment où Sheila Webb avait discrètement quitté la salle d'audience. Elle s'était très bien tirée de sa déposition. Elle avait paru nerveuse, mais juste ce qu'il fallait. Naturelle, en fait. (Qu'aurait dit Beck ? « Très au point, ce numéro. » J'entendais ça d'ici.)

Je restai jusqu'au surprenant final de la déposition du Dr Rigg (Dick Hardcastle ne m'avait rien dit de tout ça, il devait pourtant être au courant) et je la suivis.

— Ça n'était pas si terrible, après tout ? lui demandai-je quand je l'eus rattrapée.

— Non. C'était très facile, en fait. Le coroner a été très gentil.

Elle hésita :

— Et qu'est-ce qui va se passer, maintenant ?

— Il va renvoyer l'audience pour complément d'enquête. Probablement à quinzaine… ou jusqu'à ce qu'ils aient réussi à identifier le cadavre.

— Vous pensez qu'ils vont y arriver ?

— Bien sûr qu'ils vont y arriver. Ça ne fait pas l'ombre d'un doute.

Elle frissonna :

— Il fait froid aujourd'hui.

Il ne faisait pas particulièrement froid. En fait, je me disais qu'il faisait même plutôt bon.

— Encore qu'il soit un peu tôt, que diriez-vous d'aller déjeuner quelque part avec moi ? proposai-je. Vous n'êtes pas obligée de retourner travailler tout de suite ?

— Non. C'est fermé jusqu'à 2 heures.

— Alors, allons-y. Qu'est-ce que vous inspire la cuisine chinoise ? Il y a un petit chinois juste au bout de la rue.

Sheila parut dubitative :

— J'ai des courses qu'il faut absolument que je fasse.

— Vous pourrez y aller après.

— Non, ça, ce n'est pas possible. Certains des magasins ferment entre 1 et 2.

— Très bien. Alors, retrouvons-nous là-bas. Dans une demi-heure. D'accord ?

Elle me promit de venir.

Je me rendis sur le front de mer et m'assis sur un banc. Comme le vent soufflait avec violence, je l'avais pour moi tout seul.

Je voulais réfléchir. Rien n'est plus rageant que de se rendre compte que les autres en savent sur vous davantage que vous-même. Et pourtant Dick Hardcastle, et Hercule Poirot, et ce brave vieux Beck, tous avaient vu très clairement ce que j'étais maintenant bien forcé d'admettre.

Cette fille me plaisait. Elle me plaisait comme aucune fille ne m'avait jamais plu.

Ce n'était pas à cause de sa beauté : elle était jolie – d'une joliesse certes assez peu banale, mais sans plus. Ce n'était pas pour son sex-appeal : ça, je connaissais déjà et j'étais immunisé.

C'était tout bonnement que, dès le premier coup d'œil ou presque, j'avais compris que c'était la femme de ma vie.

Et dire que je ne savais strictement rien sur son compte !

Un peu après 14 heures, je me rendis au poste de police et demandai Dick. Je le trouvai à son bureau, en train de feuilleter une pile de documents. Il releva la tête et me demanda ce que j'avais pensé de l'enquête du coroner.

Je lui dis que j'avais trouvé cela fort gentiment organisé et tout à fait courtois :

— Nous faisons toujours ça si bien dans notre beau pays.

— Quel est ton avis sur la déposition du médecin ?

— Une sacrée tuile ! Pourquoi ne m'en as-tu pas parlé avant ?

— Tu étais parti. Tu as consulté ton spécialiste ?

— Oui.

— Je crois que je me souviens vaguement de lui. De la moustache comme s'il en pleuvait.

— Un déluge de moustache, acquiesçai-je. Et il en est très fier.

— Il doit être incroyablement vieux.

— Oui, mais pas gâteux.

— Pourquoi es-tu allé le voir au juste ? Par simple bonté d'âme et charité chrétienne ?

— Quelle sale mentalité soupçonneuse vous pouvez avoir, vous autres flics ! D'accord, en gros, c'était ça. Mais il y avait aussi une louable part de curiosité. Je voulais savoir ce qu'il trouverait à dire sur la drôle de petite entourloupe qui nous occupe. Tu comprends, il m'a toujours rebattu les oreilles avec son baratin selon lequel, pour résoudre une énigme, il suffisait de se vautrer dans un fauteuil, de croiser les doigts de manière bien symétrique, de fermer les yeux et de se creuser la cervelle. J'avais envie de le coller au pied du mur.

— A-t-il aussitôt mis ses théories en pratique pour te complaire ?

— Parfaitement.

— Et qu'en est-il résulté ? demanda Dick dont la curiosité commençait à s'éveiller.

— Il a conclu qu'il devait s'agir d'un crime très simple.

— Simple ! s'étrangla Hardcastle. D'où tire-t-il ça ?

— Pour autant que j'aie pu comprendre, du fait que toute cette mise en scène soit si compliquée.

Hardcastle secoua la tête :

— Je ne pige pas. Ça ressemble à ces aphorismes tellement profonds dont raffolent les jeunes gens de Chelsea et auxquels je ne comprends jamais rien non plus. Quoi d'autre ?

— Il m'a conseillé de parler aux voisins. Et je lui ai répondu que c'était fait.

— Etant donné le rapport d'autopsie, c'est vrai que les voisins prennent de plus en plus d'importance.

— La dernière version en date voulant qu'il ait été drogué Dieu sait où avant d'être amené au n° 19 pour y être tué, c'est ça ?

Ma propre suggestion me rappela brusquement quelque chose :

— Dis donc, c'est plus ou moins ce que Mrs Machinchouette, la femme aux chats, nous avait déclaré. Sur le moment, sa remarque m'avait semblé intéressante.

— Ah, ces chats ! frissonna Dick. A propos, on a trouvé l'arme du crime. Hier.

— Ah bon ? Où ça ?

— Dans le pensionnat pour chats. Le meurtrier l'a sans doute jetée là après son crime.

— Pas la moindre empreinte, j'imagine ?

— Soigneusement essuyées. Et il peut s'agir du couteau de n'importe qui… un peu usé… récemment aiguisé.

— Reprenons : Il a été drogué… puis amené au n° 19… dans une voiture ? Ou alors comment ?

— Il se pourrait, je dis bien se *pourrait* qu'il ait été transporté depuis une des maisons dont le jardin est attenant à celui du n° 19.

— Ç'aurait été un peu risqué, non ?

— Ça aurait exigé un minimum de culot, acquiesça Hardcastle. Et une excellente connaissance des habitudes des voisins. Il est plus probable qu'il ait été transporté en voiture.

— C'était également risqué. Une voiture, ça se remarque.

— Personne n'a rien vu. Mais je te concède que le meurtrier ne pouvait pas ne pas se méfier. Les passants auraient sûrement remarqué une voiture arrêtée ce jour-là au n° 19.

— Je me demande... C'est devenu banal, une voiture. A moins qu'elle ne soit du genre super luxe ou modèle inédit... mais ça, il y a peu de chances...

— Et puis ça s'est passé pendant l'heure du déjeuner. Tu te rends compte, Colin, que ça nous remet miss Pebmarsh dans le circuit. Qu'une aveugle poignarde un homme en pleine possession de ses moyens, cela paraît invraisemblable. Mais s'il a été drogué...

— En d'autres termes, s'il « n'est donc venu là que pour se faire assassiner », comme l'a joliment formulé cette chère Mrs Hemming, il a très bien pu se rendre sans méfiance aucune à un rendez-vous chez miss Pebmarsh qui lui aura offert un sherry ou un cocktail de sa composition. Le casse-pattes a alors fait son effet et miss Pebmarsh s'est mise au boulot. Ensuite de quoi elle a lavé le verre de casse-pattes, disposé bien gentiment le cadavre sur le parquet, balancé le couteau dans le jardin de sa voisine, et puis elle est sortie à son heure habituelle.

— Et a téléphoné à l'agence Cavendish en chemin...

— Oui, mais pourquoi diable aurait-elle fait ça ? Et pourquoi préciser qu'elle voulait Sheila Webb ?

— Je donnerais cher pour le savoir.

Hardcastle me regarda fixement :

— Et la fille ? Est-ce qu'elle le sait, elle ?

— Elle dit que non.

— Elle dit que non ! répéta Hardcastle d'un ton morne. Ce que je te demande, c'est ton opinion à toi sur le sujet.

Je restai un instant silencieux. Qu'est-ce que j'en pensais au juste ? Il me fallait décider tout de suite de la marche à suivre. La vérité finirait bien par se savoir. Si Sheila était la fille que je croyais, il n'en résulterait rien de fâcheux pour elle.

D'un mouvement brusque, je sortis une carte postale de ma poche et la posai sur le bureau :

— Sheila a reçu ça par la poste.

Hardcastle l'observa attentivement. C'était une carte postale de la série des monuments londoniens. Celle-ci représentait la Cour d'Assises. A droite, il y avait l'adresse – tracée en caractères d'imprimerie : Miss R. S. Webb, 14, Palmerston Road, Crowdean, Sussex. A gauche, de la même écriture, les mots SOUVIENS-TOI ! et dessous *4 h 13*.

— 4 h 13, marmonna Hardcastle. L'heure que marquaient les pendules.

Il secoua la tête :

— Une photo de l'Old Bailey, les mots « souviens-toi » et une heure – 4 h 13. Tout cela doit bien se rattacher à un événement quelconque.

— Elle dit qu'elle ne sait pas ce que ça signifie. Et je la crois, ajoutai-je.

Hardcastle hocha la tête :

— Je garde ça. On en tirera peut-être quelque chose.

— Je l'espère autant que toi.

Un sentiment de gêne s'était glissé entre nous.

— Tu m'as l'air d'avoir pas mal de paperasserie sur ton bureau, enchaînai-je, histoire de détendre l'atmosphère.

— Comme d'habitude. Et le tout quasiment bon à flanquer au panier. Ce type n'avait pas de casier judiciaire, ses empreintes ne sont pas répertoriées. Quant à la majeure partie de ce fatras, elle émane de gens qui prétendent l'avoir reconnu.

Il lut à voix haute :

— *Cher monsieur, Rapport à la photo qu'était dans le journal, je suis pratiquement certaine que c'est le même homme qu'était monté dans le train à Willesden Junction l'autre jour. Il marmonnait tout seul dans son coin et avait l'air très excité, même que je m'étais dit tout de suite qu'il devait avoir quelque chose qui tournait pas rond.*

» *Cher Monsieur, Je trouve que cet homme est le portrait tout craché du cousin John à mon mari. Il était parti pour l'Afrique du Sud, mais peut-être bien qu'il est rentré. Il avait une moustache quand il est parti, mais peut-être bien qu'il se la sera coupée.*

» *Cher Monsieur, J'ai vu l'homme du journal dans le métro l'autre soir. Je m'étais dit tout de suite qu'il avait une drôle d'allure.*

» Sans compter toutes les bonnes femmes qui reconnaissent leur mari, poursuivit-il. C'est fou à quel point les femmes n'ont pas l'air de savoir à quoi ressemble leur conjoint ! Il y a aussi les mères pleines d'espoir qui reconnaissent le fils qui n'a pas donné signe de vie depuis vingt ans.

» Et nous avons pour faire bon poids la liste des personnes disparues. Rien là non plus qui puisse vraiment nous aider. *George Barlow, 65 ans, disparu du domicile conjugal. Sa femme pense qu'il peut avoir perdu la mémoire.* Note de mes services : *Est criblé de dettes. A été vu au bras d'une veuve aux cheveux d'un roux incandescent. Selon toute probabilité, a levé le pied.*

» Encore un, tiens : *Le Pr Hargraves, censé donner une conférence mardi dernier. Ne s'est pas montré, n'a ni téléphoné ni envoyé mot d'explication.*

Hardcastle ne semblait pas s'inquiéter outre mesure de la santé du Pr Hargraves :

— Il a dû croire que sa conférence avait eu lieu la semaine d'avant, ou qu'elle devait se tenir la semaine d'après. Il doit être persuadé d'avoir dit à sa bonne où il allait, mais avoir oublié de le faire. On en reçoit des wagons, des comme ça.

La ligne intérieure de Hardcastle sonna et il décrocha :

— Oui ?... Quoi ?... Qui l'a trouvée ?... Elle a donné son nom ?... Je vois. Continuez.

Il raccrocha. Le visage qu'il tourna vers moi n'était plus le même. Il s'était fait sévère, presque vindicatif :

— On vient de tomber sur le cadavre d'une fille dans la cabine téléphonique de Wilbraham Crescent.

— Le cadavre d'une fille ?

Je le fixai :

— Tuée comment ?

— Etranglée. Avec sa propre écharpe !

Je me sentis brusquement froid dans le dos :

— Quelle fille ? Ce n'est pas...

Hardcastle me dévisagea avec un regard froid et spéculatif qui me déplut :

— Il ne s'agit pas de ta petite amie, si c'est ce que tu craignais. L'agent envoyé sur place l'a reconnue. D'après lui, ce serait une gosse qui travaillait dans le même bureau que Sheila Webb. Edna Brent, elle s'appelle.

— Qui l'a découverte ? Ton agent ?

— Non, c'est miss Waterhouse qui l'a trouvée, la femme du n° 18. Apparemment, son téléphone était en dérangement, elle a voulu passer un appel de la cabine et a trouvé la fille recroquevillée par terre.

La porte s'ouvrit et un agent entra :

— Le Dr Rigg vient de prévenir par téléphone qu'il se mettait en route, monsieur. Il vous retrouvera à Wilbraham Crescent.

17

Une heure et demie plus tard, l'inspecteur Hardcastle revenait s'asseoir derrière son bureau et acceptait avec soulagement la tasse de thé réglementaire. Son visage avait toujours le même air de colère rentrée.

— Excusez-moi, monsieur, mais Pierce voudrait vous parler.

Hardcastle sortit de sa torpeur :

— Pierce ? Très bien, envoyez-le-moi.

Le jeune agent Pierce entra, présentant tous les signes de la plus grande agitation :

— Je vous demande pardon, monsieur, mais j'ai pensé qu'il fallait peut-être que je vous dise quelque chose.

— Oui ? Quoi donc ?

— Ça s'est passé après l'audience, monsieur. J'étais de faction à la porte. Cette fille... cette fille qui a été tuée. Elle... elle m'a parlé.

— Elle vous a parlé ? Et qu'est-ce qu'elle vous a dit ?

— Qu'elle voulait vous voir, monsieur.

Hardcastle se redressa, tous ses sens soudain en alerte :

— Elle voulait me voir ? Elle vous a dit pourquoi ?

— Pas vraiment, monsieur. Je suis désolé, monsieur, si j'ai... si je ne me suis pas montré à la hauteur. Je lui ai demandé si je pouvais vous transmettre un message... ou si elle ne préférait pas passer au poste un peu plus tard. Vous étiez occupé avec le grand patron et le coroner, vous comprenez, et j'ai pensé...

— Bon Dieu ! jura Hardcastle à mi-voix. Vous ne pouviez pas lui dire d'attendre cinq minutes ?

— Je suis désolé, monsieur.

Le jeune homme rougit :

— Si j'avais su... c'est ce que j'aurais fait. Seulement je n'ai pas pensé un instant qu'il s'agissait de quelque chose d'important. Et je crois bien qu'elle non plus ne s'imaginait pas que c'était important. C'était juste, d'après ce qu'elle m'a dit, qu'un truc la turlupinait.

— La turlupinait ?

Hardcastle réfléchit en silence, tournant et retournant les faits dans sa tête. C'était la fille qu'il avait croisée en se rendant chez Mrs Lawton, celle-là même qui avait tenté de voir Sheila Webb. Elle l'avait reconnu et avait visiblement hésité à lui adresser la parole. Quelque chose la tourmentait. Mais oui, c'est ça. Et lui, il était passé à côté. Il n'avait pas su saisir la balle au bond. Trop occupé à en apprendre un peu plus sur Sheila Webb, il avait négligé un point essentiel. Cette fille remâchait un problème. Lequel ? Il y avait maintenant de fortes chances pour qu'on ne le sache jamais.

— Allez-y, Pierce, dit-il, répétez-moi en détail tout ce dont vous parvenez à vous souvenir.

Et il ajouta gentiment, car il avait le sens de la justice :

— Vous n'y êtes pour rien, vous ne pouviez pas savoir.

A quoi bon passer sa mauvaise humeur et sa frustration sur ce garçon ? Comment le malheureux aurait-il pu deviner ? Les trois quarts de sa formation avaient été consacrés à lui inculquer le respect de la discipline, à lui apprendre à faire en sorte que ses supérieurs ne soient accostés qu'en cas d'urgence. Si la fille avait précisé que c'était important, il se serait comporté différemment. Maintenant que Hardcastle la revoyait dans le bureau où il l'avait rencontrée pour la première fois, il se rendait compte qu'elle n'était pas du genre à insister. C'était une fille à l'esprit lent. Qui accordait peu de crédit à ses propres capacités intellectuelles.

— Pouvez-vous me raconter comment ça s'est passé exactement et me rapporter ce qu'elle vous a dit, Pierce ?

Pierce leva sur lui des yeux emplis de gratitude :

— Eh bien, monsieur, elle est venue vers moi quand tout le monde sortait, elle a hésité un moment et a jeté un regard autour d'elle comme si elle cherchait quelqu'un. Pas vous, monsieur, non, je ne crois pas, quelqu'un d'autre. Finalement, elle m'a abordé et m'a demandé si elle pouvait parler à l'inspecteur, celui qui avait fait une déposition. Et donc, comme je vous l'ai dit, j'ai vu que vous étiez occupé avec le chef de la police du comté, ce qui fait que je lui ai expliqué que c'était difficile à la minute et que je lui ai demandé si elle ne voulait pas plutôt me laisser un message ou venir au poste plus tard. Et je crois qu'elle m'a dit que ça ne faisait rien. Je lui ai demandé si c'était quelque chose de grave…

— Oui ? dit Hardcastle en se penchant en avant.

— Elle a répondu que non, que ça ne l'était pas vraiment. Que c'était seulement qu'elle ne voyait pas comment ça avait pu se passer comme elle l'avait dit.

— Elle ne voyait pas comment ce qu'elle avait dit avait pu se passer comme ça ? tenta de répéter Hardcastle.

— En gros, oui, monsieur. Je ne suis pas sûr des termes exacts. Ça pouvait aussi bien être : « Ce qu'elle a dit, je ne vois pas comment ça pourrait être vrai. » Elle fronçait les sourcils et elle avait l'air perplexe. Mais quand je lui ai posé la question, elle m'a répondu que ce n'était pas vraiment grave.

Pas vraiment grave, avait dit la fille. Et on la retrouvait à peu de temps de là étranglée dans une cabine téléphonique…

— Quelqu'un vous écoutait quand elle vous a parlé ?

— Il y avait pas mal de monde, vous savez, monsieur, qui sortait de la salle. Les gens s'étaient déplacés en foule pour venir assister à l'audience. Ça avait fait du bruit, cette histoire, avec la façon dont la presse s'en est emparée et tout.

— Vous ne vous souvenez pas d'avoir remarqué quelqu'un près de vous à ce moment-là… une des personnes qui avaient fait une déposition, par exemple ?

— Je suis désolé, mais je ne me souviens de personne en particulier, monsieur.

— Dommage, soupira Hardcastle. Très bien, Pierce, si jamais un détail vous revenait, contactez-moi immédiatement.

Une fois seul, il fit un effort pour surmonter sa colère grandissante et tout entière retournée contre lui. Cette fille – cette fille à l'air effarouché – savait quelque chose. Ou, sans aller jusqu'à *savoir*, elle avait vu ou entendu quelque chose. Quelque chose qui l'avait troublée. Et ce trouble s'était accru pendant l'audience. De quoi pouvait-il bien s'agir ? D'un des témoignages ? De la déposition de Sheila Webb ? Oui, sans aucun doute. Ne s'était-elle d'ailleurs pas rendue l'avant-veille au domicile de Sheila ? Elle aurait très bien pu lui parler au bureau. Pourquoi tenait-elle à un entretien privé ? Savait-elle sur Sheila quelque chose qui la perturbait ? Désirait-elle lui demander une explication, mais en tête-à-tête, hors de la présence des autres filles ? Il n'y avait pas à tortiller, ça en avait tout l'air.

Il convoqua le sergent Cray pour lui donner quelques instructions.

— Pourquoi croyez-vous que cette fille se soit rendue à Wilbraham Crescent ? lui demanda le sergent.

— C'est justement la question que je me pose, avoua Hardcastle. Bien sûr, il est possible que ce soit par simple curiosité, pour voir à quoi ressemblait l'endroit. Rien d'inhabituel là-dedans : la moitié de la population de Crowdean a déjà défilé sur les lieux.

— Et comment ! ronchonna le sergent Cray.

— D'un autre côté, reprit lentement Hardcastle, elle désirait peut-être rencontrer quelqu'un qui vit là-bas…

Quand le sergent Cray fut reparti, Hardcastle nota trois numéros sur son calepin.

« 20 », inscrivit-il avant d'y adjoindre un point d'interrogation. Il ajouta « 19 ? » et « 18 ? ». Puis il nota les noms qui y correspondaient. Hemming. Pebmarsh. Waterhouse. Les trois maisons côté convexe du « crescent » étaient exclues. Pour s'y rendre, Edna Brent ne serait pas passée par le côté concave.

Hardcastle envisagea les trois possibilités.

D'abord le numéro 20. C'est là qu'on avait découvert le couteau qui avait servi lors du premier crime. Il paraissait probable qu'on l'y avait jeté depuis le n° 19, mais rien ne le *prouvait*. Il *pouvait* avoir été jeté dans les buissons par la propriétaire du n° 20 elle-même. Quand on avait interrogé Mrs Hemming, sa seule réaction avait été l'indignation. « Quelle cruauté de la part de la personne qui a jeté cet affreux couteau à mes chats ! » s'était-elle écriée. Quel lien pouvait-il exister entre Mrs Hemming et Edna Brent ? Aucun, décida l'inspecteur. Il passa à miss Pebmarsh.

Edna Brent avait-elle gagné Wilbraham Crescent pour rendre visite à miss Pebmarsh ? Miss Pebmarsh était venue déposer devant le coroner. Une de ses déclarations avait-elle semé le doute dans l'esprit d'Edna ? Oui, mais elle était déjà tourmentée par un doute *avant* l'audience. Savait-elle déjà quelque chose concernant miss Pebmarsh ? Avait-elle par exemple découvert un lien quelconque entre Sheila Webb et miss Pebmarsh ? Ça expliquerait ce qu'elle avait confié à Pierce : « Ce qu'elle a dit, je ne vois pas comment ça pourrait être vrai. »

« Des conjectures, rien que des conjectures ! » tempêta-t-il.

Et le n° 18 ? C'était miss Waterhouse qui avait découvert le cadavre. Par déformation professionnelle, l'inspecteur Hardcastle était prévenu contre les gens qui découvrent le cadavre. Etre celui qui découvre le cadavre évite tellement de soucis au meurtrier – ça lui épargne les aléas de la course à l'alibi, exercice toujours hasardeux, ça solutionne le problème des empreintes qu'il aurait oublié d'effacer. De bien des points de vue c'était une position inexpugnable – à une condition seulement : qu'il n'y ait pas de mobile apparent. Or, le mobile qui aurait poussé miss Waterhouse à régler son compte à la petite Edna Brent ne sautait pas aux yeux. Miss Waterhouse n'avait pas déposé devant le coroner. Il n'était cependant pas impossible qu'elle ait assisté à l'enquête. Edna avait-elle une bonne raison de croire que c'était miss Waterhouse qui s'était fait passer pour miss Pebmarsh au téléphone, et avait demandé qu'on lui envoie une sténodactylo au n° 19 ?

Encore une supposition.

Et il y avait, bien sûr, Sheila Webb elle-même…

Hardcastle décrocha, appela l'hôtel où Colin Lamb était descendu et l'eut presque aussitôt au bout du fil :

— Hardcastle à l'appareil. A quelle heure au juste as-tu déjeuné avec Sheila Webb aujourd'hui ?

Il y eut un bref silence avant que Colin ne réponde :

— Comment sais-tu que nous avons déjeuné ensemble ?

— Ce n'était pas sorcier à deviner. Vous avez bien déjeuné ensemble, non ?

— Je n'aurais pas dû ? Pourquoi ?

— Pour rien. Je te demande simplement à quelle heure. Vous y êtes allés tout de suite en sortant de l'audience ?

— Non. Elle avait des courses à faire. On s'est retrouvés au chinois de Market Street à 1 heure.

— Je vois.

Hardcastle regarda ses notes. Edna Brent était morte entre 12 h 30 et 13 heures.

— Tu veux savoir dans le détail ce qu'a été le menu ?

— Ne le prends pas mal. Je voulais juste l'heure exacte. Pour mon dossier.

— Je vois. C'est la vie.

Il y eut un nouveau silence.

— Si tu ne fais rien ce soir… commença Hardcastle pour dissiper le malaise qui s'était installé entre eux.

Mais son ami ne le laissa pas achever :

— Je m'en vais. J'étais en train de boucler ma valise. J'ai trouvé en rentrant un message qui m'attendait. Il faut que je parte pour l'étranger.

— Tu rentres quand ?

— Va savoir. Pas avant une semaine… peut-être plus… peut-être jamais !

— Pas de chance. A moins que ce ne soit le contraire.

— C'est la question que je me pose, dit Colin.

Et il raccrocha.

18

Hardcastle arriva au n° 19, Wilbraham Crescent à l'instant où miss Pebmarsh sortait de chez elle :

— Excusez-moi un instant, miss Pebmarsh…

— Oh ! Vous êtes… l'inspecteur Hardcastle, c'est bien cela ?

— Oui. Pouvons-nous échanger quelques mots ?

— Je ne voudrais pas être en retard à l'institut. Ce sera long ?

— Quelques minutes à peine, je vous le promets.

Il la suivit à l'intérieur :

— Vous avez eu des échos de ce qui s'est passé cet après-midi ?

— Il s'est passé quelque chose ?

— Je pensais que vous étiez au courant. Une jeune fille a été tuée dans la cabine téléphonique en bas de la rue.

— Tuée ? Quand ça ?

Il regarda l'horloge de parquet :

— Cela fait maintenant 2 heures et 45 minutes.

— Je n'ai entendu parler de rien. De rien du tout, dit miss Pebmarsh.

Une sourde colère résonnait dans sa voix. Comme si son infirmité lui avait été rappelée de façon particulièrement blessante :

— Une jeune fille… tuée ! Quelle jeune fille ?

— Elle s'appelle Edna Brent et elle travaillait à l'agence Cavendish.

— Encore une dactylo ! Est-ce qu'elle avait été envoyée dans les parages, comme pour cette autre fille, Sheila… je ne me rappelle plus son nom ?

— Je ne pense pas, dit l'inspecteur. Elle n'est pas venue vous voir chez vous ?

— Ici ? Non. Jamais de la vie.

— Auriez-vous été là si elle l'avait fait ?

— Je n'en sais trop rien. Quelle heure avez-vous dit, déjà ?

— Vers midi et demi ou un peu plus tard.

— Alors là, oui, acquiesça miss Pebmarsh. A cette heure-là, j'étais chez moi.

— Où êtes-vous allée après l'enquête ?

— Je suis rentrée directement ici.

Elle marqua un temps, puis demanda :

— Pourquoi pensez-vous que cette fille aurait pu venir me voir ?

— Eh bien, elle a assisté à l'enquête ce matin et elle vous y a vue, ce qui a éventuellement pu lui donner un bon motif de venir à Wilbraham Crescent. Autant que nous le sachions, elle ne connaissait personne dans cette rue.

— Mais pourquoi serait-elle venue chez moi pour la simple raison qu'elle m'avait vue à l'enquête ?

— Eh bien…

L'inspecteur sourit, puis essaya très vite de mettre un sourire dans sa voix, quand il réalisa que miss Pebmarsh n'était pas en mesure d'en apprécier les vertus désarmantes :

— On ne sait jamais, avec ces filles. Un autographe, peut-être ? Quelque chose dans ce goût-là.

— Un autographe ! s'écria miss Pebmarsh sur un ton méprisant. Oui, oui, vous avez sans doute raison. On peut s'attendre à n'importe quoi.

Elle secoua vivement la tête :

— Je peux quand même vous affirmer, inspecteur, qu'elle n'est *pas* venue ici aujourd'hui. Personne ne m'a rendu visite depuis que je suis rentrée de l'enquête.

— Eh bien, je vous remercie, miss Pebmarsh. Il nous fallait vérifier toutes les éventualités.

— Quel âge avait-elle ? demanda miss Pebmarsh.

— 19 ans, je crois.

— 19 ans ? C'est très jeune.

Sa voix s'était altérée :

— Très jeune... La pauvre petite. Comment pourrait-on vouloir tuer une gamine de cet âge ?

— Et pourtant, ça arrive, répliqua Hardcastle.

— Etait-elle jolie... attirante... excitante ?

— Non, dit Hardcastle. Ça lui aurait plu, mais elle ne l'était pas.

— Alors ce n'est pas là qu'il faut chercher la raison, murmura miss Pebmarsh.

Elle secoua de nouveau la tête :

— Je suis désolée, inspecteur Hardcastle. Plus désolée que je ne saurais dire de ne pouvoir vous aider.

Il sortit, impressionné comme il l'était chaque fois par la personnalité de miss Pebmarsh.

Miss Waterhouse aussi se trouvait chez elle. Egale à elle-même, elle ouvrit la porte avec une soudaineté qui révélait le désir de surprendre quelqu'un se livrant à quelque activité prohibée :

— Oh, c'est *vous* ! s'exclama-t-elle. Ecoutez, j'ai dit à vos hommes tout ce que je savais.

— Je suis certain que vous avez répondu aux questions qui vous ont été posées, répliqua Hardcastle, mais on ne peut pas les poser toutes à la fois. Il nous faut revenir sur certains détails.

— Je ne vois pas pourquoi. Cette histoire m'a terriblement choquée, dit-elle à Hardcastle avec un regard accusateur, comme si elle le soupçonnait d'en être responsable. Entrez, entrez. Vous n'allez pas passer la journée sur le paillasson. Entrez, asseyez-vous et posez-moi toutes les questions que vous voulez, encore que je ne voie pas de quelles questions il pourrait bien s'agir. Comme je l'ai déjà dit, je suis sortie pour donner un coup de téléphone. J'ai ouvert la porte de la cabine et j'ai vu cette fille. Ça m'a donné un choc comme jamais dans ma vie. Je me suis précipitée chercher l'agent au coin de la rue. Et après ça, si vous tenez à le savoir, je suis revenue ici et me suis octroyé une dose médicinale de brandy. *Médicinale !* répéta-t-elle non sans quelque agressivité.

— Très sage de votre part, chère mademoiselle, approuva Hardcastle.

— Un point, c'est tout ! conclut miss Waterhouse avec emphase.

— Je voulais vous demander si vous étiez absolument certaine de n'avoir jamais vu cette fille auparavant.

— Je peux l'avoir rencontrée une dizaine de fois sans en avoir pour autant gardé le moindre souvenir. Je veux dire par là qu'elle a pu me faire essayer un pull chez Woolworth, ou s'asseoir à côté de moi dans un bus, ou me vendre des places de cinéma.

— Elle était sténodactylo à l'agence Cavendish.

— Je ne crois pas avoir jamais eu l'occasion de faire appel aux services d'une sténodactylo. Peut-être travaillait-elle à l'occasion chez Gainsford & Swettenham, où mon frère est employé. C'est là que vous voulez en venir ?

— Oh ! pas du tout, répliqua Hardcastle, nous n'avons opéré aucun rapprochement de ce genre. Je me demandais tout au plus si elle ne serait pas passée vous voir, ce matin, avant de se faire assassiner.

— Passée me *voir*, moi ? Non, bien évidemment non. Pourquoi l'aurait-elle fait ?

— Ça, nous n'en savons hélas rien, convint Hardcastle. Mais seriez-vous, oui ou non, prête à affirmer que la personne qui l'a vue pousser votre portail ce matin s'est trompée ?

Il la couvait d'un œil candide.

— Quelqu'un l'a vue pousser mon portail ? Foutaise ! clama l'auguste demoiselle.

Elle hésita :

— A moins que…

— Oui ? fit Hardcastle, soudain sur ses gardes mais sans en rien laisser paraître.

— Eh bien, j'imagine qu'il se peut qu'elle soit venue glisser un prospectus dans la boîte aux lettres… J'en ai effectivement trouvé un, à l'heure du déjeuner. Il y était question d'un meeting sur le désarmement nucléaire, je crois bien. Chaque jour apporte son nouveau lot de paperasses en tout genre. Oui, il est tout à fait concevable, je vous l'accorde, qu'elle soit venue glisser un papier dans ma boîte. Mais de là à me tenir pour responsable…

— Loin de moi une telle idée. Maintenant, en ce qui concerne votre coup de téléphone… vous dites que votre appareil était en dérangement. D'après le central, ce n'était pas le cas.

— Ils diraient n'importe quoi ! J'ai composé un numéro et j'ai entendu un bruit des plus bizarres, rien à voir avec la sonnerie « occupé ». Je suis donc allée à la cabine téléphonique.

Hardcastle se leva :

— Excusez-moi de vous avoir importunée avec cela, miss Waterhouse, mais l'opinion prévaut que cette fille est venue rendre visite à quelqu'un dans le « crescent » et qu'elle se rendait dans une maison pas très éloignée de la vôtre.

— Ce qui vous oblige à enquêter tout au long du « crescent », compatit miss Waterhouse. Je crois que le plus vraisemblable est qu'elle soit allée dans la maison d'à côté… chez miss Pebmarsh.

— Qu'est-ce qui vous amène à penser que ce soit le plus vraisemblable ?

— Vous avez dit qu'elle était sténodactylo et qu'elle venait de l'agence Cavendish. Or, si mes souvenirs sont bons, il a été dit que miss Pebmarsh avait fait demander qu'une sténodactylo passe chez elle l'autre jour, quand cet homme y a été tué.

— C'est ce qui a été dit, mais elle l'a nié.

— Si vous voulez mon avis, et remarquez bien qu'on ne prête généralement pas attention à ce que je dis avant qu'il ne soit trop tard, je vous avouerai que je la crois un peu cinglée. Miss Pebmarsh, s'entend. Je me demande si elle n'appelle pas bel et bien les agences de secrétariat pour leur demander de lui envoyer des dactylos. Et puis, après coup, allez savoir si ça ne lui sort pas de l'esprit ?

— Mais vous ne la pensez tout de même pas capable de tuer ?

— Loin de moi une telle idée. Je sais bien qu'un homme a été tué chez elle, mais je ne suggère pas un instant qu'elle y soit pour quelque chose. Non. Je me disais tout au plus qu'elle avait peut-être une de ces marottes bizarres comme il arrive à des tas de gens. J'ai connu une femme qui passait son temps à téléphoner à des pâtissiers pour leur commander une douzaine de meringues. Elle n'en avait que faire et, quand ils les lui livraient, elle prétendait ne leur avoir jamais rien demandé. Ce genre de manie.

— Evidemment, tout est possible, admit Hardcastle.

Il prit congé et s'en fut en se disant que la dernière suggestion de miss Waterhouse n'honorait guère la vieille demoiselle. D'un autre côté, si elle croyait qu'un témoin avait vu cette fille entrer chez elle, et à condition que cette visite ait été effective, la parade consistant à suggérer que ladite fille s'était en réalité engouffrée au n° 19 pouvait, vu les circonstances, se révéler d'une grande habileté.

Il jeta un coup d'œil à sa montre et décida qu'il avait encore le temps d'aller se mesurer au personnel de l'agence Cavendish. Les bureaux, il ne l'ignorait pas, avaient rouvert à 2 heures de l'après-midi. Qui sait si les filles ne pourraient pas l'aider ? Et puis il y trouverait Sheila Webb, elle aussi.

Une des filles bondit de sa chaise en le voyant entrer :

— Vous êtes l'inspecteur Hardcastle, non ? Miss Martindale vous attend.

Et elle l'introduisit dans le bureau directorial. Miss Martindale ne perdit pas une seconde avant de passer à l'attaque :

— C'est un scandale, inspecteur, une honte ! Il faut que vous tiriez cette affaire au clair. Il faut que vous la tiriez au clair *illico*. Assez lambiné. La police est censée nous protéger et c'est ce que nous attendons d'elle ici. Une *protection*. J'exige qu'on protège mes employées et je compte bien l'obtenir.

— Je suis certain, miss Martindale, que…

— Allez-vous nier qu'on s'en est pris à deux, je dis bien *deux*, de mes jeunes filles ? Il rôde dans les parages un malade mental affligé de – comment s'est-on mis à appeler ça ? – un complexe, une fixation sur les sténodactylos et les agences de secrétariat. Mon entreprise est visée. D'abord Sheila Webb, attirée dans cette maison par le plus cruel des stratagèmes et pour y faire cette macabre découverte… de quoi causer des dommages irréparables dans l'esprit d'une jeune personne à la sensibilité à fleur de peau. Et puis une gamine parfaitement inoffensive assassinée dans une cabine téléphonique. Qu'y a-t-il derrière tout ça ? Il faut en avoir le cœur net, inspecteur.

— Y parvenir, et dans les meilleurs délais, est mon vœu le plus cher, miss Martindale. Et si je suis ici, c'est afin de voir si vous êtes en mesure de m'apporter une aide quelconque.

— Une aide quelconque ! Mais comment pourrais-je bien vous aider ? Si j'avais la moindre idée quant à la façon de le faire, il y a longtemps que j'aurais couru vous trouver ! Il faut que vous découvriez qui a tué cette pauvre Edna, et qui a joué cette innommable plaisanterie à Sheila. Je suis stricte avec mes employées, inspecteur, je veille à ce qu'elles soient assidues à la tâche, à ce qu'elles arrivent à l'heure et ne se montrent jamais en débraillé, mais je ne tolérerai pas qu'on cherche à leur nuire ou qu'on les assassine. J'ai la ferme intention de les défendre, et de faire en sorte que les gens payés par l'Etat pour assurer leur sécurité accomplissent leur devoir.

Ayant dit, elle le foudroya du regard au point que Hardcastle lui trouva soudain des airs de tigresse.

— Laissez-nous du temps, miss Martindale, plaida-t-il.

— Du temps ? Sous prétexte que cette petite sotte est morte, vous vous imaginez que vous avez tout votre temps ? Moi, je vais vous dire : une autre fille va se faire assassiner, voilà ce qui nous pend au nez.

— Je ne crois pas que pareille horreur soit à redouter, miss Martindale.

— J'imagine que quand vous vous êtes levé ce matin, inspecteur, vous étiez à cent lieues de soupçonner que cette fille allait se faire tuer. Sinon je veux croire que vous auriez pris des mesures, que vous auriez veillé à sa sécurité. Il y a donc fort à parier que si une autre de mes employées était placée dans une situation compromettante, voire assassinée, vous tomberiez tout autant des nues. Cette histoire est invraisemblable, *insensée*. Reconnaissez avec moi que tout cela n'a ni queue ni tête. Enfin, si ce qu'on lit dans les journaux est vrai. Toutes ces pendules, par exemple. Or, j'ai bien remarqué ce matin, lors de l'enquête du coroner, que personne n'avait abordé le sujet.

— Il a été évoqué ce matin aussi peu de détails que faire se pouvait, miss Martindale. Et ce pour l'excellente raison que cette enquête devait être ajournée.

— En tout cas, je n'ai qu'un conseil à vous donner, tonna miss Martindale en le foudroyant à nouveau du regard. Et c'est celui d'*agir*.

— Il n'est vraiment rien que vous puissiez me dire ? Aucun indice qu'Edna aurait laissé derrière elle ? Elle n'avait pas un problème qui la tourmentait ? Elle ne vous avait pas demandé conseil ?

— Si elle avait eu un problème, ce n'est pas moi qu'elle serait venue trouver, répliqua miss Martindale. Mais qu'est-ce qui aurait bien pu la tourmenter ?

C'était précisément la question à laquelle l'inspecteur Hardcastle aurait aimé obtenir une réponse, mais il se rendait bien compte à quel point il était improbable qu'elle lui soit fournie par miss Martindale. De guère lasse, il reprit :

— J'aimerais parler au plus grand nombre possible de vos employées. Je conçois en effet qu'Edna Brent ne soit pas venue vous faire part de ses soucis ou de ses inquiétudes, mais il n'est pas exclu qu'elle en ait parlé à ses collègues.

— C'est même on ne peut plus probable. Ces filles passent leur temps à bavarder. Dès qu'elles m'entendent arriver, dès que mon pas retentit dans le corridor, les machines se mettent à crépiter. Mais qu'ont-elles fait entre-temps, quand j'avais le dos tourné ? Papoté, bavassé et échangé des commérages.

Se calmant un peu, elle précisa :

— Il n'y en a pour le moment que trois au bureau. Souhaitez-vous leur parler tout de suite ? Les autres se sont rendues chez des particuliers. Je peux vous donner leurs adresses et leurs téléphones personnels si vous le désirez.

— Je vous remercie.

— Je suppose que vous préférerez leur parler seul à seules. D'ailleurs, elles s'exprimeraient moins librement en ma présence. Il leur faudrait alors admettre, comprenez-vous, qu'elles ont perdu leur temps à bavarder.

Elle quitta son fauteuil et alla ouvrir la porte qui communiquait avec le bureau adjacent :

— Mesdemoiselles, l'inspecteur Hardcastle aimerait vous poser un certain nombre de questions. Je vous autorise à interrompre un instant le travail. Efforcez-vous de lui dire tout ce qui pourrait éventuellement l'aider à retrouver l'assassin d'Edna Brent.

Sur quoi elle retourna dans son bureau dont elle referma la porte d'une main ferme. Trois visages naïfs et effrayés se levèrent vers l'inspecteur. Hardcastle leur jeta un coup d'œil rapide afin de voir à qui il avait affaire. Une bonne grosse blonde à lunettes rayonnante de santé. Hardcastle décida qu'on pouvait lui faire confiance mais qu'elle ne devait pas avoir inventé la poudre. Une brune à l'allure désinvolte dont la coiffure laissait à penser qu'elle venait d'affronter un ouragan. Son regard trahissait une certaine sensibilité, mais il ne faudrait pas trop tenir compte de son témoignage. Elle aurait certainement tendance à enjoliver son récit. La troisième pouffait sans arrêt et il y avait fort à parier qu'elle tomberait d'accord avec la dernière qui aurait parlé.

Il ne s'embarrassa pas de précautions oratoires :

— J'imagine que vous savez toutes ce qui est arrivé à Edna Brent qui travaillait ici avec vous ?

Trois vigoureux hochements de tête lui répondirent.

— Comment avez-vous appris la nouvelle ?

Elles se regardèrent, comme pour se choisir un porte-parole. D'un commun accord, ce fut la blonde, dont Hardcastle apprit qu'elle s'appelait Janet :

— Edna n'est pas revenue travailler à 2 heures comme elle aurait dû le faire.

— Et Sandy Cat était folle de rage, intervint la brune, Maureen, avant de rectifier d'elle-même : miss Martindale, je veux dire.

La troisième fille gloussa :

— Sandy Cat, c'est comme ça qu'on l'appelle.

« Un surnom qui lui va comme un gant », songea l'inspecteur.

— Quand ça lui prend, c'est une vraie terreur, poursuivit Maureen. Elle vous sauterait dessus. Elle a demandé si Edna nous avait prévenues qu'elle ne viendrait pas au bureau et s'est écriée qu'elle aurait pu au moins téléphoner pour s'excuser.

La blonde intervint :

— J'ai dit à miss Martindale qu'elle avait assisté à l'enquête du coroner avec nous, mais qu'elle avait disparu après et qu'on ne savait pas où elle était allée.

— Et c'était vrai ? s'enquit Hardcastle. Vous n'aviez vraiment aucune idée de l'endroit où elle avait bien pu se rendre ?

— Je lui avais proposé de venir déjeuner avec nous, précisa Maureen, mais elle avait l'air de ruminer Dieu sait quoi. Elle m'a répondu qu'elle ne savait même pas si elle était sûre de déjeuner. Qu'elle s'achèterait peut-être des bricoles à grignoter au bureau.

— Elle avait donc l'intention de retourner travailler ?

— Oh ! oui, bien sûr. On savait toutes qu'on était bien obligées de le faire.

— Est-ce qu'Edna Brent ne vous avait pas paru changée ces derniers jours ? Paru distraite, préoccupée ? Est-ce qu'elle ne vous a rien raconté ? Si vous savez quelque chose, il faut absolument que vous me le disiez.

Elles se regardèrent d'un air hésitant et un peu perdu.

— Elle se faisait toujours un sang d'encre à propos de tout et de rien, concéda Maureen. Et elle se serait noyée dans un verre d'eau. Comprendre au quart de tour n'était pas non plus son fort.

— Il lui arrivait toujours des trucs pas possibles, ajouta celle qui n'arrêtait pas de pouffer. Vous vous souvenez de ce talon aiguille qui l'avait lâchée, l'autre jour ? C'était tout Edna, ça.

— Oui, je m'en souviens, dit Hardcastle.

Il revoyait la jeune fille en train de contempler avec désolation la chaussure qu'elle tenait à la main.

— Vous savez, quand j'ai vu qu'Edna n'était pas là cet après-midi, j'ai tout de suite eu le pressentiment que quelque chose d'affreux était arrivé, dit Janet en hochant la tête avec solennité.

Hardcastle la regarda avec une certaine répugnance. Il n'exécrait rien tant que la clairvoyance après coup. Il aurait parié que cette fille n'avait rien pensé de tel. Au lieu de quoi il l'imaginait fort bien en train de se délecter d'un : « Ah, le savon qu'Edna va se faire passer par Sandy Cat à l'arrivée ! » Il reposa sa question :

— Comment avez-vous appris la nouvelle ?

Elles se consultèrent à nouveau. Celle qui pouffait rougit jusqu'aux oreilles et coula un regard vers la porte de miss Martindale :

— Eh bien, je… euh… j'étais sortie une minute. Je voulais acheter des gâteaux à emporter à la maison et je savais qu'à l'heure de fermeture du bureau il n'en resterait plus. Et quand je suis arrivée à la pâtisserie – elle est juste au coin, ils me connaissent bien –, la femme m'a dit : « Elle travaillait chez vous, pas vrai, mon lapin ? » « Mais de quoi vous parlez ? » que je lui ai fait. « De cette fille qu'on vient de trouver morte dans une cabine téléphonique », qu'elle m'a répondu. Ça m'a flanqué un de ces chocs ! Je suis revenue ici en courant, j'ai tout raconté aux autres et à la fin on s'est dit qu'il fallait en parler à miss Martindale. Et, juste à ce moment-là, elle est sortie en trombe de son bureau et s'est mise à hurler : « Mais qu'est-ce qui vous prend *encore* ? Je n'entends pas une seule machine à écrire ! »

La blonde prit le relais de la saga :

— Alors je lui ai dit : « C'est pas notre faute. On vient d'apprendre quelque chose de terrible au sujet d'Edna, miss Martindale. »

— Et quelle a été la réaction de miss Martindale ?

— D'abord elle ne nous a pas crues, intervint la brune. Elle s'est écriée : « Quelle ânerie ! Encore un ragot pêché dans je ne sais quelle boutique ! Il s'agit sûrement d'une autre fille. Pourquoi faudrait-il que ce soit Edna ? » Et là-dessus, elle est retournée dans son bureau, elle a appelé la police et elle a bien été obligée de nous croire.

— Mais ce que je ne comprends pas, fit remarquer Janet d'un ton rêveur, ce que je ne comprends pas, c'est pourquoi quelqu'un pouvait avoir envie de tuer Edna.

— C'est pas comme si elle avait un amant ou quoi, renchérit la brune.

Toutes les trois regardaient Hardcastle d'un air interrogateur, comme s'il allait leur donner la réponse. Il soupira. Pour lui, il n'y avait rien là de bien intéressant. Peut-être qu'avec un peu de chance une des autres filles se montrerait plus utile. Et puis il lui restait toujours Sheila Webb elle-même.

— Sheila Webb et Edna Brent étaient amies intimes ? demanda-t-il.

Les filles se regardèrent d'un air perplexe.

— Intimes ? répéta la porte-parole. Non, je ne pense pas.

— Où est donc miss Webb, à propos ?

On lui signala qu'elle s'était rendue à l'hôtel *Curlew* pour y travailler avec le Pr Purdy.

19

Quand il dut s'interrompre dans sa dictée pour répondre au téléphone, le Pr Purdy ne dissimula pas son irritation :

— Qui ça ? Quoi ? Vous voulez dire qu'il est en bas ? Eh bien, demandez-lui s'il ne veut pas revenir demain. Hein ? Oh ! bon… très bien… très bien… Qu'il monte !

» Il faut toujours qu'il y ait quelque chose ! fulmina-t-il en raccrochant. Comment travailler sérieusement avec ces interruptions constantes ?

Il regarda Sheila d'un air quelque peu agacé :

— Voyons, où en étions-nous, mon petit ?

Sheila s'apprêtait à répondre quand on frappa à la porte. Le Pr Purdy, qui se débattait dans des problèmes chronologiques remontant à 3 000 ans et des poussières, eut quelques difficultés à reprendre pied dans le présent.

— Oui ! lança-t-il avec exaspération. Oui, entrez, c'est pour quoi ? J'avais pourtant précisé que je ne voulais être dérangé *sous aucun prétexte* cet après-midi.

— Je suis navré, monsieur, absolument navré, mais il m'était impossible de faire autrement. Bonsoir, miss Webb.

Sheila Webb repoussa son carnet de notes et se leva. Hardcastle se demanda si c'était bien une soudaine appréhension qu'il lisait dans ses yeux.

— Bon, eh bien de quoi s'agit-il ? s'énerva le professeur.

— Inspecteur Hardcastle, ainsi que miss Webb peut vous le confirmer.

— J'entends bien, dit le professeur. J'entends bien, mais…

— Ce qui m'amène, ce sont quelques questions que je désirerais poser à miss Webb.

— Cela ne saurait-il attendre ? Vous tombez au plus mal. *Au plus mal*. Nous attaquions un point particulièrement critique. Je libère miss Webb dans un quart d'heure environ – oh ! bon, mettons une demi-heure. Dans ces eaux-là. Oh ! mon Dieu, il est *déjà* 6 heures ?

— Je regrette infiniment, Pr Purdy, insista Hardcastle d'un ton ferme.

— Oh ! très bien, très bien. De quoi s'agit-il ?… D'une quelconque infraction au code de la route, j'imagine ? Ces gardiens de la paix donnent dans l'excès de zèle. Il y en a un, l'autre jour, qui m'a soutenu que j'avais laissé ma voiture plus de quatre heures et quart d'horloge devant un parcmètre. Or, c'était matériellement impossible.

— Ce qui m'amène est un peu plus sérieux qu'une infraction au code de la route, monsieur.

— Ah bon, ah bon ! Vous n'avez d'ailleurs pas de voiture, n'est-ce pas, mon petit ?

Il jeta un regard distrait à Sheila Webb :

— Oui, cela me revient, vous venez ici en bus. Bon, inspecteur, de quoi s'agit-il ?

— D'une jeune fille du nom d'Edna Brent.

Il se tourna vers Sheila :

— Je suppose que vous connaissez la nouvelle ?

Elle le fixa. Elle avait des yeux superbes. De grands yeux couleur de myosotis. Des yeux qui lui rappelaient quelqu'un :

— Edna Brent ?

Elle haussa les sourcils :

— Je la connais, bien sûr. Mais qu'est-ce qu'elle a fait ?

— Je vois que vous n'êtes pas encore au courant. Où avez-vous déjeuné, miss Webb ?

Le visage de la jeune fille se colora :

— Avec un ami, au restaurant Ho Tung, encore que… encore que je ne voie pas en quoi cela vous regarde.

— Vous n'êtes pas retournée après ça au bureau ?

— A l'agence Cavendish ? J'y suis passée pour m'entendre dire que je devais filer à l'hôtel *Curlew* où j'avais rendez-vous avec le Pr Purdy à 2 heures et demie.

— C'est exact, confirma le professeur en hochant la tête. *A 2 heures et demie*. Et nous n'avons pas arrêté de travailler depuis lors. Pas arrêté. Mon Dieu, j'aurais dû vous offrir une tasse de thé ! Je suis confus, miss Webb, vous auriez sûrement souhaité avoir votre thé. Vous auriez dû me le rappeler.

— Oh ! cela n'a aucune importance, professeur. Aucune.

— Tout de même, quelle négligence de ma part ! s'excusa le professeur. Quelle négligence ! Mais bon. Puisque l'inspecteur désire vous poser quelques questions, je m'en voudrais de l'interrompre.

— Vous ignorez donc ce qui est arrivé à Edna Brent ? reprit patiemment Hardcastle.

— Ce qui lui est *arrivé* ? demanda Sheila d'une voix dure qui monta bientôt dans l'aigu. Ce qui lui est arrivé ? Mais qu'est-ce que vous entendez par là ? Elle a eu un accident ou quoi ? Elle s'est fait renverser par une voiture ?

— Ah ! les méfaits de la vitesse… soupira le professeur.

— Oui, confirma Hardcastle, il lui est effectivement arrivé quelque chose.

Il marqua un temps, puis lança avec toute la brutalité possible :

— Elle a été étranglée, vers midi et demi, dans une cabine téléphonique.

— Dans une cabine téléphonique ? lâcha le professeur qui se hissa brusquement à la hauteur de la situation en manifestant quelque intérêt pour la nouvelle.

Sheila Webb était muette. Bouche entrouverte, elle fixait Hardcastle de ses yeux écarquillés. « Ou bien c'est la première fois que tu entends parler de ce meurtre, ou alors tu es une sacrée comédienne », jugea à part lui l'inspecteur.

— Ça, par exemple ! commenta le professeur. Etranglée dans une cabine téléphonique, voilà qui n'est pas ordinaire. Pas ordinaire du tout. Jamais je n'aurais l'idée de choisir un endroit pareil. En admettant que je doive accomplir un tel acte, s'entend. Non, réellement non. Eh bien, eh bien. Pauvre petite. Ce n'est vraiment pas de chance pour elle.

— Edna… *tuée* ! Mais pourquoi ?

— Saviez-vous, miss Webb, qu'Edna Brent était si impatiente de vous parler avant-hier qu'elle s'était rendue chez votre tante où elle vous avait attendue un bon moment ?

— C'est encore ma faute, confessa le professeur d'un air coupable. J'ai retenu miss Webb très tard ce soir-là, je m'en souviens. Très très tard. Je me sens affreusement gêné, mon petit. Il *faut* toujours me rappeler l'heure, mon petit. Il le faut absolument.

— Ma tante m'en a parlé, mais je ne pensais pas que c'était important. Ça l'était ? Edna avait des ennuis.

— Nous n'en savons rien, répondit l'inspecteur. Et nous ne le saurons sans doute jamais. À moins que *vous* puissiez nous le dire.

— *Moi,* vous le dire ? Mais comment ça ?

— Vous pourriez, peut-être, avoir des lueurs sur la raison pour laquelle Edna Brent voulait tant vous voir ?

Elle secoua la tête :

— Je n'en ai aucune idée. Aucune.

— Au bureau, elle ne vous avait rien dit qui aurait pu vous mettre la puce à l'oreille ?

— Non. Non elle ne m'a pas… elle ne m'avait rien dit du tout… Hier, je n'ai pas mis les pieds au bureau. Il avait fallu que j'aille à Landis Bay où j'ai travaillé toute la journée avec un de nos auteurs.

— Avez-vous remarqué qu'elle était préoccupée ces temps-ci ?

— Edna avait toujours l'air perplexe ou préoccupée. Elle était perpétuellement… comment dire ?… elle manquait en fait de confiance en elle. Elle n'était jamais sûre d'avoir adopté la bonne démarche ou pris la bonne décision. Elle avait une fois sauté deux pages entières d'un roman d'Armand Levine, et elle ne savait plus où donner de la tête parce qu'au moment où elle s'en était aperçue, elle avait déjà expédié le texte.

— Je vois. Et elle vous a demandé comment se tirer d'affaire ?

— Oui. Je lui ai suggéré d'envoyer tout de suite un mot à Mr Levine en lui expliquant ce qui s'était passé et en le priant de ne pas se plaindre auprès de miss Martindale. Vous savez, les auteurs commencent rarement leurs corrections à la réception du manuscrit. Mais Edna a déclaré que ça l'embêtait.

— Elle demandait souvent conseil, quand il lui arrivait des mésaventures de ce genre ?

— Oh ! oui, tout le temps. Mais le problème, c'est que nous n'étions pas toutes d'accord sur les solutions à apporter, c'est normal. Alors elle se sentait perdue.

— Il était donc assez naturel qu'elle vienne vous trouver si elle avait bel et bien un problème à résoudre. Ça lui est arrivé souvent ?

Oui. Oh oui !

— Vous ne pensez pas qu'il pouvait s'agir cette fois-ci de quelque chose de plus sérieux ?

— Je n'ai pas l'impression. Et, dans le genre sérieux, qu'est-ce que ç'aurait bien pu être ?

Sheila Webb, se demanda l'inspecteur, était-elle aussi à l'aise qu'elle s'efforçait de le paraître ?

— Je ne sais pas ce dont elle voulait me parler, poursuivit-elle d'une voix de plus en plus rapide et comme si elle allait soudain perdre son souffle. Je n'en ai aucune idée. Et j'ignore rigoureusement tout de la raison qui a pu la pousser à se rendre chez ma tante afin d'avoir *là-bas* une conversation avec moi.

— Ne serait-il pas vraisemblable qu'il se soit agi d'un sujet qu'elle ne souhaitait pas aborder au sein de l'agence Cavendish ? Devant vos diverses collègues, dirons-nous ? Quelque chose dont elle estimait que cela devait rester entre vous deux. Est-ce que vous ne pensez pas que cela ait pu être le cas ?

— Cela me semble peu probable…

Sa respiration était de plus en plus entrecoupée :

— Je crois que vous vous trompez du tout au tout.

— Vous ne pouvez donc pas m'aider, miss Webb ?

— Non. Je suis désolée. Je suis très triste au sujet d'Edna, mais je ne sais rien qui pourrait vous aider.

— Rien qui puisse avoir un lien quelconque avec ce qui s'est passé le 9 septembre ?

— Vous voulez dire… cet homme… cet homme à Wilbraham Crescent ?

— Exactement.

— Mais comment cela serait-il possible ? Qu'est-ce qu'Edna aurait bien pu savoir sur la question ?

— Rien de bien important, peut-être, soupira l'inspecteur. Mais à tout le moins *quelque chose*. Et tout détail est susceptible de nous aider. *Tout détail*, si mince soit-il.

Il marqua un temps, puis :

— Cette cabine téléphonique où elle a été tuée était située à Wilbraham Crescent. Cela n'évoque-t-il rien pour vous, miss Webb ?

— Rien du tout.

— Vous vous êtes rendue à Wilbraham Crescent aujourd'hui ?

— Non, absolument pas ! s'écria-t-elle avec véhémence. Je ne m'en suis pas approchée. Et je commence à trouver cet endroit parfaitement abominable. Je souhaiterais n'y avoir jamais mis les pieds, n'avoir jamais été prise au piège de cette horrible histoire. Pourquoi, ce jour-là précisément, a-t-on réclamé ma présence là-bas ? Pourquoi a-t-il fallu qu'Edna soit tuée à deux pas de cette maison ? Il *faut* que vous le découvriez, inspecteur, il le faut, il le faut !

— Mais nous en avons bien l'intention, répliqua Hardcastle.

Et son ton se fit quelque peu menaçant quand il crut bon d'ajouter :

— J'aimerais que vous en soyez parfaitement convaincue.

— Vous tremblez, mon petit, fit remarquer le Pr Purdy. Je crois… oui, je crois réellement que ce qu'il vous faut, c'est un verre de sherry.

20

RECIT DE COLIN LAMB

Sitôt à Londres, je me précipitai chez Beck.

Il agita son cigare dans ma direction :

— Après tout, votre histoire de croissants n'était peut-être pas aussi débile qu'il y paraissait à première vue.

— J'ai finalement levé un lièvre, c'est ça ?

— Ne nous emballons pas, mais ce n'est cependant plus une hypothèse à exclure. Notre ingénieur des travaux publics, Mr Ramsay, du n° 62, Wilbraham Crescent, n'est pas ce qu'il prétend. Il a, ces derniers temps, signé de curieux engagements. Les entreprises existent, mais elles ont toutes été fondées de fraîche date et dans des circonstances inhabituelles. Il y a cinq semaines de cela, Ramsey est parti en coup de vent. Pour la Roumanie.

— Ce n'est pas ce qu'il a dit à sa femme.

— Peut-être, mais c'est en Roumanie qu'il s'est rendu. Et c'est là qu'il se trouve actuellement. Nous aimerions bien en savoir davantage sur son compte. C'est d'ailleurs la raison pour laquelle vous allez vous remuer un peu, mon garçon. Je vous ai fait préparer les visas et vous avez un joli passeport tout neuf qui vous attend. Vous vous appelez cette fois

Nigel Trench. Rafraîchissez vos connaissances sur les plantes rares des Balkans. Vous êtes botaniste.

— Des instructions particulières ?

— Non. On vous communiquera vos contacts quand vous irez chercher vos papiers. Ramenez tout ce que vous pourrez sur notre Mr Ramsay.

Il m'adressa un regard inquisiteur :

— Ces nouvelles n'ont pas l'air de vous plaire autant qu'elles le devraient.

Il m'observait à travers la fumée de son cigare.

— C'est assez valorisant, quand une intuition se révèle payante, fis-je remarquer sur un ton évasif.

— C'était bien le bon « crescent » mais le mauvais numéro. Le 61 est occupé par un entrepreneur parfaitement inoffensif Enfin, de notre point de vue. Ce pauvre Hanbury s'était trompé dans les numéros mais il n'était pas tombé loin.

— Vous avez vérifié les autres noms de la liste ? Ou bien vous vous êtes concentré sur Ramsay ?

— Le Logis de Diane a tout l'air aussi chaste et pur que Diane elle-même. Une longue histoire de chats. McNaughton, quant à lui, n'était pas inintéressant. C'est un professeur à la retraite, comme vous le savez. Mathématiques. Fort brillant, semble-t-il. Il a brusquement démissionné de sa chaire pour raisons de santé. Rien là de tout à fait invraisemblable, mais enfin il paraît en pleine forme. Et puis il a rompu avec tous ses amis, ce qui est assez étrange.

— L'ennui, avec nos méthodes, fis-je remarquer, c'est qu'on en arrive très vite à trouver éminemment suspects les moindres faits et gestes du premier venu.

— Il y a du vrai dans ce que vous dites là, admit le colonel Beck. C'est ainsi que j'en arrive parfois à vous suspecter, vous, Colin, d'avoir changé de bord. Je vais parfois jusqu'à me soupçonner *moi-même* d'avoir changé de camp, et d'être finalement revenu dans celui-ci ! Tout ça fait un joyeux méli-mélo.

Mon avion décollait à 10 heures du soir. Je décidai d'aller rendre visite à Hercule Poirot avant de partir. Cette fois-ci, il buvait un sirop de cassis. Il m'en offrit, je refusai, et George m'apporta un whisky. La vie n'avait pas changé.

— Vous me semblez déprimé, me dit Poirot.

— Pas du tout. C'est juste que je pars pour l'étranger.

Il me regarda :

— Alors c'est comme ça ?

Je hochai la tête :

— Eh oui, c'est comme ça.

— Je vous souhaite beaucoup de succès.

— Merci. Et vous, Poirot, comment vous sortez-vous de vos devoirs ?

— Je vous demande pardon ?

— Oui, quoi de neuf sur l'affaire des pendules de Crowdean ? Vous vous êtes carré contre le dossier de votre fauteuil, vous avez fermé les yeux et trouvé la solution ?

— J'ai lu avec la plus grande attention les documents que vous m'aviez laissés, répondit Poirot.

— Pas terrible, hein ? Je vous avais prévenu, ces voisins-là ne valent pas un clou…

— Au contraire. Au moins *deux* de ces personnes ont prononcé des phrases très éclairantes…

— A qui pensez-vous ? Et quelles étaient les phrases ?

Poirot prit son ton le plus exaspérant pour me dire que je n'avais qu'à relire mes notes :

— Vous les découvrirez vous-même… cela saute littéralement aux yeux. Ce qu'il faut maintenant, c'est parler à d'autres voisins.

— Il n'y en a pas d'autres.

— Mais si. Axiome numéro un : il y a toujours *quelqu'un* qui a vu quelque chose.

— C'est peut-être un axiome, mais dans le cas qui nous intéresse ça ne marche pas. En revanche, j'ai du nouveau : un deuxième meurtre.

— Ah bon ? Si tôt ? Voilà qui est intéressant. Racontez-moi.

Je m'exécutai. Et j'eus droit ensuite à un interrogatoire serré au cours duquel il m'extorqua tout ce que je savais jusqu'au moindre détail. Je lui parlai aussi de la carte postale que j'avais remise à Hardcastle.

— « Souviens-toi… 4 h 13 », répéta-t-il. Oui… c'est bien le même schéma.

— Qu'entendez-vous par là ?

Poirot ferma les yeux :

— Il manque une seule chose à cette carte, l'empreinte d'un doigt trempé dans le sang.

Je le regardai d'un air dubitatif :

— Sincèrement, que pensez-vous de toute cette histoire ?

— Les choses prennent tournure… Comme d'habitude, l'assassin ne peut pas s'empêcher d'en rajouter.

— Mais qui est l'assassin ?

Poirot se garda bien de répondre à cette question.

— M'autorisez-vous à faire quelques recherches pendant votre absence ? préféra-t-il me demander.

— Par exemple ?

— Demain, je chargerai miss Lemon d'écrire une lettre à un vieil avocat de mes amis, Mr Enderby. Je lui demanderai en outre de consulter le registre des mariages à Somerset House. Elle expédiera aussi pour moi certain télégramme à l'étranger.

— Ce n'est pas du jeu, lui fis-je remarquer. Vous ne vous contentez pas de rester dans votre fauteuil à vous creuser la cervelle !

— Erreur ! C'est pourtant bien ce que je fais. Miss Lemon se borne à vérifier mes conclusions. Ce n'est en rien une information que j'attends d'elle, mais une *confirmation*.

— A mon avis, vous ne savez rien du tout, Poirot ! C'est du bluff. Bon sang ! Personne ne sait même encore qui était cet homme qui a été tué…

— Moi, je le sais.

— Comment s'appelle-t-il ?

— Aucune idée. Son nom n'a d'ailleurs pas la moindre importance. Je doute que vous ayez assez de cervelle pour me comprendre, mais si je ne sais pas *qui* il est, je sais en revanche *ce* qu'il est.

— Un maître chanteur ?

Poirot ferma les yeux.

— Un détective privé ?

Poirot rouvrit les yeux :

— Je vais vous faire une petite citation. Comme la dernière fois. Et après cela, je ne dirai plus un mot.

Et il me récita avec la plus grande solennité :

— « Guili-guili-guili. Viens là te faire assassiner. »

21

L'inspecteur Hardcastle jeta un coup d'œil à son calendrier. On était le 20 septembre. Tout juste dix jours. Et ils n'avaient pas avancé autant qu'ils l'auraient dû, bloqués qu'ils étaient par le problème initial : l'identification du cadavre. Elle exigeait plus de temps qu'ils ne l'avaient envisagé dans leurs prévisions les plus pessimistes. Tous les indices semblaient leur avoir filé entre les doigts, toutes les pistes avoir tourné court. L'examen labo des vêtements n'avait rien révélé de particulier. Les vêtements eux-mêmes ne les avaient aiguillés dans aucune direction. De bonne qualité, de qualité « export », ils avaient été beaucoup portés mais bien entretenus. Les dentistes n'avaient pu leur fournir aucune indication. Les blanchisseries et les pressings pas davantage. Le cadavre demeurait celui de « l'homme du mystère » ! Et pourtant, Hardcastle avait le sentiment que cet homme n'avait, de sa vie, rien eu de mystérieux. Il ne se dégageait de lui aucune aura dramatique ou spectaculaire. C'était juste un homme que personne ne s'était encore soucié de venir identifier. Hardcastle soupira en songeant à la montagne de courrier qui leur était inévitablement tombée dessus à la suite de la publication des photos du cadavre dans la presse avec la légende : CONNAISSEZ-VOUS CET HOMME ? Incroyable le nombre de gens qui pensaient l'avoir reconnu. Des filles qui écrivaient dans l'espoir de retrouver un père dont elles étaient séparées depuis des années. Une vieille femme de quatre-vingt-dix ans certaine de reconnaître sur cette photo son fils qui avait quitté la maison quelque trente ans plus tôt. Un nombre incalculable de femmes persuadées qu'il s'agissait de leur époux parti sans laisser d'adresse. Seules les sœurs semblaient jusqu'à présent moins pressées de retrouver leur frère. Peut-être les sœurs étaient-elles moins optimistes ? Et puis il y avait, comme faire se doit, un nombre incalculable de gens qui avaient vu cet homme dans le Lincolnshire, à Newcastle, dans le Devon, à Londres, dans le métro, dans un bus, rôdant sur un embarcadère, silhouette sinistre au coin d'une rue, essayant de se cacher le visage en passant devant un cinéma. Des centaines de pistes. On avait patiemment suivi les plus prometteuses sans obtenir aucun résultat.

Mais aujourd'hui, l'inspecteur avait repris courage. Il regarda à nouveau la lettre posée sur son bureau. Merlina Rival. Il n'aimait pas beaucoup le prénom. Aucune personne sensée n'aurait appelé son enfant Merlina. Il s'agissait sans aucun doute d'un prénom que la dame s'était choisi elle-même. Mais il aimait le ton de la lettre : ni trop sûr de lui ni extravagant. Elle disait simplement que son auteur estimait possible que la photo soit celle de son mari dont elle vivait séparée depuis plusieurs années. La personne en question devait venir ce matin. Hardcastle appuya sur une touche de son interphone et le sergent Cray entra.

— Cette Mrs Rival n'est pas encore arrivée ?

— Si, à l'instant. Je venais vous en informer.

— Comment est-elle ?

— Un peu théâtrale, dit Cray après avoir réfléchi un instant. Des tonnes de maquillage… du maquillage appliqué à la louche. Mais, à vue de nez, le genre de bonne femme assez fiable.

— L'air dans ses petits souliers ?

— Non, pas particulièrement.

— Très bien, faites-la entrer.

Cray sortit de la pièce et ne tarda pas à revenir en annonçant :

— Mrs Rival, monsieur.

L'inspecteur se leva et lui serra la main. La cinquantaine, estima-t-il, encore que de loin – de très loin – elle puisse sans doute paraître trente ans. De très près, le maquillage tartiné à la va-vite la vieillissait, et, l'un dans l'autre, Hardcastle en resta à sa première estimation d'une cinquantaine d'années. Pas de chapeau. Cheveux bruns rincés au henné. Taille et corpulence moyennes, vêtue d'un tailleur sombre et d'un corsage blanc. Un sac fourre-tout en tissu écossais. Un bracelet tintinnabulant ou deux et des bagues quasiment à tous les doigts. Somme toute assez sympathique, la jaugea-t-il à l'aune de son expérience. Pas trop scrupuleuse, peut-être bien, mais facile à vivre, raisonnablement généreuse et plutôt bonne fille. Fiable ? Tout le problème était là. Il n'aurait juré de rien, mais il n'avait pas le choix :

— Très heureux de vous rencontrer, Mrs Rival. J'espère beaucoup que vous allez être en mesure de nous aider.

— Encore une fois, je n'ai aucune certitude, s'excusa Mrs Rival. Mais ça ressemblait à Harry. Ça ressemblait beaucoup à Harry. Pourtant, si ça se trouve, ce n'est pas lui, auquel cas je vous aurai fait perdre votre temps.

Elle en avait l'air désolé par avance.

— Ne vous souciez pas de ça, la rassura Hardcastle. Nous avons besoin de toutes les bonnes volontés dans cette affaire.

— Oui, je saisis. J'espère être capable de vous donner une certitude. Ça fait longtemps que je ne l'ai pas vu, comprenez-vous.

— Et si nous commencions par éclaircir un ou deux points ? Quand avez-vous vu votre mari pour la dernière fois ?

— Tout au long du trajet, dans le train, j'ai essayé de m'en souvenir avec précision. Mais c'est terrible comme la mémoire vous joue des tours avec le temps qui passe. Je crois vous avoir dit dans ma lettre que ça faisait dix ans, mais ça fait plus que ça. Pas loin d'une quinzaine d'années, figurez-vous. Le temps file si vite. J'imagine, ajouta-t-elle non sans lucidité, qu'on a tendance à minorer dans sa tête le nombre des années, histoire de se sentir plus jeune qu'on ne l'est.

— C'est possible, oui. Quoi qu'il en soit, vous pensez donc que ça fait en gros quinze ans que vous ne l'avez pas vu ? Quand vous étiez-vous mariés ?

— Ça a dû se passer environ trois ans avant.

— Et vous habitiez ?

— Un endroit qui s'appelle Shipton Bois, dans le Suffolk. Jolie petite ville, très commerçante. Mais un trou perdu, si vous voyez ce que je veux dire.

— Et que faisait votre mari ?

— Il était agent d'assurances. Enfin… c'est ce qu'il prétendait.

L'inspecteur releva brusquement la tête :

— Vous avez découvert qu'il racontait des histoires ?

— Eh bien, non, pas exactement… Pas à cette époque-là. C'est après coup que je me suis posé des questions. Ça vous facilite bien la vie, quand vous êtes un homme, de vous inventer ce genre de profession, non ?

— Dans certaines circonstances, sans l'ombre d'un doute.

— Ce que je veux dire, c'est que ça vous donne une excuse pour vous absenter souvent de la maison.

— Votre mari s'en absentait souvent, Mrs Rival ?

— Oui. Au début, cela ne me préoccupait pas trop…

— Mais par la suite ?

La réponse se fit attendre.

— Est-ce qu'on ne pourrait pas y aller tout de suite ? s'enquit-elle enfin. Après tout, si ce n'est *pas* Harry…

Il se demandait à quoi elle pensait. Sa voix était tendue. Une certaine émotion, peut-être ? Il n'en aurait pas mis sa main au feu.

— Je comprends que vous aimeriez en avoir fini, admit-il. Eh bien, allons-y.

Il se leva et l'escorta jusqu'à la voiture qui les attendait dehors. Sa nervosité, quand ils arrivèrent à destination, n'était ni plus ni moins vive que la nervosité manifestée par la plupart des gens qu'il lui avait déjà été donné d'accompagner au même endroit. Et il lui tint les mêmes propos rassurants :

— Ça se passera très bien. Ça n'a rien de traumatisant. Nous n'en aurons que pour une ou deux minutes.

On tira le plateau, le gardien souleva le drap. Elle resta un moment les yeux fixés sur le cadavre, sa respiration s'accéléra, elle émit un petit gémissement puis se détourna brusquement :

— C'est Harry. Oui. Il est beaucoup plus vieux, il a changé… Mais c'est Harry.

L'inspecteur fit un signe de tête au gardien, prit Mrs Rival par le bras et la reconduisit à la voiture qui les ramena au poste de police. Il ne prononça pas un seul mot. Il lui laissa le temps de se remettre. Quand ils furent à nouveau installés dans son bureau, un sergent lui apporta un plateau avec une tasse de thé.

— Tenez, buvez ça, Mrs Rival, ça vous fera du bien. Nous ne parlerons qu'ensuite.

— Merci.

Elle mit du sucre dans sa tasse, une bonne quantité de sucre, et avala son thé très vite :

— Ça va mieux. Ce n'est pas que ça me touche beaucoup. Mais… mais ça fait quand même un drôle d'effet.

— Vous estimez que cet homme est bel et bien votre mari ?

— J'en suis certaine. Il est beaucoup plus vieux, cela va de soi, mais il n'a pas tellement changé. Il a toujours eu l'air… comment dire ?… bon chic, bon genre. Et puis il avait un côté bel homme, avec pas mal de classe.

Oui, jugea Hardcastle, c'était une excellente description. Pas mal de classe. Harry avait dû paraître d'un meilleur milieu qu'il ne l'était en réalité. Il y a des hommes comme ça, et qui souvent savent tirer parti de cet état de fait.

— Il était toujours très sourcilleux en ce qui concernait ses vêtements et tout, enchaîna-t-elle. C'est d'ailleurs à mon avis pour ça qu'elles tombaient si facilement sous son charme. Elles ne se méfiaient jamais.

— Qui est-ce qui tombait sous son charme, Mrs Rival ? interrogea Hardcastle d'une voix douce et avec compréhension.

— Les femmes, déclara Mrs Rival. Toutes les femmes. C'est avec elles qu'il passait le plus clair de son temps.

— Je vois. Et vous avez fini par l'apprendre.

— Eh bien, j'ai… j'ai commencé par me poser des questions. Il était tout le temps parti, comprenez-vous. Et puis je savais bien comment sont les hommes. Je me suis dit qu'il s'offrait une fille de temps en temps. Mais à quoi bon les questionner dans ces cas-là ? Ils vous mentent et vous n'êtes pas plus avancée pour autant. Mais je n'aurais jamais soupçonné que… qu'en réalité il en faisait son gagne-pain.

— Parce que c'était le cas ?

Elle hocha la tête :

— Ça me paraît indéniable.

— Comment l'avez-vous découvert ?

Elle haussa les épaules :

— Il est rentré un beau jour d'un de ses déplacements. Un voyage d'affaires à Newcastle, d'après ce qu'il a prétendu. Bref, il est revenu en disant qu'il fallait qu'il mette les voiles en vitesse. Qu'il était grillé. Il avait mis une femme dans le pétrin. Un professeur. Et que ça risquait de faire du grabuge. C'est là que j'ai essayé de lui tirer les vers du nez. Ça ne l'a pas gêné de me répondre. Il pensait sans doute que j'en savais plus long que je ne voulais bien l'avouer. Elles lui tombaient toutes dans les bras sans qu'il ait à lever le petit doigt, comme je l'avais fait moi-même. Il leur offrait une bague de quatre sous, ils se fiançaient... et puis il leur proposait d'investir leurs économies à leur place. En règle générale, elles lui confiaient leur argent sans broncher.

— Il avait essayé avec vous ?

— En fait, oui, mais je ne lui ai rien donné.

— Pourquoi ? Vous ne lui faisiez déjà pas confiance ?

— Vous savez, je n'ai jamais été du genre bonne poire. Et puis j'avais déjà vécu, comme on dit, et je connaissais les hommes et l'envers de la médaille. Enfin, bref, il n'était pas question qu'il investisse mon argent à ma place. Le peu que j'avais, je préférais m'en occuper moi-même. Garde tes sous à portée de la main, comme ça tu es sûre de ne pas les perdre ! J'ai connu trop de femmes qui se sont fait avoir.

— Quand a-t-il manifesté l'intention d'investir votre argent ? Avant votre mariage ou après ?

— Je crois qu'il a commencé à m'en parler avant le mariage, mais je n'ai pas mordu à l'hameçon et il n'a plus abordé le sujet. Et puis après notre mariage, il m'a expliqué qu'il était tombé sur une possibilité d'investissement formidable. Je lui ai répondu : « Pas question. » Ce n'était pas seulement parce que je n'avais pas confiance en lui personnellement, mais plutôt parce que j'avais trop souvent rencontré des hommes qui s'imaginaient être tombés sur une mine d'or et qui au bout du compte se faisaient rouler comme au coin d'un bois.

— Est-ce que votre mari avait jamais eu des problèmes avec la police ?

— Pas de danger. Les femmes n'ont aucune envie que la terre entière sache qu'elles se sont conduites comme des gourdes. Mais cette fois-là, apparemment, ça prenait mauvaise tournure. Cette femme, ou cette fille, elle avait de l'instruction. Elle ne se laisserait pas mener en bateau comme les précédentes.

— Elle attendait un enfant ?

— Oui.

— Il avait déjà eu ce genre de problème ?

— Je pense que oui. Honnêtement, je ne sais pas ce qui le motivait au départ. Si c'était *uniquement* l'argent – façon comme une autre de gagner sa vie –, ou bien s'il était de ces hommes qui ont *besoin* de coucher avec un maximum de femmes et qui ne voient pas pourquoi elles ne feraient pas les frais de la situation.

Elle disait cela sans amertume.

— Est-ce que vous l'aimiez, Mrs Rival ? demanda Hardcastle d'une voix neutre.

— Je n'en sais rien. Franchement, je n'en sais rien. Peut-être bien, oui, sinon je ne me serais pas mariée avec lui…

— Pardonnez-moi, mais étiez-vous… vraiment mariés ?

— Ça non plus, je n'en jurerais pas, avoua Mrs Rival. Que nous nous soyons mariés, ça oui. Et même à l'église. Mais je ne sais pas s'il n'avait pas déjà fait le coup avec d'autres femmes et sous un autre nom. Quand je l'ai épousé, il s'appelait Castleton. Mais il y a des chances que ça n'ait pas été son vrai nom.

— Harry Castleton, c'est ça ?

— Oui.

— Et vous avez vécu à Shipton Bois en tant que mari et femme… pendant combien de temps ?

— Nous y sommes restés environ deux ans. Avant ça, nous habitions près de Doncaster. Je ne peux pas dire que j'aie été vraiment surprise le jour où il est rentré pour me dire tout ça. Je crois que ça faisait un bout de temps que j'avais compris que c'était un salopard. Seulement j'avais du mal à m'en persuader à cause de ses faux airs de respectabilité. Un homme du monde jusqu'au bout des doigts !

— Et alors, qu'est-ce qui s'est passé ?

— Il m'a dit qu'il devait lever le pied en vitesse, et je lui ai répondu que ce n'était pas mon problème, qu'il pouvait partir *illico* et que bon débarras !

Elle ajouta d'une voix songeuse :

— Je lui ai quand même donné dix livres. C'est tout ce que j'avais dans la maison. Il gémissait qu'il était fauché… Et je ne l'ai plus jamais revu et n'en ai plus jamais entendu parler depuis. Jusqu'à aujourd'hui. Ou plutôt jusqu'à ce que je voie sa photo dans le journal.

— Il n'avait pas de signe distinctif ? Marque de naissance ? Cicatrice ? Fracture ? Rien dans ce goût-là ?

Elle secoua la tête :

— Non, je ne crois pas.

— A-t-il jamais utilisé le nom de Curry ?

— Curry ? Non. Pas à ma connaissance en tout cas.

Hardcastle fit glisser la carte de visite sur son bureau :

— Il avait ça dans sa poche.

— Toujours dans les assurances, hein ? J'imagine qu'il utilise… enfin, utilisait… toutes sortes de noms.

— Vous dites que vous n'avez jamais entendu parler de lui au cours des quinze dernières années ?

— Il ne m'envoyait pas ses vœux de Nouvel An, si c'est à ça que vous songez, lança Mrs Rival avec une pointe d'humour inattendue. De toute façon, il n'aurait pas su où me joindre. Je suis retournée à la scène après notre rupture. J'ai fait surtout des tournées. Ça n'avait pas vraiment été une vie, et j'ai laissé tomber le nom de Castleton avec le reste. J'en suis revenue à Merlina Rival.

— Merlina n'est pas… euh… votre vrai prénom, je suppose ?

Elle secoua la tête et un léger sourire éclaira son visage :

— C'est moi qui me le suis trouvé. Pas banal, hein ? Mon vrai nom, c'est Flossie Gapp. J'ai sans doute été baptisée Florence, mais tout le monde m'avait toujours appelée Flo ou Flossie. Flossie Gapp. Pas très romanesque, non ?

— Et que faites-vous à l'heure actuelle, Mrs Rival ? Vous êtes toujours comédienne ?

— A l'occasion, répondit-elle avec une certaine réticence. Par intermittence, quoi.

Hardcastle fit preuve de tact :

— Je vois.

— Je fais aussi des petits boulots par-ci par-là, ajouta-t-elle. Je donne un coup de main pendant les réceptions, je travaille comme hôtesse, des trucs comme ça… Ce n'est pas la mauvaise vie. Ça fait en tout cas rencontrer du monde. Et même parfois de chauds lapins.

— Vous n'avez jamais eu de nouvelles de Harry Castleton depuis votre séparation… vous n'en avez même jamais plus entendu parler ?

— Pas un mot. Je pensais qu'il avait dû partir pour l'étranger… ou qu'il était mort.

— Dernier renseignement que je puisse vous demander, Mrs Rival : avez-vous une idée de ce qui aurait pu pousser Harry Castleton à venir dans les parages ?

— Non. Bien évidemment non. Ça fait des années que j'ignore ce qu'il est devenu.

— Cela vous paraîtrait-il vraisemblable qu'il se soit mis à vendre de fausses polices d'assurance – quelque chose dans ce goût-là ?

— Je n'en sais rien. *A priori,* ça m'étonnerait. Je veux dire que Harry n'était pas du genre à courir le risque de se faire épingler. Je le vois mieux continuer à soutirer de l'argent à des femmes.

— Pouvait-il s'agir, à votre avis, d'une entreprise de chantage ?

— Eh bien, je ne sais pas… mais oui, après tout, pourquoi pas ? Une femme, peut-être bien, qui aurait eu peur de voir son passé étalé au grand jour. Là, il ne se serait pas senti gêné aux entournures. Entendons-nous bien : je ne prétends pas que c'est ce qui s'est passé, seulement que ça n'est pas impossible. Je ne crois pas qu'il avait de grosses exigences, notez bien. Il n'aurait jamais été jusqu'à pousser quelqu'un dans ses derniers retranchements. Il devait plutôt travailler à la petite semaine. Oui…

— Les femmes raffolaient de lui, c'est ça ?

— Oui. Il les faisait craquer en moins de deux. Surtout à cause de son côté distingué, respectable. Elles étaient fières d'avoir fait la conquête d'un homme aussi bien. Elles se voyaient déjà menant la belle vie avec lui. C'est comme ça que je vois les choses. Et c'est comme ça que je m'étais fait avoir moi aussi, conclut Mrs Rival non sans une certaine franchise.

— Il y a encore un dernier point, prévint Hardcastle avant de faire appel à son subalterne : Apportez-moi les pendules, voulez-vous ?

On les lui apporta sur un plateau, recouvertes d'un tissu. Hardcastle ôta le tissu et les exposa au regard de Mrs Rival. Celle-ci les examina avec le plus grand intérêt :

— Ce qu'elles sont jolies ! J'aime bien celle-là, fit-elle en effleurant la pendulette dorée.

— Vous ne les aviez jamais vues ? Elles ont une signification pour vous ou pas ?

— Non. Elles devraient ?

— Voyez-vous un rapport entre votre mari et le prénom Rosemary ?

— Rosemary ? Laissez-moi réfléchir... Il y a bien eu cette rousse... Non, elle s'appelait Rosalie. Désolée, mais je ne vois personne. Mais aussi, comment serais-je au courant ? Harry n'était pas du genre à crier ça sur les toits.

— Si vous étiez amenée à voir une pendule dont les aiguilles marquent 4 h 13...

Hardcastle attendit.

Mrs Rival contint un début de fou rire :

— Je me dirais que c'est bientôt l'heure du thé.

Hardcastle poussa un profond soupir :

— Eh bien, Mrs Rival, nous vous remercions infiniment. L'enquête du coroner, comme je vous l'ai déjà signalé, a été repoussée à après-demain. Cela ne vous ennuiera pas de venir témoigner pour l'identification de la victime ?

— Non. Non, c'est sans problème. J'aurai juste à dire qui c'était, c'est tout ? Je n'aurai pas besoin d'entrer dans les détails ? Je n'aurai pas à m'étendre sur la façon dont il vivait, et tout ça ?

— Ce ne sera pas nécessaire dans l'immédiat. Tout ce que vous aurez à jurer, c'est qu'il s'agit bien de Harry Castleton, à qui vous avez été mariée. La date exacte du mariage, on la retrouvera sur les registres de Somerset House. Où le mariage a-t-il eu lieu, au fait ? Vous vous souvenez au moins de ça ?

— Dans un patelin nommé Donbrook. Et, si ma mémoire est bonne, il s'agissait de l'église St Michael. J'espère que ça ne fait pas *plus* de vingt ans. Sinon, j'aurai l'impression d'avoir un pied dans la tombe.

Elle se leva et tendit la main. Hardcastle la raccompagna à la porte, puis revint s'asseoir à son bureau qu'il se mit à tapoter avec un crayon. Le sergent Cray ne tarda pas à entrer :

— Satisfaisant ?

— Ça m'en a tout l'air. Il s'appellerait Harry Castleton… mais rien ne nous prouve qu'il ne s'agit pas d'un nom d'emprunt. Il va falloir voir ce que nous pouvons dégoter sur ce zigoto. Il ne semble *a priori* pas invraisemblable que plus d'une femme ait pu avoir d'excellentes raisons de vouloir lui régler son compte.

— Et dire qu'il a pourtant l'air d'avoir été si comme il faut ! soupira Cray.

— Ça, commenta Hardcastle, c'était apparemment l'essentiel de son fonds de commerce.

Il repensa au réveil de voyage avec son « Rosemary » en lettres d'or. Un souvenir ?

22

RECIT DE COLIN LAMB

— Ainsi, vous voilà de retour, constata Hercule Poirot.

Il plaça méticuleusement un signet entre les pages de son livre. Cette fois-ci, c'était une tasse de chocolat chaud qui fumait à portée de sa main. Décidément, Poirot avait un goût prononcé pour les breuvages impossibles ! Dieu merci, il ne me proposa pas de me joindre à lui.

— Comment allez-vous ? lui demandai-je

— Je suis contrarié. Je suis très contrarié. Ils rénovent, ils refont la décoration, ils vont même jusqu'à modifier certaines structures de l'immeuble.

— Ça ne va pas l'améliorer ?

— Si, sans doute... mais cela va me compliquer beaucoup l'existence. Cela va me déranger dans mes habitudes. Sans compter cette odeur de peinture !

Il me regardait d'un air indigné. Puis, balayant ses soucis domestiques d'un geste de la main :

— Vous avez obtenu ce que vous vouliez ?

— Je ne sais pas, répondis-je lentement.

— Ah... vous en êtes là ?

— J'ai découvert ce qu'on m'avait chargé de découvrir. Mais je n'ai pas réussi à mettre la main sur l'homme en question. Or, j'ignore encore ce qu'on attendait au juste de moi. Des informations ? Ou un cadavre ?

— A propos de cadavre, j'ai lu le compte rendu de l'enquête judiciaire qui a été renvoyée à Crowdean. Meurtre avec préméditation par une ou plusieurs personnes inconnues. Et puis votre cadavre s'est enfin vu attribuer un nom.

Je hochai la tête :

— Harry Castleton, qui que cela puisse être par ailleurs.

— Identifié par sa femme. Vous êtes allé à Crowdean ?

— Pas encore. Je pensais m'y rendre demain.

— Oh, vous avez du temps libre ?

— Pas vraiment, je suis toujours pris par mon affaire. Et elle me ramène justement à Crowdean…

Je restai un instant silencieux, puis je l'interrogeai :

— Je ne sais pas très bien ce qui s'est passé pendant que j'étais à l'étranger… identification mise à part, bien sûr. Qu'est-ce que vous en pensez ?

Poirot haussa les épaules :

— Il fallait s'y attendre.

— Oui… la police est bien faite…

— Et les épouses fort obligeantes.

— Mrs Merlina Rival ! Quel nom !

— Cela me rappelle quelque chose, dit Poirot. Mais quoi au juste ?

Il me regarda d'un air songeur, mais j'étais dans l'incapacité de l'aider. Connaissant Poirot, cela pouvait lui rappeler vraiment n'importe quoi.

— Une visite à un ami… dans sa maison de campagne ? hasarda cet excellent ami avant de secouer la tête. Non… il n'y a pas si longtemps de cela.

— Lors de ma prochaine visite à Londres, je viendrai vous raconter tout ce que Hardcastle aura pu m'apprendre sur Mrs Merlina Rival, lui promis-je.

Poirot eut un geste de la main :

— Ce ne sera pas nécessaire.

— Vous ne prétendriez quand même pas tout savoir de cette femme avant même qu'on vous en ait parlé ?

— Non, mais j'affirme qu'elle ne m'intéresse pas.

— Qu'elle ne vous intéresse pas ? Mais pourquoi ? Je ne vous comprends pas, avouai-je en secouant la tête.

— Il faut se concentrer sur l'essentiel. Parlez-moi plutôt de cette jeune fille, Edna, qui est morte dans une cabine téléphonique à Wilbraham Crescent.

— Je ne peux pas vous en dire plus que je ne l'ai déjà fait. Je ne sais rien sur son compte.

— Ainsi donc, tout ce que vous savez, accusa Poirot, et tout ce que vous êtes capable de me dire, c'est que cette fille était une pauvre gamine effarouchée que vous avez vue d'une part taper à la machine dans un bureau, et d'autre part expliquer qu'elle avait cassé son talon dans une grille d'égout.

Il s'arrêta net :

— Où se trouvait-elle, cette grille d'égout, à propos ?

— Franchement, Poirot, comment le saurais-je ?

— Vous le sauriez si vous l'aviez *demandé*. Comment pouvez-vous espérer apprendre *quoi que ce soit* si vous ne posez pas les bonnes questions ?

— Mais quelle importance ça peut bien avoir, qu'elle ait cassé son talon ici ou ailleurs ?

— Peut-être aucune, je vous l'accorde. D'un autre côté, cela nous renseignerait sur un endroit au moins où cette fille est allée, cela pourrait nous mettre sur la piste d'une personne qu'elle y aurait éventuellement rencontrée – ou sur un événement quelconque qui aurait pu s'y passer.

— Vous coupez vraiment les cheveux en quatre. En tout cas, c'était près du bureau, parce qu'elle l'a précisé elle-même. Elle avait acheté des petits pains aux raisins et elle était rentrée les manger au bureau en clopinant. Et elle a conclu en se demandant comment elle allait bien pouvoir rentrer chez elle.

— Ah ! Et comment est-elle finalement rentrée ? demanda Poirot très intéressé.

Je le foudroyai du regard :

— Je n'en ai pas la moindre idée.

— Ah, mais c'est exaspérant, cette façon que vous avez de ne jamais poser les bonnes questions ! Résultat, vous passez à côté de l'essentiel.

— Pourquoi ne venez-vous pas vous-même à Crowdean procéder aux interrogatoires ? rétorquai-je, piqué au vif.

— Impossible pour le moment. Il y a, la semaine prochaine, une très importante vente de manuscrits d'auteurs.

— Toujours absorbé par votre nouvelle marotte ?

— Comme de bien entendu.

Ses yeux brillèrent :

— Prenez les ouvrages de John Dickson Carr, ou de Carter Dickson, comme il aime parfois à se faire appeler.

Prétextant un rendez-vous impérieux, je m'échappai avant qu'il n'ait eu le temps d'enfourcher son dada. Je ne me sentais pas d'humeur à subir une conférence de plus sur les gloires passées et autres maîtres du roman policier.

J'étais assis le lendemain soir sur les marches devant le domicile de Hardcastle et me levai dans la pénombre entre chien et loup pour l'accueillir quand il rentra chez lui.

— Salut ! C'est toi, Colin ? De retour de quoi ? De la Grande Bleue ?

— De chez les Rouges serait plus approprié.

— Depuis combien de temps te morfonds-tu sur ce perron ?

— Bah ! une demi-heure et quelque.

— Désolé que tu n'aies pas pu entrer.

— J'aurais parfaitement pu le faire, répliquai-je, indigné. Tu n'as pas idée de jusqu'où va notre entraînement !

— Alors, qu'est-ce que tu fabriques là ?

— Je ne voulais pas porter atteinte à ton prestige. Un inspecteur de police perdrait la face si on apprenait qu'un quidam s'est introduit chez lui par effraction les doigts dans le nez.

Hardcastle sortit ses clefs de sa poche et ouvrit la porte :

— Entre, et cesse tes pitreries.

Je le suivis dans le salon où il s'employa à nous servir à boire :

— Tu m'arrêtes, hein ?

Je l'arrêtai, mais après avoir pris mon temps. Et nous nous installâmes avec nos whiskies.

— La situation commence enfin à évoluer, me confia Hardcastle. Nous avons identifié notre cadavre.

— Je sais. J'ai parcouru les journaux… Qui était Harry Castleton ?

— Un individu présentant toutes les apparences de la plus parfaite respectabilité, mais qui gagnait sa vie en promettant le mariage à des femmes aisées et crédules. Impressionnées par ses connaissances dans le domaine de la finance, elles lui confiaient alors leurs économies… après quoi il ne tardait pas à disparaître dans la nature.

— Il n'avait pourtant pas la tête à ça, commentai-je en rassemblant mes souvenirs.

— C'était son atout majeur.

— Il n'avait jamais été poursuivi ?

— Non… Nous avons fait des recherches, mais glaner des renseignements n'est pas commode. Il a assez souvent changé de nom. Et bien qu'on estime au Yard que Harry Castleton, Raymond Blair, Lawrence Dalton et Roger Byron ne sont qu'une seule et même personne, ils ne sont jamais parvenus à le prouver. Les femmes, comprends-tu, ne seraient jamais allées le dénoncer. Elles préféraient perdre leur argent. Surgissant ici ou là, opérant toujours selon le même topo et se montrant incroyablement insaisissable, ce type était plus un nom qu'autre chose. Roger Byron, mettons, disparaissait de Southend, et un dénommé Lawrence Dalton entreprenait dans la foulée la conquête de Newcastle-on-Tyne. Il fuyait les appareils photo comme la peste et déjouait toutes les tentatives de ses amies désireuses de fixer son image sur la pellicule. Tout cela remonte à pas mal de temps, une quinzaine ou une vingtaine d'années. Depuis lors, il semblait avoir disparu. La rumeur le prétendait mort, mais certains le disaient parti pour l'étranger.

— Quoi qu'il en soit, on n'en a plus entendu parler jusqu'à ce qu'il réapparaisse à l'état de cadavre sur le tapis du salon de miss Pebmarsh ? soulignai-je.

— Exactement.

— Ce qui nous offre un bel éventail de possibilités.

— Comme tu dis.

— Une femme délaissée qui n'aurait jamais oublié ? suggérai-je.

— C'est vrai que ça arrive. Il y a effectivement des femmes qui ont une mémoire d'éléphant et qui ne pardonnent jamais.

— Pour peu que la femme en question devienne aveugle par-dessus le marché, seconde infortune venant se surajouter à la première…

— Ça reste du domaine de la conjecture. Rien ne vient étayer cette théorie.

— Et comment était sa femme ? Cette Mrs... – comment était-ce déjà ? – Merlina Rival ? Tu parles d'un nom ! Ce n'est pas possible que ce soit le sien.

— Son vrai nom est Flossie Gapp. L'autre, elle se l'est inventé. Plus approprié à son style de vie.

— Qu'est-ce qu'elle est ? Pute ?

— Pas professionnelle.

— Ce qu'il est convenu d'appeler avec tact une créature qui a la cuisse légère ?

— Je dirais que c'est une bonne pâte, prête à faire plaisir à ses amis et connaissances. Elle se décrit comme une ex-comédienne. Reconvertie à l'occasion dans les petits boulots genre « hôtesse ». Pas antipathique pour deux sous.

— Fiable ?

— Ni plus ni moins que la plupart des gens. Pour l'identification, elle a été formelle. Elle n'a pas hésité une seconde.

— Ça, c'est une bénédiction.

— Oui, je commençais à désespérer. Le nombre d'épouses que j'ai vu défiler ! Je commençais à me dire qu'il n'y avait que les cartomanciennes et autres devineresses pour reconnaître leur mari. Cela posé, j'ai l'impression que Mrs Rival en sait plus sur le sien qu'elle ne veut bien l'admettre.

— Est-ce qu'elle a elle-même été mêlée à des entourloupes ?

— Elle n'a pas de casier. Elle a peut-être eu – elle a d'ailleurs peut-être encore – des amis qui la fichent mal. Mais rien de bien méchant – des fricoteurs, sans plus.

— Et les pendules ?

— Ça ne lui disait strictement rien. Et je ne crois pas qu'elle me menait en bateau. On a retrouvé leur provenance : les puces de Londres pour la pendulette dorée et celle en porcelaine de Saxe. Et ça nous fait une belle jambe ! Tu sais le monde qui s'y bouscule le samedi. Achetées par une Américaine, croit se souvenir le tenancier du stand – mais je pense qu'il dit ça au flan. Les puces regorgent de touristes américains. Quant à sa femme, elle affirme qu'il s'agissait d'un homme. Mais elle ne se rappelle pas à quoi il ressemblait. La pendulette en argent vient de chez un orfèvre de Bornemouth. Une grande femme qui voulait un cadeau pour sa fi-fille ! Tout ce dont il se souvient, c'est qu'elle portait un chapeau vert.

— Et le réveil de voyage ? Celui qui a disparu ?

— Sans commentaire, grinça Hardcastle.

Je savais parfaitement ce qu'il entendait par là.

23

RECIT DE COLIN LAMB

L'hôtel où j'avais élu domicile était un minuscule trou à rats près de la gare. Il servait des steaks corrects, mais c'était tout ce qu'on pouvait en dire. Outre, bien évidemment, le fait qu'il était bon marché.

Le lendemain matin à 10 heures, j'appelai l'agence Cavendish et expliquai que j'avais besoin d'une sténodactylo pour prendre quelques lettres et retaper un contrat. Je m'appelais Douglas Weatherby et j'étais descendu au *Clarendon* (les hôtels les plus sordides ont toujours des noms grandiloquents). Miss Sheila Webb était-elle disponible ? Un ami à moi m'avait assuré qu'elle travaillait très bien.

J'avais de la chance. Sheila pouvait venir tout de suite. Elle avait, cependant, un rendez-vous à midi. Je déclarai qu'ayant moi-même un rendez-vous à cette heure-là, j'en aurais fini avec elle bien avant.

J'étais devant les portes battantes du *Clarendon* quand Sheila apparut. Je fis un pas en avant :

— Mr Douglas Weatherby, pour vous servir.

— C'est *vous* qui avez appelé ?

— C'est moi.

— Mais vous ne pouvez pas faire des choses pareilles !

Elle semblait scandalisée.

— Où est le problème ? Je suis prêt à payer vos services que me facturera l'agence Cavendish. Et qu'est-ce que ça peut faire si je gaspille votre temps précieux, là, en face, au *Buttercup Café*, au lieu de vous dicter des trucs assommants genre « Suite à votre honorée du 19 courant » ? Venez, allons boire un café insipide dans un cadre reposant.

Le *Buttercup Café* se hissait à la hauteur de sa réputation de bouton d'or, à savoir que tout y était jaune canari. Les plateaux de table en Formica, les coussins de plastique, les tasses et les soucoupes étaient aveuglants.

Nous nous assîmes l'un en face de l'autre, et je commandai du café et des scones pour deux. Il était assez tôt pour que nous ayons l'endroit pour nous tout seuls ou presque.

Quand la serveuse se fut éloignée avec sa commande, nous nous regardâmes :

— Ça ne va pas trop mal, Sheila ?

— J'ai l'air d'aller mal ?

Ses yeux étaient tellement cernés qu'ils paraissaient plus violets que bleus :

— Vous êtes passée par de sales moments ?

— Oui… non… je ne sais pas. Je croyais que vous étiez parti ?

— J'étais parti. Mais je suis revenu.

— Pourquoi ?

— Vous savez très bien pourquoi.

Elle baissa les yeux.

— J'ai peur de lui, murmura-t-elle après un silence d'une bonne minute – ce qui constitue un très long silence.

— Peur de qui ?

— De cet ami à vous… cet inspecteur. Il pense… il pense que c'est moi qui ai tué cet homme, et que j'ai tué Edna, elle aussi…

— Ça fait partie de son système, lui dis-je sur un ton rassurant. Il se donne toujours l'air de soupçonner la terre entière.

— Non, Colin, ce n'est pas ça du tout. Et ça ne sert à rien de me raconter des histoires pour essayer de me tranquilliser. Depuis le début, il est persuadé que j'ai quelque chose à voir là-dedans.

— Ecoutez-moi bien, il n'y a aucune preuve contre vous. Ce n'est pas parce que vous étiez sur les lieux ce jour-là, ce n'est pas parce que quelqu'un avait fait en sorte que vous y soyez…

Elle m'interrompit :

— Il est persuadé que c'est moi qui me suis arrangée pour m'y faire envoyer. Il est persuadé que le tout est une combine montée par moi. Il est convaincu qu'Edna s'en était rendu compte. Convaincu qu'elle avait reconnu ma voix au téléphone et que c'était moi qui m'étais fait passer pour miss Pebmarsh.

— Et c'était effectivement vous ?

— Non, bien sûr que non. Je n'ai *jamais* passé ce coup de fil, je vous l'ai déjà dit.

— Sheila, je vous en prie. Quoi que vous puissiez raconter aux autres, à *moi*, il faut avouer la vérité.

— Alors, vous ne croyez pas un mot de ce que je vous ai dit ?

— Si, je le crois. Mais vous pourriez avoir passé ce coup de fil pour une raison parfaitement anodine. Quelqu'un aurait pu insister pour que vous le fassiez, en vous faisant éventuellement croire qu'il s'agissait d'une blague. Et puis après ça vous avez paniqué, et à partir du moment où vous aviez commencé à mentir, il vous fallait bien continuer à le faire. C'est bien ça, la vérité ?

— Non, non et *non* ! Combien de fois faudra-t-il que je vous le répète ?

— Très bien, Sheila. Mais il n'empêche que vous me cachez quelque chose. Or, je veux que vous me fassiez confiance. Si Hardcastle avait bel et bien une charge qui pèserait contre vous, un indice dont il ne m'aurait pas parlé…

Elle m'interrompit à nouveau :

— Parce que vous vous attendriez à ce qu'il vous raconte tout ?

— Il n'aurait aucune raison de ne pas le faire. Nous appartenons grosso modo à la même confrérie.

La serveuse choisit cet instant pour nous apporter ce que je lui avais demandé. Le café était aussi pâlichon que le dernier vison à la mode.

— Je ne savais pas que vous étiez plus ou moins dans la police, murmura Sheila tout en tournant interminablement sa cuillère dans sa tasse.

— Il ne s'agit pas exactement de la police. Mettons que je travaille dans un domaine parallèle. Mais là où je voulais en venir, c'est que si Dick pouvait en arriver à ne pas me dire ce qu'il a pu apprendre sur votre compte, c'est pour une raison bien précise. C'est parce qu'il pense que je m'intéresse à vous. Eh bien, oui, je m'intéresse à vous. Je fais même plus que ça. Je suis de votre côté, Sheila, quoi que vous ayez pu faire. Vous étiez terrorisée quand vous vous êtes précipitée hors de cette maison. Vous étiez vraiment terrorisée. Vous ne jouiez pas la comédie. Personne n'aurait pu jouer la comédie dans ces conditions-là.

— Evidemment, j'étais terrorisée. J'étais morte de peur.

— C'était le seul fait d'avoir découvert le cadavre qui vous avait mise dans cet état-là ? Ou est-ce qu'il y avait un autre motif ?

— Quel autre motif aurait-il bien pu y avoir ?

Je pris mon courage à deux mains :

— Pourquoi avez-vous subtilisé le réveil de voyage avec l'inscription Rosemary ?

— Qu'est-ce que vous voulez dire ? Et pourquoi l'aurais-je subtilisé ?

— Ce que je vous demande, c'est *pourquoi* vous l'avez fait.

— Je n'y ai pas touché.

— Vous êtes retournée dans cette pièce en prétextant y avoir oublié vos gants. Or, vous ne portiez pas de gants ce jour-là. Une belle journée de septembre. Je ne vous ai jamais vue porter des gants. Bon, vous êtes retournée dans cette pièce et vous y avez subtilisé ce réveil. Ne me mentez pas, Sheila. C'est bien ce que vous avez fait, n'est-ce pas ?

Elle resta un long, très long moment sans rien dire et à apparemment se contenter d'émietter son scone dans son assiette.

— D'accord, finit-elle par avouer dans un murmure. D'accord. Je l'ai fait. J'ai pris ce réveil, je l'ai fourré dans mon sac et je suis ressortie.

— Pourquoi avoir fait une chose pareille ?

— A cause du nom… Rosemary. C'est comme ça que je m'appelle.

— Vous vous appelez Rosemary, et pas Sheila ?

— Les deux. Rosemary Sheila.

— Et ça vous avait paru une raison suffisante ? Le seul fait que ce prénom qui est le vôtre soit inscrit sur une de ces pendules ?

Elle voyait bien que je ne la croyais pas, mais elle s'obstina :

— J'étais terrorisée, je vous l'ai dit.

Je la regardai. Sheila était la femme de ma vie… celle que j'avais toujours voulue… celle que j'aimerais toujours. Mais il était inutile de se bercer d'illusions à son sujet. Sheila était une menteuse et ne changerait probablement jamais. Mentir comme on respire, c'était sa façon à elle de se battre contre les aléas de l'existence. C'était là une arme de gosse, à laquelle elle n'avait sans doute jamais su renoncer. Si je voulais Sheila, je devrais l'accepter telle qu'elle était, rester toujours à portée de main pour veiller au grain et colmater les brèches. Tout le monde a ses points faibles. Les miens étaient différents de ceux de Sheila, mais ils n'en existaient pas moins.

Je décidai d'attaquer de front. Il n'y avait pas d'autre moyen :

— C'était *votre* réveil, n'est-ce pas ? Il vous appartenait ?

Elle en demeura estomaquée :

— Comment le savez-vous ?

— Racontez-moi ce qui s'est passé.

Les mots se précipitèrent pêle-mêle comme si une bonde avait lâché. Ce réveil, elle l'avait pratiquement eu toute sa vie. Jusqu'à l'âge de 6 ans, on l'avait appelée Rosemary – mais elle détestait ce nom et avait insisté pour qu'on l'appelle Sheila. Ces derniers temps, le réveil s'était mis à retarder. Elle l'avait emporté avec elle pour le déposer chez un horloger pas très loin de son bureau. Mais elle l'avait oublié quelque part… dans le bus, peut-être bien, où dans le café où elle allait prendre un sandwich à l'heure du déjeuner.

— C'était combien de temps avant le meurtre du 19, Wilbraham Crescent ?

— Une semaine environ, estimait-elle. Elle n'en avait pas fait un drame, parce qu'il était vieux, qu'il marchait mal depuis un petit bout de temps et que, dans le fond, mieux valait en acheter un autre.

Et puis :

— Je ne l'avais pas remarqué tout de suite, poursuivit-elle. Pas quand je suis entrée dans la pièce. Et j'ai… j'ai découvert le cadavre. J'en suis restée pétrifiée. Après ça, j'ai effleuré le mort, je me suis redressée et je me suis retrouvée nez à nez avec mon réveil, là, devant moi, sur l'étagère à côté de la cheminée… *mon* réveil… et j'avais du sang sur les mains… et puis elle est arrivée et j'ai tout oublié parce qu'elle allait lui marcher dessus. Et… et puis je… j'ai pris mes jambes à mon cou. Disparaître… je n'avais que cette idée-là en tête.

J'acquiesçai lentement :

— Et ensuite ?

— J'ai commencé à réfléchir. Elle a dit que ce n'était pas *elle* qui m'avait fait demander par téléphone… alors qui était-ce ? Qui s'était donc arrangé pour que je me trouve dans cette pièce ? Qui avait mis *mon* réveil à cet endroit-là ? J'ai… j'ai inventé cette histoire de gants oubliés et… et je l'ai fourré dans mon sac. Je veux bien croire que… que c'était stupide de ma part.

— Vous n'auriez rien pu faire de plus stupide, confirmai-je. En bien des points, Sheila, vous êtes dépourvue du moindre sens commun.

— Mais quelqu'un essaie de me mettre cette histoire sur le dos. Cette carte postale… Elle n'a pu m'être envoyée que par quelqu'un qui sait que j'ai pris ce réveil. Et déjà la carte en soi… la façade de l'Old Bailey ! Si mon père était un gangster…

— Que savez-vous de vos père et mère ?

— Ils sont morts tous les deux dans un accident de voiture quand j'étais petite. C'est ce que ma tante m'a raconté, c'est ce qu'on m'a toujours raconté. Mais elle ne me parle jamais d'eux, elle ne me dit jamais rien *sur* eux. Il est même arrivé, les rares fois où je lui ai posé des questions, qu'elle me donne des réponses complètement différentes de celles qu'elle avait pu me faire auparavant. Ce qui fait que j'ai toujours su, voyez-vous, qu'il y avait quelque chose qui clochait.

— Continuez.

— Alors j'en suis venue à penser que mon père était peut-être un malfaiteur – voire même un assassin, qui sait ? A moins que ce ne soit ma mère. On ne vous raconte pas que vos parents sont morts et qu'on ne peut ou ne veut rien vous dire sur leur compte, à moins que la vérité derrière tout ça… à moins que cette vérité soit trop horrible pour qu'on vous la dévoile.

— Et du coup, vous vous êtes monté la tête. La raison est sans doute toute bête. Vous n'êtes peut-être, après tout, qu'une enfant illégitime.

— Ça aussi, j'y ai pensé. Les gens essaient parfois de cacher ce genre de choses aux enfants et ils ont tort. C'est stupide. Il vaudrait cent fois mieux leur dire la vérité telle qu'elle est. Surtout que ça n'a plus tellement d'importance aujourd'hui. Mais le résultat en ce qui me concerne, voyez-vous, c'est que je ne sais rigoureusement *rien*. Je ne sais pas ce qu'il y a *derrière* tout ça. Pourquoi est-ce qu'on m'a appelée Rosemary ? Ce n'est pas un prénom usuel dans la famille. En revanche, dans le langage courant, c'est aussi une plante, non ? C'est le romarin, qui symbolise le souvenir.

— Ce qui, dans le cas présent, fis-je remarquer, pourrait avoir une connotation tout à fait sympathique.

— Peut-être… mais je n'arrive pas à m'en convaincre. Enfin bref, après que l'inspecteur m'a posé toutes ces questions, ce jour-là, je me suis mise à réfléchir. Pourquoi est-ce qu'il s'était trouvé quelqu'un pour vouloir que je sois là ? Pourquoi est-ce qu'on m'avait attirée auprès de cet inconnu qui était mort ? Ou encore est-ce que ce n'était pas le mort qui avait souhaité me rencontrer là ? Peut-être que cet homme était après tout… je ne sais pas, moi… mon père, par exemple, mon père qui voulait me demander de faire quelque chose pour lui ? Au lieu de quoi quelqu'un était venu le tuer entre-temps. A moins encore qu'on ait essayé depuis le début de faire croire que c'était moi qui l'avais tué ? Oh ! j'étais morte de peur, et tout s'embrouillait dans ma tête. J'avais l'impression que, sans trop que je sache comment, tous les indices convergeaient vers moi. Qu'on m'ait attirée dans cette maison, dans cette pièce même, et que j'y découvre un cadavre, et que j'y lise mon nom – Rosemary – gravé sur mon propre réveil qui n'avait rien à faire là… J'ai cédé à la panique et, vous avez raison de le dire, je me suis laissée aller à un geste idiot.

Je secouai la tête :

— Vous avez lu, ou tapé, trop de romans policiers. Et Edna, dans tout ça ? Vous n'avez vraiment pas la moindre idée de ce qu'elle a bien pu se fourrer dans la tête à votre sujet ? Pourquoi a-t-elle fait tout ce chemin pour aller vous parler chez vous alors qu'elle vous voyait tous les jours au bureau ?

— Je n'en sais rien. Elle ne serait jamais allée imaginer que, *moi*, je puisse avoir quoi que ce soit à voir avec ce meurtre. C'est impossible.

— Est-ce qu'il ne pourrait pas s'agir d'une conversation qu'elle aurait surprise et comprise de travers ?

— Mais je n'ai jamais rien dit, jamais rien fait, je vous le répète. Rien !

Je me le demandais. Je ne pouvais pas m'empêcher de me le demander. Même en cet instant, je soupçonnais Sheila de me mener en bateau.

— Vous n'avez pas d'ennemis personnels ? Il n'y a pas un garçon que vous auriez envoyé sur les roses, une fille jalouse, un déséquilibré quelconque qui en aurait après vous ?

Rien qu'à prononcer ces derniers mots je me rendais compte à quel point ce genre d'hypothèse était peu convaincant.

— Bien sûr que non.

Et voilà où nous en étions. Même maintenant, mes doutes sur cette histoire de réveil n'étaient pas dissipés. D'un bout à l'autre, tout cela était insensé. 4 h 13. Pourquoi noter cette heure sur une carte postale à la suite des mots « Souviens-toi », à moins que l'ensemble ne revête une signification bien précise pour le destinataire ?

Je soupirai, payai l'addition et me levai :

— Ne vous inquiétez pas. (Sans aucun doute les mots les plus stupides dans toutes les langues de la terre.) L'agence privée Colin Lamb, section Protection rapprochée est sur l'affaire. Tout va bien se passer, ensuite on se mariera et on sera heureux jusqu'à la fin des temps en vivotant à deux sur mon salaire de misère.

Mais alors qu'il eût mieux valu en rester sur cette note romantique, l'agence Lamb, section Curiosité personnelle, ne put m'empêcher d'ajouter :

— A propos, qu'est-ce que vous en avez fait, de ce réveil ? Vous l'avez caché sous vos bas, au fin fond d'un tiroir ?

Elle observa un bref silence avant de répondre :

— Je l'ai jeté dans la poubelle des voisins.

J'en restai baba. C'était simple et probablement efficace. Pas bête de sa part, d'avoir pensé à ça. Peut-être que j'avais sous-estimé Sheila.

24

RECIT DE COLIN LAMB

Après le départ de Sheila, je retournai au *Clarendon*, bouclai ma valise et la confiai aux bons soins du portier. C'était le genre d'hôtel où on insiste pour que vous ayez libéré la chambre avant midi.

Puis je me mis en route. Mon chemin m'amena à passer devant le poste de police et j'y entrai après un instant d'hésitation. Je demandai Hardcastle. Il était là et me reçut, sourcils froncés, une lettre à la main.

— Je repars ce soir, Dick, lui annonçai-je. Je retourne à Londres.

Il me regarda avec une expression pensive :

— Je peux te donner un conseil ?

— Non, répondis-je aussitôt.

Il n'en tint aucun compte. Rien n'arrête les gens qui veulent vous donner des conseils :

— Fiche le camp, mon vieux… mais s'il te reste un brin de jugeote, fiche le camp pour de bon.

— Personne ne peut juger de ce qui convient à autrui.

— Je n'en suis pas persuadé.

— Je vais te dire une bonne chose, Dick. Une fois mon actuelle mission terminée, j'ai la ferme intention de raccrocher. Enfin… je crois bien que j'ai la ferme intention de le faire.

— Pourquoi ça ?

— Parce que je me sens comme un vieux pasteur victorien. Je suis saisi par le doute.

— Accorde-toi un peu de temps.

Je ne sais pas très bien ce qu'il entendait par là. Je lui demandai pourquoi il paraissait lui-même si abattu.

— Lis ça.

Il me tendit la lettre qu'il étudiait avec attention à mon arrivée.

Cher monsieur,

Je viens de me rappeler un détail. Vous m'avez demandé si mon mari avait des marques distinctives et j'ai répondu que non. Mais je me trompais. Il avait en fait une sorte de cicatrice derrière l'oreille gauche. Il s'était coupé en se rasant quand un chien que nous avions lui avait sauté dessus. Et on avait dû lui faire des points de suture. C'était néanmoins si peu de chose que je n'y ai pas songé un instant l'autre jour.

Cordiales salutations,

Merlina Rival

— Belle écriture élancée, commentai-je, encore que je n'aie jamais beaucoup apprécié l'encre violette. Le cadavre avait bel et bien une cicatrice ?

— Oui. Exactement comme elle la décrit.

— Et elle ne l'avait pas vue quand on lui a montré le corps ?

Hardcastle secoua la tête :

— L'oreille la recouvre. Il faut replier le pavillon vers l'avant pour la découvrir.

— Eh bien, c'est parfait. Voilà qui corrobore ton identification. Pourquoi fais-tu cette tête ?

Hardcastle me répondit d'un air sinistre que cette affaire représentait pour lui le diable et son train ! Il me demanda si j'avais l'intention de passer voir mon ami français, ou belge, à Londres.

— Vraisemblablement. Pourquoi ?

— J'ai parlé de lui au chef de la police du comté qui affirme s'en souvenir fort bien – ce fameux assassinat de la jeune éclaireuse. Il m'a chargé de l'accueillir à bras ouverts si jamais il envisageait de faire un saut à Crowdean.

— Ne compte pas là-dessus. Ce type est aussi cramponné à son fauteuil qu'une bernicle à son rocher.

Il était midi et quart quand je sonnai à la porte du 62, Wilbraham Crescent. Mrs Ramsay ouvrit. Elle leva à peine les yeux sur moi :

— C'est pour quoi ?

— Je peux vous parler un instant ? Je suis déjà venu il y a une dizaine de jours. Mais peut-être que vous ne vous en souvenez pas ?

Elle me regarda plus attentivement. Un léger froncement creusa une ridule entre ses sourcils :

— Oui… avec l'inspecteur de police, c'est bien ça ?

— C'est cela même, Mrs Ramsay. Je peux entrer ?

— Evidemment. Il serait maladroit de refuser à la police d'entrer chez vous. Elle serait fondée à se demander pourquoi.

Elle me mena vers le salon, m'y désigna d'un geste brusque un fauteuil et s'assit en face de moi. Si le ton de sa voix avait trahi une certaine agressivité, elle était maintenant retombée dans une apathie que je ne lui connaissais pas.

— C'est d'un calme, aujourd'hui, chez vous ! lui souris-je. Vos fils sont retournés au collège ?

— Oui. Ça change du tout au tout. Je suppose que vous voulez me poser des questions au sujet de ce dernier meurtre ? La fille qui a été tuée dans la cabine téléphonique ?

— Non, ce n'est pas exactement ça. En réalité, je n'ai pas de lien direct avec la police.

Elle ne manifesta qu'une surprise assez vague :

— Je croyais que vous étiez le sergent… Lamb, non ?

— Je m'appelle Lamb, en effet, mais je travaille dans un service totalement différent.

Mrs Ramsay sortit aussitôt de son apathie. Elle m'adressa un regard dur, direct, incisif :

— Ah ? Bon, eh bien, de quoi s'agit-il ?

— Votre mari est toujours à l'étranger ?

— Oui.

— Cela fait un bon moment qu'il est parti, n'est-ce pas, Mrs Ramsay ? Et qu'il est parti pour… très loin ?

— Qu'est-ce que vous en savez ?

— Entre autres, qu'il est passé de l'autre côté du rideau de fer. Nous sommes bien d'accord ?

Elle observa pendant un long moment un silence prudent, puis finit par aquiescer d'une voix morne :

— Oui. Oui, c'est exact.

— Vous étiez au courant de sa destination ?

— Plus ou moins.

Elle s'interrompit encore un bon bout de temps avant de préciser :

— Il voulait que je l'y rejoigne.

— Il y songeait depuis longtemps ?

— Oui, j'imagine. Mais il ne m'en a parlé que récemment.

— Vous ne partagez pas ses opinions politiques ?

— Autrefois, si, peut-être. Mais vous devez déjà savoir ça… Vous vous livrez à des enquêtes très poussées dans ce domaine, non ? Vous remontez dans le passé des gens, vous faites le tri entre les membres du parti et les simples compagnons de route…

— Vous pourriez nous fournir des renseignements qui nous seraient de la plus grande utilité.

Elle secoua la tête :

— Non. Je ne peux pas. Ce qui ne veut pas dire que je ne le veux pas. Simplement, il ne m'a jamais rien dit de précis. Je ne voulais d'ailleurs rien savoir. J'en avais assez de tout ça ! Quand Michael m'a dit qu'il quittait l'Angleterre, qu'il faisait le grand saut pour aller s'installer à Moscou, cela ne m'a pas vraiment paniquée. Mais ça a quand même posé le problème de ce que, moi, j'allais décider de faire.

— Et vous avez décidé que vous n'étiez pas suffisamment en accord avec les objectifs de votre mari pour l'accompagner ?

— Non, la question ne s'est pas posée dans ces termes. J'ai envisagé les choses de mon petit point de vue personnel. En fin de compte, c'est toujours comme ça qu'il en va, avec les femmes – à moins, bien sûr, que ce ne soient des fanatiques. Et certaines femmes peuvent être extrêmement fanatiques. Moi pas. Je n'ai jamais été rien d'autre que modérément à gauche.

— Votre mari était-il mêlé à l'affaire Larkin ?

— Je n'en sais rien. C'est dans le domaine du possible. Mais il ne m'en a jamais rien dit et nous n'avons jamais abordé le sujet.

Elle me regarda droit dans les yeux et s'anima brusquement :

— Soyons clairs, Mr Agneau. Ou Mr Loup déguisé en Agneau, ou qui que vous soyez. J'aimais mon mari, je tenais peut-être même assez à lui pour le suivre à Moscou quelles qu'aient été mes opinions politiques. Seulement il voulait que j'emmène les enfants. Or, je ne voulais pas partir avec les enfants. C'est aussi simple que cela. J'ai donc décidé de rester avec eux. J'ignore si je reverrai Michael un jour. Il avait opté pour un certain mode d'existence, il fallait que je fasse mon choix, moi aussi. Mais après qu'il m'a parlé, je n'ai eu qu'une certitude : je tenais à ce que les garçons soient élevés ici, dans leur pays. Ils sont anglais. Et je veux qu'ils soient élevés comme n'importe quels autres petits Anglais tout ce qu'il y a d'ordinaires.

— Je comprends.

— Je crois vous avoir maintenant dit tout ce qu'il y avait à dire, conclut Mrs Ramsay en se levant.

Elle avait maintenant l'air très décidée.

— Ça n'a quand même pas dû être un choix facile, compatis-je. Je suis désolé pour vous.

Et je l'étais. Peut-être ma compassion est-elle parvenue jusqu'à elle, car elle a eu un sourire imperceptible :

— Qui sait ? Il se peut que vous soyez sincère. J'imagine que, dans votre métier, on est amené à se glisser dans la peau des gens pour savoir ce qu'ils pensent, ce qu'ils ressentent. Ç'a été pour moi un coup très dur, mais le pire est derrière moi… Il faut maintenant que je fasse des plans, que j'envisage ce que je vais faire, que je décide si je dois m'en aller ou bien rester ici. Il faut aussi que je trouve du travail. J'ai été secrétaire, à une époque. Je vais sans doute reprendre des cours de sténodactylo.

— Surtout n'allez pas vous faire embaucher par l'agence Cavendish !

— Pourquoi pas ?

— Parce qu'il semble arriver des pépins aux filles qui y travaillent.

— Si vous croyez que je sais quelque chose là-dessus, vous faites fausse route.

Avant de la quitter, je lui souhaitai bonne chance. Elle ne m'avait rien appris, mais je n'en avais pas attendu grand-chose. Seulement il faut bien ramasser les fils de ses enquêtes quand par hasard ils traînent.

En franchissant le portail, je faillis heurter Mrs McNaughton de plein fouet. Elle portait un sac à provisions et ne paraissait pas très assurée sur ses jambes.

— Laissez-moi vous aider, dis-je en me baissant pour prendre son sac.

Elle commença par s'y agripper, puis me regarda fixement et relâcha son étreinte :

— Ah ! vous êtes le jeune homme de la police. Je ne vous avais pas reconnu tout de suite.

Je transportai le sac jusqu'à sa porte tandis qu'elle tanguait dans mon sillage. Le sac était étonnamment lourd et je me demandai ce qu'il y avait dedans. Des kilos de pommes de terre ?

— Ne sonnez pas, me dit-elle. La porte n'est pas fermée.

Les portes ne semblaient apparemment jamais fermées à Wilbraham Crescent.

— Et comment progresse l'affaire ? pépia-t-elle. J'ai l'impression qu'il s'était marié au-dessous de sa condition.

Je ne comprenais pas de quoi elle me parlait :

— Que qui s'était quoi ?… Pardonnez-moi, mais je me suis absenté quelque temps, lui expliquai-je.

— Ah ! je vois. Vous étiez sur une filature, je suppose. Je parlais de cette Mrs Rival. Je suis allée à l'enquête. Une créature d'un *commun* ! Et elle n'avait pas l'air très frappée par la mort de son mari.

— Elle ne l'avait pas vu depuis quinze ans, commentai-je.

— Angus et moi sommes mariés depuis vingt ans, soupira-t-elle. Ça fait long. Et tout ce jardinage maintenant qu'il ne va plus à l'université… C'est devenu un vrai casse-tête de trouver à quoi occuper son temps.

Mr McNaughton, bêche en main, tourna le coin de la maison à cet instant précis :

— Ah ! te voilà, ma chère. Laisse-moi prendre…

— Déposez-moi le tout dans la cuisine, s'empressa de me dire Mrs McNaughton en me donnant un léger coup de coude. Ce sont juste les *corn flakes*, les œufs et un melon, annonça-t-elle à son mari avec un grand sourire.

Je posai le sac sur la table de la cuisine. Quelque chose tinta à l'intérieur.

Corn flakes, mon œil ! Je laissai libre cours à mes instincts de fouineur. Sous un camouflage de papier glacé s'alignaient trois bouteilles de whisky.

Je comprenais pourquoi Mrs McNaughton semblait parfois si animée et communicative, et pourquoi il lui arrivait de ne plus tenir très bien sur ses jambes. Quant à la démission de Mr McNaughton de l'université, il ne fallait sans doute pas chercher plus loin.

Ça devait décidément être la matinée des voisins. Je croisai Mr Bland en descendant vers Albany Road. Il paraissait en pleine forme. Et il me reconnut tout de suite :

— Comment allez-vous ? En comment va le crime de par le monde ? Vous avez réussi à identifier votre macchabée, à ce que j'ai pu voir. Il semblerait qu'il ne se soit pas très bien conduit avec sa bonne femme, hein ? A propos, dites-moi, vous n'appartenez pas à la police locale, non ?

Je répondis évasivement que j'étais venu de Londres.

— Ah ! alors Scotland Yard s'intéresse à l'affaire ?

— Eh bien…

Je laissai ma phrase en suspens.

— Je comprends. Motus et bouche cousue. Quand même, vous n'étiez pas à l'enquête du coroner, hein ?

Je lui racontai que j'étais parti pour l'étranger.

— J'en ai fait autant, mon garçon. J'en ai fait autant ! répéta-t-il en me décochant un clin d'œil.

— Le gai Paris ? lui demandai-je en lui rendant son clin d'œil.

— Ah, si seulement ! Non, juste un aller-retour à Boulogne.

Il me planta son coude dans les côtes (tout à fait comme Mrs McNaughton !) :

— Je n'avais pas emmené ma bourgeoise. Je faisais équipe avec une petite pépée, je ne vous dis que ça. Blonde. Un tempérament du feu de Dieu.

— Voyage d'affaires, quoi ? plaisantai-je.

Et nous éclatâmes de rire tous les deux, en hommes qui savent ce qu'est la vie.

Il continua vers le n° 61 tandis que je me dirigeai vers Albany Road.

Je n'étais pas très content de moi. Comme l'avait souligné Poirot, on aurait sûrement pu faire mieux avec les voisins. Il était totalement invraisemblable que *personne* n'ait rien vu ! Hardcastle n'avait peut-être pas posé les bonnes questions. Mais étais-je capable de songer à des meilleures ? Tout en obliquant dans Albany Road, je me dressai mentalement une liste de questions. Ce qui donna à peu près ça :

Mr Curry (Castleton) a été drogué – Quand ?
id a été tué – Où ?
Quelqu'un a bien dû voir quelque chose ! – Qui ?
id – Quoi ?

Je pris à nouveau sur la gauche. Je remontais à présent Wilbraham Crescent comme je l'avais fait le 9 septembre. Fallait-il que je rende visite à miss Pebmarsh ? Que je sonne à sa porte et que je lui dise… oui, que je lui dise quoi ?

Que je passe voir miss Waterhouse ? Que diable pourrais-je bien lui raconter, à celle-là ?

Mrs Hemming, peut-être bien ? Peu importait ce qu'on pouvait bien dire à Mrs Hemming. Elle n'écoutait jamais, mais ce qu'elle *disait*, si hors de propos et décousu que cela paraisse, pouvait éventuellement s'avérer lourd d'enseignements.

Je cheminais en relevant mentalement les numéros comme je l'avais fait la première fois. Feu Mr Curry les avait-il lui aussi notés au passage jusqu'à découvrir celui où il lui faudrait s'arrêter ?

Wilbraham Crescent n'avait jamais paru plus sur son quant-à-soi. « Ah ! si ces pierres pouvaient parler ! » faillis-je déclamer à la bonne vieille manière victorienne. C'était, semble-t-il, une sorte de lieu commun, à l'époque. Mais les pierres ne sont guère bavardes, les briques et le mortier pas davantage, pour ne rien dire du stuc ou du plâtre. Muré dans son silence, Wilbraham Crescent demeurait égal à lui-même. Démodé, distant, vaguement décrépit et peu porté au dialogue. Désapprouvant sans aucun doute les vagabonds qui venaient déambuler sur ses terres sans trop savoir ce qu'ils y cherchaient.

Le moins qu'on puisse dire est qu'il n'y avait pas foule. Un ou deux gamins à bicyclette me doublèrent et je croisai deux femmes portant des sacs à provisions. La vie était si peu perceptible à l'intérieur des maisons qu'elles auraient aussi bien pu être embaumées comme autant de momies. J'en connaissais la raison. Il était 1 heure ou peu s'en fallait. On s'adonnait au sacro-saint rite du déjeuner britannique. Dans quelques rares maisons, j'aperçus par des fenêtres vierges de rideaux une ou deux personnes attablées, mais cela même demeurait l'exception. Soit les fenêtres étaient discrètement voilées par des rideaux de nylon qui remplaçaient la dentelle de Nottingham d'antan, soit – ce qui était plus probable – tous ceux qui déjeunaient à la maison le faisaient dans leur cuisine « moderne » répondant aux critères des années soixante.

C'était, me laissais-je aller à songer, l'heure rêvée pour un meurtre. L'assassin avait-il pensé à ça ? Planifié son horaire ? J'arrivai enfin au n° 19.

Comme la foule d'imbéciles qui s'étaient succédé là, je m'immobilisai et écarquillai les yeux. Il n'y avait, pour l'heure, plus un seul être humain en vue. « Pas de voisins, déplorai-je en moi-même. Pas de spectateurs intelligents. »

Je ressentis soudain une vive douleur à l'épaule. Je m'étais trompé. Le voisin espéré existait bel et bien, et il aurait fait un témoin de premier plan s'il avait seulement pu parler. Je m'étais par inadvertance appuyé au pilier de la grille du n° 20 et le gros chat roux que j'y avais déjà rencontré trônait à son sommet. Passé le préalable consistant à extraire de mon omoplate ses griffes espiègles, je décidai d'échanger quelques mots avec lui.

— Ah, si les chats pouvaient parler ! soupirai-je pour entamer la conversation.

Le chat roux ouvrit la gueule et émit un sonore et mélodieux mi-a-ou.

— Je sais que tu peux le faire, affirmai-je aussitôt. Je sais que tu peux le faire aussi bien que moi. L'ennui, c'est que nous ne parlons pas la même langue. Où étais-tu posté ce jour-là ? As-tu vu qui est entré dans cette maison ou qui en est sorti ? Est-ce que tu sais vraiment tout ce qui s'y est passé ? Ça ne m'étonnerait pas de toi, gros minet.

Le chat parut prendre ma remarque en mauvaise part. Il me tourna le dos et se mit à balancer la queue.

— Je vous demande pardon, votre Majesté, m'excusai-je.

Il me jeta un regard froid par-dessus son épaule et entreprit une toilette minutieuse. Ah ! c'est beau, les voisins ! me dis-je avec amertume. Par quel bout qu'on les prenne, ils se révélaient, à Wilbraham Crescent, d'un bien piètre secours. Ce qu'il m'aurait fallu – ce que Hardcastle aurait donné cher pour trouver lui aussi –, c'était une brave petite vieille, curieuse, observatrice, bavarde, toujours en quête de scandale et prête à se précipiter à sa fenêtre. L'ennui, c'est que ce genre de petites vieilles semble avoir disparu. On les retrouve désormais parquées dans des maisons de retraite dotées du confort indispensable au grand âge… quand elles n'encombrent pas les lits des hôpitaux dont on aimerait bien les extraire pour y mettre les malades. Les boiteux, les estropiés et les vieux ne vivent plus chez eux, assistés d'un fidèle domestique ou d'une parente pauvre et simplette, heureuse de trouver là un foyer confortable. Ça représente un sérieux handicap pour ce qui est de l'investigation criminelle.

Je regardai de l'autre côté de la rue. Pourquoi n'y avait-il pas de voisins par là ? Pourquoi ne se dressait-il pas devant moi une belle rangée de villas au lieu de cet alignement d'impersonnels caravansérails de béton ? On aurait dit une ruche humaine, colonisée par des abeilles travailleuses qui partaient toutes à l'ouvrage le matin pour ne rentrer qu'à la nuit tombée torcher leur progéniture ou se poudrer le bout du nez avant de sortir avec leurs mâles. Face à l'inhumanité de cet immeuble, je révisai mon jugement sur la distinction fanée de Wilbraham Crescent.

Mon regard fut soudain accroché par un éclair de lumière, quelque part au milieu de l'immeuble. Ça m'intrigua. Je levai la tête. Et puis ça recommença. Une fenêtre ouverte, et quelqu'un qui regardait par là. Un visage à moitié caché par ce qui était porté à ses yeux. L'éclair de lumière jaillit encore une fois. Je plongeai la main dans ma poche. Je garde des tas de choses dans mes poches, des bricoles qui peuvent se révéler utiles. Utiles à un point que vous n'imaginez pas. Un mini-rouleau de Scotch. Quelques petits instruments à l'air innocent mais en réalité capables d'ouvrir pratiquement toutes les portes les mieux verrouillées soient-elles, une boîte de poudre grise avec une étiquette qui ne correspond pas à son contenu et accompagnée d'un système diffuseur, plus un ou deux gadgets sur lesquels la plupart des gens seraient bien incapables de mettre un nom. Et parmi tout ce fourbi, des jumelles pour fanatiques de l'observation des oiseaux. Pas très puissantes, mais assez pour être parfois d'un grand secours. Je les sortis et les ajustai à mes yeux.

Une gamine était à la fenêtre. Elle avait une longue natte qui reposait sur son épaule. Et elle se servait d'une paire de jumelles d'opéra pour m'observer avec ce que d'aucuns pourraient considérer comme une attention flatteuse. Oui, mais comme j'étais la seule personne dans son champ de vision, ladite attention n'était peut-être pas aussi flatteuse qu'il y paraissait. A cet instant surgit une nouvelle distraction susceptible d'égayer l'heure du déjeuner à Wilbraham Crescent.

Une vieille Rolls-Royce glissa en effet le long de la rue, conduite par un quasi-nonagénaire. Il paraissait infiniment digne, un peu dégoûté de la vie, et passa près de moi avec la solennité de toute une procession de voitures. Je remarquai que ma petite observatrice avait reporté sur lui son attention ainsi que ses jumelles de théâtre. Et je restai planté là à réfléchir.

J'ai toujours professé que la chance finit forcément par vous sourire sous une forme quelconque pour peu que vous sachiez attendre. Et alors quelque chose que vous n'imaginiez même pas – un impondérable auquel vous n'auriez jamais songé – se produit bel et bien. S'agissait-il en l'occurrence de *mon* impondérable ? Je levai à nouveau la tête vers le gigantesque immeuble cubique, notai soigneusement l'étage – le troisième –, et la position de la fenêtre. Puis je remontai la rue et m'engageai dans une large allée qui courait dans le gazon tout autour du building, avec des parterres de fleurs postés aux endroits stratégiques.

Il est d'après moi toujours bon de fignoler sa mise en scène. Je sortis donc de l'allée, fis quelques pas en direction de l'immeuble, levai la tête d'un air surpris, me penchai sur l'herbe comme pour y chercher quelque chose, me redressai bientôt ostensiblement en faisant semblant de mettre un objet dans ma poche. Puis je fis le tour de l'immeuble et arrivai devant l'entrée.

A n'importe quel moment du jour ou de la nuit, il y aurait eu là un portier, mais à cette heure sacramentelle qui va de 1 à 2, le hall était désert. Il y avait bien une sonnette avec un grand écriteau qui disait GARDIEN, mais je passai sans m'arrêter. Je pris l'ascenseur et appuyai sur le bouton du troisième. Après ça, il fallait que je calcule bien mon coup.

Repérer une fenêtre et situer, de l'extérieur, la pièce à laquelle elle correspond peut sembler assez simple, mais, une fois dans la place, nombre d'éléments tendent à vous embrouiller. J'avais cependant suffisamment pratiqué ce genre d'exercice en mon temps pour être à peu près sûr que je tenais la bonne porte. Elle affichait, pour le meilleur ou pour le pire, le numéro 77. « Bah ! me dis-je, le 7 porte bonheur. Alors deux 7… allons-y ! » J'appuyai sur le bouton de sonnette et reculai d'un pas, prêt à toute éventualité.

25

RECIT DE COLIN LAMB

On me fit lanterner une ou deux minutes. Et puis la porte s'ouvrit enfin.

Une grande blonde nordique aux vêtements de couleurs vives et au visage empourpré me dévisagea d'un air interrogateur. Elle s'était hâtivement essuyé les mains mais des traces de farine s'y voyaient encore ainsi que sur le bout de son nez, et il me fut donc facile de deviner à quoi elle était occupée.

— Excusez-moi, dis-je, mais une petite fille habite ici, je crois. Elle a laissé tomber quelque chose par la fenêtre.

Elle me sourit d'un air encourageant. La langue anglaise ne semblait pas son fort :

— Pardon, vous dites quoi s'il vous plaît ?

— Une enfant, ici... une petite fille.

— Oui, oui, acquiesça-t-elle en hochant la tête.

— Elle a laissé tomber quelque chose... par la fenêtre.

J'accompagnai ces paroles d'une petite gesticulation :

— Je l'ai ramassé dans l'herbe et je vous l'ai rapporté.

J'ouvris la main sur un petit couteau à fruits en argent. Elle le fixa sans apparemment le reconnaître :

— Je pense pas… je pas avoir vu…

— Vous êtes en train de faire la cuisine ? m'apitoyai-je.

Elle hocha vigoureusement la tête :

— Oui, oui, je faire cuisine, c'est ça, oui.

— Je ne voudrais pas vous déranger, prétendis-je. Laissez-moi juste le lui donner.

— Pardon ?

Et puis elle parut soudain comprendre. Elle me fit traverser le couloir et ouvrit une porte qui donnait sur un salon fort agréable, ma foi. Une fillette d'une dizaine d'années y était allongée sur un sofa devant la fenêtre. Elle avait une jambe dans le plâtre.

— Ce monsieur il a dit que tu… que tu avoir laissé tomber…

A cet instant, la providence aidant, une violente odeur de brûlé nous parvint de la cuisine. Mon guide poussa un cri de consternation :

— Excusez, je vous prie, excusez !

— Allez-y, lui dis-je, affable. Je saurai me débrouiller.

Elle s'enfuit aussitôt. J'entrai dans la pièce, refermai la porte derrière moi et m'approchai de la fillette :

— Bonjour.

Elle me rendit mon « Bonjour » en me jaugeant d'un long regard pénétrant qui me déconcerta un peu. C'était une enfant assez laide, au front bombé et au menton pointu, avec des cheveux queue-de-vache séparés en deux nattes et des yeux gris intelligents.

— Je suis Colin Lamb, comment t'appelles-tu ?

La réponse fusa :

— Geraldine Mary Alexandra Brown.

— Seigneur ! voilà un nom qui se pose là. Et comment t'appelle-t-on ?

— Geraldine. Parfois Gerry, mais ça me plaît pas trop. Et papa est contre les abréviations.

Les enfants présentent un précieux avantage : ils ont leur propre logique. Toute personne adulte m'aurait déjà demandé ce que je voulais, mais Geraldine était tout à fait prête à engager la conversation sans se sentir obligée d'en passer par des questions saugrenues. Elle était seule, elle s'ennuyait, et l'arrivée d'un visiteur quel qu'il soit était pain béni. Tant qu'elle ne me jugerait pas ennuyeux et sans intérêt, elle serait d'accord pour bavarder.

— Je suppose que ton père est absent ?

Comme pour ma première question, elle répondit du tac au tac par une énumération détaillée :

— Ateliers de construction mécanique de Cartinghave, à Beaverbridge, vingt kilomètres et demi d'ici exactement.

— Et ta mère ?

— Maman est morte, poursuivit Geraldine sans que cela entame sa bonne humeur. Quand c'est arrivé, j'avais deux mois. Elle avait pris un avion en France, il s'est écrasé et tout le monde a été tué.

Elle récitait cela d'un air satisfait et je compris qu'un enfant qui a perdu sa mère acquiert un certain prestige du fait qu'elle soit morte au cours d'une catastrophe particulièrement épouvantable.

— Je vois, dis-je. Et c'est pour ça que tu as une…

Je regardai en direction de la porte.

— Ça, c'est Ingrid. Elle arrive de Norvège. Ça fait seulement quinze jours qu'elle est là et elle ne sait pas encore parler. Je lui apprends l'anglais.

— Et elle, elle t'apprend le norvégien ?

— Pas des masses.

— Tu l'aimes bien ?

— Oui. Ça va. Mais les trucs qu'elle cuisine sont quelquefois assez bizarres. Vous savez quoi ? Eh bien elle mange du poisson cru.

— Moi-même, j'ai mangé du poisson cru en Norvège, je trouve ça très bon.

Geraldine n'eut pas l'air convaincue :

— Aujourd'hui, elle essaie de faire une tarte à la mélasse.

— Tu aimes ça ?

— Oui, j'aime bien la tarte à la mélasse, dit poliment Geraldine. Vous êtes venu déjeuner ?

— Pas exactement. En réalité, je passais sous ta fenêtre et je crois que tu as laissé tomber quelque chose.

— Moi ?

— Oui.

J'exhibai le couteau à fruits en argent. Geraldine le regarda d'un regard méfiant, puis approbateur :

— C'est assez chouette, qu'est-ce que c'est ?

— Un couteau à fruits.

Je l'ouvris.

— Oh ! je vois. On peut s'en servir pour éplucher des pommes, des trucs comme ça ?

— Oui.

Geraldine poussa un soupir:

— Il est pas à moi. Et ce n'est pas moi qui l'ai laissé tomber. Qu'est-ce qui vous a fait croire que c'était moi ?

— Eh bien, tu regardais par la fenêtre et…

— Je passe une grande partie de mon temps à regarder par la fenêtre, me confia Geraldine. Je me suis cassée la jambe en tombant.

— Pas de veine.

— Oui, hein ? En plus, je me la suis même pas cassée de façon très intéressante. Je descendais d'un bus qui a redémarré trop vite. Au début, ça me faisait mal, mais plus maintenant.

— Tu dois t'ennuyer à cent sous de l'heure.

— Ben, oui. Heureusement, papa me ramène des trucs. De la pâte à modeler, des livres, des crayons, des puzzles, des machins comme ça, mais on en a des fois assez de *faire* des choses, alors je passe beaucoup de temps à regarder par la fenêtre avec ça.

Très fière, elle me tendit des jumelles de théâtre.

— Tu permets ?

Je les lui pris des mains, regardai par la fenêtre et les réglai.

— Elles sont excellentes, dis-je sur un ton admiratif

Et elles l'étaient. Le père de Geraldine, en supposant que ce soit lui qui les ait achetées, n'avait pas lésiné sur la dépense. On voyait le 19 Wilbraham Crescent et les maisons avoisinantes comme si on y était.

Je les lui rendis :

— Bravo, elles sont de tout premier ordre.

— Oui, ce sont des vraies, se rengorgea Geraldine. Pas des jumelles pour enfants ou pour faire semblant.

— Oui, on s'en rend tout de suite compte.

— Je tiens un petit carnet de bord, me confia Geraldine.

Elle me le montra :

— Là-dedans, j'écris ce qui se passe et je note l'heure. C'est comme ce jeu où on joue à reconnaître les trains et à noter l'heure de passage. J'ai un cousin qui s'appelle Dick, il adore ça. On fait aussi les numéros de voiture. Vous commencez par un premier numéro et vous voyez jusqu'où vous pouvez aller.

— Pas mal comme sport.

— Oui, mais comme il n'y a pas des masses de voitures qui passent dans cette rue, ça ne valait pas le coup. J'ai laissé tomber pour le moment.

— Dis donc, tu as dû apprendre des tas de choses sur les gens qui habitent dans les maisons d'en face.

J'avais lancé ça sur un ton détaché, mais Geraldine réagit au quart de tour :

— Oui, bien sûr, mais comme je connais pas leurs vrais noms, je les ai rebaptisés.

— Tu as dû bien t'amuser.

— Il y a la marquise de Carrabas, dans cette maison, là… Celle avec ces arbres mal taillés. Vous savez, comme dans le Chat Botté. Elle a des tas et des tas de chats.

— Je viens de parler à l'un d'entre eux. Le roux.

— Oui, je vous ai vu.

— Et tu as l'œil ! Il ne doit pas y avoir grand-chose qui t'échappe.

Geraldine sourit, visiblement flattée. Ingrid ouvrit la porte et apparut, hors d'haleine :

— Tout il va bien, oui ?

— Très bien, décréta Geraldine d'un ton ferme. Tu n'as aucune raison de t'inquiéter, Ingrid.

Geraldine agita la tête avec insistance et fit de grands gestes de la main :

— Retourne à ta cuisine.

— Très bien, je retourner. C'est gentil avoir un ami.

— Ça la rend nerveuse de faire la cuisine, expliqua Geraldine. Surtout quand elle essaie une nouvelle recette. Des fois, c'est pour ça qu'on mange tard. Je suis bien contente que vous soyez venu. C'est chouette d'avoir quelqu'un pour vous distraire, parce que vous vous dites pas que vous avez faim.

— Raconte-m'en un peu plus sur les gens qui habitent là en face et sur ce qui s'y passe, réclamai-je. Qui est-ce qui habite à côté de la marquise de Carrabas dans cette maison si bien tenue ?

— Oh ! là, c'est une aveugle. Elle est pas mal aveugle et pourtant elle se déplace comme si elle y voyait. C'est Harry, le gardien, qui me l'a dit. Il est très gentil, Harry. Il me raconte plein de trucs. Par exemple, l'histoire du meurtre.

— Le meurtre ? m'écriai-je avec l'étonnement qui convient à pareille révélation.

Geraldine hocha la tête. Les yeux brillants, elle songeait à l'importance de l'information qu'elle allait me donner :

— Quelqu'un a été tué dans cette maison. Je l'ai pratiquement *vu* faire.

— Mais c'est passionnant, ça, dis-moi !

— Oui, hein ? J'avais jamais vu de meurtre avant. Je veux dire, j'avais jamais vu un endroit où on avait assassiné quelqu'un.

— Mais qu'est-ce que tu as… vu au juste ?

— Eh bien, c'était le genre de moment où il se passe jamais grand-chose. L'heure creuse, quoi. Et puis, brusquement, ça a été grandiose quand quelqu'un est sorti de la maison en hurlant. Là, évidemment, j'ai compris qu'il s'était passé quelque chose de pas banal.

— Qui est-ce qui criait ?

— Oh ! rien qu'une bonne femme. Plutôt jeune et assez jolie, d'ailleurs. Elle est sortie sur le pas de la porte en braillant comme une possédée. Il y avait un bonhomme qui se baladait dans la rue. Elle a passé le portail comme une flèche et elle s'est accrochée à lui – comme ça.

Elle fit un geste avec les bras et me regarda fixement :

— Il vous ressemblait vachement, en fait.

— Je dois avoir un double, commentai-je d'un ton léger. Et qu'est-ce qui s'est passé ensuite ? C'est très excitant.

— Eh bien, il l'a laissée choir comme un vieux sac de patates et il est entré dans la maison. L'Empereur – c'est le chat roux, je l'appelle l'Empereur parce qu'il la ramène toujours tellement – s'est arrêté de faire sa toilette, il a paru surpris, et alors miss Piquebœuf est sortie de chez elle – c'est celle du n° 18. Elle est sortie et elle est restée sur son perron à regarder.

— Miss Piquebœuf ?

— Oui, elle est sèche comme un coup de trique, pointue de partout et elle a un frère qu'elle arrête pas de houspiller.

— Continue, dis-je, très intéressé.

— Et puis il s'est passé plein de trucs, le garçon est ressorti de la maison… vous êtes sûr que c'était pas vous ?

— J'ai un physique assez ordinaire, fis-je remarquer d'un air modeste. Des hommes comme moi, il y en a des tas.

— Oui, vous avez raison, acquiesça Geraldine sans chercher à ménager ma susceptibilité. Bref, ce garçon a descendu la rue pour aller téléphoner depuis la cabine. Et, après ça, la police a pas tardé à arriver.

Ses yeux brillèrent :

— Ça a grouillé de flics partout. Ils ont embarqué le cadavre dans une espèce d'ambulance. A ce moment-là, il y avait plein de monde qui regardait, bien sûr. J'ai vu Harry, il y était aussi. Harry, c'est le gardien de l'immeuble. C'est lui qui m'a donné tous les détails après.

— Est-ce qu'il t'a expliqué qui avait été tué ?

— Il m'a juste dit que c'était un homme. Et que personne savait son nom.

— C'est follement intéressant, tout ça.

Je priai avec ferveur pour qu'Ingrid ne réapparaisse pas avec une tarte à la mélasse ou autre chef-d'œuvre culinaire.

— Mais revenons un peu en arrière, tu veux bien ? Raconte-moi ce qui s'était passé avant. Cet homme – l'homme qui a été assassiné –, est-ce que tu l'avais vu arriver à la maison ?

— Non, ça non. Il devait déjà être là depuis un bout de temps.

— Tu veux dire qu'il vivait là ?

— Oh ! non, personne ne vit là que miss Pebmarsh.

— Celle-là, tu connais son vrai nom ?

— Bien sûr, je l'ai lu dans les journaux. Les articles sur le meurtre. Et la fille qui hurlait comme une malade s'appelle Sheila Webb. Et Harry m'a raconté que l'homme qui avait été tué s'appelait Mr Curry. Drôle de nom, hein, comme le riz au curry. Et vous savez qu'il y a eu un deuxième meurtre ? Pas le même jour mais plus tard, dans la cabine téléphonique là en bas de la rue. J'arrive à la voir d'ici, enfin de justesse, il faut que je me penche à la fenêtre et que je me torde le cou. Bien sûr je l'ai pas vraiment vu, parce que si j'avais su ce qui allait se passer, j'aurais plus fait attention… mais on ne peut pas tout savoir. Ce jour-là, il y avait plein de gens qui faisaient le pied de grue devant le n° 19, juste pour se rincer l'œil. C'est bête, hein ?

— Complètement idiot.

C'est là qu'Ingrid réapparut.

— Je revenir vite, dit-elle sur un ton rassurant, je revenir très, très vite maintenant.

Elle repartit.

— On n'a pas vraiment besoin d'elle, déclara Geraldine. Elle s'inquiète pour les repas. Enfin, c'est le seul repas dont elle s'occupe à part le petit déjeuner. Le soir, papa va au restaurant et il me fait monter quelque chose. Poisson ou autre. C'est pas un vrai repas, remarquez.

Une note de mélancolie perçait dans sa voix.

— Vers quelle heure prends-tu ton repas de midi, Geraldine ?

— Mon dîner, vous voulez dire ? Dans la région, le repas de midi s'appelle le dîner et celui du soir le souper. Eh bien, je dîne quand Ingrid a fini de me préparer à manger. Elle est plutôt bizarre question horaires. Elle est obligée de préparer le petit déjeuner à l'heure parce que sinon papa se fâche, mais le dîner tombe n'importe quand. Ingrid dit qu'on ne mange pas à une heure précise mais quand le repas est prêt.

— Ça simplifie la vie. A quelle heure as-tu déjeuné – enfin, dîné – le jour du meurtre ?

— C'était un de ces jours où on mange à midi parce qu'Ingrid est de sortie. Elle va au cinéma, ou alors chez le coiffeur, et Mrs Perry vient me tenir compagnie. Elle est pas buvable, celle-là. Elle vous tapote.

— Elle vous tapote ? répétai-je, un peu surpris.

— Oui, elle vous tapote les cheveux. Elle vous sort des trucs du genre « ma petite choute chérie ». C'est pas quelqu'un avec qui avoir une conversation qui se tienne. Mais elle m'apporte des bonbons, des gâteaux…

— Quel âge tu as, Geraldine ?

— Dix ans. Dix ans et trois mois.

— Tu me parais déjà très forte sur le chapitre des conversations qui se tiennent.

— C'est parce que je suis obligée de beaucoup discuter le coup avec papa, dit Geraldine avec le plus grand sérieux.

— Ainsi donc, le jour du meurtre, tu as dîné tôt ?

— Oui, pour qu'Ingrid ait le temps de faire la vaisselle avant de partir vers 1 heure.

— Et, ce matin-là, tu as regardé par la fenêtre et tu as observé les gens ?

— Oh ! oui. Une bonne partie du temps. Avant ça, vers 10 heures, j'ai fait des mots croisés.

— Je viens de me demander s'il n'aurait pas été possible que tu aies vu débarquer Mr Curry ?

Geraldine secoua la tête :

— Non. Je l'ai pas vu se pointer. C'est plutôt bizarre, je suis bien d'accord.

— Peut-être qu'il est arrivé très tôt ?

— Il n'est pas allé tirer la sonnette de la porte d'entrée. Sans quoi, je l'aurais vu.

— Peut-être qu'il est arrivé par derrière ? Par le jardin ?

— Ça me paraît difficile, dit Geraldine. Il donne sur les autres maisons. Il aurait fallu qu'il se faufile par le jardin des voisins et je ne pense pas qu'ils auraient apprécié.

— Non, tu as sans doute raison.

— J'aimerais bien savoir à quoi il ressemblait, soupira Geraldine.

— Eh bien, il était vieux comme Hérode. Dans la soixantaine. Il était rasé de près. Et il portait un costume gris foncé.

Geraldine secoua la tête.

— C'est pas brillant comme signalement, décréta-t-elle sur un ton désapprobateur.

— N'importe comment, me rebiffai-je, pour toi non plus, ça ne doit pas être commode de t'y retrouver. Quand on est cloué sur un divan et qu'on regarde par la fenêtre du matin au soir, c'est difficile de distinguer une journée d'une autre.

— Alors, là, pas du tout !

Ma remarque l'avait piquée au vif :

— Je peux vous dire très exactement tout ce qui s'est passé ce matin-là. Je sais quand Mrs Panierdecrabes est arrivée et quand elle est repartie.

— Ça, c'est la femme de ménage de miss Pebmarsh ?

— Oui. Elle sautille de côté comme un crabe. Elle a un petit garçon. Des fois, elle l'amène avec elle, mais elle l'a pas fait ce jour-là. « Et puis miss Pebmarsh est sortie à 10 heures. Elle est professeur pour enfants handicapés. Mrs Panierdecrabes s'en va vers midi. Quelquefois, elle porte un paquet à la main qu'elle avait pas à l'arrivée. Sans doute des bricoles – du beurre, du fromage – qu'elle peut faucher sans que miss Pebmarsh s'en aperçoive… Ce qui s'est passé ce jour-là, je le sais particulièrement bien parce que je m'étais disputée avec Ingrid et elle ne me parlait plus. Je lui apprends l'anglais et elle voulait savoir comment on dit « au revoir ». Elle me l'avait dit en allemand. *Auf Wiedersehen*. Ça, je le savais parce que je suis allée une fois en

Suisse et les gens là-bas disaient ça. Et ils disaient aussi *Grüss Gott*. Mais si on traduit *Grüss Gott* en anglais, ça devient un gros mot.

— Et alors, qu'est-ce que tu avais appris à dire à Ingrid ?

Geraldine partit d'un petit rire de gorge malicieux. Elle voulut parler mais le fou rire la reprit. Finalement, elle parvint à raconter son histoire :

— Je lui avais conseillé de dire « Foutez-moi le camp ! » Et elle l'a répété à miss Bulstrode, la voisine, et miss Bulstrode a été folle de rage. Ce qui fait qu'Ingrid a compris, qu'elle a été très fâchée contre moi et qu'on ne s'est pas réconciliées avant l'heure du thé le lendemain après-midi.

Je digérai cette information.

— Donc tu t'es concentrée sur tes jumelles ?

Geraldine hocha la tête :

— Voilà pourquoi je sais que Mr Curry est pas passé par la porte de devant. Peut-être qu'il s'était glissé dans la maison pendant la nuit et qu'il s'était caché au grenier. Vous croyez que c'est possible ?

— Je suis persuadé que rien n'est impossible, mais ça ne me paraît quand même pas très probable.

— Non, voulut bien admettre Geraldine. Il aurait eu faim. Et s'il voulait pas se montrer à miss Pebmarsh, il ne pouvait pas espérer qu'elle lui monterait son petit déjeuner.

— Et ce matin-là personne n'est entré dans la maison ? insistai-je. Absolument personne ? Quelqu'un qui serait venu en voiture, un commerçant, un représentant…

— L'épicier vient le lundi et le jeudi, et le laitier à 8 heures et demie du matin.

Cette gamine était une encyclopédie ambulante :

— Les choux-fleurs, les pommes, tout ça, miss Pebmarsh les achète elle-même. Absolument personne n'est venu à part la blanchisserie. C'était une nouvelle blanchisserie, précisa-t-elle.

— Une nouvelle blanchisserie ?

— Oui. D'habitude c'est la blanchisserie Southern Downs. La plupart des gens donnent leur linge à la Southern Downs. Ce jour-là, c'était des nouveaux, la Snowflake. Ils viennent sans doute de se lancer.

Je m'efforçai de gommer toute trace d'excitation de ma voix. Je ne voulais surtout pas qu'elle commence à fabuler :

— Ils ont apporté du linge ou ils en ont emporté ?

— Apporté, dans un très grand panier. Bien plus grand que d'habitude.

— C'est miss Pebmarsh qui l'a pris ?

— Non, bien sûr que non, elle était déjà ressortie.

— Quelle heure était-il au juste, Geraldine ?

— 1 h 35 de l'après-midi. Je l'avais noté, s'écria-t-elle avec fierté.

Elle attrapa un petit carnet, l'ouvrit et pointa un doigt plutôt crasseux sur une note qui disait : *13 h 35, arrivée blanchisseur au n° 19*.

— Tu devrais faire carrière à Scotland Yard.

— Ils ont des femmes inspecteurs ? Ça me plairait assez. Je parle pas des femmes agents de police, hein ! Je trouve ça débile, les femmes agents de police.

— Tu ne m'as pas dit ce qui s'était passé au juste avec le panier de linge ?

— Il s'est rien passé, dit Geraldine. Le chauffeur est descendu, il a ouvert la camionnette, a sorti le panier et a fait le tour de la maison en titubant sous le poids pour aller jusqu'à la porte de derrière. Je pense pas qu'il ait pu entrer. Miss Pebmarsh doit la fermer à clef. Ce qui fait que, son panier, il a dû l'abandonner sur le pas de la porte avant de revenir.

— Il ressemblait à quoi ?

— Il avait l'air de tout le monde.

— Comme moi ?

— Oh ! non, beaucoup plus vieux que vous. Mais je ne l'ai pas vraiment bien vu parce que, pour arriver à la maison, il est passé par là…

Elle se pencha et me montra la rue à main droite :

— Il est allé se garer devant le n° 19 en roulant en sens interdit. Mais dans une rue comme ça, c'est pas grave. Et puis il a passé le portail plié en deux sur son panier. Je lui voyais seulement la nuque et, quand il est ressorti, il s'essuyait la figure. Je suppose que ça l'avait mis en nage de trimballer ce panier.

— Et puis il est reparti ?

— Oui. Pourquoi ça vous intéresse tant que ça ?

— Bah ! je me disais que, lui, il avait peut-être vu quelque chose d'intéressant.

Ingrid ouvrit la porte en grand. Elle poussait une table roulante.

— Le dîner, on manger maintenant ! s'exclama-t-elle en hochant la tête d'un air radieux.

— Chouette ! applaudit Geraldine. Je meurs de faim.

Je me levai :

— Il faut que j'y aille. Au revoir, Geraldine.

— Au revoir. Et ce truc-là, alors ? fit-elle en brandissant le couteau à fruits. Il est pas à moi.

Sa voix prit des intonations mélancoliques :

— J'aurais pourtant bien aimé qu'il le soit.

— J'ai comme l'impression qu'il n'appartient à personne, fis-je d'un ton léger.

— Ce qui fait qu'on pourrait peut-être le considérer comme un de ces machins qu'on gagne à la chasse au trésor, quelque chose comme ça ?

— Oui, quelque chose comme ça, acquiesçai-je en souriant. Le mieux, ce serait que tu le gardes. Enfin, jusqu'à ce que quelqu'un vienne te le réclamer. Mais entre nous, avouai-je, ça m'étonnerait que le cas se présente.

— Va me chercher une pomme, Ingrid ! s'écria Geraldine.

— Pomme ? Quoi être pomme ?

— *Apple ! Apfel !*

Je les abandonnai à leurs démêlés linguistiques.

26

Mrs Rival poussa la porte du *Peacock's Arms* et tangua en direction du bar. Elle marmonnait des imprécations. Habituée des lieux, elle bénéficia d'un accueil chaleureux de la part du barman :

— Comment va, Flo ? Ben, dis-moi, ma grosse, ça a pas l'air de gazer comme tu veux ?

— Ça se fait pas, grommela Mrs Rival. C'est pas honnête. Non, ça se fait pas. Je sais de quoi je parle, Fred, et je te dis que ça se fait pas.

— C'est sûr que c'est pas honnête, convint à tout hasard Fred sur un ton apaisant. Qu'est-ce qui l'est encore de nos jours, je voudrais bien le savoir ! Comme d'habitude, ma poulette ?

Mrs Rival hocha la tête en signe d'assentiment. Elle paya sa consommation et entreprit de la siroter tandis que Fred allait s'occuper d'un autre client. Son verre parut la rasséréner un peu. Elle continuait de marmonner mais sur un ton moins sombre. Quand Fred fut de retour près d'elle, elle lui parla plus calmement :

— N'empêche que je vais pas encaisser ça sans broncher. Ça non, pas question. S'il y a une chose que je nc supporte pas, c'est qu'on se paie ma poire.

Je peux pas blairer qu'on me mène en bateau, j'ai jamais pu.

— Je me mets à ta place, hasarda Fred.

Il la surveillait du coin de l'œil. « Elle a déjà un coup dans l'aile, jaugea-t-il. Mais, bah ! elle peut encore s'en jeter un ou deux derrière la cravate. Ce qu'il y a de sûr, c'est qu'elle est en pétard. »

— Le mensonge, gronda Mrs Rival. La prévari… prévari… je trouve plus le mot, mais tu le connais, toi, Fred.

— Bien sûr, acquiesça Fred.

Il se retourna saluer une vieille connaissance. Les contre-performances de certains lévriers furent doctement évoquées. Mrs Rival continuait de marmonner :

— J'aime pas ça et je ne me laisserai pas faire. Ah non ! Si les gens s'imaginent qu'on peut me traiter comme ça, ils se fourrent le doigt dans l'œil. Non, ils se le fourrent jusqu'au coude. Parce que ça se fait pas et si on se défend pas soi-même, personne le fera à votre place. Donne-m'en un autre, mon loup, ajouta-t-elle d'une voix plus forte.

Fred s'exécuta.

— Je rentrerais chez moi après celui-là, si j'étais toi, lui conseilla-t-il néanmoins.

Il se demandait ce qui avait bien pu la contrarier à ce point-là. Cette brave vieille Flo… Elle avait pourtant sacrément bon caractère. C'était le genre bonne pâte, avec toujours le mot pour rire.

— Tu comprends, Fred, ça risque de me flanquer dans le pétrin. Quand on vous demande de faire un truc, on devrait rien vous cacher. On devrait vous expliquer honnêtement le comment et le pourquoi. Des menteurs. Des sales menteurs, voilà ce que j'en pense. Mais ça ne se passera pas comme ça.

— Si j'étais toi, je rentrerais chez moi, insista Fred en remarquant la larme qui se formait au bord des cils englués de mascara. Il va pas tarder à pleuvoir, et ça va tomber des hallebardes. Tu vas abîmer ton joli chapeau.

Mrs Rival lui adressa un petit sourire reconnaissant :

— J'ai toujours aimé les coquelicots et les bleuets. Oh ! bon sang, si seulement je savais quoi faire au juste !

— Rentrer à la maison et piquer un petit roupillon, lui conseilla gentiment le barman.

— Oui, peut-être bien, mais…

— Allons, allons, tu n'as pas envie de fiche en l'air ton beau chapeau…

— T'as raison, opina pâteusement Mrs Rival. T'as tout à fait raison. C'est une pensée profuse que t'as là, mon p'tit Fred… Une pensée profu… non, c'est pas profuse que je veux dire… qu'est-ce que je veux dire, hein ?

— C'est une pensée profonde que tu as là, mon petit Fred.

— Voilà, merci beaucoup.

— De rien, affirma Fred.

Mrs Rival se laissa glisser de son tabouret de bar et se dirigea vers la sortie d'un pas mal assuré.

— J'ai comme l'impression que ce soir notre Flo n'est pas dans son assiette, commenta un des clients.

— D'habitude, c'est plutôt la fille rigolote, mais bon, chacun a ses hauts et ses bas, soupira un autre client, individu à la mine lugubre.

— Celui qui m'aurait dit que Jerry Grainger arriverait cinquième, et loin derrière Queen Caroline, décréta le premier qui avait parlé, je lui aurais ri au nez. M'est avis qu'il y a entourloupe par là-dessous. Les courses sont plus ce qu'elles étaient. Ils les dopent, les chevaux, voilà ce qu'ils font. Tous autant qu'ils sont.

Mrs Rival était sortie du *Peacock's Arms*. Elle leva un regard dubitatif vers le ciel. Oui, peut-être bien qu'il allait pleuvoir. Elle descendit la rue en pressant un peu le pas, tourna à gauche, puis à droite et s'arrêta devant une maison passablement délabrée. Comme elle montait les marches du perron en sortant sa clef, une voix lui parvint de l'entresol, une tête parut dans un entrebâillement de porte :

— Y a un monsieur qui vous attend là-haut.

— Moi ?

Mrs Rival parut un peu surprise.

— Oui, bien habillé et tout, mais bon, c'est pas le prince de Galles non plus, hein !

Mrs Rival parvint à trouver le trou de la serrure, tourna la clef et entra.

La maison sentait le chou, le poisson et l'eucalyptus. Dans le couloir, cette dernière odeur était pratiquement permanente. La logeuse de Mrs Rival croyait aux vertus des fumigations pour se protéger les bronches et commençait son traitement dès la mi-septembre. Mrs Rival escalada les marches en s'aidant des deux rampes. Elle ouvrit la porte du premier étage, entra et se figea :

— Oh ! c'est vous.

L'inspecteur Hardcastle se leva de la chaise sur laquelle il était assis :

— Bonsoir, Mrs Rival.

— Qu'est-ce que vous me voulez encore ? demanda Mrs Rival d'un ton plus brutal que si elle avait été dans son état normal.

— Eh bien, j'avais des affaires à régler à Londres, et puis il fallait que j'éclaircisse un ou deux détails avec vous. Je suis donc venu ici en espérant vous y trouver. La… la dame en bas avait l'air d'estimer que vous ne tarderiez pas.

— Ah ! dit Mrs Rival. Je ne vois pas très bien… je…

L'inspecteur Hardcastle lui avança une chaise.

— Asseyez-vous donc, lui offrit-il le plus courtoisement du monde.

Les rôles étaient inversés, on aurait dit qu'il habitait là et que c'était elle qui lui rendait visite. Mrs Rival s'assit. Elle le dévisagea, les yeux quelque peu exorbités :

— Qu'est-ce que vous vouliez dire avec vos un ou deux détails ?

— Bah ! ce ne sont que des broutilles, mais des broutilles qui font mauvais effet.

— Vous voulez dire… au sujet de Harry ?

— Oui, c'est bien ça.

— Ecoutez-moi voir ! lança Mrs Rival, incapable de contrôler son agressivité, tandis que des effluves alcoolisés parvenaient aux narines de Hardcastle.

Harry, pour moi, c'est de l'histoire ancienne. Je ne veux plus y penser. Je suis venue vous trouver, pas vrai, quand j'ai vu sa photo dans le journal ? Je suis venue vous trouver et je vous ai tout déballé sur son compte. Seulement ça remonte à loin et je n'ai plus envie de remuer le passé. Je ne peux rien vous dire de plus. Je vous ai raconté tout ce dont je me souvenais et je ne veux plus en entendre parler.

— Il s'agit d'un tout petit détail, insista Hardcastle.

Il avait parlé d'une voix douce, et comme s'il cherchait à s'excuser.

— Bon, très bien, acquiesça Mrs Rival de mauvaise grâce. Il s'agit de quoi ? Dites-le et qu'on en finisse.

— Vous avez identifié le cadavre comme étant celui de l'homme que vous aviez épousé il y a une quinzaine d'années. C'est bien cela ?

— Depuis le temps que vous êtes sur l'affaire, vous auriez au moins pu découvrir la date exacte.

« Plus délurée que je ne l'imaginais », songea l'inspecteur avant d'enchaîner :

— Vous avez parfaitement raison sur ce point. Nous avons vérifié. Vous vous êtes mariée le 15 mai 1948.

— Se marier au mois de mai, ça porte la poisse, grommela sombrement Mrs Rival. Et c'est vrai que ça m'a pas porté chance.

— Malgré le nombre d'années écoulées, vous avez identifié votre mari avec une remarquable aisance.

Embarrassée, Mrs Rival s'agita sur sa chaise :

— Il n'avait pas beaucoup changé. Il a toujours pris soin de lui, Harry.

— Et vous avez été jusqu'à nous fournir un complément d'identification. Vous m'avez écrit, il me semble, au sujet d'une cicatrice.

— C'est exact. Située derrière l'oreille gauche. Là.

Mrs Rival leva la main pour montrer l'endroit.

— Vous avez bien précisé derrière l'oreille gauche ?

— Eh bien…

Elle hésita un instant, puis :

— Oui, il me semble bien que oui. Oui, j'en suis certaine. Vous savez ce que c'est, quand on est pressé, on ne connaît plus sa droite de sa gauche, mais oui, bien sûr, c'était du côté gauche. Là.

Elle réitéra le geste précédent.

— Et il avait fait ça en se rasant, dites-vous ?

— C'est ça, oui. Un chien lui a sauté dessus. Un chien très turbulent qu'on avait à cette époque-là. Toujours dans nos jambes… affectueux comme tout, remarquez. Il a sauté sur Harry qui tenait son rasoir à la main et la lame est entrée profond. Ça a beaucoup saigné. Ça a cicatrisé mais la marque est restée.

Elle avait maintenant recouvré une bonne partie de son assurance.

— C'est un détail d'une importance considérable, Mrs Rival. Après tout, rien ne ressemble autant à un homme qu'un autre homme, surtout après que beaucoup d'eau a passé sous les ponts.

Or, non seulement cet homme ressemble comme deux gouttes d'eau à votre mari, mais il a pardessus le marché une cicatrice au même endroit… Avouez que cela réduit considérablement la marge d'erreur. Il semblerait donc que nous tenons réellement là du concret.

— Je suis contente que vous soyez content.

— Et cet accident avec le rasoir, ça s'est passé… quand ?

Mrs Rival réfléchit quelques secondes :

— J'ai l'impression que c'est arrivé… oh ! environ six mois après notre mariage. Oui, c'est ça. On a eu ce chien cet été-là, ça me revient tout d'un coup.

— Cela s'est donc passé en octobre ou novembre 1948. Nous sommes bien d'accord ?

— Absolument.

— Et après ça, votre mari vous a abandonnée en 1951…

— C'est plutôt moi qui l'ai fichu dehors, rectifia Mrs Rival avec dignité.

— D'accord. Comme vous voudrez. Bref, après que vous avez fichu votre mari dehors en 1951, vous ne l'avez plus jamais revu jusqu'au jour où vous avez remarqué sa photo dans le journal ?

— Oui. C'est bien ce que je vous ai dit.

— Et vous en êtes bien sûre, Mrs Rival ?

— Evidemment que j'en suis sûre. Je n'ai plus jamais posé les yeux sur Harry Castleton avant de le voir à la morgue.

— C'est bizarre, vous savez, Mrs Rival. Vraiment très bizarre.

— Pourquoi… qu'est-ce que vous voulez dire ?

— Eh bien, c'est un drôle de machin, le tissu cicatriciel. Bien sûr, ça ne nous dit rien à vous et à moi. Une cicatrice est une cicatrice. Mais les médecins, eux, sont capables de la faire parler. Ils peuvent nous signaler en gros *depuis quand* un individu a une cicatrice.

— Je ne comprends pas où vous voulez en venir.

— Tout bonnement à ceci, Mrs Rival. D'après le médecin légiste, cette cicatrice derrière l'oreille de votre mari ne remonte pas à plus de cinq ou six ans.

— C'est idiot ! s'emporta Mrs Rival. Je n'en crois pas un mot. Je… personne ne peut dire. De toute façon, ça n'était pas quand…

— Aussi, voyez-vous, poursuivit Hardcastle d'une voix douce, si cette blessure n'a cicatrisé qu'il y a cinq ou six ans, cela signifie que, dans la mesure où cet homme était bien votre mari, il n'avait pas de cicatrice quand il vous a quittée en 1951.

— Peut-être qu'il n'en avait pas. Mais c'était quand même bien Harry.

— Mais vous ne l'avez jamais revu depuis, Mrs Rival. Et si vous ne l'avez jamais revu, comment pouviez-vous savoir qu'il s'était fait une cicatrice il y a cinq ou six ans ?

— Vous embrouillez tout ! s'écria Mrs Rival. Vous embrouillez tellement tout que je ne sais plus où j'en suis. Peut-être que ça ne remonte pas à aussi loin que 1948… On ne peut pas tout se rappeler. En tout cas, Harry avait cette cicatrice et je le sais.

— Je vois, fit Hardcastle en se levant. Et je pense que vous devriez réfléchir très soigneusement, Mrs Rival. Vous n'avez pas envie d'avoir de gros ennuis, non ?

— Qu'est-ce que vous voulez dire, avoir de gros ennuis ?

— Eh bien, mais… pour faux témoignage, bien sûr, s'excusa presque Hardcastle.

— Un faux témoignage ! Moi !

— Et c'est un délit sévèrement puni par la loi. Ça pourrait même vous conduire en prison. L'autre jour, lors de l'enquête du coroner, vous n'avez pas eu à prêter serment, mais dans un tribunal, ce sera différent. Voilà pourquoi je vous demande de bien réfléchir, Mrs Rival. Se pourrait-il que quelqu'un… vous ait suggéré de nous raconter cette histoire de cicatrice ?

Mrs Rival sauta sur ses pieds. Elle se dressa de toute sa taille et ses yeux lancèrent des éclairs. L'espace d'un instant, elle fut splendide :

— Je n'ai jamais rien entendu d'aussi stupide ! D'aussi absolument stupide ! J'ai essayé de faire mon devoir. Je suis venue vous trouver pour vous aider, et je vous ai raconté tout ce dont je me souvenais. Si j'ai fait une erreur, ça n'a rien d'extraordinaire. Après tout, je suis au contact de pas mal de… de messieurs avec lesquels je me lie d'amitié et il peut m'arriver parfois de me tromper. Mais là, je suis formelle. Cet homme était Harry, et Harry avait une cicatrice derrière l'oreille gauche, ça j'en suis sûre et certaine. Et maintenant, inspecteur Hardcastle, peut-être que vous feriez bien de vous en aller plutôt que de rester chez moi à insinuer que j'ai raconté des mensonges.

Hardcastle se leva aussitôt :

— Bonsoir, Mrs Rival. Réfléchissez. Un point, c'est tout.

Mrs Rival rejeta la tête en arrière et regarda Hardcastle se diriger vers la porte. Dès qu'il fut sorti, son attitude changea du tout au tout. Sa belle arrogance ne fut bientôt plus qu'un souvenir. Elle se tassa sur elle-même, effrayée, épouvantée.

— M'avoir fourrée dans un pétrin pareil, marmonna-t-elle. M'avoir fourrée dans un pétrin pareil. Oh ! mais ça ne va pas se passer comme ça. Je n'ai pas... je n'ai pas... je n'ai pas l'intention de payer les pots cassés, moi. M'avoir raconté ces salades, m'avoir menti comme ça, m'avoir menée en bateau... C'est monstrueux. Absolument monstrueux. Et je ne vais pas me priver de le lui dire.

Les jambes de plus en plus flageolantes, elle arpenta un bon moment sa chambre en tous sens, puis, prenant une décision soudaine, elle empoigna un parapluie posé dans un coin et ressortit. Elle descendit la rue, hésita devant une cabine téléphonique et poussa jusqu'à la poste. Là, elle demanda de la monnaie et entra dans une des cabines. Elle appela les renseignements, demanda un numéro à l'opératrice et attendit.

— C'est à vous. Votre correspondant est en ligne.

Elle haleta :

— Allô !... oh ! c'est vous ? Flo à l'appareil. Oui, je sais que vous m'avez dit de ne pas appeler mais il a bien fallu. Ça n'a pas été correct, votre façon de vous conduire avec moi. Vous ne m'avez jamais dit dans quoi je mettais les pieds. Vous m'avez seulement raconté que ce serait embarrassant pour vous que ce type soit identifié. Jamais je n'aurais cru que je risquais d'être impliquée dans une histoire de meurtre… Oui, bien sûr, c'est ce que vous m'aviez dit, mais ce n'est en tout cas pas ce qui s'est passé… Oui, parfaitement. Et je pense que vous êtes bel et bien pour quelque chose dans ce meurtre… Oui, eh bien je ne vais pas payer les pots cassés à votre place, c'est moi qui vous le dis… Ce n'est pas rien que de se retrouver complice… Complice à postère… à postère… le mot ne me revient pas, mais n'empêche que j'ai peur… Oui, j'ai peur. M'avoir demandé de leur écrire pour leur raconter ces salades à propos de cette cicatrice… Maintenant on m'annonce qu'elle est vieille d'un an ou deux, et moi qui jure mes grands dieux qu'il s'est coupé il y a quinze ans de ça… C'est un faux témoignage et ça peut me valoir de la prison. Non, c'est pas la peine d'essayer de me rouler dans la farine… Non… Rendre service est une chose… Je sais bien… Oui, je sais bien que vous m'avez payée pour le faire. Et pas tant que ça non plus… Bon, d'accord, je vous écoute, mais c'est pas pour ça que je vais… D'accord, d'accord, je me calme… Qu'est-ce que vous dites ?… Combien ?… Ça fait beaucoup d'argent. Mais qu'est-ce qui me dit que vous avez ça sur votre compte ?… Eh bien, oui, bien sûr, ça changerait pas mal de choses. Vous me jurez que vous n'avez rien à voir là-dedans ?… Je veux dire… que vous n'avez tué personne ?… Non, bien sûr, je sais bien que vous n'auriez jamais fait ça. Bien sûr, je comprends… Il arrive qu'on s'embarque dans une histoire avec des gens et puis… et puis ils vont plus loin que vous l'aviez imaginé mais ce n'est pas votre faute… C'est vrai que les choses paraissent toujours simples quand vous les expliquez… Ça a toujours été comme ça… Bon, d'accord, je vais y réfléchir, mais il faudrait que ce soit rapide… Demain ? Quelle heure ?… Oui… oui, je viendrai mais pas de chèque. Des fois qu'il soit sans provision… Je ne sais pas vraiment si je devrais accepter de continuer à marcher dans cette combine même si… Bon, d'accord. Bon, si c'est vous qui le dites… Mais non, je n'avais pas l'intention de me montrer mesquine… Bon, eh bien d'accord.

Elle sortit de la poste en tanguant d'un bord à l'autre du trottoir mais le sourire aux lèvres.

Pour une somme pareille, ça valait le coup d'avoir quelques ennuis avec la police. Ça lui mettrait sérieusement du beurre dans ses épinards. Et ça ne lui ferait pas courir tellement de risques, au bout du compte. Il lui suffirait de prétendre qu'elle avait oublié ou qu'elle n'arrivait plus à se souvenir au juste. Des tas de femmes ne se rappelaient pas de trucs qui ne remontaient qu'à l'année précédente. Elle n'aurait qu'à leur expliquer qu'elle se mélangeait les pinceaux entre Harry et un autre type. Oh ! il y avait des tas de choses qu'elle trouverait à leur dire.

Mrs Rival était une créature à l'humeur changeante. Elle passait en un clin d'œil de la dépression la plus noire à l'euphorie la plus complète. Elle entreprit de réfléchir avec infiniment de sérieux et d'application aux premières dépenses qu'elle pourrait faire sitôt qu'elle aurait touché l'argent.

27

RECIT DE COLIN LAMB

— Vous n'avez pas tiré grand-chose de cette Mrs Ramsay, se plaignit le colonel Beck.

— Il n'y avait pas grand-chose à en tirer.

— Vous en êtes sûr ?

— Certain.

— Elle n'était pas membre actif ?

— Ni membre ni actif.

Beck m'étudia avec attention.

— Satisfait de votre enquête ? s'enquit-il enfin.

— Pas vraiment.

— Vous en attendiez davantage ?

— Il reste des trous.

— Il nous faudra donc chercher ailleurs… laisser tomber vos « crescents » et autres « croissants », pas vrai ?

— Oui.

— Vous êtes bien monosyllabique. Vous avez la gueule de bois ?

— Je ne suis plus fichu de faire ce métier, déclarai-je en pesant mes mots.

— Vous voulez que je vous tapote le crâne en vous disant « Allons, allons » ?

Je ne pus m'empêcher de rire.

— C'est mieux, approuva Beck. Et maintenant, de quoi s'agit-il ? Peine de cœur, j'imagine.

Je secouai la tête :

— Ça couve depuis un certain temps.

— Je l'avais remarqué, reconnut Beck sans détour. Le monde aujourd'hui est dans une situation confuse. Les enjeux sont moins clairs qu'ils ne l'étaient naguère. Quand le découragement s'installe, c'est comme une décomposition sèche. Les champignons croissent et se multiplient à l'intérieur des murs qu'ils finissent par désagréger ! Si c'est bien votre cas, c'en est fini de votre utilité. Vous nous avez fait du travail de tout premier ordre, mon garçon. Satisfaites-vous de ça. Et retournez à vos satanées algues.

Il marqua un temps, puis :

— Vous aimez vraiment ces affreuses choses gluantes, hein ?

— C'est un sujet qui me passionne et me comble.

— Moi, il m'écœurerait ! Ah ! des goûts et des couleurs… L'infinie variété de la nature… Et que devient votre crime cousu de fil blanc ? Je vous parie que c'est la fille qui a fait le coup.

— Vous vous trompez, grondai-je.

Beck me menaça de son index avec des airs de vieil oncle débonnaire :

— Ecoutez bien ce que je vais vous dire : « Toujours prêt ». Et je ne l'entends pas dans le sens où les scouts l'utilisent habituellement.

Je descendis Charing Cross Road plongé dans mes pensées.

Arrivé au métro, j'achetai un journal.

J'y lus qu'une femme, censée prise de malaise dans la cohue de l'heure de pointe la veille au soir à la gare de Victoria, avait été transportée à l'hôpital. Dès son arrivée, on avait découvert qu'elle avait en réalité été poignardée. Elle était morte sans avoir repris connaissance.

Elle s'appelait Mrs Merlina Rival.

Je composai le numéro de Hardcastle.

— C'est parfaitement exact, me confirma-t-il.

Sa voix, au bout du fil, était dure et amère :

— Je lui avais rendu visite avant-hier soir. Et je lui avais annoncé que son histoire de cicatrice ne tenait pas la route. Que le tissu cicatriciel était relativement récent. C'est drôle, les bourdes que les gens peuvent commettre. Cette manie qu'ils ont d'en rajouter. Quelqu'un avait payé cette femme pour qu'elle identifie le cadavre comme étant celui de son mari qui l'a laissée choir il y a des années.

Elle s'en était sortie comme un chef. Je m'y étais laissé prendre. Et puis l'instigateur a voulu se montrer un tout petit peu trop intelligent. Si elle se rappelait cette cicatrice *après coup*, ça emporterait la conviction et réglerait le problème de l'identification. Tandis que si elle avait tout de suite placé son histoire de cicatrice, ça risquait de paraître suspect.

— Donc Merlina Rival était plongée dans cette histoire jusqu'au cou ?

— Figure-toi que j'en douterais plutôt. « Imagine en revanche qu'un de ses vieux copains, ou une relation quelconque, soit venu la trouver et lui ait dit : « Ecoute, je suis salement embêté. Un type avec lequel j'étais en affaire vient de se faire descendre. Si par malheur il est identifié et si on découvre nos magouilles, c'est la fin des haricots. Au lieu de quoi si tu te pointes et que tu jures tes grands dieux qu'il s'agit de ton salopard de mari, Harry Castleton, qui s'est fait la malle il y a des années, toute l'affaire part en eau de boudin. »

— Elle aurait quand même tiqué… objecté que c'était trop risqué.

— Auquel cas l'individu en question l'aura rassurée : « Trop risqué, comment ? Au pire, tu te seras trompée. Au bout de quinze ans, n'importe qui peut se tromper. » Et sans doute qu'à ce moment-là une petite somme d'argent aura été mentionnée. Ce qui fait qu'elle aura dit OK, qu'elle n'était pas femme à refuser un service ! Et aura tenu parole.

— Sans se douter de rien ?

— Elle n'était pas du genre méfiant. Après tout, bon sang de bonsoir, chaque fois qu'on arrête un meurtrier, il se trouve des gens qui l'avaient bien connu et qui n'arrivent pas à imaginer qu'il ait pu faire une chose pareille !

— Qu'est-ce qui s'est passé quand tu es allé la voir ?

— Je lui ai flanqué la frousse. Après mon départ, elle a fait exactement ce que je pensais qu'elle allait faire : elle a tenu à contacter l'homme ou la femme qui l'avait mise dans ce pétrin. Je la faisais bien évidemment filer. Pour passer son coup de téléphonc, elle s'est rendue à la poste. Pas de chance, je pensais qu'elle utiliserait la cabine à côté de chez elle. Mais elle avait besoin de monnaie. Quand elle est ressortie de la poste, elle avait l'air très contente d'elle. On l'a gardée sous surveillance, mais bon, il ne s'est rien passé d'intéressant avant hier soir. Là, elle s'est rendue à la gare de Victoria et a pris un billet pour Crowdean. Il était 18 h 30, l'heure de pointe. Elle ne se méfiait pas. Elle se rendait à son rendez-vous à Crowdean. Mais le fieffé salaud, mâle ou femelle, avait une longueur d'avance sur elle. Rien de plus facile que de se plaquer au dos de quelqu'un dans la cohue et de lui enfoncer une lame entre les côtes… Elle ne s'est sans doute même pas rendu compte qu'elle avait été poignardée. Les gens ne s'en aperçoivent pas souvent, tu sais. Rappelle-toi le cas de Barton, dans le hold-up du gang Levitti. Il a descendu toute une rue avant de s'écrouler. Juste une douleur aiguë… et puis tu crois que c'est passé. Mais ça n'est pas passé du tout. Tu n'es plus qu'un cadavre ambulant qui s'ignore.

» Bon Dieu de bon Dieu de bon Dieu ! conclut-il.

— As-tu… vérifié les emplois du temps… de tout le monde ?

Il avait fallu que je pose la question. Je n'avais pas pu m'en empêcher.

La réponse fusa, sèche et cinglante :

— La Pebmarsh a passé la journée d'hier à Londres. Elle avait des affaires à régler pour son institut et elle est rentrée à Crowdean par le train de 19 h 40.

Il s'interrompit, puis reprit :

— Et Sheila Webb est allée corriger un manuscrit avec un auteur étranger de passage à Londres et en partance pour New York. Il était 17 h 30 environ quand elle a quitté le *Ritz*, et elle est allée – seule – au cinéma avant de rentrer.

— Ecoute-moi bien, Hardcastle. J'ai quelque chose pour toi. Garanti par un témoin oculaire. Le 9 septembre à 13 h 35, une camionnette de blanchisserie s'est arrêtée devant le 19, Wilbraham Crescent. L'homme qui la conduisait a livré un gros panier à linge qu'il est allé déposer derrière la maison. C'était un panier à linge particulièrement lourd et volumineux.

— Une blanchisserie ? Quelle blanchisserie ?

— La Snowflake. Tu en as déjà entendu parler ?

— *A priori*, je ne vois pas. Des blanchisseries, il en ouvre tous les jours et c'est un nom assez banal pour une blanchisserie.

— Et bien... lance des recherches. Un *homme* était au volant... et un *homme* a transbahuté le panier.

La voix de Hardcastle monta d'un ton, brusquement soupçonneuse :

— Tu n'es pas en train d'inventer ça, Colin ?

— Non. Je t'ai dit que j'avais un témoin oculaire. Vérifie, Dick. Vas-y.

Je raccrochai pour couper court à ses questions.

Puis je sortis de la cabine et jetai un coup d'œil à ma montre. Il me restait beaucoup à faire – et je tenais à ce que Hardcastle n'ait aucun moyen de me joindre. J'avais mon avenir à organiser.

28

RECIT DE COLIN LAMB

Cinq jours plus tard, je débarquai à Crowdean sur le coup de 11 heures du soir. Je me rendis tout droit à l'hôtel *Clarendon*, pris une chambre et montai me coucher sans plus tarder. Ma nuit précédente ayant été agitée, je fis quasiment le tour du cadran. Il était 10 heures moins le quart quand je me réveillai le lendemain matin.

Je fis monter du café, des toasts et le journal du jour. Ils arrivèrent accompagnés d'une grande enveloppe carrée. Les mots EN MAIN PROPRE en barraient le coin en haut à gauche.

Je l'examinai avec surprise. C'était inattendu. Le papier était épais et sans aucun doute coûteux, la suscription soignée.

Après l'avoir tournée et retournée en tous les sens, je finis par l'ouvrir.

A l'intérieur, il y avait une feuille de papier. Et les mots suivants y étaient tracés en lettres capitales :

CURLEW HOTEL 11 h 30
CHAMBRE 413
(Frapper trois coups)

Je la retournai – qu'est-ce que ça pouvait bien signifier ?

Je notai le numéro de la chambre – 413 –... ça rappelait les 4 h 13 des pendules. Coïncidence ? Ou *pas* coïncidence ?

Je songeai d'abord à passer un coup de fil à l'hôtel *Curlew*. Puis j'envisageai de faire appel à Dick Hardcastle. Je ne fis ni l'un ni l'autre.

Ma léthargie s'était envolée. Je me levai, me rasai, me lavai, m'habillai et allai à pied jusqu'au *Curlew* où j'arrivai pile à l'heure indiquée.

L'été était bien fini et, dans le hall, les clients se faisaient rares.

Je ne m'arrêtai pas à la réception, pris l'ascenseur pour atteindre le quatrième étage et foulai la moquette jusqu'au numéro 413.

Je restai un moment sur le seuil avant de me décider. Puis, me faisant l'impression d'un parfait imbécile, je frappai les trois coups.

— Entrez ! dit une voix.

Je tournai la poignée. Le verrou n'était pas mis. Je fis un pas en avant et restai figé net.

Je me trouvais devant la dernière personne au monde que je me serais attendu à trouver ici.

Assis dans un fauteuil, Hercule Poirot me faisait face, hilare :

— Pour une surprise, c'est une surprise, n'est-ce pas ? Mais agréable, j'espère.

— Poirot, espèce de vieux sagouin ! m'écriai-je. Comment diable vous êtes-vous *transporté* jusqu'ici ?

— A bord d'une limousine de chez Daimler. Parfaitement confortable, je me dois d'en convenir.

— Et qu'êtes-vous venu *faire* ici ?

— J'ai traversé des heures pénibles. Ils ont insisté, très lourdement insisté pour refaire la décoration de mon appartement. Vous imaginez mon désarroi : à quel saint me vouer ? Où aller ?

— Il existe des destinations diverses et variées, répliquai-je froidement.

— Peut-être, mais il m'a été suggéré par mon médecin que l'air de la mer serait éventuellement susceptible de me faire du bien.

— Un de ces médecins obligeants qui savent où leur patient a envie d'aller et lui conseillent donc de s'y rendre ! Alors c'est vous qui m'avez envoyé *ceci* ?

Je brandis la lettre que je venais de recevoir.

— Evidemment, qui d'autre ?

— Et c'est une coïncidence si on vous a réservé une chambre qui porte le numéro 413 ?

— Pas du tout. J'avais bien précisé que je voulais celle-là.

— Pourquoi ?

Poirot pencha la tête de côté. Ses yeux pétillaient :

— Parce que cela me semblait approprié.

— Et cette histoire de frapper trois coups ?

— Je n'ai pas pu résister. Si j'avais été en mesure d'y joindre un brin de romarin, une ode à Rosemary ou un cadran de pendule marquant 4 h 13, ç'eût été mieux encore. J'ai un instant songé à m'entailler le doigt pour laisser mon empreinte sanglante sur la porte. Mais trop, c'est trop. Et puis la plaie aurait pu s'infecter.

— Mon hypothèse la plus charitable est que vous êtes retombé en enfance, commentai-je, glacial. Cet après-midi, je sortirai vous acheter un ballon et un ours en peluche.

— J'ai l'impression que vous n'appréciez guère ma surprise. Me voir ne suscite chez vous ni manifestation de joie ni transport d'allégresse.

— Vous vous attendiez à ce que je vous saute au cou ?

— Pourquoi pas ? Allons, redevenons sérieux, maintenant que je vous ai joué ce petit tour de ma façon. Je pense pouvoir vous être de quelque utilité. J'ai appelé le chef de la police du comté qui s'est montré on ne peut plus aimable, et j'attends, pour l'heure, la visite de votre ami l'inspecteur Hardcastle.

— Et vous allez lui dire quoi ?

— J'avais dans l'idée que nous pourrions peut-être nous engager dans une petite conversation à trois.

Je le fixai en éclatant de rire. Qu'il appelle ça conversation, je n'avais personnellement rien contre. Mais ce que je savais d'expérience, c'est qui tiendrait le crachoir :

Hercule Poirot !

Hardcastle était là. Les présentations avaient été faites, les amabilités échangées, les verres et la boisson distribués. Nous étions maintenant confortablement installés et Dick jetait de temps à autre des coups d'œil furtifs à Poirot, de l'air d'un visiteur de zoo observant une nouvelle acquisition étrange autant qu'exotique. Je doute qu'il ait jamais rencontré quelqu'un comme Hercule Poirot !

Les politesses d'usage ayant été réitérées, Hardcastle s'éclaircit la voix.

— J'imagine, monsieur Poirot, préluda-t-il avec prudence, que vous voudrez voir… comment dire ?… l'ensemble des lieux par vous-même et avec un œil neuf ? Cela risque de poser quelques problèmes, mais enfin…

Il hésita :

— … Le chef de la police du comté m'a recommandé d'accéder à toutes vos demandes. Vous vous doutez bien cependant que nous rencontrerons des difficultés, que cela va soulever des objections, que certains pourront s'étonner. Mais comme vous vous êtes déplacé personnellement jusqu'ici…

Poirot l'interrompit – non sans une certaine froideur :

— Ce qui a provoqué ce déplacement, ce sont le ravalement de mon immeuble et la rénovation de mon appartement de Londres.

Je m'esclaffai et Poirot me jeta un regard de reproche.

— M. Poirot n'a nul besoin de se rendre sur les lieux, expliquai-je. Il a toujours clamé haut et fort que l'on pouvait tout régler du fond de son fauteuil. Mais ce n'est pas tout à fait exact, n'est-ce pas, Poirot ? Sinon, pourquoi êtes-vous venu jusqu'à nous ?

Poirot se drapa dans sa dignité :

— J'ai dit qu'il était inutile de se transformer en fox-hound, en saint-hubert, en chien courant qui s'agite en tous sens, prenant le vent et reniflant la piste. Mais j'ai toujours admis qu'à la chasse un chien était indispensable. Un chien d'arrêt, mon bon ami. Un excellent chien d'arrêt et de rapport.

Il se tourna vers l'inspecteur et se lissa la moustache d'un air satisfait :

— Laissez-moi vous dire que je ne suis pas, comme les Anglais, obsédé par les chiens. Personnellement, je peux m'en passer. Mais j'accepte néanmoins votre vision idéale de cet animal. L'homme aime et respecte son chien, il lui passe ses caprices, il vante son intelligence et sa sagesse auprès de ses amis. Seulement, figurez-vous que la relation peut très bien être inversée ! Le chien aime son maître, il lui passe ses caprices, il vante lui aussi ses qualités, sa sagacité, son intelligence. Et de même qu'un homme qui n'a pas vraiment envie de sortir secouera sa paresse parce que son chien adore aller se promener, de son côté le chien s'efforcera de donner à son maître ce que ce dernier désire le plus au monde.

» C'est ainsi qu'il en est allé avec mon jeune et excellent ami Colin ici présent. Il est venu me voir, non pas pour me demander de l'aider à régler son problème – cela, il s'estimait de taille à y parvenir lui-même et je pressens qu'il y a réussi –, mais parce qu'il s'inquiétait de ma solitude et de mon désœuvrement. Aussi m'a-t-il apporté une énigme dont il pensait qu'elle m'intéresserait et occuperait mes loisirs. Ce faisant il m'a mis au défi… au défi de mettre en pratique la méthode de travail que je lui avais si souvent vantée : résoudre l'énigme en temps voulu mais sans bouger de mon fauteuil. Il y avait peut-être bien, j'en suis conscient, un léger brin de malice – de malice innocente – dans ce défi. Il voulait, dirons-nous, me prouver que ce n'était après tout pas si facile. Mais oui, mon tout bon, et ne me dites pas le contraire ! Vous vouliez vous moquer de moi… oh, rien qu'un petit peu ! Je ne vous le reproche pas. Mais c'était bien mal connaître votre Hercule Poirot.

Il bomba le torse et tortilla sa moustache.

Je lui souris affectueusement :

— Tout cela est bel et bon. Et maintenant, donnez-nous la solution du problème… si vous l'avez.

— Mais bien sûr que je l'ai !

Hardcastle le dévisagea avec incrédulité :

— Vous voulez dire que vous savez qui a tué cet homme au 19, Wilbraham Crescent ?

— Absolument.

— Et aussi qui a tué Edna Brent ?

— Bien sûr.

— Vous connaissez l'identité du cadavre ?

— Je sais qui il doit être.

Hardcastle affichait une mine profondément dubitative. Songeant au chef de la police du comté, il demeura poli. Mais le scepticisme transparaissait dans sa voix :

— Je vous demande infiniment pardon, monsieur Poirot, mais vous prétendez savoir qui a tué trois personnes. Connaîtriez-vous aussi la raison de ces trois meurtres ?

— Oui.

— Vous voulez dire qu'on va pouvoir refermer le dossier ?

— Je n'irai pas jusque-là.

— Ce que vous voulez dire en somme, c'est que vous avez une intuition, décrétai-je assez méchamment.

— Nous n'allons pas nous quereller pour un mot, Colin, mon très cher. Je *sais*, un point c'est tout.

Hardcastle poussa un profond soupir :

— Le hic, monsieur Poirot, c'est qu'il me *faut* des preuves.

— Bien évidemment. Mais étant donné les moyens dont vous disposez, obtenir ces preuves ne devrait pas être la mer à boire.

— Je n'en suis pas si sûr.

— Voyons, inspecteur. Si vous savez... si vous *savez* vraiment... n'est-ce pas l'essentiel ? Ce premier pas franchi, la victoire n'est-elle pas pratiquement acquise ?

— Pas toujours, soupira Hardcastle. Les rues sont pleines de gens qui devraient être sous les verrous. Ils le savent et nous le savons.

— Bah ! cela ne représente guère qu'un très faible pourcentage...

Je perdis patience et explosai :

— Très bien. D'accord. Vous, vous *savez*. Et si vous nous mettiez au courant, *nous* aussi ?

— Je me rends bien compte, mon tout bon, que vous êtes toujours sceptique. Mais permettez-moi, en guise d'avant-propos, de vous préciser ceci : être *sûr* de ce qu'on avance revient à dire que, quand on a trouvé la solution, la seule, l'unique, toutes les pièces du puzzle ont du même coup trouvé leur place. Cela signifie en outre que les choses *n'auraient pas pu* se passer autrement.

— Bon sang de bonsoir, Poirot, m'exclamai-je, finissons-en ! Je suis prêt à reconnaître le bien-fondé de tout ce que vous voudrez.

Poirot se carra plus confortablement encore dans son fauteuil et tendit son verre à Hardcastle pour qu'il le lui remplisse :

— Il est un point essentiel, mes très chers, que je tiens à bien souligner. Qui veut résoudre un problème doit préalablement disposer de la totalité des *faits*. Pour cela, le chien dont je vous ai parlé est indispensable, le brave chien d'arrêt qui rapporte un par un les morceaux du puzzle et les dépose aux…

— … Aux pieds de son maître, grinçai-je. D'accord.

— On ne saurait résoudre une affaire du fond de son fauteuil en ne se fiant qu'à la seule lecture des journaux. Car les faits dont on dispose doivent être exacts, or les journaux brillent rarement – si toutefois ils le font jamais – par l'exactitude de leurs renseignements. Ils sont capables de vous rapporter qu'un événement a eu lieu à 4 heures de l'après-midi alors qu'il s'est produit à 4 heures et quart, ils impriment sans sourciller qu'Untel avait une sœur qui s'appelait Elizabeth alors qu'il s'agissait de sa belle-sœur et qu'elle se prénommait Alexandra. J'en passe et des meilleures. Mais je tiens en la personne de Colin ici présent un chien tout à fait remarquable… et que ses qualités ont d'ailleurs conduit très loin dans sa carrière personnelle. Il a toujours eu une mémoire étonnante. Il peut vous répéter mot pour mot des conversations qui ont eu lieu plusieurs jours auparavant. Il vous les rapporte avec précision – sans les transposer, comme cela nous arrive à tous, en fonction de leurs conséquences immédiates ou des sentiments qu'elles *lui* ont inspirés. Pour vous en donner un exemple, il ne vous dira jamais « Le courrier est arrivé à 11 h 20 », mais il rapportera les faits, à savoir qu'on a frappé à la porte et que quelqu'un est entré portant des lettres à la main. Tout ceci est d'une importance extrême. Cela signifie qu'il a entendu ce que j'aurais moi-même entendu et vu ce que j'aurais vu moi-même.

— Sauf que ce pauvre chien n'a pas été capable d'en tirer les conclusions qui s'imposaient ?

— J'ai ainsi, dans la mesure du possible, été mis au courant des faits. Je suis donc maintenant « au parfum », comme disent d'aucuns. C'est une expression du milieu, non ? « Mettre quelqu'un au parfum. » La première chose qui m'a frappé quand Colin m'a raconté cette histoire, c'est son côté d'un romanesque débridé, pour ne pas dire d'un fantastique achevé. Quatre pendules, toutes en avance d'une heure environ sur l'heure exacte et introduites dans la maison sans que la propriétaire des lieux en sache rien – ou du moins le *prétend-elle*. Car on ne doit, convenons-en, jamais prendre pour argent comptant ce qu'on n'a pas soigneusement vérifié soi-même.

— Vous fonctionnez sur le même mode que moi, approuva Hardcastle.

— Sur le sol est étendu le cadavre d'un homme d'un certain âge et d'allure respectable. Personne ne sait de qui il s'agit – ou, encore une fois, c'est ce que l'on *prétend*. Dans sa poche, il y a une carte de visite au nom de Mr R. H. Curry, compagnie d'assurances Metropolis, 7, Denvers Street, Londres W2. Mais il n'existe pas de compagnie d'assurances Metropolis. Il n'y a pas de Denvers Street non plus, et de Mr Curry pas davantage. Voilà des preuves – certes négatives, mais preuves tout de même. Examinons la situation plus avant. A 13 h 49, le téléphone sonne, semble-t-il, dans une agence de travaux de secrétariat, et une miss Millicent Pebmarsh demande à ce qu'on lui envoie pour 15 heures une sténodactylo au 19, Wilbraham Crescent. Elle insiste pour qu'il s'agisse d'une miss Sheila Webb. Miss Webb est dépêchée sur les lieux. Elle arrive là-bas quelques minutes avant 15 heures, se rend – suivant en cela les instructions reçues – dans le salon, y découvre un cadavre sur le parquet et se précipite dehors en hurlant. Elle s'y précipite d'ailleurs, notons-le au passage, dans les bras d'un sémillant jeune homme.

Poirot marqua une pause. Je m'inclinai bien bas.

— Entrée en scène de notre jeune héros, ironisai-je.

— Vous voyez bien, souligna Poirot. Même vous, vous ne pouvez vous retenir d'adopter un ton mélodramatique en en parlant. Toute cette histoire est mélodramatique, fantasmagorique et complètement chimérique. On y relève le genre de péripéties qui pourraient survenir dans les écrits de gens du type Garry Gregson. Il n'est pas inutile de mentionner que quand mon jeune ami est arrivé pour me raconter son histoire, j'étais embarqué dans une étude exhaustive des auteurs de romans policiers qui ont exercé leurs talents au cours des soixante dernières années. Très intéressant. Ce faisant, on en vient presque à considérer les crimes d'aujourd'hui à la lumière de la fiction. Si par exemple je remarquais qu'un chien n'avait pas aboyé, je me disais : « Ah ! Un crime à la Sherlock Holmes ! » De même, si on découvrait un cadavre dans une chambre close, je songeais : « Tiens ! du Dickson Carr ! » Quant à ma chère amie Mrs Oliver, si je notais… mais ne nous égarons pas. Vous comprenez où je veux en venir ? Nous nous trouvons en présence d'un crime commis dans des circonstances tellement extravagantes qu'on se dit immédiatement : « Ce bouquin pèche par manque de réalisme. C'est n'importe quoi. » Seulement ce jugement lapidaire ne vaut hélas pas ici, car nous sommes cette fois dans la *réalité*. Les choses se sont bel et bien *passées* ainsi. Voilà qui donne donc furieusement à réfléchir, vous ne trouvez pas ?

Hardcastle ne l'aurait pas dit comme ça, mais il partageait pleinement ce sentiment et opina vigoureusement du bonnet. Poirot continua :

— Nous nous trouvons à l'extrême opposé du style de Chesterton : « Où cacheriez-vous une feuille ? Dans la forêt. Un galet ? Sur la plage. » Ici, nous nageons au contraire dans l'excès, la fantaisie, le mélodrame ! Et quand, paraphrasant Chesterton, je m'interroge : « Où une femme vieillissante peut-elle bien cacher sa beauté déclinante ? », je ne réponds pas : « Au milieu d'autres femmes à la beauté déclinante. » Pas du tout. Elle se cache sous le maquillage, sous le rouge et le mascara, elle se drape dans d'ensorcelantes fourrures, s'entoure le cou de mille et un colliers et accroche des pendentifs à ses oreilles. Vous me suivez ?

— Eh bien… murmura l'inspecteur, essayant vainement de dissimuler qu'il perdait pied.

— Parce que, voyez-vous, les gens regarderont les fourrures, les bijoux, la coiffure élaborée, la robe de haute couture, et ils en oublieront de regarder la femme elle-même ! Ce qui m'a amené à me dire – et d'ailleurs à glisser à mon ami Colin : Pour que le meurtrier ait mis en place tout cet extravagant dispositif à seule fin de distraire l'attention, c'est que la solution doit être vraiment très simple. Ne vous l'ai-je pas dit, Colin ?

— Si, admis-je. Mais je ne vois toujours rien qui vienne confirmer cette assertion.

— Patience et longueur de temps… Mais enfin, bref, écartons donc tous les *leurres* et concentrons-nous sur l'*essentiel*. Un homme a été tué. Pourquoi a-t-il été tué ? Et d'abord qui était-il ? La réponse à la seconde question nous donnera la solution de la première. Et tant que nous n'aurons pas répondu à ces deux questions nous n'avancerons pas. Il avait pu être maître chanteur, escroc, voleur à l'américaine, mari exécré d'une épouse dont il menaçait d'attenter à la vie. Nous n'avions que l'embarras du choix. Cependant, plus j'accumulais d'informations, plus les témoins s'accordaient à le décrire comme un homme d'un certain âge, certes, mais ne manquant ni d'élégance ni de raffinement, possédant l'air « éminemment respectable » d'une personne « bien sous tous rapports ». Et brusquement je me suis dit : « Tu prétends que ce crime est la simplicité même ? Très bien, démontre-le. Et admets du même coup que cet individu ait été *très exactement ce qu'il paraissait* : « un homme de bien, un monsieur ».

Il regarda l'inspecteur :

— Vous me suivez ?

— Eh bien… répéta l'inspecteur avant de sombrer dans un silence de bon aloi.

— Nous voici avec un homme bien sous tous rapports dont *quelqu'un* a estimé nécessaire de se débarrasser. Qui donc ? Là, nous pouvons enfin rétrécir quelque peu le champ de nos recherches. Nous disposons de ce qui est de notoriété publique : miss Pebmarsh, ses habitudes et son emploi du temps, d'une part – l'agence Cavendish et une jeune fille qui y travaille et s'appelle Sheila Webb, de l'autre. J'ai donc dit à mon ami Colin : « Les voisins. Il faut que vous alliez *parler* avec eux. Que vous les ameniez à se confier, à s'épancher. Il faut vous intéresser à leurs antécédents. Mais, pardessus tout, il importe de les inciter au bavardage. Parce qu'en bavardant vous obtiendrez d'eux bien davantage que les réponses à vos questions : les gens qui bavardent sans trop songer à ce qu'ils disent laissent souvent échapper ce qu'ils prendraient bien garde de vous taire autrement. »

— Admirable système dans son principe, concédai-je. Mais qui ne s'est hélas pas révélé concluant dans le cas qui nous occupe.

— Bien sûr que si, mon cher et bon ami. Une petite phrase est tombée. Une petite phrase d'une importance inestimable.

— Laquelle ? m'écriai-je. Qui l'a prononcée ? Et quand ?

— Chaque chose en son temps, mon tout bon.

— Vous en étiez… monsieur Poirot ? intervint Hardcastle pour le ramener à son sujet.

— Si vous tracez un cercle autour du n° 19, il est clair que quiconque se trouvait à l'intérieur de ce cercle aurait pu tuer Mr Curry. Mrs Hemming, les Bland, les McNaughton, miss Waterhouse. Plus compromis encore sont bien évidemment ceux qui avaient pris position dans la place. Miss Pebmarsh, qui aurait pu le supprimer avant de sortir aux alentours de 13 h 35, et miss Webb, qui aurait pu lui donner rendez-vous là et l'y tuer avant de se précipiter dehors pour donner l'alarme.

— Ah ! Vous en venez enfin aux choses sérieuses, se réjouit Hardcastle.

— Et, bien sûr, poursuivit Poirot en se tournant brusquement vers moi, il y a *vous*, mon cher Colin. Vous étiez aussi pour ainsi dire dans la place. En train de chercher un numéro élevé dans le secteur des plus bas.

— Il ne manquait plus que ça ! m'écriai-je au comble de l'indignation. Qu'est-ce que vous allez encore trouver à nous sortir après ce genre d'énormité ?

— Moi, je n'ai jamais caché le fond de ma pensée ! lança Poirot avec panache.

— Et dire que c'est *moi* qui suis venu vous apporter cette affaire sur un plateau !

— Les assassins se laissent souvent aveugler par leur orgueil et leur présomption, décréta Poirot. Sans compter que vous pouviez trouver plaisir à… à me mener en bateau et à rire à mes dépens.

— Si vous continuez comme ça, vous allez finir par me convaincre moi-même de ma culpabilité !

Je commençais néanmoins à me sentir mal à l'aise.

Poirot se tourna vers Hardcastle :

— Nous avons affaire ici, me suis-je donc fait la réflexion, à un crime dont l'essence même est la simplicité. La présence de ces pendules incongrues, ces cadrans indiquant une bonne heure de plus qu'il n'était réellement, l'ensemble de cette mise en scène ostensiblement destinée à préparer la découverte du cadavre, tout ceci doit être pour l'instant mis de côté. Il ne s'agit là, comme il est dit chez votre immortelle *Alice*, que « *de chaussures, de bateaux, de cire à cacheter, de choux et de rois*. » Le point essentiel est qu'un honorable individu d'un certain âge est mort parce que quelqu'un tenait à ce qu'il meure. Et que, si nous la connaissions, l'identité du mort nous indiquerait aussitôt celle de son assassin. Si nous savions qu'il s'était agi d'un maître chanteur connu, il nous suffirait de chercher une éventuelle victime de chantage ; si ç'avait été un policier, le détenteur possible d'un lourd secret de nature criminelle ; s'il avait été riche, des héritiers. Mais puisque nous ne savons *pas* à qui nous avons affaire, il ne nous reste que la méthode la plus laborieuse, celle qui consiste à tracer un cercle autour du cadavre et partir en quête d'une personne qui aurait eu une raison de le tuer.

» A part miss Pebmarsh et Sheila Webb, qui y a-t-il dans les parages qui pouvait ne pas répondre à l'image qu'il souhaitait donner de lui ? La réponse a été plutôt décevante. A l'exception de Mr Ramsay, dont j'ai cru comprendre qu'il n'était *pas* ce qu'il prétendait...

Là, Poirot me regarda d'un air interrogateur et je confirmai d'un signe de tête.

— A cette exception près, tout le monde semblait correspondre à sa carte de visite. Bland était un entrepreneur local bien connu, McNaughton avait été titulaire d'une chaire à Cambridge, Mrs Hemming était la veuve d'un commissaire priseur de la région, les Waterhouse étaient des résidents respectables installés de longue date dans le quartier. Nous en revenons donc à Mr Curry. *D'où* venait-il ? Qu'est-ce qui l'avait amené au 19, Wilbraham Crescent ? Et là, une remarque infiniment précieuse a été formulée par une des voisines, Mrs Hemming. Quand on lui a appris que la victime n'habitait pas au numéro n° 19, elle a dit : « Ah ! bon, il n'est donc venu là que pour se faire assassiner. Ce n'est quand même pas banal. » Elle a eu ce don, qui est souvent l'apanage des gens trop pleins d'eux-mêmes pour prêter attention à ce que disent leurs interlocuteurs, d'aller au fond des choses. Elle a cerné le problème en trois phrases. Elle a résumé la situation : *Mr Curry n'est venu au n° 19 que pour s'y faire assassiner*. C'est aussi simple que cela !

— Je me souviens d'ailleurs que sa remarque m'avait frappé, parvins-je à placer.

Poirot ne me prêta pas la moindre attention :

— *Guili-guili-guili… Viens-là te faire assassiner* : Mr Curry est venu… et il s'est fait assassiner. Mais ce n'est pas tout. Il était essentiel *qu'il ne puisse pas être identifié*. Il n'avait pas de portefeuille, pas de papiers, les marques de ses vêtements avaient été ôtées. Cependant cela ne suffisait encore pas. La carte de visite de Mr Curry, agent d'assurances, n'était qu'une mesure temporaire. Si on voulait définitivement occulter l'identité de cet homme, il fallait lui en trouver une fausse. Tôt ou tard, j'en aurais mis ma main à couper, quelqu'un se présenterait pour mettre définitivement un nom sur son visage et le tour serait joué. Un frère, une sœur, une femme. Ce fut une femme. Mrs Rival – et ce seul nom aurait dû suffire à éveiller les soupçons. Il y a un village dans le Somerset qui porte ce nom – j'ai séjourné non loin, chez des amis : le village de Curry Rival. L'assassin l'avait scindé, sans du tout se rappeler ce qui les reliait. Mr Curry – Mrs Rival.

» Jusque-là, le plan paraît clair et tout se tient. Mais ce qui m'a surpris, c'est le fait que notre meurtrier semblait tenir pour certain qu'il n'y aurait pas de *véritable* identification. Or, même si la victime n'avait pas de famille, elle avait au moins une concierge, des domestiques, des relations d'affaires. Cela m'amena à une nouvelle déduction : cet homme *n'était pas porté disparu*. Ma déduction suivante fut qu'il n'était pas anglais, mais seulement de passage en Angleterre. Cela expliquait en outre que les soins dentaires dont il avait bénéficié ne correspondaient à aucune fiche répertoriée sur le territoire.

» Je commençais à avoir une vague idée de la victime et du meurtrier. Sans plus. Le crime avait été bien préparé et intelligemment exécuté… mais survint néanmoins le pépin, le grain de sable propre à gripper les rouages des mécaniques les mieux huilées et qu'aucun assassin ne saurait prévoir.

— Et c'était quoi ? demanda Hardcastle.

De façon tout à fait inattendue, Poirot rejeta la tête en arrière et se mit à déclamer :

Parce qu'il manquait un clou, un fer fut perdu
Parce qu'il manquait un fer, un cheval fut perdu,
Parce qu'il manquait un cheval, une bataille fut [perdue,
Parce qu'il manquait une bataille, un royaume fut [perdu,
Et tout cela parce qu'il manquait un clou au fer d'un [cheval.

Il se pencha en avant :

— Bon nombre de gens auraient pu tuer Mr Curry. Mais une personne, *et une seule,* pouvait avoir tué la jeune Edna… ou du moins avoir eu une raison de le faire.

Hardcastle et moi écarquillâmes les yeux.

— Attardons-nous un peu sur l'agence Cavendish. Huit jeunes filles y travaillent. Le 9 septembre au matin, quatre de ces jeunes filles se trouvaient en rendez-vous extérieur à quelque distance, et leur déjeuner leur était par conséquent fourni par leurs clients. Il s'agissait des quatre qui d'habitude font une pause déjeuner de 12 h 30 à 13 h 30. Les quatre autres, Sheila Webb, Edna Brent, Janet et Maureen peuvent disposer de leur temps entre 13 h 30 et 14 h 30. Mais ce jour-là, il est arrivé une tuile à Edna sitôt après sa sortie du bureau. Son talon s'est trouvé pris dans une grille d'égout et a cassé. Impossible de marcher jusqu'au restaurant. Elle a donc acheté des petits pains aux raisins à la pâtisserie la plus proche et s'en est retournée au bureau ses chaussures à la main.

Poirot agita un index dramatique dans notre direction :

— On nous a signalé qu'Edna Brent était très préoccupée. Elle avait essayé de voir Sheila Webb en dehors du bureau, mais sans y parvenir. On en avait conclu qu'il s'agissait d'un problème concernant directement Sheila Webb, mais rien n'est venu étayer cette thèse. Peut-être désirait-elle simplement consulter Sheila sur un sujet qui la tracassait, mais en tout cas une chose était claire : elle voulait parler à Sheila Webb hors du bureau.

» Ses quelques mots échangés avec l'agent à l'issue de l'enquête du coroner sont les seuls indices que nous possédions sur ce qui motivait son trouble. Elle a prononcé une phrase du genre : « Je ne vois pas comment ce qu'elle a dit pourrait être vrai. » Or, ce matin-là, trois femmes avaient déposé. Edna pouvait donc faire allusion à miss Pebmarsh. Ou encore, comme on l'a généralement supposé, à Sheila Webb. Il existe cependant une troisième possibilité… *elle pouvait faire référence à miss Martindale.*

— Miss Martindale ? Mais son témoignage n'a duré que quelques minutes.

— Exactement. Et il consistait à donner l'heure de l'appel téléphonique qu'elle avait reçu et qu'elle attribuait à miss Pebmarsh.

— Vous voulez dire qu'Edna savait qu'il n'était pas de miss Pebmarsh ?

— Je crois que c'est beaucoup plus simple. Je suggère qu'il n'y a pas eu de coup de téléphone *du tout.*

» Edna a cassé son talon, reprit-il. La grille d'égout était à deux pas de l'agence Cavendish. Elle a regagné son poste de travail. Mais miss Martindale, enfermée dans son bureau directorial, ignorait tout du retour d'Edna. Pour autant qu'elle le sache, il n'y avait qu'elle, et elle seule, dans la place. Il lui suffisait donc de *prétendre* qu'elle avait reçu un coup de téléphone à 13 h 49. Edna ne comprend pas d'emblée la portée de ce qu'elle a su tout de suite. Sheila est convoquée chez miss Martindale qui lui dit de se rendre à un rendez-vous. Le quand et le comment de cette prise de rendez-vous ne sont pas mentionnés devant Edna.

Puis la rumeur du meurtre se répand et, petit à petit, les détails se précisent. Miss Pebmarsh *avait téléphoné* pour demander qu'on lui envoie Sheila Webb. Mais miss Pebmarsh affirme qu'elle n'a jamais passé ce coup de fil. L'appel aurait été effectué à 13 h 50. *Mais Edna sait que c'est impossible, que ça n'est pas vrai.* Personne n'a appelé à cette heure-là. Miss Martindale a dû se tromper… Mais il est bien connu que miss Martindale ne se trompe jamais. Plus Edna réfléchit, moins elle comprend. Il faut qu'elle en parle à Sheila. Sheila doit connaître l'explication.

» C'est alors que se déroule l'enquête du coroner. Toutes les filles s'y rendent. Miss Martindale répète son histoire d'appel téléphonique et Edna sait maintenant en toute certitude que le témoignage de miss Martindale, si clair et d'une telle précision quant à l'heure exacte du coup de fil, n'est qu'un tissu de mensonges. C'est à ce moment-là qu'elle a demandé à l'agent de faction à la porte si elle pouvait parler à l'inspecteur. Miss Martindale, quittant la halle au grain au milieu de la foule, a sans doute surpris leur conversation. Avant ça, elle avait dû entendre les jeunes filles taquiner Edna au sujet de son talon mais sans se rendre compte de ce que cela impliquait. Bref, elle a suivi Edna jusqu'à Wilbraham Crescent. Pourquoi Edna y allait-elle, je me le demande.

— Dans le seul but de se repaître des lieux du crime, je suppose, soupira Hardcastle. Les gens ne peuvent pas s'en empêcher.

— Oui, ce n'est que trop vrai. Peut-être miss Martindale l'aborde-t-elle là-bas. Peut-être redescendent-elles la rue ensemble et est-ce à ce moment-là qu'Edna lui assène sa question. Miss Martindale agit très vite. Elles sont juste à hauteur de la cabine téléphonique. Elle lui dit : « C'est très important. Il faut que vous appeliez tout de suite la police. Le numéro est le tant. Dites-leur que nous arrivons toutes deux immédiatement. » Chez Edna, faire ce qu'on lui dit est une seconde nature. Elle entre, elle décroche, miss Martindale se glisse derrière elle, lui passe l'écharpe autour du cou et l'étrangle.

— Et personne n'a rien vu ?

Poirot haussa les épaules :

— N'importe qui aurait pu, mais personne effectivement ne l'a fait. Il était 1 heure de l'après-midi. Tout le quartier déjeunait. Quant aux badauds qui encombraient le « crescent », ils étaient bien trop occupés à dévorer des yeux le n° 19. C'était un risque froidement calculé par une femme audacieuse et dépourvue de scrupules.

Hardcastle secouait la tête d'un air incrédule :

— Miss Martindale ? J'avoue ne pas voir par quel biais elle vient s'insérer au cœur de cette histoire.

— Oui. C'est vrai que cela ne saute pas aux yeux à première vue. Mais étant donné que c'est miss Martindale qui a indubitablement tué Edna – oh ! oui… il n'y a qu'elle qui ait pu le faire –, il en découle qu'elle est *forcément* au cœur de cette affaire. Et je commence à suspecter que nous tenons avec miss Martindale la Lady Macbeth de ce crime, une femme aussi cruelle que dépourvue d'imagination.

— Dépourvue d'imagination ? s'étonna Hardcastle.

— Oh ! oui, sans imagination aucune. Mais l'efficacité faite femme. Une organisatrice hors pair.

— Mais pourquoi ? A quel mobile pouvait-elle bien obéir ?

Hercule Poirot se tourna vers moi et agita un index réprobateur :

— Ainsi la conversation des voisins ne vous a rien apporté, hein ? J'y ai pourtant relevé une phrase des plus éclairantes. Vous vous souvenez qu'après avoir évoqué la vie à l'étranger, Mrs Bland a déclaré qu'elle était attachée à Crowdean *parce qu'elle avait une sœur qui y vivait. Or, Mrs Bland n'était pas censée avoir de sœur*. Elle avait, un an auparavant, hérité la fortune d'un grand-oncle canadien pour la bonne raison qu'elle était la seule survivante de sa famille.

Hardcastle se redressa brusquement :

— Et donc vous pensez…

Poirot se carra contre le dossier de son fauteuil et joignit l'extrémité de ses doigts. Puis il ferma à demi les yeux et murmura d'une voix rêveuse :

— Imaginez que vous êtes un homme comme il y en a tant, pas particulièrement scrupuleux et qui traverse de graves difficultés financières. Une lettre vous arrive un beau jour d'un cabinet juridique qui vous annonce que votre femme a hérité le pactole d'un grand-oncle canadien. La lettre est adressée à Mrs Bland, à ceci près que la Mrs Bland qui la reçoit n'est pas la bonne : elle est la seconde Mrs Bland, pas la première… Je vous laisse mesurer l'ampleur de la déception ! Les affres que traverse le couple ! Puis il leur vient une idée. Qui donc va aller chercher qu'elle n'est effectivement pas la bonne ? Qui donc, à Crowdean, sait que Bland avait déjà été marié ? Son premier mariage, qui remonte à des années, a eu lieu pendant la guerre, quand il était à l'étranger. Sa première épouse est sans doute morte peu de temps après, et il s'est immédiatement remarié. Il possède encore le certificat de mariage original, des papiers de famille, des photographies de parents canadiens qui sont maintenant décédés… Ça doit pouvoir marcher. En tout cas, cela vaut la peine de tenter sa chance. Ils la tentent, et ça passe comme une lettre à la poste. Les formalités légales s'accomplissent sans heurt. Et voilà les Bland riches et prospères, à jamais à l'abri des soucis d'argent…

» Et puis, un an plus tard, surgit un pépin. Quel genre de pépin ? Eh bien, j'opterais pour la visite d'un individu arrivant du Canada et qui aurait suffisamment connu la première Mrs Bland pour ne pas se laisser abuser par une femme qui se ferait passer pour elle. Peut-être avait-il été l'homme de loi de la famille, ou un ami proche… de toute façon, il découvrirait le pot aux roses. Ils ont dû réfléchir aux moyens d'éviter cette rencontre. Mrs Bland pourrait feindre la maladie pour n'avoir pas à se montrer, on pourrait la dire en voyage hors frontières… mais ce genre de stratagème, quel qu'il soit, ne ferait qu'engendrer les soupçons. Le visiteur insisterait pour rencontrer la femme qu'il était venu voir.

— D'où l'idée… du meurtre ?

— Oui. Et là, je pense que c'est la sœur de Mrs Bland qui a été l'instigatrice du complot. Elle a conçu et planifié le projet.

— Vous tenez pour acquis que miss Martindale et Mrs Bland sont réellement sœurs ?

— C'est la seule explication qui tienne.

— Quand j'ai fait sa connaissance, Mrs Bland m'avait en effet vaguement rappelé quelqu'un, avoua Hardcastle. Elles ont des personnalités très différentes, mais c'est vrai, il y a une ressemblance. Seulement je ne comprends pas comment elles espéraient s'en sortir. L'homme serait porté disparu, on lancerait des recherches…

— Si cet homme voyageait à l'étranger – peut-être pour ses loisirs et non pour ses affaires –, son emploi du temps resterait assez flou. Une lettre par-ci, une carte postale par-là… il faudrait du temps avant que des gens se demandent pourquoi ils ne recevaient plus de ses nouvelles. D'ici là, qui irait faire le rapprochement entre un homme identifié comme étant Harry Castleton et un riche visiteur canadien que personne n'aurait jamais vu dans ce trou perdu ? Si j'avais été le meurtrier, j'aurais poussé la prudence jusqu'à faire un saut en France ou en Belgique pour y abandonner le passeport de ma victime dans un tramway ou un train afin que l'enquête sur sa disparition ait lieu dans un autre pays.

J'eus un geste involontaire et Poirot se tourna vers moi :

— Oui ?

— Bland m'a signalé qu'il s'était récemment offert une traversée aller et retour pour Boulogne – en compagnie d'une blonde, si j'ai bien compris…

— Ce qui devait rendre la chose naturelle. D'autant que ce genre de frasque doit être dans ses habitudes.

— Tout ceci n'est que conjecture, objecta Hardcastle.

— Mais peut parfaitement servir de point de départ à une enquête, répliqua Poirot.

Il prit une feuille de papier à l'en-tête de l'hôtel et la tendit à Hardcastle :

— Ecrivez donc à Mr Enderby, 10, Ennismore Gardens, S.W.7, qui m'a promis de mener pour moi une petite enquête au Canada. Il s'agit d'un juriste international de grande réputation.

— Et qu'en est-il selon vous de cette avalanche de pendules ?

— Ah ! Les pendules. Ces fameuses pendules !

Poirot sourit :

— Je suis certain que vous découvrirez qu'il s'agit d'une idée de miss Martindale. Le crime, comme je vous l'ai déjà dit, étant d'une simplicité et d'une évidence enfantines, il convenait de le maquiller et, ce faisant, elle a opté pour le fantastique, le rocambolesque. Ce réveil de voyage dédié à Rosemary que Sheila Webb avait l'intention de porter à réparer… Est-ce qu'elle ne l'aurait pas égaré à l'agence Cavendish ? Et miss Martindale ne l'aurait-elle pas pris comme point de départ de son invraisemblable dispositif, d'où le choix de Sheila pour aller découvrir le cadavre ?

Hardcastle éclata :

— Et vous prétendez que cette femme manque d'imagination ? Alors qu'elle a concocté tout ça ?

— Mais elle n'a rien concocté du tout. Et c'est ce qui fait la beauté de la chose. Le scénario existait déjà au complet… et à son entière disposition. D'entrée de jeu, il m'avait semblé discerner un élément familier… un canevas connu. Un canevas connu parce que je venais de lire des intrigues similaires. Et puis j'ai eu beaucoup de chance. Colin vous le confirmera, je me suis rendu cette semaine à une vente de manuscrits. Dans le lot en figuraient quelques-uns de Garry Gregson. Je n'aurais jamais osé rêver cela. Mais, encore une fois, la chance était avec moi. *Et voilà !…*

Tel un prestidigitateur sortant un lapin de son sac, il fit jaillir d'un tiroir deux cahiers d'écolier à la couverture assez fatiguée :

— *Tout est là !* Il s'agit d'une des nombreuses intrigues qu'il avait élaborées. Il n'aura pas vécu assez longtemps pour développer celle-là, mais miss Martindale, qui était sa secrétaire, n'en ignorait rien. Et elle s'est chargée de lui faire prendre corps pour atteindre son but.

— Mais les pendules devaient bien avoir une signification ? Dans l'intrigue de Gregson, je veux dire ?

— Oh ! oui. Ses pendules étaient réglées sur 5 h 5, 5 h 4 et 7 h 5. C'était la combinaison d'un coffre : 555475. Le coffre était caché derrière une reproduction de la Joconde. A l'intérieur du coffre, poursuivit Poirot, écœuré, se trouvaient les joyaux de la famille impériale de Russie. Un ramassis d'insanités, de bout en bout ! Et, bien évidemment, s'ajoutait à cela une histoire du même tonneau – celle d'une malheureuse innocente persécutée. Oh ! oui, c'était là une manne pour la Martindale. Elle n'avait plus qu'à choisir ses personnages parmi la faune locale et à adapter l'histoire. Et tous ces flamboyants indices devaient mener… où donc ? Très exactement nulle part ! Ah ! oui, une femme efficace. Au point qu'on finit par se poser des questions… Gregson lui a laissé une part d'héritage, non ? Comment et de quoi diable est-il mort, je n'ose me le demander…

Hardcastle refusa de s'intéresser à l'histoire ancienne. Il ramassa les cahiers et me prit des mains la feuille de papier à lettres. Cela faisait deux minutes que je la regardais fixement, fasciné. Hardcastle y avait griffonné l'adresse d'Enderby sans prendre le temps de mettre la feuille à l'endroit. L'adresse de l'hôtel, en bas de la feuille à gauche se retrouvait à l'envers.

Les yeux rivés sur cette feuille de papier, je compris que j'avais agi comme un imbécile.

— Eh bien merci, monsieur Poirot, dit Hardcastle. Vous nous avez à coup sûr donné matière à réflexion. Si jamais l'exactitude de vos hypothèses se vérifiait…

— Je serai en ce cas ravi d'avoir pu vous être utile dans la faible mesure de mes moyens.

Poirot jouait les modestes.

— Il faudra que je procède à des vérifications…

— Bien entendu, mon bon, bien entendu.

Les adieux furent échangés. Et Hardcastle prit congé.

L'attention de Poirot se reporta sur moi. Ses sourcils se haussèrent :

— Eh bien, quelle mouche vous a soudain piqué, mon bon ami ? On dirait que vous venez d'entrevoir un fantôme.

— Je viens surtout de mesurer l'étendue de ma bêtise.

— Bah ! Cela arrive un jour ou l'autre à la majorité d'entre nous.

Mais sans doute jamais à Hercule Poirot ! Je ne pus m'empêcher de me montrer odieux :

— Dites-moi une bonne chose, Poirot. S'il est exact, comme vous le prétendez, que vous auriez pu mener votre enquête du fond de votre fauteuil en vous contentant de me convoquer de temps à autre chez vous avec Hardcastle, pourquoi, oh ! pourquoi diable êtes-vous venu traîner vos bottes jusqu'ici ?

— Je vous l'ai déjà expliqué : on est en train de faire des travaux dans mon immeuble et mon appartement.

— Le syndic était certainement prêt à vous en louer un autre. Ou encore vous auriez pu établir vos pénates au *Ritz*, qui vous aurait certainement mieux convenu que le *Curlew*.

— Sans le moindre doute, convint Poirot. Le café ici, seigneur, le café !

— Alors, dans ce cas, *pourquoi* ?

Hercule Poirot s'emporta :

— Eh bien, puisque vous êtes trop stupide pour le deviner, je vais vous le dire. Que vous le vouliez ou non, je suis un être humain. Oui, je peux me carrer dans mon fauteuil et réfléchir. Oui, je suis capable de me transformer en machine à débrouiller des intrigues si c'est nécessaire. Mais je n'en suis pas moins humain, vous dis-je. Et de ce fait sujet aux mêmes faiblesses que mes congénères.

— Ce qui signifie ?

— Que l'explication est aussi simple que l'était le meurtre. Je suis venu pour satisfaire ma curiosité foncière ! s'écria Hercule Poirot, luttant pour sauvegarder un semblant de dignité.

29

RECIT DE COLIN LAMB

Une fois de plus, je m'étais engagé dans Wilbraham Crescent en procédant d'est en ouest.

Je m'arrêtai devant la grille du n° 19. Personne ne sortit de la maison en hurlant cette fois-ci. Tout, au contraire, respirait l'ordre et la tranquillité.

Je marchai jusqu'à la porte d'entrée et sonnai.

Miss Millicent Pebmarsh m'ouvrit.

— Je suis Colin Lamb, annonçai-je. Puis-je entrer bavarder un instant avec vous ?

— Je vous en prie.

Elle me précéda dans le salon :

— Vous semblez passer beaucoup de temps dans les parages, Mr Lamb. J'avais pourtant cru comprendre que vous n'apparteniez pas à la police locale.

— Et vous ne vous étiez pas trompée. Je pense même que vous avez su très exactement qui j'étais dès le premier jour où vous m'avez adressé la parole.

— Je ne suis pas sûre de très bien saisir ce que vous entendez par là.

— Je me suis montré on ne peut plus stupide, miss Pebmarsh. C'est vous que je cherchais en venant rôder par ici. Et, sans même m'en rendre compte, je vous avais trouvée la première fois que j'y ai mis les pieds.

— Il est possible que le meurtre vous ai distrait.

— Comme vous dites. J'ai aussi été assez bête pour ne pas lire une feuille de papier dans le bon sens.

— Et pourquoi me racontez-vous tout cela ?

— Parce que vous avez perdu la partie, miss Pebmarsh. J'ai découvert le quartier général où se cache la fine fleur de l'organisation. Dossiers et notes indispensables au bon fonctionnement des opérations sont archivés ici en braille. C'est à vous que Larkin communiquait les informations qu'il subtilisait à Portlebury. D'ici, vous les transmettiez à Ramsay qui les acheminait à bon port. Il venait vous voir la nuit quand c'était nécessaire en passant de son jardin au vôtre. Il y a, un beau jour, laissé tomber une pièce de monnaie tchèque.

— Stupide négligence de sa part.

— Nous faisons tous preuve de négligence un jour ou l'autre. Votre couverture était excellente. Vous êtes aveugle, vous travaillez dans un institut pour enfants handicapés, vous avez chez vous des livres en braille, ce qui est on ne peut plus normal, et vous êtes une femme d'une intelligence au-dessus de la moyenne. Quel est le ressort profond qui vous anime ?

— Appelez cela, si vous voulez, un certain acharnement à défendre sa cause.

— Oui. C'est bien ainsi que je l'imaginais.

— Encore une fois, pourquoi diable me parler de tout ça ? C'est une façon de procéder plutôt inhabituelle.

Je consultai ma montre :

— Vous avez deux heures, miss Pebmarsh. Dans deux heures, les services spéciaux débarqueront chez vous.

— Je ne vous comprends pas. Pourquoi êtes-vous venu en avant-garde, comme pour m'avertir de ce qui m'attend ?

— Je suis effectivement venu vous en avertir. Et si je me suis déplacé personnellement, et si je compte bien ne pas bouger d'ici avant l'arrivée de mes collègues, c'est pour m'assurer que rien ne sortira de cette maison… à une exception près. Et cette exception, c'est *vous*. Si ça vous tente, vous avez deux heures pour plier bagages.

— Mais pourquoi ? *Pourquoi ?*

— Parce que… dis-je avec une infinie lenteur. Parce qu'il y a une vague chance que vous puissiez devenir bientôt ma belle-mère… encore que je me trompe peut-être.

Il y eut un silence. Millicent Pebmarsh se leva et alla à la fenêtre. Je ne la quittai pas des yeux. Je ne me faisais aucune illusion sur son compte. Je m'en méfiais au contraire comme de la peste. Elle était aveugle, mais même une aveugle peut vous avoir au tournant si vous n'êtes pas sur vos gardes. Sa cécité ne la gênerait en rien si elle parvenait à me braquer un revolver dans le dos.

Elle murmura :

— Je ne vous dirai pas si vous avez tort ou raison. Qu'est-ce qui vous fait penser que… que ce puisse être le cas ?

— Vos yeux à toutes deux.

— Mais nos caractères n'ont rien de commun.

— Non.

— J'ai fait pour elle le maximum de ce que je pouvais ! lança-t-elle sur un ton quasi provocant.

— C'est une question de point de vue. Pour vous, la cause passait avant tout.

— Comme il se doit.

— C'est encore votre point de vue. Pas le mien.

Il y eut un nouveau silence. Puis je lui demandai :

— Ce jour-là… vous saviez qui elle était ?

— Pas avant d'entendre son nom… Mais je m'étais toujours tenue au courant de ses faits et gestes. Toujours.

— En somme, vous n'étiez pas aussi inhumaine que vous auriez aimé le croire.

— Arrêtez de dire n'importe quoi.

Je regardai à nouveau ma montre :

— Le temps passe.

Elle quitta la fenêtre et se dirigea vers son bureau :

— J'ai là une photo d'elle… quand elle était enfant.

Je me tenais derrière elle quand elle ouvrit le tiroir. Ce n'était pas un automatique, mais un petit couteau à la lame mortelle…

Je refermai la main sur son poignet :

— Ce n'est pas parce que je suis sentimental qu'il faut me prendre pour un parfait imbécile.

Elle tâtonna pour chercher une chaise et s'y assit. Elle ne manifestait pas la moindre émotion :

— Je n'ai pas l'intention de profiter de votre offre. A quoi bon ? Je resterai ici jusqu'à… jusqu'à ce qu'ils arrivent. Il y a toujours des occasions… même en prison.

— Des occasions d'endoctrinement, vous voulez dire ?

— Si vous tenez à appeler ça comme ça.

Nous restâmes à nous regarder en chiens de faïence, hostiles mais nous comprenant mutuellement.

— J'ai démissionné du service, lui annonçai-je. Je retourne à mes premières amours : la biologie marine. On m'a proposé un poste en Australie.

— Vous avez sans doute raison. Ce n'est pas un métier pour vous. Vous êtes comme le père de Rosemary. Il n'a jamais pu admettre le mot d'ordre de Lénine : « A bas les états d'âme. »

Je repensai aux paroles de Poirot.

— Je ne suis après tout pas mécontent, déclarai-je, de mon statut d'être humain…

Nous observâmes après cela le silence, chacun de son côté intimement convaincu de ce que c'était l'autre qui avait tort.

Lettre de l'inspecteur Hardcastle a M. Hercule Poirot

Cher Monsieur Poirot,

Nous sommes désormais en possession d'un certain nombre de faits et preuves dont l'énumération devrait à mon avis vous intéresser.

Un Mr Quentin Duguesclin, originaire de la ville de Québec, a quitté le Canada il y a quatre semaines environ, dans le but d'effectuer un voyage en Europe. Il n'a plus de proches parents et n'avait pas fixé de date de retour. Son passeport a été trouvé par le patron d'un petit restaurant de Boulogne, qui l'a remis à la police. Personne, jusqu'à présent, ne l'a réclamé.

Mr Duguesclin était un ami de toujours de la famille Montrésor, au Québec. Le chef de cette famille, Mr Henry Montrésor, est mort il y a dix-huit mois, laissant une fortune considérable à sa seule parente encore de ce monde, sa petite-nièce Valérie, réputée épouse de Josaiah Bland, de Portlebury, Angleterre. Un cabinet de notaires londoniens d'excellente réputation avait agi au nom des exécuteurs testamentaires canadiens. Tout lien entre Mrs Bland et ses parents au Canada avait été rompu sitôt après son mariage, sa famille n'approuvant pas cette union. Mr Duguesclin avait annoncé à un de ses amis qu'il avait l'intention de profiter de son passage en Angleterre pour se mettre à la recherche des Bland, car il avait toujours beaucoup aimé Valérie.

Le corps jusqu'à présent considéré comme celui de Henry Castleton a été formellement identifié comme étant en réalité celui de Quentin Duguesclin.

Des panonceaux ont été découverts sur un chantier appartenant à Bland. Bien qu'ils aient été récemment décapés, les mots Blanchisserie Snowflake y sont parfaitement lisibles après traitement par des experts.

Je vous fais grâce des détails de moindre importance, mais le ministère public estime pouvoir lancer un mandat d'arrêt contre Josaiah Bland. Miss Martindale, comme vous l'aviez subodoré, est effectivement la sœur de Mrs Bland, mais bien que je partage vos vues quant à leur participation à ces crimes, une preuve concluante risque d'être difficile à obtenir. Miss Martindale est sans l'ombre d'un doute une femme intelligente. Je place tous mes espoirs en Mrs Bland. Elle est du genre à cafarder.

La mort au champ d'honneur, en France, de la première épouse Bland et le remariage de ce dernier, toujours en France, avec Hilda Martindale (qui était auxiliaire aux armées) doivent pouvoir, je pense, être clairement établis, encore que de nombreuses archives aient été bien évidemment détruites à l'époque.

Vous rencontrer a été un plaisir, et je me dois de vous remercier pour les précieuses suggestions que vous m'avez faites à cette occasion. J'espère que les nouveaux aménagements et la redécoration de votre domicile londonien vous ont donné toute satisfaction.

Cordiales salutations,

Richard Hardcastle

COMMUNICATION ULTERIEURE DE R.H. A H.P.

Bonne nouvelle ! La Bland a craqué ! Elle a tout avoué !!! Elle rejette l'entière responsabilité sur sa sœur et son mari. Elle n'a « jamais compris, avant qu'il ne soit trop tard, ce qu'ils avaient l'intention de faire » ! Elle pensait qu'ils allaient seulement « l'abrutir un peu à coup de tranquillisants pour qu'il ne s'aperçoive pas qu'elle n'était pas la bonne Mrs Bland » ! On aura tout entendu ! Mais je veux bien lui accorder que ce n'est pas elle qui a conçu le projet.

Les gens des puces de Londres ont identifié miss Martindale comme étant l'« Américaine » qui avait acheté deux des pendules.

Mrs McNaughton affirme maintenant qu'elle a vu Duguesclin dans la fourgonnette de Bland quand il la rentrait dans son garage. Que croire encore ?

Notre ami Colin a épousé cette fille. Si vous voulez que je vous dise, il est cinglé !

Bien à vous,

Richard Hardcastle

Composition et mise en pages réalisées
par IND - 39100 Brevans

Achevé d'imprimer par GGP Media GmbH, Pößneck
en mars 2011
pour le compte de France Loisirs,
Paris

N° d'éditeur : 63327
Dépôt légal : février 2011

Imprimé en Allemagne